Bräutigame

Roman

Michael Braun

ISBN-13: 978-1468075595
ISBN-10: 1468075594

Inhalt

Teil I

Kapitel 1: Business Class

Es kommt niemand mehr, denkt Ingrid Petersen und schaut auf ihre Armbanduhr: Eine Viertelstunde, dann schließen sie.

Regen schlägt klirrend gegen die beiden Schaufenster von Petersens Reise-Welt am Rathausmarkt in Ahrensburg. Es ist Ende Februar, kurz vor sechs.

Ingrid Petersen lässt den Donnerstag Revue passieren. Ein junges Ehepaar aus Delingsdorf hat am Morgen eine Woche in einem Ferienclub in Chalkidiki gebucht; ein zweites – rüstige, unentwegt lachende Senioren, beide in lila Goretax-Anoraks – ein Apartment auf Gran Canaria und zwei Charterflüge reserviert, Fuhlsbüttel–Las Palmas direkt. Ihre Auszubildende Ines, die in der Teeküche aufräumt und mit Geschirr, Besteck und einer Keksdose klappert, hat im Laufe des Tages in der ihr eigenen, betulichen Art neunzehn Bahnfahrkarten für eine Berufsschulklasse ins Computersystem eingegeben, die im Frühjahr im Harz wandern will, dreißig Mark je Teilnehmer hin und rück.

Das ist alles, und das reicht nicht.

Ingrid Petersen fragt sich, ob sie in zwei, drei Monaten noch genügend Geld auf dem Konto haben wird, um Miete, Strom und Ines bezahlen zu können. Und selbst wenn: Das wäre kein Gewinn, nur eine schwarze Null. Gearbeitet für nichts.

Sie lehnt sich in ihrem Bürostuhl zurück und holt eine Schachtel Zigaretten und ein Feuerzeug mit Spanair-Logo aus einer Schreibtischschublade.

„Gott, wie das pladdert“, sagt sie zu sich selbst. Sie saugt den Rauch ein und behält ihn für einige Sekunden in den Lungen. Es ist ihre erste Zigarette an diesem Tag, die will sie genießen.

„Haben Sie etwas gesagt, Frau Petersen?“, ruft Ines von hinten.

„Was für ein Wetter das ist, habe ich gesagt“, wiederholt Ingrid so laut, dass Ines es verstehen kann. „Wie es schüttet – das regnet in einer Tour. Da mag kein Mensch vor die Tür gehen. Seit wie vielen Tagen das jetzt geht... fünf oder sechs schon, was? Wir sind wirklich gestraft hier im Norden mit unserem Wetter.“

„Eine Woche schüttet das mindestens schon“, ruft Ines mit mädchenhafter Empörung. Ingrid Petersen hört die Besteckschublade scheppern, in die das Mädchen abgetrocknete Kuchengabeln und Teelöffel wirft. „Bei meinen Eltern“ – klirr – „hinten auf dem Rasen steht schon das Wasser“, sagt sie, „das ist alles nur noch Schlamm und Matsch. Richtig schlimm.“ Klirr. „Meine Mutter sagt, die Pflanzen gehen kaputt davon. Die gehen ein, wenn die Wurzeln zu lange im Wasser stehen.“

Ines tritt mit einem Geschirrtuch in den Durchgang, der den Verkaufsraum von der Teeküche trennt, und trocknet im Stehen langsam einen bayerisch blau-weiß gemusterten Kaffeebecher ab.

Ines grinst angestrengt. Sie freut sich, dass die Chefin mit ihr redet, selbst wenn es um Banales geht, um Regen, Niesel, Grau-in-grau. Beide haben stundenlang, unterbrochen nur von der Mittagspause, vor ihren Computerbildschirmen gesessen, gebucht, getippt, sich angeschwiegen, Frau Petersen vorn im Laden, ein paar Schritte näher an der Tür, sie hinten am Durchgang. Unangenehm, das, findet Ines. Sie ist neunzehn, lebenslustig, im zweiten, vorletzten Jahr ihrer Ausbildung zur Reiseverkehrskauffrau, und Stille bei der Arbeit macht sie kribbelig. Ines plaudert gerne zwischendurch über dieses und jenes – ihren Freund Gunnar, die eigenartigen Kunden, die in den Laden kommen, Filme, die sie in Hamburg am Gänsemarkt zeigen, Reiseziele auf Balearen und Kanaren. Aber Frau Petersen ist selten nach Reden zumute, eigentlich fast nie: eine phlegmatische Person, sagt Ines' Vater, die zu oft und viel zu lange grübelt, nachdenklich, in sich gekehrt, norddeutsch. Nach der Mittagspause hat Ines gefragt, ob sie das Radio aus der Küche anschalten soll. Frau Petersen wollte davon nichts wissen. Es lenke von der Arbeit ab und sehe unseriös aus, schließlich könne ein Kunde in den Laden kommen. Es ist ihr wichtig, einen beschäftigten Eindruck zu machen, selbst wenn sie unbeschäftigt sind.

Eigentlich sind Januar und Februar starke Monate: Halb Ahrensburg plant die Großen Ferien. Aber in diesem Jahr laufen die Buchungen aus einem Grund, den sie nicht kennen, nur

schleppend an. Ingrid Petersen ist unzufrieden – mit dem Geschäft, mit Ines, mit sich selbst, mit den kalten, nassen Winterwochen, die hinter ihnen liegen. Vor den Fensterscheiben, in denen himmelblaue Kopierzettel mit Last-Minute-Reisen nach Bulgarien, Nordafrika, Kenia und in die Dominikanische Republik hängen, tänzeln Regenschirme im Licht der Straßenlaternen.
Beide Frauen sind froh, in wenigen Minuten nach Hause fahren zu können, die ältere mit dem Linienbus, die jüngere mit ihrem Freund Gunnar, der sie mit dem Wagen von der Arbeit abholt. Die Schreibtische aufräumen und abschließen, die Computer ausschalten, die Briefumschläge mit den Reiseunterlagen für die Kunden frankieren – dann haben sie diesen verregneten, missratenen Tag hinter sich gebracht.
Ines hängt das feuchte Geschirrtuch über den Heizkörper und kommt in den Laden zurück. Sie legt ihre bestickte Umhängetasche auf die bunte Weltkarte, die sie als Schreibunterlage benutzt und an den Rändern mit Notizzetteln beklebt hat, holt Lippenstift und Handspiegel heraus und beginnt, sich zu schminken.
„Da lob ich mir das Mittelmeer“, sagt sie. „Da ist es jetzt schon richtig warm – jedenfalls viel wärmer als hier. Zwei Wochen noch, dann blühen die Bäume, und wir…? Sitzen hier in diesem dunklen Loch.“ Sie betrachtet sich kritisch im Spiegel und wischt mit dem kleinen Finger Rot von ihren Lippenrändern. „Wissen Sie was, Frau Petersen?“
„Na?“
„Irgendwann wandere ich aus und kaufe mir da unten ein Häuschen – eine schnuckelige Finca oder so – und genieße das Leben. In Spanien oder Portugal. Wo es warm ist.“
Ingrid Petersen muss schmunzeln. „Menschenskind, Ines, da bist du noch keine zwanzig Jahre alt und denkst schon an den Ruhestand!? Du machst mir manchmal Spaß, Mädchen.“
„So schnell geht das nicht, weiß ich doch. Vorher muss ich das nötige Kleingeld haben, das dauert natürlich ein paar Jährchen. Aber ich spare schon jeden Monat. Und wenn ich genug Geld zusammenhabe, gehe ich sofort nach Spanien. Gunnar gefällt die

Idee auch, der will mitkommen."
„Ein paar Jährchen..." Frau Petersen bläst Zigarettenrauch an die Decke. „*Jahrzehnte* dauert das, Ines, wenn es denn überhaupt klappt. Ist ja nicht so, dass jeder einfach mal schnell auswandern könnte – dahin, wo's behaglich ist. Das kostet schließlich Geld, so was, hmm? Aber wenigstens hast du Träume. Als ich in deinem Alter war..."
„Sie reden fast wie meine Mutter – die hält das auch für blöd. Aber ich habe es mir fest vorgenommen. Und Gunnar auch."
„Meinetwegen. Warten wir es ab. Du sagst mir aber rechtzeitig Bescheid, wenn es ans Auswandern geht?"
„In Ordnung." Ines lacht. „Nicht dass Sie denken, ich würde Sie im Stich lassen."
„Machen wir Schluss für heute, was? Wir kriegen nichts mehr in die Kasse bei diesem Sauwetter, da kommt keiner. Hilft alles nichts."
Vor dem Laden fährt ein Wagen vorüber und spritzt Pfützenwasser auf den Bürgersteig.
„Aber es hat alles sein Gutes", sagt Frau Petersen. „Bei dem Wetter kann man es sich zuhause wenigstens vor dem Fernseher gemütlich machen. Eine Tasse Tee und die Füße hochlegen... Ich glaube, das werde ich heute Abend tun."
„Das klingt schön", sagt Ines. „Ich würde mich auch gerne einkuscheln, aber es geht heute nicht. Gunnar holt mich gleich ab, wir müssen noch zu meinem Vater nach Großhansdorf rausfahren und... –"
Die Türglocke bimmelt.
Ein Windstoß weht einige lose Zettel von Ines' Schreibtisch.
Sie schaut auf ihre Monitoruhr. Sieben vor, denkt sie. Ging das nicht *etwas* früher?
Eine Frau steht in einem hellen Kamelhaarmantel, den der Regen auf dem Rücken dunkel gefärbt hat, in der Ladentür. Einige Tropfen, die der feste Stoff nicht aufgesogen hat, springen von den Schultern auf den Boden. Sie hält ihren nassen Schirm nach draußen über den Abtreter und schüttelt ihn mit stoßenden Bewegungen aus, bevor sie ihn zusammenklappt und im Geschäft

gegen die Heizung vor dem Schaufenster stellt, wo er abrutscht und umfällt. Sie bückt sich mit vorsichtigen Bewegungen – sie muss über siebzig sein, denkt Ingrid Petersen.
„Warten Sie", sagt sie und steht auf, um ihr zu helfen.
„Es geht schon", sagt die Kundin, „ich habe ihn." Sie legt den Schirm der Länge nach auf den Heizkörper und nimmt ihren beige-braun karierten Filzhut und ihr Halstuch ab. „Was für ein Wetter das ist, nein." Sie lächelt.
„Ist das nicht fürchterlich?"
„Grauenvoll, ja."
Ingrid Petersen weiß ihre Kunden einzuordnen, das bleibt nicht aus, wenn man, wie sie, seit mehr als zwanzig Jahren Fahrkarten, Flugtickets und Pauschalreisen verkauft. Sie mustert sie, wenn sie zum ersten Mal in ihr Geschäft kommen – beiläufig, so unauffällig es geht, von Kopf bis Fuß. Es dauert nur einen Augenblick, bis sie eine Vorstellung davon hat, wie der Urlaub aussehen könnte, mit welchem Ziel, welchem Reisebudget. Die Männer, die ins Geschäft kommen, sind leicht zu durchschauen, findet Frau Petersen. Schuhe und Armbanduhr, Krawatte und Hemd – und sie hat eine Ahnung, ob es mit dem Flugzeug auf die Malediven gehen soll oder mit dem Bus per Gruppenreise ins Elsass. Bei den Frauen ist die Sache komplizierter. Kleidung und Accessoires sind zu berücksichtigen, Frisur und Schmuck, die Handtasche, Fingernägel, Gestik, Mimik, Haltung.
Die Kundin, die mit den Händen ihr weißes, aufgestecktes Haar ordnet, hält sich aufrecht wie eine Dame, die Contenance zu wahren weiß. Ein Feldwebel von Frau, denkt Ingrid Petersen, groß und dünn, im Gesicht hager, mit heller Haut und blauviolett geschlängelten Venen. Die Augenränder glänzen entzündet. Am Mantel sitzen mahagoni und grau marmorierte Hornknöpfe, groß wie Fünfmarkstücke; auf ihren Schuhen, wie die Handschuhe aus braunem Leder, Silberschnallen. Der geschnitzte Handgriff des Regenschirms auf dem Heizkörper ist aus leuchtend rot lackiertem Holz, das irgendwie fernöstlich aussieht, denkt sie, japanisch vielleicht... – ja, es gibt für Frau Petersen keinen Zweifel: Die Dame ist stilvoll und teuer gekleidet. Eine

Flusskreuzfahrt, tippt sie. Ein Kurhotel in den österreichischen Alpen, vielleicht sogar in der Schweiz…? Das wäre nicht schlecht. Die Kundin wendet sich Ingrid Petersens Schreibtisch zu und nimmt auf einem Stuhl Platz. Aus ihrer Handtasche holt sie eine Lesebrille mit breitem Rahmen und getönten Gläsern, hängt sie sich an einer Kette um den Hals und lässt ihre Augen durch das Geschäft wandern. Sie bleiben kurz an Ines hängen, die ihr Schminkzeug auf den Schreibtisch gelegt hat und in der Hocke die zu Boden gefallenen Zettel einsammelt; an den Metallregalen, auf denen sich Kataloge und Broschüren mit Bildern von Traumreisen stapeln, auf denen der Himmel immer blau ist; an den Wandbildhaltern mit Aufnahmen von thailändischen Stränden, Berggipfeln in den Rocky Mountains, Barcelona und Istanbul; an den beiden verblühenden Anturien links und rechts im Fenster, braun mit einem Rest von rot, wie Sonnenuntergänge. Schließlich wandern ihre Augen zu Frau Petersen.

„Entschuldigen Sie die Unordnung, die ich hier mache mit meinem nassen Schirm. Ich muss aussehen wie ein begossener Pudel."

„Ich bitte Sie…"

„Was für ein Unwetter."

„Schrecklich, nicht? Man kann kaum vor die Tür gehen."

„Das ist wohl wahr. Aber es ging nun nicht anders. Mein Sohn hat mich geschickt, auch wenn ich nicht mehr gut zu Fuß bin, es pressiert nämlich etwas bei mir, mit meinem Vorhaben. Sie sind doch hier das Reisebüro Petersen? Petersens Weltreisen – so soll das heißen?"

„Da sind Sie richtig. Reise-Welt. Petersens Reise-Welt."

„Und Sie sind Frau Petersen? Mein Sohn sagte nämlich, ich sollte unbedingt zu Frau Petersen gehen. Also zu Ihnen *persönlich*, sagte er, wenn Sie es denn sind. Es ist wohl Ihr Geschäft…? Ihre Kollegin ist ja noch sehr jung… –"

„Natürlich, ja, ich bin Ingrid Petersen."

Ines setzt sich wieder auf ihren Stuhl, lässt Spiegel, Lippenstift und Tasche in der Schreibtischschublade verschwinden und wendet sich, um beschäftigt auszusehen, ihrem Rechner zu. Ihre

Finger klappern über die Tastatur, losgelöst von ihren Gedanken, die um Gunnar kreisen und den bevorstehenden Abend. Sie zwingt sich, ihre Augen auf den Monitor zu richten, und wünscht sich im Stillen, dass die Dame mit dem roten Regenschirm bald wieder geht, dass es eine schnelle Anfrage ist, sie nur eine Auskunft benötigt, keine Buchung von A bis Z.

„Wie können wir Ihnen helfen?", fragt Frau Petersen.

„Ja, liebes Kind, das will ich hoffen, dass Sie mir überhaupt helfen können. Wissen Sie, ich bin etwas unsicher, weil... weil ich noch nie in so etwas war, in so einem Reisebüro. Bei uns hat die Reservierung immer mein Mann gemacht, früher, meine ich, als er noch lebte, und nach seinem Tod hat Rosina das übernommen. Die hat sich auch immer um die Fahrscheine gekümmert, die wir natürlich das eine oder andere Mal brauchten. Aber dieses Mal geht es nicht anders. Ich muss alles selbst machen. Meine Rosina hat sich geweigert. Die gibt sich verstimmt, weil ihr diese ganze Geschichte gegen den Strich geht."

„Na sowas. Aber einmal ist immer das erste Mal", sagt Frau Petersen. „Das kriegen wir beide schon hin. Wohin soll die Reise denn gehen?"

„Ich bin nämlich seit zwölf Jahren nicht mehr gereist. Jedenfalls nicht mehr groß. An die Ostsee fahre ich natürlich – da verbringe ich immer noch viel Zeit, aber das ist ja nicht weit von hier, eine gute Stunde mit dem Wagen. Reisen kann man das kaum nennen. Zuletzt war das vierundachtzig, dass ich weiter weg gefahren bin. Da war ich in Dänemark, oben an der Spitze, wo Ostsee und Nordsee zusammenstoßen. Die ganze Zeit geregnet hat es, und ein Wind geht da, sage ich Ihnen.... Scheußlich."

„Das ist lange her... aber wissen Sie, Sie sind nicht die erste ältere Dame, die in Urlaub fahren will. Das machen heutzutage viele, auch alleinstehende Frauen und nicht nur die jungen. Sehr viele sogar."

„Tatsächlich?"

„Aber sicher. Das ist ganz normal."

„Rosina – das ist meine Haushälterin, seit einer Ewigkeit schon, seit vierzig Jahren, stellen Sie sich das einmal vor – Rosina hat gesagt, dass Leute in meinem Alter überhaupt nicht mehr verreisen sollten. Weil es zu gefährlich ist, hat sie gesagt, fürs Herz. Da musste ich natürlich laut lachen, als ich das gehört habe – *zu gefährlich fürs Herz*, ich bitte Sie! Wo kämen wir hin, wenn wir immerzu ans Herz denken würden?!"

Ingrid Petersen muss lächeln.

„So ist meine Rosina aber immer gewesen. Die sieht gleich den Weltuntergang kommen, auch wenn man nur kurz das Haus verlässt und sich eine kleine Freude gönnen will. Das ist ihre düstere Art. Aber mal ohne jeden Flachs: Mein Sohn Theo hat mir auch abgeraten. Er meint, ich sollte mir die Strapazen einer Reise nicht mehr zumuten."

„Ach, so anstrengend ist das Verreisen heutzutage gar nicht mehr. Es gibt doch Flugzeuge, da ist man in einem halben Tag am Ziel. Sieben oder acht Stunden dauert das nur, und Sie sind schon in Amerika, auf einem anderen Kontinent. Aber nun mal langsam, eines nach dem anderen. Wohin soll der Urlaub denn überhaupt gehen?"

„In den Urlaub wollte ich eigentlich gar nicht fahren. Das ist eine etwas andere Geschichte bei mir."

„Wohin wollen Sie denn verreisen? Wir können Ihnen natürlich auch nur eine Bahnfahrt oder einen Flug buchen – das hängt davon ab, was Sie vorhaben. Wollen Sie in Deutschland bleiben oder ins Ausland fahren? Nach Übersee?"

„Hach, Sie machen mir Spaß, Kind. Nein, ich will doch nicht nach Übersee. Ich möchte in meine Heimat, nach Bessarabien."

Ines' tippende Finger stocken, verharren für einen Moment über der Tastatur. Sie spürt ein Kribbeln im Bauch, ein Lachen in sich aufsteigen – die Kundin hat Frau Petersen schon wieder *Kind* genannt, was doch komisch klingt, wo sie längst über vierzig ist, keine richtig alte Frau natürlich, aber auch alles andere als jung und kindlich. Sie zwingt sich, an ihren Vater zu denken: Eugen Harms, Bäckermeister und jener Mensch, vor dem Ines mehr Respekt hat als vor jedem anderen.

Es gelingt ihr, das aufsteigende Kichern zu unterdrücken, und das ist gut so. Ingrid Petersen sieht es nicht gerne, wenn sie herumalbert oder mit Kunden flapsig ist.

Papa, denkt sie.

Papas dicker, faltiger Stoppelhals.

Ines entspannt sich. Ihre Finger klappern weiter über die Tasten. *Bessarabien* – hat sie das richtig gehört? Was das nun sein soll… na, die Chefin wird es schon kennen. Aber die Oma ist wirklich schrullig. Wie die so komisch redet, *liebes Kind* hier, *liebes Kind* da, dann auch noch zu Frau Petersen. Ines spürt wieder das Kribbeln im Bauch und zwingt sich, den Mund nicht zu verziehen. So herrschaftlich klingt die, als sei sie die Königin von… von irgendeinem Königtum.

„*Wohin* soll es gehen?", fragt Frau Petersen.

„Nach Bessarabien."

„Sagen Sie das bitte noch einmal – was für ein Arabien?"

„Bessarabien."

„Mensch, das habe ich noch nie gehört. Saudi-Arabien, das kenne ich, aber da fahren kaum Touristen hin, nur ab und zu ein paar Türken wegen Mekka und der heiligen Stätten."

„Nein, nein, nein, ich meine doch nicht *Saudi* Arabien. *Bess*arabien. Nach Bessarabien möchte ich."

„Das sagt mir überhaupt nichts, wenn ich ehrlich sein soll. Wo liegt denn das?" Frau Petersen lächelt sie an.

„Das kennen Sie gar nicht? Komisch. Wie die Zeiten sich doch ändern. Haben Sie das schon nicht mehr in der Schule gelernt?"

„Puh, Sie können Fragen stellen… Nicht dass ich wüsste. Ein Land ist das aber nicht?"

„Bessarabien? Nein. Das liegt zwischen Dnjestr und Pruth."

Ingrid Petersen sieht zu Ines hinüber, die auf ihren Bildschirm starrt und mit der Faust vor dem Mund hüstelt.

„Zwischen *was*?"

„Zwischen Dnjestr und Pruth."

Ein leises Kichern.

„Und… was ist das?"

„Zwei Flüsse sind das – was sage ich, Kindchen: *Ströme* sind das! Sie haben in Geografie aber doch Lücken, Frau Petersen. Da hätten Sie bei der Erdkunde etwas besser aufpassen müssen, wo

Sie doch sogar in einem Reisebüro arbeiten. Na, sei es drum, Sie sind ja eine Frau und auch noch jung."

Aus den Augenwinkeln sieht Frau Petersen Ines mit gesenktem Kopf in die Teeküche hasten.

„Ist alles in Ordnung, Ines?", ruft sie ihr hinterher.

„Mmmh", macht Ines. „... verschluckt..." Trockenes Husten.

„Und wo fließen diese Flüsse?", fragt Frau Petersen. „Diese gewaltigen Ströme?"

„Hier bei uns natürlich, in Europa. Im Südosten. Nicht eigentlich Balkan, aber doch auch nicht so weit weg davon. Die fließen beide ins Schwarze Meer."

„Und da möchten Sie hin?"

„Bitte. Ja."

„Ans Schwarze Meer?"

„Nein, nein, das nun nicht, überhaupt nicht. Ich erkläre Ihnen das genau: Es gibt einen Ort, ein Dorf würde man bei uns sagen, da wohnen nicht viele Menschen, auch wenn die Hauptstraße zwei oder drei Kilometer lang ist. Scherpnowoje oder Serpnewoje oder so ähnlich sagen sie jetzt wohl dazu. Zu meiner Zeit hieß die Siedlung noch Leipzig – so wie Leipzig in der Zone, in Sachsen. Das werden Sie ja kennen. Oder auch nicht?"

„Doch. Doch, natürlich..."

„Heute heißt es aber anders, eben dieses Serpnewoje, so sprechen die Leute das jetzt aus, sagt mein Sohn Theo. Da sind nun die Russen und Ukrainer. Neue Sichel heißt das auf deutsch. Mit den schönen Namen haben sie es nicht."

„Und in welchem Land liegt das?"

„In der Ukraine, achtzig oder hundert Kilometer vom Schwarzen Meer entfernt, aber ganz nah an der Grenze nach Moldau. Die Gleise von unserem alten Bahnhof, Bessarabeska, liegen sogar genau *auf* der Grenze, sagt Theo. Da haben sie damals – unter Chruschtschow war das – einfach mit Lineal und Bleistift einen Strich durchgezogen auf der Landkarte. Mitten durch unseren Bahnhof, durch die Gleise und das Gebäude und alles. Und nun liegt das eine Ende des Dorfs – das lange Ende, wenn Sie so wollen – in der Ukraine, und das andere liegt in Moldau."

„Mmh. Und ausgerechnet da wollen Sie hin…"
„Jawohl, liebe Frau Petersen. Genau *da* will ich hin."
Ingrid Petersen spielt mit dem Ehering an ihrer Hand und denkt kurz nach. „Sind Sie zufällig aus den neuen Bundesländern?", fragt sie.
„Sie meinen aus dem Osten – aus Ostdeutschland? Nein. Warum?"
„Von denen fahren jetzt viele ans Schwarze Meer. Nach Bulgarien vor allem, aber einige auch nach Rumänien. Die Hotels sind dort sehr billig. Preiswert. Sagten Sie nicht, dass Sie aus Leipzig sind?"
„Aber ja. Natürlich bin ich aus Leipzig."
„Aber nicht aus Leipzig in Sachsen?"
„Nein, nein, das habe ich Ihnen doch erklärt. Aus Leipzig in Bessarabien stamme ich. Das ist mein Heimatdorf. War es. Aber selbst wenn man seine Heimat verlässt – die Heimat verlässt einen nie."
„Da ist etwas Wahres dran. Und Sie wollen, wenn ich Sie jetzt richtig verstanden habe, in die Ukraine reisen?"
„So ist das."
„Darf man fragen, was Sie da vorhaben? Urlaub wollen Sie in dem Teil der Welt doch sicher nicht machen?"
„Nein, so richtig heimelig wird es dort heute nicht sein. Das Paradies haben sie da nicht erfunden. Das war jahrzehntelang von den Kommunisten besetzt."
„Sie verreisen dann… wie sagt man…? Gewissermaßen verreisen Sie geschäftlich?"
„Sagen wir es einmal so: Ich habe dort zu tun. Etwas zu erledigen. In meinem Alter macht man keine Geschäfte mehr, und wenn doch, dann stimmt etwas nicht mit einem."
„In die Ukraine gibt es aber nur Linienflüge. Das ist touristisch nicht richtig erschlossen."
„Ah so, es gibt also Flüge dahin? Gut. Sehr gut. Es ist ja alles modern geworden inzwischen – ich hatte fast Angst, dass das nicht ginge, weil Theo noch nie von Flugverbindungen von Hamburg in die Ukraine gehört hatte, und Theo und seine Frau reisen viel beruflich, die würden so etwas eigentlich wissen."

„Aber… Sie wissen, was ein Linienflug ist? Das ist kein Flug für Touristen, sondern eher für Geschäftsleute."
„Das macht ja nichts."
„Was ich sagen will, ist, dass das in der Regel eine ganze Menge mehr kostet als ein Ferienflieger. Das wissen Sie?"
„Aber nein, woher soll ich das denn wissen? Deswegen bin ich ja hier zu Ihnen gekommen. Um mich beraten zu lassen, ich würde sonst alles falsch machen. Würde das gar nicht können, würde ich."
„Pauschalreisen in die Ukraine gibt es praktisch gar nicht, und von direkten Flugverbindungen von Deutschland aus habe ich noch nie gehört. Ich kann mich natürlich irren, aber ich glaube nicht…"
„Frau Petersen, ich verstehe gar nicht richtig, was Sie alles sagen, mit diesem pauschal und den Linien. Die Sache ist… wirklich kompliziert, ja?"
„Wissen Sie was? – wir schauen jetzt einfach mal nach, was es gibt. Also…"
Ingrid Petersen wendet sich ihrem Computerbildschirm zu und beginnt zu tippen. „Ukraine… Flughäfen… Da haben wir die Liste schon… Charkow, Dnjerp… Wie heißt das…? Denjep… Dnje-pro-pe-trowsk… Namen haben die da im Osten, Mensch… dann gibt es noch Donetzk, Kiew – das kennt man wenigstens –, Lemberg, Odessa und Se-was-to-pol. Ach – und hier… – Sehen Sie mal, Sie können von Deutschland aus sogar direkt dahin fliegen."
„Das ist gut. Das macht die Sache gleich einfacher."
„Von Frankfurt nach Kiew geht hier ein Flug. Mit der Lufthansa."
„Ja, die kenne ich!"
„Aber auf der Maschine gibt es sicher fast nur Business-Class-Tickets und teure Economy. Ich glaube, das ist nichts für Sie, das buchen normalerweise nur Kaufleute. Da fährt wirklich niemand hin außer Manager von großen Firmen und wahrscheinlich ein paar Entwicklungshelfer, die Brunnen bohren und Lebensmittel verteilen."
„Das wird man sehen. Aber Frau Petersen… – Kiew ist wohl

etwas zu weit weg für uns. Früher, als mein Vater noch lebte, lag das acht Tagesreisen vom Dorf entfernt. Stellen Sie sich das einmal vor: Acht Tage war er von Leipzig nach Kiew unterwegs."
„Zu Fuß?"
„Na Sie machen mir Spaß – mit dem Pferdewagen natürlich, mit der Podwoda. Wir hatten doch alle Pferde damals, jeder seine eigenen, herrliche Tiere. Aber Kiew…? Nein, das scheint mir zu weit weg zu sein, selbst wenn wir einen Wagen nehmen würden. Odessa wäre besser, glaube ich. Gibt es da auch etwas – nach Odessa?"
Ingrid Petersen steht schmunzelnd auf. Aus einem der Regale mit Reisekatalogen zieht sie einen Weltatlas.
„So", sagt sie. „Jetzt machen wir es richtig."
Sie legt das schwere Buch auf ihren Schreibtisch und sucht mit dem Zeigefinger den Index ab.
„Hier", sagt sie schließlich zu sich selbst. „Seite siebenundzwanzig und achtundzwanzig, Spalten B bis D, Reihen vier und fünf… Da…" Sie schlägt die Seite auf und sucht mit dem Finger das richtige Feld. „Aha… Da haben wir's. Odessa. Direkt am Schwarzen Meer liegt das."
„Das stimmt, ja. Einen großen Hafen haben sie."
„Da könnten Sie vielleicht auch nach Bukarest fliegen. Schauen Sie mal, das liegt hier links auf der Landkarte… Gar nicht weit weg, jedenfalls viel dichter als Kiew. Käme das auch für Sie in Frage, Bukarest?"
„Nein, Odessa ist richtig, glaube ich. Da will ich hin. Ich war früher auch schon einmal in Odessa, als ich ein junges Mädchen war. Klein noch. Ungefähr 1930 muss das gewesen sein. Mit meinem Vater. *Sehr* elegant alles."
„Gut…" Frau Petersen setzt sich wieder auf ihren Stuhl. „Odessa also. Wollen Sie von Hamburg aus fliegen – hier von Fuhlsbüttel?"
„Ja, bitte, so hat mein Sohn das gesagt."
„Bestens." Sie tippt. „Gut, dann schauen wir einmal nach. Wann genau soll Ihre Reise losgehen?"
„In drei Monaten ungefähr, haben wir gesagt, Theo und ich. Im

Mai. Um den zehnten herum, wenn das möglich ist."
„Zehnter Mai. Soll ich den einfach mal eingeben? Für die Suche brauche ich immer ein genaues Datum."
„Ah so. Ja, das würde im Grunde schon passen. Dann nehmen wir einfach den zehnten Mai."
„Das kann man natürlich alles noch ändern – mir geht es im Moment nur um die erste Suche, damit wir überhaupt eine Preisvorstellung bekommen. Und wann wollen Sie wieder zurückfahren?"
„Vier oder fünf Tage später, habe ich gedacht."
„Das ist dann aber eine kurze Reise... egal, sagen Sie einfach mal den Tag, der für Sie am besten wäre. Hin und her wechseln können wir immer noch."
„Dann bitte fünf Tage später. Also den fünfzehnten für den Rückflug."
Ingrid tippt und wartet, während der Rechner nach Reiseverbindungen sucht. „Das dauert jetzt einen Augenblick", sagt sie zu ihrer Kundin. „Ein Computer braucht immer ein bisschen Zeit um nachzudenken... – was mich... – Ines? Bist du hinten in der Küche?"
Ines zeigt sich im Durchgang, ein Glas Leitungswasser in der Hand, und geht hüstelnd langsam wieder auf ihren Platz zurück. Ihr Gesicht ist gerötet.
„Ist alles okay?", fragt Frau Petersen und zwinkert ihr zu.
„Da war was im falschen Hals."
„Hmm. – So, in Ordnung... hier haben wir's. Von Hamburg-Fuhlsbüttel nach Odessa.... Sie könnten am zehnten Mai ab Fuhlsbüttel fliegen, das geht tatsächlich. Das ist ein... Dienstag ist der Wochentag. Abflug neun Uhr dreißig morgens mit Lufthansa über Frankfurt Rhein-Main. Weiterflug um dreizehn Uhr fünfunddreißig ab Frankfurt. An Kiew um sechzehn Uhr fünfundvierzig. Dann weiter um neunzehn Uhr fünfundvierzig, Ankunft in Odessa um einundzwanzig Uhr fünfunddreißig Ortszeit. Sehr spät also – da müssten wir schauen, ob wir das mit der Unterkunft noch hinkriegen, und Sie wären von morgens früh bis in die späten Abendstunden unterwegs. So... einen

Moment… und hier steht, dass Sie die ganze Strecke auch mit Aeroflot fliegen können. Das geht dann über Moskau, nicht über Kiew. Frankfurt, Moskau, Odessa. Aber wenn Sie mich fragen, würde ich das eher nicht machen – Aeroflot hat nicht den besten Ruf. Da lohnt sich die Ersparnis wirklich nicht, wenn man dabei abstürzt."

Die Dame nickt. „Ja, da haben Sie recht, das klingt vernünftig"

„So, und nun halten Sie sich fest. Der Flug mit Lufthansa über Frankfurt und Kiew hin und zurück kostet… dreitausenddreihundertsiebenundfünfzig Mark und einundachtzig Pfennig."

„Warten Sie, das schreibe ich mir gleich auf." Sie öffnet ihre Handtasche und sucht nach einem Stift und einem Zettel.

„Das brauchen Sie nicht – ich drucke Ihnen die Verbindung aus, da steht alles Wichtige drauf. Dann können Sie das in Ruhe mit Ihrem Sohn besprechen, wenn Sie wollen. Aber ehrlich gesagt: Ich glaube, der Flug ist nichts für Sie. Sie wollen ja nur für ein paar Tage verreisen, und für so viel Geld…? Damit kommen Sie ein paar Mal nach Spanien und zurück, inklusive Hotel und Halbpension."

„Das stimmt", sagt Ines am Nebentisch. „Spanien ist viel billiger. Und zum Verreisen viel schöner."

„Aber ich kann so einen Flug doch nehmen, oder nicht?", sagt die Dame, zu Ines gewandt.

„Welchen jetzt?", fragt Ingrid Petersen. „Einen nach Spanien?"

„Nein, nein, nein, was soll denn eine Frau in meinem Alter in Ihrem Spanien? Den nach Odessa, diesen Flug, den Sie dort eben in Ihrem Computer gesehen haben. Der war ganz richtig."

„Den für etwas über dreitausend Mark?"

„Den Preis hatten Sie genannt – aber ja, das war, glaube ich, der Betrag."

„So einen teuren Linienflug? Das wollen Sie bezahlen?"

„Ich bitte Sie. Ich bin doch nicht zum Spaß hier, Frau Petersen. Wir machen Nägel mit Köpfen."

Ingrid stützt sich mit beiden Armen auf ihrer Schreibtischplatte ab und schaut sie an.

„Dann soll ich Ihnen ein Ticket reservieren? Hier und jetzt?"
Die Kundin nickt. „Ich bitte darum. Sie sind doch hier das Reisebüro."
„In Ordnung. Dann machen wir jetzt gleich eine Reservierung fertig. Die steht bei uns zweiundsiebzig Stunden im Buchungssystem, und wenn Sie den Flug innerhalb von drei Tagen nicht bestätigen, verfällt die Reservierung wieder."
„Ah ja. Gut. So machen wir das."
„Halt, warten Sie, heute ist ja Donnerstag, und das Wochenende kommt – Freitag, Samstag, Montag, das sind drei Werktage – bis Montag müssten Sie mir spätestens Bescheid geben."
„Jawohl."
„Das haben Sie alles verstanden?"
„Ich glaube schon. Doch. Ja."
„Dann lassen Sie uns schnell noch eine Reservierung machen. Wie lautet Ihr Name?"
„Lampe."
„Lampe wie die Leuchte?"
Die Frau nickt.
„Und wann sind Sie geboren?"
„Wie meinen Sie das?"
„Wann Sie geboren sind. Das Datum."
„Warum wollen Sie das wissen?"
„Das brauchen wir für Ihre Reservierung."
„Warum denn das?"
„Damit Sie für die Fluggesellschaft – um Sie identifizieren zu können. Lampe heißen doch eine ganze Menge Leute auf dieser Welt. Oder nehmen Sie meinen Namen, Petersen, die gibt es wie Sand am Meer, die Petersens. Der Name reicht heute nicht mehr, wenn Sie verreisen wollen."
„Aha."
„So ist das. Jeder muss das Geburtsdatum angeben. Kennen Sie das nicht?"
„Nein, das Reisenbuchen habe ich in den letzten Jahren ja immer… Na, wenn Sie das nun meinen, Frau Petersen – aber ich muss sagen, dass ich das… *ungewöhnlich* finde ich das. Was geht

die Reisegesellschaft an, wie alt ich bin? Das geht überhaupt niemanden etwas an. Ich bin doch wirklich kein junges Ding mehr."

„Tja, Frau... Lampe. Aber ohne diese Angaben nimmt die Fluggesellschaft Sie gar nicht erst mit. Keine Fluggesellschaft macht das, die müssen sich alle an die Regeln halten. So ist es nun einmal. Können wir beide nichts dran ändern."

„Bitte, meinetwegen. Ich wurde am 6. Februar 1918 in Leipzig geboren. Leipzig, Bessarabien, natürlich. Nicht das in Sachsen."

„Sechs-ter Feb-ru-ar neun-zehn-hun-dert-acht-zehn." Ingrid tippt.

„Und Sie wollen per Scheck oder mit Kreditkarte bezahlen? Scheck wäre mir allerdings lieber. "

„Ach so", sagt die Kundin, öffnet wieder ihre braune Handtasche und wühlt darin. „Was sagen Sie... – ich muss mit einem Scheck bezahlen?"

„Sie *müssen* natürlich nicht. Es wäre mir nur etwas lieber. Da fallen für uns keine weiteren Gebühren an."

„Ich soll aber nicht mit Scheck bezahlen, das hat Theo extra gesagt... warten Sie einen Augenblick, bitte..." – sie durchsucht mit den Händen das Innere ihrer Tasche – „... und auch nicht mit dieser Karte, von der Sie sprechen, so etwas habe ich noch nie gemacht... habe ich, glaube ich, gar nicht... – besitze ich so etwas überhaupt, so eine Kreditkarte?" Sie schaut auf.

„Ob Sie eine Kreditkarte haben? Das weiß ich doch nicht. Haben Sie von Ihrer Bank denn eine bekommen?"

„Da müsste ich jetzt nachfragen... – na, Kindchen, es ist ja auch eins, ich habe meine Handtasche schließlich dabei, da ist alles Wichtige drin. Ich wollte nämlich eigentlich..." – sie schiebt ihre Brille auf die Nasenspitze.

Ingrid Petersen muss innerlich schmunzeln. Erst jetzt fällt ihr auf, dass die Frau, obwohl sie Mantel und Hut abgelegt hat, ihre braunen Lederhandschuhe noch trägt. Eine ganz Vornehme muss das sein. Oder eine Tüddelige.

„Ich wollte bar bezahlen, das ist immer das Beste, sagt Theo. Auf Kredit haben wir nie etwas gekauft, selbst zu den ganz schlechten Zeiten nicht, da wollen wir gar nicht erst mit anfangen."

Ines lässt sich gegen die Rückenlehne ihres Schreibtischstuhls fallen und blickt hinüber. Sie zieht die Augenbrauen hoch.
„In Ordnung, Sie zahlen bar“, sagt Ingrid höflich. „Wenn Sie die Buchung bestätigen wollen, müssten Sie dann aber spätestens am Montag kurz vorbeikommen und den Flug bezahlen. Oder zumindest eine Anzahlung leisten.“
„Ich kann das nicht jetzt gleich regeln?“
„Sie haben hier und jetzt dreitausend Mark bei sich, Frau Lampe?“, fragt Ingrid.
„Nein, nein, Frau Petersen, keine Sorge.“ Sie lacht. „Mein Sohn hat mir schon etwas mehr mitgegeben.“ Sie zwinkert den beiden Frauen zu. „Wissen Sie, wir haben eine Übereinkunft. Er muss mir nämlich immer mein Taschengeld geben, wenn ich aus dem Haus gehe… So nennen wir das, mein *Taschengeld*, auch wenn das natürlich von meiner Bank kommt – das ist selbstverständlich mein Geld, nicht Theos, jedenfalls noch nicht –, aber ich bin nun so alt, dass ich mich nicht mehr darum kümmern mag. Damit ich in den Geschäften und auf dem Wochenmarkt bezahlen kann, holt er das für mich bei der Bank ab. Aber weil ich heute zu Ihnen gehen wollte, hat er mir extra mehr mitgegeben.“ Sie sieht Frau Petersen in die Augen und beginnt zu flüstern. „Es sind dreißigtausend Mark, die ich jetzt dabei habe. Hier in meiner Handtasche.“
„Sagen Sie mal. So viel Geld tragen Sie mit sich herum?“
„Das müsste doch reichen?“
Ingrid sieht sie erstaunt an. „Ob das reicht, Frau Lampe? Für diesen Flug nach Odessa?“
„Es wird wohl. Wissen Sie, ich habe mich so lange schon nicht mehr um Geld gekümmert, seit mein Mann tot ist – mein letzter Mann, mein zweiter, Konrad. Früher war ich so geschickt mit Geld, es ging ja gar nicht anders damals, als wir wenig hatten. Aber jetzt habe ich das Finanzielle schon lange nicht mehr selbst geregelt, da verlernt man es richtig, muss ich sagen. Es muss am Alter liegen. Man wird mit den Jahren nicht klüger, habe ich festgestellt.“
„Sagen Sie mal, Frau Lampe, finden Sie das nicht gefährlich,

einfach so mit dreißigtausend Mark in der Tasche durch den Ort zu spazieren?"
„Ich bin ja nur die paar Meter gegangen. Mein Sohn und seine Familie wohnen gleich die Hamburger Straße hoch, hinten zur U-Bahn hin. Was soll da passieren? In Ahrensburg ist es doch sicher. Und eine alte Frau wie ich – von der will schon niemand etwas."
„Wenn Sie meinen. Das ist natürlich Ihre Sache. Ich wäre aber vorsichtig an Ihrer Stelle. Das ist viel Geld."
Frau Lampe winkt ab. „Papperlapapp. Wird schon keiner kommen. Da haben wir ganz andere Dinge erlebt zu unseren Zeiten. Nun warten Sie einen Moment, Frau Petersen, wir haben ja noch gar nicht alles erledigt, was wir zwei heute erledigen müssen. Wir brauchen am Flughafen nämlich noch die Wagen, sagt Theo, das hätte ich jetzt fast vergessen. Sonst kommen wir dort nicht weg. Wir wollen ja bis nach Leipzig fahren, nach Serpnewoje. Das ist noch ein ordentliches Stück entfernt von Odessa. Wohl ein paar Stunden. Die Straßen müssen dort in miserablem Zustand sein."
„Wer ist denn *wir*, Frau Lampe? Will Ihr Sohn mitkommen?"
„Ja natürlich. Der kommt auch mit."
„Ah so, wie schön. Dann schaue ich schon einmal nach einem Auto. Sie wollen einen Mietwagen in Odessa, habe ich das richtig verstanden?" Ingrid Petersen lässt ihre Finger über die Tastatur fliegen – und hält plötzlich inne. „Warten Sie. Was haben Sie eben gesagt, Frau Lampe?"
„Wieso? Was soll ich gesagt haben? Wir wollen nach Leipzig und brauchen noch Wagen."
„*Der auch* haben Sie gesagt?
„Ja, sicher. Der auch. Mein Sohn Theo, der kommt auch mit. Der hat einen Führerschein."
„Sollen denn noch mehr Leute mitfahren?"
„Natürlich. Rosina und die anderen alle... – gut, *alle* nun auch wieder nicht. Ein paar meiner Nichten und Neffen machen einem nämlich wirklich keine Freude, solche Grummelfiguren sind das, die sind... schwierig, sagen wir mal, und jung natürlich – Sport und Musik und die Freundinnen – nur dummes Zeug haben die

im Kopf – Sie kennen das sicher alles von den jungen Leuten. Aber wie es aussieht, kommt doch der große Teil unserer Familie mit. Herr Krause auch."
„Wer sind denn die anderen, die mitkommen sollen? Können wir die kurz einmal durchgehen?"
„Aber sicher, Frau Petersen. Wenn Ihnen das hilft. Also: Abgesehen von meiner Person mein Theo natürlich und seine Frau Véronique, eine Französin, ganz reizend übrigens und gar nicht etepetete. Dann Tobias und Anna – das sind meine lieben Enkelkinder, meine einzigen. Ja, dann unsere Rosina... die habe ich schon genannt, die können wir nicht zu Hause lassen, die gehört gewissermaßen zum Inventar, und die braucht mich auch, sonst fühlt sie sich einsam. So ist das. Rosina muss mit, es geht nicht anders."
„Das sind... sechs Personen, wenn ich mich nicht verzählt habe. Sind das alle? Die Familie Ihres Sohnes – das sind vier. Ihre Hausdame, diese Rosina. Und Sie selbst. Ja, sechs. Wer ist dieser Herr Krause eben?"
„Warten Sie, Frau Petersen, ich habe hier eine Liste in meiner Tasche, die haben Theo und ich an den Weihnachtstagen gemacht. Ich meine, wir sind zuletzt auf an die zwanzig gekommen. Ach – unser kleiner Petrus natürlich auch. Unser Hündchen. Rauhhaardackel. Den hat Rosina gerade bei sich an der See, deswegen ist er nicht bei mir. Würde ihm auch gar nicht gefallen hier in diesem Regen. Im Winter liegt der am liebsten faul auf seiner Decke am Feuer – den Hund haben wir alle gemeinsam zu sehr verwöhnt."
„Zwanzig? Sie wollen doch nicht mit so einer Gruppe per Linienflug nach Odessa fliegen?"
„Aber das habe ich Ihnen doch schon alles gesagt. Natürlich will ich – wollen wir. Und einen Wagen brauchen wir auch. Also *ein paar* Wagen besser, wir sind ja ein ganzes Grüppchen oder wie man sagt."
„Puh. Sie machen mir... Ich bin mir ehrlich gesagt nicht sicher, ob es in Odessa überhaupt Mietwagen gibt. Das ist dort alles etwas hinterher. In jedem Fall kosten die eine Stange Geld, Frau

Lampe, wenn man in der Ukraine überhaupt Autos anmieten kann. Ein Vermögen." Sie tippt an ihrem Computer. „Hier… oh, schauen Sie mal… Wer hätte das gedacht, Ines? Hertz hat jetzt sogar schon eine Niederlassung in Odessa, direkt am Flughafen. Hertz ist eine der großen Autovermietungen."

„Sehr gut."

„Und zwar haben die drei Kategorien, Economy eins und zwei und Deluxe. – Du meine Güte, die Preise haben es aber in sich. Economy kostet ab 139 Dollar plus Steuer und Versicherung. Und Deluxe kostet… Sekunde… sogar ab 179 Dollar. Auch plus Steuern und Versicherung. Am Tag, Frau Lampe. Das ist der Tarif für einen einzigen Tag."

„Dollar, sagen Sie? Zahlt man da jetzt in Dollar?"

„Nein, das nicht. Das sind nur die Preise, die die Autovermietungen für ihre Filialen im Ausland nennen, weil die Devisenkurse sich ständig ändern. Sie bezahlen im Land selbst mit der Währung – Rubel oder was sie da haben in der Ukraine, ich weiß es gar nicht."

„Gut. Dann nehmen wir den. Wir sind ja an die zwanzig Personen, da sollten wir wohl vier Wagen anmieten, oder was würden Sie uns raten? Fünf?"

„*Den?* Welchen Wagentyp meinen Sie jetzt? Einen kleinen Wagen oder den großen?"

„Ruhig einen großen. Wissen Sie, wir wollen es ein wenig bequem haben, wenn wir schon weit verreisen müssen, und es kann am Schwarzen Meer selbst im Mai und Juni schrecklich heiß sein, das kenne ich von früher. Luxuriöser wird es in der Zwischenzeit auch nicht geworden sein in Serpnewoje – da können wir Alten in den großen Wagen wenigstens bequem sitzen und beim Fahren etwas schlafen."

„Also wollen Sie die Deluxe-Kategorie? Das steht bei Autovermietungen meistens für Mercedes oder Audi oder jedenfalls für die großen Modelle. Die kennen Sie, ja?"

Frau Lampe nickt. „Deluxe, jawohl. Wir nehmen vier. Vier Wagen deluxe bitte…" Sie lacht. „Herrlich… – wie das nun klingt, so richtig luxuriös… "

Ines gluckst leise und sieht auf ihre Armbanduhr. Zehn nach sechs. Sie wäre längst gegangen, wenn Frau Petersen ihr nicht verboten hätte, sich in den Feierabend zu verabschieden, solange noch Kunden im Geschäft sind.

„Frau Lampe?", fragt Ines.

„Ja, bitte?"

„Entschuldigen Sie, wenn ich Sie das frage… – es geht mich natürlich nichts an. Aber was um Himmels willen wollen Sie mit vier Limousinen im Mai in der Ukraine? Das kostet Sie zigtausend Mark, allein für die Autos, und dann die Flüge noch extra… Was wollen Sie denn dort?"

„Das ist wegen meiner Familie. Oder *für* meine Familie, muss ich eigentlich sagen. Ich will ja meine Kinder mitnehmen, die Kinder und Enkel. Wissen Sie, Minna – meine Schwester – und Georg – mein ältester Bruder – die kennen Bessarabien natürlich, wir sind alle zusammen aufgewachsen, das ist unsere Heimat. Aber die Kinder und Enkel, die waren noch nie dort, die sollen…"

„Frau Lampe, jetzt aber mal im Ernst!" Ingrid Petersen ist zu der Überzeugung gelangt, dass die Kundin verwirrt ist. „Sie wollen also mit Ihrer gesamten Großfamilie nach Odessa fliegen und dort durchs schöne Land gondeln… – meinetwegen. Aber haben Sie eine Vorstellung, was…"

„Warten Sie…"

„Nein, Frau Lampe, lassen Sie mich bitte ausreden. Haben Sie eine Vorstellung davon, was da auf Sie zukommt? Finanziell auf Sie zukommt, meine ich? Wenn Sie mit zwanzig oder was Personen verreisen? In *Business* Class?"

„Warten Sie doch, ich habe die Liste ja dabei." Frau Lampe öffnet ihre Handtasche. „Bitte, hier ist sie. Sehen Sie, es lohnt gar nicht, sich aufzuregen, Frau Petersen, es ist alles vorbereitet. Ich habe heute Vormittag noch einmal Häkchen an alle Namen gemacht. Wir sind jetzt insgesamt – achtzehn steht hier unten. Vorläufig. Sehen Sie…? Wo der rote Kringel ist. Aber es werden nicht alle können, wie es bei einer großen Zahl immer ist. Zu einem bestimmten Termin können nie alle gleichzeitig. Nicht einmal zu Weihnachten, selbst Heiligabend fehlen immer ein paar

Kandidaten."
„Jetzt reicht es mir langsam." Frau Petersen zwingt sich, leise zu sprechen. „Sie können doch nicht mit achtzehn Mann verreisen! In die Ukraine… Wer soll denn das bezahlen?"
Frau Lampe sieht sie überrascht an.
„Ich schlage vor, Sie gehen jetzt nach Hause und denken noch einmal in Ruhe darüber nach. Und wenn Ihnen das alles gut durch den Kopf gegangen ist, dann kommen Sie wieder, und dann buchen wir für Sie eine schöne Zweiwochenreise in den Süden und meinetwegen auch einen Flug ans Schwarze Meer. Einverstanden?"
Ines sieht dankbar zu ihrer Chefin hinüber, setzt ein Lächeln auf und nickt der Kundin zu. Und nun gehen Sie bitte schnell, denkt sie.
„Was Sie aber von mir halten müssen", sagt Frau Lampe leise. „Sie denken, ich weiß nicht, was ich tue, glaube ich. Dass ich nicht… nicht ganz beieinander bin, ja? Denken Sie das?"
„Nein, das nicht, Frau Lampe, aber Sie müssen doch zugeben, dass Sie da für eine alte Dame eine… etwas ungewöhnliche Reise…"
„Meine liebe Frau Petersen, damit wir zwei uns von Anfang an richtig verstehen und gar keine Irrtümer aufkommen… – ich weiß sehr wohl, warum ich hier bei Ihnen bin und was ich tue. Ich weiß das viel besser, als Sie und Ihre junge Kollegin sich überhaupt vorstellen können. Ich habe nicht ein hartes Leben hinter mich gebracht, um mein Geld im Alter zum Fenster hinauszuwerfen für Lustreisen in Spanien oder ich weiß nicht was, und ich finde Ihre Art… unangemessen. Ja: unangemessen. Das ist das richtige Wort. Ich bin doch nun Ihre Kundin."
Sie atmet tief durch.
Ines starrt auf ihren Bildschirm.
„So, Frau Petersen, dann hätten wir das geklärt. Und jetzt würde ich gerne eine gute Tasse Tee von Ihnen bekommen, es zieht hier. Oder ist Ihre blaue Teekanne hinten auf dem Stövchen zur Zierde gedacht?"
Ines sitzt regungslos auf ihrem Stuhl, während Frau Petersen die

Zigarettenschachtel aus ihrer Schreibtischschublade holt. „Darf ich?"
„Aber bitte", sagt Frau Lampe. „Rauchen Sie. Wissen Sie, es sind jetzt fünfzig Jahre, dass ich nicht zurück konnte. Nicht *durfte*. Fünfzig Jahre, mehr als mein halbes Leben, ich bin damals weg mit Anfang zwanzig – gut ein halbes Jahrhundert ist das her. Haben Sie eine Vorstellung, wie lange das ist?"
Ingrid Petersen erwidert nichts und zieht an ihrer Zigarette. Sie sieht die Kundin an, ihre Augen, ihre feinen, weißen Haare, die Falten zwischen Nase und Oberlippe, die braunen, wunderbar weich aussehenden Lederhandschuhe an den Fingern.
Frau Lampe öffnet ihre Tasche und holt ein Bündel Banknoten hervor, Fünfhundert-Mark-Scheine. „Und um das Geld, Frau Petersen, brauchen Sie sich keine Gedanken zu machen. Ich habe es ja gleich mitgebracht. Hier. Das wird nicht für alles reichen, aber doch zumindest für diese Anzahlung, von der Sie sprachen. Und wenn Sie jetzt bitte diesen Flug eintragen würden – oder wie man das sagt...? Hier ist die Liste."
Ingrid nimmt den Zettel und überfliegt die mit Hand geschriebenen Namen: ich (Alma), Theo, Véronique, Tobias, Anna, Rosina, Minna, Georg (und Kinder), Lilli und Kali...
„Ines", sagt sie schließlich, „würden Sie so gut sein und uns allen frischen Tee machen? Oder hätten Sie lieber einen Kaffee, Frau Lampe, oder ein Glas Wasser?"
„Ich bin Teetrinkerin, danke. Ohne Milch und Zucker. Und nicht zu stark, bitte."
Ines steht langsam auf, sieht irritiert zu Frau Petersen hinüber und geht stumm in die Küche, ohne zu protestieren.
„Und Ines, noch etwas", ruft Ingrid nach hinten. „Hängen Sie bitte das Schild in die Tür und schließen Sie ab, ja? Wir haben geschlossen... – Ihre Sache", zur Kundin gewandt, „bringen wir jetzt natürlich noch auf den Weg. In aller Ruhe."
„Gut, ja."
„Also – dann lassen Sie uns noch einmal von vorne anfangen. Lampe heißen sie, L, A, M, P, E. Richtig so?"
„Jawohl, wie die Lampe."

„Und wie ist Ihr Vorname?“
„Alma.“
„Gut. Alma Lampe also.“
Ingrid Petersen sieht sie an.
„*Die* Alma Lampe?“

Teil II

Kapitel 2: Arthur

Leipzig, Bessarabien, August 1932

„Aaaaaaahl-maaaa!"

„Haaaaaaaahhhhl-maaaaaaa!!!"

Rief man nach ihr?
Es konnte nicht sein. Sie arbeitete auf dem Baschtan ihrer Familie, fünf Werst vom Dorf entfernt.
Sie schaute auf und ließ ihre Hacke auf den trockenen, staubigen Ackerboden fallen. Ihre Augen suchten den Rand des Gemüsefelds ab. Wo der Feldweg begann, der nach Leipzig führte, den Hang hinunter ins Unterdorf, stand der Wagen mit den Harbusen. Nichts.
Es rief keiner.
Sie war allein.

Sie war in der Kühle des Morgens, bevor der Nebel im Tal und der Tau auf den Gräsern und Spinnweben verschwanden, mit dem Einspänner die Serpentine an der Südflanke des Bulgarenbergs hinaufgefahren. Es dämmerte. Blauviolette Wolken standen am Himmel.
Der Weg aus dem Dorf verlief anfangs nach Osten an einem Sonnrosenfeld entlang, deren schwere, braune Köpfe sich neigten, reif für die Ernte. Die Fuchsstute zog den Wagen, der bis auf die Arbeitsgeräte leer war, auf den Bulgarenberg; ruhig; verlässlich; sie kannte den Weg. Rosie lief ihnen voraus, die Nase am Boden, und sprang durch das Dickicht am Wegrand. Alma liebte diese Stunde: das Geräusch der Hufe, der knirschenden, mit Blech beschlagenen Räder, das Singen der Vögel, die im Gras ihren Tag begannen. Sie verknotete das karierte Wolltuch, das sie um die Schultern gebunden hatte, vor ihrer Brust und genoss den Gedanken, noch eine Zeit lang sitzen und dösen zu können, bevor sie den Baschtan erreichte und die Arbeit begann.

Als Alma auf den Gemüseacker kam, spannte sie Klara aus, hing ihr einen Leinensack mit Hafer und Roggenschrot um und band sie an eine Akazie am Feldrand, wo die Stute im Schatten der Bäume ausruhen konnte. Wenn sie im Halbschlaf mit dem Schweif nach den Fliegen und Bremsen schlug und ihr Gewicht von einem Bein auf das andere verlagerte, klirrte ihr Zaumzeug. Rosie, matt von der Eroberung des dornigen Gestrüpps am Bulgarenberg und der zunehmend drückenden Mittagshitze, lag mit ausgestreckten Beinen unter dem Wagen und schlief.

Nein, es war nichts, dachte Alma, sie musste sich verhört haben. Ihr Vater, der einzige ihrer Familie, der regelmäßig auf den Baschtan kam, war in Kischinjew, zwei Tagesreisen entfernt, um eine Landsache zu erledigen. Seinen russischen Knecht Mischka hatte er mitgenommen, weil ihm die Zeit auf der Fahrt sonst lang geworden wäre. Die Mutter hatte Alma auf den Berg geschickt, um Wassermelonen für den Markt in Romanowka zu ernten, die Gemüsebeete zu jäten und Zieselmausfallen zu leeren. Ihre zwei Jahre jüngere Schwester Wilhelmina sollte mit Oma Mathilde und Hedwig, ihrer Magd aus Kulm, Stachelbeeren und Träuble von den Sträuchern im Hinterhof pflücken.

Alma wischte sich mit der sauberen Unterseite ihrer Schürze den Schweiß von Stirn und Armen und schlug mit der Hand nach den grünen Schmeißfliegen, die ihr feuchter Nacken anzog. Sie sah in den Himmel: Dunst, ein milchiger Hitzeschleier über den Hügeln. Die Wolken, die am Morgen Regen anzukündigen schienen, waren wider Erwarten weitergezogen.

„Aaaaaaaahhhhl-maaaaaaa!!!!“

Da – jetzt hatte sie ihren Namen gehört…

Alma richtete sich auf. Es rief wirklich jemand nach ihr – eine Frau oder ein Junge. So hoch und durchdringend würde kein Mann schreien.

Vom Feld aus sah Alma, wie Rosie unter der Podwoda aufstand und ihre Vorderläufe streckte. Mit gespitzten Ohren lief sie zum Baschtangatter vor, ein Stück hinaus auf den Feldweg und begann zu kläffen. Klara schüttelte ihren Kopf und prustete aus den Nüstern.

Alma hatte Durst. Sie ging zum Wagen, trank aus der Blechbüchse unter dem Bock und zog ein Klappmesser aus ihrem Beutel. Sie holte eine Melone vom Feld, wischte mit der Schürze den Dreck von der Schale, brach die Frucht mit der Klinge in zwei Hälften und schnitt eine Scheibe ab. Der Harbusensaft lief über ihre staubigen Finger, als sie hineinbiss. Nichts schmeckte ihr während der Arbeit besser, selbst wenn die Melonen auf dem Feld warm von der Sonne waren und weniger gut als die zuhause, die sie vor dem Essen in den Eiskeller legten.
Sie ging zu Klara und legte ihr eine Melonenhälfte hin.
„Aaaal-maaaahh!!"
Das Rufen kam vom Weg, auf dem sie aus dem Dorf gekommen war. Es klang erschöpft, gekeucht, als würde jemand laufen.
„Aaaal-maaaaaa!!!"
Sie konzentrierte sich auf die Stimme, die schwer zu erkennen war, weil Rosie am Gatter bellte. Es würde Minna sein, dachte sie; niemand konnte ein Spektakel veranstalten wie ihre Schwester.
Sie erkannte ihren Namen – aber da war noch etwas anderes…
Wie ratatom klang es.
„Aaaal-maaaa! Ra-ta-tom! RAA-TAA-TOOOMMMMM!"
Rosie kam hechelnd zu ihr getänzelt, sah sie fragend an, kratzte sich hinter einem Ohr. Alma schloss die Augen und horchte. Ja, es war wirklich Minna. Wahrscheinlich wieder am Spinnen, dachte Alma, das kannte sie. Minna war jünger als sie, rundlicher, ein Kind noch für einen Sommer, und hatte ihren eigenen Kopf. Sie konnte stur wie ein Esel sein.
Jetzt konnte Alma sie auf der Kuppe des Bulgarenbergs zwischen den Robinien laufen sehen. Ihr zu oft gewaschenes Kleid und die braune Schürze bauschten sich auf, während ihre nackten Beine zu fliegen schienen. Minna hatte Mischkas alten, ausgefransten Strohhut auf dem Kopf. Mit der einen Hand hielt sie den Hut fest, in der anderen trug sie ihre Schuhe: Almas alte Feldstiefel, die die Mutter vor Jahren von Srul Turkenitschs Wagen für sich selbst gekauft und nach einiger Zeit ihrer ältesten Tochter vermacht hatte, von der sie wiederum an Minna weitergereicht

worden waren.
„Aa-taaa-toooom!!!"
Minnas Stimme überschlug sich.
Alma stellte sich vor, in welche Notlage ihre Schwester diesmal geraten sein könnte. War ihr ein Pferd durchgegangen? Hatte sie einen Wespenstich? Eine Natter gesehen?
Alma zog das Tuch vom Kopf und schüttelte ihre Zöpfe aus. Sie winkte, aber Minna sah sie nicht, sondern blieb stehen und holte vornübergebeugt, die Arme in die Seitenbeuge gestemmt, Luft.
„Hier, Minna!", rief Alma. „Hi-iier!!!!"
Rosie sprang den Weg hinunter. Minna blickte auf, als sie Rosie begrüßt hatte, sah schließlich Alma und winkte ihr mit beiden Armen zu.
Alma legte Klara den Rest der Harbuse vor die Hufe, wischte sich die Hände an der Schürze ab und ging ihrer Schwester entgegen, die jetzt mit Rosie das Gatter erreichte und sich an einem Pfahl auf den Hintern fallen ließ. Sie atmete keuchend.
„Was läufst du so, Minna?", rief Alma ihr zu. „Hast du nichts zu tun?"
Minna riss die Augen auf und starrte ihre Schwester an. Sie sah wütend aus, wild, rang nach Luft.
„Ratatom!"
Jetzt verstand Alma, was sie sagte:
„Der Aaaar-thur!", schrie Minna. „Der Arthur kommt!"
„Erzähl, Minna, das kann doch nicht sein, das weißt du selbst. Im Herbst kommt er erst, hat die Mutter gesagt."
„Hat sie gesagt, ja", sagte Minna schnell. „Nun kommt er aber schon heute!"
„Sag bloß. Ist was passiert? Wo ist Mutter?"
„Dr. Prudöhl ist schon seit heute Vormittag da – und Frau Schilling, weil doch der Vater auf Kutschfahrt in Kischinjew ist. Die Mutter schreit nur und schreit und schreit. Die ganze Zeit."
Er kam, obwohl er erst Anfang Oktober fällig war, schon jetzt, im August.
Arthur war sechs Wochen zu früh.
„Die Mutter muss schlimme Schmerzen haben", sagte Minna. „Sie

liegt im Bett und schreit. Und Dr. Prudöhl ist mit Oma und der Schillingschen in der Küche im Haus und hat Feuer gemacht und die Öfen angemacht – *beide* Öfen, stell Dir vor – und kocht Wasser, damit alles sauber bleibt, weißt, und die Mutter sich nicht was holt, hat er gesagt. Seine Tasche hat er auch mitgebracht mit seinen Instrumenten, die große lederne mit den braunen Flaschen. Und eine Zange! – die hat Georg gesehen, der war kurz ins Zimmer der Eltern, wo die Mutter liegt. Eine Zange aus Metall hat er mitgebracht. Eine wie für die Kälber."

„Nun sei ruhig, Minna. Wo eine Zange alles gut für ist, weißt du nicht. Mach dir keine Gedanken. Die Frauen schreien, wenn ihnen ein Kind kommt, das ist normal. Das geht allen so – hat die Mutter doch gesagt, weißt du noch? Du musst einfach nicht hinhören."

Minna zog die Nase hoch. „Pöhhh!", rief sie. „Ich bin doch kein Fisch. Ich kann doch die Ohren nicht zumachen!"

„Drei Jungen und drei Mädchen, das wäre mir schon recht", hatte Marga Freier im März gesagt, als die Frauen der Kälber Drift in ihrer Stube Lein sponnen.

Jakob saß auf dem Boden und zählte mit seinen Fingern nach. „Die Alma, Minna, Georg, ich und Lilli, das sind drei Mädchen und zwei Buben. Dann ist das neue Geschwister... – auch ein Bube."

Die Mutter schüttelte den Kopf. „Nein, was das wird, weiß nur Gott. Der Mensch denkt, der Herrgott lenkt."

Die Nachbarinnen lächelten. Jakob war ein hübsches, aufgewecktes Kind und gefiel ihnen.

„Man muss Geduld haben", sagte Marga Freier. „Abwarten muss man. Ich *hätte* nur gerne noch einen Jungen. Dann wären es drei – drei von jedem, wenn es denn in diesem Leben bleibt. Aber vor allem gesund soll es sein. Das ist das Wichtigste, dass es alles hat und im Kopf beieinander ist."

Die Frauen nickten, ohne von der Arbeit aufzusehen.

„Und wenn es ein Junge wird, wie nennen wir ihn dann?", fragte Jakob.

„Lass das sein, Jakob… Geh im Popschakorb spielen und lass mich in Ruhe mit deinen Fragen. Ich weiß es doch nicht. Du fragst mich Löcher in den Bauch."

„Vater hätte gerne einen, der Arthur heißt", sagte Jakob.

Seine Mutter sah ihn unzufrieden an. Es ärgerte sie, dass ihr Sohn vorlaut redete.

„Aha, hätte er das? Da siehst du einmal… Auch dein Vater darf sich von Gott manchmal etwas wünschen. Aber wir wissen nicht, was es wird – ich nicht, Herr Freier nicht und auch sonst keiner nicht. Wir müssen bis Erntedank warten, dann kommt die Zeit von alleine, und wir werden sehen, ob das Zipfelchen dran hängt oder nicht."

Abwarten war Jakobs Sache nicht: Von diesem Nachmittag an hieß das Kind für ihn Arthur, egal, ob am Ende ein Bruder oder eine Schwester kommen würde; es war eine ausgemachte Sache. Wenig später hatten sich bis auf die Mutter alle an den Namen gewöhnt und sprachen der Einfachheit halber von Arthur.

Margarete Freier, zum neunten Mal schwanger, spürte jedoch noch im Frühjahr, dass etwas anders war. Im dritten Monat wurde ihr zum ersten Mal übel, und sie bekam Kopfschmerzen, einen starken, mit keinem Hausmittel zu lindernden Druck hinter den Augen. Sie zog sich an manchen Tagen mehrmals in ihr Schlafzimmer zurück und ließ Oma Mathilde, ihre Töchter und Hedwig mit der Arbeit allein.

„Mit diesem stimmt etwas nicht", sagte sie zu ihrer Mutter.

„Eines so, ein anderes so", erwiderte Mathilde Jeschke und wackelte mit dem Kopf hin und her, als wäre Margas Gefühl belanglos. Sie selbst war fünfmal schwanger gewesen. Zwei Kinder waren gestorben, eines im Unterleib, das andere, bevor es ein Jahr alt gewesen war.

„Es ist immer Gottes Kind", sagte sie. „So oder so."

„Warum ist Dr. Prudöhl gekommen?", fragte Alma. „Sonst holt Frau Schilling doch allein die Kinder?"

„Arthur macht es der Mutter schwer", sagte Minna. „Der hat sich verkehrt herum reingelegt. Mit den Füßen zuerst will er auf die

Welt kommen, und Frau Schilling hat es mit der Angst bekommen und Hedwig ins Oberdorf geschickt, um den Doktor zu rufen. Er ist gleich gekommen mit seiner Tasche und der Eisenzange. Den ganzen Weg soll er im Trab gelaufen sein, hat Frau Schilling erzählt."

„So? Ich glaube, ich habe den Doktor noch nie laufen sehen."

„O ja. Es ist eine ernste Sache."

„Dann komm", sagte Alma schließlich. „Lass uns zurückfahren und sehen, was zu tun ist."

Minna stand auf, klopfte den Staub aus Rock und Schürze und band ihr Kopftuch neu. „Deine Stiefel kannst du auch wieder anziehen", sagte Alma. „Und dann hilfst du mir rasch, Klara einzuspannen. – Rosie!! Kommst du her? Rauf auf den Wagen mit dir!"

Die Mädchen sammelten die Geräte ein, die Alma auf den Bulgarenberg mitgenommen und im Laufe des Morgens auf dem Feld verteilt hatte.

„Dann los, Klara!", rief Alma, als sie auf dem Bock saßen. „Heiio!" Die Stute, die die Aufregung der beiden gespürt und ihre Ohren aufgestellt hatte, setzte sich sofort in Bewegung.

Unter ihnen im Dorf leuchtete das grüne Kupferdach des Kirchturms am Ringplatz. Neben der Kirche standen das Haus von Küsterlehrer Lobgott und die Schule, auf der anderen Seite Chaims Krämerladen und die Kanzlei, in der Emil Giese, Leipzigs Primar, ein Kontor hatte. Hinter dem Ring spiegelte sich die Sonne im dünnen Band des Kogälniks.

„Sieh mal", sagte Minna, „da hinten ist Rauch."

„Mmh."

„Das wird unsere Küche sein. Die Winterküche im Haus."

„Dann ist das Kind noch nicht da. Sonst hätten sie die Abzüge wieder geschlossen. Bei der Hitze, die heute ist."

„Glaube ich auch. Arthur ist bis jetzt nicht gekommen."

„Heiio!!", rief Alma, und Klara fiel in den Trab. Sie erreichten den Fuß der Brücke, die über das Bahngleis an die Kälber Drift führte. An der rechten Seite des Sandwegs lag der Hintergarten

der Freiers.
Rosie war aufgeregt, nach Hause zu kommen, sprang von der fahrenden Podwoda, bevor sie die Hofgebäude erreicht hatten, und lief voraus. Lilli und Jakob knieten unter einem Walnussbaum an der Durchfahrt und spielten. Ihre jüngsten Geschwister, fünf und sechs, hatten einen Zinkeimer umgedreht und ließen einen rot-blauen Brummkreisel auf dem Blechboden tanzen. Rosie sprang schwanzwedelnd um sie herum und versuchte, Jakob im Gesicht zu lecken.
„Nicht, Rosie", sagte er und stieß die Hündin weg. „Nicht, pfui!"
Lilli stand auf, putzte mit den Händen den Staub von ihren Knien und lief, ihre Puppe mit einem Arm an den Bauch gepresst, den Schwestern entgegen. Sie war ein stilles Mädchen mit langen, goldenen Haaren und Sommersprossen auf Wangen und Nase.
Alma zog die Zügel an.
„Wart ihr bei der Mutter?", fragte sie.
Lilli drehte mit den Fingern Haare zu Ringeln und schüttelte den Kopf.
„Die schreit", rief Jakob und zog die Kreiselschnur. „Arg schreien tut die Mutter. Wegen Arthur."
„Und was macht ihr? Haben sie euch aus dem Haus geschickt?"
„Kreiseldrehen", sagte Jakob. Er zog ein Gesicht, als würde er sich dabei langweilen. „Die sind alle in der Küche im Haus."
„Und euch wollen sie da nicht haben? Kann ich mir schon denken."
Jakob kniff die Lippen zusammen, ohne sie anzusehen.
„Ist Hedwig da?"
Jakob schüttelte den Kopf. „Nur Onkel Prudöhl und Tante Irma. Und deren ihr Gustav – der meschugge ist und nichts redet, der…? – und sonst… weiß ich nicht."
Im Hof saßen Hedwig und Georg unter einem Fliederbusch auf dem Rand des Brunnens und fütterten ein Kaninchen mit Luzerne.
„Nimmst du Klara, Georg?", rief Alma, als sie vom Wagen stieg. Sie wusste, dass sie ihrem Bruder damit eine Freude machte und wartete seine Antwort nicht ab: Georg, barfuß und ohne Hemd,

verbrachte so viel Zeit wie möglich mit den Pferden. Im Sommer schlief er oft auf einem Laken im Stallstroh, und seinem Tätz hatte er das Kunststück beigebracht, sich unter ihm langsam auf die Seite zu legen. Mit Mischka machte sich Georg einen Spaß daraus, nebeneinander mit vollen Wassergläsern in der Hand zum Kogälnik zu galoppieren, um zu sehen, wessen Glas am Ende voller war. Seit zwei Jahren verlor Mischka.

Georg nahm die Zügel. „Was ist mit den Harbusen?", fragte er.

„Die kannst du auf dem Wagen lassen", sagte Alma. „Mit denen fahren wir morgen früh nach Romanowka. Oder nein, vielleicht – warte... Was war das?"

Sie hatte einen Schrei gehört, weit weg, im Haus. Einen hohen, heiseren Schrei.

Sie sah Minna an.

„So geht es schon seit ein paar Stunden", sagte Hedwig. „Das Kind will nicht an die Luft kommen – und wen sollte es wundern? Der Junge ist einen ganzen Monat zu früh oder mehr noch. Wenn es denn ein Junge ist. Das sind die Wehen."

Alma und Minna gingen über den Hof, vorbei an den Ställen, einem Pferch mit zwei Säuen und ihren Ferkeln, den hölzernen Popschahäusern, die bis zur Maisernte im Herbst leer standen. Vor dem lindgrün und weiß gestrichenen Wohnhaus der Freiers wuchsen in einem ummauerten Garten Zwiebeln, Knoblauch, Stockrosen und die Tulpen der Mutter. Im Erdgeschoss des Hauses lagen Küche, Stube und die Schlafzimmer; im Altenteil, einem flachen Anbau, der zugleich als Durchgangszimmer zur offenen Sommerküche im Hof diente, lebte Oma Mathilde. Sie war fast sechzig Jahre alt, trug seit dem Tod ihres Mannes, noch unter dem Zaren, schwarze Kleider und brauchte wenig, um mit ihrem Leben zufrieden zu sein: ihre Mandoline, im Winter eine Federdecke und vor dem Schlafengehen ein Glas Pflaumenschnaps. Oma Mathildes Tochter, Marga Freier, hatte die schwere Eichentruhe ins Altenteil gestellt, die einer ihrer Ahnen vor fünf Generationen aus Württemberg mitgebracht hatte. In dieser Truhe bewahrten sie Pelzmäntel, Mützen und Handschuhe unter einer dicken Schicht aus getrocknetem

Pfefferkraut auf, das in den Sommermonaten Ungeziefer fernhielt, und der Geruch des Krauts war auf Oma Mathilde übergegangen.
Alma und Minna öffneten die Gartenpforte und sprangen nebeneinander die Steinstufen hoch, die unter ein weißes Vordach aus Holz führten.
„Warte, Alma“, flüsterte Minna. Sie hielt ihre Schwester am Ärmel fest. „Warte. Da sitzt einer.“
„Wo?“, flüsterte Alma zurück.
„Vorne auf der Bank an der Straße, neben der Pforte. Da... Siehst du den Hut?“
„Wer ist denn zu Besuch um diese Zeit?“
„Weiß ich nicht“, flüsterte Minna. „Gehen wir eben nachsehen.“
Es war Gustav, Irma Schillings Sohn, der Idiot von Leipzig, der hinkte, schon immer. Auf den hatten alle ein Auge und ließen ihn nicht aus dem Dorf, weil er nicht richtig im Kopf war und Unfug anstellte mit sich und den Tieren. Gustav saß breitbeinig auf einer Bank, den Rücken gegen die Hofmauer gelehnt. Er grinste die Mädchen an und zeigte mit einer qualmenden Meerschaumpfeife im Mund seine braunen Zähne. Neben ihm stand ein halb geleertes Glas Wein. Gustav hatte die Hände zufrieden auf seinem Bauch gefaltet. Er war das einzige Kind von Irma Schilling und verbrachte die meiste Zeit damit, seiner Mutter hinterherzulaufen, wenn sie durchs Dorf zog, um Fohlen, Ferkel, Kälber und Kinder auf die Welt zu holen.
„Tag, Gustav“, sagte Alma schüchtern. Die Mädchen fürchteten sich vor ihm. Er war verrückt, sagten die Erwachsenen – wie ein Kind im Denken – hatte seiner Mutter sein Leben lang nur Arbeit und Mühe gemacht. Gustav nickte ihnen zu und grinste. Dann wandte er sich wieder der Straße zu, die um diese Tageszeit kaum befahren war.
Alma und Minna sahen sich an. Minna verdrehte die Augen, als wollte sie sagen: kann man nichts machen, wenn man so geboren ist. Sie gingen zurück zum Haus und stiegen die Stufen zum Windfang hoch. „Hast du das gehört?“, flüsterte Minna. „Er hat... gefurzt, glaube ich.“

Die Mädchen unterdrückten ein Kichern, putzten sich die Schuhe ab und betraten die Diele. Die Tür zur Stube war geschlossen, dort würde um diese Zeit niemand sein. Vor ihnen führte eine Holztreppe zur Dachbodenluke. Rechts davon, hinter der weiß gestrichenen Küchentür, klapperte etwas aus Metall. Sie hörten Stimmen, einen Mann, eine Frau.

Sie schoben die Tür einen Spalt auf und sahen in die Küche. Warme, feuchte Luft kam ihnen entgegen. Auf dem Tisch in der Mitte standen die dunkelblauen Emailtöpfe, in denen Oma Mathilde im Sommer und Herbst Marmelade kochte. Der Dampf hatte das Küchenfenster beschlagen. Ihre Großmutter saß mit einem schwarzen Kopftuch vor dem Fenster, das Kinn gesenkt, und schnitt Bohnen.

Christian Prudöhl stand vor einem der beiden Öfen am Wasserkessel. Er hatte die Ärmel seines Hemdes hochgekrempelt und wusch ein Stück Stoff in einer Blechwanne aus. Er war der einzige Mann in Leipzig, der einen altmodischen, gezwirbelten Schnurrbart trug.

„Ah, da sind sie", sagte er, als er die Schwestern in der Tür sah. „Die Mädchen sind gekommen", rief er ins Schlafzimmer der Eltern. „Frau Freier – Ihre Töchter sind hier..."

Sie konnten nicht hören, was die Mutter erwiderte.

Minna setzte sich auf die Küchenbank neben Oma Mathilde, die ihre Hand nahm und streichelte, als würde sie einen Schuh abbürsten.

Alma sah ins Schlafzimmer. Dr. Prudöhl und Irma Schilling hatten die Mutter zur Kühlung mit einem nassen Laken zugedeckt, das Schultern und Kopf freiließ. Die Luft im Schlafzimmer kam ihr noch heißer vor als in der Küche. Marga Freier hatte ihr Kopftuch heruntergezogen, ohne den Knoten zu lösen. Haarsträhnen klebten an Stirn und Schläfen. Sie wandte Alma ihren Kopf zu, lächelte nicht, sah ihre Tochter nur an. Dann blickte sie wieder an die Decke und schloss die Augen.

Vor dem Bett der Eltern kniete Irma Schilling, deren Röcke sich auf dem Hinterteil zu einem dicken Wulst formten, und wischte den Boden mit rosa Fingern und einem Feudel. Die kleinen,

blauen Augen der Hebamme erinnerten Alma an ein neugeborenes Ferkel. Sie sahen sie für einen Moment an – matt, enttäuscht – und wandten sich wieder der Unsauberkeit der Geburt zu.
Am Vormittag, als das Wasser im Obstgarten abgegangen war, hatte Oma Mathilde Hedwig losgeschickt, um nach der Hebamme zu suchen. An den meisten Tagen des Jahres ging Irma Schilling von Haus zu Haus und schnitt den Kindern, die es nötig hatten, mit einer klappernden Schere die Haare – den Jungen öfter als den Mädchen, die fast alle Zöpfe trugen und mit Nadeln und Spangen hochsteckten. Doch wenn in Leipzig ein Kind kam, half sie. Das halbe Dorf hatte Irma Schilling auf die Welt gezogen, obgleich sie nie im Krankenhaus von Anschakrak ausgebildet worden war. Man musste, das war allen im Ort klar, mit dem leben, was man zur Verfügung hatte, auch wenn es ans Kinderkriegen ging.
Prudöhl dagegen sah in Irma Schilling eine tüchtige Hilfe, nicht weniger, nicht mehr. Von der Hebamme zum Wunderheilertum war es nur ein kleiner Schritt, der unbedingt zu vermeiden war, dachte er, und die Mennoniten – nun, es sollte jeder nach seiner Fassong glücklich werden, Friedrich zwo, aber die Fassong der Sektierer war nicht seine Sache, dies Selbstgerechte, Heiligheiligheilige. Gott wäre es sicher egal, ob ein Kindchen das Weihwasser abbekam oder der Erwachsene rücklings im Kogälnik abtauchte, da musste man praktisch denken und sich nicht versteifen. Warum nur, fragte sich Prudöhl, mussten diese Leute so stur und uneinsichtig sein?
Er ärgerte sich, wenn er in ein Haus kam und die Hebamme bereits in der Küche fand, wo sie das Kommando an sich genommen hatte und ihm beim Hantieren mit Kesseln, Töpfen und Tüchern kaum Beachtung schenkte. Am meisten missfiel ihm ihre rechthaberische Art: Irma Schilling, fünfzehn Jahre älter als der Arzt, hatte einen besserwisserischen Zug, und sie hatte in ihrem Leben noch nie ein Geheimnis aus ihren Gedanken gemacht. Wo sie Irrtum und Fehler zu sehen glaubte, sagte sie es, eher zu laut als leise. Das wurmte den Doktor und machte ihn –

es überraschte ihn selbst – unsicher, auch wenn er sich seine Nervosität nicht anmerken ließ. Es war manchmal eine Plage mit diesem Weib, dachte Prudöhl.

Seine Reserviertheit änderte allerdings nichts daran, dass Leipzigs Frauen Irma Schilling vertrauten. Wenn schon die Mutter bei der Dorfhebamme entbunden hatte, konnte die Tochter mit ihr nichts falsch machen, und, gut, gegen den Herrn Doktor, der sogar in Odessa studiert haben sollte, hatte man ja nichts einzuwenden, für alle Fälle, sollte nur kommen, der Mann. Außerdem – ein Punkt, den Prudöhl sträflich vernachlässigte – brachte Frau Schilling zu jeder Geburt ein Geschenk mit: eine getrocknete Schweinsblase, die sie mit Maiskörnern gefüllt und mit einer Flachsschnur an ein Rohrstöckchen gebunden hatte. Eine schönere Kinderrassel gab es in ganz Bessarabien nicht, erst recht nicht beim überstudierten Dr. Prudöhl von der Akademie.

Beide, Arzt und Hebamme, wussten, wie es um Marga Freier stand. Die Wehen kamen inzwischen alle zwei oder drei Minuten. Es war eine schwierige, gefährliche Geburt, bei der sie fast machtlos waren – bei der nur Gott helfen konnte, wenn es ihn denn gab, was zumindest Prudöhl bezweifelte.

Frau Schilling stand auf und ließ den Feudel in den Eimer fallen. „Euer Arthur kommt mit den Füßen zuerst“, flüsterte sie Alma zu, als sie mit dem Eimer in die Küche ging. „Nun geh da nicht mit deinen schmutzigen Schuhen rein, Mädchen. Du machst wieder alles dreckig, wo ich gerade aufgewischt habe.“

Jakob kam aus der Diele in die Küche, eine angebissene Mohrrübe in der Hand. „Ist Arthur jetzt da?“, fragte er, als Alma sich die Wollsocken auszog und ihre nackten, roten Füße rieb.

Prudöhl sah Jakob an und schüttelte den Kopf. Er lächelte bemüht. Hände und Knöchel des Doktors waren mit angetrockneten Bluttropfen besprenkelt. In den Achseln, am Kragen und auf dem Rücken hatte er sein weißes Hemd durchgeschwitzt. An einigen Stellen hatten sich Blutspritzer mit seinem Schweiß vermischt und waren in feinen, dunklen Linien durch den Stoff gewandert.

Marga Freier stöhnte tief – dann, nach kurzem Luftholen,

unregelmäßig, höher. Alma dachte, dass sie sicher noch auf der Straße zu hören war. Halb Leipzig würde mitkriegen, dass Arthur kam.
Prudöhl trocknete sich die Hände an einem Tuch ab und ging ins Schlafzimmer. Marga Freier zog unter dem Laken die Beine an und schrie.
Jakob begann zu weinen und lief zu Oma Mathilde, die die Bohnen beiseite legte und ihn auf den Schoß nahm.
„Na komm her du“, sagte sie in ihrem Singsang und begann ihn zu schaukeln. „Wirst doch nicht… –“
„Frau Schilling?“, rief Prudöhl aus dem Schlafzimmer.
„Doktor?“
„Könnten Sie mir neues Wasser bringen? Und frische Tücher, wenn Sie noch welche finden können… bitte.“
Als Irma Schilling die gefalteten Tücher in einer Schüssel in die Stube trug, gellte der nächste Schrei der Mutter durchs Haus. Nach einem Moment des Schreckens begann Jakob wieder zu heulen. Auch Minna bekam feuchte Augen und sah unsicher zu Oma Mathilde, die unbeeindruckt vom Geschehen um sie herum geradeaus starrte und Jakobs Schultern klopfte.
„Herr im Himmel“, stöhnte Frau Schilling und bekreuzigte sich, „bewahre uns.“ Sie zischte den Kindern zu. „Ruhig! Ruhig jetzt, ihr!“
„Alma, bitte…“ Dr. Prudöhl stand in der Tür, zeigte mit dem Kopf auf Jakob und zog die Tür hinter sich und Frau Schilling zu.
Minna hielt sich die Hände vor die Ohren.
Die Tür öffnete sich wieder: Frau Schilling.
„Alma, Kind, steh nicht rum, mach dich nützlich“, sagte sie. „Geh, bring die Mischpoke hier raus, in den Hof, zu den Pferden, was weiß ich wohin. Ich kann euch hier nicht brauchen und der Doktor auch nicht.“
„Gleich, Frau Schilling.“ Alma legte ihr Kopftuch auf den Küchentisch und wusch sich die Hände.
„Alma?“, fragte Jakob mit nassen Augen.
„Was?“
„Warum schreit Mama so?“

„Weil du heute ein Brüderchen kriegst – ein Kind kriegen wir. Das weißt du doch."
„Stirbt die Mutter?", fragte er.
„Red nicht so. Die Mutter stirbt nicht. So ist es, wenn Kinder kommen. Da schreien die Frauen. Es tut ihnen weh."
Jakob senkte den Kopf. „Alma?"
„Was denn?"
„Warum ist das so, dass es ihnen weh tut und sie schreien?"
„Weil das so ist."
„Warum?"
„Oh, Jakob, gib jetzt Ruhe, du machst mich verrückt mit deinen Fragen. Lass mich in Frieden."
„Ich will gucken."
„Du darfst aber nicht. Das ist nichts für dich. – Minna? Bring Jakob raus in den Hof. Wir brauchen hier kein Geschrei."
Ihre Schwester nickte. „Komm, Jakob, gib mir die Hand. Wir gehen zu den Ferkeln."
Jakobs Augen leuchteten für einen Moment auf, dann kamen ihm Zweifel, ob er wirklich zu den Ferkeln gehen wollte, und er schlang seine Arme um den Hals der Großmutter.
„Nun aber los", sagte Oma Mathilde. „Hörst du deine große Schwester nicht? Bist du immer noch hier!?"
Jakob rutschte widerwillig von ihrem Schoß, steckte die angekaute Wurzel in seine Hosentasche und streckte Minna eine Hand entgegen.
„Kommst du mit, Alma?", fragte Jakob.
Sie schüttelte den Kopf. „Ich bleibe hier. Geht ihr mal. Ich komme später."
Als sie gegangen waren, hielt Alma ihr Ohr an die angelehnte Schlafzimmertür. Sie hörte Murmeln – erst Dr. Prudöhls Stimme, dann, leiser, Frau Schillings. Sie drückte vorsichtig die Klinke und schob die Tür ein Stück weit auf.
Sie sah Prudöhls Oberkörper, der sich über den Körper der Mutter beugte, unten, bei den schwieligen Füßen und den unbedeckten, weißen, haarigen Beinen. Eine blutige Schale stand auf dem Fußboden. Auf dem Bettlaken lag die Kälberzange. Alma

hielt sich eine Hand vor den Mund.
Prudöhl kniete neben Frau Schilling auf dem Boden, beugte sich mit seinem breiten Kreuz nach vorn und wieder zurück, vor und wieder zurück – sie verstand nicht, was er machte; etwas an der Mutter, mit ihr, in ihr; sein Arm war ausgestreckt, er bewegte ihn, flüsterte der Hebamme etwas zu.
Marga Freier starrte an die Decke und sah Alma nicht. Sie sah überhaupt nichts. Sie lag schwitzend im Bett, laut und schnell atmend. Dann schrie sie… – verschluckte sich und hustete.
Sie holte Luft.
Sie schrie wieder.

Alma merkte nicht, wie die Zeit verging, die Sonne hinter die Hügel im Westen Leipzigs wanderte, für eine Viertelstunde die Abenddämmerung den Himmel gelb färbte, wie Oma Mathilde die Petromax-Lampen im Haus anzündete, die Nacht anbrach. Regen kam auf – ein kurzer, heftiger Schauer, begleitet von Blitzen weit hinter dem Kulmer Hügel, deren Donner sie in Leipzig nicht hören konnten. Die Nachbarn an der Kälber Drift liefen auf die Straße und ließen die schweren Tropfen dankbar auf ihre Hüte und Gesichter fallen.
Später, als alle schlafen gingen, wurde es still im Unterdorf. Zikaden sangen, unterbrochen von einem anschlagenden Hund, einem unruhigen, wiehernden Pferd und von Marga Freier.

Erst nachts um kurz nach drei kam das Kind auf die Welt.
Viele Male zeigte sich ein winziger Fuß im Muttermund, der gleich wieder im Körper verschwand, als wäre ihm die Welt zu kalt.
Prudöhl stand müde in der Küche, hatte ein Glas Schnaps geleert und stopfte seine Pfeife, als die Füße plötzlich nebeneinander aus dem Leib lugten, fünf Zehen links, fünf rechts. Irma Schilling rief im Schafzimmer nach ihm – und bevor Prudöhl zu ihr gekommen war, griff sie die Füße und zog das Kind entschlossen, begleitet von einem entsetzlichen Schrei der Mutter, bis zu den Knien heraus.

Es wurde ein Junge. Ein Arthur.
Zu leicht, dachte Irma Schilling, viel zu leicht, wird das gehen… wird es…?
Er war so schmierig, dass sie ihn sofort in ein trockenes Tuch wickelte, um ihn nicht aus Versehen fallen zu lassen.
„Haben wir dich Schlawiner“, sagte sie und wischte ihm Blut und Schmutz aus den zugekniffenen Augen, den Nasenlöchern, vom Kopf, von den Lippen und den suchenden Fingern.
Der Mund bewegte sich stumm, öffnete sich, schloss sich wieder. Mit geschlossenen Augen drehte Arthur den Kopf hierhin und dahin, als suchte er etwas.
„Atmet es?“, fragte Dr. Prudöhl.
„Ich meine ja“, sagte Frau Schilling. Sie reichte dem Doktor das Kind und trennte mit einer heißen Schere die Nabelschnur durch.
Marga Freiers Leib dampfte. Sie schwitzte auf dem Bauch, auf dem Busen, am Kopf, selbst auf ihren Schienbeinen standen Schweißperlen. Aus ihrem Unterleib quoll Blut, das an den Innenseiten der Schenkel ablief und Laken und Tücher tränkte.
Die Mutter starrte an die Decke. Sie hob den Kopf und sah ihr Kind, das neunte, wenn sie die drei toten mitzählte. Den dritten Jungen, Arthur.
Dann verlor sie das Bewusstsein.
Prudöhl holte sie mit Riechsalz zurück, das Marga Freier schnauben und stöhnen ließ.
Alma hörte Irma Schillings Stimme. „Weiterpressen!“, befahl sie. „Pressen, pressen!“ Sie kniete barfuß in ihren dicken, blutbefleckten Röcken neben dem Kopf der Mutter auf dem Bett und hielt ihre Hand. „Du musst pressen, Kind. Du weißt doch, wie es geht.“
Die Mutter presste, stumm; sie schrie nicht mehr.
„Press, Marga!“, rief Irma Schilling.
Aber Marga Freier schien sie nicht zu hören. Ihre Augen starrten an die Decke, irr, leer.
„Press, Marga!“
Sie presste nicht.
„Press, Marga!“

Die Mutter holte tief Luft. Ihr Körper spannte sich an. Arme und Hände zitterten, die Beine, die Brüste, als würde sich ihr ganzer Leib verkrampfen. Blut spritzte aufs Laken, auf den Boden.
Dann war es vorbei, ohne Vorwarnung, von einem Moment auf den anderen.
Arthur schrie.
Marga Freier schrie
Ein Anfang.
Ein Ende.
Amen.

Kapitel 3: Eiskeller

Vier Tage zuvor hatten Daniel Freier und Mischka zwei Wallache vor den Kastenwagen gespannt und sich auf den Weg in die Hauptstadt mit ihren grünen Kaleschen, Boulevards, Theatern und Kaufmannshäusern gemacht: Kischinjew. Einhunderttausend Seelen lebten dort, sagte Hellmuth Lobgott; Seifenwerke, Petroleumlager und Werkzeugfabriken gäbe es, mehr als einhundert Automobile und ein Gefängnis mit Gittern vor den Fenstern und Mördern und Wegelagerern und anderem Abschaum dahinter. Aber das war nur Lobgotts gelehrtes Gerede bei Tisch – schmatzend, den Kopf tief über den Teller gebeugt vorgetragen – das Mischka, der fünfundzwanzig und vernünftig war und zum ersten Mal nach Kischinjew fuhr, nicht ernst nahm. Er wollte die tollen Geschichten erst glauben, wenn er Bessarabiens Prachtstadt mit eigenen Augen gesehen hätte.

Was sein Vermögen betraf, war Daniel Freier nicht so gut gestellt wie Emil Giese, Leipzigs Primar, der einflussreichste Mann im Dorf und der lauteste, wenn er zu viel getrunken hatte. Doch er hatte im Laufe der Jahre Acker für Acker auf den Hügeln gekauft und bewirtschaftete mehr als dreihundertfünfzig Dessjatinen – worüber er mit niemandem sprach, hieß es doch, dass eher ein Kamel und so weiter. Wer Sorgen genug hatte, dachte Freier, brauchte den Neid der Nachbarn nicht.

Nur er selbst wusste also, woher die roten Tonziegel auf seinem Hausdach kamen: aus Marseille, wo sie nach Konstantinopel und weiter nach Odessa verschifft worden waren. Er hatte niemandem davon erzählt, nicht einmal seiner Frau – vor allem nicht der. Es wäre zu unangenehm gewesen, als reicher Mann zu gelten, Bettler anzulocken und Margas Palaver anhören zu müssen; die Frau war sparsam wie die Sichel des abnehmenden Mondes. Sie hätte ihm Verschwendung vorgeworfen, ein Gedächtnis wie ein Pferd hatte sie, die vergaß nichts, nicht einmal Unwichtiges – nicht einmal Dinge, die nie geschehen waren, die in ihrem Kopf ein Eigenleben führten wie Disteln auf dem Feld, unausrottbar. Ein Dach aus französischen Ziegeln würde ihn bis ans Ende seiner Tage verfolgen. Also hatte er entschieden, dass sie nie davon erfahren würde. Man musste, fand Freier, praktisch denken.

Sie brauchten eineinhalb Tage für die Fahrt nach Kischinjew. Die warme Nacht verbrachten sie unter der Lederplane des Wagens, auf dessen Ladefläche nur ihre Proviantranzen, ein leeres Essigfass und Säcke mit Futter für die Pferde lagen. Es blieb genug Platz zum Schlafen.

Gleich nach ihrer Ankunft ging Freier aufs Katasteramt und füllte mit einem der Sekretäre, einem schweigsamen Juden aus Siebenbürgen, die Papiere aus, legte die Kupscha vor und machte einen Termin für den nächsten Tag, an dem er mit Hilfe des Notarius den Eintrag ins Grundbuch durchführte und die Landgebühr entrichtete. Der Mann machte seine Arbeit zügig und ehrlich, ohne, wie Freier es von vorigen Besuchen kannte, mit schlecht gespielten Andeutungen ein Handgeld zu fordern. Freier lud ihn erleichtert zu einem Glas in eine Gaststätte in der Altstadt ein – hätte ihm sogar ein warmes Mittagessen bezahlt –, aber der Beamte klopfte mit langen Fingernägeln auf den Dokumentenstapel in seinem dunklen, nach Tabak und Leder riechenden Kontor: Er hätte noch reichlich zu tun, man sähe sich, vielleicht dann ja im nächsten Jahr.

Am 12. war die Landsache erledigt, und Freier und Mischka kümmerten sich um die Einkäufe. Sie hatten eine Liste mit Dingen dabei, die Leipzigs Krämer nicht verkauften oder nur zu Preisen, die Margas nachtragenden Spott herausforderten. Freier war froh, dass Mischka bei den Besorgungen im Händlerviertel und am Kischinjewer Bahnhof bei ihm war. Sein Knecht, der seit sieben Jahren eine Kammer an der Kälber Drift bewohnte, war ein geduldiger, verschwiegener Zuhörer. Mit Mischka konnte er all das besprechen, was Marga nicht interessierte: Land, das in und um Leipzig zu haben war; was sie im nächsten Frühjahr ausbringen würden; die Preise für Pferde, Fohlen und Geräte; Gottes verwirrenden Plan; die Moldowaner, Russen, Juden, Bulgaren, Gagausen, Deutschen; die Frauen, im Allgemeinen und im Besonderen.

Mischka stammte aus der Gegend um Akkerman, hatte hellgrüne Augen, buschige Augenbrauen und gesunde Zähne. Sein Gesicht und die Arme waren von der Feldarbeit braun gebrannt, und die Sonne hatte seine Haare in den zurückliegenden Monaten, wie in jedem Sommer, gebleicht. Freiers Knecht sprach wenig und leise. Wollte man etwas von ihm wissen, musste man fragen, und selbst dann blieb er schüchtern und wortkarg, obwohl er in Sprachen geschickt war. Wie fast alle im Dorf konnte er Deutsch, Russisch und Rumänisch. Aber dank seiner Mutter, die von der Krim stammte, sprach er auch Ukrainisch und etwas Bulgarisch, was für Freier bei den Gerbern und Lederhändlern in Kischinjew eine Hilfe war und das Feilschen, Teeglas um Teeglas, erleichterte.
Mischka war ein ehrlicher Mann. Vor einigen Jahren hatte Freier ihm Geld geliehen, nicht viel – Spielschulden, die Mischka in Akkerman bei einem Schurken hatte. Freier hatte es ihm ungefragt gegeben, als er von seiner Frau davon erfahren hatte, die es wiederum bei einer Bekannten im Ort gehört hatte, deren Magd über drei Ecken eine Base Mischkas war. Dieses Geld hatte Mischka Leu um Leu zurückgezahlt, in grauen Papierumschlägen, die er bei Chaim am Ring einzeln kaufte. Nie hatte Freier seinen Knecht daran erinnern müssen; nie hatten sie darüber gesprochen. Wer im Kleinen ordentlich wirtschaftete und ehrlich ist, dachte Freier, der macht es im Großen nicht anders. Mischka hatte ihn nicht enttäuscht. Wäre er einige Jahre älter gewesen, hätten sie eines Tages Freunde werden können.
Als die Amtsgänge erledigt waren, schickte Freier seinen Knecht auf den Viehmarkt an der Bic voraus, wo er sich nach zwei entwöhnten Füllen umsehen sollte. Freier selbst machte währenddessen einen dringlichen, ihm peinlichen Gang: Er begab sich zum Zahnarzt. Das sagte er nicht einmal Mischka, er schämte sich. Männer brauchten keinen Doktor, hieß es in Leipzig, und wenn doch, dann ein einziges Mal, am Ende.
Im Juni war ihm jedoch bei der Arbeit, als er mit bloßen Händen einen Feldstein aus dem Weg schaffte, ein Teil eines Backenzahns abgebrochen, woraufhin sich eine eitrige Blase am Zahnfleisch gebildet hatte, die er seitdem an jedem Morgen im

Schlafzimmerspiegel begutachtet hatte. Die Entzündung war so groß wie ein Fingernagel und verursachte ihm keine Schmerzen, allenfalls eine Unannehmlichkeit im Mund, wenn er die Blase mit der Zunge berührte und aufdrückte. Sie heilte allerdings nicht, so dass Freier, da er schon einmal in Kischinjew war, einen Arzt aufsuchte, um die lästige Beule im Zahnfleisch begutachten zu lassen und nach Möglichkeit loszuwerden. Ein Abszess, sagte der, übrigens ganz harmlos. Das Ziehen des Backenzahnstumpfes mit einer Klemme dauerte eine Viertelstunde. Es zischte und roch verbrannt, als der Arzt, ein Dr. Werner Schweizer, die Blase mit einer heißen Nadel aufstach. Freier spürte, wie Flüssigkeit, nach Eiter und Blut schmeckend, unter seine Zunge lief. Man möge ordentlich Schnaps trinken, den hochprozentigen Magenputzer, und immer gut durchspülen, sagte Schweizer, als Freier über einem Waschbecken an der Wand ausspuckte und sich das Gesicht reinigte: Das desinfiziere. Und wenn es nicht besser werden sollte – nun, man sei inzwischen vierzig, Herr Freier, nicht mehr jung, da müsse man ab und an ein paar Zähne opfern, so sei der Lauf der Dinge. Im Fall der Fälle möge man beim nächsten Besuch in Kischinjew wiederkommen, dann wären die anderen Backenzähne an der Reihe. Man selbst habe oben auch schon drei davon abgeben müssen, und unten habe man nun künstliche Zähne aus Gold, ganz fabelhaft übrigens, besser als die alten, so gut wie neu. Schweizer öffnete seinen Mund und zeigte sie ihm mit dem Finger.

Freier kratzte sich den Adamsapfel, zahlte und ging, von der Mitteilsamkeit des Arztes unangenehm berührt.

„Nelken gegen die Schmerzen!“, rief Schweizer ihm nach.

Die Fohlen, die Freier und Mischka auf dem Viehmarkt sahen, waren lebhaft und gesund, aber deutlich teurer als die, die ihr Nachbar Dressner ihnen in Leipzig über Händler in Anschakrak und Romanowka besorgen konnte, so dass Freier sich nach einigem Abwägen und Anfeilschen gegen einen Kauf entschied. Wichtiger war ihm ohnehin das Zaumzeug, das sie bei einem bulgarischen Händler kauften, der es wiederum aus Ungarn hatte und, obwohl der Preis hoch war, nicht einen einzigen Leu mit

sich handeln ließ. Das mit Walnussschalen dunkelbraun gegerbte Leder legte sich weich um die Finger und war stark und zugfest.
Sie kauften sechs Scheren für die Schafherde, ein Kastriermesser, ein Paar Enten und zwei Flämische Riesenkaninchen mit Schlappohren.
Schwieriger waren für Freier die Kindersachen. Marga hatte ihm alles mehrmals erklärt und kurz vor seiner Abfahrt mit zierlicher, korrekter Schrift auf einen Zettel geschrieben. Alma und Georg brauchten Wintermäntel, die in zwei oder drei Jahren die jüngeren, Minna und Jakob, auftragen würden. Bei einer Schneiderin in der Altstadt suchte er zwei einfach geschnittene, graue Kindermäntel aus.
„Nu, Vater", sagte Mischka, als es ans Bezahlen ging und Freier seinen Geldbeutel aus der Jackentasche zog."
„Was ist?"
„Doch nicht solche... für die Kinder?"
„Wie – nicht solche? Gefallen sie dir nicht?"
„Gehen tut es wohl, aber schön ist es nicht."
„Nach Schönheit ist es auch noch nie gegangen bei uns im Haus... und was meinst du soll an den Sachen nicht schön sein?"
„Die Mäntel sind wie Säcke, so ganz ohne Freude und Farbe. Und zu groß auch..."
„Sollen ja auch zwei Winter passen." Er sah Mischka an. „Hmm, hmm, wie Säcke, sagst du?"
„Für junge Leute ist das nichts."
„Hm. So."
Freier ließ sich überreden, für Alma stattdessen einen taillierten, dunkelbraunen Mantel mit einem schmalen Persianerkragen zu nehmen und für Georg eine hüftlange Wolljacke, die innen mit Hamsterfell gefüttert war und vorne zwei Reihen großer Lederknöpfe besaß. Freier überließ Mischka das Handeln. Sie bekamen vier Paar Kinderfäustlinge und einen Strickschal dazu.
„Nun mach du mal zu und such dir auch Handschuhe aus", sagte Freier und nickte Mischka zu. „Aber richtige. Nicht den bunten Kinderkram. Lederne musst du nehmen, mit Futter. Dickes, gegerbtes Schweinsleder. Das andere taugt alles nichts für einen

Mann."

Mischka lächelte. „Danke, Vater", sagte er eilig und zeigte auf ein Paar, das unter einer Glasscheibe des Verkaufstischs lag: die teuersten.

„Mein russischer Halunke", sagte Freier leise und gab ihm den Geldbeutel.

Sie grinsten sich an.

Sie fuhren zu den Kischinjewer Tuchwerken am Bahnhof. In der Werkstatt standen Webmaschinen eng nebeneinander und stampften so laut, dass sie sich nicht unterhalten konnten. Noch im zur Straße gelegenen Laden konnten sie die schweren Geräte arbeiten hören.

Für seine Frau suchte Freier zwei Ballen aus, einen einfachen elfenbeinfarbenen, Kattungewebe für Gardinen und Unterwäsche, und einen grün-weiß gestreiften Stoff aus teurem Rigaer Leinen. Marga Freier war eine geschickte Näherin, die ihre Garderobe und die Kleider der Mädchen an den Winterabenden in der Stube selbst anfertigte. Sie würde es nicht zeigen, ahnte Freier, aber sie würde sich über das Leinzeug doch freuen, selbst wenn sie ihn wieder für seine Verschwendungssucht schelten und tagelang süßsauer den Mund verziehen würde. So war sie, seine Marga, das gute, sparsame Weib, dem die Freude nicht leicht fiel. Es lag ihr nicht, das Glück.

In Gedanken spielte Freier mit einem noch kostbareren Geschenk. Ein Schmuckstück sollte es sein – ein Ring vielleicht, dachte er, eine Kreuzkette oder ein Armband mit Bernsteinen von den Bulgarenstränden. Marga könnte es sonntags tragen. Nicht zur Stunde natürlich, Gott bewahre, da schickte es sich nicht zu protzen. Aber an den Abenden in der Stube, an denen sie keine Gäste hatten? Freier malte sich die Überraschung in Margas Augen aus und musste lächeln. Er stellte sich vor, wie seine Frau ihre Arme verschränken und ihr Geschenk in Gedanken umrechnen würde, in Suppenhühner, Stiefel, Weinfässer. Sie würde sich, er kannte sie, nicht mehr als nötig freuen. Aber was

machte das? Mit der Zeit und harter Arbeit waren sie an der Kälber Drift zu etwas Wohlstand gekommen, es ging ihnen besser denn je, was sollte ein zierliches Teil für einen Unterschied machen? Also kaufte er – ohne Mischka, denn das Gefühlvolle ging seinen Knecht nichts an – eine dünne, geflochtene Goldkette mit einem länglichen Anhänger aus hellem Bernstein, in dessen Mitte ein birnenförmiger, rötlicher Fleck hing, als hätte der Stein ein Herz. Der Gedanke an Margas Miene würde ihm auf der langen Rückfahrt die Zeit vertreiben.
Im Laufe des Nachmittags füllte sich die Ladefläche ihres Wagens. Neben den Holzkäfigen mit den Enten und den trägen, dösenden Belgier-Karnickeln lagen mehrere Zentnersäcke Sojabohnen, daneben, in Wachspapier, eine Küchenwaage mit Messinggewichten und ein Kupferkessel mit einer Pfeife auf dem Ausguss. Dieses Gerät war so ungeheuer modern, dass Freier es einfach hatte haben müssen, auch wenn sie bereits zwei gute Kessel besaßen. Wenn das Wasser zu kochen begann und Dampf in den Ausguss stieg, pfiff es laut, so dass man immer wusste, wann man abgießen konnte. Der Händler hatte es ihm vorgeführt, ein tolles Stück; Freier hatte vorsichtshalber aber kein übermäßiges Interesse gezeigt, um den Preis nicht in die Höhe zu treiben.
Mischka lud grobes Salz aus Sulina und ein Pud Tannenhonig auf. Das würde Hellmuth Lobgott, der Bienenvölker besaß und den Freiers regelmäßig Gläser mit Selbstgeschleudertem brachte, nicht gerne sehen. Aber der Küsterlehrer, in dessen Honig Marga mehr als einmal tote Bienen, Strohhalme und Sägespäne gefunden hatte, musste es schließlich nicht erfahren. Bei einem Händler mit Pomade im Schnurrbart – einer Schnapsdrossel namens Messesch, die in einem Bootsschuppen am Flussufer hauste – kauften sie eine Kiste Wodka. Drei Paar Schlittschuhe, die die Kinder zu Weihnachten bekommen sollten, verstauten sie im Bock neben dem Wasserkanister. Und für sich selbst holte Freier Stiefel aus Pferdeleder mit Futter aus geschorenem Karakul ab, die er bei seinem letzten Besuch in Kischinjew im Vorjahr bestellt hatte. Die größte Ausgabe waren acht helle Zobelfelle, die er bei einem

georgischen Rauchwarenhändler mit einem dicken Bündel Rubel bezahlte. Wofür die einmal gut sein würden, wusste er noch nicht – für einen Mantel vielleicht oder eine Schlittendecke. Es war nicht wichtig. Zobel fiel nicht im Wert, wenn der Kürschner ihn sauber geschnitten hatte und er in einer trockenen Ecke der Bühne in einem Sack hing. Zobelpelze waren besser als Gold.

Der Morgen des 13. August, an dem Daniel Freier und Mischka die Rückreise nach Leipzig antraten, war kühl. In der Nacht waren Schauer niedergegangen. Freier, der gekrümmt auf einer Seite der Ladefläche neben den Einkäufen schlief, stand mehrmals auf und spannte die Plane neu, damit das Wasser ablief und nicht Saat und Salz verdarb. Mischka hatte sich in einem alten Mantel unter den Wagen gelegt und wälzte sich auf dem aufgeweichten Boden unruhig im Schlaf.

In einer Gaststätte am Kischinjewer Viehmarkt frühstückten sie kurz nach Sonnenaufgang mit Brot, Eiern, Speck und Tee. Anschließend spannten sie die Pferde ein und machten sich auf den Weg. Die Wallache, die sich in der Stadt wenig bewegt hatten, gingen die Reise zügig an und fielen noch auf den gepflasterten Straßen der Stadt von selbst in den Trab. Nach zwei Stunden erreichten sie die Landstraße, die nach Bessarabeska im Süden und von dort weiter nach Galatz am Unterlauf der Donau führte.

Freier liebte den Geruch der Pferde und das regelmäßige Singen der Schellen, das ihn an die Schlittenfahrten seiner Jugend erinnerte. Sie liefen auf der geraden Straße von alleine, er musste nichts tun, verknotete die Zügel am Bockknauf, zündete eine Pfeife an und ließ seinen Gedanken freien Lauf. Mischka saß aufrecht neben ihm, die Arme verschränkt, die Augen geschlossen, zufrieden.

Es regnete nicht mehr, der Himmel war aufgeklart. Ein fahles, anfangs noch vom Morgendunst getrübtes Blau begann zwischen den Wolken zu leuchten, und mit jeder Stunde, die sie unterwegs waren, wurde es wärmer, so dass sie regelmäßig Halt machten, um den Pferden eine Pause zu verschaffen und sie an einem Brunnen mit Eimern zu tränken. Der Wind trocknete den Tieren den Schweiß auf den Flanken, auf denen er weiße Krusten hinterließ.

Sie fuhren durch Felder mit reifem Korn – herrlich anzusehen, dachte Freier, aber sie machten ihn zugleich unruhig. Auf einigen Weizenäckern sahen sie Heuwagen, Maultiere und Gruppen von Arbeitern mit Sensen und Heugabeln, die mit der Ernte begonnen hatten. Das rege Treiben war kein gutes Zeichen, dachte er. War er spät dran mit seinem eigenen Korn? Es war gut, dass er nach Leipzig zurückkam, um nach dem Rechten zu sehen. Freier sah Mischka an. Ihre Blicke trafen sich. Beide dachten dasselbe.

„Höchste Zeit wird es“, sagte Freier und schob seine Pfeife vom rechten in den linken Mundwinkel. „Ich kann es nicht ändern, dass wir für jedes Stücklein Land beim Notarius erscheinen müssen.“

Er nahm sich vor, mit Emil Giese zu sprechen. Es konnte nichts Gutes dabei herauskommen, wenn sie für den Kauf eines kleinen Feldes, das zufällig zu Kulm zählte, eine solche Reise auf sich nehmen mussten – selbst im August, wenn es für jeden Mann im Dorf zu tun gab. Die Beamten verstanden nichts von Landwirtschaft, dachte er. Ihr Primar sollte diese Dinge regeln und schriftlich nach Kischinjew weiterleiten dürfen – es würde ihr Leben erleichtern, und niemand hätte einen Schaden davon. Giese musste mit den Rumänen reden. Er würde es ihm sagen, sobald er zurück war.

Gegen zehn am nächsten Morgen erreichten sie die Römerschanze, einen mit Gras und Dornensträuchern bewachsenen Erdwall, der von Ost nach West lief, quer über Felder und Hügel. Hinter dem Wall begann der Budschak, die trockene Steppe. Hier stieß die Landstraße auf die Eisenbahn und verlief auf den letzten drei Meilen nach Bessarabeska und Leipzig neben den Gleisen. Ein Zug überholte sie langsam und machte die Pferde unruhig. Auf den flachen Hängern standen Schafe – keine Karakuls, sondern Rhönschafe mit dunklen Köpfen und weißem Flies, junge Tiere, sah Freier, einjährige, sicher teuer. Sie

konnten ihr Blöken noch hören, als der Zug bereits in der Steppe verschwunden war und sie nur noch den blauen, sich auflösenden Rauch der Lokomotive im Himmel sahen.
„Da wären wir“, sagte Freier, als sie am Nachmittag den runden Wasserturm von Bessarabeska erreichten, auf dessen Dach zwei Jungstörche in einem Horst saßen.
Mischka, der neben ihm einen Biber schnitzte, brummte gedankenverloren.
„Haben wir es geschafft. So gut wie.“
„Eine lange Reise.“
Am Spitzberg zwischen Bahnhof und Oberdorf kam ihnen Gotthilf Sommerfeld auf seiner Harbi entgegen. Freier kannte ihn flüchtig, man grüßte sich, wenn man sich traf, und redete übers Wetter. Sommerfeld hatte den Wagen hoch mit Heu beladen und fuhr langsam. Er nickte ihnen flüchtig mit dem Kinn zu. Freier nahm seine Pfeife aus dem Mund.
„Tag, Sommerfeld“, rief er und zügelte die Wallache. „Ist nun höchste Zeit für die Felder geworden, was?“
Sommerfeld sagte nichts und machte auch keine Anstalten anzuhalten.
„Hat es die Tage hier Regen gehabt, Sommerfeld?“, rief Freier etwas lauter. „Hee, Sommerfeld!!“
Keine Antwort.
„Komischer Kauz“, sagte Freier zu Mischka. „Wie blöd guckt der und kriegt das Maul nicht auf. Starrt stur geradeaus. Als ob der irr geworden wäre.“
Mischka zuckte mit den Schultern. „Er hört vielleicht nicht mehr gut.“
„Der wird mich doch wohl gehört haben. Starren kann er ja noch wie ein Esel. Der ist keine vierzig. Wie ein Wasserfall redet der sonst, wenn ihm seine Frau nicht in die Quere kommt.“
„Hmm. Man weiß nie.“
„Komischer Kauz“, wiederholte Freier, mehr zu sich selbst als zu Mischka, und kaute an seiner Pfeife. „Der soll mir noch mal kommen. Grüßt einfach nicht... Wo sind wir denn hier...? – Heiii-ooo!“, rief er. Die Wallache trippelten. Der linke, das

schwächere Tier, wusste nicht, mit welchem Huf er zuerst Tritt fassen sollte. Dann fing er sich, und beide zogen an.
„Nun schau dir das an", sagte Freier, als sie den Breiten Weg im Oberdorf erreichten. „Da vorn... Wo hat er das..."
Zwischen den Akazien kam ihnen Wladi, ein Russe, auf einem Ackerschlepper entgegen. Aus dem Rohr quoll Rauch, die hohen, hellgrünen Metallräder knirschten auf dem sandigen Weg. Die Wallache ließen ihre Ohren spielen und schnaubten unruhig.
„Ich werd nicht mehr", sagte Freier und schnalzte den Tieren zur Beruhigung mit der Zunge zu. „Ruhig, ihr... – Das muss der Lanz Bulldog sein, weißt, Mischka? Der mit Glühkopf im Motor. Zweigang. Verstehst du mich?"
Mischka starrte auf den Ackerschlepper und nickte stumm. Er mochte Wladi nicht besonders, den er für einen rohen, missgünstigen Kerl hielt. Neidete jedem das bisschen, was er hatte, den Russen wie den Deutschen. Er traute Wladi nicht über den Weg, und es gefiel ihm nicht, dass der Angeber auf dieser Maschine durchs Dorf fuhr.
„Großes Geld", sagte Mischka.
„Hmm. Läuft dafür aber mit rohem Öl. Besser als Benzin oder Diesel. Da brennt nichts, und explodieren kann auch nichts. Billiger ist es auch und leichter zu bekommen. – Eehhh, Wladimir, mein Freund!", rief Freier.
Wladi, ein hagerer, blasser Mann von dreißig Jahren, hob die Hand zum Gruß. Er verzog keine Miene.
„Woher kommt die Maschine?", rief Freier, um sich im Lärm verständlich zu machen.
„Deutschland", rief Wladi zurück, ohne aufzuschauen. „Mannheim." Er brachte den Ackerschlepper zum Stehen, ließ aber den Motor laufen und starrte auf das Lenkrad.
„So, Mannheim, von Deutschland ist die ganz gekommen, von so weit her. Und wem gehört die?"
„Dem jungen Giese."
„In Mannheim hat er sie gekauft, sagst du?"
„Bei Karl Rüb in Anschakrak hat er sie gekauft. Die Bestellung gemacht. Aber gekommen ist die Lanz Bulldog aus Mannheim.

Da wird sie gemacht. Rüb verkauft sie nur."
Hätte Emil Giese ja mal einen Ton sagen können, dachte Freier und musste über seinen alten Schulkameraden schmunzeln. Hatte ihn wohl ausstechen wollen, der Schuft, ihn überraschen mit seiner teuren Bulldog. So eine Maschine tauchte nicht einfach auf. Die musste bestellt und angezahlt, geliefert und durch den Zoll gebracht werden, und jeder wusste, wie sich die rumänischen Grenzler anstellten, wenn es sich um Ware aus Deutschland und Österreich handelte. Jeder hielt die Hand auf, um daran ein paar Lei zu verdienen. In Betrieb nahm sich ein Ackerschlepper auch nicht von selbst, da brauchte es Werkzeug, das richtige Schmieröl, Ersatzteile, Treibstoff. Das dauerte viele Wochen, selbst wenn eine neue Maschine nur aus Odessa kam, und dieser Ackerschlepper, der schwere, teure Lanz, das Beste vom Besten, war ganz aus Deutschland gebracht worden. Den musste Giese schon im Vorjahr gekauft haben, damit er jetzt hier fuhr, wenn nicht noch früher – und kein Ton vom feinen Herrn Primar. Der Fuchs, dachte Freier. Überrumpeln hatte er ihn wollen, das war nicht zu übersehen, und es war dem Schlitzohr auch noch gelungen. Giese würde er sich zur Brust nehmen, heute Abend noch. Die Maschine würde er sich bei der Gelegenheit auch näher ansehen.
„Was sagt er?", fragte Freier. Wladi nuschelte Mischka etwas zu, so undeutlich, dass Freier es nicht verstand. Ukrainischer Dialekt, dachte Freier, es ärgerte ihn. Wladi wusste genau, dass er nur russisch, rumänisch und deutsch sprach, sie kannten sich seit Jahren, was musste er da ukrainisch palavern? – *Arzt...* – was war da los? Mischka hatte schon recht, ein ungehobelter Kerl war dieser Wladi, mit schlechter Kinderstube. Aber was sollte man von so einem erwarten, keine Eltern und verdiente sein Geld von früh bis spät mit Schlachten und Schächten? Konnte nicht jeder so gut ausfallen wie sein Mischka. Männer wie Wladi wachten eines Morgens in der Hölle auf.
„Na was hat er gewollt?", fragte Freier noch einmal, ungeduldig. Wladi saß auf der Bulldog, sah ihn an, wandte seine Augen nicht ab. „Ist was mit der neuen Maschine nicht in Ordnung? Gleich

wieder kaputt gegangen?“
„Die Frau ist tot“, sagte Mischka.
„Gestorben ist eine? Wem seine?“
„Eure, Vadda.“
„Marga?“ Er nahm seine Pfeife aus dem Mund.
Mischka sah geradeaus auf die Straße und nickte. Freier sah erst ihn an, dann Wladi, der keine Regung zeigte.
„Wladi sagt es. Vorgestern schon. Vorgestern ist sie gestorben. Im Kindsbett, sagt er.“
Freier hielt seine Pfeife fest umklammert in der Hand und starrte Wladi an.
„Stimmt das, Wladimir?“, fragte er auf Russisch.
Wladi nickte.
Daniel Freier wischte sich mit der Hand über die Stirn.
„Nu… Meine Marga soll nicht mehr sein?“
„Und ihr habt ein neues Kind, Vadda“, sagte Mischka.
„Sag…“
„Einen Jungen.“
„Sechs Kinder habe ich nun…?“
Mischka nickte und rieb sich mit der Hand über die Bartstoppeln.
„Und keine Frau mehr dazu? War es denn schon Zeit?“
Er wusste nicht, wie lange sie auf dem Breiten Weg standen – die unruhigen Pferde wenige Schritte neben dem lauten Motor des Ackerschleppers, die Sonne, die kreischenden Rauchschwalben über ihnen, Wladi und Mischka, die weiter ukrainisch sprachen, ach, sollten die reden, was sie wollten. Freier dachte an die Abfahrt, als er seine Frau zum letzten Mal gesehen hatte, vor vier Tagen, als er am Morgen neben Mischka auf dem Wagenbock Platz nahm und die Peitsche schnalzen ließ, um die Pferde in Gang zu bringen, während Hedwig und die Kinder winkten – Alma, Minna und Georg, die jüngsten waren woanders, vielleicht schliefen sie noch, sie waren klein –, und Georg lief noch einige Zeit neben den Wallachen her und rief ihnen etwas zu. Das sollte er nicht, der Junge wusste es, es war gefährlich, neben einem Wagen zu laufen, immer wieder kam ein Kind unter die Räder und starb oder war für immer verkrüppelt, aber schimpfen hatte

er ihn auch nicht wollen, sein Ältester konnte so gut mit den Tieren, er verstand sie, und sie mochten ihn, also hatte er ihn laufen lassen und hatte nur mit der freien Hand die Fliegen verscheucht, die an diesem Morgen früh in der Luft waren, angelockt vom Geruch der Pferde. Marga war mit ihrem Kopftuch im Hof gestanden. Müde hatte sie ausgesehen, sie war spät zu Bett gekommen – jedenfalls waren sie spät eingeschlafen, er erinnerte sich noch, sie waren in ihrem Schlafzimmer lange wach geblieben in der schwülen Nacht, obwohl sie im achten Monat und so unbeweglich mit ihrem Bauch war, auch wenn sie eigentlich immer unbeweglich bei der Sache war, das musste er leider sagen, ob schwanger oder nicht – er hatte sie geküsst, an den geheimen Stellen hinter den Ohren. Marga hatte ihre Hände unter der Schürze unter ihrem Bauch gefaltet, hielt das schwere, ungeborene Kind, und dann hatte sie schnell gewunken, ein einziges Mal, als die Pferde sich in Bewegung setzten, und sich umgedreht. Zwölf Jahre hatte sie ihm das Haus bestellt, acht Kinder auf die Welt gebracht, von denen nur drei gestorben waren – man musste dankbar sein, dass es nur drei waren, manch anderem vergingen alle – ja, still gewunken hatte sie mit einer Hand und kurz gelächelt, ganz kurz nur, bevor sie sich umdrehte. Er hatte sich in diesem Moment vorgenommen, dass er der Frau aus Kischinjew etwas mitbringen würde, etwas, das sie nicht erwarten würde, etwas Überflüssiges, Kostbares, er wusste doch, was er an seinem tüchtigen, sparsamen Weib hatte, das wollte er ihr zeigen, ob es ihr recht war oder nicht – es würde ihr natürlich *nicht* recht sein, aber er wollte es trotzdem tun. – Vor zwei Tagen schon, hatte Mischka gesagt? Wo war er vor zwei Tagen gewesen…? – in Kischinjew natürlich, das war der Tag, als er die Kupscha aufs Amt gebracht hatte und mit dem Beamten einen Schnaps hatte trinken wollen… zwei Tage also, hätten sie ihm da denn nicht Meldung machen können, dass er sofort zurückgekehrt wäre? Sie hätten es ihm doch sagen müssen. Bei Alfred Ziegelmacher, ihrem Schütz, hatten sie sogar ein Kabel legen lassen – es war ja keine Stadt, wo sie lebten, aber sie hatten doch ein Kabel, damit sie der großen Welt nicht allzu entrückt

wären, da hätten sie ihm Meldung machen müssen, eine Nachricht schicken nach Kischinjew, in die Hauptstadt.
„Vadda!"
Mischka stieß ihn an der Schulter an. Der Ackerschlepper war fort. Wladi musste weitergefahren sein, zurück auf Gieses Hof oder sonstwohin, ach, es war ja ganz egal, wo der abblieb.

Sie hielten am Ring beim Chaim. In den Regalen des Kolonial- & Gemischtwarenladens lag alles, was die Leipzier brauchten, und darüber hinaus einiges, das seit Jahren unbeachtet Staub fing: Mehlsäcke, Palerbsen und Linsen, Erdnüsse, fleckige Orangen, Zichorien-Kaffee von Heiner Frank in Siebenbürgen, echter Bohnenkaffee aus Britisch-Ostafrika („eine Sünde, wer so etwas trank", sagte Pastor Pomreinke des Preises wegen), Rübenzucker aus Pommern, Schulhefte, Dr. Jakobis Graphitstifte, Hustensaft, gelbes Melkfett und einfache Kerzenleuchter aus Emaille. An den Wänden des Ladens lehnten Schaufeln und Harken, glänzende Sensenblätter, aufgerollte Stoffbahnen. Chaim verkaufte auch Kuchen und Süßigkeiten, und wenn Kinder in den Schulpausen zu ihm kamen und kein Geld hatten, schenkte er ihnen Lutschpastillen, was ihm, sobald sie wieder aus dem Laden gelaufen waren, das Nörgeln seiner Frau Wilma einbrachte. Chaim war teuer, sagte Marga, bei dem sollte man nichts kaufen und lieber zum Wiege im Oberdorf gehen, der einen nicht schröpfte – auch wenn man bei dem wiederum Acht haben musste, nichts Verdorbenes angedreht zu bekommen. Aber Chaim hatte etwas, das Wiege nicht führte: Weinbrand. Davon brauchte Daniel Freier ein Glas, ein großes, bevor er auf den Hof fuhr und die Kinder sah und Oma Mathilde, den alten Knochen.
Der Laden war leer, als Freier und Mischka unter der klingelnden Türglocke eintraten. Chaim stand am Tresen neben der Kasse und schaute aus der Odessaer Zeitung auf. Er nickte stumm. Freier sah ihn vorsichtig an. Es kam ihm vor, als wüsste er, was Sache war. Chaim ging schlurfend an einen Fensterschrank mit bedruckten Vorhängen auf der Innenseite und holte eine grüne Flasche mit einem Korken. Er stellte drei Gläser auf den Tresen,

schenkte ein, sah Freier kurz in die Augen, wandte seinen Blick ab und wieder den Schnapsgläsern zu, die vor ihm standen. Die drei Männer leerten sie gleichzeitig in einem Zug. Als Freier seinen Geldbeutel aus der Hosentasche zog, winkte Chaim müde ab. Er stellte die Flasche weg, nickte, mit den Lippen schmatzend. Dann ging er zur Ladenkasse, setzte sich auf einen Hocker und schlug wieder die Zeitung auf.
Als Freier und Mischka die Tür öffneten, biss Chaim hinter ihnen geräuschvoll in eine Gurke.
Sie hatten kein Wort gewechselt.
Chaim ist ein guter Mann, dachte Freier.

Er klemmte die Klingelscheiben mit einem Lederriemen ab und lenkte den Wagen langsam den Breiten Weg hinunter. Knapp zwei Werst trennten sie noch von der Kälber Drift. Er wollte nicht mehr, dass sie ihn kommen hörten, seine Heimkehr vorwegnahmen. Es gab nichts zu hören, nichts zu freuen – nicht, wenn die Frau nicht mehr war, wenn nichts mehr von dem galt, was noch vor vier Tagen gegolten hatte, als er sich auf den Weg in die Stadt gemacht hatte. Vor der Hofeinfahrt zum Breiten Weg hielt er die Pferde an und reichte Mischka die Zügel. Die Tiere schnaubten und legten ihre Ohren nach hinten. Sie wollten weiter, an den Wassertrog unter dem Flieder.
„Bring du den Wagen in den Hof und versorg die Tiere“, sagte er zu Mischka. „Und wisch mal den Staub ab. Da ist überall Dreck.“
Freier ließ sich vom Bock gleiten und ging in langen, schnellen Schritten durch den Hof. Er hörte Stimmen – eine klang wie Hedwig, die musste hintendurch zugange sein mit einem der Kinder, aber er sah sie nicht, ein Glück, so sah sie ihn nicht. Freier zog einen Schlüssel aus seinem Geldbeutel und schloss rasch, damit ihn niemand bemerkte und abfing, die Tür zu seinem Kontor auf, einer Kammer im Hofgebäude hinter den Popschakörben, die er mit seinem besten Schloss gesichert hatte. Im Kontor hatte er einen Sekretär für seine Post, die Papiere, Rechnungen, Dokumente. Er ließ vorsichtig die Tür hinter sich zufallen und setzte sich auf den lackierten Holzstuhl vor dem

Schreibtisch. Er rieb sich das Gesicht, spürte den feinen Staub auf seiner Haut, raufte sich mit beiden Händen die Haare und schloss die Augen. Er sollte noch ein Glas Schnaps trinken, dachte er, verwarf den Gedanken aber wieder – seine Frau würde… – nein, Blödsinn, Freier, sie würde nicht, sie konnte nun nicht mehr, überhaupt nie mehr. Aber ein schlechtes Gewissen hätte er doch gehabt; in Maßen, alles in Maßen, sagte sie immer, das war am besten. Er betrachtete die beiden Gewehre im Ständer neben dem Fenster zum Hof, die gute Mannlicher-Büchse und die alte, lange Jagdflinte seines Vaters. Für einen Moment dachte er, wie leicht es wäre; der Abzug, ein kurzes Ziehen des Fingers, es wäre schmerzlos, er könnte es hier und jetzt gleich tun, unbemerkt, in der Stille seines Kontors, das nach harzigen Holzscheiten roch… – für einen Moment. Es ging nicht, er hatte die Kinder, sechs Stück hatte er nun, herrje, und keine Frau mehr… Herr im Himmel auch, so plötzlich alles, es blieb einem nichts erspart.

Er stand auf und sah durchs Fenster auf den Hof. Mischka hatte den Wagen vorgefahren und streichelte Georg den Kopf, der ihn am Bauch umarmt hielt. Freier musste lächeln. Wenigstens die zwei verstanden sich, die Pferdenarren. Leicht war es für die Kinder sicher nicht.

Er hörte den Hund bellen, seine Rosie – da kam sie gelaufen, das gute Tier, und sprang und sprang und freute sich, dass Mischka wieder da war und machte die Pferde scheu mit ihren Hopsern… –

Er musste stark sein. Der Erste war er nicht, dem das Weib verging. Wie oft hatte er den Spruch gehört – Weibersterben, kein Verderben, Pferdverrecken, das macht Schrecken… Mitgelacht hatte er, wenn die Männer ihre derben Scherze gemacht und sich vergnügt auf die Schenkel geklopft hatten. Was für ein Dummkopf er gewesen war. Er würde seinen besten Gaul eintauschen, um seine Marga zurückzubekommen. Die ganze Tabon würde er hergeben, vielleicht.

Es half nichts. Das Leben musste weitergehen. Irgendwie musste es gehen.

Am Morgen nach dem Tod der Mutter bürsteten sich Alma und Minna gegenseitig das Haar, bis es glänzte wie am Sonntagmorgen vor der Stunde. Sie weinten beide, ohne zu sprechen.
Als sie aus der Ferne die Kirchuhr am Ring schlagen hörte, zog Alma sich ihr Kleid und die Feldschuhe über und ging in die Sommerküche. Die Sonne stand schon über dem Hofdach, es musste acht sein, sie waren viel zu spät dran. Im Ofen glühte noch Holz, eine Handvoll Wärme. Oma Mathilde musste in der Frühe schon einmal Feuer gemacht haben. Alma legte alte Weinreben und zwei Scheite nach, schloss die Ofentür und stellte einen Wasserkessel auf die Eisenplatte. Als sie sich umdrehte, schnitt Oma Mathilde im Stehen am großen Tisch Brot, das sie gegen ihre Brust drückte. Alma, in Gedanken, hatte sie nicht kommen hören. Ihre Großmutter setzte sich, legte sich ein Handtuch mit Kartoffeln in den Schoß und begann zu schälen. Alma erinnerte sich. Sie hatten mit der Mutter Käsklieben kochen wollen. Klieben und Kartoffeln.
Ein Gedanke schoss ihr durch den Kopf: Arthur… – sie hatten doch ein neues Geschwister, einen kleinen Bruder! – …und Oma Mathilde saß in der Küche, als ob nichts wäre, als gäbe es nichts Wichtigeres als Kartoffeln.
„Wo ist Arthur, Oma?“
„Hinten. Hedwig hat ihn genommen. Geschlafen hat's Kind, und dann hat sie ihn genommen, als er aufgewacht ist und geschrien hat. Hintendurch ist sie mit ihm gegangen, unter die Bäume, weil er gebrüllt hat.“
„Hat er denn alles? Braucht er was?“
„Das Kind hat alles. Der Herrgott hat ihm alles mit auf den Weg gegeben. Gesund ist er, ganz gesund, obwohl er so früh ist. Alles ist dran, ein gesunder Junge.“
„Was… isst er denn?“
„Herr im Himmel, du weißt doch, wie es geht. Musst dich nicht dümmer stellen, als du bist… Ist ja noch nicht so lange her, dass Lilli kam.“
„Da war die Mutter aber noch.“
Oma Mathilde sah sie an, sie schien verärgert zu sein.

„Stutenmilch“, sagte sie. „Boias Dressner soll uns frische Stutenmilch bringen, das ist am besten fürs Kind. Wird er schon machen, er ist ja eng mit deinem Vater. Und bis er die gebracht hat, bekommt der Junge Milch von der Kuh oder vom Schaf. Das tut's auch. Das hat's immer schon getan, weißt, zu allen Zeiten. Geht nun nicht anders.“

Auch die Jungen weinten. Georg verkroch sich auf die Bühne. Dort saß er vom Morgen an in einer Ecke hinter den Säcken mit Nüssen, hielt die Augen geschlossen und wurde krank. Am Abend spuckte er und hatte Schüttelfrost und Fieber, so dass Oma Mathilde ihn ins Bett legte und ihm Kamillentee mit Honig brachte.
Jakob hielt sich den halben Tag lang mit einer Hand an Oma Mathildes Schürze fest, und nichts konnte ihn von ihrem Rockzipfel trennen, er lief neben ihr her wie ein neugeborenes Fohlen neben der Stute. Wie benommen wirkte er und mochte nichts essen, nicht einmal Rosinen.
Nur Lilli schien das Unglück nichts auszumachen. Sie blieb stumm, weinte nicht, saß im Hof und spielte mit Murmeln, die sie immer wieder in den Sand fallen ließ. Am Nachmittag setzte sie sich auf einen umgedrehten Eimer in der Sommerküche und sang leise. Erst beim Zubettbringen sah Alma, dass Lilli sich ins Höschen gemacht hatte. Sie hatte einfach weitergespielt, als hätte sie es nicht bemerkt, und in der Sommerluft im Hof war der Schmutz auf ihrem Hintern und an den Beinen getrocknet.
Die Mutter hatten sie mit Dr. Prudöhls Hilfe noch in der Nacht in nasse Leinentücher gewickelt und mit dem Karren, den sie im Herbst für die großen Kürbisse nahmen, in den Eiskeller gebracht. Sie hätten sie längst beerdigt, am nächsten Tag, schließlich war es Mitte August, aber sie wollten – mussten – auf den Vater warten. Sie hofften nur, dass ihn auf der langen Heimreise von Kischinjew kein Unglück ereilte und er sich nicht verspätete. Es würde die Sache nicht besser machen.
Als Daniel Freier kam, machte er Alma und Minna Angst. Sie liebten ihn, aber sie fürchteten ihn auch – umso mehr, als die

Mutter nicht mehr lebte, die im Alltag zwischen ihnen und dem Vater gestanden, sie abgeschirmt hatte. Mit ihr hatten sie geredet und gesungen, genäht und im Stehen an den beiden Eichenfässern gebuttert, während der Vater auf dem Feld war und schwitzte und fluchte, wenn ihm ein Stein die Hacke verbog oder das Sensenblatt stumpf machte. Abends, wenn er nach Hause kam, setzte er sich wortlos in die Küche, brummte, zerriss das Brot mit seinen großen, harten Händen, löffelte die Suppe und hatte es eilig, in die Stube zu gehen, um seine Pfeife anzuzünden. Nur mit Mischka redete er, häufiger und länger als mit seiner Frau. Auf dem Acker. Im Stall. Im Hof, wenn sie zusammen rauchten.

Freier sah die Mädchen kaum an, als er kam, auch Oma Mathilde nicht. Er blickte sonstwohin – in den Hof, in den Himmel, an die Wand, als sei er blöd geworden wie der Schilling-Sohn –, und er sagte nichts, grüßte nicht, fragte nur mit trockener Stimme, wo sie sie hingebracht hätten. Dann zündete er eine Petromax-Lampe mit einem Holzscheit an, ging quer über den Hof und stieg allein in den Eiskeller. Die Lampe qualmte in der kühlen, feuchten Luft des Gewölbes. Ein schwarzer Rußfaden stieg aus dem Glaskolben an die Steindecke und begann dort zu tanzen.

Am Eingang, wo die Stufen endeten, hatten sie sie auf einem Tisch auf feuchten Sand gelegt. Es war eng im Keller. Hinter und neben dem Tisch standen Fässer, Säcke und Gläser mit Eingemachtem. An der Rückwand lagen Kartoffeln in einem Holzverschlag, ein Berg von zwei oder drei Zentnern, der Rest aus dem Vorjahr. Es roch sauer nach Essig. An der Decke hingen Schinken, Würste und geschlachtete Hühner. Die hatten die Nachbarn am Vortag für die Leich gebracht, sechs allein von den Dressners, und die Mädchen hatten sie sofort geschlachtet, gerupft, gebrüht und ausgenommen. Obwohl es kühl und dunkel war im Eiskeller, hatten Fliegen ihren Weg dorthin gefunden und schwirrten durch das schwache, flackernde Licht der Lampe.

Freier schlug das feuchte Tuch zurück, zog sich ein kleines, noch fest verschlossenes Fass Sauerkraut heran und setzte sich neben sie. Sie lag auf dem Rücken, die Hände gefaltet auf dem Bauch, und als er sie mit seinen Fingerspitzen an der Wange berührte, erschrak er. Marga war kalt, die Haut wächsern, fahl und fettig, als wäre sie mit Butter eingeschmiert worden. Ihr langes Haar lag lose verknotet unter dem Leintuch. Sie hatten den Stoff ums Kinn gebunden, damit sie nicht mit offenem, schreiendem Mund erstarrte. Zurechtgemacht war sie noch nicht, er musste sich darum kümmern. Er musste sich jetzt um so vieles kümmern. Die Haut unter ihren Augen, die Ohrläppchen und die Spitzen der Finger waren braun. Es wurde höchste Zeit.

Bevor er ging, leuchtete er mit der Lampe in die Ecken und prüfte die Fallen, wie er es jedes Mal tat, wenn er in den Eiskeller kam. Es war alles in Ordnung. Die Ratten fanden im Sommer mehr als genug auf den Feldern.

Als er die Holzläden des Eiskellers zufallen ließ, wartete Hedwig Ahner im Hof auf ihn. Sie roch nach Stall und Euter und pulte an einem Leberfleck am Hals, auf dem borstige Haare wuchsen. Sie nickten sich zu. Vor Hedwigs Bauch hing die Placht.

„Ach, Herr Freier", sagte sie und sah verschämt auf den Boden, als wäre ihr das Zusammentreffen peinlich. Sie hielt ihm mit hochgezogenen Ellenbogen das schlafende Kind hin. Er sah die weiß-gelbe, gehäkelte Decke, eine kleine, zusammengedrückte Hand, den Mund, die geschlossenen Augen, feine, helle Haare, eine Rassel an einer Schnur.

„Du hast sie also umgebracht?", sagte er leise. „Und der Herrgott hat dich am Leben gelassen?"

Kapitel 4: Chesu che

Am Abend saßen sie in der Sommerküche, Daniel Freier am Ende des Tisches, Oma Mathilde am Kopf, dicht am Herd. Sie aßen schweigend, zu zehnt, nur Arthur schrie in der Placht, die Minna auf dem Bauch trug.

„Herrgottnochmal", stöhnte Freier und rieb sich mit den Fingerspitzen Augen und Stirn.

Alma hatte Milchsuppe gekocht, aber sie war nicht bei der Sache gewesen. Die Riebeln waren noch teigig, und sie hatte die Zitronenschalen vergessen. Sie sah unsicher in die Runde, aber niemand schien sich beschweren zu wollen. Es war nicht der richtige Zeitpunkt für Genörgel, solange Marga Freier auf dem Hof und in ihren Köpfen war.

Als die Mädchen den Tisch abräumten und mit Oma Mathilde das Geschirr im Zuber in der Sommerküche spülten, kam Boias Dressner in den Hof und setzte sich zu Freier und Mischka an den Tisch. Er hatte zwei abgezogene, ausgenommene Kaninchen unter dem Arm, eingewickelt in Zeitungspapier, aus dem die Vorder- und Hinterläufe ragten.

„Die schickt meine Frau noch", sagte er in einem Ton, als wäre es ihm peinlich. „Für die Leich." Er reichte sie Alma, die ihre Hände abtrocknete, die Kaninchen nahm und sich mit einem Kopfnicken bedankte. „Sie mochte nicht mitkommen, Daniel, weißt ja, wie scheu Elwira ist, darfst ihr nicht böse sein. Aber zur Leich wird sie kommen. Sie sitzt schon den ganzen Tag an ihrer Singer und schnippelt und näht. Einen Kragen oder was."

„Bestell ihr Dank", sagte Freier. „Auch für die Hühner, die ihr gebracht habt. Am Schmaus wird es nicht scheitern."

„Und?", fragte Dressner.

„Was?"

„Geht es denn?"

„Es muss. Es muss. Siehst ja, sind alle munter auf den Beinen… – Gib Ruhe, Georg und Hedwig, du geh mit diesem Krachbalg raus! Nun hör einmal, Georg – holst dir Lilli und Jakob und bringst sie ins Zimmer, hörst? Und dann lasst ihr die Erwachsenen

in Ruhe reden."
Dressner strich Rosie, die sich zwischen seine Stiefel gesetzt hatte, die Ohren nach hinten. An Hals und Nacken ragten ihm dichte, schwarze Haare aus dem Hemdkragen und an den Händen aus den Ärmeln. Sein Haar wuchs so schnell, dass er sich zweimal am Tag rasieren musste, nach dem Aufstehen und vor dem Schlafengehen – so wollte es Elwira, die einen Hang zum Vornehmen hatte (sagten die Leute) und empfindliche Haut (sagte ihr Mann). Nur auf dem Kopf gingen Boias die Haare aus: Obenrum war er bis auf einen schmalen Kranz, der rings um den Schädel lief und an eine Mönchstonsur erinnerte, kahl geworden. Es war ihm peinlich; er war erst vierunddreißig; daher der Hut. Selbst in der Badewanne am Sonnabend hatte er das Filzding auf, hatte seine Tochter Lea ihrer Freundin Minna unter dem Siegel der Verschwiegenheit anvertraut, und Minna, das Plappermaul, hatte es am nächsten Morgen glucksend beim Frühstück erzählt.
„Komm, trinkst du ein Glas Wein?", fragte Freier und stand auf, um Flasche und Gläser zu holen. „Keine Widerrede, Dressner, die Zeit muss sein."
„Hörst du das, Daniel? Die Schelle?"
„Nach Gieses Britschk klingt es… Hmm."
Sie gingen in die Mitte des Hofs und sahen auf dem Breiten Weg hinter der Einfahrt Besucher ankommen: Emil Giese, der die Pferde an einen Akazienstamm band, seinen alten Vater und Alfred Ziegelmacher, den Amtsboten mit seinen langen Storchenbeinen und schlaksigen Armen, die beim Gehen zu rudern schienen.
„Nun schau dir das an", sagte Freier, ohne Lippen oder Zähne zu bewegen. „Die bringen den Schütz gleich mit. Die kommen nicht zum Spaß, Boias."
Emil Giese hatte nasses Haar von seinem wöchentlichen Bad und war bester Laune, die er vergeblich zu unterdrücken versuchte. „Jajaja, ein dreckiger Leib kann eben kein frommes Herz haben", sagte er und zeigte wie zur Entschuldigung auf seinen Kopf. Dressner und Freier begrüßten ihn. Giese zog noch im Stehen ein silbernes Etui aus seiner Jackentasche und bot ihnen Zigaretten

an.
„Gute russische“, sagte er. „Aus Odessa.“ Er zündete ein Streichholz an und reichte ihnen Feuer.
„Freier, tut mir leid“, sagte er beim Aufschauen. „Wegen der Frau.“ Giese schüttelte das Hölzchen aus und ließ es auf den Boden fallen. „Man hat nur eine.“
„Danke, Giese. Das ist ehrenwert, dass du kommst.“
„Du, ich hatte gleich nach Kischinjew telegrafiert, als Prudöhl gelaufen kam mit der Nachricht – aber das Amt dort wusste nichts von dir und wollte auch niemanden rausschicken auf den Markt, um zu suchen. Du weißt ja, wie sie sind. Ohne Handgeld setzt sich keiner von denen in Bewegung. Habt ihr im Wagen geschlafen, oder wart ihr in der Herberge?“
„Im Wagen.“
„Gut, da hätten sie lange suchen können, ist eine große Stadt geworden, nicht wie bei uns hier in Leipzig, und wer weiß, ob sie dich gefunden hätten… – aber versuchen hätten sie es wohl können. Habt ihr ein Glas Wein für uns, Freier…? – schau, ich habe den Ziegelmacher aus der Kanzlei mitgebracht und…“ – er drehte sich um; „Vadda, geht es nun?“, rief er zum Weg hin – „… meinen alten Herrn.“ Der alte Giese kam an seinem Gehstock in kleinen, vorsichtigen Schritten in den Hof.
Emil Giese war Primar, für drei Jahre gewählt und einflussreichster Mann im Ort. Auf der Straße nahmen selbst die vorlauten Burschen ihre Zigaretten aus dem Mund und kratzbuckelten, wenn sie ihn anmarschieren sahen. Giese war gerissen, sagte Freier; man musste vorsichtig sein mit ihm. Immerhin: Er hatte beste Verbindungen zu den Rumänen und Bauernschläue im Kopf, die für ihn selbst nützlich war und – so hofften alle, die ihn gewählt hatten – eines Tages auch für das Dorf. Freier hatte ihn nicht gewählt: Er hatte es vorgezogen, am Abend der Abstimmung mit einem plötzlichen Fieber im Bett zu liegen.
Mit dem Reichtum war indes auch die Sonderbarkeit über Giese gekommen. Im Vorjahr hatte er mit seiner Frau Walburga eine Reise nach Burnas unternommen, ins neue Seebad am Schwarzen

Meer, wo es mondän zuging, fast wie im Kaiserbad Heiligendamm sollte es sein, hieß es in den Zeitungen. Einfach so waren sie gefahren, zum Vergnügen, um das Meer zu sehen und weil sie das Geld hatten und es eben konnten, und das Anfang September, als die Weinlese bevorstand und die Kerpsen auf den Feldern lagen. Die Gieses waren vier Tage in einer Pension abgestiegen und hatten nichts gearbeitet, überhaupt nichts, von morgens bis abends: nichts. Sie waren auch nicht einkaufen gegangen und nicht aufs Amt. Emil Giese hatte erzählt, dass er im Meer gebadet hätte, in kurzen Hosen, und in eine Kammer hätte er sich gesetzt, in die man zum Schwitzen ging, nur zum Schwitzen, weil schwitzen den Leib befreite. Alle hatten gelacht, als sie das hörten. Als Giese von der Küste zurückkam, sagte er, dass sie seine Asche im Meer verstreuen sollten, wenn er mal tot ginge. Es stand, das war klar, nach der Burnas-Fahrt nicht besser um ihn als vorher.

Sein Vater hieß Isidor, aber die meisten im Dorf, hätte man sie gefragt, hätten seinen Vornamen nicht gewusst. Alle kannten ihn nur als den alten Giese, immer fidel, immer auf den Beinen, auch wenn er, solange sie zurückdenken konnten, schon am Krückstock ging und humpelte. Mit eigenen Augen hatte er noch wilde Bären im Budschak gesehen, neunzehnfünf war er gegen die Japaner nach Fernost gezogen, und er hatte im Großen Krieg gekämpft, hatte mit den Russen ins Gefecht ziehen müssen gegen seinen eigenen Kaiser. Er war kaum heimgekehrt – zu Fuß aus Lemberg –, da war ihm die Frau an der Grippe gestorben, einfach so, von einem Tag auf den nächsten.

„Heute ist es nicht gut“, sagte er in die Runde. „Die Knie ziehen und ziepen, Jungchen, dass man sich nur hinlegen möchte und nie mehr aufstehen.“ Isidor Giese redete in einem eigenartigen Singsang: Jeder Satz hatte eine Melodie, die hoch begann und sich bis zum Punkt langsam, stetig, unaufhaltsam senkte.

„Hm“, machte Freier.

„Und im Hals.“

„Da auch?“

„Da *rasselt* alles, dass es… – was soll es nun? Mach dir keine

Sorgen, Freier, Unkraut vergeht nicht. Die Guten müssen immer zuerst gehen. Wie deine liebe Frau. Und meine auch. Hast ja kaum gekannt."

Isidor Giese ging langsam in die Sommerküche, setzte sich auf Oma Mathildes Armstuhl und legte die Hände seufzend vor sich auf den Knauf seines Gehstocks.

„Ja, auch von mir dann mein Beileid", sagte der Schütz, trat mit steifen Beinen drei Schritte vor und streckte Freier seine Finger entgegen. Ziegelmacher, dessen Haar zu früh grau geworden war, hatte danebengestanden, niemand hatte ihn beachtet. Das ging ihm oft so: Leipzigs Amtsbote war ein schüchterner, unscheinbarer Mann und sich seiner Sache nie ganz sicher, also überging man ihn, denn es rechnete niemand damit, dass er etwas zu sagen haben könnte. Dass er weder reiten konnte noch Land oder Vieh besaß, hob sein Ansehen nicht. Ziegelmacher stellte sich mit seiner Bimmelglocke vor die Kanzlei, wenn es Amtliches zu verkünden gab, und war gleichzeitig – er schickte seine Frau – für das Reinemachen der Amtsräume, der Schule und der Kirche zuständig. Er steckte die Briefe, die zweimal wöchentlich mit dem Zug aus Anschakrak und Kischinjew kamen, in die Postfächer, fungierte als Kirchendiener und Glockenwart und verwaltete die Leipziger Waisenkasse. Am Sonnabend verdiente er sich ein Zubrot, wenn er die Männer rasierte und ihnen die Haare schnitt, was er am Nacken und um die Ohren herum immer ein wenig zu weit trieb, so dass jeder gleich sehen konnte, wenn einer vom Schütz kam. Seit dem Frühjahr war Ziegelmacher auch für die neue Beleuchtung am Ring zuständig und zündete am Abend die modernen Benzinlampen an, bevor er, die ihm peinlichste Pflicht, auf dem Rückweg Pferdeäpfel auf einen Karren schaufelte. Starb einer im Dorf, hatte er einen der Särge aus Robinienholz bereitzustellen, die er an langen Winterabenden in seiner Werkstatt auf Vorrat zimmerte. Leipzigs Faktotum nannte ihn Lobgott zutreffend. Ziegelmacher, der den Ausdruck nicht kannte, sich aber keine Blöße geben wollte, war vorsorglich beleidigt, wann immer das mysteriöse, gelehrte Wort fiel.

Ziegelmacher war es auch, der handschriftlich vier Wanderzettel angefertigt hatte, je zwei fürs Unter- und fürs Oberdorf, auf denen auf der einen Seite

WEITERGEBEN!!

stand und auf der anderen, dass Margarete Freier geborene Jeschke mit zweiunddreißig Jahren im Kindsbett verstorben sei, gefolgt von dem Vermerk: „Das Kind Arthur, ein Junge, ist notgetauft und noch wohlauf." Die Schreiben hatte er an die vier nächstgelegenen Häuser am Ring gegeben. Anschließend war er auf den Kirchturm gestiegen und hatte mit einem Hammer fünf Minuten lang die Glocke geschlagen.

Freier ahnte, warum Emil Giese kam und den Schütz mitbrachte. Die Frau war tot, Unglück genug, aber darum ging es nicht. Freier, Margas Erbe, besaß nun zu viel Land, und das würde den Rumänen nicht gefallen, wenn sie es merken würden. Das war nicht wahrscheinlich. Die Beamten in Anschakrak und Kischinjew hatten anderes zu tun und scherten sich nicht um das Land im Budschak. Aber er hatte zwölf Jahre zuvor, als die neue Regierung mit dem Siegel des Königs die Agrarreform durchgesetzt hatte, alles in Bewegung gesetzt, um mehr als die hundert Dessjatinen zu halten, die ihm nach dem Gesetz bleiben sollten. Eine Entschädigung hatten sie allen Großbauern von höchster Stelle in Aussicht gestellt, aber er hatte vom ersten Moment an Zweifel gehabt, die sich schon im folgenden Jahr als berechtigt erwiesen hatten: Sie wurde nie gezahlt; enteignet worden waren die meisten. Er war damals durch die Nacht gefahren, nicht einmal Marga wusste, was er tat, wo er war. In Kischinjew hatte er mehr als hundert Dessjatinen auf seine Frau und auf Alma und Minna, damals seine einzigen Kinder, übertragen. Seitdem hatte er dazugekauft, wenn ein einträglicher Hof freigeworden war – wie im Herbst sechsundzwanzig, als auf einen Schlag mehr als zwanzig junge Leute nach Dakota aufbrachen und einige weitere nach Kanada, Argentinien und Australien, wo sie ihr Glück suchen wollten.

Mit Saubohnen und Leinen hatte er seitdem viel Geld verdient. „Ich bin nur durch Flachs reich geworden“, hatte er Giese in einem unbedachten Moment anvertraut, lange bevor der Primar wurde, und sich im nächsten Augenblick über seine Prahlerei geärgert. „Aber weißt ja, wie es ist“, hatte er rasch angefügt. „Ein reicher Mann in Bessarabien ist ein armer Mann in Odessa.“

„Schon, schon“, hatte Giese trocken erwidert und ihn lange angesehen. „Du warst aber auch ein schlauer Fuchs, Freier, damals, als der Russe rausgeworfen wurde.“

Wie Giese dahinter gekommen war, wusste er nicht. Aber er hatte mit den Rumänen immer schon gut gekonnt; eine Hand wusch die andere. Mit Margas Tod hatte Freier mehr Land, als den Rumänen gefallen würde. Emil Giese witterte ein einträgliches Geschäft.

Freier stand auf und ging in die Stube im Haus, um seinen besten Kräuterschnaps zu holen, den Unicum aus Ungarn, und um kurz allein zu sein, nachzudenken, einen klaren Gedanken zu fassen, keinen törichten Fehler zu begehen. Seit seiner Rückkehr aus Kischinjew hatte er dieses Zimmer nicht betreten, es war keine Zeit gewesen. Angenehm kühl war es in der Stube. Marga hatte die Fenster und Vorhänge zum Breiten Weg geschlossen, um die Hitze draußen zu halten. An der Decke sah er den Fleck, den er seit sechs oder sieben Jahren nicht übermalt hatte, seit das Wasser nachts in einem Sturm durchs Dach gekommen war. Er wischte sich den Schweiß aus dem Gesicht. Auf der Vitrine mit den Gläsern und Flaschen lag Staub. Die Uhr, oben auf dem Schrank, tickte nicht, die Mädchen hatten vergessen, sie aufzuziehen. In einer Ecke des Zimmers stand Margas Webstuhl neben einem Handarbeitskorb aus dunkelroten Weidenzweigen. Wollknäuel, Stoffreste, kurze Stricknadeln mit einer grauen Socke, von der nur das Beinteil fertig geworden war, ihr Stopfpilz, Garnrollen, Bänder für Unterröcke. Mischka hatte den Korb im ersten Winter, den er bei ihnen verbrachte, für sie geflochten. Freier atmete tief durch, bevor er mit der Flasche in der Hand in die Küche sah.

„Bring uns eine Schüssel mit Sonnrosenkernen raus, Mädchen“, sagte er zu Minna, die am Tisch saß und Pfefferschoten zum Trocknen auffädelte, während Alma, wegen des Schmutzes am anderen Tisch sitzend, Schuhe putzte, die nebeneinander in einer langen Reihe auf dem Boden standen. Freier ging zurück in den Hof und schenkte den Gästen ein.

„Da ist die Frau noch nicht unter der Erde", hörte er Dressner sagen, „und ihr kommt schon und schachert ums Land."

„Es ist nun, wie es ist, Dressner", sagte Giese.

„Aber anständig ist es nicht."

„Halt du dich fein raus. Deine Sache sind die Pferde, nicht das Land."

„Und? Was macht das für einen Unterschied? Meinst du, ich weiß nicht, wie man sich ehrenwert verhält? An so einem Tag? Nichts als dein Land hast du im Kopf, Giese. Dein Geld. Dein ganzes verfluchtes Geld." Dressner stand auf und ging zum Brunnen.

„Und das von einem wie dir, der jeden Morgen als erstes Kasse macht!", rief Giese ihm nach. „Nun setz dich schon wieder hin. Lass uns nicht zanken."

„Meine Herren, auf den König", sagte Freier und hob sein Glas.

„Auf den König", murmelten sie.

Ziegelmacher hörte zu, ohne selbst etwas zu sagen. Er spielte mit einem Bleistift, den er zwischen seinen Fingern drehte und gegen seine Zähne schlug. Es machte Freier nervös, und sowohl er als auch Giese und Dressner sahen mehrmals irritiert zum Schütz hinüber.

„Denk in Ruhe darüber nach, Freier", sagte Giese. „Wenn du was verkaufen willst – die Kleestücke unten oder was – die Äcker mit den Saubohnen meinetwegen. Ich lasse mit mir reden, das weißt du. Dann sag es, dann werden es die Rumänen schon ertragen, dass du ein bisschen mehr bewirtschaftest, als du sollst. Die müssen es ja nicht wissen. Wir müssen zusammenhalten. Wir sind alle von einem Blut."

Am nächsten Vormittag kam Pastor Pomreinke an die Kälber Drift – wegen des Seelenheils und um die Frage der Beerdigung Margarete Freiers zu klären. Früher wäre es nicht gegangen, entschuldigte er sich, als er schwer atmend in der Stube im Sessel Platz nahm. Freier wüsste ja, wie weit er von Anschakrak habe kommen müssen und der Poschtar hätte sich verspätet, weil ein Pferd auf dem Weg ein Eisen verloren hätte, das er auf offenem Feld hätte nageln müssen.

Johann Pomreinke war mit Unwohlsein ins Haus der Freiers gekommen. Nicht, weil er Todesfälle mied; die gab es schließlich immer, und er hatte mehr Seelen unter die Erde und in den Himmel gebracht, als er sich mit seinen fast fünfzig Jahren in Erinnerung rufen konnte. Er hatte schlicht vergessen, um welches seiner Schafe es sich bei Margarete Freier handelte. Er erinnerte sich nicht, sie je gesehen zu haben.

Freier sollte es, Gott bewahre, nicht persönlich nehmen. Er hätte ja das Große Kirchspiel in Anschakrak zu betreuen mit den deutschen Kolonistendörfern ringsum, gut fünftausend gläubige Seelen alles in allem, Mennoniten und Sektierer nicht mitgezählt, und er käme nur ein- oder zweimal im Monat nach Leipzig, Freier wüsste das natürlich, und die Laienprediger hier machten ihre Sache doch anständig und im Sinne des Herrn. Um die weniger wichtigen Todesfälle kümmerten die Herren Aushilfen sich an und für sich ja auch, fügte Pomreinke hinzu, all die Kinderlein und die Knechte und die Mittellosen, aber er hätte sofort alles Notwendige veranlasst, um nach Leipzig zu kommen, als er durch Hellmuth Lobgott vom plötzlichen Tod Margarete Freiers erfahren hätte.

Wie es denn gewesen wäre, das Weib, und ob das Kind noch lebte?

Pomreinke wäre ein wahrhaftiger Mann, sagten die Frauen im Dorf, ein wortgewaltiger Pastor, den ihnen Gott in seiner Gnade gesandt hätte. Die Männer nickten dazu stumm, wohl wissend, dass jeder Protest vergeblich sein würde. Doch die Sonntagspredigten ihres Gemeindehirten ließen sie mit der Müdigkeit in den Gliedern kämpfen, die eine Woche Arbeit hinter sich hatten. Es half nicht, dass Pomreinke auf der Kanzel gewählt langsam sprach, der Würde wegen. Sie sangen – immer – alle Strophen, lasen den Wochentext der Brüdergemeine,

hörten die Bekanntmachungen und beteten Vaterunser und Glaubensbekenntnis, all dies, bevor Pomreinke das Predigen begann. Zum Schluss, gegen zwölf Uhr mittags, war es keine Erbauung mehr. Ihnen knurrten die Mägen.
Und dann Pomreinkes Frau, die Nelly hieß, und was, bitte schön, war das für ein Name? Diese Nelly war in Hermannstadt in Siebenbürgen aufgewachsen, hatte das Frauengymnasium besucht, sprach geziertes Hochdeutsch und trug ihr graues Haar kurz und nie ein Kopftuch. Wäre sie nicht Frau Pastor gewesen, hätte man sie für eine Wilde, Liederliche halten können. Sie kam nur selten mit ihrem Mann nach Leipzig, höchstens zweimal im Jahr. Natürlich war man nett zu ihr, und natürlich dachte man sich wegen der Haare seinen Teil, und es half nicht, dass sie den Vornamen trug, den sie trug.
„Staub zu Staub", sagte Pomreinke. Er sah aus dem Fenster auf die Kälber Drift.
Pomreinkes Gespräch mit Freier dauerte nicht lange. Am Tag darauf würde man Margarete Freier beerdigen, um vier Uhr nachmittags, so Gott wollte, abgemacht. Sie wählten Lieder und Bibeltext aus.
„Lass uns beten, Bruder", sagte Pomreinke unvermittelt und kniff im Sitzen die Augen zu.
Als Freier wieder aufschaute, segnete der Pastor ihn murmelnd mit erhobener Hand, der Herr lasse… über dir… gnädig… –
Pomreinke stand aus dem Sessel auf und trank den letzten Schluck Tee aus seiner Tasse. „Wirst sehen, Freier", sagte er, „die Zeit und Gott heilen alle Wunden."
„Wollen wir es hoffen."
„Und beten wollen wir dafür."
„Amen."
„Es ist ja wohl noch zu früh…"
„Für was?"
„Na, nu, wenn der Schmerz erst mal weg geht, geht das Leben wohl weiter. Du bist doch noch jung, Freier, und gesund, und Land hast. Da werden die Weiber schon schauen wollen. Die kommen ganz von alleine. Wart es ab."

Obwohl es ein Sommertag war und der Trauergottesdienst für Margarete Freier am Nachmittag stattfand, ließ Pomreinke die Kronleuchter im Kirchenschiff anzünden. Mehr als einhundert Leipziger saßen schwitzend neben ihm in den Bänken, feierlich, mit ernsten Gesichtern, schweigend, matt.
Sie trugen Sonntagsstaat, die Männer ihre besten Hemdkragen und wollene Anzüge mit Westen, die Frauen schwarze Kleider, die in mehreren Lagen vom Hals bis zu den Knöcheln reichten. Es war heiß, schon ohne die vielen Kerzen, aber Pomreinke bestand darauf, des ernsten Anlasses wegen, zur Ehre der Toten. Wachs tropfte von den Deckenleuchtern auf den Steinboden zwischen den Kirchenbänken. Elwira Dressner wedelte sich mit einem Fächer Luft ins Gesicht.
Die Freiers, Mischka, Hedwig und die verschwägerten Jeschkes füllten die ersten beiden Reihen. Pomreinke nickte ihnen zu, als er im Talar vor den Altar trat und mit der aufgeschlagenen Bibel in der Hand „liebe Trauergemeinde“ sagte und das erste Lied, *Sterben ist mein Gewinn*, ankündigte, man sänge für die Tote alle neun Strophen. Daniel Freier saß zwischen seinen Kindern. Oma Mathilde hatte sich mit Arthur im Arm auf der anderen Seite des Mittelgangs zu den Jeschke-Angehörigen gesetzt, zu Margas Schwester Else und ihrem Bruder Paul, der am Vorabend mit seinen Jungen aus Gnadental gekommen war. Else umklammerte mit den Händen ein zerknülltes Taschentuch, in das sie sich schnäuzte.
Die fromme Witwe Stelter aus der Kälber Drift – Marga Freier hatte sich mit ihr ein Leben lang wegen des Saustalls gezankt, der angeblich die trocknende Wäsche nebenan vermiefte – trug einen Augenschleier an ihrem Hut und gähnte in die schwarze Spitze. Ihr für die Beerdigung gestärkter Unterrock war so steif, dass sie ihr Kleid mehrmals nach unten knicken musste, um die Schenkel nicht zu entblößen. Emil Giese und seine Frau Walburga saßen neben Dr. Prudöhl, der dunkle Augenringe hatte. Chaim vom Ring und seine Frau Wilma hatten in einer der hinteren Reihen Platz genommen, die reicheren Leipziger – allen voran der

drahtige Samuel Trautmann von der Mühle an der Lehmkuhle, dem seit einem Unfall ein Fuß und eine Wade fehlten – weiter vorn, gleich hinter den Angehörigen, bei den Dressners. Dort saß auch Irma Schilling mit ihrem verrückten Gustav, und neben dem hatte wiederum Hilli Turm Platz genommen, die bei Küsterlehrer Lobgott das Haus bestellte. Hilli hatte blonde Locken, die unter ihrem karierten Kopftuch hervorlugten, und ein hübsches Gesicht mit schnellen, hellgrauen Augen. Sie wäre eine gute Partie gewesen, wäre sie nicht taubstumm auf die Welt gekommen. Was nichts daran änderte, dass Hilli Turm alle Choräle mitsang – mitbrummte, es ging nicht anders –, wobei sie immer zu spät merkte, dass Lobgotts Orgel nicht mehr brauste und die anderen die Gesangbücher wieder geschlossen hatten. Aber das kannte man; Hilli Turm hörte immer als Letzte zu singen auf.

Sogar aus Anschakrak waren Trauergäste gekommen, bulgarische und russische Händler, mit denen Freier zu tun hatte, in abgetragenen, zu engen Anzügen. Srul Turkenitsch, der Armenier, der mit Karren und Glocke durch die Gegend zog und auf den Dörfern Werkzeuge und Kurzwaren verkaufte, strich sich ununterbrochen mit den Fingern durch den langen Bart. Rechts von ihm saß Wladi, und rechts von dem hatte, ein Taschentuch in Bereitschaft, die alte Zedel Platz genommen, die immer ihre Sprachen durcheinanderbrachte und während des Gottesdienstes am lautesten heulte, obwohl sie das Licht des wahren Glaubens noch nicht gesehen hatte. Die Bulgarin konnte weder lesen noch schreiben, hatte aber einen Ruf als Krautkundige, vor allem bei den Männern im Dorf, die darüber kein Wort verloren, und sie hatte im Laufe ihres Lebens allem auf die Welt geholfen, was sich helfen ließ – Kindern und Kälbern, Ferkeln und Lämmern, Welpen und Kätzchen, die sie mit faltigen Fingern aus der Dunkelheit holte. Wenn Irma Schilling auf die Zedel traf, sah sie durch sie hindurch oder versuchte es wenigstens. Es hieß, die Bulgarin könnte hexen, jedenfalls bei Frau Schilling.

Nun heult das Zigeunerweib sich die Seele aus dem Leib, dachte Hellmuth Lobgott, der auf der Orgelbank auf der Empore saß

und, statt Pomreinke zuzuhören, die Noten des nächsten Chorals überflog. Dabei war sie nicht einmal bei der Geburt dabeigewesen. Den Freier-Jungen, den jüngsten, bei dem die Mutter heimgegangen war, hatte doch Irma Schilling geholt.
Die Gemeinde hatte das Amen am Schluss von Pomreinkes Trauerpredigt noch nicht wiederholt, da brauste Lobgotts Orgel, sein geliebtes Meisterstück von E. F. Walcker u. Cie. in Ludwigsburg, auf und holte all jene zurück, die unten eingedöst oder in Gedanken waren. *Näher mein Gott zu dir*, sangen sie, und der Küsterlehrer gab dem Schütz, der drei Schritte neben ihm auf der Empore saß und ein verbissenes Gesicht machte, ein Zeichen: Ziegelmacher sollte nur ordentlich in die Orgelpedale treten, damit sie das heulende Bulgarenweib endlich nicht mehr hören mussten.

Mischka und Hedwig Ahner waren vom Friedhof eilig mit dem Wagen an die Kälber Drift zurückgefahren, um die letzten Vorbereitungen vor der Ankunft der Trauergäste zu treffen. Freier hatte ihnen am Morgen einen besonderen Auftrag erteilt, und sie hatten ihm schwören müssen, kein Wort darüber zu verlieren, zu niemandem, nie, solange sie lebten. Den besten, reinsten Wodka hatten sie im Kontor mit Wein vermischt und in Flaschen abgefüllt. Nur der junge Giese sollte diesen Wein bekommen, hatte Freier gesagt, und sie sollten dem nur immer schön das Glas nachfüllen, er trank ja viel und vertrug wenig, Emil Giese würde es gar nicht merken, und Hedwig sollte aufhören, so zu glotzen.
Die Gäste kamen zu Fuß oder im Wagen von der Kirche den Breiten Weg herunter und setzten sich an die Tische, die sie im Hof zwischen dem Flieder und der Sommerküche aufgebaut hatten. Es gab keine Reden, und die ersten aßen, sobald sie saßen, ohne auf die Nachzügler zu warten. Mit mehr als sechzig Leuten rechneten sie, da mochte man nicht sitzen, bis alle eingetroffen waren und ihren Platz gefunden hatten, das gute Essen würde kalt werden. Ziegelmachers Frau reinigte sich die Zahnzwischenräume mit einem Briefkuvert, als die letzten Gäste

von der Straße in den Hof kamen, Chaim Fiedler, seine Frau und der alte Giese am Stock. Hedwig und Elwira Dressner brachten Schüsseln mit zerlegten Brathühnern und Kaninchen und Schalen mit Gurken, Padlaschana, Pfefferschoten und Schafskäse, während Alma und Minna in der Küche Ölkuchen in Butter und Schweineschmalz buken, die Georg und Mischka, sobald sie fertig waren, nach draußen in den Hof trugen, „heiß und fettig" rufend und grinsend, trotz des traurigen Anlasses. Die Männer an den Tischen schnitten mit ihren Klappmessern Harbusen in Scheiben. Für den Nachtisch hatte Oma Mathilde drei Bleche Mohnkuchen in den Ofen geschoben, der sogar der nörgeligen Witwe Stelter schmeckte, die mit allem geizte, auch mit Lob.
Für das Ausschenken des Weins waren Hedwig und Mischka zuständig. Sie achteten darauf, dass kein Kind mehr als ein Glas bekam, Emil Giese dafür reichlich aus der Spezialflasche.
Am Abend, als die ersten Trauergäste wieder gegangen waren, fanden sich kleinere Gruppen zusammen. Die Frauen standen in der Sommerküche, machten den Abwasch und holten, als es nichts mehr zu tun gab, ihre Handarbeiten hervor. Die Männer blieben im Hof sitzen, tranken Schnaps und rauchten, während über ihnen lautlos Fledermäuse durch die Luft flogen. Einige große Burschen in schwarzen Hosen und weiten, weißen Hemden spielten in der Durchfahrt Maulharfe und Blasbalken. Nicht heiter war die Stimmung, das verbot die Pietät, aber doch gelöst. Selbst Oma Mathilde wippte schließlich ihre alten, dicken Finger zur Musik und summte die Melodien mit.
Emil Giese saß an seinem Tisch, lehnte sich auf seinem Stuhl zurück und presste ein leeres Weinglas gegen seinen Bauch. Er schwitzte, rot im Gesicht. Zur Leich hatte er Knickerbocker angezogen, die er in Burnas gegen den Rat seiner Frau gekauft hatte. Für die anderen Leipziger sah er darin so komisch aus, dass sie ihn seit Stunden wegen seiner verbeulten Hosen aufzogen, besonders die Frauen, denen man allen das lose Mundwerk verbieten sollte.
„Dann geh halt!", schrie er unvermittelt in der Dämmerung. Ohne ein Wort zu sagen, ließ Walburga Giese, Empörung im

Gesicht, seinen Arm fallen, an dem sie ihn hatte wegziehen und nach Hause bringen wollen. Sie stand auf, warf ihren Kopf nach hinten und stapfte grußlos aus dem Hof.

„Ich bleib' noch, Walli", rief ihr Mann ihr hinterher, viel zu laut, dachte sie. „Freier... Hee, Freier... hast noch was von eurem Wein? Du da... Mischka, komm du mal her mit deiner Flasche ..."

Pastor Pomreinke hatte sich vorgenommen, bis zehn zu bleiben, man musste Vorbild sein, Freier war schließlich ein wichtiger Mann, da hatte man sich zusammenzunehmen und mit den Leutchen zu reden, damit niemand einen falschen Eindruck bekam und einen für hochmütig hielt. Als die Glocke vom Kirchturm schlug, verabschiedete er sich und brach zu Fuß zum Ring auf, wo er in einer Kammer in Lobgotts Küsterhaus schlief, um nicht am späten Abend in der Dunkelheit mit dem Poschtar nach Anschakrak zurückkehren zu müssen. Damit war die Feier offiziell beendet, und die Gäste, die noch im Hof saßen, standen nach und nach auf, lobten das Essen überschwänglich, rauchten doch noch eine der Zigaretten, die Daniel Freier in einer flachen Holzschachtel herumreichte, ließen sich zu einem letzten Glas überreden und machten sich in kleinen Gruppen auf den Heimweg. Morgen ginge es wieder früh los. Die Ernte.

Freier stand mit Mischka am Tor und sah ihnen nach. Er hatte sich vorgenommen, im Hof zu schlafen, unterm Schardach vor dem Pferdestall. Das machte er in der Sommerhitze oft, draußen schwitzte er weniger, und sein Bett war leer. Das leise Klappern und Atmen der Pferde in der Nacht würde ihn beruhigen und einschlafen lassen.

Emil Giese stand als letzter von seinem Tisch auf und fiel im Hof der Länge nach hin.

Er setzte sich grummelnd auf, wischte sich den Staub von den Hemdsärmeln, stellte sich gerade hin und machte sich ohne einen Abschiedsgruß mit steifen Schritten auf den Nachhauseweg. Träjaska regele, sang er laut: Träjaska regele in pace schi onor, die Nationalhymne. Es lebe der König.

Konnte der Tollpatsch nichts anderes singen, dachte Freier, als er ihn in der Ferne auf dem Breiten Weg gröhlen hörte. Er grinste.

Gieses Frau Walburga lag in ihrem Schlafzimmer wach und wartete, die Frisur für die Nacht in ein schwarzes, in der Stirn ziependes Haarnetz gebettet, auf ihren Gatten, den Primar von Leipzig. Sie rechnete mit dem Schlimmsten.
In der Dunkelheit konnte sie auf der Kommode zwischen den Fenstern die blonde Perücke auf dem Hutständer erkennen, ein Weihnachtsgeschenk von ihm, vor fünf oder sechs Jahren, goldene Locken wie bei den Puff-Madames in Paris. Immerhin, es war ein teures Haarteil, das er aus irgendeiner Stadt in Österreich hatte kommen lassen. Sie wusste nicht mehr, aus welcher.
Sie hörte ihn schon von weitem – poltern und singen hörte sie ihn, ach, ein Geschrei war das, besoffen war er, völlig blau, man musste sich schämen, musste man, die Weiber würden sich wieder die Mäuler zerreißen, und die Mädchen oben, in ihren Dachkammern... – was sollten *die* von ihrem Vater, so wichtig und so schwach, denken? Es war jedesmal dasselbe, er trank und trank und kannte keine Grenze, es war ein Elend mit diesem Emil, ein Wunder, dass sie ihn noch nicht abgesetzt hatten, wo er doch Primar war, aber er konnte gut mit den Rumänen, und die Männer hielten eh zueinander, das kannte sie ja, da konnten die Weiber reden, was sie wollten, und sie erst recht. Die Kerle durften sich halbtot saufen an Wein und Schnaps, und wenn die Frauen sie zügelten, hörten sie weg und verschwanden einfach. So war die Ordnung dieser Welt; es war eine Schande.
Aber sie hatte genug. Ging zur Leich der Marga und kam betrunken nach Hause, fluchte sie, als sie sich im Bett aufsetzte und mit den nackten Füßen nach ihren Pantoffeln suchte, eine Schmach war es, jawohl, eine rechte Schmach, für ihn und für sie erst recht, der würde sie nun den Riegel vorschieben, würde er schon sehen, was der Flegel von seiner Völlerei hatte. Von seinem Ge-SAU-fe.
Es dauerte eine Weile, bis Giese merkte, dass die Tür seines Hauses verschlossen war; dass beide Türen seines Hauses, die vorne zur Straße und die hinten zum Hof, versperrt waren.

Walburga Giese lag währenddessen unter ihrer Decke im Bett und biss vor Vergnügen in ihr Kopfkissen. Das würde sie zu gerne sehen, wie der Trunkenbold immer wieder gegen die Tür polterte – der merkte nicht einmal, dass abgeriegelt war, so besoffen war er, der bekam überhaupt nichts mehr mit, ha!
Ach, was macht er jetzt...? – geht ums Haus rum, der Held, wahrscheinlich quer durch ihre Zwiebeln... da, nun ist irgendwas umgefallen im Hof, ein Eimer oder Fass oder was – sie gluckste wieder in ihre Bettdecke – jetzt hörte sie ihn am Stubenfenster rütteln, wird's ja hoffentlich nicht einschlagen, der Mann, aber so trunken, wie er ist, kann der sich ja nicht mal gerade auf den Beinen halten. Und was singt er jetzt wieder...?
Sie erschauderte.
Nun das noch. Jetzt sang er was von Pomreinke, einen alten Herrnhuter Choral vom Grafen Zinzendorf... – ja, das war es, sie kannte doch die Melodie, sie hatten das Lied erst am Nachmittag gesungen in der Kirche vor der bleichen Marga im Sarg, ganz feierlich war es da über sie gekommen... Ach weh, ihr Emil lästerte im Rausch den Herrn, und alle Welt konnte ihm dabei zuhören. Er war von Sinnen, der Mann.
Chesu che, grölte Emil Giese hinterm Haus.
Sie stand noch einmal auf, schlich ohne Licht zu machen ins hintere Zimmer ans Fenster und sah vorsichtig durch die Vorhänge in den Hof. Da... – da ist er, der Säufer... schleppt der eine Leiter mit sich rum... Sie müsste rausgehen und ihm eins auf den Kopf geben, müsste sie, der bringt es fertig und fällt über seine eigenen Füße und macht ihr mit der langen Leiter die Schober nieder...
Was macht er nun? So hat er sich das gedacht, will im Popschakorb schlafen, der Mann, na, es gibt schlechtere Orte, wenigstens trocken hat er es da, solange man nichts gegen Mäuse hat. Aber in dem Zustand konnten sie ihm übers Gesicht und in die Hosen kriechen, der würd's nicht merken.
Emil Giese stellte die Leiter an das Maishaus und kletterte in seinem Rausch in langsamen, suchenden Schritten aufs Dach.
Chesu che, sang er dabei laut, chesu che voran auf der

Lebensbahn.
Auf dem Dach des Popschakorbs sank er hin und schnarchte, bis seine Frau Walburga ihn am nächsten Morgen, kurz nach Sonnenaufgang, mit einem Eimer frischen, kalten Brunnenwassers weckte.

Kapitel 5: Gott mit Lob

In jeder Glückseligkeit liegt der Keim des Tragischen, in jedem Unglück der Beginn neuer Freuden.

Nach Marga Freiers Tod im Kindbett, als Arthur Woche um Woche schrie und an Gewicht zulegte und schließlich – endlich – das Lachen lernte; als im Herbst das erste Gras die Grabstelle am Ring-Friedhof zudeckte und die letzten Erntewagen von den Feldern kamen; in diesen Monaten sang Alma bei der Arbeit, bis der Verlust der Mutter zu einer Erinnerung verblasst war und nicht mehr schmerzte. Ihre Stimme klang rein und voll, sagte die vornehme Elwira Dressner, die von diesen Dingen etwas verstand: „Aus deinem Gesinge wird eines Tages noch Gesang, Kindchen."

Die Wege des Herrn sind unergründlich, sagte Küsterlehrer Hellmuth Lobgott, leider leider. Aber wie er das Herz dieses Kindes so fröhlich machen konnte, kaum dass die Mutter, diese begnadete Köchin, Gott sei ihrer Seele gnädig, viel zu früh ins Grab gesunken war, das war nun doch eine ganz und gar unschickliche Sache. Man sollte meinen, es wäre Frau Freiers Ende gewesen, das der Stimme des Mädchens erst Feuer und Leidenschaft verliehen hätte. Nein, so ginge es nicht, sagte Lobgott. Das sagte er überhaupt oft: dass es so nicht ginge.

Im neuen Jahr wartete das Dorf lange auf das Ende des Nachtfrosts. Als Anfang März das Steppengras morgens nicht mehr von Raureif überzogen war und in der Sonne zu duften begann, fuhr der Zug aus Kischinjew im Bahnhof Bessarabeska ein, der, verkündete Emil Giese, ihr Leben auf den Kopf stellen würde: eine Dampflok mit Kohletender und drei Anhängern.

Auf zwei Waggons lagen Fichtenstämme aus den Karpaten, die die Männer alle vierzig Schritte in den Boden rammten, erst am Bahnhof, dann im Oberdorf und schließlich am Ring und den Breiten Weg hinunter bis zur Kälber Drift. An die hohen, frisch entrindeten, noch gelben Holzpfähle hingen sie das Kabel, mit dem der elektrische Strom nach Leipzig kam. „Diesen Tag, Leute,

werden wir nie vergessen“, sagte Giese, als die ersten Glühlichter in den Häusern am Ring brannten.
Auf dem dritten Anhänger des Zuges stand das Hörügel-Harmonium, das Boias Dressner im sächsischen Leipzig für seine Frau bestellt hatte. Sie brauchten vier Männer, um den Holzkasten mit dem Instrument, rundherum in Stroh gebettet, vom Zug zu holen, auf einen Kastenwagen zu heben und von dort in die Stube der Dressners zu tragen.
Boias Dressner, der Viehhändler war und bis auf einen Garten kein Land besaß, hatte eine Wirtschaft mit mehreren Ställen. Am hinteren Ende seines Hofs lag eine Schmiede mit zwei Ambossen und einem Schlot aus Ziegelsteinen. Das Wohnhaus bildete mit den Wirtschaftsgebäuden einen auf drei Seiten begrenzten Platz, auf dem Bantamhühner scharrten, junge Zicken herumsprangen und Gänse alles anzischten, was ihren Küken zu nahe kam. Hierhin führte Dressner seine nervös tippelnden, nach Schultern und Armen beißenden Zuchthengste, wenn die Bauern ihm ihre rossigen Stuten brachten. Es hatte sich bis Romanowka, Anschakrak und Sarata herumgesprochen, dass Dressners Vollblutaraber mit ihren flachen Kruppen die prächtigsten Fohlen machten. Es ging Dressners gut, dank der Hengste.
Seiner Frau Elwira hing der Ruf an, etwas Besonderes sein zu wollen, und das Eitle, predigte Pomreinke mit hoher Stimme, wäre vom Hochmütigen nur noch „ein ganz winzig Stücklein“ entfernt, fast dasselbe wäre es im Angesicht des Herrn: eine Sünde, und deren Sold wäre, Römer sechs dreiundzwanzig, der Tod. Wenn er das sagte, kniff der Pastor die Augen zu und zitterte mit dem Kopf, als überkäme ihn Unwohlsein, als müsse er sich zwingen, niemanden anzusehen. (Obgleich er lange nach Elwira hätte suchen können, die keinen Grund hatte, in die Stunde am Ring zu kommen.) Frau Dressner sollte sich, sagten die Frauen, an manchen Tagen das Gesicht pudern, um nicht wie eine Bäuerin auszusehen. Gesehen hatten sie sie nie dabei, doch sie hatte eigenartig helle Haut – wie die der behüteten Stadt-Damen, die sie auf Bildern in den Zeitungen sahen. Es war ein verdächtig blasser Teint.

Den halben Tag beschäftigten die Dressners ein Mädchen aus dem Oberdorf. Sie war für das Haus zuständig, nicht fürs Kochen – das erledigte Elwira selbst, sie waren nur zu viert –, sondern ausschließlich für Reinemachen und Wäsche. Den Vorgarten ließ die Dressner verkommen, schimpften die Bauersfrauen: keine Zwiebeln, kein Knoblauch, kein Pfeffer, kein Kraut, kein Dill, nicht einmal ein Kruschkenbaum oder eine Himbeere – nichts, was man hätte essen oder trinken können –, und jeder, der den Breiten Weg entlangfuhr, konnte es sehen, die jüdische Dressner mit ihrem Pferdemacher schämte sich nicht einmal dafür. Es wäre eine Verschwendung, sagten sie, in Elwira Dressners Garten wuchsen nur, ha!, Blumen: Rosen und Stockrosen, Tulpen vom Türken, Geranien, Rittersporn, unnützes Zeugs, die gute Erde verkam, Perlen und Säue, und in der Stube hatte sie einen Efeu in einem Messingtopf, der am Schrank herabhing wie ein Gedärme aus Smaragd.
Die Geige sollte sie dafür spielen, sagte man, die einzige im Dorf, wenn man einmal von Opa Gieses jaulender Fidel absah. Es hieß, die Frau könnte nicht einmal häkeln, und an ihren heiligen Tagen sollte sie Reis kochen, den teuren, weißen Reis aus dem Donaudelta, den der König in Bukarest aß. Oh, oh, was würde aus der Welt werden, wenn alle es so machen würden? Man hätte schöne Musik und würde verhungern, weil der Reis nicht für alle reichte.
Lea, ein stilles Mädchen, hatte von ihrer Mutter Notenlesen und vom Vater Schach gelernt. Als seine Tochter acht Jahre alt geworden war, hatte Boias Dressner sie in der Küche auf einen Hocker gesetzt und ihr die aus Holz geschnitzten Figuren erklärt. Von diesem Tag an hatte Lea sich ins Dachgeschoss des Hauses zurückgezogen und gegen sich selbst gespielt. Hier standen Vorräte, Schränke mit Büchern und ein altes, mit Rosshaar gepolstertes Sofa, auf dem Lea über Schachzüge nachdachte, bis das Hörügel-Instrument ins Haus kam und gespielt werden sollte.
Dressner und die Männer trugen die Holzkiste mit dem Harmonium in die Stube und stellten es neben den Tisch mit dem Grammofon, dessen verbeulter Blechtrichter immer abfiel, weil

sie an den Winterabenden so oft Schallplatten aufgelegt hatten, dass die Schrauben nicht mehr hielten. Als sie es ausgepackt und an die Wand geschoben hatten, zog Elwira Dressner ihre Schuhe aus, legte zwei bestickte Kissen übereinander auf einen Stuhl, setzte sich und klappte den Deckel der Tastatur hoch. Sie blätterte in einem Notenbuch, wählte eines der Stück aus und begann, mit Strümpfen an den Füßen die Pedale zu treten. *Bist du bei mir* sang sie; Alma kannte das Lied von Lobgott. Elwira Dressner spielte es langsam, als wollte sie das neue Instrument schonen.

„Schön“, sagte Alma, als sie fertig war.

„Ich weiß“, sagte Frau Dressner. „Magst du mitsingen?“

„Was wollen wir denn singen?“

„Dieses Stück noch einmal. Bach.“

„Ist gut“, sagte Alma. Sie stellte sich neben Elwira Dressner, um das Notenbuch besser sehen zu können. Sie kannte den Text auswendig, aber sie fühlte sich sicherer, wenn sie ihn mitlesen konnte.

„Fertig?“, fragte Frau Dressner.

Alma nickte.

„Auf eins“, flüsterte Frau Dressner und zählte langsam: „Eins, zwei, drei…“

„*Bist du*“, sang Alma – verschluckte sich und hustete. Frau Dressner hörte auf zu spielen.

„Komm, Mädchen, tief durchatmen und dann gleich noch einmal. Es macht nichts. Beim ersten Versuch gelingt es nie. Eins, zwei, drei…“, flüsterte sie, und sie sangen.

Bist du bei mir, geh ich mit Freuden
Zum Sterben und zu meiner Ruh.
Ach, wie vergnügt…

Alma kam es vor, als setzte die Zeit aus. Kaum hatte sie zu singen begonnen, waren sie am Ende des Liedes, und sie hörte die letzte Luft aus den Blasebälgen des Harmoniums entweichen.

Lea stand mit geschlossenen Augen neben ihr, Frau Dressner sah lächelnd an die Zimmerdecke, und Boias Dressner, der mit der Schulter in der Stubentür lehnte, fragte sich, wann er seine Frau das letzte Mal so schön gesehen hatte.

Hellmuth Lobgott – der einzige Mann in Leipzig, der morgens nicht vor der Toilette ans Fenster trat und nach dem Wetter roch – wohnte am Ring in einem zinnoberrot gestrichenen Steinhaus neben der Kirche. „Mut mit h und Gott mit Lob", sagte er, wenn er sich vorstellte. „Aha, ha."
Die Sonne stand tief über den Hügeln im Südwesten, als Alma ihren Mantel überzog und sich mit den Notenbüchern unterm Arm zu Fuß auf den Weg machte. Im Windfang des Küsterhauses zog sie ihre Schuhe aus und klopfte an die Haustür. Dann drückte sie, ohne abzuwarten, dass man ihr öffnete, die Klinke und betrat die Diele, in der es nach Braten roch. Im Vorbeigehen auf dem Ring hatte sie Lobgott an der Orgel in der Kirche spielen hören. Er war noch nicht im Haus.
Alma hing Mantel, Mütze und Schal an einen Kleiderhaken und ging in die Küche, wo Hilli Turm den Boden fegte. Alma stellte sich in die Tür und wartete, bis Hilli sie von selbst bemerkte, denn sie war schreckhaft – so sehr, dass es fast lustig war. Hilli trug ein blaues Kleid mit einem weißen Rundkragen, über das sie sich eine fleckige Schürze gebunden hatte, zerknittert vom Kochen und Putzen. Ihre blonden Locken hatte sie hochgesteckt, damit sie bei der Hausarbeit nicht schmutzig wurden. Als sie Alma in der Tür stehen sah, ließ Hilli ihren Besen fallen und umarmte sie zur Begrüßung. Mit Händen und Lippen schickte sie Alma ins Vorderhaus – sie möge nur ins Musizierzimmer gehen und warten, er käme sicher gleich von nebenan, aus der Kirche.
Alma baute ihren zusammenklappbaren Notenständer auf, stellte die Gesangbücher darauf, setzte sich auf einen Stuhl neben dem Klavier und gähnte. Um sechs war sie aufgestanden, hatte am Morgen im Kuhstall gebuttert und den halben Tag hintendurch Kraut gepflanzt. Hilli heizte Lobgotts Zimmer gut. Holzscheite knackten im Ofen, über dem ein ausgestopfter Biber mit einem angespitzten Ast im Maul an der Wand hing. Er war mit den

Pfoten auf einen weißen Birkenstamm genagelt.
Alma stand auf, um wach zu bleiben, und ging Lobgotts Bücher durch, die in Regalen und Glasvitrinen standen. Der Küsterlehrer, Jahrgang fünfundachtzig, konnte nicht nur Russisch und Rumänisch, sondern auch Französisch. Als junger Mann hatte er das Lehrerseminar Werner in Sarata besucht, und er war der einzige, der an der Leipziger Schule gegenüber der Kirche auf Deutsch unterrichten durfte, da er für den christlichen Glauben der Kinder zuständig war. Den Rest, die unwichtigeren Fächer, unterrichteten die jungen Leute von zwanzig oder fünfundzwanzig Jahren, die die Rumänen aus Anschakrak und Kischinjew schickten. Redliche Menschen wären das, die sich durchaus um die Kinder bemühten, sagte Lobgott, gute Seelen, natürlich, ja doch, deren Schuld es schließlich nicht wäre, dass man auf Anweisung der Großrumänen nicht mehr in der Sprache Heines unterrichten dürfte. (Nur bei Valea Popesch, der Handarbeitslehrerin aus Kampina, hatte er seine Zweifel: Die wäre dumm wie Brot, die könnte nicht eins und eins zusammenzählen – und woher sollte es kommen, das Mädchen wäre höchstens neunzehn und hätte selbst zwei Kinder!? Häkeln, Strümpfestopfen und Stricken mochte sie wohl anständig, aber Handarbeit gehörte, befand Lobgott, nicht in die Schule, sondern in die Stube. So ginge es nicht, sagte Lobgott, ganz – gewiss – nicht.)
Alma betrachtete ihr Spiegelbild im Vitrinenglas, steckte ihre Haarspangen neu und glättete die widerspenstigen Strähnen mit Spucke. Sie ging die Buchrücken in den Schränken durch – mehr Seiten, als man in einem Menschenleben lesen konnte. „Eine gefährliche Sache, das Lesen“, sagt Pomreinke in der Sonntagsschule. „Es ist nicht an und für sich *schlecht*, das Lesen, nein, das nicht. Wir müssen alle lernen, so denn. Aber wer zu viel liest – und wer dann auch noch das *Falsche* liest – und nicht die Bibel, das heilige Buch, und den Katechismus…! – der gerät wohl in Gefahr, sich weg von Gott zu lesen, ja, den holt vielleicht einmal, vielleicht, vielleicht… der Teufel!“
Alma runzelte die Stirn.

Auf dem Tisch am Fenster lagen verbogene Pfeifenreiniger in einem Aschenbecher aus Rauchglas, ein lederner Tabakbeutel auf einem Zeitungsstapel und ein aufgeschlagenes Buch, Die Letzten Tagen von Pompeji. Lobgott bezog die Odessaer, die Deutsche Zeitung Bessarabiens aus Anschakrak und die braunen Ausgaben der Nord-Dakota-Freie Presse, die er sich mit der Post aus den Vereinigten Staaten von Amerika kommen ließ. Ehemalige Oberdörfler schickten sie ihm, die nach Dakota ausgewandert waren und ihre Siedlung – keine zwanzig Häuser – ebenfalls Leipzig nannten, in der Hoffnung, es möge einst eine große Stadt werden oder wenigstens ein Städtchen. Alma fragte sich, wie Lobgott die Zeit fand, alle Journale zu lesen, aber er studierte sie schließlich, sagte er, für das ganze Dorf mit, eine nützliche Angewohnheit, für die sie ihm dankbarer sein sollten, als sie es wären. Wer etwas wissen wollte über die Zeitläufte – nun, der könnte einfach klopfen und fragen, er würde ihm dann schon die Welt erklären. Wenn Lobgott eine Zeitung ausgelesen hatte, verfeuerte er sie nicht im Ofen: Er bewahrte sie in einem alten Kleiderschrank auf, unter dessen Füße er Gläser mit Essig stellte, um die Termiten fernzuhalten, die es auf die Freie Presse abgesehen hatten.

Lobgotts Leidenschaft galt den Geschöpfen, vor allem den Rosenstöcken, Seidenraupen und Bienen. Am Ende seines Hinterhofs standen neben dem Nuschnik vier Bienenkörbe auf der Grundstücksmauer, und in den Hügeln im Norden des Dorfes hatte er zwanzig weitere, selbst gezimmerte Holzkisten mit waagerechten, fingerbreiten Schlitzen, durch die die Tiere ein und aus flogen, aufgestellt. Lobgott hatte die Stöcke in verschiedenen Farben bemalt und inspizierte seine Völker an jedem Sommerwochenende mit einem Drahtnetz über dem Kopf. Morgens schluckte er mit Überzeugung einen Teelöffel seines Honigs – ein Geschenk Gottes, sagte er, bekömmlich, ein Labsal für den Leib, eine Wohltat für den Stuhlgang. Alles, was die Immenzucht betraf, hatte er gelesen: die Bücher von Bienenbaron Berlepsch, Dadant, den alten Dzierzon aus Schlesien – der hatte jeden Tag Honig geschluckt und war uralt geworden, bevor er eines Morgens nicht mehr aufgewacht war, mit einem Lächeln im Gesicht –, und die Artikel von Heinrich Friese aus Schwerin, der auch schon über siebzig war und noch immer rüstig und tüchtig und vierzehn Kinder hatte. Lobgott bezog die Bienenzeitung und, für einen beträchtlichen Jahresbeitrag, den Stuttgarter Kosmos, der seit neuestem farbige Bilder druckte. Ein langes Leben, sagte er, hätte seinen Preis.

Im Jahr zuvor hatte Georg den Küsterlehrer beim Sonntagsessen an der Kälber Drift gebeten, das Lehrwerk der Bienenzucht ausleihen zu dürfen. Dessen Verfasser, ein Freudenstein, hatte die Imkerei revolutioniert, indem er seinen Königinnen im Winter Zuckerwasser statt Honig gab – das wäre so gut und wichtig wie die Nutzung des Wasserdampfes in Maschinen, erklärte Lobgott, der Einfall eines wahren Genies. Aber der Küsterlehrer, der seine Bücher hütete und im Schulunterricht keine Eselsohren oder Flecken in den Fibeln und Bibeln der Kinder duldete, war nicht auf Georgs Bitte eingegangen. „Rhabarber reinigt den Darm", hatte er geantwortet und erwartungsvoll in die Tischrunde geblickt.

Doch was, fragte er, wäre Natur ohne *Kultur*? Ohne la musica? Nichts natürlich. 1930 hatte er in Kischinjew ein Radio mit Handaufzug gekauft, das erste im Dorf, und verbrachte nun viele Abende vor dem Gerät. Es stand auf seinem Schreibtisch im Arbeitszimmer, neben der Tür zur Diele. Alma hätte es gerne angestellt und einen Sender gesucht, der Musik spielte, um sich die Zeit zu vertreiben, aber sie traute sich nicht, es war ein teures Gerät.

Da – die Haustür ging, sie hörte Schritte. Lobgott kam.

„Meine liebe Alma", rief er pompös, als er beschwingt ins Musikzimmer trat und aus der Diele frische Luft mitbrachte. Er zeigte seine Zähne, die Tabak und Tee im Laufe der Jahrzehnte gelb wie ranzige Butter gefärbt hatten. „Sehr schön, ja, da ist sie. Pünktlichkeit ist eine Zier, die Höflichkeit der Könige." Er hielt einen Stapel Notenbücher in der Hand, die er auf das Klavier fallen ließ, zog ein verklebtes Taschentuch aus seiner Hose und putzte damit erst die winzigen, runden Gläser einer Nickelbrille

und dann seine Nase.
„Fleißig geübt in der Woche, Kind?", fragte er und begutachtete nachdenklich den Inhalt seines Schnupftuchs.
„Einmal zuhause und zweimal bei Lea Dressner an ihrem neuen Harmonium."
„Oho, ein neues Instrument in unserem Ort" – er sagte Inschtrument – „gut, gut, das ist gut, das macht die Sache doch viel einfacher. Üben muss man nämlich, Alma, es ist noch kein Meister vom Himmel gefallen und auch keine Meisterin a-ha-ha. Wir wissen ja beide um dein Problem. Mit der Musikalität."
„Ja, Herr Lobgott."
„Es ist…"
Er setzte sich ans Klavier und spielte eine G-Dur-Kadenz.
„Es ist – egal. Also: Großer Gott!"
Alma sang los; sie kannte das. Bevor sie mit Atemübungen und Tonleitern begannen, hatte sie einmal das Großer-Gott-wir-loben-dich vorzutragen, damit alles seine Ordnung hatte. Es war ein Trost, dass Lobgott nicht auf allen elf Strophen bestand wie Pastor Pomreinke in der Stunde. Meist sang sie die erste – Großer Gott Ewigkeit –, die zweite – Cherubim Seraphim – und die letzte – Herr erbarm verloren.
„So", sagte der Küsterlehrer, „das hätten wir erledigt. Nun wollen wir uns einmal ordentlich hinstellen, Almachen… ja, so ist es gut… den Rücken gerade, durchdrücken… Nicht die Schultern hängen lassen! Kopf hoch, das Kinn noch etwas höher, geradeaus, jawohl… und stell dich so, dass ich dich ansehen kann, dein *Gesicht* ansehen… gut, ja… Die Hände hängen lassen, locker… Und nun atmen wir bitte."
Alma holte mehrmals Luft, spürte, wie ihr Zwerchfell arbeitete, ihre Brust sich hob und langsam wieder senkte. Sie wurde ruhig, sah auf Lobgotts Radio.
„Und nun das Kinn… hän-gen las-sen…", sagte Lobgott. „Locker, Kindchen, ganz locker, als hättst ein Bällchen im Mund… Nein, nicht die Backen aufblasen! Das *Kinn* locker machen sollst du…"
Lobgott schüttelte den Kopf. Er schlug ein Schott-Notenbuch auf,

Bachs Weihnachts-Oratorium.
„Was hatten wir letzte Stunde geübt?"
„Nun seid ihr wohl gerochen."
„Richtig. Den herrlichen Choral, auch wenn das nächste Fest noch eine Weile hin ist. Nun, früh übt sich, was ein Meister werden will, habe ich Recht? Nummer vierundsechzig, wenn ich nicht irre? Dann schlag es einmal auf, Seite… hundertzweiundzwanzig. Hast du? D-Dur, Kind…" Er begann, die Einleitung zu spielen und an das Mittagsmahl zu denken, das er am morgigen Sonntag bei den Freiers nach dem Kirchendienst…
„Was machst du, Alma!?", rief er, „nicht so viel Volumen – wir sind doch hier nicht im Zirkus! Nein, nicht aufhören, weiter singen, weiter, weiter…"
Er schloss die Augen, während seine Finger, ohne dass er sich konzentrieren musste, über die Klaviertasten glitten und spielten. Zwar waren Marga Freiers Kochkünste für alle Zeit verloren, die Mädchen und die alte Jeschke mussten ran, aber eine warme Mahlzeit an der Kälber Drift war am Tag des Herrn immer noch besser als trocken Brot mit Wurst und kaltem Aufschnitt… Dafür musste man einiges in Kauf nehmen, so ging es im Leben, von nichts kam auch nichts, man musste im Schweiße seines Angesichts arbeiten, um satt zu werden. Oach, wenn das Kindchen doch nur halb so gut singen könnte wie es Borscht mit Schwecheln und Dill kochen konnte. Hunger. Ja. Er hatte wirklich Hunger – hatte Hilli ihm etwas vorbereitet? Roch es nach Essen, nach Kraut und krosser Fleischkruste? Oder nicht? Er öffnete die Augen und sah auf die Uhr, ihm gegenüber auf dem Schreibtisch.
Alma hatte aufgehört zu singen.
„Du hast keine Gabe", sagte Lobgott. „Nein, nein, mein Kind. Ich weiß, wovon ich rede. *Feuer* in der Stimme hast du. Das gefällt dem Herrngott nicht. Gar nicht gefällt ihm das. Bachs Kantaten sind… protestantisch, ja? Rein sollen sie sein, und du singst sie wie ein… wie ein türkisches Heidenmädel. Da ist viel zu viel… zu viel… na… wie sagt man das nun…?"
Sie stand vor ihm und sah verschämt auf das Gesangbuch auf dem

Notenständer.
„…zu viel… Herz, zu viel Herzensblut, weißt, wenn du singst? Hier, nimm einmal diese Stelle – *Tod, Teufel, Sünd und Hölle*, das singst du, als stündst du im Opernhaus von Odessa, und eher werde ich Knecht bei deinem Vater als dass *du*, meine Kleine, die Oper singst. Du musst deine Stimme… zurücknehmen! Bescheidenheit, ja, Alma – die ist wichtig beim Gesang. Im Leben ist sie eine Tugend und beim Singen nicht minder. Nicht du willst doch bei der Musik im Mittelpunkt stehen." Er flüsterte jetzt. „Sondern um die frohe Botschaft des Herrn geht es, die du weitertragen willst. Nein, mein Kind, so geht es nicht, mit dieser… dieser… Leidenschaft."
Alma sah ihn stumm an.
„Gleich noch einmal", sagte er und schloss die Augen. „Bescheidenheit, hörst du mich? Man singe stets bescheiden. Also: Nun seid ihr wohl…" Er sang die ersten Noten mit.
Weiter ging es mit Fallt-mit-Danken, Wir-singen-Dir, Lasset-uns-nun-gehen und schließlich Am-Brunnen-vor-dem-Tore, das Lobgott gefiel, obgleich es weltlich war und nicht von Bach.
„… du fä-hän-dest Ruhe dort", sang Alma.
Lobgott seufzte: „So sei es." Er ließ die Arme sinken. „Nun üb fleißig und streng dich an, Alma. Begabt bist du nicht, mein Kind, aber mit Geduld und Übung kann es noch etwas werden mit dir. Vielleicht kriegen wir das Bäuerische eines Tages raus aus deinen Liedchen… – Nun fang mal nicht gleich wieder an zu heulen. Es kann doch in der Welt nicht jeder singen können wie ein begnadeter Musikus. Die Kunst geht ihre eigenen Wege, die sucht sich ganz von selbst Kundschaft. Jetzt geh mal. Es ist Zeit. Der Vater sitzt sicher schon zuhause und wartet aufs Essen."
Alma nahm ihre Noten vom Ständer.
„Halt. Warte, Kindchen", sagte Lobogtt. „Ich muss Dir doch noch rasch den toten Igel zeigen. Hinter der Kirche lag er, bestimmt schon eine Woche. Komm mal mit, ich hab ihn in einen Karton getan. Die paar Maden stören uns sicher nicht."

Als sie die Haustür des Küsterhauses aufmachte, stand ein

Monster im Windfang. Alma wusste später nicht, wie lange sie dort verharrte und schrie, die Hände zu Fäusten geballt. Aber sie wusste, dass sie kreischte, hoch und spitz kreischte sie, sie hörte es und hörte es doch nicht, es kam einfach über sie, es war die nackte Angst: Der Wolf war gekommen, um sie zu holen.

Die Bestie war schwarz oder jedenfalls dunkel, sie konnte es nicht genau erkennen, die Nacht war während ihrer Singstunde hereingebrochen, und aus Lobgotts Diele fiel nur schwaches Licht in den Windfang. Sie hatte ein schmutziges, nasses Fell, und sie roch, bestialisch stank sie, der faulige Muff stieg ihr in die Nase. Das Tier hatte riesige, hungrige Augen und einen schwarzen, haarigen Kopf.

Alma schrie.

„Chljieb?“, sagte der Wolf.

Lobgott kam in den Flur, die gestopfte Pfeife in der Hand, die er sich soeben nach getaner Pflicht hatte anzünden wollen. Er hatte bereits seinen Binder abgenommen und das Hemd am Hals aufgeknöpft.

„Wer sind Sie? Was wollen Sie hier?“, fragte er laut.

„Chljieb?“, wiederholte der schwarze Mann. „Giess?“

„*Was* wollen Sie…? – chljieb, sagt er –… Brot, will er, Alma, Kind, nun bleib mal ruhig und quiek nicht rum wie eine Zieselmaus, komm, geh nach hinten in die Küche zu Hilli.“ Lobgott wechselte ins Russische. „Zu wem wollen Sie?“

„Giess?“

„Zum Giese? Zum Starosta? Verstehen Sie russisch?“

Der Mann nickte.

„Das Haus da vorne. Wo die Podwoda steht.“

Lobgott wollte die Haustür schließen.

„Chljieb“, sagte der Mann und sah ihm in die Augen.

„Herrgott noch einmal, jetzt kommen sie schon an die Türen zum Betteln. Gehen Sie zum Starost rüber, der kann Ihnen vielleicht helfen. Aber große Hoffnungen mache ich Ihnen nicht, ehrlich gesagt. Es ist Sonnabend, guter Mann, die Arbeit ist getan. Und wir sind anständige Leute hier. Das Brot können wir auch nicht auf den Tisch zaubern, was glauben denn Sie? Gehen Sie arbeiten,

dann haben Sie auch zu essen. Ohne Arbeit gibt es kein Brot, hier nicht, nirgends auf der Welt."
„Cholod", sagte der Mann und hielt Lobgott seine geöffneten Hände entgegen. Die Finger und Nägel waren schwarz. An der rechten Hand klaffte zwischen Daumen und Zeigefinger eine schmutzige, verschorfte Wunde, auf der Blut zu dicken Klumpen geronnen war.
Der Mann trug einen verfilzten Bart und hatte tief liegende, riesige Augen, deren Ränder dunkelbraun waren, als hätte er seit Tagen nicht geschlafen. Unmöglich zu sagen, wie alt der war, dachte Lobgott, mindestens wie fünfzig sah er aus. Und was war das für ein besudelter, nasser Umhang, den er trug, der aussah wie Bisam, wie Rattenpelz? Gott, nein, die Not war eine Pein. Konnte man wieder sehen: Armut war keine Schande, aber eine große Schweinerei. Wie das stank.
„Cholod", sagte der Mann leise. „Paschalsta?"
Lobgott drehte sich um. In der Küchentür stand Hilli Turm. Der Küsterlehrer winkte sie weg, aber sie kam neugierig nach vorne, anstatt zu verschwinden und ihre Hausarbeit zu machen.
„Was machen Sie da?", sagte Lobgott. „Weggehen soll sie, Fräulein Turm. Auf – in die Küche. Sie können hier nichts helfen." Er wedelte mit den Händen.
Hilli sah erst ihn an, dann den Mann im Windfang, dann sah sie an der Pforte zum Vorgarten die Frau. Sie beugte sich über den Steinpfeiler links neben dem Tor, hielt etwas vor dem Leib und sah aus, als würde sie im nächsten Moment vornüber ins Blumenbeet kippen, in dem die ersten Tulpen aus dem Boden ragten.
Hilli ging an dem Mann vorbei nach draußen.
„Fräulein Turm!", rief Lobgott.
Hinter dem Pfeiler fand Hilli das Kind. Es war ein Junge, so dünn am Körper und verstört im Kopf, dass sie sein Alter nicht schätzen konnte. Er hatte einen Sisalstrick am Handgelenk, der zur Frau führte. Die Mutter wohl, dachte Hilli; der Knabe sollte ihr nicht verloren gehen. Das Kind saß reglos da, den Rücken gegen den Pfeiler gelehnt, die Augen geschlossen, eine Mütze mit

Lammbesatz auf dem Kopf, einen schmutzigen, roten Schal über Mund und Nase, obwohl es schon März war und keinen Frost mehr gab.

„Paschalsta", sagte die Frau und sah sie an. Ihre Augen waren graue Höhlen. Ihre trockenen, eingerissenen Lippen bewegten sich kaum, als sie sprach. Sie legte vor dem Bündel an ihrer Brust die Handflächen aufeinander.

„Wir haben nichts", rief Lobgott. „Wir haben selbst nichts. Gehen Sie weiter."

Hilli sah den Kopf in der Placht, die die Frau vor ihrer Brust trug. Eine Nase. Ein Mund, blaue Lippen. Noch ein Kind, winzig, ein Neugeborenes.

Sie richtete die Frau auf und legte ihr einen Arm um die Schulter, um sie zu beruhigen. Dann kniete sie sich neben dem Jungen hin, löste den Strick von seinem Handgelenk. Er starrte sie an, erst teilnahmslos, dann scheu, als wäre sie ein Gespenst. Hilli setzte die beiden, Mutter und Sohn, sanft mit Armen und Händen in Bewegung und führte sie ums Haus herum in den Hinterhof. Der Mann drehte sich vor dem Windfang um und trottete ihnen langsam nach.

„Fräulein Turm!", rief Lobgott empört, „was machen Sie da!? – ach Mensch, die hört wieder nichts, das freche Weib will ja auch gar nicht hören… wo geht sie denn nun hin mit den Leuten… diesen, diesen… Leuten da…? Die haben hier doch nichts verloren bei uns… Wir haben keinen Platz. Wo einer von denen ist, ist schnell ein ganzes Nest. Nichts werde ich geben, kann man doch nicht einfach an der Türe von fremden Menschen klopfen und erwarten, dass die Pforten des Paradieses sich öffnen und es Almosen gäbe. Wo sind wir denn? Wo kommen die überhaupt her? Arbeiten sollen sie, dann kommt auch Essen auf den Tisch. Denen ist doch gar nicht zu helfen… Krankheiten wird sie ins Haus holen, wenn sie das Russenpack anfasst, Pest und Cholera, und die Flöhe kriegen wir nie wieder aus den Betten, sollen die sich doch die Köpfe einschlagen mit ihren Bolschewiken, was geht uns das an!? Hilli! Hört sie denn nicht!? So geht es nicht! Hilli!!!"

Der Mann hieß Fedir Kutscherjawi, seine Frau Wita. Sechs

Kinder hätten sie, sagten sie, hätten sie noch zu Neujahr gehabt, aber sie hätten nur zwei dabei, ach, Mütterchen, nur zwei. Sie sagten es ohne Regung in der Stimme. Eigentlich war es nur eines, denn das Kind, das die Frau an ihre Brust presste, musste schon einige Tage tot sein, flüsterte Irma Schilling.

Ukrainer wären sie, sagten sie, Bauern aus der Gegend um Bereschiwka, und sie hätten seit fünf Tagen nichts mehr gegessen und davor geröstete Pferdeknochen und die Flechten an den Bäumen und davor, an dem Tag, an dem sie geflohen wären, den abgemagerten, räudigen Hund, der halbtot in ihrer Küche auf der Seite gelegen hätte, zu schwach zum Aufstehen. Mit dem Messer gehäutet und aufgeschnitten hätten sie ihn und ihn gekocht und die Knochen abgenagt, und das Fleisch wäre sauer und hart gewesen. Es gäbe nichts mehr bei ihnen. Nichts. Die Russen hätten es alles genommen und auf Wagen geladen und weggeschafft. Die Kinder fräßen sie in der Heimat, sagte die Frau.

Lobgott verdrehte im Hof die Augen. Keiner frisst seine eigenen Kinder, dachte er, auch nicht der Moldowaner und der Ukrainer. Hilli hatte einen Eimer mit heißem Wasser geholt und wischte dem Jungen mit einem Tuch durchs Gesicht, bevor sie ihn in die Küche nahm und ihm Milch gab, die er mit zitternden Händen aus dem Glas trank.

Fedir Kutscherjawi sagte, er wäre neunundzwanzig. Zum Starosta hätte man sie geschickt, als sie unten am Kogälnik getrunken hätten. Aber dann hätten sie Musik gehört neben der Kirche, Singen. Man könnte doch nicht schlecht sein, wo man Musik spielte und sänge. Da hätte er an die Tür geklopft, und ein Mädchen mit Zöpfen hätte ihm aufgemacht, ein schönes Mädchen, aber sie schrie, als sie ihn sah.

Alma kam zu spät nach Hause. Sie ging sofort in die Küche, um beim Zubereiten des Abendbrots zu helfen, fand aber ihre Familie schon am Tisch versammelt, beim Essen. Sie setzte sich dazu. Daniel Freier hörte aufmerksam zu, als sie von den Ukrainern erzählte, und aß Nudeln mit Butter, Zimt und Zucker.

Sie hätten Emil Giese in der Primaria aus der Badewanne geholt, berichtete Alma, klitschnass wäre er gewesen, und dann wären sie zusammen ins Küsterhaus zurückgegangen, und Walburga Giese wäre gekommen, mit Wolldecken und alter Wäsche und kalten Ölkuchen, die sie vom Mittag übrig hatten.
„Der Russe hat ihnen die gesamte Ernte genommen", sagte Boias Dressner, als er am späten Abend mit Freier in der Küche saß. „Der Kutscherjawi soll es erzählt haben, drüben beim Giese. Die Ukraine hat kein Essen mehr – alles haben sie den Bauern gestohlen. Den Weizen... – den Hafer für die Tiere, die Butter, die Nüsse, alles... Die Saat sollen sie ihnen sogar genommen haben, Freier, stell dir vor..."
Daniel Freier sah ihn an. „Das glaube ich nicht. Ohne Saat geht es nicht. Wovon sollen sie im neuen Jahr leben? Sie brauchen doch ihr Auskommen, ihre Ernte, und die Tiere brauchen ihr Futter..."
„Die Tiere sind nicht mehr. Sie haben alles geschlachtet, was sie hatten. Sogar ihre Pferde. Du, und Kutscherjawi mit seiner Frau – die Kinder sollen sie im Winter bei denen im Dorf gegessen haben."
„Nu aber, Dressner. Du mit deinen Gruselgeschichten, und die Kinder sind noch nicht im Bett und können alles hören. Du weißt doch, wie es ist, wenn die noch klein sind. Die glauben alle Märchen."
Dressner flüsterte. „In die Städte gebracht haben sie sie... die Kinder. Die Eltern ihre Kinder – und dann haben sie sie ausgesetzt, einfach mitten in der Stadt ausgesetzt, auf einem Platz oder in der Kirche oder wo, weil sie sich nicht mehr kümmern konnten. Da hofften sie, dass sich irgendeiner mit ihnen abgeben würde, ein Waisenhaus oder was, oder dass sie sich durchbetteln. Kutscherjawi und seine Frau hatten sechs, und zwei haben sie erst im Januar in die Stadt gebracht – haben gehofft, dass sich irgendwer ihrer annehmen würde in der Kälte. Sieben und acht Jahre sollen sie gewesen sein. Ein Junge und ein Mädchen. Die haben sie bis heute nicht wiedergesehen, und zwei weitere sind gestorben am Hunger und das Neugeborene auch, und nun haben sie nur noch den einen Jungen. Der hat die Krätze bekommen."

„Mensch, Dressner… – ich kann das nicht glauben."
„Der Kutscherjawi ist ein ganz Vernünftiger. Mitgenommen natürlich, kaum bei Kräften. Spuckt nur und spricht ganz leise. Aber dass der das einfach erfinden würde…"
„Macht sich vielleicht nur wichtig. Das Betteln machen solche Ungeheuer-Geschichte nicht schwieriger. Und wenn die so von Dorf zu Dorf ziehen…"
„Daniel, das glaube ich nicht."
„Was sagt denn Giese?"
„Der schiebt es auf die Bolschewiken. Die Russen wollen, dass sie verrecken in der Ukraine. Die sollen nicht leben."
„Was will er mit dem – wie hieß der? Kutscherwasi… was will er mit dem und seiner Frau machen? Giese, meine ich."
„Zurückschicken kann er sie schlecht, und selbst wenn er es wollte, würde es nicht gehen. Die sind halbtot, da geht sich nichts mehr. Kaum auf den Beinen halten können sie sich. Am besten ist es beim Weib vom Kutscherjawi, die hat noch eine kleine Kraft in sich. Wo sie die hernimmt, weiß keiner, bei dem Elend, aber sonst… Kutscherjawi selbst – der ist keine dreißig, auch wenn er elend aussieht wie ein Greis und kaum noch Zähne im Mund hat – , der ist im Fieber und liegt nur und zittert am ganzen Leib, und sie müssen ihm jedes Wort aus der Nase ziehen und ihm die Suppe zulöffeln. Er kann kaum schlucken, weil ihm der Hals geschwollen ist. Hier bleiben werden sie erst einmal, denke ich. Essen werden sie. Ein paar Wochen lang."
„In Jesu Namen. Wenn es ihnen denn so schlecht geht, dann sollen sie essen. Sie sind auch Gottes Kinder."
„Sie haben sie erst einmal in der Hütte neben der Mühle von Trautmann einquartiert – hinter der Lehmkuhle die, die sie früher im Winter für die Schäfer vom Sonnemann hatten. Die hat ein Ofenrohr und soll ordentlich heizen, und der alte Trautmann wohnt nebenan und hat ein Auge auf sie, und seine Frau und Reinhold gleich mit. Wird ihnen wohl auch bisschen was abgeben aus dem Keller. Hat ja genug. Der Junge vom Kutscherjawi ist dürr und zittert wie Espenlaub, einen richtigen Schreck haben die Schilling und die kleine Turm gekriegt, als sie den gewaschen und

entlaust haben. Jede einzelne Rippe haben sie zählen können, und an den Armen und Beinen hat er einen schlimmen Ausschlag, da ist die Schillingsche mit zugange, die schmiert ihm das dick mit Salbe ein, von oben bis unten. Der Bursche sitzt von morgens bis abends in der Küche bei Mutter Trautmann und isst alles, was sie ihm vorsetzt, und dann schläft er, und dann isst er wieder. Der wird es wohl schaffen. Wenn die Kinder wieder essen, ist fast schon alles überstanden, weißt du ja besser als ich mit deinen sechs. Nur bei Kutscherjawi selbst wissen sie noch nicht. Dem ist wohl auch der Kopf durcheinandergeraten."

Nach dem Abendessen ging Alma zu den Dressners und hörte mit Lea und ihrer Mutter Schallplatten auf dem Grammofon.
„Ein Russe spielt das Nächste", sagte Elwira, als sie das Gerät mit der Handkurbel aufzog. „Man sagt, er ist der beste Pianist der Welt. Hambourg heißt er, wie die Stadt. Mark Hambourg. Aber er ist Russe und kein Deutscher, auch wenn der Name nicht danach klingt. Hört mal... Das hier ist eine Mazurka, ein Tanz. Aus Polen."
Sie saßen zu dritt am Stubentisch, in der Mitte der Kerzenleuchter, Frau Dressner auf dem Sessel neben dem Grammofon, die Mädchen auf der Ottomane. Beim Musikhören tranken sie Tee mit Zucker und aßen Hamantaschen mit Gabeln.
„Schaut hier", sagte Elwira Dressner und reichte ihnen eine Postkarte mit einem Foto. „Das ist das Opernhaus von Odessa – ein berühmtes Haus, ach, was sage ich... Mehr noch. *Weltberühmt* ist es."
Alma betrachtete die Fassade, die hohen Bögen, Säulen, die Stufen, die zu Flügeltüren führten, zwischen denen Fächerpalmen in Kübeln standen.
„Wie das Haus eines Fürsten sieht es aus", sagte Alma. „Wie ein Palast. Waren Sie einmal dort?"
Elwira Dressner nickte. „Viele Male. Als ich jung war, mit meinen Eltern. Innen drin, da, wo sie singen und spielen, ist alles mit Gold und rotem Samt ausgekleidet. Ganz kostbar haben sie es gemacht, nur für die Musik. Es glänzt wie einst im Tempel zu

Jerusalem."
Alma sah sie an. „Herr Lobgott hat gesagt, da werde ich nie singen dürfen", sagte sie.
„Wo? Im Tempel nicht? Damit hat er wohl recht, würde ich meinen. Was willst du im Tempel? Und schön gesungen wird da nicht. Im Gotteshaus beten sie. Der Rest ist Gebrummel."
„Nicht in Ihrem Tempel. In Odessa, hat er gesagt. In der Oper darf ich nicht singen."
Elwira musste laut lachen. „Hat er das? Lobgott sagt, du würdest nie die Oper singen?"
Alma nickte
„Ach weißt du, Alma", sagte sie, „da bleib ganz ruhig. Das Feuer hat unser Herr Lobgott nicht erfunden. Du musst nicht auf alles hören, was er dir in den Kopf setzt. Du bist doch noch ein Mädchen. Wer weiß, was Gott für dich plant? Das Leben geht seinen eigenen Weg. Schau, Lobgott spielt seine Choräle auf der Orgel – Sonntag für Sonntag Choräle, und alles zur Ehre Gottes. Hier im Dorf mag so einer als kluger Mann gelten, aber in der Welt draußen…" Sie zeigte auf die Stubenfenster. „Die ist um so vieles größer als dieses Leipzig. Ein Kaff sind wir, Mädchen. Lass dich von dem nicht irre machen. Es gibt soviel mehr in der Musik als nur die christlichen Choräle – und dann erst in den Opernhäusern…"
Alma sah sie an und musste auf einmal lachen. So respektlos hatte sie lange niemanden reden hören.
„Ich will dir was sagen: Wie ein Engel vom Herrn singst du. Wie eine Nachtigall. Da darfst du dir aber nie etwas drauf einbilden, auch wenn ich dir das gesagt habe. Versprichst du mir das?"
Alma nickte vorsichtig, mehr aus Höflichkeit als aus Überzeugung. Leas Mutter war an manchen Tagen komisch. Es musste das Vornehme sein.
„Einbildung tut nämlich keinem gut", sagte Frau Dressner. „Wer hochmütig ist, dem geht die ganze Kunst verloren. Erst muss man gründlich Demut lernen in diesem Leben. Von da an folgt dann alles andere, das Große. Und jetzt weißt du auch, was es mit Lobgott auf sich hat. Mit der Demut hat der sich immer

schwergetan. Und nur weil du wie eine Nachtigall singst, darfst du dich nicht für etwas Besonderes halten. Auch ein Vögelein wird vom Singen nicht satt."
Alma sah sie ratlos an.

Auch Minna konnte singen, wenngleich nicht wie eine Nachtigall. Doch sie glich den Mangel an Begabung mit Fröhlichkeit und Volumen aus: Auf dem Feld und bei der Arbeit im Hof sang sie am lautesten von allen, schief zwar, aber hemmungslos. Wenn es stimmt, dass Unbedarftheit und Naivität eine Voraussetzung für das Glück des Menschen sind, erlebte Minna Freier beim Singen die glücklichsten Momente ihrer Jugend.
Mit vierzehn Jahren, anlässlich ihrer Konfirmation am Palmsonntag, trug sie in einem weißen Festkleid mit gehäkeltem Spitzenkragen an der Kälber Drift Lieder vor. So schräg klang es an den höheren Stellen, dass Georg und Jakob, die in neuen Anzügen in der Stube saßen, das Haar hinten geschoren und oben mit Brillantine gescheitelt, gleichzeitig einen Lachanfall bekamen. Die Jungen steckten Lilli und den Vater und schließlich Minna selbst mit ihrem Prusten an, bevor sie aus dem Zimmer liefen und sich erst im Hof beruhigten.
Diese Jugenderinnerung verblasste rasch. Weniger als ein Jahr später, am letzten Sonntag im Januar 1934, ereignete sich das Unglück, nach dem sie nicht mehr singen wollte. Es kam in Gestalt einer Kuchengabel in ihr Leben, die Tante Else aus Gnadental, Marga Freiers Schwester, den Eltern siebzehn Jahre zuvor zur Hochzeit geschenkt hatte.
Es lag Schnee an diesem Tag. Die Leipziger Bauern fuhren nach dem Mittagessen, eingehüllt in Pelzmäntel und bunte Bulgarendecken, mit Schlitten den Breiten Weg hinauf und hinunter, um ihren Pferden Auslauf zu verschaffen. Die Schellen klingelten, der Atem der Pferde dampfte, die jungen Männer spornten ihre Tiere an und lieferten sich mit lautem Peitschenknallen Wettrennen. Kurz: Man war sorglos und genoss den Sonntagnachmittag, an dem es keine Pflichten gab.
Familie Freier beendete gerade den Nachtisch in der Stube, als es

klopfte. Minna, das schnellste, lauteste, vorlauteste von Daniel Freiers Kindern, sprang von der Tafel auf, bevor ihr Vater sie zurückhalten konnte. Sie lief mit der Gabel im Mund in die Diele, um die Haustür zu öffnen. Minna sprang, rutschte auf den gebohnerten Dielen aus, sie stürzte vornüber – und genau in diesem Moment drückte Lobgott die Klinke, öffnete von außen schwungvoll die Tür, ihrem fallenden Körper entgegen und vor allem: ihrem Kopf und dem Stiel von Tante Elses silberner Kuchengabel, der aus Minnas Mund ragte.

Sie konnten dem Küsterlehrer keinen Vorwurf machen, jeder im Dorf hielt es so: Wer einen Besuch abstatten wollte, klopfte höflich an, aber er wartete nicht, bis er eingelassen wurde, sondern ging einfach ins Haus. Die Türen waren nicht abgeschlossen, nur beim jungen Giese, der in der Primaria die Landregister und den Metallkasten mit der Waisenkasse aufbewahrte. Das ungestüme Mädchen, da war man sich mit Daniel Freier einig, war an und für sich selbst schuld an seinem Loch im Mund. Wer eilig und gehetzt erledigen wollte, was mit Bedachtsamkeit besser ging, der musste mit den Folgen leben.

Die drei Zinken von Tante Elses Kuchengabel bohrten sich durch Minnas Gaumen. Nur das gerundete, breite, silberne Ende ragte zwischen den geschlossenen Lippen aus ihrem Mund. Sie sah Lobgott an, erstaunt, reglos vor Schreck, und spürte, wie ihr Rachen sich mit Blut füllte, das sie nicht schlucken mochte, über die Lippen floss und auf den weißen Häkelkragen ihres Sonntagskleids und auf die Holzdielen tropfte.

„Gott im Himmel!“, rief der Küsterlehrer und schlug die Tür zum Windfang zu, um die Schneeflocken nicht ins Haus zu lassen. „Mädchen!“

Minna starrte ihm mit aufgerissenen Augen ins Gesicht.

Rosie war nicht zu beruhigen. Sie bellte, fletschte ihre Zähne, sprang um den Küsterlehrer herum, obwohl sie ihn seit Jahren kannte, und schnappte nach seinen grauen, vom Fußmarsch durch den Schnee nassen Hosenbeinen. Mischka packte sie mit seinen großen Händen am Nacken und zog sie in den Hof. Rosie biss um sich und winselte, bis Mischka sie vor ihrer Hütte angebunden

hatte.
Minna kniete, Blasen aus Blut und Speichel auf ihrer Unterlippe, auf dem Dielenboden. Sie hielt sich mit den Händen an der geschnitzten Sitzbank im Flur fest, atmete schnell und laut. Sie schrie nicht, sagte nichts, weinte nicht.
„Vadda, schnell", rief Jakob, der in der Küchentür stand und das Blut auf Minnas Kinn und auf ihrem Kleid sah.
Daniel Freier stand vom Tisch auf und ging in die Diele. Er nahm die Pfeife mit, die er rauchen wollte.
„Tag, Lobgott."
„Tag, Freier", sagte Lobgott leise, ohne ihn anzusehen. Er hockte vor Minna, hielt ihr vorsichtig den Kopf. Das Mädchen schüttelte ihre Hände, als schmerzte sie die Berührung.
„Was hat er nun wieder mit meiner Tochter gemacht?", rief der Vater.
„Mensch, Freier, red nicht blöd daher… Siehst doch, was ist. Das Kind hat die ganze Gabel verschluckt. Ersticken wird es."
„Lobgott, red kein dummes Zeug."
Minna sah ihren Vater an. Sie spürte keinen Schmerz im Gaumen, nur einen Druck, zu groß war die Überraschung, zu plötzlich war das Unglück geschehen. Aber dass der Küsterlehrer sagte, dass sie sterben müsste, ließ sie schneller atmen.
„Kriegst du Luft, Kind?", fragte der Vater.
Minna nickte.
„Kannst du schlucken?"
„Ich… nnnh…"
„Tu es einfach."
„Nn."
„Siehst du. Dann ist es ja gut. So schnell erstickt es sich nicht. Wenn du schlucken kannst, kriegst du auch Luft." Er hockte sich neben Lobgott. „Mach mal den Mund auf, Wilhelmina", sagte Freier. Seine Tochter drehte den Kopf widerstrebend auf die Seite, besann sich dann aber eines Besseren und gehorchte. Sie öffnete ihre Lippen einen Spalt.
„Zappel nicht so…", sagte Freier. „Menschenskind, nun gib für eine Minute Ruhe und halt die Hände still. Da, nimm sie hinter

den Rücken... Ich tu dir ja nichts, Mädchen. Ich fass dich gar nicht an... Zeig einmal her. Mach die Gosche richtig auf. Richtig weit aufmachen, habe ich gesagt."

Lobgott und Freier sahen ihr gemeinsam in den blutigen Mund.

„Ich kann nichts sehen", sagte der Vater. „Nur die gute Gabel. Verbogen hast du sie. Nimm deine Zunge weg... runter sollst du die machen! Ja, so ist es besser... Und schluck das Zeug runter oder spuck es aus – na, nun spuck's halt aus, Mädchen, hast ja schon alles besudelt... Siehst du, das kommt dabei heraus, wenn man durchs Leben springen will, anstatt zu gehen wie ein normaler Mensch. Aber wirst sehen, auch das wird vorübergehen, gewiss, gewiss..."

Der Vater streichelte ihre Wange. Dann zog er ohne Vorwarnung die Gabel mit einem Ruck aus ihrem Mund. Minna schrie, halb vor Schmerz, halb vor Empörung, und spuckte Blut. Sie begann zu husten.

„Ach du meine Güte", stöhnte Lobgott mit seltsam hoher Stimme. Er zog sein Taschentuch aus der Hose und versuchte, die Flecken auf dem Boden aufzuwischen. „So ein Unglück... So ein Unglück..."

„Es ist nicht der Untergang der Christenheit, Lobgott. Das Kind ist doch noch jung. Das heilt alles wieder zu seiner Zeit. Wirst sehen, Minna, wenn du heiratest, ist das längst geheilt und vergessen. Da bleibt nichts nach. Lass mal den Mund schön offen und lass mich sehen, was ist. War die Gabel oben drin, im Gaumen? Oder hinten?"

„Hnnn", machte Minna.

„Was? Oben?"

Sie nickte.

„Sollten wir nicht besser den Doktor rufen?", sagte Lobgott. „Unseren Prudöhl?"

„Was?", sagte Freier. „Meinst du?"

„Besser wäre es."

„Da müssten wir den Wagen..."

„Nun denn, nun denn, Freier, den Wagen, ja, und es wird Geld kosten. Aber du siehst doch, dein Kind blutet wie ein gestochenes

Schwein. Und du weißt wie es gehen kann, wenn sich eine offene Wunde entzündet. Dann kannst du schnell daran sterben. Gerade so ein Kind, das hat noch keine Kraft im Leib wie ein Großer."
Freier sah Minna an und schüttelte den Kopf. „Wegen so einer kleinen Sache... Das wird wohl eins der Weiber richten können. Im Mund entzündet sich nichts."
„Die Zedel meinst du?"
„Georg!?", rief Freier ins Haus. Er drehte sich um. Im Flur standen seine Kinder, Hedwig und Oma Mathilde mit Arthur an der Hand. Lillis Mund stand offen wie blöd. Mischka war aus dem Hof zurückgekehrt und lehnte mit dem Rücken an der Wand, wo er ruhig Tabak in den Kopf seiner Maispfeife stopfte.
„Hier, Vater." Georg saß auf den obersten Stufen der Dielentreppe, die auf die Bühne führte, und aß mit den Händen ein krümelndes Stück Nusskranz.
„Hör, Junge – du nimmst den Schlitten – den guten neuen – und gehst und machst die Schimmelstute fertig, Rosalie, und zockelst rasch zur Zedel und holst sie, verstanden? Mischka hilft dir mit dem Geschirr. Sagst ihr, was passiert ist, und dass sie alles mitbringen soll, was sie braucht. Was zum Blutstillen wohl, irgendwas Heilendes. Wird sie bei sich schon Passendes finden, was eine Wunde schließt. Musst ihr aber sagen, dass etwas im Mund ist bei Minna. Also innendrin im Körper, nicht äußerlich."
Georg nickte.
„Und sag ihr auch, dass es ihr Schaden nicht sein soll, wenn sie ihre Sache gut macht. Und trödel nicht rum mit dem Pferd, hörst du? Die Zedel soll sich ranhalten, dass das Kind nicht unnötig Blut verliert. Das ist nicht gut, auch wenn es nur im Mund blutet und sonst nirgends. Hol mal einer... – Alma! Hedwig! Nun steht ihr zwei nicht rum und starrt wie Lots Weiber. Holt Lappen und Eimer aus der Küche – was denkt ihr euch denn...? – Feudel, Besen und was, seht doch, wie es hier aussieht auf dem guten Boden! Nun nicht wieder mit großen Augen glotzen, Hedwig, los, los, Bewegung, Fräulein!"
Sie hörten Georg im Hof. Als Rosalie den Schlitten auf den Breiten Weg zog, klingelten die Schellen. „Aaaaaargh... heyyy!",

rief Georg und ließ die Peitsche über dem Kopf der Stute knallen. Daniel Freier lächelte stolz. Er zog seine Pfeife aus der Hosentasche und ging in die Stube.
„Komm, Lobgott“, sagte er.

Irma Schilling erzählte hinter vorgehaltener Hand, dass die alte Zedel Zigeunerblut in sich hätte und mit dem Teufel und seinen Dienern im Bunde wäre. Sie sollte sich einbilden, aus der Hand wahrsagen zu können, und wenn sie den Christen die Linien las, verhieß sie nie Gutes.
Genau diese Gerüchte waren der Grund dafür, dass Leipzigs Männer, wenn die Lust sie auf die eine oder andere Art plagte, nicht zur spröden Frau Schilling gingen, sondern zur Bulgarin. Sie liefen vor Scham im Gesicht rot an, wenn sie sich im Schutz der Abenddämmerung auf den Weg machten, und einige von ihnen mussten sich, wenn es der erste Besuch bei der Zedel war, Mut antrinken, ging es doch um Schlüpfriges, um das Weib und das Werkzeug ihrer Gottespflicht. Aber so pikant die Angelegenheit sein mochte: Die Zedel lästerte nicht, schwor Isidor Giese. Die hatte noch nie gelästert, und wenn sie doch einmal den Mund aufmachte, dann palaverte sie in einem Durcheinander von Slawensprachen, das keiner verstand, und es ging, soweit man sagen konnte, immer nur um Zockerkruschken, Padlaschana und Bolleneier, die sie mit Hühnerdreck düngte, nach Einbruch der Dunkelheit, damit es keiner sah.
Die alte Zedel kam hinter Georg in ihrem fransigen Schultertuch ins Haus, an dem Schneeflocken hingen und in der Wärme der Küchenöfen schmolzen. Sie hatte ein kupferfarbenes, ledriges, von Furchen und Falten durchzogenes Gesicht, lebhafte braune Augen und trotz ihres Alters einen schelmischen Blick, der schnell ins Traurige wechseln konnte, wenn sie etwas nicht verstand und unsicher wurde. Sie war ungefähr so alt wie Isidor Giese, der am Ring auf die Welt gekommen war – im Haus, in dem nun Chaim seinen Krämer- und Kolonialwarenladen hatte. Der alte Giese erinnerte sich, sie schon als Mädchen gekannt zu haben, und er machte, wenn er sie zufällig auf dem Breiten Weg

traf, noch immer Scherze mit ihr, als hätten sie das Dreikaiserjahr, als wäre sie eine junge Frau und er ein schneidiger Reiter. Opa Giese erzählte auch die Geschichte von den Wölfen, die im eisigen Winter achtundsechzig kamen und die beiden Geschwister der Zedel bei Tarutino aus der Lehmhütte holten, als die Mutter draußen nach Ofenholz suchte. Nur die Schultern und Köpfe und ein Bein ließen die Tiere übrig, sagte er, die fanden die Bauern im Schnee auf einem Hügel, mehr nicht. Die Mutter der Zedel kam nie über den Verlust hinweg und starb im folgenden Jahr.

Die alte Zedel besaß außer Geflügel nicht viel. Sie baute am Ufer des Kogälniks Gemüse an, das sie im Sommer mit Handpumpen und ausgehöhlten Baumstämmen bewässerte und an die Bauern in Leipzig und auf dem Markt in Romanowka verkaufte. Die wäre so arm, flüsterte Frau Schilling, dass sie in schlechten Zeiten den bitteren, schwarzen Eierschleim vom Sterlet essen müsste und ab und zu den Dreck vom Beluga, der groß wie ein Schiff werden konnte. Was andere Leute den Schweinen zum Fraß hinwürfen, sagte Irma Schilling, nähme die Bulgarin und machte werweißwas damit, ein Grauen. Den schärfsten Pfeffer schluckte sie wie andere Leute Butterkuchenstreusel.

Als die alte Zedel zu den Freiers in die Küche kam, nahm sie ihren roten Stoffgürtel ab und bekreuzigte sich. Minna lag auf der Bank vor dem Fenster auf dem Rücken. Sie blutete aus der Nase und starrte an die Decke. Oma Mathilde tupfte ihr mit einem feuchten Küchentuch das Gesicht ab.

Die Bulgarin streichelte Minnas Wange mit ihrem kalten Handrücken, untersuchte Gaumen und Rachen und bat um eine Schüssel und einen frischen Brotlaib. Dann setzte sie sich auf einen Stuhl am Küchentisch und machte sich stumm an die Arbeit. Sie entfernte die braune, glänzende Kruste des Brots, das Hedwig und Alma am Morgen gebacken hatten, und pulte das feuchte Innere in die Schüssel. Aus einer bestickten Tasche, die an ihrem Gürtel hing, holte sie mehrere braune Ampullen und Lederbeutel. Sie legte alles vor sich auf die Tischplatte.

„Was das nun wird, wenn's fertig ist", sagte Lobgott

kopfschüttelnd.
Die Zedel schaute nicht auf, sondern goss konzentriert eine dünne, braun-gelbe Flüssigkeit aus einem Glas über das Brot in der Schüssel.
„Mjod“, sagte sie leise.
„Irgendetwas mit Honig wird das“, sagte Lobgott. „Ja, das ist eine gute Sache. Das Bienlein heilt alle Wunden, ganz recht, ganz recht. Ohne Kenntnisse ist sie nicht, die Frau Zedel, das kann ich wohl bestätigen, Freier. Sieh einer an.“
Mit einem Messer zerschnitt die Bulgarin Knoblauchzehen und mischte sie mit getrockneten Kamillenblüten und Kräutern unter das Brot. Dann ließ sie Alma eine halbe Tasse warme Kuhmilch darübergießen, stellte die Schüssel in ihren Schoß, hielt sie mit der linken Hand fest und knetete alles mit der rechten durch.
„Mischka, fragst du sie, ob sie was trinken will?“, sagte Freier, der am warmen Ofen saß und sich die Bibel genommen hatte. „Tee kann sie haben, wenn sie will.“
Mischka übersetzte.
„Ein Glas von eurem Wein würde sie trinken“, sagte er grinsend. „Und sie sagt, sie hätte heute in der Frühe nur ein Ei gegessen.“
„So. Sagt sie das?“
„Ein rohes Ei, sonst nichts, sagt sie. Es ist Winter.“
Die Zedel sah Freier an und nickte zur Bestätigung. „Ei“, sagte sie auf Deutsch und rollte zwischen ihren Handflächen kleine Kügelchen. „Ein Ei. Nicht zwei Ei. Mmhh.“ Sie grinste.
Alma stand auf, holte einen Suppenteller aus dem Schrank und einen Löffel aus der Schublade im Küchentisch.
„Wir haben Borscht“, sagte sie auf Russisch, halb zur Zedel, halb zu Mischka, aber die Bulgarin hatte sie verstanden, ohne dass er übersetzen musste.
„Achtung jetzt“, sagte Mischka, während die Bulgarin mit der Schüssel zu Minna ging und ihr brabbelnd ein rundes Brotkügelchen von der Größe einer Murmel in den Mund steckte. „Alle zwei Stunden… musst du eines davon nehmen, Tag und Nacht, wenn es geht… – und nicht gleich kauen und schlucken, sondern nur in den Mund legen und lutschen… und

am besten liegen bleiben und nicht bewegen. Auf dem Rücken liegen musst du, sagt sie... So lange wie möglich im Mund lassen sollst du das Brot. Mit der Zunge nach oben ins Loch drücken, wenn es geht und nicht wehtut. Und wenn alles aufgebraucht ist, können die Mädchen Neues machen. Brot und Honig, sagt sie... und Kamillenblüten... und sie lässt zwei... zwei was...?"
Die Zedel wiederholte die Worte.
„Ich verstehe es nicht", sagte Mischka." Zwei von diesen... irgendwelches Kraut von ihr, das in den Beuteln ist, eine Wurzel, glaube ich, und noch etwas anderes, sie will es hier lassen. Zwei oder drei Tage, sagt sie, dann ist die Wunde verheilt."
„Wird sich das nicht entzünden mit all dem Brot und Milch und dem Pflanzenzeug?", fragte Lobgott.
„Njet", sagte die Zedel entschieden, ohne ihn anzusehen, „nicht Eiter." Sie drückte Minna die Nase und lächelte sie an. Dann sah sie, bevor Lobgott oder Freier einschreiten konnten, in Minnas Hand.
„Nun aber nicht dieses Heidenzeug!", rief Lobgott und ging dazwischen. „Wir halten es hier mit Gott, Frau Zedel, nicht mit dem Baal! Das wissen Sie doch. Dies ist ein christliches Haus."
Die Zedel seufzte, sah Minna, die teilnahmslos an die Decke starrte, traurig an und stand langsam auf. Sie holte mit schlurfenden Schritten ihr Tuch vom Ofen, legte es sich über die Knie und sammelte die Brotrinden auf dem Tisch ein. Sie blickte erwartungsvoll in die Runde.
„Hat die Kleine Borscht gesagt?", fragte sie Mischka auf Bulgarisch.
„Hat sie", sagte er. „Guten Borscht hat sie gekocht. Mit Lamm und Schwecheln. Nicht wie der russische."
„Hast du gehört, Minna?", sagte Freier. „Alle zwei Stunden musst du neue Brotkugeln nehmen und lutschen."
Sie sah weiter an die Küchendecke.
Alma stellte einen Teller Suppe auf den Tisch, als ihr Vater in sein Kontor auf der anderen Seite des Hofs ging, um Geld zu holen. Dann schrubbte sie die fleckige Gabel von Tante Else aus Gnadental, auf der Minnas Blut getrocknet war, in heißem

Wasser.
„Herr Lig Keit“, sagte die Zedel und kaute die Suppe.

Von diesem Tag an hatte Minna Freier ein Loch im Gaumen und war kein vorlautes, hemmungslos schräg singendes Mädchen mehr, sondern launisch und missmutig. Die Wunde verheilte, doch sie schloss sich nicht vollständig. Minna kreischte nicht mehr, wollte nicht mehr singen, weder in der Stunde am Sonntag noch in der Stube am Abend. Ihr kam es vor, als liefen die Töne durch das Loch im Gaumen davon: Sie konnte sie nicht mehr halten.
Lobgott, den ein schlechtes Gewissen plagte, weil er dem Kind den Gesang und die Aussicht auf eine gute Partie genommen hatte, ließ es auf sich beruhen und nahm sie aus dem Chor. Das Sprechen fiel Minna nach dem Sturz für einige Wochen schwer. Bei Tisch aß sie nicht mehr mit der Gabel, sondern mit dem Löffel, selbst das Fleisch, das sie sich vorher in Stücke schnitt. Manchmal blieb sie, wenn sie aufgeregt war, in einem Satz stecken, weil die Worte ihr verunglückten, und im Schlaf fing sie an zu grunzen und zu schnarchen.
Doch in jedem Unglück liegt immer auch der Keim des Guten: Minna beherrschte fortan Kunststücke. Sie lernte das Pfeifen auf den Fingern und konnte es dank des Lochs in ihrem Gaumen bald lauter und besser als Mischka, der im Sommer die Pferde mit Pfiffen von der Weide holte. Und wenn Minna beim Schwimmen im Kogälnik einen Schluck Wasser in den Mund nahm, konnte sie es mit der Zunge nach oben pressen und durch die Nase ausprusten.
Das verschlug allen die Sprache, sogar den großen Burschen, die am Sonntagnachmittag am Fluss angelten. Den Wal, nannten sie sie: Die Schwester von der, die singt wie eine Nachtigall, die prustet wie ein Walfisch. Dann lachten sie, und Minna lachte mit. Was sollte sie anderes tun? Es war, wie es war.
„Wir haben alle einen Walfisch, der auf uns wartet“, sagte Oma Mathilde.

Kapitel 6: Der Kogälnik

Leipzigs Schulhaus lag am Ring: außen rote Ziegeln, innen vier Klassenzimmer, zwei links von der tannengrün gestrichenen, doppelflügeligen Eingangstür, unter der im Winter kalte Luft durch einen Spalt ins Haus kroch, zwei rechts. Im Flur, der sich vom Portal bis an einen Fensterbogen in der Rückwand des Hauses zog, hing ihr Landeswappen an der Wand. Es zeigte alles Wichtige, Richtige, Gute im Leben, fand Küsterlehrer Lobgott – wenngleich er persönlich, wäre er einst unter den Ankömmlingen aus Pommern und Schwaben gewesen und von der heraldischen Kommission in Anschakrak nach seiner Meinung gefragt worden, auch einen Immenstock gezeigt hätte. Nun, wie dem sei: Was galt der Prophet im eigenen Dorf? Bekanntlich nichts.

Selbst ohne die fleißigen Bienen bereitete ihm das Eichenschild Genugtuung. Das Gelb im Wappen wie die Felder. Blau für den Himmel. Ein Steppenbrunnen. Ein Pferd. Zwei Ähren, die das Kreuz umschlossen. Ja, ja, das war ihre Welt, befand Lobgott zufrieden an jedem Morgen, an dem er die Schultüren aufschloss, ihr Leben. Sollten andere Leute in die Städte ziehen und liederlichen Versuchungen erliegen, nach Kischinjew, Odessa, Bukarest, Belgrad. Was könnte es dort geben, was es in Leipzig am Kogälnik nicht gäbe? Unter das Wappen hatte er gerahmte Fotografien gehängt, damit die Kinder sehen konnten, wer zählte: den jungen König Karl, ihren treuen Ferdinand mit Orden und Marie, Bismarck, Hindenburg, Hitler. Was von den Rumänen nicht verboten war, war erlaubt, fand Lobgott, sollte erst mal einer was sagen. Man durfte die Wurzeln eines stolzen Baumes nicht abhacken.

Drei Wände seines eigenen Klassenzimmers, vorne rechts mit den Fenstern zum Ring, hatte Lobgott mit Tierbildern geschmückt, kolorierten Drucke von ausgestorbenen Geschöpfen, die er aus einem abgelaufenen Jahreskalender geschnitten und gerahmt hatte. Den Fenstern gegenüber hingen die Vögel – Wandertaube, Dodo, Riesenalk, Elefantenvogel –, weiter rechts, an der Wand dem Pult gegenüber, an der im

Winter ein Eisenofen heizte und knackte, zwei langhalsige Moas und ein Donnervogel mit dickem Schnabel. Hinter seinem Pult hatte Lobgott die Säuger aufgehängt, von denen zwei, Auerochse und Säbelzahntiger, auf der einen Seite der Schreibtafel durch Wald liefen, und zwei weitere, Mammut und Quagga, auf der anderen durch Steppe.

Zwischen den beiden Fenstern zum Ring stand eine Vitrine, auf der Lobgott einen hölzernen Globus aus der Kaiserzeit abgestellt hatte, unerreichbar für die Kinder, sicher vor ihren ungeschickten Fingern. Er hatte ihn lange nicht heruntergeholt; am Nordpol hatte sich eine Staubschicht gebildet und das Eis der Arktis grau gefärbt. Vom Pult aus konnte er Europa sehen, Deutschland und die Kolonien in Afrika preußischblau, das britische Weltreich rot. Bessarabien gehörte noch dem Zaren, ein winziger Zipfel am Rand des Balkans, das im blassen Grün des riesigen, sich quer über den Globus ziehenden Russenreiches unterging.

In der Vitrine standen Gläser mit Tieren in gelbem, dickflüssigem Alkohol. Lobgotts Präparate-Sammlung umfasste die Schlangen und Eidechsen ihrer Gegend, Molche, Feuersalamander und Blutegel, Igel, Mäuse, Ratten, Hamster und Erdhasen. Sogar einen Wolfswelpen hatte er eingelegt, der mit geschlossenen Augen, den weißen, nackten Kopf am Boden, in seinem Glas schwebte. Ganz unten im Vitrinenschrank lag Lobgotts Rute, die er alljährlich im Frühling, wenn vor der Schule der Maibaum stand und die Weiden am Kogälnik Triebe gebildet hatten, durch eine neue ersetzte. Es war zu peinlich, wenn ihm während der Bestrafung ein trockener Zweig aus dem Vorjahr abbrach und ihn die Ungezogenen in der Klasse auslachten.

Im September 1934, wenige Wochen nach seinem zehnten Geburtstag, wechselte Georg nach Anschakrak aufs evangelisch-lutherische Knabengymnasium, und Lobgotts Weidenrute verschwand aus seinem Leben. An der Anschakraker Schule erzog man modern – nicht mit Schlägen, sondern mit Methode –, sperrte in den unbeleuchteten Keller und ließ Latrinen und Waschräume putzen, je schwerer die Verfehlung um so kleiner

die Bürste.
Die Oberschule kostete Daniel Freier Geld, aber sein Ältester sollte einmal den Hof führen, da reichte es nicht, ein Maultier von einem Esel unterscheiden zu können. Zum Wirtschaften gehörten Rechnen und Haushalten, und auch die Technik, die sie am Gymnasium lehrten, schadete nicht. Man musste mit der Zeit gehen. Fuhr inzwischen nicht ein original Lanz Bulldog durch Leipzig? Suchte Lobgott mit seinem Radiowellenempfänger nicht täglich nach fremden Ländern? Der Fortschritt machte nicht halt vor dem Budschak.
Gemischte Gefühle hatte Daniel Freier dagegen, wenn Alma und Minna morgens zur Schule aufbrachen. Sie würden gut lernen, sagte Lobgott („nicht ganz ohne Gabe“), auch eine saubere Schrift schreiben und die Flüsse Europas kennen und die Jahreszahlen der preußischen Könige und deutschen Kaiser. Aber was, dachte Freier, würden die Burschen sagen, wenn ihnen eine Braut gelehrt und altklug daher kam? Wer wollte ein Weib heiraten, das im Kopf in Brüchen rechnete? Lieber als in der Schule sah er die Mädchen auf dem Hof bei Oma Mathilde und Hedwig – die eine so alt, dass sie kaum das Butterfass aus der Ecke rollen konnte, die andere ein Kulmer Fräulein, das nichts als Flausen im Kopf hatte und faul wurde, sobald man sich umdrehte.
Aber Hof und Küche allein reichten nicht, fürchtete Freier, Marga hatte ihn immer gewarnt. Selbst die Kinder lachten über die, die nicht lesen konnten. Über Leute wie Wladi und Gustav, der außer essen, trinken und furzen überhaupt nichts konnte im Leben. Selbst über Mischka spotteten manche – seinen guten Mischka, der fünf Sprachen verstand, auch wenn er keine davon zu Papier bringen konnte.
„Lass die Mädchen lernen“, sagte er zu Lobgott, „aber bring ihnen nicht zu viel bei. Alles in Maßen.“
„Freier“, sagte Lobgott, „weißt du denn nicht, wie es auf dem Hof geht? Muss *ich* es dir erklären?“
„Was soll das heißen?“
„Es ist mit den Kindern wie mit den Feldern. Man kann nur ernten, was man sät.“

Die Mädchen in Valea Popeschs Handarbeitsklasse konnten zusammen zwölf Sprachen. Neben Deutsch verstanden alle Rumänisch, Moldawisch und die meisten Russisch, und diejenigen, die besonders gut im Russischen waren, hatten auch mit Bulgarisch und Ukrainisch wenig Mühe. Zwei oder drei beherrschten Gagausisch, einige andere, deren Vorfahren nicht aus Baden und Württemberg nach Leipzig gekommen waren, sondern aus Pommern und Ostpreußen, Kaschubisch und fast alle Jiddisch. Ein Mädchen konnte Griechisch, eines Armenisch, ein weiteres, dessen Mutter aus den Wojwodschaften am Dnjepr stammte, Schwedisch. Die einzige, die nur zwei Sprachen beherrschte, war Valea Popesch, zwanzig Jahre alt, aus Dobritsch.

Diese Popesch, sagte Lobgott, wäre ein junges Ding, das in einem Schulzimmer richtig aufgehoben wäre, aber *keinesfalls* auf dem Lehnstuhl hinter dem Lehrerpult – die wüsste nicht, wo bei einem Kalb vorne und wo hinten wäre. Außerdem hätten, mit oder ohne Fräulein Valea, Häkelnadeln und Stickrahmen bekanntlich nichts im Klassenzimmer verloren. Die Handarbeitssachen gehörten in die Stube daheim und auf die Ofenbank in der Küche, nicht in die Lehranstalt. Sogar in ihrer eigenen Nase gebohrt hätte sie einmal mitten im Unterricht, diese Person; Lobgott hätte es durchs Fenster beobachtet. Nicht dass er der jungen Kollegin aus Dobritsch nachspionierte, nein, nein, Gott bewahre, er wollte ihr nichts Böses, nur helfen. Aber er müsste doch, schließlich wäre er Dienstältester und Küsterlehrer, ein Auge darauf haben, was aus dem Jungvolk würde. Wenn schon die rumänischen Lehrkräfte am helllichten Tag im Klassenzimmer popelten, könnte man den Leipziger Kindern, die Tag für Tag Gefahr liefen, dem Wilden, Ungezogenen zu verfallen, kaum Zucht und Ordnung abverlangen!? So unmanierlich, mit dem Zeigefinger tief drinnen im Nasenloch, ginge es nicht.

Am meisten wurmte Lobgott, dass die Großrumänen ihnen den Unterricht in der Muttersprache verboten. Die deutschen Lehrer

hatten gleich nach Abzug der Russen Platz machen müssen für die rumänischen Gimpel, die sie ihnen schickten. Blödsinn wäre das, sagte Lobgott, schließlich verstünden alle Jungen und Mädchen im Dorf deutsch, sogar die Kinder der Moldowaner und Bulgaren, ganz von alleine lernten sie es, wie es in der Kindheit eben ginge, wenn der Kopf noch frisch und formbar wäre und unverdorben vom Schnaps. Aber was sollte er machen? *Ihm* wären die Hände gebunden, mehr als allen anderen. Gesetz wäre Gesetz, ob vom Zaren in Sankt Petersburg oder vom König in Bukarest. Dabei war ihr Herrscher sogar Deutscher, ein echter Hohenzollern. Wie konnte er nur?
Immerhin erlaubten ihm die Rumänen, den christlichen Glauben – und Gott sei gedankt: die herrlichen Choräle – in deutscher Sprache zu unterrichten. Es war ein Trost, der die Demütigung nicht vergessen machte, aber linderte. Ein bisschen.

Dass sich Lobgotts Klassenzimmer jedes Jahr im März zu leeren begann… – nun, so war der Lauf der Zeiten, sagte der Küsterlehrer, so hatte Gott es bestimmt; die Felder mussten bestellt werden, im Schweiße des Angesichts. Aber es war in jedem Jahr aufs Neue eine Enttäuschung, dass den sturen Leipziger Bauern die leeren Bäuche ihrer Kinder näher am Herzen lagen als deren leere Köpfe. Eine Schande war es, wenn man es richtig betrachtete.
Was nichts daran änderte, dass mit den ersten warmen Tagen im März mehr und mehr Stühle in den vier Klassenzimmern des Schulhauses am Ring leer blieben. Die Bauern, ihre Knechte, Mägde und Tagelöhner und alle, die auf den Höfen entbehrlich waren, begannen im Frühling, die Felder zu pflügen, zu eggen, die Getreidesaat auszubringen. Die Söhne und Töchter, die alt genug waren, nahmen sie mit, anstatt sie zum Lernen in die Schule zu schicken, und mit jeder weiteren Frühlingswoche zählte Lobgott weniger Köpfe im Klassenzimmer. Der Sohn vom reichen Trautmann – ja, *der* würde als einziger ganz sicher bis zum Ende des Schuljahres im Juni kommen. *Dem* lag das Lernen, und das Arbeiten mit den bloßen Händen lag ihm überhaupt

nicht, der war ungeschickt, ein Tollpatsch, in der Mühle seines Vaters genauso wie auf dem Feld, und steckte seinen Kopf lieber in Bücher und hatte deswegen schon eine teure Brille auf der Nase und fragte Sachen, da konnte man gar nicht... – *schwierige* Sachen, ein überneugieriges Kind, das einem keine Freude bereitete.

Die meisten Jungen blieben jedoch weg, bevor Lobgott seine Lehrarbeit vollendet hatte, und gingen auf die Felder oder zu den Ziegen und Karakuls, die in den Wochen vor Ostern Nachwuchs bekamen. Anfang April gebaren in manchen Nächten mehr als einhundert Tiere gleichzeitig, und sie hatten mit den Lämmern alle Hände voll zu tun. Die Burschen bewachten sie auf den Weiden, saßen an Lagerfeuern und liefen mit Fackeln und Rasseln herum, um Krähen abzuhalten, die den Neugeborenen die Augen auspickten, bevor sie stehen und der Mutter folgen konnten. Den Weibchen hackten die Jungen nach der Geburt die Schwänze ab, damit sie später, wenn sie trächtig wurden, von hinten gemolken werden konnten.

Wenn die Sonne Ende Mai zum ersten Mal ihre Kraft spüren ließ und das Getreide von Tag zu Tag einen Fingerbreit höher stand, kamen nur noch Mädchen, Trautmanns altkluger Sohn und die sieben oder acht Jahre alten Knirpse zu Lobgott in den Religionsunterricht. Fräulein Popesch mochte kaum merken, dass die Farbe der Felder auf den Hügeln vor den Schulfenstern langsam vom Grün des Frühlings ins helle Gold des Sommers wechselte. Die hatte mit den Mädchen alle Hände voll zu tun, und wahrscheinlich popelte sie dabei in der Nase und plapperte. Bei ihm aber, Hellmut Lobgott, blieben die Stühle unbesetzt. Die Jungen hatten anderes im Sinn als Glaubensbekenntnis und Katechismus.

Nein, schön war das nicht, und obendrein schwächte es in der jungen Generation den rechten Glauben. Aber so war der Lauf der Dinge in Gottes großem Plan. Es lohnte nicht, sich über das, was nicht zu ändern war, allzu viele Gedanken zu machen.

Am frühen Abend des 15. Juni 1935 traf Georg Freier zu Fuß an der Kälber Drift ein. Es war ein heißer, windstiller Sommertag, an dem die Schwalben hoch über den Dächern des Dorfes Insekten jagten. In den Lehmnestern, die sie in den Winkeln des Schardachs gebaut hatten, schrien ihre Jungen.

Georg trug die dunkelblaue Schuluniform des Anschakraker Knabengymnasiums, eine Schirmmütze und ein rotweiß kariertes Kattuntuch um den Hals. Er grinste glücklich, als er seinen Ranzen auf den Lehmboden der Sommerküche fallen ließ und beim Abendessen von der Kreishauptstadt erzählte. Geschichten sprudelten aus ihm heraus, während er Ölkuchen in Stücke riss, sie in die Soße auf seinem Teller tunkte und hinunterschlang wie ein Wolf: die neuen Kameraden in Anschakrak; die piekfeinen Städter in Sarata; das erste Gefrorene, das er gegessen hatte; Wasser mit kitzelnden Perlen darin, die in die Nase stiegen und einen rülpsen machten; Knetgummi; wie sie sich zu Ostern betrunken gestellt hatten und durch Anschakrak gelaufen waren und ein Büttel sie auf dem Fahrrad verfolgt hatte; dass er nicht mehr mit links schrieb; dass er lateinische Sätze auswendig konnte wie Lobgott und Dr. Prudöhl. Georg war gewachsen.

Vor allem freute er sich auf den nächsten Morgen, an dem er mit Mischka und seinem Vater auf die Popschafelder fahren und den kleinen Reiter machen würde. Eigentlich war er mit elf zu alt dafür. Es war eine Arbeit für die jüngsten Kinder, die auf den Feldern zu wenig zu gebrauchen waren und schnell müde wurden, wenn sie mit Werkzeug hantieren mussten. Jakob wäre in diesem Jahr an der Reihe gewesen, aber es gab für Georg noch immer nichts Schöneres, als ohne Sattel oder Decke, nur mit Schlapphut, Kniehose und einem kragenlosen Russenhemd bekleidet, auf dem Rücken eines Pferdes zu sitzen, das durch die Reihen der Maisstauden schritt, und sein Vater wusste, dass niemand die Tiere besser führen konnte als er, also ließ er ihn. Es bereitete Georg Freude, die Bewegung unter sich zu spüren, den Rücken, die Rippen, den harten Schweif, der nach Fliegen schlug und seine Waden streifte. Er rieb sich nie wund. Wenn er barfuß durch die braunen Maiswedel ritt und den süßen Schweiß des Pferdes roch, ging es ihm gut, und er fühlte sich unsterblich. So viel Zeit lag vor ihm, bevor er zurück nach Anschakrak musste, dass Georg sie sich nicht vorstellen konnte. Er würde reiten, seine Purzeltauben fliegen lassen, unterm Schardach oder im Stall schlafen, und nur sonntags würde er für ein paar Stunden Schuhe und Strümpfe tragen.

Georg steckte die Geschwister mit seiner guten Laune an, die bald alle durcheinander riefen und selbst wilde Geschichten erzählten und ausschmückten und ihm berichteten, was seit Neujahr im Dorf geschehen war, wer noch lebte und wer nicht und wie es den Tieren ging, die sie nicht gegessen hatten.

„Iss nicht die ganze Wurst ohne Brot", rief Oma Mathilde dazwischen. „Und kau langsam – es niemand dir niemand etwas weg!"

Sie standen um halb fünf auf. Daniel Freier las in der Sommerküche aus dem roten Losungsbuch der Brüdergemeine. Nach dem Tischgebet begannen sie klappernd die Mahlzeit, während die Sonne über den First der Popschahäuser stieg. Rosie lag mit der Schnauze auf dem Boden vor ihrer Hütte und spitzte die Ohren. Sie spürte, dass sie mit Freier und Mischka aufs Feld fahren würde, und war hellwach, gespannt auf den Augenblick der Abfahrt. Die Pferde stießen in den Ställen mit den Hufen gegen ihr Gatter und wieherten. Es ging ihnen nicht anders als Georg: Sie wollten an die Luft, sich bewegen.

„Jakob, du", sagte der Vater, als er ihm und Lilli auf dem Feld frisch geschliffene Hacken gab und ihnen die Maisreihen zuwies, in denen sie Disteln und Unkraut jäten sollten. „Schau dir genau an, wie Georg den Reiter macht, hast du mich verstanden? Du musst es ihm nur nachmachen, dann kannst du nichts falsch machen. Es kommt die Zeit, dass du selbst auf dem Tier sitzt. Und du, Elisabeth, schaffst hier vorn und passt aufs Kind auf. Komm mit... – ja, du auch, Arthur... glucks nicht, nimm Lilli bei der Hand und komm... hopp..."

Die drei Kinder gingen im Gänsemarsch hinter ihrem Vater her. Lilli und Jakob waren aufgeregt und stolz, mit den Erwachsenen auf dem Feld zu sein. Der Wagen stand neben einem

Maulbeerbaum, der in den Mittagsstunden Schatten spenden würde. An der Gabeldeichsel befestigte Daniel Freier ein Tuch. In der Mitte hatte es zwei sauber vernähte Löcher, durch die er Arthurs nackte Füße steckte. Dann schlug er auf beiden Seiten den Stoff hoch und verband die Enden. Arthur lachte und strampelte: Er hing in einer Schaukel zwischen Deichsel und Boden, in Sicherheit.

„Du darfst nicht zu weit weg vom Wagen gehen, Lilli", sagte der Vater. „Immer nur von da vorne... da wo der große Stein liegt... Von da bis rechts rüber machst du immer eine Reihe nach der anderen, dann bist du die ganze Zeit beim Kind in der Nähe."

Lilli nickte.

„Und du, Arthur..."

Der Junge sah mit dem Daumen im Mund zu seinem Vater.

„Mach mir keine Schande heute. Wenn was ist oder wenn du pischern musst, rufst du Lilli. Die ist in der Nähe. Und nimm den Daumen raus, wo er nicht hingehört. Daumen im Mund tut Dummheit kund."

Bevor sie mit dem Umpflügen der trockenen Erde zwischen den Maisreihen begannen, gingen Freier und Mischka die Zieselmausfallen ab. Sie waren an den Rändern des Feldes, wo das Steppengras begann, in die Ausgänge der Bauten eingelassen. Mischka trug einen Wassereimer, in dem sie die gefangenen Tiere ertränkten, die sich in Todesangst entleerten. Sie steckten eine Blechfalle, die Seiten mit Löchern durchbohrt, ins Wasser und gingen mit dem überschwappenden Eimer zur nächsten. Wenn sie dort ankamen, war die Zieselmaus tot. Freier schnitt ihr mit einem Messer den Schwanz ab und steckte ihn in ein Ledersäckchen, das er auf der Primaria abgeben würde, um den Nachweis zu erbringen, dass er seine Quote erfüllt hatte. Den tropfenden Kadaver warf er in hohem Bogen ins Steppengras, das ihn mit kurzem Rascheln schluckte.

„Wieder eine", sagte Freier jedes Mal.

„Der Tag des Herrn ist heilig", sagte Johann Pomreinke. „Aber nirgends steht in der Bibel geschrieben, dass die Heiligkeit

vierundzwanzig Stunden haben muss." Damit meinte er, dass in Gottes Plan auch am Sonntag gearbeitet werden durfte, ein wenig. Sicher gefiele es dem Heiland nicht, wenn ihre Freunde, die Pferde, Hunger und Durst litten und die Milch den Kühen die Euter so schwer machte, dass sie brüllten. Die Tiere durften mit dem Segen Gottes versorgt werden, verkündete er von der Kanzel; gekocht werden musste natürlich; auch den Hof konnte, wer wollte, am Morgen vor der Stunde fegen, schließlich sollte auch am Sonntag alles seine Ordnung haben – *gerade* am Sonntag; denn ginge erst die Reinlichkeit verloren, klopfte bald der Satan an die Tür. Mit diesen Arbeiten sollte es aber sein Bewenden haben, predigte Pomreinke: „Alles in Maßen, spricht der Herr. Die Ruhe am siebenten Tag ist heilig für den Menschen und für das Tier. Und siehe", sagte er, „es ist gut und gerecht so."
Auf dem Hof an der Kälber Drift waren die Sonntagsaufgaben und -pflichten verteilt. Mischka und Georg versorgten am frühen Morgen die Pferde, Kühe und Schweine, Jakob und Lilli fütterten Geflügel und Kaninchen, Oma Mathilde harkte zwischen Tor und Beeten, und Daniel Freier setzte sich – in Pastor Pomreinkes Augen begann an dieser Stelle die Sünde – für eine Stunde mit Zuckerkaffee in sein Kontor, um mit aufgekrempelten Hemdsärmeln die Briefe und Rechnungen der vergangenen Woche durchzusehen. Hedwig besuchte sonntags ihre Eltern in Kulm, so dass Alma oder Minna die Zubereitung des Mittagessens übernahmen. Die Mädchen wechselten sich seit dem Tod der Mutter ab: Eine kochte; die andere zog sich ein gutes Kleid über, machte sich die Haare, putzte die Schuhe und ging mit der Familie den Breiten Weg hinunter zum Ring, zur Stunde. Manchmal nahmen sie den Wagen, wenn Oma Mathilde nicht gut auf den Beinen war. Aber das Einspannen machte Arbeit und rief daher Pomreinke, der an der Kirchentür seine Gemeinde begrüßte, auf den Plan. Es war besser, zu Fuß zu Gott zu gehen.

Nach dem Essen in der Sommerküche war es soweit: Während Daniel Freier, Mischka und Oma Mathilde Mittagsruhe hielten, zogen die Kinder in ihren Zimmern die guten Kleider aus und

leichte Sommerhemden und Blusen an. Lilli lief barfuß durch den Hof und holte das Fahrrad aus dem Wagenschuppen, das einzige der Familie. Jakob setzte sich mit einer Angelrute in der Hand auf den Gepäckträger, dessen Gestänge ihm in den Hosenboden schnitt, und hielt sich mit der anderen am Sattel fest, während Lilli im Stehen in die Pedale trat und lenkte. Alma und Minna nahmen Arthur zwischen sich und ließen ihn auf dem Weg zum Kogälnik Schaukelsprünge machen. Am Ende der Kälber Drift bogen sie links zur Gänsewiese ab, wo ein Seitenarm des Kogälniks einen Teich bildete. An einem Ufer standen zwei Klapperstörche im Schilf, die Jagd auf Blindschleichen und Molche machten. Das andere war flach und sandig, bevölkert von scheuen Enten, die den Kindern aus dem Dorf auswichen, und selbstbewussten Gänsen, die es nicht taten.
Am Ufer wandten sie einander den Rücken zu und ließen Hemd und Hose auf den Boden fallen. Dann liefen sie schnell, die Hände vor der Stelle, in den Teich. Georg war als erster im Wasser. Minna ließ sich schon im Flachen, wenige Schritte vom Ufer, vornüber kippen, spritzte und prustete, kroch auf den Knien voran, schwamm ins tiefere Wasser, strich sich mit den Händen die offenen Haare nach hinten, als ihre Füße den sandigen, von Pflanzen bewachsenen Grund gefunden hatten, und machte mit ihrem Loch im Mund den Walfisch. Lilli stolzierte in kleinen Schritten vorwärts und ließ sich, ohne einen Laut von sich zu geben, bis zum Hals hineingleiten. Jakob kreischte, hüpfte vorwärts und spritzte Lilli nass, bevor er mit dem Kopf zuerst, die Hände auf dem Rücken, im Wasser verschwand. Alma hielt Arthur an der Hand, der noch nicht schwimmen konnte, und blieb im flachen Wasser, in dem Fische, kürzer und dünner als ein kleiner Finger, an den Beinen nibbelten. Sie machte sich erst die Arme nass, dann setzte sie sich im Unterhemd neben ihrem Bruder ins Wasser und holte tief Luft.
„Uhh“, rief sie und schüttelte sich. „Ist das frisch.“
„Uhh“, machte Arthur sie nach. Er kniete im flachen Wasser und rieb Sand zwischen den Händen. Vor ihnen am Ufer, wo das Gras begann, lag ein roter Papierdrachen, den ein Junge aus dem

Unterdorf mitgebracht hatte. Es war nicht windig genug, um ihn steigen zu lassen.
„Guck, Arthur“, rief Alma, „auf der Wiese. Siehst du, wer da kommt? Da hinten?“
„Wo?“
„Wo die Lämmer sind und die Enten. Da ist Opa Giese.“
Arthurs Augen folgten ihrem Finger, aber er sagte nichts.
„Kennst du Opa Giese?“
Arthur nickte. „Uhr“, sagte er.
„Genau. Erinnerst du dich? Der Opa mit der Tick-Tack-Uhr.“
Isidor Giese ging langsam am Ufer entlang zur Badestelle. Er hatte seinen Stock dabei und setzte sich bei den Sachen der Kinder auf einen Baumstumpf. Den Krückstock stellte er, Hände auf dem Griff, zwischen die Beine. Mit der anderen zog er ein Taschentuch hervor, nahm seinen Hut ab und wischte sich den Schweiß von Glatze und Stirn. Eine Wespe hatte ihn am Morgen in den Handrücken gestochen, der angeschwollen war und ihn juckte und irritierte.
„Jesus aber auch“, sagte er zu sich selbst, „‘s is nu…“ Er atmete schwer, in den heißen Mittagsstunden machte ihm Asthma zu schaffen.
„Tag, Opa Giese“, sagte Alma.
„Guten Tag, guten Tag, liebes Kind… was ein Tag es ist…“ Er musste husten und hielt sich seine Hand vor den Mund.
„Nun guck nicht so, Almachen, als ob ich gleich sterben tät. Nur eine Wespe, da kommt die dicke Beule her. Hier auf der Hand, siehst du? So schnell stirbt es sich nicht.“ Er röchelte, spuckte in sein Taschentuch und sah zufrieden auf.
„Du“, brummte er. „Wie heißt du, Junge? Ich habe glatt deinen Namen vergessen.“
Arthur sah seine Schwester an.
„Na sag es.“
„Arthur Freier.“
„Ahhh, den Arthur haben wir hier. Bist ein bisschen scheu ausgefallen, was? Das gibt sich schon noch, wirst sehen. Und wie alt bist du, kleiner Arthur?“

„Drei“, sagte er und sah auf den Boden. „Bald bin ich vier.“
„Ah, drei Jahre… Dann bist du bald so alt, dass du uns bleiben willst?“
„Ich bin doch hier.“
„Für immer bei uns bleibst, meine ich.“
„Aber Opa Giese“, sagte Alma. „Natürlich bleibt er. In dem Alter sind sie aus dem Gröbsten raus. Mach uns keine Angst.“
„Ja, wenn sie erst einmal vier oder fünf Jahre alt sind, ja – dann bleiben sie oft. Früher war das anders. Wie ich jung war, weißt.“ Er sah zu den Booten auf dem Teich, merkte dann, dass der Junge ihn noch immer ansah, und wandte sich ihm wieder zu. „Willst du wissen, wie viel Uhr es ist, mein kleiner Arthur?“
Der Junge nickte.
„Dann wollen wir einmal schauen, was ich hier habe.“ Giese zog umständlich eine goldene Taschenuhr aus seiner Hosentasche, die mit einer Kette am Hosenbund befestigt war. Er hielt sie weit von sich, um das Ziffernblatt lesen zu können. „Weißt du, was das ist?“
„Eine Uhr“, sagte Arthur.
„Ganz recht, du bist ein kluges Kind, Arthur. Es wird etwas Anständiges aus dir werden, wenn du so weitermachst. Und soll ich dir sagen, welche Zeit wir haben?“
„Hmm.“
„Viertel nach drei haben wir. Schau hier – leg einmal deine Hand darauf, es glänzt so schön in der Sonne und macht ganz leise tick, tick, tick. Tickeditickeditick.“
Arthur fasste das Glas an, scheu und zugleich stolz.
„Erzählst du uns was, Opa Giese?“, rief Lilli.
Giese lehnte sich zurück. Er leckte mit der Zunge über seine trockenen Lippen und überlegte.
„Oh, ja!“, rief Jakob. „Verzähl uns was vom japanischen Kriech!“
„Och, wisst ihr, der Krieg – das ist eine ernste Sache, so ein Krieg. Nicht lustig, das kann ich euch sagen. Die Japaner haben ja auch nicht mit Dampfnudeln geschossen.“ Er grinste breit.
Die Kinder lachten, als sie sich die flitzenden Nudelgeschosse vorstellten.

„Warst du da mutig, Opa Giese?“, fragte Jakob.
„Mutig? Ich? Nee, mutig war ich nie im Leben. Ihr macht mir Spaß.“
„Bist du weggelaufen vor den Japanern im Krieg?“
„So leicht war es dann auch nicht. Konnte man ja nicht einfach am frühen Morgen das Säckel packen und abmarschieren. Wohin denn auch? Im hintersten Sibirien war das, wo wir waren, auf der anderen Seite der Welt, in der Mandschurei, wo sie Schlitzaugen haben. Kommt man nur mit dem Zug weg. Wenn man Glück hat und der nicht vorher kaputt geht. Ist auch keine Herrlichkeit in Sibirien, nur Wald, Sümpfe und flaches Land, das sie Tundra nennen, ach, und Bären – groo-ooße Bären gibt es…! Groß wie eine Britschk!“
„Dann warst du nicht mutig?“
„Würde ich nicht sagen.“
„Hast du Angst gehabt?“
Opa Giese nickte. „Hmm. Viel Angst habe ich immer gehabt, als ich jung war. Im Krieg.“
„Du?“
„Ich. Und alle anderen auch. Angst gehört dazu im Leben – kommt keiner drum herum. Nur eines will ich euch sagen: Mut ist ja nicht, wenn man keine Angst hat. Mut ist, wenn man trotz Angst was tut. Wenn man etwas *mit* Angst tut, das ist richtig mutig. M-mmh. Na, wisst ihr, das klingt noch mal richtig klug, was ich euch hier verzählen tu… Vielleicht war *ich* dann sogar mutig beim Japaner, wer weiß das heute? Angst habe ich jedenfalls immer gehabt. Sogar in die Hosen gemacht habe ich mir im Krieg einmal vor Angst. Das knallte, da gab es kein Halten. Schlimme Sache. Hat aber keiner gemerkt.“
So ging es fort – und wenn Isidor Giese von Heuschreckenschwärmen („wie bei Moses und dem Pharao“) und von Räuber Toppeltock erzählte, der früher in der Gegend um Friedenstal mit seiner Bande hauste („soll alles am Spieß gebraten haben, was er kriegen konnte, auch ungezogene Brut“), gruselten sich die Kinder. Er malte ihnen mit einem Stock den Mammutknochen in den Sand, den Ferdinand Neumann 1898 in

der Sandgrube gefunden hatte und den sie mit Lobgott untersucht hatten, damals noch ohne Bart, aber schon belesen und klug und ein Musikus. Am liebsten erzählte Giese die Geschichte, wie sie fast – Gott sei Dank: nur fast – abgeholt worden waren. Die Roten hatten den russischen Zaren gefangen, die gesamte Kaisersfamilie gemeuchelt, sogar die kleinen Mädchen und Jungen, und die deutschen Kolonisten sollten alle weggebracht werden. Mit ihren Kutschen und Pferden hatten alle zum Bahnhof kommen müssen, und dort wartete ein Zug, mit dem sie nach Kiew transportiert werden sollten und von dort weiter nach Osten, hinter den Ural – niemand wusste Genaues. Nur ein plötzlicher Wintereinbruch hatte sie gerettet: Das russische Heer geriet in ein Schneegestöber und zog sich zum Dnjester zurück. Sie nahmen alle Wagen und Pferde mit, die am Bahnhof Bessarabeska standen, und fuhren auf und davon. „Der Kelch", sagte Opa Giese, „ging noch einmal an uns vorüber. Ja, so war es. Was lebten wir damals in Furcht, und ist noch keine zwanzig Jahr her. Das ganze Dorf hätten sie ausgelöscht, diese Roten, und wer weiß, was aus uns geworden wäre in Sibirien? Hinterm Ural ist es kalt, das kann ich euch sagen. Sogar im Sommer friert man da. Nicht wie hier."

Minna kam aus dem Wasser und trocknete sich mit einem Tuch Gesicht und Haare ab, in denen Entenflott klebte. „Ahhh", seufzte sie und ließ sich neben Alma auf den sandigen Boden fallen. „Das hat gut getan."

„Schau mal", sagte Alma und zeigte mit dem Kinn auf drei Burschen, die nebeneinander am Ufer standen und ihre Angelruten hielten. Zwei von ihnen hatten Maispfeifen im Mund, und alle drei trugen geschlossene Schuhe, obwohl es heiß war.

„Geh mir ab", sagte Alma. „Wie erwachsen die tun. Ist doch keine Stunde hier, dass die Schuhe und Hemd tragen müssten. Albern."

„Guck, der eine – das ist der kluge Reinhold vom Mühlen-Trautmann an der Lehmkuhle. Siehst du den…? Der hat so viele Schnittwunden im Gesicht, dass man meinen möchte, der tut es mit Absicht. So ungeschickt kann man gar nicht sein. Hat bloß das bisschen Flaum unter der Nase wie ein Küken und tut, als müsste

er sich jeden Tag rasieren."
Alma grinste. „Können soll der auch nicht viel. Der liest immer nur, und sein Vater ist froh, wenn er ihm in der Mühle nichts anfässt. Er soll alles kaputtkriegen, ohne sich anzustrengen. Deswegen ist der auch so mollig geworden. Vielleicht kann der wirklich nicht mit dem Rasiermesser umgehen."
„Als müsste der sich rasieren. Der könnte sich's mit einem Handtuch aus dem Gesicht reiben, so wenig hat er."
„Aber schönes Haar hat er auf dem Kopf. Ist doch hübsch, wie ihm die Locke in die Stirn fällt. Ich mag blondes Haar. Und es ist so voll bei Reinhold…"
„Das Boot hinten – das kleine grüne, wo die Ruder im Sand stecken –, das ist seines, glaube ich. Hat er von seinem Vater bekommen."
„Deshalb tut er wohl so wichtig vor den anderen. Als wäre er der Herr Direktor vom Kogälnik."
Minna ließ sich auf den Rücken fallen und lachte.
„Wer ist der in der Mitte?", fragte Alma.
Minna stütze sich auf den Ellenbogen und sah zu den Jungen.
„Der Witwe Pahl ihrer. Der hat einen komischen Namen. Attila, wie ein Hunne."
„Warum denn Attila? Das ist doch kein richtiger Name."
„Ein Name ist es schon, nur ein komischer. Ich weiß nicht… Der Mann von der Pahl soll so ein forscher gewesen sein, hat die Mutter mal gesagt, mit vielen Haaren überall, und ständig soll der sein Gewehr dabei gehabt haben, auf dem Feld und beim Krämer und sogar auf der Gromad. Kommt vielleicht von dem, war ja sein Vater, bevor er starb. Attila war ein Hunnenkönig, der die halbe Erde erobert hat, ein ganz Schneidiger muss das gewesen sein. Sehr grausam, hat Herr Lobgott mal gesagt."
„Dann kommt Attila wohl nach seinem Vater", sagte Alma, „der hat ja auch Haare am ganzen Leib. Und ganz schiefe Augen, siehst du das? So habe ich mir immer die Hunnen vorgestellt, da passt das doch, mit dem Namen. Wie alt ist der?"
„Schon älter. Neunzehn oder zwanzig. Der ist auch nicht wie der Trautmann-Reinhold, der nur so tut als ob. Attila hat so viel

Haar, dass er immer zu Sru Turkenitsch zum Rasieren geht. Er muss sich morgens und abends die Haare abschneiden, so viele hat er überall."

„Wie's den Männern geht", sagte Alma. „Der eine so, der andere so."

Minna kicherte.

„Was lachst du?"

„Ach, nichts. Ich habe nur gedacht, der hat so viel Haar am ganzen Leib, wahrscheinlich riecht er nach..." Sie kicherte.

„Minna, was redest du... Du kennst den Jungen doch gar nicht und redest schlecht über ihn..."

„Ein bisschen kenne ich ihn schon."

„Und woher?"

Minna zuckte mit den Achseln. „Von hier. Wir haben schon einmal geredet."

„In der Stunde habe ich den aber... – Arthur!", rief Alma, „lass den Dreck sein, und komm her zu mir!"

Arthur, der im flachen Wasser des Kogälnik spielte, ließ den Matsch fallen, wusch sich in der Hocke die Hände und ging zu seiner Schwester.

„So... Wir zwei machen jetzt für eine Viertelstunde die Augen zu. Hier, zieh dir das Höschen über, Arthur, dass du nicht nackig bist und dir was an der Blase holst." Alma knotete ihr Kopftuch auf, schüttelte das Haar aus und band das eine Ende des Tuchs um Arthurs Handgelenk, das andere um ihr eigenes. Sie legte sich auf den Rücken und sah in den Himmel, an dem nur wenige Wolken standen, die sich kaum bewegten. „Hier, leg dich neben mich, Arthur. Kannst deinen Kopf auf meinen Arm tun."

Als Alma vom Kreischen der badenden Kinder geweckt wurde, saß Minna nicht mehr neben ihr. Sie musste fünfzehn oder zwanzig Minuten geschlafen haben, die Sonne war am Himmel kaum weitergezogen. Arthurs Arm lag auf ihrem Bauch. Ihr Bruder hatte sich ein Handtuch um die Schultern gewickelt und schlief darin. Alma drehte ihren Kopf zur Seite, ohne ihn zu wecken. Ihre Schwester stand bis zu den Knien im Wasser, eine

Angelrute in der Hand. Attila Pahl hockte ohne Schuhe und Strümpfe, mit hochgekrempelter Hose, neben ihr und zeigte ihr, wie sie den Haken auswerfen musste. Sein Hut fiel ihm herunter, und er nahm ihn aus dem Wasser, schüttelte ihn aus und setzte ihn sich wieder auf den Kopf. Er flüsterte Minna etwas ins Ohr. Ihre Schwester beugte sich vor, und Alma konnte ihr lautes, prustendes Lachen hören.
Reinhold Trautmanns Ruderboot lag in der Mitte des Teichs, wo er zwei Angeln ausgeworfen hatte und gelangweilt einen Kescher durch das Wasser zog. Der dritte Junge stand ein paar Schritte hinter Minna und Attila und bewegte sich nicht. Alma hatte ihn ein paar Mal gesehen, nicht nur hier am Fluss, auch im Gottesdienst und beim Krämer. Der sagte nie etwas, ein Stiller. Heinrich Egon Kraft hieß er, aus dem Oberdorf, der sechste oder siebte Hof links hinter der Kirche, wenn man auf dem Breiten Weg fuhr. Sein Vater war Gottfried Kraft, seine Mutter hieß Pauline. Die war eine geborene Sackmann und vier Jahre älter als ihr Mann.
Gut schaute er aus, wie er im Wasser stand und sich nicht bewegte, dachte Alma. Schlank und braungebrannt, etwas größer als die meisten, und er hielt sich aufrecht und schaute konzentriert geradeaus, aufs Wasser, wo Reinhold Trautmann Spektakel machte, weil er glaubte, dass ein Fisch gebissen hätte, oder jedenfalls so tat. Heinrich strich sich mit der Hand das Haar aus der Stirn. Er kaute langsam einen Grashalm.
Was war jetzt? Was starrte er nach oben…?
Alma nahm vorsichtig Arthurs Arm von ihrem Bauch, setzte sich auf und hielt ihre flache Hand über die Augen. Heinrich hatte den Kopf in den Nacken gelegt und sah in den Himmel. Sie versuchte, seinem Blick zu folgen, sah aber nur ein paar Schleierwolken. Einige Vögel flogen über den Baumspitzen auf der anderen Seite des Kogälniks. Sonst nichts.
Die Kinder im Wasser hörten auf zu spielen und spritzen. Jakob und Lilli standen mit einigen anderen zusammen und sahen in den Himmel. Selbst Minna war still.
Jetzt hörte Alma etwas… – ein Dröhnen, weit weg.

Jakob stand im Wasser und zeigte mit dem Finger in den Himmel. Alma folgte mit den Augen seiner Hand: ein dunkler Fleck. Das Geräusch wurde lauter. Sie sah auf der Weide die Tabon mit den Stuten und Fohlen im Kreis galoppieren und Staub aufwirbeln.
Die Propellermaschine, grau und grün gestrichen, flog fast genau über sie hinweg. Dann fiel das Dröhnen der Motoren wieder ab, als sie über das Unterdorf zog und zu den Hügeln im Norden abdrehte. Alle sahen ihr nach, auch Minna und Attila, Reinhold in seinem Boot, Heinrich. Als der Fleck am Horizont verschwand und kaum noch zu sehen war, liefen die Kinder im Kogälnik nackt ans Ufer und schrien aufgeregt durcheinander.
Arthur wachte auf. Er kratzte sich an der Wade, wo ihn etwas gebissen hatte.
„Wie fliegt das?", fragte Jakob, der aus dem Wasser zu Alma gelaufen kam.
„Ich weiß nicht", sagte sie. „Müssen wir Vater fragen. Wie das nun geht, dass es oben in der Luft bleibt..."
„Da sitzt einer drin und steuert."
„Ja. Wird wohl ein Mensch drin sein, wie in einem Auto."
„Ein Engel", sagte Lilli.
Alma wischte sich das lose Gras von den Beinen und stand auf. Auf der Böschung zwischen Fluss und Tabon saß noch immer der alte Giese, der sich auf seinen Stock stützte und dem Flugzeug hinterhersah. Sie ging zu ihm hin.
Isidor Giese sah sie an. Seine Augen, rot, entzündet, tränten.
„Was war das, Opa Giese?"
Er hustete. „Ein Flugzeug", sagte er. „Was denn wohl sonst? Hast du doch sicher schon einmal gehört, dass die Menschen lange fliegen können wie die Vögel."
„Wo kommt das her?"
„Tja." Giese zog die Mundwinkel nach unten und sah auf den Boden. „Wenn ich das so genau wüsste."
„Das war eine russische Maschine", rief Reinhold, der ans Ufer gerudert war. „Ich bin mal mit meinem Vater in Kiew gewesen, da haben wir Flugzeuge gesehen, viele auf einmal, die standen alle

auf einem Feld. Die sahen genauso aus, auf den Flügeln diese Dreh... dings ...blätter und hinten drauf dieser Aufsatz..."
„Nee, mein Junge", sagte Opa Giese und schüttelte den Kopf.
„Nicht?", fragte Reinhold. „Klar war die von den Russen. Wo soll die sonst herkommen?"
„Das war eine deutsche Maschine."
Reinhold sah ihn überrascht an, wagte aber nicht zu widersprechen. „Was soll die hier machen? Aus Deutschland?"
Giese schüttelte seinen Kopf abwägend hin und her. Er wischte sich mit seinem Taschentuch den Schweiß von der Stirn.
„Und wozu ist das gut, ein Flugzeug?", rief Minna. Sie hatte Attila Pahls Hut auf dem Kopf und nasse Beine.
„Oh", sagte Opa Giese. Seine Augen suchten den Himmel ab. „Für vieles. Vieles."

Die Freier-Kinder blieben bis zum Abend am Kogälnik. Als es kühler wurde, tanzten Mücken in dichten Schwärmen am Ufer. Die letzten Libellen und die ersten Glühwürmchen flogen – in gerader Linie die einen, schlingernd die anderen – durch die Köpfe des Schilfrohrs. Die Geschwister zogen sich an und machten sich auf den Heimweg. Alma trug Arthur, der müde war, auf dem Rücken, damit sie schnell nach Hause kamen. Lilli und Minna hielten sich an den Händen und liefen barfuß neben ihr. Jakob, der ihren Vater nach dem Flugzeug fragen wollte, fuhr mit dem Rad voraus an die Kälber Drift und klingelte dabei ununterbrochen.
Zuhause setzte Alma sich mit Arthur auf eine der beiden Bänke vor der Gartenmauer. Minna kochte gemeinsam mit Hedwig, die am Nachmittag aus Kulm zurückgekehrt war, in der Sommerküche. Alma würde dafür den Abwasch übernehmen, bevor sie ins Bett ging. Nebenan ging die Witwe Stelter im Kittel durch ihre Beete und winkte ihr mit einer Hand zu, in der sie ein paar frisch gezogene Mohrrüben hielt, an denen Erde klebte. Alma hatte den Handarbeitskorb mit der Strickliesel und dem Stickring mitgenommen, ihn aber beiseite gestellt.
Mit Arthur auf dem Schoß sang sie das Storchenlied.

Storch Storch Schniebelschnabel
flieg über Bäckers Haus

Arthur lachte und winkte mit seinen Händen, als würde er dirigieren.

Bring mir eins, dir eins,
andern Kindern gar keins

„Noch mal?", fragte Alma.
Arthur nickte.
Als sie aufschaute, sah sie Heinrich Kraft auf dem Breiten Weg stehen. Er hatte seine Angel und einen Eimer, aus dem die Schwanzflosse eines Fisches ragte, abgestellt und stopfte sorgfältig seine Pfeife. Ihre Blicke trafen sich, und sie nickte ihm kurz zu – unsicher, ob er sie erkennen würde oder nicht. Heinrich stand einfach nur da; sie sah seine Hose, die an einigen Stellen nass war, die hellbraunen, glänzenden Haare, hinten am Kopf kurz geschoren, das Grübchen am Kinn, den Schatten eines Barts. Heinrich sah zu ihr hinüber, grüßte aber nicht. Alma spürte, wie sie rot wurde, senkte verschämt ihren Blick und spielte mit Arthurs Händen, um beschäftigt zu wirken.
Aus den Augenwinkeln sah sie, wie Heinrich sich die Pfeife mit Streichhölzern anzündete und sie zwischen die Backenzähne klemmte. Er hob die Angel und seinen Eimer auf, sah noch einmal zu ihr hin und ging langsam weiter in Richtung Ring. Für einen Augenblick hörte es sich für Alma an, als pfiff er leise den Storch Schniebelschnabel.

Kapitel 7: Popscha

„Beim Trautmann von der Mühle geht das Blodern an diesem Freitag los", sagte Daniel Freier.
Er hielt einen Löffel mit dampfender Kürbissuppe vor den Mund, pustete und blickte in die Runde seiner Familie, als wartete er auf eine Reaktion – auf Zustimmung oder wenigstens Überraschung, Staunen. Er wusste selbst nicht genau, womit er eigentlich gerechnet hatte; jedenfalls nicht mit Schweigen. War das Maisblodern nach der Ernte nicht das größte Vergnügen für die Jugend, wichtiger als Weihnachten? Und seine eigenen Kinder? Schaufelten sich ihre Suppe hinein und gaben keinen Mucks von sich, sahen kaum auf. Hatte er etwas Falsches gesagt? Es fiel ihm nicht leicht mit seiner Sippe, schon gar nicht mit den Mädchen, jetzt, wo sie ins Alter kamen und die Jungen ihnen schöne Augen machten und er immer häufiger ans Heiraten und ans Verteilen des Landes denken musste…
Aber *gar nichts*?
Es war ein lauer Abend Mitte September. Hedwig hatte die Dochte der drei Lampen mit einem Scheit angezündet und an die Deckenbalken in der Sommerküche gehängt. Sie warfen gelbes Licht auf den Esstisch und ließen die Schatten der Krüge, Gläser, Brotleiber und Tonschalen tanzen. Motten flogen über ihren Köpfen gegen das heiße Glas der Laternen. Im Hof, über dem Fliederbeerbusch und den Ställen, jagten Fledermäuse – dunkle Flecken wie verlaufene Tintenkleckse, die sich so schnell bewegten, dass man ihnen mit den Augen nicht folgen konnte. Rosie lag unter dem Tisch vor Mischkas Füßen auf der Seite, umringt von einem Wald aus Beinen, dünnen aus Holz, dicken aus Fleisch. Sie war eingeschlafen.
„Ach was?", sagte Oma Mathilde endlich, die als erste aufgehört hatte zu essen. „So früh im Jahr holt er schon Popscha vom Acker? Es ist noch lange nicht Oktober."
„Ja, so ist das, Oma. Trautmann ist früh dran in diesem Jahr."
„Das kann nicht mit rechten Dingen zugehen. Ist er schon reif bei ihm?"

„Noch nicht alles. Weißt ja, wie viele Dessjatinen der Mann inzwischen unter seinem Pflug hat, so viel Geld, wie er mit seiner Mühle verdient. Aber in seiner Scheune ist schon alles voll von den ersten Feldern, und im Hof liegt ein ganzer Berg Kolben neben der Rebelmaschine. Wollen wir hoffen, dass kein Regen kommt und ihm alles verdirbt."

„Gott mög's geben", sagte Oma Mathilde.

„Wann gehen *wir* denn Popscha holen?", fragte Georg, der in wenigen Tagen wieder nach Anschakrak aufbrechen würde. „Es ist doch nun so weit, oder nicht?"

„Ein bisschen Zeit ist für uns noch", sagte Freier. „Beim Trautmann steht ein gut Teil am Hang, nach Süden hin. Da ist es wärmer, und das Wasser kommt nicht zum Stehen. Der düngt auch auf Teufel komm raus mit allem, was er kriegen kann, sogar mit Stickstoff. Den lässt er sich für viel Geld mit dem Zug aus Galatz bringen. Teuren deutschen Stickstoff vom Rhein aus der Fabrik."

„Und wann fahren *wir* endlich raus?"

„In acht, zehn Tagen, würde ich meinen, wenn du längst weg bist. Da fangen wir das Einholen an, an den letzten Tagen im Monat. Die Maisbärte werden jetzt langsam trocken, aber braun sind sie noch nicht geworden. Bei uns jedenfalls nicht."

„Und wo blodern sie am Freitag?", fragte Alma.

„Wo sollen sie blodern, Kind? In der größten Scheune vom Trautmann. Wo sie immer blodern, die jungen Leute."

Alma legte den Löffel auf ihren leeren Suppenteller. Sie erwiderte nichts, verzog aber den Mund, um die Zurechtweisung nicht einfach zu übergehen.

Daniel Freier sah zu ihr hinüber. Er war unsicher, wie er die Angelegenheit zur Sprache bringen sollte, die ihm in den vergangenen Tagen durch den Kopf gegangen war. Wäre sie noch am Leben, würde Marga die beiden großen Mädchen beiseite nehmen und zum Popschaklak schicken, ihnen vielleicht einen neuen Kragen oder eine Bluse nähen – oder ein Kleid kaufen – oder ein hübsches Band vom Turkenitsch ins Haar flechten. Aber seine Frau war tot, sechs Jahre schon. Er musste es auf eigene

Faust in die Wege leiten, so gut es eben ging.
„Willst du nicht auch hin, Alma, vielleicht…?“, fragte er und aß seine Suppe weiter, als sei das Blodern beim Mühlen-Trautmann an der Lehmkuhle eine Nebensächlichkeit.
Alma sah erschrocken auf. „Wohin? Zu Trautmann?“
„Sicher zu Trautmanns. Zum Popschablodern.“
„Ich?“
„Ja nun, du. Mit wem rede ich sonst?“
Alma begann, mit Daumen und Zeigefinger ihre Unterlippe zu kneten.
„Ich weiß nicht. Meint Ihr?“
„Es ist bald Zeit. Da gehen alle jungen Burschen hin und die ganzen Mädchen.“
Georg prustete am Tischende los, verschluckte sich an der Suppe und hustete. Im Speisesaal des Gymnasiums in Anschakrak hätte er laut in die Runde gepfiffen. Aber er verkniff es sich, weil sein Vater am Tisch saß und es frech gefunden hätte. Georg trank sein Glas Milch in einem Zug leer und griff nach dem angebrochenen Brotlaib vor sich auf dem Tisch, riss sich ein Stück ab, steckte es in den Mund und grinste kauend in die Runde. Jakob und Lilli sahen von einem zum anderen und lachten mit – mehr über das freche Prusten ihres großen Bruders als über das Gespräch.
„Ich weiß nicht, Vater“, sagte Alma. „Die lachen mich doch aus, wenn ich zum Blodern hinkomm, wo nur die Älteren sind. Meint Ihr wirklich, da muss ich hin?“
„Ach, Alma – neunzehn Jahre bist du nun fast und ein hübsches Ding. Jedenfalls hübscher als so manche andere. Na… – nun verzieh nicht gleich die Schnute. Ich kann das sagen, ich bin doch dein Vater, und wir sind hier unter uns. Da wird überhaupt keiner lachen, wenn du gehst, wirst sehen. Du bist doch fast eine erwachsene Frau geworden. So ist der Lauf der Dinge. Ziehst dir ein hübsches Kleid an und machst dir die Haare schön… So. Trautmann – Vater Trautmann, der Alte – hat bei der Gromad vorgestern Wort gegeben bei allen, dass sie von Freitag an blodern, und ist hinterher noch einmal zu mir gekommen und hat es ein weiteres Mal gesagt. Das macht der doch auch nicht einfach

so, gerissen wie der Fuchs ist. Hat doch seinen Jungen, den Reinhold oder wie er heißt – den mit den dicken Gläsern auf der Nase, der so altklug sein soll, wie Lobgott immer erzählt, auch wenn der Bursche wahrlich keine Schönheit geworden ist mit seinen Ohren, da war jemand nicht bei der Sache, als er das Kind schuf… Ab stehen die Windfänger, als hätten sie seinen Kopf mit der Klemme auseinandergezogen und nie wieder in Ordnung gekriegt. Da muss der alte Trautmann sehen, wo der Junior abbleibt. Wegen der hübschen Ansicht wird den keine nehmen wollen. Aber Land genug hat er wenigstens und vor allem die gute Mühle. Wird sich was Williges finden, möchte ich meinen. Auf gutem Ackerland ist hier in der Landschaft noch keiner sitzengeblieben. Nicht bei uns im Ort. Frag mal Oma, wie sie ihren Opa Fritz kennengelernt hat."

„Halt keine großen Reden, Freier!", rief Oma Mathilde. Sie drohte ihm mit ihrem Suppenlöffel, an dem braune Kürbisreste und Zwiebelstücke klebten.

Ganz die Mutter seiner Frau, dachte Daniel Freier.

„Kennengelernt haben wir uns gar nicht, Fritz und ich, das wird dir Marga wohl erzählt haben. Jedenfalls nicht vor der Hochzeit. Weißt du doch genau, wie es bei uns war damals: Da setzten sich die Eltern zusammen und palaverten und schrieben alles auf, das Vieh und die Hühner und jeden Sack Saat und jedes Messer und das gute Porzellan. Fritz und ich haben uns vorher nur einmal gesehen. Da war nicht die Rede von Liebe und Himmel. Wir wurden in die Stube geschickt – beim alten Jeschke in die gute Stube mit dem Kachelofen, im Winter war das, und draußen lag hoch Schnee. Um zu sehen, sagten unsere Eltern. Und wie wir fünf Minuten in der Bullenhitze am Ofen gesessen waren und gesehen hatten und nichts zu reden wussten und wieder rausgingen, hätte mal einer sagen sollen, dass einer zu große oder zu kleine Ohren hätte. Danach wurde nicht gefragt bei uns. Geohrfeigt hätte der Vater mich."

„Das ist aber eine ganze Weile her, Oma", sagte Minna. „Das war vor vierzig Jahren. Im neunzehnten Jahrhundert."

Oma Mathilde ließ ihren Löffel sinken. „Geh mir ab mit diesem modernen Zeug. Wir haben uns immer gut verstanden, mein Fritz und ich. Dies Gerede und Gejammere – wer wen mag und wie schön der eine ist und der andere. Bei hundert Dessjatinen muss man nicht aufs Gesicht oder auf die Ohren schauen. Und wenn Trautmann nun mehr hat wie das – und das hat er ja wohl… und die Mühle noch dazu… da möchte ich meinen, dass sein Sohn nicht lange nach der Braut suchen müsste."

„Vater, glaubt Ihr wirklich, ich soll da hingehen?", fragte Alma leise.

„Ich komme mit, wenn du willst!", rief Georg und lachte laut. „Als Anstandswauwau."

„Halt du endlich deine freche Gosche", sagte Oma Mathilde und schlug mit dem Handrücken nach seinem Arm. „Bengel, du. Seid ihr in der teuren Schule alle so verzogen und ungezogen? Wenn keiner mit dir spricht, hast du den Mund zu halten."

„Musst du selbst wissen, Kind", sagte der Vater. Er rieb sich mit den Fingern über die Bartstoppel auf dem Kinn.

„Darf ich dann auch hin, mit Alma?", fragte Minna und blickte in die Runde. „Wir können doch zusammen gehen. Dann kämmen wir uns die Haare und flechten uns Zöpfe, damit sie aus dem Weg sind und beim Blodern nicht voll Popschaflusen werden und…"

„Nicht so stürmisch, Fräulein", sagte Freier. „Hat niemand gesagt, dass *Sie* zum Blodern gehen sollen. Von Alma war die Rede."

„Aber wir sind doch fast gleich alt!", rief Minna.

„Oh ja, bitte, Vater!", sagte Alma. „Wenn Minna mit darf, gehe ich auch. O bitte – lasst uns beide zu Trautmanns Popschaklak gehen!"

Freier sah zu Oma Mathilde, die Augenbrauen hochgezogen, als fragte er sie ohne Worte, was in so einem Fall mit Töchtern zu tun wäre. Sie bemerkte seinen Blick nicht – wollte ihn vielleicht nicht bemerken, dachte er, behandelte ihn wie Luft, das alte Geschoss –, sondern schob ihren Stuhl zurück, stand auf und sammelte die Löffel und die benutzten Suppenteller ein, die sie scheppernd ineinander stellte. Wenn Mathilde Jeschke die Worte fehlten, ließ sie Geschirr und Töpfe in der Küche sprechen.

Freier zog seine Taschenuhr aus der Weste, ließ den Deckel

aufschnappen und betrachtete lange das Ziffernblatt. „Schenk uns noch was ein, Mischka“, sagte er. Er bürstete mit den Fingerspitzen etwas eingetrockneten Dreck von seinem hochgekrempelten Hemdsärmel.
„Ich muss noch einmal darüber nachdenken“, sagte er zu Mischkas ausgestrecktem Arm, der die grüne Weinflasche hielt.
Minna, Alma und Georg sahen ihn erwartungsvoll an. Oma Mathilde ließ die Suppenlöffel in den Waschbottich der Sommerküche fallen.
„Nun wollen sie gleich beide losziehen“, murmelte Freier. Er wandte sich unentschlossen an Mischka, leerte sein Glas.
Alma und Minna sahen sich über den Tisch hinweg an. Sie versuchten, die Lippen still zu halten und nicht zu grinsen.

„Die… ganze… Jugend…“, las Georg. „Na bitte.“ Er sah auf. „Das bin ich auch, ‚die ganze Jugend’. Hier steht es, guck Minna. ‚Die ganze Jugend ist willkommen‘ und kann heute zum Trautmann. Kein Alter steht da, nirgends. Ich geh aufs Gymnasium in Anschakrak, also. Sag doch mal du.“
Georg und Minna standen am folgenden Nachmittag zwischen den drei Popschahäusern im Hof. Beide schwitzten; sie kehrten die Lagerkörbe aus und entfernten mit den längsten Stangen, die sie in der Werkstatt hatten finden können, die Mäusenester zwischen Planken und Erdboden.
Georg hatte den Reisigbesen auf den Boden gelegt und hielt ein zerknittertes Stück Papier in den Händen. Frau Stelter hatte ihnen den Wanderzettel gebracht, den Samuel Trautmann am Morgen in vierfacher Ausführung an Alfred Ziegelmachers Schreibtisch am Ring aufgesetzt und beim Schütz abgegeben hatte. Der Rundbrief war von da an durch mehr als vierzig Paar Hände gegangen, von einem Haus über Mauern, Gräben und Zäune zum nächsten, bevor er am Nachmittag zu den Freiers an der Kälber Drift vorgedrungen war. Er war staubig und hatte an den Stellen, an denen Feuchtigkeit die blaue Tinte aufgelöst und verschmiert hatte, Flecken bekommen. ACHTUNG!!!, stand darüber, nicht in Ziegelmachers geübter, hoher Sütterlinschrift, sondern in

schnörkellosen Buchstaben, die Müller Trautmann geschrieben haben musste.

ACHTUNG!!!

POPSCHABLODERN bei
Sam. Trautmann (Lehmkuhle!)
Freitag (14.)
Die ganze Jugend des
Dorfes ist WILLKOMMEN!
Für Speis und Trank ist gesorgt.

BITTE WEITERGEBEN!

Minna las den Wanderzettel.
„Danach geht es nicht, was da steht“, sagte sie. „Du musst schon Vater um Erlaubnis fragen, wenn du zum Popschaklak willst.“
Georg rollte mit beiden Händen den Wanderbrief auf. „Gut werdet's ihr beide haben. Weiß jeder, dass die Trautmanns sich bei Speis und Trank nicht lumpen lassen. Nur das Beste fahren sie zu später Stunde noch auf aus dem Keller. Entenkeulen und Rauchschinken und so. Aber ihr Schaden wird es auch nicht sein, wenn dreißig oder vierzig kommen und in der Scheune Popscha blodern.“
„Du weißt ja, wie es geht“, sagte Minna. „So machen es alle, die Armen wie die Reichen. Die Blöße gibt sich keiner, beim Blodern nur Brot mit Gänseschmalz zu reichen. Es würde im nächsten Jahr keiner wiederkommen.“
„Aber es schmeckt trotzdem nicht bei allen gleich gut, sage ich.“ Georg rieb sich mit dem aufgerollten Papier den Bauch. „Ich geh rüber zu den Dressners und geb den Zettel weiter. Wollte Lea auch zu Trautmanns gehen?“
„Bestimmt nicht.“ Minna kletterte auf den Knien mit ihrem Reisigbesen in den mittleren der drei Popschakörbe. „Die ist nicht so fürs Praktische“, rief sie von innen, „und beim Blodern sieht man hinterher aus wie eine Vogelscheuche mit all den

Kleberflusen im Haar und in den Kleidern."
Georg war schon losgelaufen und hörte sie nicht mehr.

Um halb zehn am Abend, als sie die Sommerküche aufgeräumt und frische Sachen angezogen hatten, liefen Alma und Minna den Breiten Weg hoch zum Ring, von dort ein kurzes Stück weiter auf der Vorderen Straße, wo der Grubenweg abzweigte, der zur Lehmkuhle und zu Trautmanns Mühle führte. Der Abend war mild, die Luft warm. Sie roch nach trockener Erde und Holzglut in den Küchen. Aus den Häusern und Höfen fiel gelbes Licht auf die Kronen der Akazien am Breiten Weg und in die Vordergärten, in denen Astern blühten und reife Sonnenblumen ihre Köpfen hängen ließen. Ein Hund schlug an, dem in der Ferne einer zweiter antwortete. Beim Laufen hörten sie die Halsglocken der Wagenochsen in den Ställen, blökende Schafe und die Gänse, die auf den Wiesen am Kogälnik schnatterten.

Die Mädchen hatten sich frisch gewaschene und gebügelte Schürzen über die Röcke gebunden, obwohl sie wussten, dass sie beim Blodern gleich wieder schmutzig werden würden. Beim ersten Mal, fanden sie, sollte man einen guten Eindruck machen und möglichst hübsch aussehen. Alma hatte ihr blondes Haar in der Mitte gescheitelt, zu Zöpfen geflochten und über den Ohren zu Schlaufen gebunden. Darüber trug sie ein besticktes Kopftuch, das beim Blodern den Staub und die klebrigen Maisflusen abhalten sollte. Minna hielt mit einer Hand ihr eigenes Tuch fest, das sie sich nach einem Malheur tief in die Stirn gebunden hatte. Nach dem Abendbrot hatte sie das alte Brenneisen der Mutter aus dem Werkzeugschuppen geholt und während des Abwaschens auf die heiße Glut im Ofen gelegt, um sich Wellen zu drehen. Dann hatte ihr die Geduld gefehlt; sie hatte das Eisen nicht lange genug abkühlen lassen und sich weit oben zwei Fingerbreit ihres Stirnhaars versengt.

Als sie in die Lehmkuhle kamen, hörten sie Musik: Maulharfen, eine Ukulele, einige sangen. In der Mitte des Trautmannschen Hofs stand hinter dem Brunnen eine Popschamaschine, neben der Haufen entblätterter Strünke lagen. Durch das Tor der Scheune sahen Alma und Minna einen grünen Maiskolbenberg, der bis an die Dachstreben zu reichen schien. Rundherum saßen mehr als dreißig junge Leute aus dem Dorf und zogen die Blätter ab. Einige hatten Hocker und Schemel zwischen die Maiskolben gestellt. Die meisten lehnten sich jedoch mit dem Rücken gegen einen Holzbalken, ein Gatter oder eine Wand, halb bedeckt von Blättern, Flusen und geputzten, harten Kolben.

Alma und Minna gingen hinein und grüßten in die Runde. Sie kannten viele: Die Boroske-Kinder von der Kälber Drift, Frucks, Pleskows. Attila Pahl saß unter dem Scheunendach breitbeinig auf einem Balken und ließ sich von unten Mais zum Blodern zuwerfen. Hilli Turm lag in Gedanken auf dem Rücken und zupfte mit den Fingern die klebrigen Flusen von den Kolben.

Sie schaute auf, als Alma und Minna kamen, und winkte ihnen zu. Alma zupfte Röcke und Schürze zurecht und sah aus den Augenwinkeln um sich. Es schien alles in Ordnung zu sein. Keiner machte sich über sie lustig, gut so. Zwei von Emil Gieses Töchtern waren dabei; Gretel hieß die ältere, Edith die andere, die noch ein halbes Jahr jünger war als Minna. Alma hatte sich umsonst Gedanken gemacht.

Im hinteren Teil der Scheune stand Trautmanns Frau Emmi am Durchgang zur Sommerküche vor einem großen Kessel, in dem sie die ersten geblodertem Kolben abkochte. Sie rührte mit einem langen Holzlöffel um. Reinhold hatte seine Brille abgenommen und beugte sich mit einer Schöpfkelle über das Wasser. Er fischte die ersten fertigen Kolben heraus und ließ sie in eine Emailschüssel fallen.

In einem flachen Korb trug Samuel Trautmann Krüge mit Wein und Gläsern herein, die klirrten, als er mit seinem Holzbein durch die Scheune humpelte.

„Alle mal herhören jetzt!“, rief er und bat die Musiker mit einem Zeichen um Ruhe. „Alle mal herhören!! Hallo…! Hier!! Ja, so geht es besser… Hier ist der Wein – unser bester von letztem Jahr. Dort drüben bei meiner Frau steht der Popschazuber. Ist auch gleich so weit, dass die ersten Kolben fertig sind, und ein paar andere gute Sachen bringen wir auch noch, meine liebe

Emmi und ich – Körner zum Knacksen und Wurst und Geräuchertes und Quittengelee, das könnt ihr euch so dick ihr wollt aufs Brot schmieren. Wohl bekomm's, und natürlich Dank allen fürs zahlreiche Erscheinen. Es ist gut, dass das junge Volk uns nicht im Stich lässt. Und wenn ihr irgendetwas sonst braucht oder wollt, dann sagt es nur dem Reinhold – keine Scheu –, und ich und Emmi sind ja auch noch da, in der Küche oder im Hof, wenn was ist... und sonst...? Sonst weiß ich nun nichts mehr, ist wohl auch alles gesagt." Attila lachte. „Sind ja nicht zum Quatschen hier. Nun macht dem Sommer ein Ende und blodert, was das Zeug hält, und denkt ja nicht, wir hätten nicht noch mehr, wenn ihr mit dem hier fertig seid. Und singt kräftig und macht wieder schöne Musik mit euern Blasebalgen!"

Alma und Minna nahmen sich in der Mitte der Scheune einen Arm voll Maiskolben, suchten sich einen freien Platz bei Hilli und fingen an zu blodern.

„Wenigstens sitzt man weich hier", sagte Minna. Sie drehte ihren ersten Kolben in den Händen, pulte Blätter und Flusen ab und warf ihn im hohen Bogen über eine Holzbrüstung in den dafür vorgesehenen Pferch.

„Kleben tut das Zeug wie Leim. Schau mal drüben..." sagte sie zu Alma. „Wie es Gretel Giese in den Haaren hängt." Sie griff mit beiden Armen in den Haufen neben sich und schob Kolbenblätter hinter den Rücken und unter den Hintern.

„Ahh, du alter Tollpatsch!", rief Reinhold einige Schritte neben ihnen. Er spuckte auf den Boden und stand breitbeinig vor Gustav Schilling, der mit seiner erloschenen Pfeife im Mund auf einem Melkhocker saß und auf den Lehmboden starrte. „So was lebt noch, und Hindenburg musste sterben!" Gustav hatte ein Weinglas fallenlassen, das Reinhold ihm gereicht hatte. Er war im Gesicht rot angelaufen und kratzte sich unsicher mit den Fingern die raspelnden Bartstoppeln unter dem Kinn.

Reinhold wandte sich um und fluchte leise, sagte aber nichts weiter, als er bemerkte, dass seine Mutter ihn beobachtete. Er nahm ein frisches Glas aus dem Weidenkorb und goss Gustav neuen Wein ein. Emmi Trautmann kam vom Popschatopf herüber und stieß ihren Sohn am Ellenbogen an. „Komm du mir in die Stube, mein Lieber", flüsterte sie ihm zu, kniete sich langsam hin und sammelte die Scherben in ihre Schürze ein. „Es ist nicht schlimm, Gustav", sagte sie. „Ein Glas nur, nichts weiter. Musst nicht auf Reinhold hören, zerbricht jeder mal ein Glas und einen Teller. Er bringt dir neuen Wein – siehst du, da kommt er schon. Und dann" – sie sprach lauter, so dass die Umsitzenden es hören konnten – „dann könnte der feine Herr sich selbst auch einmal ans Blodern machen, würde ich meinen. Oder wollte er sich die ganze Nacht davor drücken und nur seiner alten Mutter das Weineinschenken abnehmen?"

„Der Faulpelz!", rief Attila Pahl vom Dachbalken und lachte dreckig.

„Nicht dass unsere Gäste die ganze Arbeit noch alleine machen müssen", sagte Emmi Trautmann. „Faulen Händen bringt der Teufel die Arbeit."

„Ja doch, Mutter", flüsterte Reinhold, „nun sei bloß ruhig." Er zog sich einen Schemel neben den köchelnden Popschatopf, nahm sich einen Arm voll Kolben und begann stumm zu blodern, ohne in die Runde zu sehen.

„So ist's recht", rief Attila von oben. „Arbeiten soll er einmal, der kluge Herr! Hier fang er einmal…!" Attila warf einen Kolben nach Reinhold, der ihn am Kopf getroffen hätte, wenn er sich nicht geistesgegenwärtig geduckt hätte.

Alma musste lachen und hielt sich die Hand vor den Mund. Ihre Zehen wippten mit der Musik. Während sie die Kolben mit der linken Hand umklammerte und mit der rechten die langen, feuchten Maisblätter nach unten abriss und in ihren Schoß fallen ließ, wanderte ihr Blick durch die Scheune. Von allen Seiten konnte sie das regelmäßige Ratschen hören, das beim Herunterreißen der Deckblätter entstand. Die Kolben fühlten sich angenehm an, fand Alma, feucht und fest.

Alma stupste ihre Schwester mit dem Ellenbogen an.

Minna schaute auf. „Was denn?"

„Guck jetzt nicht hin… Rechts hinten in der Ecke, hinter Gustav, da sitzt der Sohn von den Krafts, denen auf dem Vorderen Weg.

Der guckt immer zu uns rüber, glaube ich." Alma sah auf den Kolben in ihrer Hand, während sie sprach. „Der mit der Pfeife im Mund, siehst du ihn?"
„Meinst du, der guckt?", sagte Minna.
„Mmh. Kommt mir so vor."
„Und zu wem guckt er?"
„Zu uns."
„Zu dir oder zu mir?"
„Habe ich nicht genau gesehen, so düster, wie es hier ist."
„Was soll der wollen?"
Alma zuckte mit den Schultern. „Weiß ich nicht."
„Du", sagte Minna und sah auf, „vielleicht will der was von dir?"
„Oder von dir."
„Von *mir* doch nicht. Der ist viel zu alt. Kennst du den?"
„Na, wie man die Burschen kennt. Ein bisschen. Er geht immer angeln."
„Gut sieht er aus", sagte Minna.
„Findest du?"
„Schon. Von hier jedenfalls. Sitzt so im Dunkeln da hinten in der Ecke, dass man ihn kaum erkennen kann. Schöne Haare hat er. Goldig und blond sehen sie aus im Licht."
„Hellbraun." Alma holte im Sitzen mit dem Arm weit aus, warf einen geschälten Maiskolben in den Pferch und nahm den nächsten vom Haufen. „Mir gefällt er auch ein bisschen", sagte sie, ohne ihre Schwester anzusehen. „Die Augen sind hübsch geraten. Und der redet wenigstens nicht die ganze Zeit wie die anderen Schreihälse. Die palavern immer nur, von Pferden und von Maschinen und von der Musik und wer alles wieder in Sarata und Kischinjew war… Was Richtiges kommt nicht dabei raus, wenn die den Mund aufmachen. Da lob ich mir einen wie Heinrich, der nicht viele Worte macht."
Edith Giese sprang kreischend auf. „Igittigittigitt!", rief sie. Alle sahen auf, und die Musiker mussten beim Spielen lachen und gerieten aus dem Takt. Edith hatte ihren Kolben fallengelassen und hielt ihre Hände unter die Schürze, wo sie sie angewidert gegeneinander rieb.

Gretel Giese verdrehte ihre Augen: Sie hatte ohne ihre kleine Schwester zum Klak gehen wollen, aber ihr Vater hatte Edith mitgeschickt. Schämen musste man sich, dachte sie. Wenn man Kinder aus dem Haus lässt…

Einer der Pleskow-Söhne zog einen jungen Erdhasen an den Hinterläufen aus dem Maiskolben-Haufen in der Mitte der Scheune. „Ist nur eine tote Zieselmaus“, brummelte er. „Minus ein Bein. Die Bude steht noch.“

Edith Giese hielt sich die Schürze vor Kinn und Mund und nickte. „Ich hab mich so erschreckt!“

„Hat man gar nicht gemerkt, Fräulein“, sagte der Pleskow-Sohn grinsend. „Aber tun kann die Zieselmaus nun nichts mehr, Edi, und fressen kann sie dich auch nicht, jetzt, wo sie tot ist. Quieken tust, als wärst du ein Otter.“ Er sah suchend um sich. „Du, Reinhold, sag mal…“, rief er, „wo habt ihr euern Misthaufen für das tote Viech? Hintendurch oder vorn bei den Schobern?“

Reinhold sah auf. Er umklammerte mit beiden Händen einen gebloderten Maiskolben.

„Hee, Alma“, rief er, ohne zu antworten. „Du da, Alma Freier!“

Sie sah zu ihm hin. „Was ist?“

„Halt mal deine Schürze auf.“

Jetzt verstand sie: Sie hob mit den Händen die Zipfel ihrer Schürze hoch und fing damit den Maiskolben auf, den Reinhold ihr zuwarf. Sie nahm ihn in die Hand und drehte ihn herum. Es war ein Feuerkolben, bunt gemustert mit gelben, roten und einzelnen violett-schwarzen Körnern.

„Guck mal!“, rief Minna. „Du hast einen aus Feuer bekommen. Jetzt musst du ihm einen Kuss geben!“ Sie prustete los. „*Reinhold* musst du nun küssen, hiii!“

„Ausgerechnet“, flüsterte Alma. Sie stand auf, wischte sich die Hände an der Schürze ab und gab Reinhold einen kurzen, trockenen Kuss auf die Wange.

„Bravo!“, rief Attila von oben. „Das war unser erster Feuerstutz, was, Fräun Freier!?“ Er zog einen von oben bis unten orangeroten Kolben hinter seinem breiten Ledergürtel hervor und warf ihn vom Dachbalken aus Minna vor die Füße.

„Und hier ist gleich noch einer. Dürfte ich das Frau Schwester bitten?“
Minna war aufgesprungen, bevor Attila vom Balken über eine Strebe herabgestiegen war.
„Hallo“, rief einer der Jungen von hinten, „da hat's aber eine eilig. Ich wusste gar nicht, dass die junge Freier so ein Feuer in sich hat für unseren Hunnenkönig…“
Drei oder vier Burschen klatschten, als Minna Attila den Kuss gab.
„Puh“, sagte sie leise, als sie wieder neben Alma mit dem Rücken zur Wand saß. „Der hat wirklich ein kratziges Gesicht mitbekommen.“
Alma kicherte. „Reinhold hat gar keine, hätte ich gemerkt. Der ist nur klug und gebildet, sonst kann der nichts Richtiges.“
Minna grinste. „Musst ihn ja nicht nehmen, nur weil er dir schöne Augen macht.“
Alma zuckte mit den Schultern.
„Du weißt ja, was Vater gesagt hat: Herr Trautmann will Reinhold gut verheiraten, wegen der Mühle und dem Land und dem ganzen Geld, das sie verdient haben.“
Alma sah in die Ecke, in der Heinrich gesessen hatte. Er war weg. Sie hatte ihn nicht aufstehen und gehen sehen.
„Vielleicht heiratet ja der Vater selbst auch noch mal“, sagte sie.
Minna sah sie an. „Meinst du?“
„Ich weiß nicht. Kann sein.“
„Nicht unser Vater. Der hatte doch Mutter.“
„Ist doch gut möglich, wo die Mutter nicht mehr ist. Er ist alt, aber Lobgott sagt, mit sechsundvierzig kann man noch einmal heiraten. Neulich hat Vater sich mit Boias Dressner und mit Lobgott darüber unterhalten, übers Heiraten und Frauen und so. Ich habe es gehört. Die haben auch Namen genannt.“
„Was für Namen?“
„Von Frauen.
„Von was denn für Frauen?“
„Die der Vater heiraten könnte – stell dich doch nicht so dumm. Hier in Leipzig die. Du weißt doch, wie es geht mit den

Männern. Frauen hier aus dem Dorf und aus Kulm und Anschakrak und aus den anderen Orten auch. Sind ja nicht alle verheiratet. Stirbt immer mal wieder einer weg, auch bei den Männern."

Minna ließ ihren halb entblätterten Maiskolben in den Schoß sinken. Der Gedanke war ihr noch nie gekommen, dass ihr Vater eine andere Frau heiraten könnte – heiraten *wollte* – und sich sogar auf Brautschau begeben würde.

„Das geht doch nicht. Die müsste dann doch bei uns einziehen?"

„Ja und?"

Minna war sprachlos.

„Die Mutter hat schließlich auch da gewohnt. Zieht halt die neue Frau bei uns ein."

„Aber warum denn? Er könnte doch einfach so bleiben."

„Wie einfach so?"

„Ohne Frau, nur für sich. Hatte doch eine, was braucht der eine neue?"

„Ach, Minna, manchmal redest du wirklich Unsinn. Der Vater kann nicht den Rest seines Lebens allein zuhause sitzen und seine Pfeife rauchen. Siehst doch, wie es ihm geht seit dem Tod der Mutter. Nicht mal mehr zu Boias Dressner geht er rüber, um Schach zu spielen wie früher, und reden tut er auch nichts mehr. Nur mit Mischka noch und sonst kaum ein Wort. Das ist nicht gut, wenn man alleine ist im Leben. Nicht zu früh. Er wird wohl noch eine Weile leben. Schau dir an, wie alt Opa Giese geworden ist."

„Hmm. Aber er hat doch uns. Sechs Kinder hat er und einen Hof. Und Rosie."

„Das ist nicht dasselbe."

„Vielleicht hast du recht", sagte Minna. „Aber komisch wäre es. Wenn jemand Neues ins Haus kommt. Jemand Fremdes."

„Wir sind doch beide auch nicht mehr so lange beim Vater. Hast du mal darüber nachgedacht?"

Minna schüttelte den Kopf.

„Musst du tun. Vielleicht wirst *du* sogar mal heiraten. Oder willst du nicht?"

„Hmm. Weiß ich noch nicht. Wen denn?"
„Sieh dich um – drüben sitzen sie alle, einer schöner wie der andere."
Minna lachte.
„*Die* da? Die Burschen?"
„Was meinst du, warum die hier sind in den frischen Hemden? Doch nicht wegen dem schönen Mais vom Trautmann."
„Geh mir ab. Die kommen, weil es was Gutes zu essen gibt und weil es so lustig hier ist mit der Musik und dem Flachsen. Du hättest Georg hören sollen. Der wollte auch wegen der fetten Entenhaut herkommen."
„Der ist erst vierzehn. Lass den mal achtzehn sein, dann geht der auch nicht mehr wegen Speis und Trank zum Blodern. Siehst doch, wie frech Georg geworden ist auf der Schule in Anschakrak. Das ist bei den Jungen so. Erst werden sie frech, und dann braucht es nur noch einen Sommer, und sie fangen an, allen Mädchen hinterherzupfeifen und ihnen nachzulaufen."
Minna lachte. „Ins Gesicht schlagen würde ich dem, wenn der zu mir käme."
„Wieso? Georg ist doch gut geraten. Wenn dem eine eine Backpfeife geben will, wird sie schon sehen, was sie davon hat. Und wenn wir drei einmal weg sind vom Hof, dann ist da nur noch Lilli, um nach Vater zu schauen. Oma Mathilde natürlich auch und die Kleinen. Aber Lilli ist noch viel zu jung, und Oma ist alt, die schläft heute schon im Sessel ein, wenn sie sich kurz hinsetzt, und buttern tut sie gar nicht mehr, weil es ihr in den Ellenbogen zwackt und sie nicht mehr lange stehen mag, und das Vieh ist ihr egal geworden, da können die Kühe brüllen im Stall, die geht nicht und melkt sie. Siehst ja, dass Hedwig das immer machen muss oder Mischka. Da wäre es gut, wenn Vater sich eine neue Frau nimmt. Eine jüngere, die auch den Hof machen kann."
„Ich stell mir das nur sonderbar vor, wenn… –"
„Wenn was?"
„Die bräuchte auch ein Zimmer im Haus, meinst du nicht? Wie soll das gehen? Die Zimmer bei uns sind doch alle voll – nein, Alma…"

„Warte mal, Minna, ich muss kurz wegtreten." Sie setzte sich auf und schüttelte auf den Knien den Dreck aus ihrer Schürze. „Hast du gesehen, wo sie ihren Abort haben? Ist der im Hof oder hintendurch?"
„Im Hof habe ich keinen gesehen. Das muss hinten sein. Frag Frau Trautmann, die ist sicher in der Sommerküche am Machen... Musst aber aufpassen. Wenn Ratten unterm Balken sind, sind da vielleicht auch Schlangen."
„Du redest... Doch nicht nachts..."
Minna gähnte. „Ratten schon."
„Wirst du schon müde? So früh?"
„Du weißt doch, wie lang der Tag gewesen ist."
„Aber so eine Klak ist nicht alle Tage. Dass du da müde werden magst... Sing mit, dann geht die Schläfrigkeit wieder weg. Ich will noch etwas bleiben, hörst du? Und wir sollen zusammen heim. Jetzt geh ich aber mal das Häuschen suchen."
Sie besah ihre Hände, die grau vom Lehmboden und vom Staub in den Maisblättern waren, und ging durch das Scheunentor in den Hof. Auf der gegenüber liegenden Seite sah sie Emmi Trautmann und ein Mädchen, das sie nicht kannte, im Halbdunkel der Sommerküche sitzen.
Alma ging an den Hofbrunnen. Sie ließ Wasser über ihre Hände laufen und kratzte den Dreck unter den Fingernägeln weg.
„Hintendurch gleich links", sagte Emmi Trautmann, die sie nach dem Weg fragte. „Geh am Stall vorbei, und dahinter. Musst mal sehen, ob vielleicht gerade jemand drauf ist. Es sind so viele von euch jungen Leuten hier, dass ich nicht mehr weiß, wer in der Scheune ist und wer nicht."
Der Nuschnik war besetzt – die Holztür, die oben und unten einen großen Spalt zur Belüftung frei ließ, war von innen verriegelt.
„Warten", rief ein Junge von innen. Sie erkannte die Stimme nicht.
Alma war es peinlich, jemanden beim Geschäft überrascht zu haben. Sie wollte nicht am Nuschnik bleiben und ging in den hinteren Teil des Gartens, der in einem schmalen Streifen in die

Dunkelheit lief. Die Kronen der Obstbäume setzten sich vom Nachthimmel ab. Zwischen den Blättern und Zweigen sah sie Sterne und den Halbmond. Sie spürte eine warme Brise im Gesicht – es musste der Nordost sein, der im Herbst aus der Ukraine kam. Sie konnte das Singen und Spielen in der Scheune bis hierher hören, das Gröhlen und Lachen der übermütigen Jungen.

Alma zog ihr Tuch fester um die Schultern, verknotete es vor ihrer Brust und ging wippend an den Apfelbaumreihen entlang, um nicht ans Müssen zu denken. Sie drehte sich um und sah den Nuschnik, dessen Schrägdach sich dunkel vor dem Hoflicht absetzte. Sie würde Schritte und die schlagende Holztür hören, wenn er frei wurde.

Ihre Augen gewöhnten sich an die Dunkelheit. Sie bückte sich und ging unter den Ästen der Apfelbäume hindurch an die Zaunseite des Gartens, an der Obststräucher standen. Vor einem Johannisbeerbusch hockte sie sich hin und suchte mit den Fingern nach Früchten, die in den milden Septemberwochen nachgereift waren.

Unter einem Baum knackte ein Ast. Alma schnellte hoch, drehte sich um und suchte im Dunkeln nach einer Bewegung.

„Wer ist da?“, rief sie – viel zu laut, dachte sie, aber sie wollte sich keine Angst anmerken zu lassen. „Ist da jemand? Sind Sie das, Frau Trautmann?“ Sie ging unter den Ästen der Bäume einige Schritte über das Gras zum Mittelweg zurück, der den Gemüsegarten der Trautmanns halbierte. „Hallo? Ist da jemand?“

Sie sah eine Gestalt auf den Steinplatten stehen, einen Hut, einen Mann. Sie schauderte.

„Wer ist da?“ rief sie.

Niemand antwortete.

„Was soll das?“, rief Alma. „Sind Sie mir nachgeschlichen? Bist du das, Gustav?“

„Ksch“, machte der Mann. „Ich bin es.“

„Wer *ich*?“

„Heinrich. Heinrich Kraft.“

„Was machst du hier?“, rief Alma – überrascht und zugleich

erleichtert, weil es nicht der verrückte Gustav mit seiner unheimlichen Art war, der ihr aufgelauert hatte.
„Pssst!“, machte Heinrich. „Mach nicht so einen Lärm, Alma“, flüsterte er.
„Warst du das auf dem Abort?“, fragte Alma und schämte sich sofort, es gefragt zu haben. „Warum bist du nicht in der Scheune bei den anderen?“
„Du bist doch auch nicht beim Blodern“, sagte Heinrich. Es kam ihr in der Dunkelheit vor, als lächelte er sie an. „Was machst *du* hier?“
„Ich musste mal austreten“, sagte Alma.
„Ich auch. Warte mal. Ich habe was für dich.“
„Ach…!?“
Der Hut fiel herunter, als Heinrich seinen Kopf senkte und mit den Händen auf dem Rücken nach etwas angelte.
„Nun komm… Das dicke Ding steckt unterm Gürtel fest… So – hier…“ Er hielt ihr etwas entgegen, das sie in der Dunkelheit nicht erkannte. „Nun nimm ihn halt in die Hand“, sagte Heinrich.
„Was ist das?“, fragte Alma. „Ich kann es nicht sehen. Ist das ein Messer?“
„Was sollte ich beim Blodern mit einem Messer?“ Heinrich nahm ihre Hand und legte sie auf sein Geschenk.
„Spürst du, was das ist?“
„Ein Kolben.“
„Ein echter Feuerkolben.“
„Sag bloß, du hast auch einen gefunden beim Blodern?“
Sie sah seine hellen Zähne in der Dunkelheit.
„Einen schönen“, sagte er, „ganz einen roten, von oben bis unten rot ist er. Der wird dir gefallen, wenn du ihn im Licht siehst.“
„Danke“, sagte sie leise.
„Der ist viel schöner als der vom Reinhold. Wirst sehen.“
Sie spürte mit den Fingerspitzen die harten Körner auf dem Kolben.
„Jetzt musst du deine Schürze weit aufhalten.“
Sie gehorchte. Heinrich öffnete vorsichtig ihre Hand und ließ den schweren Maiskolben in das aufgespannte Tuch fallen.

„Und jetzt?“, fragte er.
Sie nickte. „Ich weiß schon. Jetzt kriegst du einen Kuss von mir für deinen roten Kolben.“
„Siehst du. Ist ja nicht dein erster heute. Reinhold durfte sich auch schon einen holen.“
„Hast du das gesehen?“
„Hmm, sicher. War nicht zu übersehen. Aber der hat seinen Feuerkolben nicht selbst geblodert. Er hatte ihn die ganze Zeit in seiner Hosentasche versteckt.“
„Wirklich? Solche Sachen macht der?“
Heinrich lachte leise. Sie hörte, wie er durch die Zähne einatmete.
„Aber nur auf die Wange, hörst?“, sagte sie.
Heinrich drückte ihre Hände, die die Schürze hielten, zog sie an sich und sah ihr ins Gesicht.
„Hast du aber schöne Augen“, sagte sie. „Das sieht man noch im Finstern.“
Er sagte nichts, lächelte nicht mehr – nahm ihre Wangen in seine Hände und küsste sie auf den Mund. Es ging so schnell, dass sie nichts sagte, nichts sagen konnte, sie hielt nur still, spürte seine warmen Lippen und die Barthaare unter der Nase, geschmeichelt, überrumpelt, und jetzt spürte sie seine Lippen immer noch – dieser Kuss dauerte lange, dachte sie, war das bei allen Küssen so, die beim Popschablodern gegeben wurden? Seine Zähne drückten hart auf ihre Oberlippe, sie konnte ihn riechen, schnappte nach Luft, fühlte seine Hände hinter ihrem Kopf – was machte er mit ihrem Haar?, dachte sie, er machte ihr das Tuch noch lose, das war doch mehr als nur ein Kuss, was er da machte… Sie bekam keine Luft, wand sich aus seinen Armen und drückte ihn weg.
Sie sah ihn an, wischte sich mit der Schürze über den Mund. Ihre Hände zitterten.
Heinrich lächelte und blickte verstohlen zu Boden.
Alma wusste nicht, was sie sagen sollte. Sie holte mit ihrer Rechten aus und gab ihm eine Ohrfeige, verfehlte aber Heinrichs Wange und traf ihn auf die Lippen.
Ihre andere Hand umklammerte noch immer den Feuerkolben.

Kapitel 8: Wladi der Schlächter

Wohin sie blickte, war es weiß: Schwerer, feuchter Schnee bedeckte den Hof. Er knirschte dumpf, als Alma unter dem Schardach hervortrat, schluckte ihre Winterschuhe bis hoch an die Wollstrümpfe, ihre dicksten. In den windgeschützten Ecken zwischen den Maiskörben, dem Nuschnik und den Ställen lag er kniehoch. Er deckte den Breiten Weg hinter dem Tor zu, auf dem früh am Morgen noch keine Pferde oder Schlitten Spuren hinterlassen hatten. Die Nachbarn tranken ihren Tee in den Küchen, oder sie standen erst auf. Es war Dezember: kurze Tage, lange Nächte.

Die Sonne würde erst in zwei Stunden aufgehen. Alma wusste nicht, woher der Schnee um diese Zeit sein Licht nahm, aber er schien selbst in der Dunkelheit matt zu leuchten, mit blauem Schimmer, vielleicht war es der Mond, dachte sie. Die Wolken, die den Schnee gebracht hatten, waren weitergezogen. Der Himmel war klar, es würde ein sonniger, kalter Tag werden, an dem sich gut schlachten ließ. Die Mondsichel stand über den kahlen Ästen des Flieders. Sie ging einige Schritte in den Hof, griff mit den Händen in den Schnee, formte einen Ball, zielte und warf ihn gegen die Wand eines Popschakorbs, an der er klatschend kleben blieb.

Sie schaltete das elektrische Licht in der Sommerküche an, das nackt an einem Kabel über dem Tisch hing. Sie freute sich an der gleichmäßigen Helligkeit: Im Herbst war an der Kälber Drift der Strom von Straßenmasten in die Häuser gelegt worden. Alfred Ziegelmacher hatte einen Ingenieur aus Anschakrak und dessen Lehrling zu ihnen ins Haus geschickt, die das Kabel über die vordere Gartenmauer zum Windfang spannten. Von dort verlief es, von Krampen gehalten, unter dem Boden durch die Diele, die beiden Kinderzimmer und das Altenteil bis in die Sommerküche. Der Schütz hatte sich persönlich davon überzeugt, dass alles funktionierte. Er hatte aus der Primaria sogar Glühlichter mitgebracht, aus Gefälligkeit.

Eine Schneewehe reichte wie eine leckende Zunge vom Hof bis

an die Rückwand des Herds. Alma fröstelte. Sie steckte ihre Hände in die Ärmel ihrer Strickjacke und rieb Finger und Unterarme gegeneinander. Dann legte sie Dornenbündel, Maiszapfen und Weinreben in den Ofen, zündete ein Scheit mit einem Schwefelholz an und brachte das trockene Gestrüpp mit Pusten zum Lodern, bis die Flammen an Kraft gewannen und nicht mehr ausgehen würden. Ihre Fingerspitzen waren rosa und klamm. Alma hockte vor dem Ofen und wärmte ihre Hände an den jungen, suchenden Flammen, die nach und nach knisternd die Dornen erfassten: ein neuer Morgen. Rosie stieß mit der Nase die Tür des Altenteils auf und kam schwanzwedelnd, den Kopf gesenkt, noch müde, zu ihr. Alma streichelte sie. Nebenan, in Oma Mathildes Zimmer, hörte sie Klappern. Ein Holzscheit sang für einen Moment im Feuer, bevor an seiner ganzen Länge gleichzeitig Flammen ausbrachen. Es klang wie ein Seufzen, als würde sich der Eisenofen in der ungewohnt frühen Stunde beschweren.
Sie klappte die Ofentür zu und streifte wollene Arbeitshandschuhe über, die ihre Fingerspitzen freiließen. Es würde ein Frosttag werden, obwohl sie nach dem Bauernkalender des Landmann-Vereins, den der Vater wegen der illustrierten *Schweinerassen aus aller Welt* in die Hofküche gehängt hatte, noch Herbst hatten. Der zweite Advent lag hinter ihnen. Die Rasse, die das Kalenderblatt für Dezember 1938 zeigte, war der Mohrenkopf – das Schwäbisch-Hällische Landschwein, vorn und hinten schwarz, in der Mitte rosa.
„Puh, was nun auch…“, murmelte Oma Mathilde. Sie schlurfte in Wollpantoffeln aus dem Altenteil in die Sommerküche und zog sich eine Schaffellweste über ihr schwarzes Kleid. „Erst fallen die Blätter im August von den Bäumen, und dann kriecht die Kälte schon zu Christi Advent ins Land. Das soll einer verstehen… Hast du Feuer gemacht…? Ja, hast wohl. Gut, Kindlein.“
„Das Jahr ist ganz und gar durcheinander, sagt Lobgott. Weißt du noch, wie es im Sommer geregnet hat, den ganzen Julei durch? Und als im Frühling die vielen Maikäfer aus dem Boden gekrochen kamen und durch die Luft flogen, alle auf einmal, als

hätten sie eine Trompete gehört? Die Engerlinge waren mir gar nicht aufgefallen im letzten Jahr. Haben sich wohl..."
Oma Mathilde schüttelte den Kopf. „Gottes Wille geschehe", sagte sie, „immerdar, ja immerdar..." Sie nahm einen Blecheimer, um am Hofbrunnen Wasser zu holen. „Wenn es gleich soweit ist, musst du den Fächer nehmen und die Glut anfächern. Heiß muss es heute werden im Ofen. Richtig heiß, Alma, viel Glut. Sonst reicht das Wasser nachher nicht."
„Wisst Ihr, wo der Komm ist, Oma? Hinten im Kuhstall, oder wo hat Vater ihn hingetan?"
„Im Eiskeller wird er sein. Mein lieber Herr Jesus, ist das eine Kälte. Da zerspringen uns noch die Flaschen und Weckgläser im Keller. Die Vögel werden ihre schwere Not haben, wenn das so weitergeht. Bei der Stelter lag gestern schon was tot im Hof. Ein Sperling oder was. Aber da werden noch die fettesten Krähen vergehen zu Neujahr und hart frieren wie Steine, dass man ihnen die Beine abknacksen kann wie dünne Grashalme. Wie ich Kind war – achtzehnachtzig muss das ungefähr gewesen sein oder einundachtzig –, da war in so einem Winter der Kogälnik zugefroren und man konnte drüberreiten mit den Pferden übers Eis nach Kulm, ohne die Brücke zu nehmen. Sogar mit dem schweren Schlitten, so dick war das Eis." Sie stapfte durch den Schnee in den Hof. „Rosie!", rief sie, „komm du mal schön mit und lass eine alte Frau nicht allein in dieses Wetter gehen. Ist der Brunnen etwa schon gefroren...?"
„Dann können wir zur Weihnacht Schlittschuhe anziehen und übers Eis laufen!", rief Alma ihr hinterher.
„Wenn euch dann nur nicht die Hände und die Zehen abfrieren", brummte Oma Mathilde.
Alma füllte den großen Suppentopf mit Wasser und stellte ihn auf den Herd. Sie zündete eine Lampe an, ging damit durch den Hof zum Eiskeller und zog die beiden Holzluken hoch, auf denen sich eine dünne Eiskruste gebildet hatte. Mit der Lampe in der Hand stieg sie seitwärts, die Füße zur Sicherheit quer gestellt, die Stufen hinunter. Es kam ihr dort unten angenehm warm vor, obwohl es kaum über zwei oder drei Grad sein konnte. Sie fand

den Komm im hinteren, dunkelsten Teil des Kellers, wo er an einem rostigen Eisennagel neben dem Kartoffelverschlag hing. Sie nahm den Trog vorsichtig herunter, ohne auf Knollen und Kerpsen zu treten, zog ihn die Kellertreppe hoch und durch den Schnee im Hof, wo er eine breite Spur hinterließ.
Minna stand im Schnee, ein Glas Milch in der Hand, unschlüssig.
„Komm, Schwester“, sagte Alma, „zieh dir Handschuhe an, und dann komm mit, und wir gehen den Samowar aus der Stube holen. Wenn die Leute kommen, wollen sie bei der Kälte als erstes warmen Tee haben.“
„Wladi trinkt keinen Tee“, sagte Minna. „Der ist wahrscheinlich der einzige Russe, der keinen mag.“
„Aber die anderen alle. Wladi kriegt einen Schnaps, wenn er will, Vater hat sicher nichts dagegen. Sonst lässt sich draußen nicht arbeiten. Und wenn wir den Samowar hier haben, holen wir Mutters großen Fleischwolf aus der Werkzeugkammer.“

Als sie die kobaltblau lackierte Wurstmaschine auf dem Tisch in der Sommerküche festgeschraubt hatten und die Handkurbel einsetzten, kamen die ersten Frauen in den Hof: Elwira Dressner und Walburga Giese mit ihren Töchtern Gretel und Edith. Sie hatten Mützen übergezogen und Schals und Tücher um Hals und Kinn gebunden. Gretel, die ältere, trug Ohrenschützer aus grauem Kaninchenfell.
„Ist das Ding sperrig!“, sagte Minna gereizt. Sie versuchte, die große Kurbel zu drehen. „Irgendwo… hakt es noch. Siehst du, wo?“
„Lass mich es mal versuchen…“, sagte Alma. „Hier – die Flügelschraube muss raus. Die musst du aufdrehen, sonst ist dieser… Stift hier im Weg. Dieser Nagel. Versuch es mal… nun geht es, ja. Wir gießen besser noch Öl aufs Gewinde, sonst werden uns die Arme nachher müde. Im vergangenen Jahr taten mir tagelang die Ellenbogen und Hände weh.“
„Jetzt läuft es“, sagte Minna. „Da gehen jetzt auch die Schwarten und die Sehnen und das ganz harte Zeug durch. Knochen könntest du damit mahlen.“

„Morgen, Alma! Morgen, Wilhelminchen!“, rief Frau Giese und klopfte unterm Schardach den Schnee von ihren Schuhen. „Ein guter Tag zum Schlachten, nein? Was meint ihr? Kalt und klar, so wie wir es mögen. Herrlich.“
„Ein bisschen *zu* kalt“, sagte Minna.
„Ach... ein bisschen arbeiten, und du spürst es gleich nicht mehr. Musst dich bloß bewegen. Hier schau, ich habe unsere guten Messer mitgebracht. Man weiß nie, wie viel es wird – beim Schlachten kann man nicht genug Messer im Haus haben, stimmt das nicht? Wo ist euer Vater? Noch nicht hier?“
„Doch, Tag, Walburga!“, rief Freier. „Elwira – schön, schön!“ Er war zufrieden, dass sie zeitig kamen, sich nicht drückten, und er freute sich, Walburga Giese zu sehen. Er mochte sie – sie hatte, obwohl ihr Mann Emil ein sturer Kerl war und nie auf sie hörte, ihren eigenen Willen und Hartnäckigkeit in sich. Er hatte aus Erzählungen gehört, wie sie ihren Mann nach Margas Leich keifend vom Dach des Popschakorbs geholt hatte. Das gefiel ihm; sie hatte eine gute, wahrhaftige Art.
„Wo habt ihr die Gänse?“, fragte Elwira Dressner. Sie zog sich ihre wollenen Handschuhe aus. „Mit den Schweinen will ich nichts zu tun haben, die sind mir zu schwer und zu dreckig. Ich mache nur die Gänse und Enten. Weißt ja, Freier. Ich rupfe am liebsten. Bei denen kann ich nichts falsch machen.“
„Du wirst dich heute nicht langweilen“, sagte Freier.
Freier und Mischka, hinter dem Jakob aufgeregt in einer dicken Strickjacke durch den Schnee tänzelte, holten das erste Schwein nebenan bei der Witwe Stelter ab. Mischka zog es am Halsstrick, während Freier das Hinterteil der Sau mit einem Stecken traktierte und Frau Stelter das Tier von der Seite anschrie. Die Sau hieß Rosamund und wehrte sich, laut grunzend, mit aller Kraft. Als sie durch das Tor in den Hof kamen, zerrte sie so heftig am Strick, dass Freier ausrutschte und durch den Schnee gezogen wurde, bevor Mischka hinterhergelaufen kam, sich auf Rosamunds Schultern warf und sie zu Fall brachte. Das Schwein begann zu quieken.
Sie zogen Rosamund Schritt für Schritt unters Schardach vor den

Komm, den Alma und Hedwig zur Hälfe mit kochend heißem, in der Kälte dampfendem Salzwasser gefüllt hatten.

„So, komm, Mischka“, sagte Freier, „jetzt... hier habe ich das große Messer. Lass uns nicht lange Fisimatenten machen und binde dem Tier die Beine zusammen... So... und das Gleiche vorne... halt die Schnauze, du, was grunzst du? Lunte gerochen, was? Na, Mischka – wir stechen es jetzt gleich, sage ich, dann hat das Gezappel ein Ende, und es blutet aus, und wir können anfangen, wo die Leute alle versammelt sind. Ach warte – ist Wladi jetzt gekommen? Ohne den geht es nicht.“ Freier, der mit den Knien den Hals der Sau in den Schnee drückte, blickte um sich. „Oder ist er bei dem Schnee noch vom Bahnhof unterwegs?“

„Hinten ist er, Vater“, rief Lilli, die Putza aus einem Maiskorb geholt hatte und in die Küche brachte. „In der Werkstatt. Mit Heinrich Kraft ist er hin, um die Messer zu schärfen. Und die Axt.“

„Ist Heinrich Kraft auch gekommen?“

Lilli nickte. „Seine Schwester auch.“

„Welche?“

„Justine heißt sie. Er hat nur die eine.“

„Na sowas – wer hat denn heute mit den Kraft-Kindern gerechnet? Aber... das ist eine gute Sache, soll ihr Schaden nicht sein. Holst du mir diese Justine mal ran, Lilli? Dann sagen wir ihr richtig guten Tag. Und Heinrich kannst du auch herbringen, wenn du ihn siehst. Wollen hoffen, dass der wenigstens schon mal ein Schwein ausgenommen hat“, sagte er zu Mischka.

„So... los, Mischka, festhalten!!“ Mischka umklammerte Rosamundes Hinterteil mit beiden Armen, während er den Strick, der die Hinterbeine fesselte, zwischen den Zähnen hielt. Die Sau quiekte – und verstummte plötzlich, als Freier ihr von der Seite tief in die Kehle schnitt und das Blut in einem dampfenden Schwall in den Schnee spritzte.

„Lass es abgehen“, sagte Freier zu Wladi, der eine Schüssel brachte. „Weg damit. So groß ist die Not nicht, dass wir das Blut nehmen müssten. Nun pinkelt sie auch noch.“

Wladi der Schlächter stand breitbeinig, das Beil in den Händen, am Schlachtbalken und halbierte Rosamund der Länge nach mit wuchtigen, schmatzenden Hieben. Er hatte eine frisch verschorfte, fingerlange Schnittwunde rechts auf der Stirn. Die Frauen, Männer und Kinder sahen ihm aus sicherer Entfernung zu, um keine Blutspritzer und Knochensplitter abzubekommen. Elwira Dressner und Walburga Giese tranken Tee mit Zucker und wärmten ihre Finger an den Steinbechern, während sie Wladi kritisch beobachteten. Mischka stellte sich vor, wie es wäre, dem Schlachter ein Messer ins Hinterteil zu stecken – nicht im Zorn, einfach nur, um die Überraschung in Wladis breitem, selbstgefälligem Gesicht zu sehen.

Wladi hatte dem Schwein mit seinen ungewöhnlich kleinen Händen Stahlhaken durch die Fersen gezogen und es mit einer Winde am Schlachtbalken des Schardachs aufgehängt. Därme und Innereien quollen heraus, als er die Bauchhöhle mit einem Messer öffnete, blieben auf den Rippen hängen und fielen schließlich, noch warm, in den Schnee. Wladi versetzte Rosie einen Tritt, die am tropfenden Kopf der Sau schnüffelte und leckte.

„Heh, Wladi!“, polterte Mischka, der das schmutzige Wasser aus dem Brühtrog abgoss und den Tritt bemerkt hatte. Er rief Wladi russische Schimpfworte zu, die niemand verstand. Wladi sah ihn an, ließ den Stummel seiner Zigarette in den Schnee fallen und trat mit dem Stiefelabsatz drauf.

„Lass mal“, sagte Freier zu Mischka. „Streitet nicht. Wladi, schütte die Därme in eine Wanne und mach sie nachher sauber, am Nachmittag, dass wir die für die Würste haben… Die Mädchen drehen alles durch den Wolf und machen morgen die Wurst. Meine Alma und Minna und die Kulmer Hedwig.“

Wladi nickte. Er nahm die Axt, holte mit beiden Armen aus und schlug den Schädel des Tieres krachend entzwei. Er drehte sich noch einmal zu Mischka um, sagte aber nichts. Mit den Fingern pulte Wladi Rosamunds Augen aus den Höhlen und warf die weißen, blutigen Kugeln in einen Melkeimer aus Blech.

„Die sind meine“, sagte er zu Freier, der hinter ihm stand und rauchte. Wladi hängte den Eimer an einem Haken unters

Schardach, damit Rosie und die Katzen ihn nicht erreichen konnten.
Freier zuckte mit den Schultern. Was ein komischer Kauz, dachte er – aber das dachte er in jedem Jahr. Sollte er die Augen haben… Was konnte man sonst mit denen tun? Wie besudelt Wladi dastand mit seiner blutigen Weste… und im Gesicht sah er aus, als würde er sich den Bartwuchs mit dem Küchenmesser rasieren. Seine Haut war weiß – die Hände, die Arme, die Wangen, selbst im Sommer bekam der keine Farbe, obwohl er aus dem Süden sein sollte, vom Don, wo sonst alle dunkel ausgefallen waren. Und obwohl er dünn war und hager im Gesicht, konnte er essen wie zwei dicke Männer zusammen – mehr als Gustav Schilling schaffte er, das kannte er vom Vorjahr. Irma Schilling sagte, dass Wladi einen Bandwurm im Leib haben müsste. Es ginge nicht mit rechten Dingen zu, soviel wie er aß und dabei dürr blieb wie ein Binsenstängel.
Eine Gehirnhälfte löste sich aus dem offenen Schädel und fiel in einem blutigen Klumpen in den Schnee. Der gelbe Sehnerv, zwei Fingerglieder lang, zeigte nach oben.
In einer Dachkammer in einem der Häuser am Bahnhof sollte Wladi wohnen, dachte Freier, ganz für sich, nur er allein, eine Frau hatte er nicht, die ihm den Haushalt machte, und seine Marga, als sie noch lebte, hatte ihm erzählt, dass er Karten spielte und noch andere Sünden im Register haben sollte, mit Schnaps und Frauenzimmern. Alle paar Monate verschwand er, im Sommer, wenn nicht geschlachtet wurde, aber es viel zu tun gab – in die Stadt würde er fahren, hieß es. Er wusste nicht, ob es stimmte, die Leute redeten viel.
Wladi schnitt mit einem Messer das Fleisch am Hals ringsherum bis zu den Wirbeln ein. Er hockte sich hin und hackte mit dem Beil vorsichtig die Knochen durch.
Eines musste man ihm lassen, dachte Freier: Schlachten konnte er, auch wenn er wortkarg war und derb. Das verstand er besser als alle anderen. Er erledigte das Töten stumm. Aber wenn man ihn bei der Arbeit beobachtete, sah man gleich, dass er wusste, wie es ging, egal, ob es ein Schwein war, das vor ihm hing, oder

ein Rinderleib. Wie er den schweren Ochsen die Haut vom Rücken zog – es war schön anzusehen, so sauber ging es vonstatten, und die roten, nackten Muskeln glänzten. Wladi war ein Könner. Das Geld, das er nahm, war er wert, und er sollte am Abend, wenn alles getan war, ruhig eine Gans mitnehmen oder einen halben Schinken. Musste jeder sehen, wo er abblieb mit den Gaben, die er hatte. Der eine war ein Musikus, der andere ein Mann der Tat.

„Kann ich helfen, Herr Freier?", fragte Heinrich Kraft. Freier drehte sich zu ihm um.
„Ach, Tag auch, Heinrich. Mit dir hat nun keiner bei uns gerechnet… – aber schön, dass du gekommen bist."
„Ich helfe gern. Sonst gibt es gerade nicht viel zu tun bei uns. Mit dem Schlitten den Weg rauf und wieder runter, wegen der Tiere. Aber sonst…"
„Und dein Vater – was macht der heute?"
„Nicht viel. Schlachten tun wir auch, aber wohl erst in der Woche vor Weihnachten und auch nur sechs Gänse dieses Jahr. Schweine haben wir nicht. Haben wir nie gehabt."
„Mag er nicht, der Vater?"
„Nein. Mein Vater hat es mit Karakuls und Ziegen. Wir haben seit vier Jahren ein paar, für die Milch."
„Ziegen habt ihr?"
Heinrich nickte.
„Wusste ich gar nicht, dass man mit Ziegen was verdienen könnte. Tauben und Ziegen lassen Bauern liegen." Er lachte leise in sich hinein. „Nein?"
Heinrich zuckte mit den Schultern. „Es bleibt schon etwas übrig, und die Milch ist gut. Sonst machen wir nicht viel diese Wochen. Werkzeug reparieren und schmieren, die Tiere füttern. – Alma hat mir gesagt, dass Sie heute schlachten wollten, und ich habe gedacht…"
„*Wer* sagt so was?"
„Alma. Ihre Tochter."
Freier hob die Augenbrauen und sah ihn an. „Hmm", sagte er

schließlich. „Meine Alma. Mm, mm, mm. Und in dem schönen Hemd willst du schlachten, mein Junge?“
Heinrich sah an sich herunter. Er trug ein braun-grün kariertes, sauberes Hemd mit Kragen, das er an den Ärmeln aufgekrempelt hatte, eine mit Schaffell gefütterte Lederweste und einen grauen Schal um den Hals.
„Na ja. Es wird wohl gehen.“
„Wollen wir hoffen, dass dein Vater es nicht mitkriegt. Wenn du hier mit guten Sachen ankommst.“
Heinrich lachte. „Dem ist das egal. Es ist ein ganz altes Hemd. Für die Arbeit. Meine Schwester ist auch hier, Justine… He, Tine!“, rief er, „komm mal rüber und sag dem Hausherrn guten Tag.“ Er winkte sie herbei.
Justine kam vom Brunnen zu ihnen, wo sie sich, die Arme zum Wärmen vor der Brust verschränkt und von einem Fuß auf den anderen tippelnd, mit Hedwig unterhalten hatte.
„Hallo!“, rief sie. „Ich heiße Justine Kraft.“ Sie streckte Freier ihre Hand entgegen und lachte ihn an. „Heinrichs Schwester.“ Sie trug eine alte Pelzmütze, unter der ihre glatten, blonden Haare heraushingen.
„Guten Tag“, sagte er, „aber meine Hand gebe ich dir nicht, Mädchen, schau, wie die aussieht…“
Justine lachte laut. „Huuu.“
„So ist das beim Schlachten. Wie im Krieg.“ Er sah verlegen auf den Boden. „Ich wusste gar nicht, dass Heinrich Kraft so eine… hübsch, muss man wohl sagen.“
„Muss man wohl“, sagte Heinrich stolz.
Justine schlug ihn mit der Faust auf den Arm. „Warte, du…“ Sie bückte sich und warf eine Handvoll Schnee nach ihm.
„Wie alt ist sie denn?“, fragte Freier Heinrich.
„Wie alt bist du, Justine?“, fragte Heinrich.
„Zwanzig werde ich im Frühjahr“, sagte sie. „Als ob du das nicht wüsstest.“
„Ah“, sagte Freier. „Zwanzig…“
Justine nickte.
Daniel Freier wusste nicht, wo er hinsehen sollte. „Schneid schon

mal die Lungen raus“, rief er Wladi zu. „Dass der Hund auch was kriegt und was zu tun hat. Sonst springt der uns den ganzen Tag zwischen den Beinen rum. Minna, hier, komm her zu mir, Mädchen – du lässt dir von Wladi gleich mal die Füße und den Kopf geben. Da schneidest du mit dem Messer alles ab, Schnauze, Ohren, die Backen, hier unten das Magere am Hals – alles, wo gutes Fleisch dran ist, hörst du? Das geht alles in den Sülztopf.“

Die Frauen holten die Gänse aus dem Stall, wo sie seit zwei Tagen im Kreis durch einen engen Pferch zogen und mit ihrem Geschnatter die Kühe unruhig machten. Sie waren fett und schwer: Seit der Maisernte im Herbst hatte Mischka die Vögel an jedem zweiten Tag genudelt. Es brauchte einen Mann, um die kräftigen, wehrhaften Gänse zu stopfen, und Hedwig war nicht stark genug, um eine Gans zwischen ihren Beinen zu halten, ihr das Rohr in den Schlund zu stecken und gleichzeitig mit der anderen Hand Maisschrot durch den Trichter zu drücken.

Elwira Dressner, Walburga Giese und Hedwig banden ein Dutzend Gänse mit einer langen Schnur um die Hälse aneinander und brachten die widerspenstigen, mit ihren Flügeln schlagenden Vögel aus dem Stall in den Hof. Die vorderen Gänse verloren den Halt und glitten auf dem Bauch durch den Schnee.

Als Walburga Giese die erste Gans losschnitt und von hinten an den Flügeln und am Hals packte, zischte das Tier. Die übrigen Vögel liefen, noch aneinandergebunden, in die Mitte des Hofs zurück.

„Was für ein Spektakel die wieder machen müssen“, sagte Frau Giese. „Man möchte meinen, die werden wütend. Als wüssten die, was ihnen blüht.“

„Her mit dir“, sagte Elwira Dressner. Sie griff die Beine der Gans, die mit den Flügeln schlug und ihr drohend den Kopf entgegenstreckte. „Halt den Schnabel, du! Hedwig, halt du die Flügel fest, dass das Tier nicht zappelt und alles mit Blut besudelt.“

Walburga Giese hielt ein Beil in der rechten Hand und drückte mit der linken den Schnabel der Gans zu, um nicht gezwickt zu werden. Sie zog den Kopf auf den Holzblock herunter, holte sofort mit der Schlachtaxt aus und trennte ihn mit zwei schnellen, gezielten Schlägen ab. „Siehst", sagte sie. „Nun hast du Viech wenigstens deine Ruhe."

„Nimm dich in Acht, Walburga", sagte Frau Dressner, zog die Gans an den Füßen nach oben und ließ das Blut in den Schnee laufen. „Halt den Hals und die Flügel weiter hoch, Hedwig, bis das Blut alles raus ist. Ist das ein schweres Biest, du meine Güte... Habt ihr ordentlich genudelt, was, Herr Freier? – Warte, wir hängen die gleich hoch an den Balken, das halten meine Arme nicht aus, wenn ich die heben muss. Reich mir mal die Schlinge. So..."

„Ich hole die nächste", sagte Walburga Giese, „dass wir vorankommen." Sie ging in die Mitte des Hofs, wo der Flock beim Brunnen wartete. Die Gänse reckten die Hälse, als sie durch den knirschenden Schnee auf sie zukam, und hieben mit den Schnäbeln nach ihr.

„Das nützt euch gar nichts", murmelte sie und schnitt mit einem Messer das Flachstau am Hals der ersten Gans durch. Sie zog den Vogel zum Schardach, ohne sich vom Gezeter aufhalten zu lassen. Elwira Dressner spülte die Klinge der Axt im Schweinekomm.

Um sich Abwechslung zu verschaffen, schlachtete Wladi die Enten auf verschiedene Weisen. Einigen brach er im Gehen, noch bevor er ihnen auf dem Block den Kopf abgeschlagen hatte, mit beiden Händen den Hals, indem er ihnen den Schnabel nach hinten drehte. Die Mädchen, die die Vögel zum Federn, Abfeuern und Ausnehmen in die Sommerküche holten, ekelten sich vor dem knirschenden Geräusch. Andere Enten steckte er zwischen seine Oberschenkel, damit sie nicht mit den Flügeln schlagen konnten. Dann drückte er ihnen mit der linken Hand den Schnabel gegen die Kehle und setzte sein Messer hinten an den Kopf – an die Stelle, wo der Schädel auf den obersten Halswirbel traf. Er steckte ihnen die Spitze der Klinge so schnell ins Genick, dass man es kaum sah; ein Tropfen Blut und das plötzliche Zusammensacken der Vögel, deren weiße Hälse

erschlafften und nach vorne sanken. Manchmal, wenn Wladi die Wirbel nicht vollständig durchtrennt hatte, lief eine Ente fünf oder sechs Schritte, orientierungslos taumelnd, mit nach vorne hängendem Kopf, die Augen auf dem Boden, bevor sie im Schnee zusammensackte, den Hals sinken ließ und Ruhe über den Körper kam. Wladi grinste, wenn die sterbenden Vögel von ihm fortliefen und mit ihren Flügeln durch den Schnee ruderten.
Danach ging es schnell. Wladi griff die toten Vögel an den Füßen, legte sie auf den Block und hackte ihnen Füße, Flügelspitzen und Kopf ab. Er warf das Kleinzeug in den Resteeimer, in dem auch Herzen, Mägen, Lebern und das entfleischte Gerippe der Enten landeten. Am nächsten Tag würde Oma Mathilde aus Backpflaumen und Enten- und Gänseklein eine Suppe kochen.
Wladi stand schwitzend im Hof. Am Oberleib trug er nur noch das blutige Hemd, das ihm hinten aus dem Hosenbund hing. Seine Arbeitsweste hatte er ausgezogen und über einen Stuhl gehängt. Ihm lief in der Rückenmitte Schweiß in den Hosenbund. Die Sonne stand höher am Himmel, es war inzwischen nach zehn. Das zweite Schwein, ein junger Eber, hing tropfend unterm Schardach und wurde von Wladi aufgebrochen. Den prall gefüllten Magen, Herz und Leber legte er in eine Wanne und reichte sie Alma. Dann zog er langsam den Darm aus der Bauchhöhle – er musste vorsichtig sein, damit er ihn nicht verletzte und Dreck herausquoll. Als die Innereien ausgelöst waren, steckte Wladi sein Messer in die Lederscheide an seinem Gürtel, hob das schwere Beil auf, holte mit beiden Händen aus und begann, den Eber der Länge nach durchzuhacken. Er schnitt die fetten Kehlbraten aus dem Hals, trennte die Kopfhälften ab, löste die Vorderbeine aus und machte sich schließlich an die Bauchlappen, die in die Räucherkammer gingen.
Frau Dressner und Frau Giese saßen mit Irma Schilling auf einer Bank in der Küche und rupften mit den Freier- und Giese-Töchtern, Hedwig und der Witwe Stelter, die ihnen gegenüber auf Stühlen und Hockern saßen, die Gänse und Enten. Die Mädchen hatten sich alte Mehlsäcke zwischen die Beine gehängt, in denen sie die weißen Federn sammelten (eine einfache, aber

ermüdende Aufgabe), während die älteren Frauen anschließend die Daunen auf Brust und Bauch mit den Fingerspitzen abzupften (was weniger Kraft, aber mehr Geschicklichkeit erforderte). Hedwig öffnete immer wieder die gusseiserne Platte des Ofens und heizte die Holzglut für das Sengen an, das sie zusammen mit Oma Mathilde übernahm. Lilli und Jakob krochen auf Knien durch die Küche und sammelten die Federn und Daunen ein, die beim Rupfen auf den Boden fielen.

„Emil will im nächsten Frühjahr Kattun anbauen", sagte Walburga Giese und grub ihre Fingernägel in die Brustdaunen einer Ente. „Hat er gesagt. So Gott will." Sie hatte Blutspritzer auf den Wangen, die sie, ohne es zu merken, mit dem Handrücken verwischt hatte. Die Frauen sahen einander nicht an, sondern konzentrierten sich auf die Vögel in ihren Händen, was den roten Faden ihrer Unterhaltung ab und zu durchtrennte.

„Mehr als achtzig Tiere hat der Zug aus Akkerman überfahren", sagte Gretel Giese. „Wie hätte der Schäfer auch wissen sollen, dass ein Zug kommt, wenn sie sich an keine Zeit halten und einfach fahren, wann ihnen danach ist?"

„Kannst es dir ausrechnen in Ban und Leu, was für ein Schaden das war", sagte Irma Schilling. Achtzig Tiere tot, und die konnte man nicht mehr retten, so zerstückelt wie die waren, und dann noch die verletzten, dreißig oder vierzig sollen es gewesen sein, denen fehlte oft ein Bein oder was anderes. Aber die konnten sie wenigstens noch schlachten und essen. Nein, ein Leid ist das gewesen mit den Schafen auf dem Gleis."

„Lieber nur den Schaden als den Spott noch dazu", sagte Hedwig unvermittelt. Oma Mathilde, in Gedanken, begann zu singen.

„Wo ist der nächste Vogel!?", rief Frau Giese. „Her damit – sonst frieren mir die Finger ein! Mischka, bringst du mir die nächste Gans? Die graue da hinten, die steht so ruhig, als ob sie kein Wässerchen trüben könnte. Mach der mal schnell den Hals durch, tust mir die Liebe? – O, der liebe Junge bringt uns eingelegte Harbusen raus... Die kommen gerade recht, ich danke dir."

„Meine Lea hält sich vom Schlachten fern", sagte Elwira Dressner. „Das ist nichts für sie."

„Das würde ich meinen“, sagte Walburga Giese. „So vergeistigt wie dein Kind geworden ist. Geht nicht schwimmen, geht nicht schlachten, geht nicht zum Klak. Nur übers Land spazieren und lesen und Schach spielen tut es, hört man.“

„Und reiten. Fast besser als sein Vater“, sagte Frau Dressner. „Wir haben eine neue Katze, rot wie Feuer. Die hat das Mädchen gleich ins Herz geschlossen. Mimi – die fängt ihr Mäuse und legt sie ihr aufs Kopfkissen.“

„Das muss eine Liebe sein…“, sagte Gretel.

„Österreich ist auch ins Reich gekommen“, sagte Irma Schilling. „Überrascht hat das keinen, hat meine Base geschrieben – die an den schönen Rhein gezogen ist, die. Wer wollte nicht zum Reich gehören, wenn es ihnen da so gut geht? Aber wo das enden soll, wenn alle deutsch sein wollen…? Ist doch wahrlich nicht Platz genug für alle. Als nächstes wollen die Ungarn dazu, und dann noch die Rumänen, und dann kommen gleich die Zigeuner und klauen alles weg. Was dieser Präsident von denen sich wohl dabei denkt?“

„Herr Hitler?“

„Der, ja, so heißt er. Mit dem Schnurrbart der. Ein schmucker Mann.“

„Der ist nicht nur Präsident“, sagte Elwira Dressner.

„Nicht? Was soll er denn noch sein?“

„Reichskanzler ist er. Führer.“

„Das ist doch gerade dasselbe. Das Sagen hat er ja wohl im ganzen Reich.“

„Mmh. Das hat er, das Sagen. Der und seine Nazis. Und was dabei rauskommt, wenn der was sagt…“

„Hast du ihn mal reden gehört? Bei Lobgott war er neulich im Wellenempfänger – herrlich, eine Stimme!, sage ich euch. Richtig ergriffen war ich und Lobgott noch viel mehr, der saß nur da, und dann stand er auf und lief rum und starrte gebannt vor sich hin. Richtig ehrfürchtig ist er geworden, als er den Hitler reden hörte.“

„Geh mir ab.“

„Wenn ich's doch sage!? Unser Küsterlehrer ist wie verzaubert

von den National-Jungmannen. Herr Hitler räumt endlich auf, sagt er. Es soll gar keine Armut mehr im Reich geben, nicht so wie hier bei den Großrumänen mit ihren großen Sprüchen und nichts dahinter. Und die Arbeitslosen – wisst ihr, wie das vor den Jahren war…? Fünf oder sechs Millionen hatten sie im Reich, die Leute wussten nicht, wo sie ihr Essen herkriegen sollten, und bezahlen konnten sie's schon gar nicht. Erst war das Geld nichts mehr wert, und dann kamen die Arbeitslosen. Aber nun ist alles wieder gut. Man darf nicht daran denken, wie sie unser Land hier zu Grunde richten. Wie viele Regierungen haben sie nun gehabt? Drei oder vier in einem einzigen Jahr? Es ist ein Elend mit diesen Rumänen. Wenn es an Disziplin und Pflichtbewusstsein mangelt, ist der Untergang nicht mehr weit."
„Nur dass sich von den Deutschländern keiner mehr traut, den Mund aufzumachen", sagte Frau Dressner.
„Wer traut sich nicht?"
„Im Reich, Irmchen. Ist nicht so, dass Herr Hitler sich nur Freunde machen täte."
„Nicht?"
„Nein."
„Was meinst du? Auf wen soll der Mann nicht gut zu sprechen sein?"
„Puh, auf viele. Die Sozialdemokraten, die Kommunisten…"
„Geh mir ab – dies ganze linke Pack. Das braucht man wie die Krätze! Du siehst doch, wie es bei den Russen geht…"
„Die Juden…"
„Hm?"
„Hast du nicht gehört, dass sie die Synagogen angezündet haben?"
„Schon, aber die Juden… Ich weiß, wie es ist mit den Hebräern, Elwira, und ich habe nichts gegen die, siehst doch, wie's hier geht bei uns, da macht es keinen Unterschied. Da stehen wir nebeneinander, Freundin und Freundin, und du federst mir die Gans, und ich feder dir die nächste."
Elwira wischte sich ihre mit Daunen verklebten Finger an der Schürze ab und sah sie skeptisch an.
„Aber du musst doch zugeben, dass die Juden immer nur klagen

können“, sagte Irma Schilling. „Die haben immer schon geklagt, und nun klagen und heulen sie wieder. Ganz egal, ob es beim Hitler ist oder ob es bei uns ist unter den Rumänen. Und ein paar von denen sind vom Stamme Nimm. Nicht ihr... Aber viele von denen. Ist ja bekannt.“

„Die Läden im Reich haben sie gestürmt“, sagte Elwira. „Verprügelt und totgeschlagen haben sie sie.“

„Blödsinn“, sagte Frau Schilling.

„In Breslau haben sie welche totgeschlagen und andernorts auch. Da ist es nicht anders als in der Ukraine. Sie sperren sie in die Synagogen und zünden sie an. Wie die Vandalen.“

„Das ganze Gerede... Das glaube ich alles nicht. Gezetert und geschrien wird immer, wenn einmal aufgeräumt wird. Warum sollten Deutsche die Juden schlagen?“

Elwira Dressner seufzte. „Du redest, wo du nichts von verstehst, Irma“, sagte sie. „Hier Alma, nimm die Ente zum Feuern.“

„Wer, ich...? – Ich soll von was reden und nichts davon verstehen? Geh mir ab, sei doch nicht immer so empfindlich. Die Juden hier, die Juden da – Mensch, Elwira, hab dich nicht so. Ist doch nicht so, als würdest du dreimal am Tag den Herrn Jehova anbeten.“

Elwira sah sie an. „Was du alles weißt, Irma...“

„Weiß ich auch! Und Lobgott sieht es genauso. Lobgott ist klug. Gelehrt. Wenn der Herrn Hitler für einen weisen Mann hält, dann kann das so falsch nicht sein.“

„Wenn der klug ist, bin ich Königin von Großrumänien“, sagte Elwira Dressner.

„Nun wollen wir nicht lästerlich werden, Liebes. Unser Küsterlehrer ist ein anständiges Mannsbild.“

Elwira seufzte. „Mannsbild...“, sagte sie spöttisch.

„Und dass du immer die Empfindliche spielen musst, das gefällt mir schon lange nicht. Musst da ja nicht leben im Reich. Sei dankbar, dass ihr hier einen schönen Platz gefunden habt und die Pferde züchten könnt.“

„Dankbar!?“ Elwira lachte höhnisch. „Für was denn? Das wir hier kein Land haben dürfen? Dass wir romanisiert werden – ob als

Deutsche oder als Juden ist doch egal... Du wirst dich noch wundern, wie es gehen wird mit deinem Herrn Hitler, Irmchen."
„Gut wird es gehen. Da mache ich mir keine Sorgen, ist überhaupt keine Zeit dafür. Ein bisschen Zucht und Ordnung im Land, das hat noch keinem Volk geschadet. Zwingt dich doch keiner, ins Reich zu ziehen. Und nun schau dir an, was die Rumänen hier machen. Die kriegen nicht einmal das Bahngleis ausgewechselt, seit – wie lange versuchen die es schon...? Fünfzehn Jahre oder was... oder noch länger! Und nichts tut sich. Dic Nationalisten palavern nur und palavern und palavern. In Bukarest, da herrschen vielleicht Zucht und Ordnung. Aber hier – im Budschak? In den Hügeln?"
„Siehst doch, wie es in der Schule ist", sagte Elwira. „Nur noch beim Lobgott wird deutsch geredet, sonst nur rumänisch. Und du sagst, dass sich bei den Nationalisten nichts ändern würde."
„Die Gleise sind immer noch die alten."
„Du mit deinen Gleisen. Die Köpfe der Kinder sind wichtig, nicht deine Gleise."
„Meinetwegen. Aber lass mal die Nationalisten in Frieden. Ein Problem wird es im Reich nämlich geben: Wenn die Österreicher da sind und die anderen auch alle kommen wollen, wird es von der Maas bis an die Memel sicher eng werden. Muss man dann sehen, ob es Platz genug gibt für alle."
„Aber dass Österreich nun auch deutsch ist...", sagte Walburga. Sie hielt eine gerupfte Ente an Hals und Keulen über die offene Oberglut im Herd. „Muss man sich mal vorstellen, die hatten doch einen eigenen Kaiser, einen großen Kaiser, und ein mächtiges Reich – mit den Ungarn und den Siebenbürgen und dem ganzen Balkan bis ran an den Türken, und jeden Krieg haben sie gewonnen. Und nun... ich weiß gar nicht, wie man sich das vorstellen muss. Wien ist dann auch deutsch, nicht?"
„So ist es", sagte Elwira Dressner.
„Dieselbe Sprache, dieselbe Rasse", sagte Irma Schilling. „Das ist richtig so. Da ist zusammengekommen, was schon immer zusammengehörte."
„Mein Schwiegervater...", sagte Walburga Giese. „Wenn das so

weitergeht, sagt er, werden wir hier auch noch mal alle deutsch, bevor Hitler fertig ist mit der Welt."
„Aber was redest du denn, liebe Walburga?", rief Irma Schilling. „Wir *sind* doch deutsch. Wir sind schon immer deutsch gewesen."
„Das lass mal nicht die Rumänen wissen", sagte Walburga.
„Ja, ja", seufzte Oma Mathilde auf ihrem Stuhl. „Gottes Mühlen mahlen langsam."
Frau Schilling sah sie von der Seite an. „Ja und?"
„Ja."
„Und was hat das mit den Österreichern zu tun, Oma?"
„Lass sie, Irma", sagte Frau Giese leise.
„Ganz langsam", sagte Oma Mathilde, „aber trefflich fein."
Irma Schilling kicherte in sich hinein. „Wladi!", rief sie in den Hof. „Die Blasen! Lass die Blasen in Frieden, die Schweinsblasen darfst du nicht den Hunden geben, hörst!? Die musst du *mir* geben! Die sind für die Rasseln – verstehst du? Für die Kinder, die. Die Babys."
„Hier hast du!", rief Wladi. Er warf ihr eine blutige, weiße Schweinsblase vor die Füße, die er aus dem dritten Schwein geschnitten hatte.
„Wenn du müde bist, setz dich auf den Schlitten da, Jakob", sagte Minna, „und lauf uns nicht zwischen den Beinen rum. Setzen der Herr. Die Rosie kannst du mal am Hals festhalten oder anbinden, die macht mich ganz verrückt, wenn sie hier überall durchläuft und mit dem Schwanz wedelt. Und du, Lilli, gibst jetzt auch einmal Ruhe und hörst auf, die Federn zu pusten. Setz dich neben Jakob."
„Oha. Nun schaut, wer da kommt", rief Walburga Giese. „Der Herr Doktor. Als könnte der sich beim Schlachten nützlich machen."
Heiterkeit.
„Prudöhl!", rief Freier, der mit einem Beil die Rippen aus einer Schweinehälfte schlug. „Wollen Sie uns ein Schwein schlachten mit Ihren kleinen Arztmessern?"
Prudöhl lachte. „Das überlass ich Ihnen, Freier. Sind mehr als genug Leute hier, wie es aussieht." Er grüßte in die Runde. „Zur

Schwiegermutter wollte ich. Nur hätte ich gewusst, dass ihr einen Klak habt, wäre ich nicht gekommen. Aber ich war in der Nähe, da dachte ich, ich schau einmal rein. Wo ist Oma denn?"

Daniel Freier zeigte mit dem Kopf in die Küche. „Bei den Weibern."

„Aha. Dann schau ich schnell nach dem Rechten." Er nahm seine Tasche und ging in die Sommerküche.

„Guten Tag, die Damen", sagte er und hob seinen Hut.

Die Frauen sahen auf und grüßten freundlich zurück.

„Wie geht es uns heute, Mutter Jeschke? Was macht die Kraft im Leib?"

„Besser wird es nicht", sagte Oma Mathilde. „Aber dann – auch nicht schlechter."

„So ist es mit dem Zucker. Machen kann man da nichts. Ausruhen, viel sitzen… Aber ihr seid schließlich eine alte Frau geworden."

Oma Mathilde band sich ihr schwarzes Kopftuch neu. „Wenn erst der Harn süß geworden ist…", sagte sie.

„Dann?"

„Da mach ich mir keine falschen… Dann ist man dem Herrngott schon ein ganzes Stückchen näher gekommen."

„Nur was Gott mit einem am Ende vorhat und plant, das weiß man eben erst am Ende, Frau Jeschke. Da hilft alles Grübeln und Denken nichts. Am Ende wird alles von höchster Stelle geregelt, und es kommt doch immer anders, als wir uns das hier vorstellen."

„Was reden Sie von Ende und Sterben?", fragte Daniel Freier, der in die Küche kam. „Wollen Sie uns die Freude am Schlachten verderben?"

„I wo. Wir haben nur geredet. Frau Jeschke, Ihnen lass ich diese Flasche da. Zwei Löffel am Morgen, zwei am Abend, damit kommt Ihr schneller zu Kräften, wenn es nicht so gut geht."

„Gut", sagte Oma Mathilde. Sie drehte die braune Flasche in den Händen, ohne sie anzusehen.

„Hier, Prudöhl. Hier haben Sie eine Keule von der Gans und einen schönen, fetten Hals. Die können Sie mitnehmen. Braten

müssen Sie die aber selbst, will ich meinen. Ist ganz frisch.“ Am Hals hingen lange, gelbe Hautlappen.
„Wunderbar, Freier, das ist eine schöne Sache! Ein Gänseschlegel – ich will meinen, dass mir das gelingen wird, wo es nur ein wenig Hitze und Salz braucht.“
„Und nächste Woche können Sie noch mehr bekommen, wenn Sie wollen. Wenn wir geräuchert haben. Merkst du dir das, Alma? Dem Doktor geben wir nächstes Mal noch eine Keule mit. Eine aus der Rauchkammer.“
Alma nickte und schnitt der Gans, die vor ihr auf dem Tisch lag, mit einem langen, spitzen Messer eine Brust vom Knochen.
„Mach bald die großen Pfannen heiß“, sagte sie zu Hedwig. „Dass wir das Fett aus den Grieben braten und den Schmalz heute noch gemacht kriegen. Und wenn das brutzelt, kannst du langsam mit der Suppe anfangen, dass wir heute Abend was zu essen haben.“
Hedwig hievte den schweren Suppentopf auf den Ofen, die Platten klapperten. Sie war es nicht gewohnt, dass Alma, jünger als sie selbst, ihr Aufgaben zuwies.
Alma sah sie an und wischte sich mit dem Handrücken die Stirn.
„Vater“, sagte sie, „mögt Ihr mal die schwere Wanne auf die Magasin bringen, dass Mischka die in die Rauchkammer hängt?“
Daniel Freier hielt in seiner Unterhaltung mit Prudöhl inne.
„Und die Rippchen und das Bauchfleisch vorne bei Wladi könnt Ihr ihm auch bringen, dass das aus dem Hof ist und im Rauch. Sonst holen es am Ende doch noch die Hunde.“
„Sie sehen, wie es ist, Doktor“, sagte Freier. „Die Frauen haben hier immer noch das Sagen, so oder so, und nun muss ich weiterschaffen. Danke fürs Reinschauen, und lassen Sie sich die Gans von einem Weib machen, sonst wird es nichts, hören Sie mich? Wann heiraten Sie eigentlich endlich?“
Prudöhl lachte und winkte zum Gruß mit dem Gänsehals.
„Alles farisch“, schrie Gustav Schilling aus dem Hof. Er lief mit einem Knäuel aus Gänsedarm und Gekröse in den Händen durch den Schnee um den Brunnen. „Alles fa-risch!“, schrie er. „Alles fa-risch!!!“ Er juchzte und besah lachend die dampfenden, glitschigen Därme, die von seinen Fingern herunterhingen.

„Wirst du wohl, du Nichtsnutz!“ rief Irma Schilling. Sie legte die Ente, der sie die Daunen vom Bauch pulte, auf die Tischplatte und lief ihm schimpfend hinterher.
Walburga und die Mädchen lachten. „Alles fa-risch!“, machte Hedwig nach. „Hörst du, Minna!? Alles *fa-risch*!“
„Wenigstens sagt er mal einen Ton“, sagte Frau Giese. „Den hab ich schon lange nicht mehr reden hören.“
Elwira Dressner arbeitete weiter, ohne aufzusehen. Sie schüttelte den Kopf. „Lass ihn, Walli. Er kann nichts dafür. Er ist krank im Kopf. Und du, junger Mann, lässt das Messer in Ruh…!“
Arthur stand neben ihr am Tisch und hatte nach Irma Schillings Küchenmesser gegriffen. Er sah sie erschrocken an.
„Das ist nichts für Kinder, hörst du? Messer, Gabel, Schere, Licht… – weißt doch sicher, wie das geht, Arthur, hmm?“
Arthur zog seine Hand zurück und sah auf den Boden. Er drehte sich um und lief in den Hof, wo Gustav im Schnee ausgerutscht war und laut lachte.

Gegen acht Uhr abends standen Daniel Freier, Mischka, Wladi und Heinrich in der Sommerküche und rauchten. Alma rührte am Ofen die Suppe um, während Minna heißen, flüssigen Schmalz mit beiden Händen aus einer Eisenpfanne in Gläser und Blechdosen goss.
„Es ist geschafft“, sagte Freier. „Wenigstens das Gröbste.“
Die drei anderen Männer nickten müde, sagten aber nichts. Wladi trat seine Zigarette aus und zündete sich sofort eine neue an.
„Morgen geht es mit Räuchern und Einlegen weiter. Da müssen die Frauen ran… Was freue ich mich, einen anständigen Kehlbraten mit Sauerkraut auf den Tisch zu kriegen und eine gute Suppe…“
„Hmm“, sagte Mischka. „Und Eisbein, Leber…“
Freier lachte. „Du weißt schon, was gut ist, Mischka. Und nächste Woche, so Gott will, Pressmagen – dicke Scheiben mit Soße. Wir haben wieder alles, was wir brauchen. Heinrich, weißt du was, Junge…? – wo du so tüchtig geholfen hast mit deiner

Schwester... Willst du einen Schinken mitnehmen? Oder ist der Vater dann pikiert?"
„Mein Vater?"
„Nicht dass er denkt, wir wollten ihm Almosen geben. Wie es manchmal geht... Da meint man es gut und erntet Undank."
Heinrich drehte sich zu Alma um und zwinkerte ihr zu. „Nein, nein", sagte er zu Freier. „Er wird sich freuen, wenn ich ein anständiges Stück Fleisch mit nach Hause bringe. Ist aber wirklich nicht nötig, Herr Freier. Ich helfe gerne."
„Das habe ich gesehen. Und dass du auch nicht ganz ungeschickt mit deinen Händen bist."
„Danke. Ich gebe mir Mühe."
„Aber du kannst schon einen Schinken nehmen, sonst hätte ich ein schlechtes Gewissen. Soll keiner sagen, die Freiers würden sich nicht anständig bedanken."
„Wir haben aber keine Rauchkammer bei uns", sagte Heinrich.
„Macht nichts. Dann holst du den Schinken übermorgen bei uns ab, wenn er im Rauch gewesen ist."
Heinrich nickte.
„Hört mal", sagte Mischka. Er zeigte mit dem Kopf auf die Toreinfahrt. Vom Breiten Weg hörten sie Rufen und Pferde. Bei den Nachbarn schlugen die Hunde an. Rosie, die müde auf den Stufen zum Altenteil gelegen hatte, sprang auf, lief in den Hof und begann ebenfalls zu bellen.
„Was ist da los?", sagte Freier. „Geh mal schauen, Mischka. Vielleicht ist ein Unglück mit einem Schlitten passiert oder ein Pferd gestürzt oder was. Lauf einmal vor."
Noch bevor Mischka die Hofeinfahrt erreicht hatte, kam Boias Dressner auf seinem besten Hengst, einem kleinen, braunen Araber, den er Pascha nannte, in den Hof getrabt. Er zügelte das Pferd, das durch den Schnee tänzelte und laut wieherte.
„Zwei Wölfe", rief Dressner. „Unten auf dem Breiten Weg, zum Ring hin."
„Sag bloß", sagte Freier. „Mitten im Dorf?"
„Zwei sollen es sein. Einer von den Pleskow-Jungen hat sie gesehen, sagt Giese. Der junge Giese."

„So früh im Jahr? Weihnachten ist noch zehn Tage hin…“
„Nein, Freier, das hat mit dem Winter wohl nichts zu tun. Die sahen nicht gesund aus, sagt der Pleskow-Bursche. Wollen wir hoffen, dass die uns nicht die Tollwut einschleppen.“
„Haben sie was gerissen?“, fragte Heinrich.
„Weiß ich nicht. Aber im Oberdorf war große Aufregung, und die Schafe im Stall haben geblökt, dass es fast so einen Eindruck gemacht hat.“
„Bei wem weißt du nicht?“
Dressner schüttelte den Kopf. „Wollen wir nur hoffen, dass sie nicht in einen Stall eingebrochen sind und die Schafe alle verdorben haben. Die geben sich nicht mit einem zufrieden, sondern werden wild und reißen alles, was sich bewegt.“
„Werden Rüden sein“, sagte Freier.
„Sicher. Die Rudel kommen nie so früh. In den Budschak meist gar nicht.“
„Na, Mischka“, sagte Freier, dann sattel noch mal die Tiere… – kommst du mit uns mit, Heinrich? Du könntest unsere Tussia reiten.“
Heinrich nickte. „Sicher“, sagte er und beugte sich vor, um seine Hosen in die Stiefel zu stecken.
Boias' Pascha tänzelte nervös durch den zertretenen, mit Blut und Fleischresten bedeckten Schnee.
„Zu den Sprinstücken sollen sie gelaufen sein. Links von den Gleisen – weißt du, wo ich meine, Daniel?“
„Das Stück zwischen Bahndamm und dem Weinberg vom Fröhlich?“
„Genau da. Macht, dass ihr auf die Pferde kommt, und dann finden wir uns da zusammen. Giese und die Pleskows sind auch auf dem Weg und noch andere. Du nimmst besser dein Gewehr mit – und eure Rosie lässt du hier, dass die sich nichts holt von den Wölfen. Bind sie am besten an. Wenn die Hunde den Wolf riechen, kennen sie kein Halten.“
„Gut“, sagte Freier und winkte Dressner zu, der Pascha mit den Fersen leicht in die Seite stieß und davongaloppierte. Die Hufe ließen Schneeklumpen durch die Luft fliegen.

„Alma – lass mal deine Suppe sein und schau nach den Kindern. Nicht, dass sie hier rumlaufen. Sieh zu, dass alle im Haus sind, bis ich zurück bin. Am besten erzählst du ihnen nichts, die ängstigen sich nur. Bring die Kleinen ins Bett, wenn sie gegessen haben. Und du, Wladi, hast dein Tagwerk getan. Komm morgen noch einmal zu mir, dann kriegst du dein Geld, und nun geh und schlaf dich aus. Ich bin zufrieden mit dir."
Wladi nickte und zog gierig an seiner Zigarette.

Die drei Männer ritten neben Boias Dressner, Emil Giese und den Pleskows am Bahndamm entlang. Giese trug moosgrüne Breeches und glänzende Stiefel. Heinrich und Mischka, noch in ihren schmutzigen Arbeitskleidern, zwinkerten sich grinsend zu, als sie den Primar so vornehm ausstaffiert im Sattel sahen. Die Pleskows hatte gegen Dressners Rat drei Jagdhunde mitgebracht, die bellend vor den Pferden herliefen, die Schnauzen im Schnee. Sie hatten die Fährte der Wölfe, deren Spuren in der Dunkelheit kaum zu sehen waren, aufgenommen.
„Weit können sie nicht sein", rief Giese, an dessen Sattel eine Jagdflinte hing. „Kranke Tiere… – die werden es nicht bis in die Hügel schaffen. Irgendwo werden sie stecken und sich verkrochen haben."
„Die Hunde werden sie schon finden", sagte Freier. „Schau da vorn – da bleiben sie alle drei stehen am Graben und bellen wie irr."
Sie ritten zu den Hunden und suchten die Gräben ab.
„Haben wir eine Lampe?", fragte Giese.
„Ich habe eine", sagte der jüngere der Pleskow-Söhne, ein blonder Junge von sechzehn Jahren.
„Zünde sie an, dass wir etwas sehen können", sagte sein Vater.
Giese stieg ab, zog sein Gewehr aus der Sattelschlaufe und entsicherte es. Heinrich machte es ihm nach.
„Sei vorsichtig, Junge", sagte Freier. „Ein Wolf ist ein wildes Tier. Ist nicht schön, wenn der einen in die Fänge kriegt."
Heinrich nickte. Er schob seine Kappe in den Nacken und ging mit Giese zu den Hunden, die bellend am Grabenrand auf und ab

liefen.
„Bleib hinter mir“, rief Giese Heinrich zu. Er ging langsam auf den Graben zu. Der Schnee knirschte unter seinen Stiefelsohlen. „Ruhig“, flüsterte er den Hunden zu, die nicht auf ihn hörten. „Da unten. Hinter den Zweigen.“
Heinrich spähte in die Dunkelheit. Dank des Schnees konnten sie Formen erkennen. Der junge Pleskow hatte die Benzinlampe angezündet und hielt sie über ihre Köpfe.
„Hinten“, sagte er. „Das Dunkle, unter dem Gestrüpp. Da sitzt einer.“
Sie gingen langsam vor. Die Augen des Wolfs leuchteten gelb im Schein der Lampe. Das Tier war abgemagert, verängstigt. Es lag auf dem Rücken, die eingezogene Rute deckte den roten, wunden Bauch zu. Einer der Hunde jaulte am Grabenrand, wagte sich aber nicht hinunter. Die beiden anderen waren weit vorausgelaufen, dem zweiten Wolf hinterher.
„Gib Ruhe, Gerschon!“, rief Pleskow und gab dem Hund einen Fußtritt.
„Der Wolf ist krank“, sagte Freier. „Man hört ihn bis hierhin atmen. Röcheln tut er.“
„Mit dem stimmt ganz entschieden etwas nicht“, sagte Emil Giese enttäuscht. „Sicher die Tollheit. Zittern tut er, als würde er frieren, und lässt die Zunge hängen. Schüttelt sich wie ein ängstliches Reh. Sieh dir das Fell an. Herrje. Das ist ganz unbrauchbar, da wird kein Vorleger draus werden. Räudig ist das Tier. Der Rücken nackig und der Bauch auch. Pleskow, hol deinen Köter hier weg, dass der sich nicht die Seuche einfängt.“
„Gerschon!“, rief Pleskow. „Fuß! Hierher!“
Der Hund sah ihn an, lief aber wieder aufgeregt an den Grabenrand.
„Schade“, seufzte Giese. Er hatte sich, als er Nachricht von den Wölfen erhalten hatte, Hoffnung auf ein gutes, dichtes Winterfell gemacht. „Na ja.“ Giese legte seine Büchse an die Schulter, zielte kurz und schoss.
Der Wolf heulte auf.
„Ist er tot?“, fragte Giese.

„Er atmet noch“, sagte Heinrich, ohne den Blick abzuwenden. „Hören Sie ihn, Herr Giese? Pleskow, mach mal dein Licht hierher.“
„Dann geben wir ihm noch eine Ladung“, sagte Giese. „Da liegt er. Auf der Seite liegt er. Der Hals ist ganz verdreht.“
„Warten Sie, Herr Giese“, sagte Heinrich und drückte den Lauf der Büchse herunter. „Herr Freier, haben Sie noch ihren Schafstecken am Sattel hängen?“
„Was willst du damit, Junge?“
„Reichen Sie ihn mir mal?“
„Meinetwegen.“ Freier löste den Stecken vom Sattel und gab ihn Heinrich. „Hier hast ihn. Und nun?“
Heinrich antwortete nicht. Einige Schritte hinter dem Wolf ließ er sich in den Graben gleiten und bewegte sich langsam auf das Tier zu. Er konnte jede einzelne Schneeflocke sehen, die auf Schnauze, Ohren und Hinterläufen lagen.
„Vorsichtig, Junge“, sagte Freier über ihm.
Heinrich schlug dem Wolf, ohne abzuwarten, mit aller Kraft auf den Schädel. Er spürte, wie der Knochen brach.

Als Freier und Mischka Heinrich nach Hause begleitet hatten und mit Tussia im Schlepptau an die Kälber Drift zurückkehrten, brannte im Haus und in der Sommerküche noch Licht.
„Jakob!“, rief Freier, als sie in den Hof ritten und vor der Küche absprangen. „Was machst du hier ganz allein!? Haben deine Schwestern dir nicht gesagt, dass du im Haus bleiben sollst!?“
Jakob sah ihn unsicher an. Er kniete auf dem kalten Boden unterm Schardach neben einem Blecheimer.
„Was machst du hier, Knabe? – Mischka, nimm mal die Tiere, ich bringe den Jungen zu den Frauen, dass er ins warme Bett kommt, wo er hingehört. – Hast du gegessen? Was treibst du dich im Hof rum? Putzt du den Eimer?“
Jakob schüttelte den Kopf.
„Wo hast du den her?“
Der Junge zeigte auf den Balken am Schardach. „Wladi hat ihn nicht mitgenommen“, sagte er.

„So. Hat er den vergessen? Dann wird er ihn morgen wohl holen. Komm, steh auf.“ Freier beugte sich über den Eimer, um ihn in die Sommerküche zu stellen.

Er schreckte zurück. Auf dem Boden lagen Schweineaugen, blutig weiß mit hellblauen Iriden, die in alle Richtungen gleichzeitig zu sehen schienen, an die schmierigen Eimerwände, nach oben, ihm ins Gesicht. „Was… nun…“, stotterte Freier.

„Das sind Wladis Augen“, sagte Jakob. „Acht. Von Rosamund und den Schweinen.“

„Herr Jesus aber auch“, fluchte Freier. „Muss der Russe seine ekligen Schweinsaugen stehen lassen, dass einem Angst und Bange wird… Jakob! Steh auf und geh ins Haus! Jetzt gleich – oder willst du eine Tracht Prügel haben?! Und morgen bringst du ihm die Augen zur Strafe, dass du nicht hören willst. Dass wir dies Zeugs endlich vom Hof bekommen und nicht der Fuchs und der Wolf kommen.“

Freier nahm den Henkel und hängte den Eimer an den Balken des Schardachs, wo Rosie ihn nicht erreichen konnte. Er schüttelte angewidert den Kopf und suchte in der Weste, die er unter seiner Filzjacke trug, Zigaretten. „Menschenskind“, sagte er zu sich selbst, als Jakob ins Haus lief und die Tür zum Altenteil zufiel.

Vor ihm leuchtete der Hof im schwachen Licht der Sommerküche. Der Komm lag umgedreht vor dem Brunnen, auf dem sich eine dünne, durchsichtige Eisschicht gebildet hatte. In der Küche sah er den Fleischwolf auf dem Tisch stehen. Er war sauber; die Mädchen mussten ihn geputzt haben, als er mit Mischka und Heinrich den Wölfen nachgesetzt war. Der Schnee war vom Schlachten plattgetreten und schmutzig, der Platz zwischen Vordach und Brunnen von Federn, Knochensplittern, Schwartenstücken, Fett und Gedärmen übersät. Nur auf der anderen Hofseite, zwischen Nuschnik und den Popschakörben, lag er noch immer hoch und weiß.

Morgen ist viel zu tun, dachte Freier. Er steckte sich eine Zigarette in den Mund, zündete sie an und sah an sich herunter, auf Weste und Hose, die Stiefel, den Boden. Überall klebte getrocknetes, braun gewordenes Blut. Im Schnee leuchtete es rot.

Kapitel 9: Auf der Kanonenkugel

Alma öffnete die Augen. Sie hörte im Haus eine Tür schlagen und ihren Vater fluchen. Sie hielt ihre Hände im lauwarmen Seifenwasser still und lauschte. Es war früh am Morgen, vor sieben, ein Sonntag Anfang Juli. Sie hatten noch nichts gegessen, und dass ihr Vater um diese Zeit schlecht gelaunt durchs Haus lief, war merkwürdig. Er hätte im Kontor sitzen und seine Bücher durchgehen sollen. Oder nach hinten gehen und nach den Pferden und Obstbäumen sehen, die erste Pfeife des Tages im Mund.

Sie fragte sich, was passiert war. Mit einer Hand fühlte sie, ob ihre aufgesteckten Zöpfe trocken geblieben waren. Er rief noch immer – sie verstand nicht, was und nach wem. Hatten Jakob oder Arthur etwas angestellt? War einem der Tiere etwas zugestoßen? Was immer ihn störte – sie konnte ihm, nass wie sie war, nicht helfen. Musste er sehen.

Sie setzte sich im Zuber auf, der hinter einem Holzverschlag in der Sommerküche stand. Sie beugte sich vornüber und kniete sich vorsichtig hin, um kein Wasser überschwappen zu lassen.

„Ich weiß es doch nicht!", hörte sie Georg rufen, zu laut, zu frech. Alma runzelte ihre Stirn; etwas stimmte nicht. So durfte man mit dem Vater nicht reden. Wahrscheinlich hatte er Georg geweckt.

Alma stand auf, wickelte sich ein graues Leintuch um den Körper und stieg aus der Wanne. Sie ging barfuß in die Sommerküche, auf dem Lehmboden eine Spur aus Tropfen hinterlassend, und schenkte sich aus dem Samowar eine Tasse Tee ein.

Alma hörte schwere, schnelle Schritte im Altenteil. Oma Mathilde sagte etwas, das sie nicht verstand. Dann sprang die Tür zur Sommerküche auf, und der Vater stand vor ihr, in Stiefeln. Rosie bellte hinter ihm und wedelte, aufgeregt und begeistert wie vor der Hasenjagd, mit dem Schwanz.

„So, Fräulein", sagte er. „Jetzt komm mal gleich zu mir. Rüber ins Kontor."

Alma sah an sich herunter. „Ich bin nass, Vater."

„Das ist mir egal", rief er. „Marsch!"

Er wartete nicht auf eine Antwort, sondern schritt in seinen

Stiefeln schnell durch den Hof. Rosie sprang neben ihm her, als wollte sie spielen. Freier beachtete sie nicht.
Alma ging ihm nach und ärgerte sich, weil ihre Füße vom Sand wieder schmutzig wurden. Sie bewegte sich vorsichtig; die Steine piekten in ihre Sohlen.
Der Vater lehnte sich im Kontor an seinen Schreibtisch und zündete sich im Stehen eine Zigarette an.
Alma setzte sich unsicher auf einen Stuhl ihm gegenüber, der mit der Lehne zur Wand stand. Sie zog das Leintuch enger über ihre Brust und fing an, mit ihrer dünnen Goldkette zu spielen. Es war das einzige Schmuckstück, das sie von der Mutter geerbt hatte. Der ovale Anhänger ließ sich aufklappen. Dass sie die Fotografien von ihren Eltern mit zwei Aufnahmen – Heinrich rechts, sie selbst links – überdeckt hatte, wusste niemand, nicht einmal Minna.
„Was soll das?", fragte der Vater. Er klang noch immer wütend.
„Was soll was?"
„Wem hast du schöne Augen gemacht, Fräulein?"
„Ich? Niemandem!" Sie spürte, wie Blut in ihre Wangen schoss.
„Ach – red keinen Stuss, Kind. Vor der Haustür liegt ein Strohballen, und den Breiten Weg runter zieht sich eine Bahn – bis zum Ring oder weiß Gott bis wohin, dass alle es sehen können und sich die Mäuler zerreißen."
Alma sah ihn an. Ihre dumpfe Vorahnung hatte sie nicht getäuscht.
„Ja, da guckt sie jetzt! Irgendwelche von den Burschen treiben ein Spielchen… – einen Streich oder was, auf unsere Kosten. Und bis wohin geht das Stroh? Hmm? Zu den Pleskows? Den Trautmanns? Was sind das für Fisimatenten in meinem Haus?"
Alma rieb sich am Hals. „Ich weiß es nicht, Vater. Woher soll ich das wissen?"
„Das will ich dir sagen, Fräulein: So mir nichts dir nichts taucht über Nacht kein Stroh auf. Irgendeinem von den Lausbuben hast du schöne Augen gemacht, und ich möchte wissen, wem. Hier und jetzt – verstehen wir uns? Schämen solltest du dich."
Alma sah auf den Boden.

„Und dann gutes, frisches Stroh von den Feldern, als hätte man damit nichts Besseres zu tun, als es aus Spaß an der Freude auf den Straßen zu verteilen, wo es verrottet. Wovon die Tiere im Winter leben sollen – das fragt sich von diesen Frechdachsen keiner… Ach! Es ist auch egal. Der Name. Ich will den Namen wissen."

Alma schwieg.

„Ist es wenigstens dem Trautmann seiner? Dieser Reinhart oder Reinhold oder wie er heißt – der mit den dicken Ohren und der Brille, der so klug sein soll wie Lobgott?

Sie schüttelte den Kopf.

„Ein anderer also. Einer von den Pleskows, hn? Die frechen Kerle habe ich die ganze Zeit schon im Verdacht. Die taugen nichts, das möchte ich dir gesagt haben, einer wie der andere nicht. Denen fehlt was im Kopf. So einer kommt mir nicht ins Haus. Dass wir uns verstehen."

Er ging ans Fenster, in Gedanken bei den Feldern vom alten Pleskow. Seine harten Absätze knallten auf den Holzdielen.

„Den *Namen*, habe ich gesagt, Alma! Wird's nun bald? Du brauchst hier nicht das Unschuldslamm zu spielen." Er beugte sich dicht über ihren Kopf.

Alma wich seinem Blick aus und sah an ihm vorbei, durch das Fenster in den Hof. Sie erschrak nicht, als er sie ohrfeigte. Sie hatte damit gerechnet.

„Heinrich Kraft", sagte sie leise.

„Aha!", rief er triumphierend. „Also doch. Der junge Kraft." Freier ging an den Schreibtisch zurück und lehnte sich mit gespreizten Fingern auf. „Hinterm Ring die, im Unterdorf zwischen Vorderem Weg und Kogälnik?"

Alma nickte. „Der schon mal zum Schlachten hier war. Letzten Winter", sagte sie leise. „Seine Schwester war auch hier."

„Sieh mal an. Was für ein gerissener Fuchs. Tut ganz hilfsbereit, dass man nichts Arges denken möchte, und dann will er nur mit den Mädchen sein."

„Das ist ein guter Junge, Vater… Ein guter Mann."

„Still! Ob das ein guter Junge ist oder nicht, entscheide immer

noch ich!"
„Ja, Vater. Aber er hat ein gutes Herz. Das spüre ich."
„Pöhh, geh mir ab – *ein gutes Herz... das spüre ich*... Von Dingen redest du, die du noch nicht verstehst. Weiberkram, alles... Jedenfalls hat der alte Kraft nichts auf den Rippen. Das bisschen Land, das die haben, oben hin nach Kalatschowka – keine zehn Dessjatinen sind das, trocken wie die Wüste. Und so einem machst du schöne Augen? Gab es keinen Besseren?" Er schüttelte den Kopf. Wenn nur seine Frau noch wäre, dachte er, die würde ihr die Sperenzien austreiben.
„Ich habe ihm *keine* schönen Augen gemacht!"
„Und wie kommt er dann... – was bildet der sich ein? Meint er denn, das ginge ohne mich? Meint der, ich schenke ihm einfach meinen Hof?"
„Das ist ihm doch völlig gleich."
Freier schnaubte vor Empörung. „Noch schlimmer!"
„Es denken nicht alle immer nur an Land und an das Geld."
„Ha! Du, Fräulein – die Stunde ist gestrichen für dich und für deine Schwester gleich mit. Du läufst als erstes zu deinem Herrn Casanova und holst ihn, dass ihr das gleich wegmacht, verstehst du mich?"
Alma schüttelte den Kopf.
„Ach? Ist dir nun peinlich, was?", rief ihr Vater. „Bitteschön, dann holst du eben nur Minna und die Kulmer Dirn auch noch gleich, und dann nehmt ihr die Mistgabeln und die Harken und macht das weg, dass sich nicht das ganze Dorf über euch lustig machen muss. Über *uns*. Als allererstes das Stück hier vorn, das vom Garten auf den Breiten Weg, und danach hin zum Ring. Den Rest wird der Wind mitnehmen, so Gott will. Wollen wir beten, dass ein Sturm kommt. Und sieh nach, ob sie das Stroh wirklich bis runter zu den Krafts gelegt haben. Den Eltern Kraft wird das auch keine Freude sein."
„Ja, Vater", sagte sie leise. „Ich mache es gleich. Noch vor dem Essen."
„Also. Los! Worauf wartest du!?"
Sie stand auf, ohne ihn anzusehen, und zog die Kontortür leise

hinter sich zu. Sie schämte sich, halbnackt, nur im Tuch, durch den Hof laufen zu müssen, aber es ging nicht anders. Sie sprang auf Zehenspitzen über den in den Sommerwochen ausgetrockneten Boden. Im Tor zum Kuhstall sah sie Mischka mit Milchkübeln hantieren, aber er wandte ihr glücklicherweise den Rücken zu und bemerkte sie nicht. Alma lief in die Sommerküche und sprang hinter den Badeverschlag, um sich noch einmal die Füße zu waschen und Bluse und Rock anzuziehen.

„Schau dir das mal an", sagte Georg ohne aufzusehen. Er lag in ihrem Badewasser, auf dem noch einige graue Seifenblasen schwammen, und las einen Zettel. Auf einem Schemel neben dem Zuber lag eines seiner beiden Briefmarkenalben, das er im vergangenen Schuljahr in Anschakrak gefüllt hatte.

„Was machst *du* hier?", fuhr sie ihn an. „Das ist *mein* Wasser! Ich bin noch nicht fertig."

Georg drehte seinen Kopf zu ihr und runzelte die Stirn. „Was? Geht's dir noch gut – *dein* Wasser? Gleich ist es halb acht durch. Wollte Madame bis zur Stunde im Bad liegen bleiben?"

Alma sah ihn unentschlossen an.

„Für mich siehst du ziemlich gewaschen aus, Schwester", sagte Georg. „Gewaschen und auch abgetrocknet. Ich würde aber an deiner Stelle nicht gleich wieder mit den nackten Füßen durch den Dreck laufen…" Er zeigte mit dem Zettel auf ihre nackten Waden, die unter dem Leintuch zu sehen waren. „Wird nicht schöner davon."

Sie gab nach; sie würde ihre Füße im Brunnen abspülen. Es lohnte nicht, mit Georg zu zanken. Der tat ohnehin, was er wollte, und lag er erst einmal in der Wanne, konnte sie ihn schlecht an den Armen wieder herausziehen.

„Hast du das hier gesehen?", fragte er.

„Was?"

„Den Zettel hier."

„Ein Wanderbrief?"

Georg schüttelte den Kopf. Seine Haare waren trocken – er war sicher gerade erst ins lauwarme Wasser gesprungen, dachte Alma, als er sie kommen sah. Der Mistkerl. „Nee, nichts vom

Schütz. Kein Rundbrief. Sagen sie jedenfalls."
„Sondern?"
„Frau Stelter erzählt…" – er lachte, weil ihm komisch vorkam, was er sagen wollte. „Sie erzählt, das hätte ein Flugzeug aus der Luft geworfen. Am Ring und runter bis nach Bessarabeska, zum Bahnhof hin, das lange Stück auf der Straße."
„Nun ist es passiert", sagte Alma und suchte ihre Kleider zusammen. „Die Stelter war schon nicht richtig im Kopf, als Mutter noch lebte – die mit ihrem Gezeter und ihrer Wäsche draußen im Hof bei den Schweinen…"
„Könnte aber doch sein, dass es stimmt", sagte Georg.
„Ich habe kein Flugzeug gehört. Das hört man doch."
„Das hat nicht Ziegelmacher geschrieben, das ist richtig gedruckt, mit Reichskreuz und allem Drum und Dran. Hier, lies es." Er reichte ihr den Zettel.
Alma las die Überschrift: „Befreiung vom rumänischen Joch". Sie sah Georg an.
„Warum denn Befreiung?", fragte sie. „Befreiung von was?"
„Eben", sagte Georg.
„Haben das die Deutschen gemacht?"
„Muss ja, wenn denen ihr Hakenkreuz drauf ist. Lies mal weiter bis unten."
„Von welchem Joch denn?"
„Die meinen die Rumänen."
Alma sah ihn an. „Wieso den Rumänen? Wir sind auch Rumänen. Wir haben doch unsere Papiere."
„Aber wir sind auch deutsch", sagte Georg. „Hast du dir bei Lobgott irgendwann mal eine Zeitung genommen und gelesen?"
Alma schüttelte den Kopf. „Da habe ich keine Zeit für. Ich habe hier alle Hände voll zu tun, und bei Lobgott singe ich."
„Solltest du besser mal tun. Es geschieht viel, draußen in der Welt. In Anschakrak die Jungen – und die ganzen Lehrer – die reden von nichts anderem. Das Reich, das Reich, das Reich. Das *Deutsche* Reich, meinen sie. Nicht die Rumänen."
„Was ist mit dem Reich?"
Georg zuckte mit den Schultern und warf sich mit beiden Händen

Badewasser ins Gesicht und auf die Haare.
„Die fühlen sich für alles zuständig. Die ganze Welt."
„Ein Blödsinn", sagte Alma. „Wer sich das wieder ausgedacht hat…"
„Frag in der Stunde mal Lobgott. Oder Gieses Töchter, Gretel und die andere."
„Ich gehe heute nicht in die Stunde. Ich habe hier zu tun."
„*Mir* ist es doch egal, was du weißt und was nicht", sagte Georg und ließ sich bis zum Kinn ins Wasser sinken.
„Ach, lass mich in Ruhe", sagte Alma. Sie drehte sich um und sah ihren Vater in der Sommerküche stehen. Daniel Freier schnitt sich eine Scheibe Brot ab, die er in Stücke riss und sich in den Mund steckte.
„Bist du immer noch hier, Fräulein!?", fragte er bedrohlich, kauend.
„Nein!" Sie lief mit klatschenden Füßen ins Altenteil.
„Du musst endlich einmal lernen, das Wichtige vom Unwichtigen zu unterscheiden", rief Freier ihr hinterher. „Ungezogenes Mädchen, du – ich will dich hier bis zum Mittag nicht mehr sehen, hast du mich gehört…!?"
Georg ließ den Zettel auf den Boden gleiten und schloss die Augen.

Alma und Minna schaufelten das Stroh vor dem Hof mit Mistgabeln auf einen Handkarren und zerharkten die Spur. Hedwig, die ihren freien Tag hatte, hatte sich bereits zu Fuß auf den Weg zu ihrer Familie nach Kulm gemacht und konnte nicht helfen. Es war Alma recht so: Hedwig hatte einen langsamen Kopf und ein schnelles Mundwerk.
„Das waren bestimmt die Jungen vom Pleskow", sagte Minna fröhlich. „Die sind immer forsch und machen nur solche frechen Sachen."
Alma warf eine Gabel Stroh auf den Karren, nahm die kurze Deichsel auf und zog ihn einige Schritte weiter. „Mir egal", sagte sie.
„Egal?", rief Minna. „Es ist doch nicht egal, was die Burschen

sagen."
„Die wollen mich nur ärgern. Die machen sich einen Spaß, und ich darf es ausbaden. Du hättest Vater mal hören sollen hinten."
„War ja nicht zu überhören. Aber es ist doch auch schön."
„Ist es nicht. Was soll daran schön sein?"
„Dass sie meine… dass du und Heinrich…"
„Dass wir was?"
„Dass ihr… vielleicht ein schönes Paar abgebt."
„Und wenn es so wäre – das geht die Burschen überhaupt nichts an."
„Sei doch nicht bockig."
„Du hast nicht mit Vater ins Kontor gehen gemusst."
„Ach *der*. Der meint das nie so, wie er es sagt."
„Dafür hat er sich ziemlich ernst angehört."
„Der ist bestimmt stolz. So innendrin. Im Herzen."
„Du spinnst richtig, Minna."
„Wirst du sehen. Nach der Stunde hat er es schon wieder vergessen. Müssen wir noch weit machen?"
Alma richtete sich auf und sah den Breiten Weg hinunter. „Bis vorne, wo der Leischner-Hof anfängt. Das müsste reichen."
„Puh", rief Minna. „Das ist noch ein Stück."
„Wir können eh nicht zur Stunde, hat er gesagt. Dürfen wir nicht."
Hinter sich hörten die beiden Mädchen die Schellen eines Pferdewagens und drehten sich um. Gotthilf Sommerfeld fuhr mit seiner Frau und seinen beiden kleinen Zwillingen, einem Jungen und einem Mädchen, zum Ring.
„Nun sagt mal, schöne Damen", rief er lustig. „Sonntag früh, und ihr schuftet auf der offenen Straße!? Sollen wir den Sabbat nicht heilig halten?" Er grinste.
„Es geht heute nicht anders", rief Minna zurück.
„Ja, ja", sagte Sommerfeld, „man kann nicht immer so, wie man will. Auch nicht am Tag des Herrn."
„So ist es."
„Wo kommt nur das ganze Stroh her? Ist euch der Wind durch die Schober gegangen?"

„Das wüssten wir auch gerne."
Sommerfeld lachte. „Merkwürdige Sache. Liegt da Stroh mitten auf dem Weg…"
Seine Frau stieß ihn mit einem Finger in die Seite.
„Dann einen schönen Sonntag, die Fräuleins", rief er und hob zum Abschied seinen Hut. „Gott befohlen."
„Der weiß was", sagte Minna, als die Schellen des Wagens leiser wurden.
„Natürlich weiß er", sagte Alma. „Es wissen alle. Das ist immer so, wenn die Burschen einen Streich spielen. Nur der, um den es geht – der erfährt es als letzter. Ist auch egal. Komm, lass uns weitermachen."
Als sie eine halbe Stunde später die weiße Mauer der Leischners am Breiten Weg erreichten, legten sie die Harken und Mistgabeln auf das Stroh im Handkarren und machten sich auf den Rückweg an die Kälber Drift.
„Geschafft", sagte Minna und band sich im Gehen das Kopftuch neu. „So viel übler als eine Stunde mit Pomreinkes Predigten war es nicht."
„Red nicht so, Minna."
„Ist doch nicht so, dass man bei dem viel verpasst."
„Du sollst nicht lästern. Hast du das noch nicht gelernt in deinem Leben?"
„Aber ich läster doch nicht *Gott*. Ich rede von Pomreinke."
„Das ist dasselbe."
„Ist es nicht."
„Minna, du bist eine Wirre."
„Komisch…", sagte Minna leise. „Das hat Attila neulich auch gesagt."
„Von Witwe Pahl der Sohn?"
„Eben der."
„Hast du ihn gesehen?"
„Diese Woche. Wir waren zusammen melken, und er hat mir gezeigt, wie es mit den Schafen geht."
„Sag bloß. Das kann dir doch auch Mischka zeigen oder Hedwig."
„Ich wollte es aber von jemand anderem lernen."

„Und kannst du es jetzt?“
Minna nickte. „Es ist ganz einfach. Den Kopf und den Hals vom Schaf nimmst du zwischen die Knie, und dann beugst du dich nach vorn über den Rücken vom Tier und melkst immer nach hinten weg in eine Wanne.“
„Und dafür bist du zu Pahls gelaufen? Das weiß doch jedes Kind.“
Minna wurde rot. „Aber wenn du das länger machst“, sagte sie, „vier oder fünf Tiere nacheinander, bricht dir das Kreuz durch. So fühlt sich das an.“
„Jetzt weißt du, warum Oma Mathilde es nicht mehr tun mag. Wenn du alt wirst, ziept es überall.“
„Bei Frau Pahl – die haben viele Schafe – die haben im Stall einen Riemen aus Leder von der Decke hängen. Da kann man beim Melken seinen Bauch drauflegen und sich halb übers Tier hängen. Dann tut es nicht so weh.“
„Das musst du Mischka mal zeigen. Er beschwert sich immer, dass es keine Freude ist mit den Schafen am frühen Morgen.“
„Käsen haben sie mir auch gezeigt. Kannst du das?“
Alma schüttelte den Kopf. „Nicht richtig.“
„Du nimmst die Milch im Eimer – noch warm, frisch aus dem Euter – und tust Lab rein und lässt sie eine Weile stehen. Es wird irgendwann von selbst dick, und du schüttest den Eimer in einen Leinbeutel und hängst ihn auf. Dann läuft das Flüssige ab, das tropft auf den Boden oder in eine Wanne, wenn man keinen Dreck haben will, und den Rest, das Harte, kannst du mit Brettern und Steinen pressen. Oder mit Ziegelsteinen. Danach ist es ein Block, der ins Salzwasser geht.“
„So wird es Käse?“
„Genau. Und weißt du, was Attila mir gesagt hat? Das ist ganz nützlich.“
„Na was?“
„Die Lake – dieses Wasser – musst du genau so salzig hinkriegen, dass ein Hühnerei zu schwimmen anfängt. Dann ist es gerade richtig. Nicht mehr Salz und nicht weniger. Dass es eben so schwimmt.“
„Sag bloß.“

Minna nickte stolz.
„Dann kannst ja bei uns auch mal Käse machen. Dass wir nicht alles kaufen müssen, sondern nur einen Teil vielleicht."
„Meinst du?"
„Du kannst es doch versuchen. Probieren geht über studieren. Oder willst du nicht? Frag einfach Vater. Er wird schon nichts dagegen haben."
„Wollen tu ich schon", sagte Minna.
„Weißt du was?", sagte Alma und blieb auf dem Breiten Weg stehen. Sie sah zum Haus, das sie an der Ecke zur Kälber Drift bereits hinter den Akazien erkennen konnten. Es war heiß geworden. „Vorne im Windfang liegt noch der Ballen Stroh. Den müssen wir auch wegnehmen, sonst wird er wieder böse, wenn er von der Stunde zurückkommt. Genau vor der Tür liegt der, dass man darüber fällt, wenn man es nicht weiß."
Minna gluckste. „Die haben sich richtig Mühe gegeben", rief sie. „Komm, Alma!" Sie lief voraus und zog den Karren hinter sich her, auf dem die Werkzeuge klapperten.
„Er liegt noch da", rief Minna, als sie an der Mauer zum Vorgarten entlangliefen.
„Dann brauchen wir die Gabeln. Er sieht schwer aus. Oder weißt du was – das machen wir mit den Händen. Lass den Karren auf der Zufahrt stehen. Wenn wir den Ballen in den Garten ziehen, geht uns das Kraut tot."
Die Mädchen gingen zum Windfang, stellten sich zu beiden Seiten des Ballens auf, beugten sich vor und sahen sich an, um das Stroh gleichzeitig anzuheben.
„Ich zähle bis drei", sagte Alma. „Eins…"
„Warte", sagte Minna. „Auf der Bank vorne liegt etwas. Siehst du den Stein in der Mitte? Und das Papier? Das lag vorhin noch nicht da."
Alma lief vor und griff nach dem zugeklebten Umschlag, bevor Minna ihn ihr wegschnappen konnte.
„Da hat es aber eine eilig", sagte Minna und suchte mit den Augen das Kuvert ab. „Steht ein Name drauf?"
Alma nickte. „Ich glaub ich weiß, von wem der ist."

„Von meinem Attila?“

„Ha!“, rief Alma überrascht. „Von *deinem* Attila? Habt ihr es beim Melken und Käsen schon so weit gebracht!? Du machst mir Spaß, Minna! *Dein* Attila. Hast du Vater schon von *deinem* Attila erzählt?“

Minna lief im Gesicht rot an. Sie ging vor zur Pforte.

„Der Brief ist für *mich*“, rief Alma ihr trotzig hinterher.

Minna drehte sich um. „Und ich weiß auch, von wem der ist“, rief sie wütend. „Es wissen *alle*, von wem der kommt, wem du schöne Augen machst im Dorf! Du kannst froh sein, dass Vater das Papier nicht gefunden hat. Der hätte dir vielleicht was erzählt! Die Ohren lang gezogen hätte er dir.“

Alma riss den Umschlag auf und las den kleinen, in der Mitte gefalteten Zettel, der darin steckte. Das, was mit hellem Bleistift dort geschrieben stand, ließ ihr Herz schneller schlagen: ein Ort, eine Zeit, ein H.

Alma richtete es so ein, dass sie rechtzeitig bei der Kanonenkugel sein würde. Nach dem Mittagessen am Sonnabend machte sie sich zu Fuß mit einem Rucksack und zwei Weidenkörben auf den Weg zum Baschtan. Es war ein milder Sommertag mit einzelnen hohen Wolken, nicht zu heiß, nicht zu windig, und sie sah, als sie nach einer Stunde ihr Gemüsefeld erreichte, kurz nach dem Rechten und leerte die Zieselmausfallen. Dann setzte sie sich hin, zog Schuhe und Strümpfe aus und verstaute sie in ihrem Schultersack, bevor sie auf der Hügelkuppe weiterging.

Wann immer sie am Wegrand einen Strauch mit Himbeeren oder Brombeeren sah, stellte sie sich barfuß ins Gras und pflückte alle Früchte, die sie erreichen konnte. Die Nüsse der Haseln, die zum Schäfertal hin am Straßenrand standen, waren noch weich, mit grünen, fransigen Blättern, aber Alma nahm sie trotzdem mit, für die Schweine. Sie würde bis in den Herbst vielleicht nicht wieder an diese Stelle kommen.

Am späten Nachmittag, als sie Körbe und Rucksack gefüllt hatte, zog sie ihre Schuhe wieder an und ging zu Fuß auf einem Feldweg nach Osten, wo nach weiteren vier Werst die Gemarkung

Beresina begann. Auf halbem Weg lag ihr Treffpunkt, die Kanonenkugel, auf einem mit Steinen bedeckten Hügel. Sie sah sie schon von weitem: Auf dem alten Tatarengrab standen Robinien, Ebereschen und – alles überragend – eine Kastanie.

Alma blinzelte in die Sonne und schätzte die Uhrzeit. Die ersten Grillen hatten im Gestrüpp zu zirpen begonnen. Es war zwischen halb fünf und fünf, dachte sie, zu früh, aber es machte ihr nichts aus. Sie konnte sich noch ausruhen und an Heinrich denken, der ihr gut gefiel, immer besser gefiel, so dass er ihr alle Gedanken durcheinander brachte.

Sie stieg vorsichtig den Hang zur Kanonenkugel hoch, um die Beeren in den Körben nicht mit einer ungeschickten Bewegung auf den Boden zu stoßen. Zwei Rebhühner schossen gleichzeitig aus dem trockenen Gras und flogen in weitem Bogen auf die andere Seite des Hügels. Alma musste ihrem Nest nahe gekommen sein.

Unter der Kastanie holte sie Luft, stellte ihren Rucksack ab und setzte sich in den Schatten, den Rücken am Baumstamm. Alma lehnte ihren Kopf zurück. Sie spürte die harten Furchen der Borke in ihren Haaren. Über ihr schwankten die Äste der Kastanie im Wind und ließen die Blätter hin und her tanzen. Sie schloss die Augen und atmete den Duft ein. Sie kannte diese Stelle von früher. Wenn es im September und Oktober länger regnete und warm blieb, schossen zwischen den Feldsteinen, die verteilt auf dem Tatarengrab lagen, Pilze aus dem Boden: gelbe Pfifferlinge und Hallimasch, die im Dunkeln leuchteten. Sie hatte nie verstanden, wie das anging.

Sie döste. Irgendwann streckte sie die Füße aus, legte ihren Kopf auf den Rucksack und schlief ein.

Als sie vom Weg her Pfeifen hörte, stand die Sonne tiefer am Himmel. Es schmerzte nicht mehr in den Augen, wenn sie ins Licht sah.

Heinrich machte sich nicht die Mühe, sich anzuschleichen, sie zu überraschen. Als er sie unter der Kastanie zwischen den Weidenkörben sitzen sah, rief er ihren Namen und sprang über Schieferplatten und Wurzeln den Hang hinauf. Sie winkte und beobachtete ihn, die braunen Hosen, die ihm an Trägern lose auf den Hüften hingen, sein frisches, weißes Hemd, das blassblaue Schweißtuch, das er sich um den Hals geknotet hatte.

„Abend, Alma", rief er und ließ sich vor ihr auf die Knie fallen. Er grinste sie an und zwinkerte ihr mit dem rechten Auge zu.

„Abend, Heinrich."

„Hier." Er zog ein Bund mit weißen, blauen und violetten Wicken hinter seinem Rücken hervor. „Nicht mehr ganz frisch, aber…"

„Oh… – sind die schön. Wo hast du die gefunden?"

„Gar nicht gefunden habe ich sie. Die habe ich bei meiner Mutter im Garten gepflanzt. Im Frühjahr. Die Samen kommen aus Breslau von Hannemann. Meine Mutter mag Wicken."

„Ich mag sie auch, so selten, wie sie sind. Und so zart. Danke." Sie sah ihn an. „Du hast nasse Haare. Hast du gebadet?"

Heinrich lachte und strich mit der Hand die Haare nach hinten. Dieser Heinrich, dachte Alma – der musste das Schönste sein, was Gott jemals in die Welt geschickt hatte.

„Nein", sagte er. „Ich bin den ganzen Tag schon nass. Erst am Kogälnik und dann am Teich von Attila Pahl."

„Warst du wieder fischen?"

„Und wie wir gefischt haben, Reinhold und ich. Trautmann-Reinhold."

„Den kenne ich gut. Wir waren doch alle zusammen beim Popschablodern."

„Stimmt. Das war da, wo wir uns im Garten getroffen haben." Er lachte vorsichtig und sah verschämt auf den Boden. „Ich erinnere mich."

„Wäre auch schlimm, wenn du das schon nicht mehr wüsstest. Du hast mir die Luft genommen im dunklen Garten von Mutter Trautmann. Mitten in der Nacht… Hatte ich eine Angst!"

Heinrich nahm ihre Hand und drückte ihr sanft die Finger.

„Mit Reinholds Boot sind wir erst auf die andere Seite vom Kogälnikteich rüber – wo das Schilfrohr dicht steht, wo immer die Kaulquappen und Frösche sind. Da haben wir geangelt, zwei Schleien und zwei Karauschen haben wir rausgezogen – und wie wir weiter sind, haben wir eine Leine mit einem Stück Aal hinter uns hergezogen, und uns ist noch ein kleiner Hecht an die Rute gegangen."

„Sag..."

„Nicht schwer – schwer war der wirklich nicht, drei, vier Pfund mag er gewogen haben. Ein kleines Tier. Aber doch ein Hecht. Fangen wir nicht oft. Welse und Karpfen – Karauschen und Aale natürlich – und die Sterlets im Netz. Aber Hecht? Selten. Das sind kluge Fische. Raubfische. Die fressen die Kleinen alle und Frösche und Molche. Noch ein Stück weiter haben wir am Schluss einen kleinen Karpfen gezogen – einen Spiegelkarpfen, so einen glatten ohne Schuppen. Wie der da hingekommen ist, weiß keiner. Der ist aus der Zucht. Die wilden haben alle Schuppen."

„Es ist schön oben am Weiher", sagte Alma.

„Als meine Schwester klein war, war ich einmal mit ihr im Teich – ich war wohl fünf und sie muss drei gewesen sein. Ein großer Fisch hat da ein Entenküken vor unseren Augen verschluckt, und seitdem traut Justine sich nur noch bis zu den Knien ins Wasser und fürchtet, dass der Hecht kommt und sie holt. Oder ein Riesenwels."

„Uns haben sie früher erzählt, dass Elfen auf dem Wasser tanzen. Opa Giese und Frau Zedel."

„Elfen?"

„Eine Art Engel, Natur-Engelchen, wenn du so willst. Gute Wesen sind das in den Märchen, zart und sanft. Die sollen auf dem Wasser um Mitternacht einen Reigen tanzen. Aber unsere Mutter hat das nie gerne gehört, als sie noch lebte. Sie sagte immer, dass Elfen vom Teufel sind. Das war ihr alles heidnisch. Hexenwerk."

„Ist es doch auch, oder nicht?"

Alma verzog ihren Mund. „Na ja, in Gottes Bibel ist nicht die Rede von Elfen. Habe ich jedenfalls nie etwas von gelesen, auch wenn es Engel gibt und Erzengel und fliegende Pferde und Streitwagen und das neue Jerusalem. Ich kann es dir nicht erklären. Unsere Mutter hat das immer gesagt und Pomreinke auch. Dass man sich immer an den Herrngott halten soll, um nicht in Versuchung zu kommen. Hier, nimm – willst du ein paar

Beeren?“
Heinrich steckte sich zwei Himbeeren in den Mund. „Hmm“, machte er. „Wo hast du die gepflückt?“
„Hier und da. Den Weg vom Ort zum Schäfertal hin stehen überall Sträucher, und die Beeren kannst du abpflücken bis in den Herbst.“
Heinrich ließ sich auf den Rücken fallen und betrachtete die Blätter, die grünen, noch unreifen Früchte der Kastanie und den Himmel über sich. „Schau, da steht schon der Mond. Ganz blass heute… *Die Sonne ruft den Mond zur Nacht* – muss ich immer dran denken, wenn ich den Mond sehe. Weißt du noch, das Gedicht von Lobgott in der Schule?“
Sie nickte. „Schön ist es hier. Man sitzt hoch und kann weit übers Land sehen. An so einer Stelle möchte man begraben sein.“
„Du redest… Was denkst du an so einem Tag ans Sterben?“
„Der Mond ist ganz weiß…“
„Dabei soll es nur ein großer Klumpen sein. Ein Stein, den die Sonne anleuchtet.“
„Du klingst schon wie Lobgott“, sagte Alma. „So gelehrt.“
Heinrich lachte. „Den Mann im Mond gibt es einfach nicht.“
„Meinst du nicht, dass der Mond ein Auge auf die Menschen hat?“
„Ich weiß nicht. Könnte schon sein. Auf die, die sich liebhaben vielleicht.“ Er suchte nach ihrer Hand und drückte sie. „Die Liebenden. Wie im Gedicht.“
Alma lächelte, aber er sah es nicht. Er zog ihre Hand vor seinen Mund und küsste sie. „Du hast rote Finger vom Sammeln.“
„Wenn ich hier sitze und den Himmel sehe und den Mond und die Sonne – wird mir warm ums Herz. Da denke ich, was es in der Welt doch alles gibt. Zu sehen gibt.“
„Was denn?“
„Berge… Das Meer… Die wilden Tiere…“
„Warst du schon einmal am Meer?“
Sie nickte. „Mit meinem Vater, vor zehn Jahren oder so, ich war noch klein. Wir waren in Odessa, und auf der Fahrt haben wir vom Wagen aus lange den Dnjester-Liman und dann das große Meer gesehen. Von weit weg. Wie Silber. Und Odessa hat ja den

Hafen." Alma roch an den Wicken. „Wie süß die riechen", sagte sie leise.
„Und wie war das am Meer? Ich war noch nie da."
„Gerochen hat es. Salzig und kalt. Nicht so wie hier, wo im Sommer überall Staub ist und Hitze. Da möchte ich noch einmal hin im Leben."
„Ich auch."
„Und nach Berlin vielleicht, eines Tages. Bei Frau Dressner habe ich Bilder gesehen. Eine richtig große Stadt ist es, groß wie Odessa oder noch größer, mit einer Million Menschen, stell dir vor."
Heinrich zog sie zu sich und küsste sie auf die Wange. Sie drückte ihn mit den Händen vorsichtig weg, aber sie sah ihn an, lächelte.
„Magst du etwas für mich singen?", fragte er.

Die Sonne stand tief über den Hügeln im Westen. Ein Kauz rief in der Dämmerung. Sie sprachen lange nichts, sahen mit ineinander gesteckten Fingern in den Himmel.
Heinrich fragte, ob er sie noch einmal küssen dürfte.
Alma war aufgeregt und konnte nicht sprechen. Sie spürte, wie sich die Haare auf ihren Unterarmen aufstellten. Es war ihr peinlich; sie hoffte, er merkte es nicht. Sie drückte ihre Handfläche gegen den staubigen Boden, um ihre Nervosität zu überspielen.
Sie schwieg, blickte ins Tal, sagte nichts, weder ja noch nein; für einen Augenblick war Heinrich enttäuscht und unsicher. Dann wandte Alma ihm ihren Mund zu, nahm seine Wangen – die Grübchen – in ihre vom Beerenpflücken schmutzigen Hände und küsste ihn, wie sie noch nie in ihrem Leben geküsst hatte.

Heinrichs Eltern, Gottfried und Pauline Kraft, gingen am übernächsten Sonntag nach dem Gottesdienst auf Daniel Freier zu. Er half Oma Mathilde auf den Bock des Wagens, als Gottfried Kraft sich hinter seinem Rücken räusperte, seine Schirmmütze vom Kopf zog und ihm eine Hand entgegenstreckte.
„Kraft", sagte er, „Gottfried Kraft. Das hier ist meine liebe Frau

Pauline. Eine geborene Sackmann."
Freier war überrascht, dass ihn Leute, mit denen er nie zu tun gehabt hatte, ansprachen. Er sah aus den Augenwinkeln, dass Oma Mathilde den Krafts freundlich zunickte.
„Ja, Freier der Name", sagte er schließlich. „Guten Tag. Von der Kälber Drift."
Gottfried Kraft nickte ihm wohlwollend zu. „Das haben wir gehört", sagte er. „Unser Junge war schon einmal bei ihnen im Haus. Heinrich heißt er. Unser einziger. Der ganze Stolz gewissermaßen, ha, ha. Nur eine Tochter haben wir sonst noch, die ist zwei Jahre jünger wie er. Justine, nach ihrer Großmutter."
„Hmm. An die erinnere ich mich. Kann ich mich gut erinnern. Ist ein hübsches Mädchen geworden. Eine hübsche Frau schon fast. Sie war einmal bei uns auf dem Hof… Ich weiß nicht mehr wann. Justine, sagen Sie, heißt sie…?"
Die Krafts nickten stolz.
„Was haben Sie auf dem Herzen?", fragte Freier. Er wollte nicht lange reden, sondern nach Hause fahr'en und essen.
Kraft strich sich mit der Hand ein paar Fusseln vom Anzugärmel.
„Wegen unseres Heinrichs", sagte Pauline Kraft.
„Was ist mit Ihrem Heinrich? Ist was mit ihm?"
„Nein, nein", sagte Gottfried Kraft. „Das nicht. Nichts Arges. Er ist gesund. Kerngesund."
„Ah… Gut."
„Heinrich… – wissen Sie, Herr Freier, unser Heinrich hat nun… mit Ihrer Tochter – mit einer von Ihren Töchtern hat er ein wenig Zeit verbracht."
„Mit welcher?"
„Alma heißt das liebe Kind."
„Meine Älteste?"
„Ihre Älteste", sagte Frau Kraft. „Wir haben sie kennengelernt, ein feines Mädchen, man kann Ihnen nur gratulieren. Da hat er es gemerkt."
„Was hat er gemerkt?"
„Na ja… Dass er sie wohl… mag. Sagen Sie nicht, dass Sie… – "
Freier starrte sie an.

„Und deshalb wollten wir fragen…"
„Ja?"
„Ob… ob wir, wenn es Ihnen einmal passen tät, ob wir uns einmal zusammensetzen sollten vielleicht. Um uns kennenzulernen und…"
Freier sah auf die Uhr. „Ich weiß nicht…", begann er. Er spürte, wie einer von Oma Mathildes Fingern ihn von hinten in die Schulter piekste.
„Sonntag ist immer ein guter Tag", sagte sie, „der Tag des Herrn. Gerne. Da ist Zeit und Ruhe."
Pauline Kraft nickte ihr dankbar zu.
„Ich will aber…", stotterte Gottfried Kraft. „Na, vielleicht komme ich fürs erste Mal alleine – was meinst du, Pauline?"
„Sicher", sagte sie ohne Enttäuschung, als hätten sie es vorher abgesprochen. „Sollt ihr Männer erst einmal beieinander sitzen und euch einig werden. Das andere ergibt sich von alleine. Sonntag, ja. Vielleicht den kommenden gleich?"
Freier hielt inne. „Ein wenig Zeit verbracht?", sagte er.

Eine Woche später ließ Freier für sich und seinen Gast den Tisch in der Stube decken. Sie aßen zu zweit, während der Rest der Familie in der Sommerküche saß und sich über Gottfried Kraft und das, was er wollte, unterhielt.
„Hast schon nicht unrecht, Freier", sagte Kraft und stippte ein Stück Brot in die braune Soße auf seinem Teller. „Ich habe in den Jahren nicht viel Fortüne gehabt. Nach der Flut, weißt, hat die Saat nie mehr richtig gelingen wollen – unser bestes Feld hat es versalzen. Frag mich nicht, wo es herkam, war der Teufel im Spiel, und wir mussten von da an immer sehen, wo wir abblieben. Mehr recht als schlecht ist es uns ergangen, das kann ich nicht leugnen. Hilft alles Schönreden nichts."
Freier brummte. Er reichte seinem Gast die Schüssel, in der große Schweinefleischstücke mit Zwiebeln, Pilzen und roten Paprikastreifen in ölig-brauner Tunke schwammen.
„Was habt ihr jetzt noch an Land?"
„Nicht viel", sagte Kraft. „Oben am Kesselkavel haben wir acht

Dessjatinen und einen Brunnen, und am Fluss – das Stück im Unterdorf – Weiden und Beete. Es ist nicht viel, aber es reicht. Wir sind einfache Leute."
„Hmm", machte Freier und kaute langsam weiter, die Schulter tief über den Teller gebeugt.
„Ehrbare Leute auch, Freier, und meine Kinder sind beide tüchtig geworden. Die können hart anpacken, und ehrlich sind sie und zuverlässig und treu. Mein Heinrich würde dir keine Schande machen."
„Nur kann er mit Treu und Seele wohl keine Familie ernähren."
„Noch was", sagte Kraft. Er wandte sich um, als wollte er sichergehen, dass niemand hinter ihm im Zimmer stand. Er beugte sich vor und sprach leiser. „Land haben wir nicht mehr viel, Freier, aber von den Großeltern meiner Frau, meiner Pauline, haben wir noch goldene Münzen. Russische, noch vom Zaren. Die haben ihre Eltern – die von meiner Pauline – nie verkauft und die ganzen Jahre hindurch versteckt. Es soll niemand wissen, verstehst mich? Die Rumänen kommen sonst gleich und wollen ihre Steuer darauf haben. Die kann man einschmelzen. In Romanowka gibt es einen, der macht so etwas, wenn man ihm gut zuredet. Die Bulgaren nehmen es auch so, das weiß ich. Bei denen habe ich schon gekauft damit. Nur die Rumänen nicht, die stellen sich an."
Freier sah ihn an. Mit den Fingern zog er ein kleines Knochenstück aus dem Mund und legte es auf seinen Tellerrand.

„Was hast denn auf den Rippen!?", fragte Freier, wütend tuend. Er hielt beim Stopfen seiner Pfeife inne und sah Heinrich lange aufmerksam an, der vor ihm stand, schwieg. „Nur Wind und Sonne. Und einen leeren Bauch hast du, den du füllen musst – ha! Kannst du denn mehr, als nur die Füße unter meinen Tisch stellen und mein Brot essen und meinen Mädchen schöne blaue Augen machen? Das hast du dir hübsch ausgedacht, Junge."
Freier saß im Lehnstuhl am Ende des Küchentischs, im Haus. Er hätte mit Heinrich in die gute Stube gehen können, aber das wollte er nicht. Es hätte nicht richtig ausgesehen, zu offiziell, es

hätte die Ordnung durcheinander gebracht; wer war nun ein Heinrich Kraft, dass er mit ihm in die Stube gehen würde – das bisschen Gold und kein Land, auf dem was wachsen wollte?

„Und nun redest du noch nicht mal einen Ton mit mir!“, rief Freier. „Pahh… Willst du mir nicht vielleicht etwas – sagen?“

Heinrich zögerte. Er war sich nicht sicher, ob er Almas Vater mit Sie oder Ihr anreden sollte.

„Ich… wir… Wir mögen uns, Herr Freier.“

„Ach was.“

„Ja. Die Alma…“ Er nahm seinen Mut zusammen und sprach lauter. „Alma ist ein gutes Mädchen. Ein gutes Weib.“

„Da sagst du mir nichts Neues, Junge. Ist Fleisch von meinem Fleisch.“

Heinrich nickte.

„Und gutes Land hat sie auch“, fügte Freier hinzu. Er kaute langsam am Mundstück seiner Pfeife.

„Ich weiß ja, was Sie… Ihr… denkt, Vater Freier.“

„Und das wäre?“

„Dass es nur wegen dem Land ist.“

„So?“

„Aber das ist es nicht. Das ist überhaupt nicht so. Wir mögen uns, Alma und ich. Und ich bin tüchtig und gesund und Alma auch. Wir werden hart anpacken, und dann wird es gehen.“

Freier wusste längst, dass Heinrich geschickt und zuverlässig war. Er hatte ihn selbst gesehen, auf dem Feld, beim Schlachten, auf dem Pferderücken bei der Wolfshatz im zurückliegenden Winter, und er hatte Oma Mathilde und Mischka ausgeschickt, um diskret Erkundigungen einzuholen. Reich waren die Krafts nicht, nicht einmal eine halbe Wirtschaft hatten sie, wenn man alles zusammenzählte. Aber sie waren anständige Leute mit gutem Ruf. „Ein gutes Herz haben sie dort“, hatte Mischka gesagt, und Freier hatte diesen Ausdruck seines Knechts im Gedächtnis behalten. *Ein gutes Herz.*

Aber so mir nichts, dir nichts wollte – konnte – er sein ältestes Mädchen nicht ziehen lassen. Er durfte es den Burschen nicht zu einfach machen. Schließlich hatte er an Minna zu denken (auch wenn er sich mit ihrem Loch im Kopf keine große Hoffnung machen durfte, es wollte niemand einen Walfisch heiraten, jedenfalls nicht ohne anständige Mitgift) und in einigen Jahren an Lilli.

„Nun geh mal raus an die frische Luft", sagte er schließlich. „In den Hof oder hintendurch." Freier zeigte mit dem Kinn auf die Tür, die in die Diele führte.

Heinrich nickte kurz. Er setzte seine Kappe auf.

„Und schick mir das Mädchen rein, hörst du?"

„Jawohl, Herr Freier. Wird gemacht."

Freier musste lächeln, als sie schüchtern vor ihm auf der Bank am Fenster saß, hinter dem er die Kälber Drift und den Gleisdamm sehen konnte. Sie hatte eine weiße Bluse mit einem breiten Kragen angezogen und ihr Haar hochgesteckt. Almas Hände lagen auf ihrem himmelblauen Rock, auf dessen Saum weiße Tulpen gestickt waren.

Ein hübsches Mädchen ist sie geworden, dachte Freier.

Nun gut: Frau, vielleicht.

„Ich mag ihn sehr", sagte Alma und suchte mit ihren Augen die blankpolierte Tischplatte ab, um ihren Vater nicht ansehen zu müssen. „Heinrich. Ich mag ihn sehr. Ja. Glaube ich."

„*Glaubst* du?", rief Freier. „Das *glaubst* du nur? Oder *weißt* du's?"

Alma zuckte mit den Schultern. „Wissen tu ich es nicht", sagte sie leise. „Aber darüber nachgedacht habe ich viel. Wie sollte ich es wissen – ich bin doch jung und habe nie… nie jemanden gekannt? Gehabt."

Freier nickte. Er ahnte dunkel, wie schwer es für sie sein musste, wie viel leichter all dies wäre, wenn Marga noch wäre und für sie beide eine Entscheidung treffen würde. Sie war ein hartes, zähes Weib gewesen, aber doch ein Weib, und sie hätte mit seinen Mädchen… – ach, was wusste er, was sie mit seinen Mädchen gemacht hätte. Sie hätte jedenfalls nicht diese Ratlosigkeit in sich gehabt, dieses Zweifeln, was richtig war mit Mädchen, was falsch. Einen Blick hätte sie auf den Kraft geworfen, und die Sache wäre entschieden gewesen – ja oder nein, aber entschieden –, und den Blick hätte sie nicht erst jetzt geworfen, wo es eigentlich viel zu spät war, wo es längst zu einer Herzensgeschichte geworden war und schon niemand mehr an das Land denken mochte, um das es doch immer ging.

„Weißt du, Alma, nach Glauben und Gefühlen ist es noch nie gegangen“, sagte Freier. „Wer wen mag…!? Wo kämen wir hin, wenn es danach ginge, wer wen mag? Man muss vernünftig bleiben, Kind.“

Alma biss sich auf die Unterlippe. „Ich *bin* vernünftig, Vater“, stieß sie hervor, ohne ihn anzusehen. „Heinrich ist nicht das, was du denkst… Das ist ein lieber, ehrlicher Mann, der hart arbeitet, Tag für Tag.“

„Wenn er nach seinem Vater kommt, bin ich mir nicht so sicher, so wenig Land, wie der noch hat. Nach all den Jahren… Für nichts und wieder nichts geschuftet.“

„Es kommt nicht jeder nach seinem Vater“, sagte sie, und für einen Moment meinte Freier, einen Vorwurf in ihrer Stimme zu hören. Wie hätte seine Alma nun nach ihm kommen können, wo sie ein Mädchen war!? Nach seiner Frau vielleicht – aber nach *ihm…*?

„Du hast selbst immer gesagt, dass im Leben nicht alles nach einem Plan gehen kann, dass es Unglück gibt, und du weißt doch, dass es Mutter und Vater Kraft nach der Flut vom Fluss nicht gut gegangen ist. Was können sie dafür, wenn ihnen das Wasser alles verdorben hat?“

Da hatte sie nicht ganz unrecht, dachte Freier. Das Glück war nicht immer mit den Krafts gewesen, und dafür waren die Kinder – Heinrich und seine Schwester, die hübsch anzusehende… ja, Justine, hieß sie – nicht völlig missraten. Er zog sein Taschentuch aus der Hose und schnaubte kurz und heftig aus.

Alma hob ihren Kopf nicht, ließ ihre Augen aber vorsichtig zu ihrem Vater wandern.

„Bitte, Vater“, sagte sie leise.

Freier betrachtete sein Schnupftuch.

Er dachte an Marga – wie er ihr den Hof gemacht hatte, beim Popschablodern im Herbst 1916, als sie jung waren und noch keine Sorgen kannten.

„In Gottes Namen“, sagte er.
Sie sah auf.
„Fünfzehn Dessjatinen, Alma. Hast du mich verstanden? Fünfzehn. Kein Stück mehr. Müsst ihr sehen, wie ihr damit zurecht kommt. Zum Sterben ist es zu viel. Nur ob es euch damit gut gehen wird und euren Kindern… – das ist eine andere Sache.“
„Aber du sagst doch immer, dass… ab hundert Dessjatinen schaut man der Frau nicht ins Gesicht.“
„Und?“
„Und mir willst du nur fünfzehn geben?“
„Du brauchst keine hundert. Du bist viel zu ansehnlich für hundert.“
Alma schnaubte leise.
„Fünfzehn. Und dann sehen wir weiter, nach ein, zwei Jahren.“
„Es wird gehen, Vater.“
„Es muss. Wenn er so hart arbeiten kann, wie du es mir sagst, dann kann er es mir jetzt beweisen.“

Teil III

Kapitel 10: Deutschländer

„Das Ding ist schon wieder kaputt“, stöhnte Freier. „Pfui, Teufel. Es gibt nichts Rechtes mehr in dieser Welt. Alles zerbricht.“

„Was ist denn, Vater?“, fragte Arthur teilnahmslos. Er saß im Kontor auf den Dielen und spielte mit zwei kleinen, runden Magneten, die in seinen Fingern klackerten.

„Hier, dieses Teil. Weißt du, was das ist, Junge?“

Arthur schüttelte den Kopf.

„Ein Barometer. Etwas sehr Teures. Damit weiß man, wie das Wetter wird.“

„Wie geht das?“

„Puh… So genau kann ich dir das nicht sagen. Aber unser Herr Lobgott meint, es hängt ein Haar von einem Mädchen drin. Oder von einer Frau auch. Ein langes feines Haar. Und wenn das Wetter gut werden soll, dehnt es sich, und dann zeigt der Strich hier oben auf hoch. Hier – dieses Wort… heißt… hoch. H. O. C. H. Aber siehst ja, draußen ist es so kalt, dass es einem den Rücken raufzieht und man friert, dabei sind wir schon mitten im Frühling, und die Maschine zeigt immer noch auf hoch. Hoch, hoch, hoch. Etwas anderes kann sie nicht mehr. Pfui. Es ist ein Elend mit Lottergerät. Man sollte sich gar nicht mehr damit abgeben.“

„Pfui“, sagte Arthur. Er glitt vom Stuhl, steckte seine Magneten in eine Hosentasche und betrachtete das Barometer aufmerksam. Es hing so hoch an der Wand, dass er es mit ausgestreckten Händen nicht erreichen konnte.

„Am Bahnhof sind Leute gekommen“, sagte er schließlich.

„Was für Leute?“

„Von weit weg.“

„Hmm. *Von weit weg*.“ Freier setzte sich auf seinen Schreibtischstuhl und suchte in den Schubladen nach Tabak. „Aus Anschakrak oder Kischinjew oder von wo? Wo ist für dich weit weg?“

„Ich weiß nicht. Noch von weiter her. Ich glaube aus Deutschland. Die trugen alle komische Kleider.“

„Von Deutschland sollen sie sein? Wer sagt das?"
„Das sagen sie selbst. Die haben am Bahnhof laut geredet und gelacht, wie sie aus dem Zug gestiegen sind und dann auf dem Perron standen mit ihren Koffern. Es hörte sich eigenartig an, aber es war schon deutsch. Ich habe es selbst gehört, und verstanden habe ich es auch. Das meiste. Von weit weg klang das. Die haben es nicht anders gelernt."
„Und was trugen die am Leib? Uniform?" Er sah Arthur in die Augen. „Nun streng dich mal an und sag mir, was die am Leib hatten."
„Nein, keine Uniformen. Helle Sachen. Weiße, helle Sachen."
„Jetzt lass dir nicht alles aus der Nase ziehen, Junge. Raus mit der Geschichte!"
„Es gibt sonst keine Geschichte. Die Männer – das waren so… vier oder fünf? – die trugen auch helle Sache und Kappen, und zwei hatten solche kurzen Hosen an, wie sie Herr Giese trägt."
„Knickerbocker meinst du? Vom jungen Giese die Hosen, bis zum Knie runter nur? Vom Emil?"
Arthur nickte.
„Und was sind das für Leute?"
„Ich weiß nicht. Die hatten alle Gepäck dabei. Große braune Lederkoffer mit Riemen, jeder seinen eigenen. Musikinstrumente sind das, sagen sie. Lange Schachteln mit Instrumenten. So lang." Arthur streckte sein Arme aus.
„Ach du lieber Himmel."
„Als Erstes sind sie zu Herrn Lobgott und zur Kirche gefahren."
„Dann waren sie aber nicht alt, diese Leute?"
Arthur dachte nach. „Erwachsene halt."
„So alt wie ich oder älter? Oder so wie Alma?"
„*Jünger* wie Ihr. Viel jünger. Aber etwas älter wie Alma, glaube ich. Ich weiß nicht."
„Aber Soldaten waren es nicht?"
Arthur schüttelte den Kopf. Er mochte Soldaten nicht und sah seinen Vater unsicher an.
„Wenigstens etwas, Gott sei's gedankt. Wollen wir hoffen, dass sie uns hier in Frieden lassen mit ihrem Krieg."

„Opa Giese hat gesagt, wir kriegen auch Krieg."
„Hat er das?"
Arthur nickte – stolz, etwas zu wissen, was der Vater nicht wusste.
„Blödsinn. Wir kriegen überhaupt keinen Krieg. Wir kriegen einen Schwiegersohn – und du kriegst einen Schwager, auch wenn du Almas Heinrich lieber Onkel nennst, hörst du? Sonst ist er nachher noch beleidigt, wenn du frech redest. Krieg kriegen wir gar nicht. Haben wir gerade genug von gehabt, damals. Da ist überhaupt keine Zeit für bei aller Arbeit. Und nun gehst du und holst mir mal alle deine Geschwister her, vor allem Alma und Minna… – und Hedwig und Mischka. – Warte einmal, ist Alma überhaupt schon zurück? Die war doch heute Nachmittag mit Heinrich zum Verhör beim Pomreinke, damit alles seine Ordnung hat. Ist sie schon wieder da?"
„Vorhin hab ich sie in der Sommerküche machen sehen."
„Dann ist es gut. Dann lauf und geh sie holen und die anderen auch alle, sonst wird das nie was mit dieser Hochzeit. Alle Hände voll zu tun gibt es. Auf – hol sie alle zu mir ins Kontor. Jetzt müssen wir eine Feier machen. Generalstabsmäßig geplant."

Als Boias Dressner fünf Tage später bei den Freiers im Hof saß und in der späten Abenddämmerung ein Bier trank, gab es keine Neuigkeiten vom Krieg, aber von den Deutschländern.
„Lustige Leutchen sind das", sagte Dressner. „Kann man nicht meckern." Er streichelte Rosie, die zwischen seinen Beinen saß, hinter den Ohren.
„Meinst du?"
„Sieben Leute, fünf Jungen und zwei Mädel. Richtige Musikanten, Freier! Da kann nichts Schlechtes bei rauskommen. Wo gesungen wird, lass dich nieder, sagt man doch. Studenten sind es, junge Leute noch, alle gut geraten, die Mädchen wie die Burschen. Lulu rufen sie die eine, ein hübsches Ding, sag ich dir. Eigentlich heißt sie Luise. Ganz blond ist sie… blondes, glänzendes Haar. Prächtiges Kind."
„Du redest mir, Dressner. Du hast doch deine Frau. Bist du unter

die Schlawiner gegangen?"
„Reden schadet ja nicht. Tun tu ich schon nichts."
„Der eine von denen ging hier bei uns auf dem Breiten Weg gestern von Haus zu Haus. Weißt du, was der angestellt hat?"
„Na?"
„Versicherungen verkauft hat er." Freier lachte heiser. „Feuerversicherungen! Hier bei uns im Oberdorf, kannst dir das vorstellen!? Versucht hat er es jedenfalls. Und im Unterdorf hin und nach Bessarabeska wohl gleich mit, damit es sich lohnt. Johannes soll er heißen. Ganz hell ist der und verbrannt von der Sonne, dass dem ständig die Haut in Flocken davonfliegt. Kann er nichts machen, wenn er solche Haut hat. Der lernt aber eigentlich noch, sagen sie, studiert wohl richtig, obwohl er das mit der Versicherung macht. Irgendwas mit Maschinen lernt er. Eisenbahnen, Technik, sowas."
„Sag bloß."
„Tja, unser Lobgott hat sich was eingebrockt, als er die eingeladen hat. Musste gleich als erster eine Feuerversicherung abschließen, unser Küsterlehrer. Weißt du, was das Lustigste daran ist?"
Dressner hob die Augenbrauen.
„Sein Haus gehört ihm nicht einmal. Jetzt hat Lobgott eine Versicherung fürs Küsterhaus, wo das doch am Ring steht und allen gehört. War ihm wohl peinlich, das zuzugeben. Ein paar von den jungen Leuten wohnen ja bei ihm am Ring. Da hat man Verpflichtungen. Will jeder seine Gäste zuvorkommend behandeln. Und weißt – noch was anderes…?" Er flüsterte. „Die Stelter drüben hat auch unterschrieben. Das ist immer eine Übervorsichtige gewesen, und Geld hat die wie Heu. Geizig ist die, dass… Hat meine Frau auch immer gesagt. Und jetzt hat sie eine Feuerversicherung. Bravo! Kannst also rübergehen und die Bude anzünden. Wäre nicht schade um das vertrocknete Weib. Brennt bestimmt wie Zunder."
Dressner grinste.
„Die arme Hilli", sagte Freier. „Die muss bei Lobgott sicher von morgens bis abends in der Küche stehen und kochen und backen, wegen der Gäste. Wenigstens muss sie die Musik nicht hören."

Dressner lachte laut. „Hast du die Truppe mal spielen hören, Freier?"
„Näh. So weit kommt das noch."
„Weißt – das klingt wie unter euerm alten Kaiser. Rums-ta-ta-ta, rums-ta-ta-ta – ein Marsch nach dem anderen. Bin ich froh, dass meine Elwira das nicht hört."
„Und meine Marga auch nicht."
„So schlimm ist es für Hilli aber nicht. Bei Lobgott sind nur zwei gelandet, der mit seinen Versicherungen und noch ein anderer. Die beiden Mädchen – diese hübsche Blonde und eine Bohnenstange – sind bei Emil und Walburga Giese in der Kammer, zwei noch beim Ziegelmacher, und der letzte weiß ich nicht."
„Wo sind die überhaupt her, die jungen Leute?"
„Studieren tun welche am Rhein, haben sie erzählt. In Mannheim oder Karlsruhe, meine ich gehört zu haben. Aber ursprünglich sind sie von woanders, wie's ist bei den Studierenden. Meist aus dem Süden, aus Stuttgart und Freiburg und aus dem Schwarzwald. Einer soll auch von den Sudeten sein, sagen sie. Aber nicht dieser Versicherungsmann."
„Und was machen die den ganzen Tag, wenn sie sich nicht aushalten lassen?"
„... und Feuerversicherungen verkaufen? Nein, im Ernst, also das ist so: Die sind... wie hat er das genannt, euer Lobgott...? Von einem Jugendverein."
„Judenverein! – Die sehen gar nicht so aus..."
„*Jugend. Jugend*verein, Freier. Hörst du noch?"
„Was soll das sein?"
„Na – ein Verein für die Jugend, möchte ich meinen. Da haben sie's mit der Natur, sagt Elwira. Raus aufs Land, Wandern, die Berge rauf und wieder runter – die haben alle ihre Rucksäcke mitgebracht und feste Schuhe von Salamander und marschieren durchs Land. Bis Anschakrak runter sollen sie gestern gelaufen sein, aber da hat Sommerfeld sie den halben Weg gefahren, das weiß ich sicher. Ja – das machen sie. Dabei singen sie und machen Musik. Und Theater führen sie auf."

„Ein fröhliches Leben ist das."
„Das will ich meinen. Bei uns in Leipzig wollen sie es nun auch so machen und einen Verein gründen. Pleskows Jungen sind groß dabei. Ziegelmacher auch. Der organisiert alles."
„Ist denen Popschaklak nicht mehr gut genug?"
„Scheint so. Wie junge Leute heute sind. Die brauchen immer etwas Neues. War bei uns nicht anders."
„Sag mal, Dressner – wir haben doch Krieg in Deutschland, nicht?"
„So sagt man. In Polen sind die Truppen."
„Warum sind die jungen Männer eigentlich hier und nicht bei denen… – in so einem Krieg gibt es doch sicher alle Hände voll zu tun, an der Front, auch wenn die noch studieren?"
„Da fragst du mich was… Du musst einmal mit Lobgott oder mit Giese sprechen, die wissen alles, so politisch wie die sind. – Und weißt du was? – einen Fotoapparat haben sie auch dabei. Von oben auf dem Bulgarenberg haben sie fotografiert, ins Dorf runter. Dann haben sie sich hingesetzt, bei den Bäumen bei der Kanonenkugel oben, und haben eine Vesper gemacht, wo sicher wieder die tüchtige Hilli ihre Finger im Spiel hatte. Ein Pick-Nick nennt man so was heute."
„*Pick-Nick*? Was soll das sein?"
„Das ist, wenn man draußen auf dem Feld isst, belegte Brote und Padlaschana, aber ohne vorher zu arbeiten und sich die Hände schmutzig zu machen. Das ist etwas Modernes. Stand auch schon einmal in der Odessa-Zeitung, dass man das nun so macht, meint Elwira. Raus in die Natur, das gilt als fein bei den Deutschländern."
Freier schüttelte den Kopf. *Pick-Nick*. Blödsinn. Er trank einen Schluck Bier und wischte sich die Lippen mit dem Handrücken ab.
„Aber bei uns doch nicht", sagte er. „Hier wird gearbeitet."

„Ich weiß nicht", sagte Minna und sah an die Decke ihres Zimmers. Die Mittelstrebe des Fensters zeichnete sich über ihr als Schatten ab, der zur Tür hin immer breiter wurde. „Wird so schlimm schon nicht sein.“

„Meinst du?“, sagte Alma, die auf der Seite in ihrem Bett lag, den Kopf auf eine Hand gestützt, ein Kissen zwischen den Knien.

„Es gehört dazu. Zum Heiraten und zum Leben. Küssen, Liebe und das.“

„Meinst du, Vater und Mutter haben sich auch geliebt?“

Minna zögerte. „Muss wohl“, sagte sie schließlich. „Sind ja Mann und Frau gewesen. Sonst hätten sie nicht geheiratet, oder?“

„Ich glaube, es war anders. Die haben sich kaum gekannt. Das war mehr wie bei Oma Mathilde und Opa Friedrich.“

„Aber jemanden heiraten, den man überhaupt nicht mag… Das hätten die Eltern nicht gemacht. Glaube ich nicht.“

„Oma Mathilde hat unseren Opa auch nicht geliebt. Sagt sie. Jedenfalls am Anfang nicht, die ersten Jahre.“

„Den hätte ich gerne mal gekannt. Wir haben nie einen Großvater gehabt. Schade.“

„Aber Kinder genug haben sie gekriegt. Sechs Stück, ohne die anderen. Von nichts kommt nichts. Das ist wie bei den Viechern.“

„Ich glaube, es ist nicht so schlimm. Küssen ist… ziemlich schön. Du hast Heinrich doch schon geküsst…?“

„Was weißt du davon?“

Minna wandte ihr den Kopf zu, und zog mit den Händen ihr Betttuch über die Lippen. „Ich habe auch schon mal“, flüsterte sie ins Laken und kicherte.

„Du? Wen?“

„Attila.“

„Oh Minna! Was machst du für Sachen. Du bist doch noch viel zu jung fürs Küssen.“

„Es hat sich einfach so ergeben.“

„Und?“

„Na ja.“

„War es schön? Hast du etwas gefühlt?“

„Schon. Es hat mir schon gefallen. Auf den Mund, ganz kurz. Attila hat es noch viel mehr gepasst. Der wollte es dann immer noch mal haben, und einmal wollte er mir…“

„Was wollte er dir…?"
„Ich glaube, an die Bluse."
„Nun sag einmal…! Das gibt es doch nicht!"
„Doch. Gibt es wohl. Aber ich habe mich gewehrt. Es hat mir nicht gefallen."
„Vater hast du aber nichts davon gesagt…?"
„I wo. Der muss nicht alles wissen."
„Minna, ich mache mir Sorgen."
„Hast du ein bisschen Angst?"
„Das muss so… so… weh tun"
„Ja", seufzte Minna. „So… es ist schwierig."
Alma ließ den Kopf auf ihr Kissen zurückfallen. „Ich glaube, ich habe die Liebe", sagte sie leise zur Zimmerdecke.
Minna versuchte, in der Dunkelheit Almas Gesicht zu erkennen.
„Ich… Mit ganzer Seele", sagte Alma.
„Sag bloß."

Die Hochzeitsvorbereitungen liefen an. Daniel Freier und Heinrichs Eltern setzten sich zusammen und schrieben die Zukunft auf eine Liste: Vieh und Geflügel, Wagen, Geschirr, Kleider, Wäsche, Möbel, Vorräte, Saat, Werkzeug, den pfeifenden Wasserkessel aus Kischinjew, Geld, Gold. Ganz unten, über den drei Unterschriften, stand das Land, das das Brautpaar besitzen würde. Sie kamen überein, dass Heinrich und Alma in den ersten Monaten nach der Hochzeit an der Kälber Drift wohnen würden. Bei den Krafts im Oberdorf war wenig Platz, und Freier war froh, seine älteste Tochter noch für einige Zeit bei sich haben zu können – solange, bis mit Emil Gieses Hilfe ein Haus gefunden war.
Pauline Kraft war für Freiers Geschmack zu altmodisch; schlicht war sie auch. Sie bestand darauf, Hochzeitsbitter auszuschicken, um die Gäste einzuladen, anstatt in Anschakrak schöne Karten und Umschläge drucken zu lassen. Da Heinrich nur eine Schwester hatte, würde die Sache an ihm und seinen Söhnen hängen bleiben. Er würde Georg und Jakob ausstaffieren und zum Haareschneiden zu Ziegelmacher schicken müssen. Die Kraft

dachte offenbar, er könnte das Geld drucken.
Sechs Tage vor Jubilate, an einem Montag, ritten die beiden Brüder auf geschmückten Pferden durch Ober- und Unterdorf und anschließend über Kulm auf der Landstraße nach Anschakrak. Als sie am Abend zurückkehrten, waren sie von einem Regenschauer überrascht worden und bis auf die Haut durchnässt. Alma, ihre Schwestern und Oma Mathilde trugen im Altenteil die Aussteuer zusammen.
Als die Nachbarn die ersten Hühner brachten, fuhr Mischka mit dem Wagen zum Teller- und Schüsselholen durch den Ort.
Die Frauen buken Paska, stapelten Holz und Reben neben den Öfen, bohnerten die Dielen im Haus, polierten das Besteck, den Samowar, die Lampen. Sie trugen Tische und Stühle nach draußen, und am frühen Morgen des Hochzeitstages sprengten die Jungen den Hof mit Wasser, damit die Schuhe der Gäste nicht allzu schnell staubig wurden, während Mischka mit Minna die Brautkutsche mit Bändern, Glocken und Papierrosen schmückte.
Die Witwe Stelter stand neugierig an der weiß gekalkten Mauer hinter dem Schweinepferch und tat so, als würde sie im Beet Unkraut zupfen.

Daniel Freier saß in der ersten Reihe, drei Schritte hinter dem Brautpaar, und dachte an Marga. Er fühlte sich – es war auf einmal über ihn gekommen, eine neue Erfahrung – alt. *So nimm denn meine Hände…*, sangen sie – hatten sie das nicht auch bei Marga und ihm gesungen? Er war sich nicht sicher. *Bis an mein Lebensende.* – Es war zu früh gekommen, das Ende, und nun war der Jüngste schon fast acht Jahre alt. Wo war er denn…? Er drehte seinen Kopf etwas zur Seite. Da saß er, Arthur, in seinem ersten Anzug – richtig vornehm und groß sah er aus neben Lilli, mit einem sauberen Hemd und glänzenden, braunen Haaren. Er konnte Arthurs Stimme aus dem Gemeindegesang heraushören. Sie war hoch, die helle Stimme eines Jungen. Es war noch lange hin, bis sie ihm brechen würde.
Freier fühlte sich alt.
Was redete Pomreinke wieder von lieblich? *…in der Bräute*

Locken, spielt der jungfräuliche Kranz, wenn die hellen Kirchenglocken, laden zu des Festes Glanz.

Mein Herr Jesus, dachte Freier. Aha. Vom Schiller war's. Musste Pomreinke wieder zeigen, was er alles wusste, selbst bei anderer Leute Hochzeit.

An diesem herrlichen Sonntag Jubilate...Preist den Herrn, denn er ist freundlich, und seine Güte währet...

Ihm fehlte Marga, dieses sture, liebe, herzensgute Weib. Gerade jetzt, dachte er, Jubilate, Hochzeit, ihre Alma, die Gäste. Was wäre sie stolz gewesen aufs Kind. Das Älteste. Das Mädchen. Sie hatte sicher keine gute Partie gemacht, jedenfalls keine so gute, wie sie hätte machen können bei mehr als dreihundert Dessjatinen, die sie beackerten. Aber ihr Heinrich, wenn er schon kein Land mitbrachte, schien doch ein anständiger, fröhlicher Junge zu sein, und er sah gesund aus. Würde ihr ordentliche Kinder machen, und dann müsste man sehen, was sie noch an Land bekommen würden von ihm.

Freier hörte Pomreinke auf der Kanzel, feierlichen Singsang – *die Jugend, an diesem herrlichen Tag im Wonnemonat, das Feuer, das Fleisch, die Liebe, die Ewigkeit* –, aber die Worte blieben in seinen Ohren hängen und drangen nicht in seine Gedanken vor. Freier war bei seiner Frau. Nein, dachte er, viel Liebe war nicht gewesen zwischen ihnen, am Anfang. Wie hätte das auch sein sollen, wo sie sich, als sie von ihren Eltern vor den Altar geschickt wurden, überhaupt nicht kannten? Zweimal hatten sie sich die Hand gegeben, kurz nur, und Margas Finger waren feucht und kalt gewesen, einmal bei den Freiers an der Kälber Drift, einen Sonntag später bei Jeschkes in der Stube in Kulm. Kaum ein Wort gewechselt hatten sie, weil es um Land ging, um Vieh und Schränke und Werkzeug und Saat. Sie hatten sich verschämt aus den Augenwinkeln angeschaut. Marga Jeschke mit ihren Zöpfen hatte ihn einmal angelächelt – sicher mehr aus Höflichkeit als aus Zuneigung – und ihre etwas schiefen Zähne gezeigt. Na ja, oben die Schneidezähne waren schon *sehr* schief, richtig ineinander verkeilt, das hatte er dann gemerkt. Freier hatte nicht gelächelt, das lag ihm nicht, es wäre auch nicht korrekt gewesen. So hatten sie geheiratet, ohne Gefühl, zuerst. Er liebte damals nur die Pferde, die waren treu, gleich was kam. Vielleicht war am Ende nicht viel Herzensfreude gewesen zwischen ihnen. Aber sie hatten sich aneinander gewöhnt. Auch wenn Marga die Freude immer schwer gefallen war. Ja, es war eine schöne Feier gewesen damals, und keiner hatte es bereut. Jedenfalls nicht wirklich – nie länger als für einige Tage. Es hatte sich alles zum Guten gewendet. Alma war neun Monate und drei Tage nach der Hochzeit auf die Welt gekommen, und das Fleisch… – ach, die Frau wusste wohl bis zum Schluss nicht, dass Gott ihr einen Leib gegeben hatte, der ein Geschenk für ihn – für ihren Mann – sein sollte. Das Fleisch – ja, fleischlich war es nie gewesen mit ihnen. Pflicht, darum ging es, um das Fruchtbarsein und Sichmehren. Das war Margas Wort gewesen: Es wäre ihre Pflicht. Und ihre Pflicht hatte sie immer getan, bis ganz zum Schluss, immer mit geschlossenen Augen. Die letzte Pflicht war Arthur gewesen, und der hatte sie ihm genommen.

Das war die alte Zeit, über die die jungen Leute nur noch lächelten. Selbst Fräulein Popesch mit ihren Handarbeiten glaubte, dass Ehen im Himmel gemacht wurden, nicht in der Küche. So waren die Ideen in der modernen Zeit. Und wo war nun Almas Bund geschlossen worden? Ein junger, schneidiger Bursche, aber so arm, so arm… so alles andere als reich, kaum ihr Auskommen hatten die Krafts, nicht mal einen anständigen Wagen.

Aus den Augenwinkeln sah er seine Kinder in einer Reihe neben sich sitzen. Minna trug ihre Haare hochgesteckt. Ein Kranz aus weißen Wicken lag auf Lillis Kopf, der sich halb aufgelöst hatte. Die Mädchen sahen glücklich aus, wenn sie sich ins Ohr flüsterten und tuschelten und kicherten, aufgeregt auch. Zwei oder drei Jahre noch, dann wäre die nächste soweit, wenn sie denn einer würde haben wollen.

„Amen“, rief Pomreinke von der Kanzel. „Und nun“ – der Pastor lächelte breit – „wollen wir eine Darbietung unserer deutschländischen Gäste hören. Die jungen Leute…“

Freier wusste nichts von einer Darbietung, aber es würde wohl

Musik sein, dachte er. Seinetwegen mussten die das nicht tun. Gut, wenn es den Leuten gefiel... Würden dann sicher alle ein Stück Streuselkuchen bekommen müssen, diese Deutschländer. Wieder ein paar Mäuler mehr, die zu stopfen waren. Sie nahmen es, wo sie es kriegen konnten.

Zu siebt gingen sie nach vorn, die beiden Mädchen und fünf Jungen. Freier erkannte den großen, der Versicherungen verkaufte. Und wie sie aussahen, an einem Sonntag, zu Jubilate auch noch, am Hochzeitstag seiner Tochter... Drei der Burschen trugen kurze Lederhosen mit Trägern und gestreifte und karierte Hemden, und die Mädchen Röcke, viel zu kurze, weiße Röcke, kaum über die Knie reichte der Stoff. Englische Schirmkappen hatten zwei der Jungen auf dem Kopf, selbst in der Kirche, und die in den kurzen Hosen trugen Sandalen, durch die man die nackten Zehen sah. Dass sie sich nicht schämten. Aber – wenn man in Deutschland heutzutage so herumlief...!? Es war merkwürdig. Immerhin glänzten die Instrumente festlich, wie Gold. Drei Trompeten hatten sie, ein Horn, eine Tuba und zwei – ein Bursche und ein Mädchen – Zugposaunen. Ja, es klang gar nicht schlecht, was sie machten. Was war diese Melodie? Er kannte sie, aber er wusste nicht, woher. Ein Choral war es... – nein, jetzt hatte er es: Es war das Kaiserlied. *Gott erhalte Franz den Kaiser*, ja. Ein schönes Stück aus der alten Zeit.

Als sie ausgespielt hatten, gingen sie auf ihre Plätze in den hinteren Reihen zurück. Einige Gemeindeglieder räusperten sich, während Pomreinke nach vorne vor den Altar ging und Alma und Heinrich zu sich bat.

Hübsch sah sie aus, dachte Freier, in ihrem Kleid, mit dem Schleier. Sie hätte aber doch weiße Schuhe bekommen sollen. Diese schwarzen Klotzdinger – passten nicht.

„Das war nicht schlecht“, flüsterte Alfred Ziegelmacher, der mit Lobgott auf der Orgelempore saß und über die Brüstung sah. „Besser mit den Instrumenten wie wenn sie den Mund aufmachen.“

Es kamen fast doppelt so viele, wie sie eingeladen hatten. Wenn sich einer ein Fest mit allem Drum und Dran leisten konnte, dann Daniel Freier an der Kälber Drift, man brauchte also nicht scheu zu sein. Georg und Jakob hatten achtzig Gäste zur Hochzeit gebeten, mehr als üblich im Ort, aber sie konnten die anderen schlecht wegschicken, zumal sie Geschenke brachten. Auf Breitem Weg und Kälber Drift standen Pferdewagen in langer Reihe. Haus und Hof waren voller Menschen, die laut durcheinander riefen, lachten, erwartungsvoll in die Küchen sahen. Eine Horde Kinder hüpfte in Sonntagssachen durch die Erwachsenen hindurch, Arthur vorneweg, ihr Anführer, dessen weißes Hemd an den Manschetten schon Staubstreifen hatte. Rosie lief von einem zum anderen und schnüffelte an Hosenbeinen und Kleiderröcken.

„Wie geht es uns?", fragte Dr. Prudöhl, als er bei seiner Begrüßungsrunde auf Isidor Giese traf.

„Wie's Ihnen geht, weiß ich nicht, mein lieber Herr Doktor. *Mir* geht es schlecht."

„So? Wo ziept es denn?"

„Ja, ziepen tut's, das ist das richtige Wort, das Sie gewählt haben." Er fasste sich an den Bauch. „Hier drinnen ziept's, im Allerheiligsten. Ganz gehörig."

Prudöhl legte seinen Kopf etwas schief, als dachte er nach. „Geht das schon lange so?"

„Ach, i wo. Vier, fünf Monate erst."

„Sie sehen auch dünner aus als sonst, Herr Giese. Geht es noch mit dem Essen?"

„Mir ist der Hunger vergangen. Mir schmeckt nichts mehr, all die schönen Sachen nicht – und das, wo Hochzeit ist! Ja, ja, das Leben ist voller Bitternis, selbst an Tagen wie diesen, nein? Am Abend zerreißt es mir den Leib, Prudöhl, hier unten, wo die Warmwasserleitungen verlegt wurden. Wenn es ganz schlimm wird, lege ich mich auf dem Rücken auf den Boden, bei meinem Sohn im Keller. Das hilft ein wenig. Und dann arbeite ich weiter – oder was man so macht." Giese lachte heiser. „Das schafft ein wenig Linderung. Arbeit ist gut. Schweiß heilt alle Krankheiten. Nur ob er auch das Alter heilt, muss man sehen."

Prudöhl sah ihn prüfend an.
„Alles hat seine Zeit, Herr Doktor. Der Schmerz. Der Leib… Walburga – was meine Schwiegertochter ist, die – die schneidet mir nun die Harbusen auf und schmiert mir Brote. So hat alles sein Gutes. Muss ich mir auf meine alten Tage nicht mehr die Finger schmutzig machen."
„Ich weiß nicht, Opa Giese. Das sollten wir untersuchen."
„Red nicht, Prudöhl. Es ist Festtag hier. Nun lass mich mal Platz nehmen, dass wir den Betrieb nicht aufhalten. Mir tun die Füße weh. Geht ja wohl die Mahlzeit los, mit all den Schüsseln und Sächelchen hier. Kann ich hier sitzen… – hier – Leopoldine, wär es recht, wenn ich zu Dir komme?"
„Recht ist es", rief die Witwe Stelter, die neben Irma Schilling an einem Tisch saß. „Nur zu, Vater Giese. Gibt Platz genug für alle. Komm man zu uns."
Isidor Giese setzte sich dazu, während Prudöhl stehen blieb und sich weiter unterhielt.
„Weißt, was ich immer sag, Leopoldine?", sagte Giese schelmisch.
„Na?"
„Schönheit vergeht, Hektar besteht." Er lachte und klopfte mit der flachen Hand auf den Tisch.
Irma Schilling seufzte.
„Ist es nicht so, altes Mädchen?"
„Schönheit papperlapapp! Welche Schönheit?", fragte Frau Stelter mit spitzen Lippen.
„Ja, das ist recht, dass du so reden tust", sagte der alte Giese. „Was weißt du auch von Schönheit, Poldinchen?"
„Was *ich*…!? Du bist doch nicht schon betrunken, Isidor!?"
„Geh mir ab!"
„Bist du. Ich kenne dich."
„…redst von Schönheit…"
„Du hast damit angefangen."
„… altes, bitteres Weib…"
„Da hast du früher anders geredet."
„Opa Giese…", sagte Irma Schilling leise. „Nun verderbt ihr zwei

Streithähne nicht allen die Freude."
„Jajaja", grummelte er. „Nur reden tut die wie..."
„Wir wissen es jetzt", beschwichtigte Frau Schilling. „Es soll nicht einer des anderen Richter sein."
„Wie ein Pharisäer predigt sie! So. Jetzt habe ich es gesagt."
„Bitte, Opa Giese..."
„Ist ja schon gut, Irma. Wie der Pastor predigst du. Wo ist überhaupt dein Junge?"
Sie zuckte mit den Achseln. „Hintendurch", sagte sie.
„Wo ist eigentlich *deine* Sippe, Isidor?", fragte Frau Stelter trocken. „Emil und Walburga und deine Enkeltöchter? Haben sie dich heute alleine losziehen lassen?"
„Das musste ja kommen."
„Ich bitte dich, Poldine", sagte Frau Schilling. „In Frieden wollen wir feiern. Wie redliche Christenleute. Horch, da geht die Musik los! Da sitzt der Trautmann-Junge auf dem Fass und spielt seinen Blasbalken. Einen Hopser."
„Heute Abend werden sie sicher alle tanzen", sagte die Stelter trocken. „Wenn der Schnaps den jungen Leuten zu Kopfe gestiegen ist."
„Gut so!", rief Giese. „Tanzen sollen sie, jawohl!"
„Sünde. Sünde. Sünde."
„Ach, wir sind allzumal Sünder, was soll das Gerede? Wer sagt überhaupt, dass man nicht tanzen soll!? Hat nicht das Volk Israel schon getanzt?"
„Unser Pomreinke sagt es. Der Tanz ist vom Teufel. Du sitzt doch lange genug in der Stunde, dass du es auch einmal gehört haben könntest. Und die Israeliten – ich muss mich doch sehr über dich wundern."
„Hm?"
„Getanzt mögen die haben. Aber nur ums goldene Kalb. Um ihren Götzen."
„Und deswegen sollen die jungen Leute keine Freude haben dürfen? Weißt du was, Mädchen!?", sagte Giese. „Hellmuth Lobgott redet auch so einen Stuss. So. Nun weißt du Bescheid. Alles Quatsch ist das, du alte Pietistentante, du. Meinst du, im

Himmelreich wird nicht auch getanzt werden von morgens früh bis abends spät?"
„Gott behüte mich. Wie bei den Papisten geht es hier zu, wie bei den Katholischen, und wo die Maria nah ist, ist der Baal nicht mehr weit. *So* ist es." Sie nickte zur Bestätigung.
„Nun lasst ihr zwei doch den jungen Leuten ihren Spaß", flüsterte Irma Schilling von der Seite. Sie knetete sich ihre Unterlippe mit den Fingern. „Das ist eine andere Generation. Und wenn die Menschen Freude haben..."
„Und das Volk tanzte ums Goldene Kalb und gedachte nicht seines Gottes", sagte Frau Stelter.
„Hah!", rief Giese und sah in den Hof. „Nun führ man keinen Krieg gegen die Kinder. Das hat keine Zukunft."
„Ich?"
„Die Freude ist auch von Gott, meine Liebe, das lass dir gesagt sein. Nun reich mir die Schüssel mit den Ölplatz. Wird ja alles kalt bei deinen Fabeln."
„Nun schau einmal, Giese, deine Enkeltochter ist da hinten beim Schober", sagte Frau Schilling. „Siehst sie? Beim Wladimir steht sie."
Isidor Giese versuchte sich umzudrehen, wobei ihm sein Gehstock auf den Boden fiel. „Beim Schlächter, dem? Dem Drecksbuben?"
Sie nickte. „Beim Wladi."
Der alte Giese, aus dem Konzept gebracht, holte tief Luft.

„Erzähl doch mal, wie ist es bei euch im Reich?", sagte Emmi Trautmann in die Runde, die Gabel in einem Stück Käsekuchen.
Johannes, der Deutschländer, sah sie mit lustigen, selbstbewussten Augen an, als würde ihn die Frage amüsieren. „Wie soll es sein? Gut ist es. Da herrscht Ordnung. Der Krieg ist fast vorbei. So gut ging es nie. Polen ist besiegt, der Franzmann am Ende."
„Menschenskind", sagte Emil Giese. Neben ihm saß seine Frau Walburga, die ein Veilchen hatte, weil sie in der vergangenen Woche im Haus gestürzt war. „Und euer Hitler? Wie macht der

sich?"
„Ein guter Mann", sagte Johannes. „Genial. Das Lumpenpack ist von den Straßen. Da ist richtig Schwung in den Laden gekommen. Es gibt wieder Arbeit für alle. Überall bauen sie – Straßen quer durchs Land, Fabriken, Schiffe. Und Berlin… – die Reichshauptstadt soll nun auch noch gemacht werden. Und Flugplätze kommen überall hin. Riesig. Auch für Luftschiffe."
„Gemacht werden?", fragte Walburga. „Berlin soll *gemacht* werden?"
„Alles soll größer werden in unserem Berlin. Größer und schöner. Endlich sind wir eine Weltmacht. Da muss man auch etwas… darstellen, wissen Sie? Eine Hauptstadt für die Welt sein wollen. Etwas repräsentieren unter den Völkern. Das sagt der Führer höchstpersönlich."
„War doch bei der Olympiade auch schon nicht schlecht", sagte Giese. „Hatten wir hier – die Rumänen hier, die Großrumänen – auch einen geschickt. Einen Heber. Einen, der Gewichte hebt."
„Kann schon sein", sagte Johannes. „Gewonnen hat er aber nicht. Bei den Gewichtlern waren die Ägypter ganz stark."
„Nein, gewonnen hat er nicht", sagte Giese nachdenklich. „Das stimmt. Zum Sieg hat's nicht gereicht. Eine einzige Medaille haben die Rumänen geholt. Silber. Ich weiß nicht mehr, für was. Aber da wurde hier gefeiert. Ganz groß. Alle betrunken."
„Und die Russen?", fragte Walburga. „Die waren gar nicht da, hat es geheißen."
„Die Bolschis hat auch keiner vermisst. Das Pack."
„Na na na", sagte Giese. „Wir haben es hier mit denen hundert Jahre lang und mehr gut ausgehalten, auch wenn sie da ihren Lenin noch nicht hatten. War nicht immer die innigste Liebe, aber auskommen kann man mit denen schon, wenn man weiß, wie man es macht."
Johannes kaute stumm weiter; er aß ein Stück Kirschtorte. „Jetzt ist es hier aber auch anders geworden – und besser. Die Nationalisten werden auch das hier in Ordnung bringen. Den ganzen Balkan."
„Meinst du?"

„Und wie. Kann man doch jetzt schon sehen. Bukarest wird wieder ernst genommen. Das größte Land in der Region."
„Stimmt das, dass alle Deutschländer sich nun mit dem Hitlergruß anreden?", fragte Walburga. „Dieses Arm-hoch und Heil-Hitler-Gerede?"
„Was ist daran Gerede?"
„Es klingt so... merkwürdig. Lächerlich irgendwie. ‚Heil, mein Führer!' – und alles im Stechschritt und mit Fackeln. Geh mir ab. Wie die Kinder."
Johannes sah sie an. Die Kuchengabel schwebte auf halber Höhe vor seinem Hemd. „Ihre Gesinnung lässt schon zu wünschen übrig, Frau Giese."
„Meine *Gesinnung*?"
„Schämen sollten Sie sich."
Walburga Giese sah unsicher zu ihrem Mann.
„Wisst ihr etwa nicht, wie der deutsche Gruß ordnungsgemäß zu erweisen ist!?", rief Emil Giese plötzlich.
„Na?"
„Durch aufgehobene Rechte!" Giese brüllte los, ein Spucketropfen traf Johannes' Tortenstück. Walburga und die anderen prusteten los. Johannes und sein deutschländischer Freund blieben stumm.
„Was gibt's für neue Witze?", rief Georg, der hinter den Gieses stand und mit einem Teller in der Hand mitlachte. „Sechs Monate Gefängnis! Ha, ha, ha..."
„Aber mal ernst", sagte Giese und beugte sich, die Ellenbogen auf der Tischdecke, zu den Deutschländern vor. „Stimmt es, dass euer Hitler die Deutschen alle zurückholt?"
„Welche Deutschen?"
„Die bei den Russen – an der Wolga und in Siebenbürgen die."
„Habe ich nichts von gehört. Gibt's da Deutsche?"
„Gibt's da Deutsche, sagt er. – Und wie's da Deutsche gibt, Junge! Seit Katharina schon. Was sind *wir* denn?"
Johannes zuckte mit den Schultern. „Ist mir ja egal. Aber dass die nun alle zurückkommen sollen – das ist Quatsch. Die Deutschen *gehen* in den Osten, die kommen nicht von da. Dort liegt unser

angestammter Lebensraum."
„Hmm." Giese zögerte. Aus den Augenwinkeln sah er Emmi und Samuel Trautmann, die genau zuhörten. „Ist bei euch nie die Rede von Heim-ins-Reich, Johannes? Dass... na, das kommt ja nicht von mir, aber so in der Richtung, dass das deutsche Volk geeinigt werden soll oder muss oder was, so ungefähr?"
„Weiß ich nicht. Möglich. Mit den Russen und den Slawen sollten wir nichts zu tun haben. Wollen wir auch nicht. Das mischt sich nicht."
„Die Russen wollten uns schon mal alle nach Sibirien schicken", sagte Trautmann. „Neunzehnsiebzehn. Da stand schon der Zug hier in Bessarabeska. Kohlewaggons. Mit Bolleröfen in der Mitte und Eimern drin für die Notdurft."
„Da sehen Sie mal", sagte Johannes. „Sowas gibt es unter dem Führer nicht. Wer zum Volk gehört, muss geschützt werden."
„Mit Gott hat der Russe es auch nicht", sagte Giese. „Für die Bolschewiken ist der Glaube Opium. Die Gläubigen werden alle abgeholt."
„Dann können wir nicht mehr bei den Russen leben", sagte Walburga leise. „Wir können doch nicht unseren Herrn und Schöpfer verleugnen!? Uns versündigen!?"
„Mach dir keine Gedanken, Frau."
„Unter den Zaren war es anders. Da war es egal, in welche Kirche man ging. Jeder wie er wollte."
Emil Giese seufzte. „Tja. In Russland sind alle Kirchen hin. Da machen sie wer weiß was draus, Spielhöllen und Filmhallen..."
„Ist doch gut – dann gehen wir eben!", rief Reinhold Trautmann. „Stell dir vor, es geht heim ins Reich. Das ist doch was anderes als hier. Das ist doch *rückständig* hier – nur Felder und Pferde – Landwirtschaft... Man macht eine Reise in die große weite Welt. Was es da alles zu sehen gibt... Ich bin dabei!"
„Bist du meschugge geworden, junger Mann!?", schimpfte Emmi Trautmann. „Sei nicht so überheblich, und halt deinen Rand. Was rückständig ist, hast du noch nicht gesehen mit deinen paar Jahren auf dem Buckel. Reiß nicht den Mund so auf, mein Sohn!"
Georg stand neben Reinhold und überlegte, wie es in

Deutschland wäre. Es war eine aufregende Vorstellung, fand er.
„Du, Johannes", sagte er in die Runde. „Was habt ihr für Pferde im Reich?"
Johannes lachte laut. „Pferde!?", rief er. „Du machst mir Spaß! Wir haben *Maschinen*. Automobile. Flugzeuge! Panzer! Mit euren Mühlkleppern kommt man nicht weit, wenn man in den Krieg ziehen will. Paff, paff, paff, und hinüber sind sie."
An den Tischen am Brunnen, die im Schatten des Flieders standen, entstand ein Tumult. Die jungen Gäste sprangen auf und schrien laut durcheinander, bis sich ein Sprechchor gebildet hatte. „Sauer, sauer, sauer, sauer…", riefen alle, immer lauter, bis Alma und Heinrich schließlich aufstanden und sich vor allen anderen auf den Mund küssten.
„Siehst du, Walburga", sagte Giese. „Einige Dinge ändern sich nie. Es ist wie damals, weißt du noch?"
„Oh ja. Das tue ich. Das vergesse ich nicht mehr."

Um Mitternacht ging Alma ins Haus. Sie ließ sich von Minna und Irma Schilling abhäuben, die welk gewordenen Blüten aus den Haaren zupfen und die schwarzen, klobigen Lederschuhe ausziehen.
Als sie unter das Laken schlüpfte, merkte sie, dass ihre Unterlippe wund war. Sie leckte das Blut mit der Zunge ab, legte sich auf den Rücken und wartete.

„Erst muss der Bräutigam sein Geschenkchen abgeben", sagte Irma Schilling am nächsten Morgen kauend. Sie war zum Frühstück gekommen, um Oma Mathilde und den Mädchen beim Aufräumen nach der Feier zu helfen. „Danach können die anderen zeigen, was sie sich die Sache haben kosten lassen. Aber Zweisamkeit geht vor. Zweisamkeit liebt Einsamkeit, sage ich immer." Sie hatte sich eine Scheibe Graubrot mit Butterscheiben belegt und aß im Stehen. In der anderen Hand hielt sie ihre Teetasse, die sie beim Reden schwenkte. „So ist es."
Emil Giese rauchte eine teure russische Zigarette mit einem Filter und klatschte geziert langsam, als er Heinrich und Alma kommen

sah. Alma war rot im Gesicht, sah auf den Boden und ging zu Minna an den großen Waschtrog, um sich zu beschäftigen.
„Frau Kraft!", rief Heinrich. Er sah sie nicht an, sondern starrte weiter in den Hof. „Sieh dir das an. Da!"
Alma hielt den Kopf gesenkt, lugte aber aus den Augenwinkeln in den Hof. Sie sah Emil Giese in seinen albernen Kniehosen und dahinter, am Brunnen, ein junges, etwa einjähriges Pferd. Es hatte einen Haufen gemacht und riss mit ausgestrecktem Hals am Flieder. Um den Hals hing ein rotes, aus Stoff geflochtenes Band.
„Von Boias", sagte Daniel Freier und grinste übers ganze Gesicht. „Ein schönes Tier. Aus Anschakrak hat er es geholt. Er selbst. Ist das nicht anständig? *Hoch* anständig von ihm. Sehr großzügig."
Er hatte Recht, dachte Alma, es war ein gutes Tier, das sah sie, obwohl man von Schönheit nicht sprechen konnte; grau und kräftig gebaut, für die Feldarbeit gemacht, nicht fürs Ausreiten. Aber von Boias Dressner – vom Mann von Elwira, dieser feinsinnigen, guten Frau – da hatte sie eigentlich… Es war egal, was sie hatte. Heinrich war außer sich vor Freude. Er lief zu dem Tier, band es los und führte es vor die Sommerküche. „Ich glaube es nicht!", rief er immer wieder.
Alma ging an den Waschtrog zurück.
„Komm, Alma!", rief Heinrich. „Versteck dich nicht. Lass uns weiter sehen, was wir an Mitbringseln haben." Alle lachten erwartungsvoll, als sie zu den Tischen im Hof gingen, auf denen Geschenke lagen, einige in Papier gewickelt, andere in Holzkisten.
Daniel Freier hatte es nicht bei den fünfzehn Dessjatinen belassen, sondern schenkte ihnen auch den Baschtan oben auf dem Bulgarenberg. „Um den hast dich ja all die Jahre gekümmert", sagte er zu Alma. „Da soll er nun dein sein. Der Boden ist gut oben für Schabbeln und Harbusen und Kraut. Dass was Gutes in eure Suppentöpfe kommt." Außerdem schenkte er ihr ein neues Spinnrad und Heinrich einen Fellmantel, gefüttert mit Iltis.
Irma Schilling gab ihnen eine selbst gemachte Hängeschaukel. „Aber nun macht noch nicht gleich ein Kind", flüsterte sie Alma zu, die prompt wieder errötete und nicht wusste, wo sie hinsehen

sollte. „Die Zeiten sind nicht danach."
Die Witwe Stelter hatte zwei Dutzend Gläser mit eingemachten Pilzen gegeben. Hallimasch, Steinpilze, Trompetchen, alle aus dem vorigen Herbst. „Der Geizknochen", rief Georg etwas zu laut, als Alma den Deckel von den beiden Holzkisten nahm, in denen Frau Stelter die Gläser von Wladi hatte bringen lassen. „Alte Pilze. Als ob wir nicht selbst genug fürs ganze Dorf hätten, wo die bei uns keiner isst außer Hedwig, und die essen in Kulm nur so komische Sache. Die Stelter, die… Das weiß die ganz genau. Zu Mutters Zeiten war das schon so."
„Du krakeel hier nicht so laut rum im Hof", sagte Freier. „Schlecht gemeint wird sie es nicht haben."
„Und ob", sagte Georg. „Wahrscheinlich sind die alle giftig."
„Ruhe habe ich gesagt! Du gehst ins Haus, wenn du dich nicht zu benehmen weißt!"
Georg verzog den Mund, sagte aber nichts weiter. Er ging in den hinteren Teil des Hofs und verschwand im Stall.
„Hier", sagte Freier. „Schaut euch zwei mal dies hier an. Die sechs Tontöpfe."
„Was ist das?", fragte Alma. „Was sind das für Pflanzen?"
„Apfelsinenbäume", sagte Freier stolz. „Aus der Levante. Von Samuel Trautmann – dem, der nur einen Fuß hat und die Mühle an der Lehmkuhle."
„Ich kenne den doch, Vater. – Das ist aber sehr großzügig von ihm."
„Die kannst du nur nicht oben auf den Baschtan mitnehmen", sagte Freier, „Weil es zu trocken ist, sagt Trautmann. Zu windig kann es da auch werden. Bei Apfelsinen musst du aufs Wasser achten. Im Hof kannst du eine einpflanzen, wenn ihr einen Brunnen haben solltet. – Na, werdet ihr schon haben. Dann gedeihen die wie im Paradies."
„Ich habe auch etwas für euch", rief Georg, der aus dem Pferdestall in den Hof zurückkehrte. Er hielt einen kleinen Holzkäfig vor der Brust.
„Oah", rief Alma. „Schau mal, Heinrich, was Georg gebracht hat. Zwei Tauben – und wie die gurren! Horch mal!"

„Braune Purzler. Die sind von meinen."
„Wo hast du sie die ganze Zeit gehabt? Die sind doch... – sind doch keine ganz jungen mehr."
Georg schüttelte stolz den Kopf. „Bei Attila Pahl, damit sie keiner sieht. Vom letzten Jahr sind die. Die haben noch nicht gebrütet, aber es sind Weibchen und Männchen." Er sah durch die Seitenleisten in den Käfig. „Mit denen müsst ihr aufpassen. Die sind empfindlich und noch ein bisschen toll. Die waren immer nur bei Pahls und noch nicht draußen. Am Anfang sind Purzeltauben manchmal dumm, und der Falke holt sie, wenn man sie frei fliegen lässt."

Kapitel 11: Heim

Georg hörte die Dielen im Flur knarren. Er lag auf dem Bauch in seinem Bett und schlug in der Dunkelheit die Augen auf. Er war sofort hellwach und zwang sich, kein Geräusch zu machen.
Es war einer da, er spürte es, jemand schlich durch ihr Haus. Sein Herz fing an zu rasen. Er hörte es in seiner Brust bis hoch in den Hals und in die Ohren schlagen. Ohne den Kopf zu bewegen, sah Georg zu Jakobs Bett hinüber. Sein Bruder schlief mit dem Gesicht zur Wand. Er konnte sein regelmäßiges Atmen hören.
Wieder ein Ächzen und Knarren des Holzes – jemand ging langsam durch die Diele.
Etwas war faul, dachte er. Ein Dieb im Haus? Ein Tier?
Georg hatte Angst. Er biss, um ruhig zu bleiben, in das dünne Laken, mit dem er sich zugedeckt hatte, drehte sich vorsichtig auf die Seite, hob den Kopf und beobachtete die angelehnte Tür. Er richtete sich langsam im Bett auf und tastete im Dunkeln mit einer Hand nach der Nachttischschublade. Er merkte, dass er zitterte. Sein Messer… wo war sein Klappmesser…? Er fischte in der Lade und befühlte die Gegenstände, die er dort aufbewahrte – eine Spule mit Angelschnur, seine kleine Bibel, die Armbanduhr, die er zur Konfirmation bekommen hatte. Jetzt fiel es ihm ein: Er hatte am Abend nach dem Essen in der Sommerküche mit dem Messer geschnitzt und aus Langeweile ein Stück Ofenholz in kleine Stücke geschnitten. Dort musste das Messer liegen, in der Küche auf der Bank.
Die Tür seines Zimmers öffnete sich langsam. Georg spannte alle Muskeln an. Er würde sich nicht einfach so überrumpeln lassen, nicht er…
Ein Mann. Er kam ins Zimmer, ohne ein Geräusch zu machen. Mittelgroß, schlank. Georg erkannte die Umrisse, einen Hut, etwas langes, dunkles… – ein Gewehr in der Hand… Georg schluckte. Sein Hals war trocken.
„Ksch“, flüsterte Daniel Freier. „Georg? Schläfst du? Hörst du mich?“
„Hmm“, machte Georg laut, spürte Erleichterung, wartete noch

einen Augenblick – dann setzte er sich auf, schälte sich umständlich aus dem Laken und rieb sich das Gesicht, damit der Vater nicht merkte, dass er wach gewesen war. „Was ist?"
„Pst. Sprich nicht laut – und mach kein Licht."
Jakob rührte sich im anderen Bett und drehte sich zu ihnen um.
„Warum nicht? Was ist?"
„Leise, sag ich", flüsterte er. „Keinen Mucks. Steh auf. Du auch, Jakob. Zieht eure Sachen an."
„Jetzt? Mitten in der Nacht? Wieso denn?"
„Jetzt macht, was ich euch sage, und beeilt euch. Keinen Ton will ich hören. Und kein Licht. Auf gar keinen Fall."
Die Brüder fanden die Familie und Mischka in der Stube, in Straßenkleidung. Nur Lilli, Schlafkrümel in den Augenwinkeln, trug noch ein weißes Nachthemd mit einem bestickten Kragen, das ihr eng am Hals saß und bis auf die Waden fiel. Sie hatten kein Licht gemacht und die Vorhänge zum Breiten Weg zugezogen. Der Vater hatte mit dem Gewehrlauf die Gardinen ein kleines Stück aufgeschoben und sah auf die Straße. Arthur quengelte an Oma Mathildes Hand.
Georg stand barfuß auf den Holzdielen, in Reithose und offenem Hemd. Er spürte, wie der Boden vibrierte. Lilli schlich rasch zur Vitrine, öffnete die Türen und hielt die klirrenden Gläser und Flaschen fest. Da – jetzt sah er draußen eine Bewegung hinter dem Schlitz in den Gardinen, einen wandernden Schatten – es kam ihm vor, als würde das Haus zu beben beginnen. Ein Erdstoß, dachte er. So fühlte es sich also an, wenn die Erde wackelte. Er sah an die Decke.
„Da sind sie", flüsterte der Vater. „Mitten in der Nacht."
„Wer?", fragte Jakob. „Was ist denn los?"
„Der Russe. Panzer und Kavallerie. Zwanzig oder dreißig Panzer. Am Ring sollen sie sein. Sie haben geschossen, sagt Giese. In ein Haus haben sie wohl geschossen am Ring. Mehr weiß ich auch nicht."
„Pfui", sagte Georg. „Was wollen *die* denn hier? *Russen?*"
„So etwas habe ich noch nicht gesehen", sagte Freier, ohne sich umzudrehen. „Emil Giese mit seinen Händen hoch über dem

Kopf, als wäre es ein Banküberfall. Fast lachen hätte ich gemusst… – wenn es nicht so ernst gewesen wäre. Bleibt hier in der Stube. Ich gehe nach hinten raus."

Daniel Freier bewegte sich im Dunkeln langsam durch das Haus: die Diele, das Zimmer der Jungen, die Durchgangskammer, Oma Mathildes Altenteil. Er öffnete vorsichtig die Tür zur Sommerküche, sah niemanden im Hof und trat ohne Laterne ins Freie. Er sah auf den Boden vor sich, um mit den Füßen nichts umzuwerfen und Lärm zu machen.

Rosie riss mit der Kette an ihrer Hütte und bellte. Die Tiere im Dorf, von den Panzerketten geweckt, waren aufgeregt. Überall schlugen Hunde an, und vom Kogälnik her konnte Freier die Gänse schnattern hören. Er dachte an die Pferdetabon unten am Fluss – er wünschte, er könnte nach den Tieren sehen. Sie würden wild sein vor Angst. Aber es ging nicht, nicht jetzt. Irgendwo zum Ring hin rief jemand. Nebenan bei Leopoldine Stelter schlug eine Stalltür.

Freier hörte Pferdehufe vom Hintergarten her. Für einen Moment erwog er, noch einmal zum Kontor hinüberzulaufen und seine zweite Flinte aus dem Gewehrschrank zu holen, aber er hatte den Schlüssel im Haus gelassen.

Er war erleichtert, als er Emil Giese erkannte, der ihn mit der Hand grüßte und im Hof vom Pferd sprang, das er ohne Sattel ritt. Sein Hemd war in den Achseln und auf dem Rücken durchgeschwitzt, obwohl die Nachtluft kühl war.

Giese war seit zwei Uhr früh auf den Beinen, als Ziegelmacher mit nackter Brust, eine Telegrafenmeldung aus Kischinjew in der Hand, an seine Haustür geklopft hatte.

Giese hatte seine Familie aus dem Bett geholt und war mit seiner Frau Walburga und Ziegelmacher, nur in Hemd und Hose, barfuß in den Stiefeln, über den Ring gelaufen. Sie hatten Hellmuth Lobgott geweckt, und Samuel Trautmann von der Lehmkuhle, alarmiert von der Kulmer Kirchenglocke, die er gehört haben wollte, war ihnen wenig später über den Weg gehumpelt, eine Laterne in der Hand.

Emil Giese war ein Mann, der in der Krise aufblühte. Er hatte seiner Frau, Ziegelmacher, dem Küsterlehrer und Trautmann in wenigen geflüsterten Sätzen die Lage erklärt und sie ausgeschickt, zwei ins Oberdorf, zwei ins Unterdorf, die einen an den Höfen der Nordseite entlang, die anderen an den Grundstücken gegenüber, die zum Kogälnik hin lagen. Von einem Haus zum anderen sollten sie laufen, so leise es ging; auf Zehenspitzen schleichen am besten und an jede Haustür klopfen, bis alle gewarnt waren. Sie sollten kein Licht mitnehmen, kein Feuer machen, kein Geräusch.

Lobgott, Ziegelmacher und Walburga waren gefasst. Sie wussten, was er von ihnen erwartete, und machten sich auf den Weg, ohne weitere Worte zu verlieren.

Vom alten Trautmann war Giese enttäuscht. Der Müller roch aus dem Mund nach Schnaps, und alles an ihm schien zu zittern – die Finger, die Oberlippe mit der dünnen Kindheitsnarbe, die Zähne. Aber der Primar hatte keine Wahl: Es blieb keine Zeit, mitten in der Nacht nach anderen Boten zu suchen oder Zettel zu schreiben; alles musste schnell gehen. Also hatte er Trautmann geschickt, der nur noch ein Bein hatte und, wenn es darauf ankam, nicht zum Helden taugte.

Die Nachricht war vom Ring in einer Stunde durch das Dorf gegangen – bis in die letzten Höfe, die an den Feldern lagen, mehr als zwei Werst vom Ring entfernt. Gieses Boten hatten es allen zugeflüstert, und jeder hatte es sofort den Angehörigen, Knechten und Nachbarn weitergesagt: Die Russen hatten sich Leipzig genommen. Leipzig, den Budschak, Kischinjew, das Land, alles.

Breiter Weg und Kälber Drift lagen still in der Nacht. Bis auf die Lampen am Ring brannte nirgends Licht. Dennoch war in den frühen Morgenstunden der ganze Ort auf den Beinen – aufgeregt, gefasst, in Eile. In kürzester Zeit verschwand alles, was auf den Höfen von besonderem Wert war: in Magasin-Verstecken; in Eiskellern und Erdlöchern; in Fallböden, die in den Viehställen unter dichtem Stroh und Mist für Nächte wie diese angelegt worden waren; in Säcken, die an Eisenhaken in die stinkenden

Gruben der Nuschniks gehängt wurden. Geld und Schmuck, Persianer- und Zobelfelle, wertvolles Geschirr und Silber, Stoffe, Schnaps – alles löste sich in Luft auf, bevor die ersten russischen Soldaten ihre Gesichter an den Türen zeigten. Noch in der Nacht wurden Schweine erschlagen, einzeln und von hinten, mit Beilen und stumpfen Keulen, damit sie überrascht wurden und keinen Laut von sich gaben. Die Tiere hatten kaum Fett angesetzt, es war viel zu früh im Jahr. Die langen, dünnen Körper hingen zum Ausbluten hinter verschlossenen Türen in den Ställen und Scheunen, wo sie niemand sehen konnte.

„Wo sind die Rumänen alle, Herr Giese?", flüsterte Georg, der hinter seinem Vater in den Hof gekommen war. Er war noch immer barfuß.

„Weg", sagte Giese.

„Aber die haben Miliz hier. Überall zwangseinquartiert haben sie die doch, bei Trautmann in der Lehmkuhle und im Oberdorf… – ihre Husaren, die Kavallerie mit den Männern von der Garde. Was ist mit denen?"

„Die sind alle weg. Abgehauen. Nach Westen, raus aus der Steppe. Noch vor Mitternacht. Die haben es gewusst und sind per Befehl ausgerückt und nach Hause geritten."

Daniel Freier stöhnte.

„Die können mit ihrer Kavallerie ja schlecht gegen die Panzer der Roten anreiten – weißt doch, Freier, wie denen ihre geschundenen Pferde aussehen. Und weißt du, was sie gemacht haben, bevor sie verschwunden sind?"

„Na?"

„Die Primaria haben sie still und heimlich aufgebrochen und die Waisenkasse mitgenommen."

„Ach du meine Güte. Das ganze Geld…"

„Weg. Alles weg."

„Diebe sind's doch alle. Die einen wie die anderen."

„Schießen die Russen denn?", fragte Heinrich Kraft.

Giese zuckte mit den Achseln. „Hörte sich für mich so an, als hätten sie am Ring ein paar Mal um sich geschossen. Aber an und für sich sind nur die Panzer eingefahren. Vom Bahnhof her, da waren sie zuerst. Ach, noch was... Nun ist Schluss mit dem Rumänischen. Nun geht alles wieder auf Russisch, wie damals in der alten Zeit."

„Geh in die Kammer und zieh dir Schuhe an", sagte Freier zu Georg. „Die festen Stiefel. Dass du richtig reiten kannst."

„Die Kleinen haben Angst", sagte Alma in der Sommerküche. Sie stapelte Rebscheite und getrocknete Miststücke vor dem Samowar auf, um ihn zu verstecken. „Lilli und Arthur."

„Dann nimm sie und sag ihnen, dass alles gut wird. Und Georg...!? – wo ist Mischka? – ah, hinten ist er mit Rosie... Georg, nimm dir Mischka und geh in den Stall und macht den Wagen fertig. Leise. Mit dem besten Geschirr, dem dicken braunen, bulgarischen. Nehmt die jungen Stuten."

„Wofür denn?"

„Man kann nie wissen, Junge. Vorsicht ist besser als ein Unglück. Und noch was: Schickt Jakob eben zur Stelter rüber. Der soll zusehen, dass sie auf den Beinen ist und was am Leib hat. Sonst kriegt sie vielleicht nichts mit, alt wie sie ist."

„Wie die Heuschrecken kommen sie", sagte Giese leise zu Freier. Er zündete sich eine Zigarette an. „Die rauche ich schnell mit dir, dann reite ich zum Ring – komm mal mit, wenn du nichts Besseres zu tun weißt, Freier. Du hast deinen Heinrich und Georg hier. Sind doch erwachsene Leute."

„Meinst du, das ist sicher?"

„So sicher wie irgendwas. Sicher ist gar nichts in so einer Nacht." Er blies mit der Unterlippe Rauch nach oben und sah Freier mit zurückgelegtem Kopf an. „Weißt du, wie die Aktion heißt?"

„Welche Aktion?"

„Das ganze Spektakel. Dass der Russe nun hier ist, und die Deutschen..."

„Was haben die damit zu tun?"

„Das ist alles ein abgekartetes Spiel. Heim ins Reich heißt es. Alle Deutschen sollen heim ins Reich."

Freier sah ihn irritiert und ratlos an. „Und da?"

„Das Volk mehren, Soldaten zeugen – was weiß ich? Kennst doch diesen Hitler. Das Deutschtum und überhaupt. Der möchte alle

Schäfchen wieder bei sich haben. Die im Baltikum, an der Wolga, uns…“ Er zog die Nachricht aus der Hemdtasche, die Ziegelmacher in der Nacht aus Kischinjew erhalten hatte. „Hier, lies, Freier. Das ist von der Volksdeutschen-Stelle im Reich. Hier unten, siehst, die haben das geschickt. VoMi.“
„Was ist das?“
„Volksdeutsche Mittelstelle. Hauptamt.“
„Nie gehört.“
„Ich auch nicht. Das ist nun alles russische Zone hier. Bis hin an den Pruth geht es an die Bolschewiken.“
„Und Rumänien?“
„Die sind doch Herrn Hitler ergeben. Verbündet. Da drüben dürfen die Deutschen alle bleiben, in Siebenbürgen und Ruthenien und in der Walachei. Nur hier hat ab heute Stalin das Sagen. Wir sind wieder auf der russischen Seite.“
„Nur dass es den Zaren nicht mehr gibt.“
„So ist es. Es kann einem Angst und Bange werden, Daniel.“
Jakob kam vom Schweinepferch gelaufen, wo er über die Mauer zur Witwe Stelter und wieder zurück geklettert war. „Dreißig Panzer und noch mal so viele Lastwagen sollen am Ring stehen“, flüsterte er seinem Vater zu.
„Wer sagt das?“
„Frau Stelter hat es von Neumeisters eins weiter. Das ist vom Ring gekommen, sagt sie. Da steht einer Wache – bei Chaim auf dem Boden oben. Sie beobachten und sagen weiter, was passiert. Damit es alle wissen.“
„Gut“, sagte Giese. Er warf seine Zigarette auf den Boden und trat sie aus. Er sah Freier an und schüttelte den Kopf.
„Frau Stelter war schon wach“, sagte Jakob, „und hat von oben bis unten gezittert. Hände und Arme haben gewackelt, die konnte ihren Schlüssel nicht halten. Sie hat den Fensterladen vorneraus zum Weg nicht zugekriegt.“

Eine Stunde später, als die Sonne aufgegangen war, blieb ein Panzer mit knirschenden Ketten auf der Kreuzung von Breitem Weg und Kälber Drift stehen. Die Dachluke öffnete sich. Drei russische Soldaten kletterten aus der Kabine und suchten mit Feldstechern die Straßen ab. Sie sahen niemanden, der ihnen hätte gefährlich werden können. Nur ab und zu hastete eine dunkle, gebückt laufende Gestalt von einem Haus zum nächsten, ohne stehen zu bleiben oder sich umzusehen.

Rosie stürzte bellend durch den Hof, als Georg sie von der Kette nahm, um sie ins Haus zu holen. Mischka versuchte, sie mit ausgebreiteten Armen aufzuhalten, aber sie lief um ihn herum auf den Breiten Weg, auf den Panzer zu, kläffend, mit aufgestelltem Fell. Sie fletschte die Zähne, bellte, wollte kämpfen – dann eine Salve aus einem Maschinengewehr, trocken wie Furze, überraschend leise, Alma sah die Schüsse aus der Stube, gelbe, spitze Blitze, sie hörte sie nicht einmal. Rosie heulte auf und blieb auf der Seite liegen, vor der Spur einer Panzerkette. Alma sah die Hündin darunter verschwinden, abtauchen in die Erde. Ein Vorderbein zuckte einmal, bog sich nach oben, als der Panzer den Körper zermalmte. Die beiden Soldaten, die oben auf dem Panzer saßen und aßen, grinsten kauend. Einer von ihnen nahm sein Maschinengewehr und schoss eine Salve in die Luft. Lilli hielt sich am Fenster in der Stube beide Hände und ihr Nachthemd vor den Mund.

Mischka stand an der Hofeinfahrt hinter der Mauer. Vom Ring her sah er Gustav Schilling kommen, die Arme vor sich ausgestreckt. Er lief und lachte verrückt. Mischka verstand, was er machte: Gustav tat so, als würde er um sich schießen, als hätte er ein Maschinengewehr in der Hand. Fünfzig Schritte vor dem Panzer blieb er stehen und drückte sich die Handflächen auf die Ohren. „Hat er schon gehört?“, rief Gustav. „Hat er schon gehört? Wir wollen euch nicht, wir wollen euch nicht!“ Dann ging er langsam vor zu Rosie, vorsichtig nach dem Panzer schielend. Gustav beugte sich über sie, zugleich erschreckt und neugierig, und machte Anstalten, die tote Hündin aufzuheben.

„Du schöne schöne…“, flüsterte er.

„Gustav!“, schrie eine Frau, die hinter ihm vom Ring her gelaufen kam. Es war Irma Schilling. „Gustav!!“, rief sie. „Lass das sein und komm sofort her! Gustav! Hörst du!“

Sie ließ sich auf die Knie fallen, als sie ihn vornüber kippen sah, mit dem Gesicht zuerst, in den Straßenstaub. Einer der Soldaten lachte. Die beiden kletterten wieder in den Panzer, schlossen die Luke hinter sich und fuhren, eine schwarze Rußwolke ausstoßend, langsam an, die Kälber Drift zum Ortsausgang hinunter, dem Fluss zu.

Mischka rannte auf die Straße, zu Rosie, Gustav und Irma Schilling, die halb auf ihrem Sohn lag und ihm die Wangen streichelte. Er hockte sich neben sie, legte seinen Arm auf ihre Schulter. Gustav atmete nicht. Er hatte eine kleine, blutige Wunde rechts am Hals.

Etwas traf Mischka in den Rücken und ließ ihn vornüberfallen. Er stützte sich mit den Handflächen ab und wandte sich um.

Wladi stand grinsend hinter ihm. „Sieh mich an, du!“, sagte er auf Russisch. „Da guckst du nun!“

„Was soll das!?“, rief Mischka. „Spinnst du?“

„Was das soll? Du Deutschenpinsel! Du Deutscher!! Was das soll!? Idiot! Du hast nie irgendetwas kapiert. Jetzt ist es passiert – wie ich immer gesagt habe.“

Wladi spuckte auf den Boden, drehte sich um und ging mit langen Schritten davon, den Breiten Weg hinunter Richtung Ring.

Als die Sonne aufging, sahen sie Wladi auf Emil Gieses Lanz Bulldog mit voller Geschwindigkeit den Breiten Weg abfahren und Staub aufwirbeln, als wollte er sein Revier markieren. Die alte Zedel, die mit einem Fahrrad im Oberdorf unterwegs war, stieg unter den Akazien ab und sah ihm nach. Zwischen den braunen Zahnstümpfen, die ihr vorne geblieben waren, hing eine Pfeife. Sie brummte vor sich hin, schüttelte den Kopf.

„Warum tut er das?“, fragte Mischka, der neben Daniel Freier im Kontor saß und die Waffen reinigte.

„Ich weiß es nicht. Was sagst du – ihr seid beide Russen, ihr zwei?“

Mischka zuckte mit den Schultern ohne aufzusehen. An seinen Fingern klebte schwarzgrau glänzendes Öl.

„Aber eines weiß ich, Mischka: Einfach so fährt man nicht den

Weg entlang. Nicht einmal Wladi. Schon gar nicht mit dem guten Lanz. Ich glaube nicht, dass Giese das weiß."
„Wladi war schon immer sonderbar", sagte Mischka. „Der glaubt, morgen könnte er in die Primaria einziehen."
Freier nickte. „Wird er vielleicht sogar. Viele Russen gibt es hier nicht mehr außer Wladi und dir. Ein, zwei Dutzend insgesamt?"
„Er ist ein schlechter Mensch."
„Aber Schlachten kann er gut. Da kann man sagen, was man will."
„Wer schlachten kann, kann noch lange keinen Borscht kochen."

Der 29. Juni 1940 war der erste Sonntag in Alma Krafts Leben, an dem die Kirchenglocken nicht läuteten. Pastor Pomreinke, Hellmuth Lobgott und Alfred Ziegelmacher hatten Wichtigeres zu tun. Der Gottesdienst fiel aus.
Lobgott lief am Morgen über den Ring, hierhin und dorthin, wie ein Verrückter, und verrückt war er auch, bis er sich irgendwann fing und zu jammern aufhörte. Ein Glas seiner Brille fehlte. Sein schütteres Haar, das er sonst mit Pomade sorgfältig über den kahlen Schädel klebte, hing ihm über die Augen.
Unter den Akazien am Ring standen die Leipziger in Gruppen zusammen und flüsterten sich hastig die Nachrichten zu – so lange, bis sie ein Soldat zum Weitergehen aufforderte und sie sich in einen der Höfe zurückzogen. Ab und zu sahen sie zur Schule und zu Lobgotts Küsterhaus hinüber, aus dem noch immer dichter Rauch senkrecht in den blauen Sommerhimmel stieg. Allen war klar, dass sich ihr Dorf in einer ungemütlichen Lage befand, aber die Wenigsten fürchteten sich vor den Russen. Die meisten Soldaten waren junge Männer aus dem Osten, keine zwanzig Jahre alt, in viel zu großen Uniformen, deren Jacken ihnen über die schmalen Hüften hingen und in der Taille von einem breiten Stoffgürtel gehalten werden mussten. Sie hatten vor allem Hunger. Einige Leipziger Frauen – die älteren, denn um die jungen sorgten sich die Väter und Männer – brachten ihnen aus Mitleid Suppe, Brot und Käse.
Die Soldaten bedankten sich artig. Ihnen war Plündern verboten worden.

„Die *haben* sich jetzt zu benehmen", sagte Giese. „Die Deutschen in Bessarabien stehen unter dem persönlichen Schutz des Führers. Dem *persönlichen*. Wenn sich einer von denen nicht zu benehmen weiß und sich noch was zuschulden kommen lässt, kommt zu mir und sagt es. Die sollen nicht meinen, dass sie mit allen Deutschen so umspringen können wie mit Gustav, auch wenn der irre im Kopf war und zu dumm fürs Leben. Wenn man es nicht besser wüsste, würde man sagen, dass der moldowanisches Blut in sich hatte. Irgendwann musste das ja schiefgehen mit dem."

Lobgott war ein Nervenbündel. An ihm wäre, sagte er, ein Exempel statuiert worden. Warum ausgerechnet an ihm, dem friedlichsten Mann in ganz Leipzig, dem Künstler? (Es wäre aber, sagten die Bauern hinter vorgehaltener Hand, nicht einmal sein eigenes Haus gewesen, das sie zerschossen hatten, sondern es gehörte dem Dorf, allen Leipzigern gemeinsam, und er sollte sich nicht so genieren, und selbst wenn es schade wäre um die Bienchen hinten – von seinen fürchterlichen Schlangen und Krokodilen in den Weckgläsern wollte man gar nicht anfangen –, so benähme er sich doch wie ein Kind bei der Popesch im Schulzimmer, wie der Schilling-Sohn, der nun auch nicht mehr war, es hatte ja irgendwann so kommen müssen; war die Nudel erst einmal weich gekocht, wurde sie nicht mehr hart, und Lobgott sollte nur aufpassen, dass ihm im Oberstübchen nichts durcheinander geriet; bei den Klügsten ginge es immer am schnellsten.)
Lobgott erzählte immer wieder, wie es ihm ergangen war. Als die Hunde in der Nacht bellten und die Kolonne aus Panzern, Lastwagen und Kavallerie am Ring eintraf und einen Kreis bildete wie zur Verteidigung, war er durch die Hintergärten auf die andere Seite des Dorfplatzes gelaufen, zum Krämer-Chaim und dessen Frau Wilma. Chaim war auf und saß in der Stube. Sein Rachen rasselte, die Atemnot war wiedergekommen, vor Aufregung. Wilma, Lockenwickler im Haar, hatte ihrem Mann ein nasses Handtuch über Mund und Nase gebunden, das würde manchmal helfen, sagte sie.

Als die Sonne aufging und Lobgott etwas erkennen konnte, stellte er sich hinter die Gardinen der Ladenfenster. Einer der Panzer, ein BT-5, richtete das Geschütz aus und schoss aus zwanzig Schritt Entfernung in die Schule und ins Küsterhaus.
Lobgott stürzte auf den Ring, mit beiden Armen winkend, aber die Russen beachteten ihn nicht. Die halbe Vorderwand des Küsterhauses, hinter der sein Musikzimmer lag, war nach innen gestürzt. Seine Noten, Papiere, Bücher, Schränke brannten. Das Dach der Schule stürzte nach drei Schüssen zur Hälfte ein. Er sah den alten Klassenglobus, die Bilder an der Wand, die dem Fenster zum Ring gegenüber lag, die Wandertauben, Dodos, Elefantenvögel. Dann war auch diese Wand verschwunden, und das rote Gebäude fiel in einer Funkenwolke in sich zusammen. Es brannte wie Zunder; sicher lag es an den Gläsern mit Alkohol, in denen er die Tiere eingelegt hatte, dachte er. Die Bienen im Hinterhof des Küsterhauses verließen ihre Körbe und stachen alles, was sich bewegte. Zwei gefleckte Schimmel galoppierten ungesattelt über den Ring. Lobgott verstand nicht viel von Pferden, aber er meinte, sie schon einmal gesehen zu haben, vor irgendeinem Wagen. Er musste Bescheid geben, sie konnten zu Schaden kommen oder mit den Hufen ein Kind treten. Dann hörte er auf zu schreien und stürzte vor dem Schulhaus auf die Knie, als ihn ein Gewehrkolben am Hinterkopf traf.
Als er wieder zu sich kam, machte er sich auf die Suche nach Hilli Turm, die in ihrer Kammer neben der Küche geschlafen hatte. Er spürte ein Pulsieren an seinem Hals und am rechten Schlüsselbein; es musste der Schlag gewesen sein, ein Bluterguss. Lobgott tastete mit den Fingern seine Schulter ab. Sie war geschwollen und schmerzte, aber es schien kein Knochen gebrochen zu sein.
Er hielt sich sein Nachthemd vor den Mund und kämpfte sich vom Garten aus in die Küche im hinteren Teil des Hauses vor, beißenden Rauch und Bienen mit der Hand abwehrend. Das Laken des schmalen Bettes, in dem Hilli in der Kammer schlief, war verwühlt, das Bett jedoch leer. Er bemerkte seine Brille in einer Hosentasche und setzte sie auf.

Er fand Hilli im Gemüsebeet, ein großes Stück von ihr, neben dem Grammofontrichter. Das schwere Gerät hatte eines der rückwärtigen Fenster gesprengt, den Holzrahmen herausgedrückt und war durch den Nuschnik geflogen und durch Hilli Turm. Hilli hatte bis zuletzt nicht gewusst, was vor sich ging. Ein Erdbeben, hatte sie gedacht, als sie die Panzerketten in ihren Füßen spürte. Sie hatte sich im Nuschnik in Sicherheit gebracht, weil sie Angst hatte, von einer Erdspalte verschlungen zu werden, die sich unter ihr auftun könnte.
Lobgott machte sich auf die Suche nach Emil Giese, den er in der Primaria fand. Giese schrie die Russen an, wie ihn noch kein Leipziger hatte schreien hören. Die Soldaten verstanden ihn, sagten aber nichts, sondern sahen nervös weg. Befehl, sagte schließlich einer, auf russisch. Schule. Exempel.
Lobgott setzte sich auf den Fußsteig, wo ihn einige Leipziger aufzumuntern versuchten, und sah zu, wie das Küsterhaus und die Schule brannten. Schließlich machte er sich zu Fuß auf den Weg zur Kälber Drift. Die Bienen hatten ihn ins Gesicht gestochen. Ein Auge war von unten zugeschwollen.
„Hast du schon gehört, Lobgott?“, grüßte ihn Daniel Freier. „Kutscherjawi und seine Frau und der Junge – die sind aus dem Dorf gerannt, zum Bahnhof hin und raus, nach dem Westen hin. In der Nacht noch. Einfach weg. Samuel Trautmann hat es mir eben erzählt. Nicht mal bedankt haben sie sich. Bei niemandem. War vielleicht keine Zeit dafür.“
Lobgott sagte nichts. Er setzte sich auf einen Stuhl in der Sommerküche und bedeckte sein Gesicht mit den Händen.

Daniel Freier saß an seinem Schreibtisch im Kontor. Vor dem Fenster zum Hof regnete es in schweren Tropfen, die auf das Schardach fielen und die Scheibe nicht erreichten. Mischka stand mit gesenktem Kopf vor ihm, dicht neben der Tür, als fühlte er sich unwohl. Er wusste nicht, wohin mit seinen Händen.
Freier bot ihm Zigarette und Feuer an.
„Hast du das gesehen?“, fragte er Mischka. „Einer von diesen Verbrechern hat letzte Nacht den Samowar gestohlen. Obwohl

die Mädchen ihn mit Holz und Stroh zugedeckt hatten."

Mischka nickte.

„Wir hätten ihn reinholen sollen. Wäre besser gewesen. Gelegenheit macht Diebe." Er zog an seiner Zigarette. „Was soll's. Ich sage dir eines, Mischka. Lange hat diese Ewigkeit nicht gedauert."

„Was meint Ihr?"

„Zur ewigen Nutzung haben die Russen uns das Land gegeben. Deine Vorfahren unseren Vorfahren. Euer Zar Alexander. So hieß es damals. *Zur ewigen Nutzung*. Keine hundertdreißig Jahre. Das war schon alles."

„Vater, ich will mitgehen mit Euch", sagte Mischka schnell.

Freier sah ihn an, überrascht. „Das geht nicht", sagte er. „Mitgehen?"

Mischka strich sich das nasse Haar aus der Stirn.

„Du weißt doch, dass es nicht geht. Nur die Deutschen dürfen gehen – ach, was rede ich denn? *Müssen* gehen. Fragen tut uns ja keiner. Die Russen und die anderen können nicht mit."

„Vater, bitte... – Nehmt mich im Wagen mit, wenn Ihr fahrt. Hinten, unter der Plane."

„Ach Mischka... Das ist doch Unsinn. Du weißt doch, dass es nicht geht. Wer kein deutsches Blut hat, darf den Budschak nicht verlassen. Und einen Passierschein hast du schon gar nicht. Wo willst du in Galatz hin?"

„Mit euch mit. Weiter. Galatz und weiter."

„Und wohin dann? Nach Deutschland? Ins Reich? Du machst mir Spaß. Das ist doch nicht dein Land. Freu dich – du bist Russe, sie werden dich nicht verjagen. Du bist einer von denen und kannst ihnen helfen. Einen Hof werden sie dir geben, jetzt wo Bessarabien wieder russisch wird. Wenn du Glück hast und es klug anstellst, vielleicht sogar unseren. Oder sie geben dir einen da, wo du her bist. In Taurien oder irgendwo im Osten. Da ist gutes Land."

„Das werden sie nicht tun."

„Was du nicht alles weißt..."

„Ich kann nicht zu den Russen. Ich kann nicht mehr zurück. Nach

Taurien schon gar nicht."
„Was redest du... –"
„Sie nehmen keine Deutschen. Nicht jetzt."
„Du *bist* doch aber nicht deutsch, Menschenskind!"
„Ich spreche deutsch."
Freier sah ihn erstaunt an.
„Das reicht, Vater. Ich *spreche* doch Deutsch. Ich habe mit Deutschen gearbeitet. Ich denke deutsch. Manchmal. Ich bin zu lange hier."
„Ich glaube kein Wort, Mischka. Russisch sprichst du und Ukrainisch und Rumänisch, und ich weiß nicht, was sonst noch – und eben Deutsch. Es ist doch dein... dein Volk. Das russische."
Mischka schwieg. Er schüttelte langsam den Kopf. „Nicht jetzt", sagte er schließlich. „Früher, ja. Später vielleicht. Aber heute ist es nicht mein Volk. Ich weiß es. Meine Brüder... – Die Bolschewiken waren nie gut auf uns zu sprechen. Meinen ältesten Bruder haben sie abgeholt. Den hat seit Jahren keiner mehr gesehen."
„Oh. Das tut mir leid. Aber..."
„Nehmt mich in einer Kiste hinten auf der Pritsche mit. Oder in einem Sack."
Freier seufzte. „Es *geht* nicht, Mischka. Selbst wenn ich wollte: Es geht nicht. Das ist mein letztes Wort. Du musst dich damit abfinden. Wir können nicht immer, wie wir wollen."
Mischka hielt den Kopf gesenkt. Nach einer Weile fing er still an zu weinen.
„Hast du nicht Familie oben in Akkerman?", fragte Freier. „Da war doch deine Mutter, oder ist die nicht mehr?"
Mischka schüttelte den Kopf.
„Na, es werden genug Häuser leerstehen hier."
„Die werden brennen."
„Komm... Hör auf."
„Leere Häuser nicht demolieren und anzünden... Unmöglich. Es liegt nicht in der Natur der Russen. Glaubt mir. Ich weiß, was ich sage."
Mischka stand auf und öffnete mit hängenden Schultern die

Holztür des Kontors.
„Warte“, rief Freier ihm hinterher. Mischka blieb stehen, wandte sich um. Freier winkte ihn zurück ins Kontor.
Er ging zu einer Holzkiste, die vor dem Kontorfenster stand, und ließ die Metallscharniere aufschnappen. Er öffnete den Deckel und zog einen braunen Sack hervor.
„Hier“, sagte er. „Nimm das.“
„Was ist das?“, fragte Mischka. Er zog die Nase hoch.
Freier seufzte tief. „Zobel“, sagte er leise. „Acht oder neun Häute müssten es sein, ich habe sie nicht mehr gezählt, seit ich sie gekauft habe. Du weißt, was du damit machen kannst. Mach die in Romanowka zu Geld oder bei Srul Turkenitsch meinetwegen, wenn er das nächste Mal durchkommt, das ist ein ehrlicher Mann. Und dann sieh zu, dass du dich nach Akkerman durchschlägst. Hier wird es vielleicht nicht mehr gehen… – wenn stimmt, was du sagst, auch wenn ich es nicht glauben mag. Von irgendetwas musst du ja leben.“
Freier drückte Mischka den Sack in die Hände. Er wollte noch etwas sagen, ihm etwas zurufen, als er ging. Dass ein Mann keine Tränentraufe sein sollte. Dass sein Knecht keine Angst haben müsste, dass alles gut ausgehen würde für ihn. Dass in ein paar Wochen alles geregelt wäre und er, Mischka noch jung wäre und…
Freier versagte die Stimme. Er hatte das Gefühl, also hätte ihn eine große Hand am Hals gepackt, die ihm die Kehle zudrückte.

„Kasachstan!“
Es war das letzte Gespräch, das Daniel Freier mit Elwira Dressner führte.
„Nach *Kasachstan* bringen sie alle“, schimpfte sie, als sie auf dem Breiten Weg standen. Elwira trug einen Korb mit Lebensmitteln vom Chaim unterm Arm, den sie sich gegen die Hüfte stemmte. „Nach Asien“, sagte sie. „Wer nicht von alleine geht, wird weggebracht. So einfach ist das, Daniel. Die Russen und die Ukrainer, die fackeln nicht lange. Die Rumänen auch nicht mehr. Die Zeiten sind vorbei, dass die Garden sich zurückgehalten

haben – die mit ihrer Erzengel-Liga. Jetzt reden alle von Kasachstan. Und von Madagaskar. In Afrika. Wenn es nicht so ernst wäre, müsste man laut lachen. Was für ein Schlamassel."

Daniel war sich nicht sicher, wo genau Kasachstan und Madagaskar lagen, sagte aber nichts, weil er sich Elwira gegenüber keine Blöße geben wollte. Irgendwo in der Wüste Gobi müsste Kasachstan sein, dachte er. Natürlich würde dort keiner hinwollen, in die bittere Salzwüste, ob Jude oder nicht. Konnte man niemandem verdenken.

Er kratzte sich am Hals. „Was sagt dein Mann dazu, Elwira?"

Sie zuckte mit den Schultern. „Kennst ihn ja."

Freier kannte ihn, das stimmte, seine Ideen, ein Dutzend am Tag. An den vergegangenen Tagen hatte Boias Dressner Andeutungen gemacht, was man könnte, was man müsste, und vom Süden geredet: Bulgarien, Thessalien, Smyrna, und dann hatte er auf einmal vom Bosporus geschwärmt, zuletzt auch von der Levante – Beirut und Tripoli. Aber nicht von Kasachstan.

„Die Juden verschwinden überall", sagte Elwira, „in Rumänien und anderswo. Der Messias der Deutschen ist gekommen, euer Retter. Aber unserer noch nicht, mein lieber Freund. Die Züge, die jetzt am Bahnhof Bessarabeska halten, sind voll von ihnen – von unseren Leuten. Vor allem die, die aus Kischinjew und Odessa kommen und nach Galatz fahren und weiter nach Plowdiw, Sofia und Saloniki. Wer gehen kann, der geht."

„Gesehen habe ich es auch, Elwira. Aber woher willst du wissen, dass die ganzen Leute Juden sind? Sieht man denen ja nicht an. Nicht allen jedenfalls."

„Sind alle von unserer Mischpoke", sagte sie. „Schau denen mal in die Augen. Wie sie gucken. Angst haben sie. Und alle haben ihre Kinder dabei. Einen oder zwei Koffer nur, aber die ganze Bagage Kinder. Genug ist genug, sagen die sich, wenn sie klug sind und Geld haben und weg können. Nach Konstantinopel fahren viele."

„So?"

„Nun hör zu, Daniel: Es ist nicht das erste Mal, dass es drunter und drüber geht mit der Welt. Du weißt doch, wie oft Chaim von 1903 gesprochen hat. Hier bei uns in Kischinjew haben sie sie durch die Gassen getrieben und am Morgen lagen Hunderte tot in den Straßen, obwohl es dort mehr Juden hat als irgendwen sonst. Hat ihnen nicht geholfen, dass sie so viele waren. Die Fiedlers haben es selbst erlebt."

„Das ist eine Ewigkeit her. Die Zeiten haben sich geändert."

„Bei den Russen und Ukrainern ist es kein bisschen erträglicher, und die Eisernen Garden hier sind nicht besser als Hitler. Du kennst die Gesetze so gut wie ich. Wie soll man leben, wenn man kein Land hat? Nichts kaufen darf? Boias und mir geht es gut, wir haben die Araber. Aber die anderen? Das kann nicht richtig sein. Erst nehmen sie uns das Essen, und dann ist es nicht mehr weit bis zum Morden und Brandschatzen."

„Was du schwafelst... So schnell mordet und brandschatzt es sich nicht. Ihr könnt doch nicht einfach gehen", sagte Freier. „Das ist doch Eure Heimat hier. Euer Haus. Hier hat es immer Juden gegeben, Tausende – sogar Hunderttausende. Unter den Türken, den Russen, unter den Rumänen..."

„Ha! Sicher, Daniel, sicher", sagte Elwira. „Unsere *Heimat*. Genau wie eure Heimat. Du siehst, wie weit man kommt mit seiner Heimat. Was meinst du, wie lange *ihr* noch hier bleiben dürft? Zwei Monate? Drei Monate? Höchstens. Dann ist Schluss mit Heimat."

„Da musst du Giese fragen."

„Siehst du. Du streitest es nicht einmal ab. Ihr verschwindet alle – ihr werdet verschwunden, das prophezeie ich dir, und lange ist es nicht mehr hin. Zurück. Dahin, wo ihr hergekommen seid. Das sagen alle." Elwira pulte mit den Fingern an ihrem Korb. „Es geht nun nicht mehr. Man muss sehen, wo man bleibt."

„Aber in den Zeitungen steht nichts davon."

„Was glaubst denn du, was sie da schreiben dürfen!?"

„Na ja, was so passiert..."

„Du bist mir einer... Dass sie hinterm Nister wieder ein paar tausend Juden zusammengepfercht und massakriert haben? Ich bitte dich?"

„Wer sagt sowas?"

„Ich habe es gehört. Von den Frauen in den anderen Dörfern. Srul

Turkenitsch hat es beim letzten Mal auch gesagt. Der kommt rum. Der hört alles. In euren deutschen Zeitungen steht es nicht drin, und in den rumänischen auch nicht. Das kontrollieren alles die Königstreuen. Die wollen den Gardisten nicht in die Hände spielen."

„Und du glaubst, was Turkenitsch sagt?"

„Alles nicht. Aber wir sind nicht dumm. Man macht sich seine Gedanken. Und wir haben Lea – was soll aus dem Kind werden, wenn wir hier bleiben? Sollen wir warten, bis sie kommen und erst die Pferde holen und dann uns?"

„Mensch, Elwira. Euch tut doch hier keiner was, solange Giese da ist – und wir anderen…"

„So? Und warum tragen nun alle Waffen bei sich?"

In dem Punkt hatte sie Recht, dachte Freier. Der König hatte sich immer gegen die Gardisten gewehrt, aber der Hass der Legion auf die Regierung war überall zu spüren – in Bukarest mordeten sie, hieß es, auf offener Straße. Jeden Tag gab es Tote. Trautmann, Giese, Vater Pleskow: Einer nach dem anderen war dazu übergegangen, eine Waffe bei sich zu tragen. Versteckt in Jacke oder Hosenbund natürlich, damit die Russen es nicht merkten. Aber jeder wusste, dass es so war. Die Zeiten änderten sich.

„Die haben Angst", sagte Freier.

„So ist es. Und weißt du was? *Alle* haben Angst. Die Kolonisten, die Rumänen, die Bulgaren, die Juden. Selbst die Russen hier haben Angst, die jungen Burschen, die das erste Mal von zuhause weg sind und gleich die ganze Welt erobern sollen. Mein Boias hat auch Angst. Lea weniger – die ist so gleichmütig, dass es mir manchmal unheimlich wird, nur ist sie noch jung und hat noch kein Leid gesehen. Aber Boias… Du weißt, was mit meiner Familie passiert ist."

„Ja. Weiß ich."

Am dritten Morgen nach diesem Gespräch waren die Dressners fort. Ihre fünf besten Pferde standen nicht mehr im Stall; wahrscheinlich hatten sie zwei mit ihren Taschen bepackt, vermutete Freier, und ritten auf den anderen drei. Die Gänse zogen wie immer durch den Hof der Dressners. Die beiden

Ziegen standen hintereinander auf der Mauer hinter der Schmiede, als hielten sie Ausschau nach Elwira. Freier holte sie zu sich und schickte Hedwig zum Melken.
Das Haus der Dressners war verlassen. Elwiras Grammofon stand nicht mehr in der Stube. Der gute Teppich war weg und hatte ein helles Rechteck auf den Dielen hinterlassen.
Freier nahm den Dressners übel, dass sie sich nicht verabschiedet hatten. Doch als er sah, wie Alma und Minna am Tisch in der Sommerküche miteinander weinten, verdrängte er diesen Gedanken. Er fragte sich, ob Boias, dieser sanfte Mann, sein bester Freund, überhaupt ein Gewehr besaß. Hoffentlich hatte Elwira sich darum gekümmert.

Der Kommandant der Russen hieß Kirill Dimitrijewitsch, hatte kurzgeschorene Haare auf dem Kopf und buschige, schwarze Augenbrauen, die auf der Stirn zusammengewachsen waren. Er war um die vierzig, durch nichts aus der Ruhe zu bringen und hatte von der trockenen, staubigen Luft tränende Augen. Emil Giese und Ziegelmacher gegenüber war er so ausgesucht höflich, dass es schon wieder herablassend war und eine Beleidigung, jedenfalls für den empfindlichen Schütz. Kirill Dimitrijewitsch sprach mit leiser, weicher Stimme, war stur und ließ sich von keinem Vorhaben, das er sich in den Kopf gesetzt hatte, abbringen.
Vor allem hatte er sich in den Kopf gesetzt, auf der Ebene oberhalb der Serpentine, wo Weizen, Mais und Sonnrosen standen, ein Flugfeld zu bauen. Er hatte eine Feldkarte in kyrillischer Schrift dabei, auf der er nebeneinander zwei rote Linien eingezeichnet hatte. Man möge, nuschelte Kirill Dimitrijewitsch, am nächsten Morgen Punkt sieben oben auf dem Hügel antreten, auf dem mittleren Stück, das der Nemjetz Bullenkessel nannte – ja, ja, alle, alle, die Männer, die Frauen, alle bis auf kleine Kinder, die Schwangeren und die stillenden Mütter, und man möge, paschalsta, Feldgerät mitbringen, das eigene, welches nun sonst, Genosse Giese, er möge das Denken beschleunigen, sonst könnte man ihn womöglich für schlicht

halten? Sensen, Gabeln, Schaufeln, Harken, Karren, Wagen.
Giese protestierte. Die Weizenähren hingen grün an ihren Halmen und wären in zwei, spätestens drei Wochen reif für die Ernte. Und diese Striche dort auf dem Plan – das wären, sagte er, an die hundert Dessjatinen, wenn nicht mehr!? Das zu roden, Genosse, würde ihnen den Hunger bringen und einigen Bauern den Ruin.
Kirill Dimitrijewitsch nickte freundlich. Giese sah in seine tränenden Augen. „*Da, da*", sagte der Kommandant, jede einzelne Silbe langsam aussprechend, als wollte er sie betonen. „Das ist richtig. Hunger und Ruin." Er fügte mit leiser Stimme an, um wie viel angenehmer das wäre als die Alternative, wenn man einmal in Ruhe darüber nachdächte.
Ein Viertel des Landes, das sie roden sollten, gehörte Daniel Freier.

Am ersten Morgen, an dem sie zu Fuß die Serpentine hochstiegen, lag die Luft brütend im Tal des Kogälniks. Der Fluss hatte im Laufe der Sommerwochen stetig Wasser verloren und wand sich schmal und trüb durch sein Bett. Die Sonne hatte die Erde der Felder hart gebacken. Die Leipziger schüttelten die Köpfe: Sie verstanden nicht, warum sie die Ernte vernichten sollten, gutes Getreide. Selbst die Russen, sagten sie, konnten nicht ohne Weizen und Mais leben. Die meisten behielten ihre Gedanken für sich.
Mehrere Familien vom hinteren Ende des Unterdorfs glaubten, dass die Bolschewiken sie an diesem Tag wegbringen wollten. Sie hatten Sonntagskleidung angezogen und Handkoffer mit den Papieren und dem Allernötigsten dabei. Es war ihnen peinlich, als sie die anderen in Arbeitskleidern kommen sahen, das Feldgerät auf den Schultern. Natürlich wurden sie ausgelacht. „Heute so gepflegt, Herr Rundgeburt!?", wurde höhnisch gerufen. „Geht es in die Kirche? Oder schon ins Reich, zum Herrn Führer?"
Die Unterdörfler unterhielten sich leise, schämten sich zuerst gemeinsam, beschimpften sich dann gegenseitig. Als sie den Bullenkessel erreichten, reihten sie ihre Koffer nebeneinander am

Feldrand auf, legten ihre Jacken und Westen darüber und krempelten die Hemdsärmel auf.
Giese berichtete, dass Leipzig nicht mehr Leipzig hieß, sondern Gorad Bessarabka. Alle lachten, als sie es hörten, aber nur kurz. Dann waren sie still und zogen die Sensen wieder in langen, gleichmäßigen Halbkreisen durch den fast reifen Weizen.
Alma blieb einige Stunden neben Lobgott, der an Feldarbeit nicht gewöhnt war. Er hatte schon am Morgen Blasen an Handflächen und Fingern, obwohl er nicht senste, sondern harkte und bündelte. Es war windstill. Der saure Geruch verschwitzter Menschen und Kleider hing in der Luft. Der Staub der trockenen Krume mischte sich mit ihrem Schweiß und färbte ihre Gesichter und Arme grau. Zwischen den Stoppeln schlängelten sich Kreuzottern und Eidechsen – gewöhnliche braune und schillernd grüne Smaragdechsen. Es dauerte nicht lange, bis Raben, Krähen und Störche herbeiflogen und dort, wo der Bullenkessel abgesenst war, jagten. Erdhasen streckten die Köpfe aus ihren Löchern und stellten sich neugierig auf, sobald sie sich sicher genug fühlten. Es waren Hunderte. Niemand kümmerte sich um sie.
Am Vormittag des vierten Tages krochen zwei Panzer die Serpentine hinauf. Sie fuhren über die Stoppelfelder, von einem Ende des Bullenkessels zum anderen und wieder zurück, bis in die späten Nachmittagsstunden. Zu beiden Seiten der Piste stellten die Russen Windhosen auf – Getreidesäcke an Stangen, die schlaff und schwer herunterhingen, weil vergessen worden war, Löcher in sie zu schneiden.
Dann vibrierte der Himmel.
Die meisten Leipziger saßen am Rand der Felder und ruhten sich aus. Alma flocht Strohhalme ineinander. Nur am östlichen Ende arbeiteten noch etwa hundert Menschen – winzige, für die anderen kaum sichtbare Figuren, die sich mit Hüten und Tüchern vor der Sonne schützten. Das erste Flugzeug flog einmal so niedrig über ihre Köpfe hinweg, dass sie glaubten, es müsste auf dem Hügel zerschellen. Doch es gewann wieder an Höhe, zog weiter, der Nachmittagssonne zu, und drehte im Westen bei.
„Der kommt hier runter“, rief Lobgott. Einige legten sich

vorsichtshalber auf den Boden.
Die Maschine landete im Bullenkessel, wendete und rollte auf zwei Geländewagen zu, die am Mittelstück warteten, wo der Feldweg begann, der zur Serpentine hinabführte. Als die Propeller schließlich stillstanden, stiegen mehrere Männer mit geduckten Köpfen aus, ihre Armeemützen festhaltend. Sie trugen lange Mäntel, obwohl es noch immer heiß war.
„Die Deutschen", sagte Lobgott, der am Feldrand saß, seine wunden Hände über die Knie gehängt. „Leute von uns, Gott sei's gedankt. Ist das nun die berühmte Kommission? Guck, Alma, da bringen sie die großen Kisten aus dem Flugzeug."
„Was ist das? Was ist da drin?"
Lobgott wiegte seinen Kopf abwägend hin und her. „Wissen tu ich's nicht. Aber ich würde meinen, da ist die Umsiedlung drin. Da – sieh mal das Reichskreuz, das sie draufgemalt haben... die graue Kiste auf dem Karren vom Ziegelmacher? Das ist sicher etwas Offizielles."
„Warum haben sie so lange Mäntel an?"
„Komisch, ja, nicht? Dabei ist Sommer."

Aufruf! Die Regierung des Deutschen Reiches und die Regierung der Union der Sozialistischen Sowjet-Republiken sind übereingekommen, dass die deutschstämmige Bevölkerung frei und unbehindert auf deutschen Boden ausreisen kann, wenn sie den Wunsch dazu hat.
Wir rufen alle Deutschstämmigen auf, sich beim deutschen Bevöllmächtigten in den angegebenen Orten zu melden und den Wunsch zur Umsiedlung zu äußern!
Alle Deutschen, die das 14. Lebensjahr erreicht haben, können den Wunsch zur Umsiedlung beim deutschen Bevöllmächtigten in persönlicher Meldung (mündlich oder schriftlich) vorbringen.
Für die Ausreise von Kindern bis zu 14 Jahren genügt die Meldung des Familienoberhauptes.
Zur Meldung sollen nach Möglichkeit Urkunden über die Volkszugehörigkeit des Auswanderungswilligen vorgelegt werden.
Wer sich zur Umsiedlung meldet, muß sich beim deutschen

Bevöllmächtigten genauestens über die für die Ausreise vorgesehene Ordnung erkundigen.
Der Zugang zum Melde-Lokal (Ort der Registrierung) ist für alle, die auszusiedeln wünschen, unbehindert.
Die Verbindung zwischen Euch und den deutschen Bevöllmächtigten ist frei!
Die Umsiedlung beginnt mit dem 15.9.1940 und wird in kurzer Zeit durchgeführt.
Als deutscher Ortsbevöllmächtigter für die Umsiedlung zu Gorad Bessarabka (ehem. Leipzig) wird Emil Giese, geboren 5. Mai 1885 in Gorad Bessarabka, ehem. Leipzig, russ. Verwaltungsgebiet Bessarabien, benannt.

Gez. Deutsche Umsiedlungskommission Anschakrak, Stab Beresina

Während die Leipziger Frauen mit Kindern und Packen und die Männer mit dem Verkaufen oder Schlachten des Viehs beschäftigt waren, machte Wladi Karriere. Er war nicht mehr Wladi der Schlächter, sondern Wladi der Schätzer.
Er fuhr mit Gieses beschlagnahmtem Bulldog von einem Hof zum nächsten und legte im Auftrag der neuen russischen Verwaltung den Wert der Häuser und Stallungen fest, des Acker- und Weidelands, der Geräte, Tiere, Wagen, Vorräte. Er rauchte noch mehr Papirossi als zuvor, selbst in den Häusern, und wenn ein Möbelstück sein Interesse weckte, begutachtete er es ausgiebig; er wollte, hieß es, heiraten. Bei den Freiers öffnete Wladi jeden Küchenschrank, nahm das Geschirr heraus, saß zur Probe auf den Polstermöbeln in der Stube, legte sich mitsamt seiner Stiefel aufs Ehebett, das Daniel Freier seit acht Jahren mit niemandem geteilt hatte, und trug alles auf einer langen Liste ein. Beliebt machte er sich damit nicht; aber Freier und die anderen Bauern bedrängten ihn, stellten ihm ungefragt Wein und ein gutes Stück Fleisch und Kuchen auf den Tisch. Sie wollten wissen, was er festlegte und niederschrieb.
Umsonst: Wladi lächelte nur, kaute, sagte nichts – außer dass er

noch hungrig wäre. Sein Bandwurm, meinte Irma Schilling, wäre wohl totgegangen. Wo der Gürtel geschlackert hatte, quoll nach wenigen Wochen ein weicher, wachsender Bauch hervor.
Erst kurz vor der Abreise, als Freier die Berechtigungsscheine für sich und seine Kinder auf der Primaria abholte, las er, was Wladi geschätzt hatte. Der gesamte Hof an der Kälber Drift mit mehr als dreihundert Dessjatinen Land war soviel wert wie Elwira Dressners Harmonium. Unter der Liste der Möbel stand auf Russisch „gebraucht und ohne Wert“. Die Schweine und drei Pferde hatte er vergessen. Alle Feldwagen, die Pflüge und das Pferdegeschirr auch.

In einem von Ziegelmacher aufgehängten Glaskasten an der Ringseite der Primaria hing der Plan, nach dem die Umsiedlung ablaufen würde. Zuerst hatten die Frauen, Mädchen und die Jungen unter sechzehn aufzubrechen, begleitet von allen Über-Sechzigjährigen. Die Männer und älteren Söhne sollten bis Ende 1940 bleiben und den Russen in den letzten Wochen des Jahres zur Hand gehen. Jeder Landbesitzer, der ein Paar Pferde hatte, durfte einen beladenen Planwagen mitnehmen. Allen anderen war ein Koffer oder eine Tasche erlaubt, nicht schwerer als zwanzig Pfund.
Es war eine wirre Zeit, die in einigen das Beste zu Tage förderte, aber nicht in allen. Der alte Pleskow verlor wenige Tage nach der Besetzung die Nerven, nahm am frühen Morgen seine Büchse und erschoss mehrere Schweine, Schafe und die beiden Milchkühe, bevor er Hühnern und Enten mit den bloßen Händen die Hälse umdrehte. Anschließend schoss er seinem Hund in den Schädel und auch – dies war das Entsetzlichste für alle Leipziger – den fünf Pferden, den vier alten und dem Füllen. Es brachte ihm viel Kopfschütteln ein, nicht zuletzt bei seinen Söhnen und seiner Frau. Die Kadaver blieben in den Ställen und im Hof liegen, wo Pleskows Raserei sie getroffen hatte. Niemand wusste, wie Pleskow die schweren Leiber nun beseitigen könnte, und jeder hatte Wichtigeres zu tun. Mutter Pleskow sprach in den Oktoberwochen nicht mit ihrem Mann, was die Sache nicht

einfacher machte und den Geruch im Hause Pleskow nicht besser. Ein anderer, im Oberdorf, zündete im November seine Ställe an (was gelang) und dann sich selbst (was fehlschlug). Irma Schilling und Dr. Prudöhl waren lange damit beschäftigt, seinen wunden, Tag und Nacht tropfenden Arm mit verquirlten Eiern, Kürbismus, Melkfett und kalten, feuchten Wickeln zu retten.

Die letzte Ernte holten Frauen, Männer und Kinder gemeinsam ein. Das Getreide mussten sie am Bahnhof Bessarabeska abliefern, wo es verladen und nach Odessa abtransportiert wurde. Das Korn wurde gewogen, doch statt des Geldes, das allen in Aussicht gestellt worden war, erhielten sie eine Rubel-Gutschrift in kyrillischer Schrift, garantiert von Gosnak in Moskau. Das Gemüse, das sie nicht mehr essen konnten, ließen sie auf den Äckern und Beeten stehen.

Am letzten Sonntag, bevor die Frauen und Alten mit den Kindern mit Lastwagen nach Galatz gebracht werden sollten, feierten sie gemeinsam einen letzten Gottesdienst am Ring, zu dem Pastor Pomreinke und seine kurzhaarige Frau Nelly aus Anschakrak kamen. Er wollte ihnen, mit schwerem Herzen, Lebewohl sagen, denn die Pomreinkes würden, sagten sie, bleiben. Sie hätten keine Kinder bekommen und wollten da sein, wo ihnen eine Aufgabe zugewiesen worden wäre.

Sie sangen *Herr auf dich traue ich* und *Ein feste Burg*. Sie hätten für immer singen mögen. Als Lobgotts Orgel schließlich verstummte, wurde gewimmert, ganz deutlich. Von oben kam es. Es war Alfred Ziegelmacher, der auf der Empore saß, die Hände noch auf den Gebläseleisten. Selbst der Witwe Stelter rutschte ein Schluchzen aus den schmalen Lippen. Niemand stand auf, als der Segen gesprochen war.

Amen, sagte Pomreinke ein zweites Mal. Er nickte ermunternd, zwinkerte mit den Augen. „Amen, ja."

Aber die Gemeinde stand nicht auf. Niemand traute sich. Und ob Gott in diesem Fall zu trauen war, musste sich erst noch zeigen.

Die Leipziger Frauen, Kinder und Alten brachen am 28. Oktober auf. Emil Giese hatte ausgehandelt, dass alle Familien beieinander bleiben und gemeinsam fahren würden, falls möglich mit ihren Nachbarn und Freunden. Die Pritschen auf den Lastwagen reichten nur für wenige und waren für die Ältesten reserviert. Alma kümmerte sich um Oma Mathilde, die schwach auf den Beinen war und ihr mehrmals zuflüsterte, dass sie nicht weg wollte. Alma, Heinrich und Minna halfen ihr gemeinsam auf die Ladefläche, wo Alma ihr ein Schaffell auf den Rücken band und sie in eine nach Pfefferkraut riechende Wolldecke wickelte.

Der alte Giese saß bereits und hatte seinen Fidelkasten quer über die Knien gelegt. „Das ist das Wichtigste", sagte er, als er seine Handschuhe anzog. „Kinder, man muss das Leben schlank leben, ohne Ballast. Alles Wichtige muss in einen Koffer passen, dass es einen nicht aufhält. Leichtigkeit... – alles andere hat keinen Wert. Macht einen nur langsam und träge. Damals beim Japanesen..."

Sie würden jetzt nach Galatz gebracht, rief Emil Giese vor der Primaria, wo er sich auf eine Holzkiste gestellt hatte, um gesehen zu werden. Von dort würde es mit dem Schiff weitergehen – einem herrlichen Donaudampfer mit weißem Oberdeck wie bei vornehmen Leuten, nach Belgrad, Budapest und Wien. In Leipzig, sagte er, würde man sich schon bald wiedersehen. Dort sei ein Lager für die bessarabiendeutsche Landsmannschaft eingerichtet worden. In Leipzig, Sachsen. Er lachte bemüht, steckte aber niemanden an. Die Frauen sollten sich nicht sorgen; ihre Männer und Söhne kämen bald nach, ha...! – schneller als ihnen lieb wäre!

„Was ist eine Landsmannschaft?", fragte Lilli.

Wenige Tage vor dem Aufbruch der Männer nahmen Ziegelmacher und Emil Giese das Telefon in der Leipziger Primaria in Betrieb. Als sie die Kabelenden auf dem Tisch des Notariats angeschlossen hatten, sahen sie sich zufrieden und zugleich etwas ratlos an – verhohlen stolz, aber unsicher, was nun mit einem so kostspieligen Apparat zu tun sei.

„Ja, da haben wir das", sagte Giese. Er ließ seine Fingerspitzen über die mit abgenutztem Leder bezogene Schreibtischplatte

gleiten.
Ziegelmacher sah ihn an. „Und jetzt?“
„Jetzt müssen wir es wenigstens einmal benutzen, wenn es schon da ist. Was meinst du, Ziegelmacher? Wir können auf einmal die ganze Welt anrufen, hat es geheißen. Den König von England, wenn wir wollen.“
„Dann rufen wir einen an?“
„Hmm. Müssen wir dann wohl.“
Giese dachte nach.
„Aber besser nicht gleich den König von England“, sagte Ziegelmacher.
„Der würde sich wundern... Ja – wen rufen wir denn einmal an...? Hat ja kein anderer ein Telefon hier in Leipzig, und die in Kulm und Anschakrak haben schon ihre Koffer gepackt oder sind längst weg. Kann man mit den Russen telefonieren?“
„Dann rufen wir ins Reich!“, rief Ziegelmacher.
„Und was kostet das? Gleich ein Ferngespräch?“
„Giese – was soll uns scheren, was es kostet? Wirklich! Ich habe eine Nummer von einem Amt.“
„Von was für einem Amt?“
Der Schütz blätterte durch das Installationsheft, das im Regen feucht geworden war. „Hier... hier ist eine Nummer. Sig-maringen. Aha. Das kenne ich. Das ist in Süddeutschland, wo der alte König her war. Ferdinand. Der Schotten-Marie ihrer.“
„War da nicht sogar ein Kaiser her oder was? Der Wilhelm oder einer der Preußen?“
Ziegelmacher zuckte mit den Achseln. „Hier ist die Nummer für Deutschland... Erst die... und dann diese hier... So...“ Er steckte seinen Zeigefinger in die Löcher der schwarzen Zifferscheibe und wählte die Nummer aus dem Heft.
Die beiden Männer sahen sich an, während die Leitung in der schwarzen Ohrmuschel zwischen ihren Köpfen rauschte und klackte.
„Dungsstelle stadt“, sagte eine Frauenstimme leise.
„Ja, hier!“, rief Giese. „Wir sind hier. Leipzig. Hallo! Fräulein? – Mensch, Ziegelmacher, das funktioniert ja wie ne Eins, das Ding!

– Fräulein!? Ha-llo!?"
„...ich Sie verbinden?"
„Ja, dann haben wir das!", rief Giese. „Funktioniert! Sehr gut! Wir kommen dann jetzt!"
„... einmal, bitte?", flüsterte das Fräulein. „Ich verstehe Sie nicht."
„Wir... kommen... dann... jetzt...!", rief Giese. „Sie müssen uns nicht verbinden, Fräulein! Hallo!? Nicht weiterverbinden! Wie sind hi-ier, in Leipzig!"
„Entschuldigung", sagte das Fräulein. „Ich kann Sie nicht verstehen. Sie kommen was? Wohin kommen Sie bitte?"
„Wir kommen jetzt... Heim... Ins... Reich! Heil Hitler, Frollein! Wir ziehen jetzt dem Russen davon! Heim ins Reich kommen wir jetzt! Gleich geht's los!"
„... denn...", sagte das Fräulein.
Es knackte in der Leitung. Sie hörten Rauschen.
„Wie eine Eins", sagte Ziegelmacher.

Leipzig, Sachsen, den 26. November 1940

Lieber Vater, lieber Heinrich,

es geht uns gut. Es geht uns gut. Wir haben alles, was wir brauchen. Wir sind wohlauf, nur Oma Mathilde ist nicht gut auf den Beinen, aber wir kümmern uns um sie, auch die Jungen. Jakob bringt ihr Butter und Honig – hier gibt es viel Honig, jeden Morgen, ganz hart ist er. Arthur sitzt bei Oma und streichelt ihr die Hand. Sonst ist es gut. Wir sind alle zusammen, auch Irma Schilling und die Gieses sind hier, wir sind alle zusammen. Wir sind vorgestern angekommen. In Wien haben wir fast eine Woche verbracht, in einer großen Kaserne. Es ist eine schöne Stadt, auch wenn wir nicht viel gesehen haben. Die aus Alt-Posttal, Gnadental und Kulm waren auch dort. Ich habe Hedwig gesprochen. Es geht auch ihr und ihren Eltern gut, aber sie jammert viel. Sie hat einen vereiterten Zeh.
Von Wien sind wir mit dem Zug gefahren. Es war ein Schreck, als wir auf dem Perron standen und der Zug einfuhr. Es war kein normaler Zug für Menschen, sondern ein Güterzug. Man konnte nur auf dem Boden sitzen, und da lagen Stroh und alter Schafmist! Es stank fürchterlich. Wir hatten nichts, womit wir uns erleichtern konnten, nur einen Eimer, für vierzig oder fünfzig Personen. So ging es sieben oder acht Stunden lang.
Das Schlimmste war aber die Frau aus Gnadental. Fünfzig war sie, würde ich sagen, eine ganz Resolute, ein bisschen so wie Frau Schilling. Die hatte ihre Trompete dabei und spielte und spielte und ließ sich nicht abhalten. Wir waren alle gereizt. Ich glaube, sie war nicht richtig beieinander im Kopf, das war denen ihr Gustav. Jedenfalls flog die Trompete irgendwo zwischen Wien und Prag in hohem Bogen aus dem Zug, und sie fing das Toben an, und dann jammerte sie. Es war in den Bergen. Es lag schon Schnee, aber nur auf den Spitzen, und wenig Schnee, nicht wie bei uns.
Sonst verlief die Reise gut. In Galatz habe ich Palmen gesehen, hohe, wie in der Bibel. Wir gingen auf ein Schiff, das fuhr am nächsten Tag, als alle angekommen waren, los. Es war überhaupt nicht elegant, wie Emil Giese geprahlt hatte. Ein Donaufrachtschiff, sagt Jakob – Ihr wisst ja, dass er sich immer für solche Sachen interessiert hat. Durch das Eiserne Tor sind wir gefahren, hohe, hohe Felsen, da fließt der Strom durch, und

es soll sehr gefährlich sein, und wir mussten mehrere Stunden lang von einem kleinen Dampfer gezogen werden. Arthur war die ganze Zeit schlecht. Er hat gespuckt, weil sich das Schiff bewegte und schwankte, auch nachts. Ich habe ihn ein paar Mal nach oben gebracht, und da hat er sich erleichtert. Nur einmal ging es ins Bett, so schnell kam es ihm. Er ist zu dünn.

In Belgrad hatten sie weiße Zelte für uns aufgebaut. Der Ort heißt Semlin, es war ein Durchgangslager der Volksdeutschen Mittelstelle für die Bessarabischen und noch einige andere, die aus der Dobrudscha und aus dem Buchenland kamen. Es gab wunderbares Essen, Hühner und sogar Reis. Es ging uns gut dort. Das Geschirr war immer blitzblank. Neues, weißes Porzellan aus Deutschland hatten sie, Stapel um Stapel. Wir blieben aber nur zwei Tage, und dann mussten wir wieder auf ein Schiff, ein anderes diesmal. In Semlin grüßten sich alle mit dem Hitlergruß, stramm und aufrecht. Hier ist es nicht anders. Lobgott gröhlt es hinaus, als sei er nicht mehr richtig im Kopf. Er ist gleich der Partei beigetreten.

Frau Stelter ist bitter geworden. Es ist ihr nahe gegangen, dass sie alles hat verkaufen müssen, sogar ihre Nähmaschine. Die war immer ihr Kostbarstes, und sie hat sie verkaufen müssen, weil die Maschine so schwer war, dass sie sie nicht tragen konnte. Sie sitzt hier wie versteinert vor dem Haus auf einem Stuhl. Sitzt nur da und zeigt keine Regung. Auch nicht, wenn Opa Giese ihr ein Liedchen auf seiner Fidel vorspielt.

Wir sind schon alle Deutsche. Es gibt hier eine Kommission – die Fliegende Kommission, heißt sie, weil sie so flott zugange ist. Die fährt von Lager zu Lager und geht von Haus zu Haus, um die Leipziger und alle anderen im Schnelldurchgang zu richtigen Deutschen zu machen. Gestern kam sie in unser Haus, lauter junge, schneidige Männer. Einen Pass haben wir noch nicht, aber einen Schein, wo wir alle eingetragen sind, für die ganze Familie. Ich stehe oben, weil ich die Älteste bin und Oma Mathilde nicht mehr kann.

Ich weiß nicht, ob es stimmt, aber Irma Schilling hat gesagt, die Erde hat in Kischinjew gebebt. Jetzt am 10. soll es gewesen sein. In einer Zeitung hier stand ein Bericht. Es soll vieles zerstört sein, die schönen Häuser, die Kirchen. Sogar in Bukarest soll die Erde gebebt haben. Ich hoffe, es war nicht schlimm in Leipzig? Es ist ja nicht in der Nähe.

Wir denken alle an Euch und beten, dass wir bald wieder vereint sind. Ich

bete jeden Abend für Euch, lieber Vater, lieber Heinrich. Gott behüte Euch, und Georg, und unseren guten Mischka. Alle senden ihre lieben Grüße – Minna, Oma, Jakob, Arthur und Lilli. Auch Hedwig und Irma Schilling und alle, die Euch kennen.
Wir denken immer an Euch.

Alma

Kurz vor Heiligabend verließen die letzten Männer Leipzig in einem Treck. Daniel Freier, Georg und Heinrich umarmten Mischka an der Hofeinfahrt, wo der Planwagen abfahrbereit stand. Sie hatten gemeinsam zwei braune Maultierstuten im Winterfell eingespannt. Ein Füllen stand müde neben seiner Mutter und ließ den Kopf hängen. Die Pferde warfen unruhig ihre Köpfe hin und her und zerrten am Zaumzeug.
Der Wagen war bepackt mit Möbeln und einer Kiste mit Karakul- und Hamsterfellen, Landregistereintragungen und Kontorbüchern; zwei Gewehren mit Munition; kleinen und großen Messern, am Schleifstein geschärft; dem besten Beil; Wasserbeuteln; kaltem Proviant; Decken; Feuerholz. Sie hatten, sofern alles gut ging, drei Reisetage vor sich, bis sie Galatz im Süden erreichen würden, noch auf bessarabischem Gebiet, seit dem Einmarsch der Roten Armee aber wieder Grenzstadt nach Rumänien. Es wäre ein kleines Wunder, wenn alles gutgehen würde, dachte Freier.
Von Alma und seiner Schwiegermutter hatte er seit Anfang Dezember keine Nachricht erhalten. Er machte sich Sorgen. Heinrich hatte von Russen gehört, die betrunken durch die Dörfer der Bulgaren und Moldowaner zogen, Häuser in Brand steckten und Frauen und Mädchen das Leben schwer machten. Tote sollte es gegeben haben, hieß es – viele. Aber Freier sagte sich, dass er auf Gerüchte nichts geben durfte, es half nicht, sich verrückt zu machen, und den Schlaf verdarb man sich. Nur prahlen durfte man nicht mit seinem Hab und Gut, dann kam keiner in Versuchung, dann passierte nichts. Margas Kette, die er im Sommer 1932 in Kischinjew gekauft hatte, ihr aber nicht mehr hatte schenken können, hängte er sich selbst um den Hals. Er wusste keinen besseren Ort. Nach Gold und Bernstein würde dort sicher niemand suchen.
Mischka stand im strömenden Regen an der Hofausfahrt zum Breiten Weg. Seine Haare hingen ihm tropfend ins Gesicht. Er trug keinen Hut. Mischka hatte in den vergangenen Wochen kaum gegessen, war dünn geworden und blass. Er sah aus, als hätte er nur wenige Stunden geschlafen, dachte Freier, aber wer

von ihnen hätte schon Ruhe gefunden in solchen Nächten, ihren letzten in Leipzig? Aus dem Regen sollte Mischka gehen, rief er, er würde sich die Grippe und den Tod holen. Dann schob er den Gedanken beiseite. Es war nicht mehr an ihm. Er war nicht mehr verantwortlich für seinen Knecht. Er war, sobald sie sich auf den Weg machten, nur noch ein Umgesiedelter.

Obwohl Freier, Georg und Heinrich Regenmäntel trugen, waren sie durchnässt. Von den Rändern ihrer Hüte fielen Tropfen, die sich kurz zu dünnen Fäden vereinigten und dann wieder einzeln auf den Boden sprangen. Ihre Stiefel schmatzten, wenn sie in langen Schritten durch den aufgeweichten Hof gingen.

Georg wurde weinerlich, als er Mischka auf dem Breiten Weg stehen sah. Freier hatte ihm schon vor Wochen gesagt, dass Mischka nicht mit ihnen kommen würde. Doch als sein Sohn ihn bemerkte, und er verstand, was es hieß, wie unwiderruflich der Abschied sein würde, fing seine Oberlippe zu zittern an, als würde er Fieber oder einen Anfall bekommen. Freier sah in der Morgenluft den Atem vor Georgs Mund. Er atmete schnell.

„Nun mach es uns nicht noch schwerer, Junge“, sagte er. „Es ist, wie es ist. Hier, nimm das Seil, binde das Kleine an den Wagen.“

Georg schnaufte und bewegte sich nicht. Er starrte zu Mischka, der reglos am Tor stand und sie beobachtete.

Freier schlug Georg leicht mit den Fingerknöcheln auf die Wange. „Wach auf, Georg – trödel nicht rum“, sagte er.

Georg sah ihn an. Er nickte.

„Jetzt ist keine Zeit, rumzustehen und zu flennen wie ein Mädchen. Pack mit an – hier, leg die Taschen hinten unter die Plane… so, dass nichts rutschen kann. Und beeil dich – die Russen warten nur darauf, dass wir rumzotteln und nicht vom Hof kommen. Hast du nicht gemerkt, wie die jeden alten Maulesel ansehen, als würden sie ihn am liebsten auf der Stelle schlachten und am Spieß braten? Nun halt die Tiere ruhig. Ich gehe noch einmal durchs Haus, und dann fahren wir. Heinrich, komm du mit mir mit, dass wir nichts vergessen.“

Georg nahm die Zügel der Pferde und sah auf den Boden. Er zwang sich, nicht zu Mischka hinzusehen.

„Da ist nichts mehr“, sagte Freier, als er nach wenigen Minuten mit Heinrich aus der Sommerküche zurückkam und zum Gespann ging. „Nur noch die alten Möbel und Kleider… sollen sie glücklich werden damit.“ Er stieg auf den Bock. „Jetzt komm, Georg, es ist Zeit. Hier, zwischen mich und Heinrich. Was das regnen muss wie bei der Sintflut an so einem Tag! Du meine Güte…“

Georg und Heinrich setzten sich neben ihn auf den Bock. Freier löste die Zügel vom Knauf.

„Los, ihr zwei“, sagte er leise zu den Pferden. „Heiio!! Nun lauft mal schön, ihr! Legt euch in die Riemen… Hey!!“

Der Wagen setzte sich in Bewegung und wendete. Sie fuhren langsam an den Popschakörben vorüber, am Eiskeller, am Haus, am Vorgarten. Der Regen prasselte auf die Lederplane des Wagens. Am Tor trafen Georgs Augen auf Mischka, und er fing zu schniefen an.

„Ruhe sollst du geben“, zischte Freier. „Halt die Gosche, Georg. Heulen kannst du gleich, so viel du willst. Aber erst wenn wir oben auf dem Hügel sind, raus aus dem Ort.“

Er winkte Mischka zu. „Gott befohlen, Mischka“, rief er. „Pass auf dich auf, mein Junge.“

Freier schnalzte mit der Zunge. Die Tiere zogen an und bogen auf den Breiten Weg ein.

Der Regen schlug so laut auf die gespannte Wagenplane hinter seinem Kopf, dass Georg, der nach vorne auf den Weg sah, den Schuss kaum hörte. Es klang wie das Öffnen eines Weckglases mit eingemachten Gurken. Er drehte sich auf dem Bock um und sah unter der offenen Plane durch den Wagen hindurch zum Hof. Das Fohlen lag auf der Seite im Straßenmatsch und zuckte am Seil mit den Vorderbeinen. Eine der Stuten, die Mutter, versuchte sich aufzubäumen. Aus den Augenwinkeln sah Georg, wie Mischka zu ihnen lief und mit einem kräftigen Messerschnitt das Seil durchtrennte, an dem das verletzte Fohlen hinten am Wagen hing und mitgeschleift wurde. Er wollte zu ihnen vorlaufen, um die Maultiere zu halten, als ein zweiter Schuss fiel. Georg sah Mischka vornüber stürzen.

„Vater!“, schrie Georg. „Mischka liegt da!“
Die Pferde, aufgeschreckt von den Schüssen, wieherten und liefen los. Freier versuchte, die Zügel straff zu halten, riss ihnen Lippen und Zungen wund, aber er konnte sie kaum bändigen. „Festhalten, Kinder!“, rief er.
Georg wollte über Heinrichs Beine klettern und vom Bock springen, um zu Mischka und dem Fohlen zu laufen.
Freier griff seinen Sohn am Handgelenk. „Rühr dich nicht“, zischte er. „Keinen Mucks!“ Freier starrte geradeaus und hielt die Tiere so gut es ging auf dem Weg zum Ring.
„Halt an!“, rief Georg. Er versuchte, seinen Arm aus dem unnachgiebigen Griff seines Vaters zu lösen. „Die haben auf Mischka geschossen. Du siehst doch, was ist. Nun halt an!“
„Halt deinen Mund! Noch ein Wort, und es setzt was.“
„Vater – Mischka liegt…!“ Freier holte mit der rechten Hand aus und schlug ihm mit dem Handrücken hart ins Gesicht. Er hatte auf den Mund gezielt, traf aber Nase und Oberlippe. Er hörte ein Knirschen und Brechen. Georg begann sofort zu bluten.
„Ruhe gib!“, flüsterte Freier.
Georg blutete auf seine Hände, mit denen er sich die Nase hielt, und atmete laut. Blut tropfte auf seine Jacke, auf Schal und Hemd. Hinter dem Wagen sah er eine dunkle Gestalt im Regen auf den stöhnenden Mischka zulaufen. Der Mann drehte ihn auf den Rücken, fischte in seinen Taschen, sah kurz zu ihnen hin und lief davon, das lange Ende der Kälber Drift hinunter, zum Kogälnik.
Heinrich legte seine Hand auf Georgs Bein. Er wusste selbst nicht, ob er ihn damit festhalten oder trösten wollte. Es schien einfach das Richtige zu sein.
Als sie den Wasserturm passiert und die letzten Häuser des Dorfs hinter sich gelassen hatten, hielt Freier auf dem Hügel an, gab Heinrich die Zügel und kletterte vom Bock. Der heftige Regen hatte nachgelassen, nur einzelne Tropfen fielen noch, warfen Ringe in die braunen Pfützen auf dem Weg. Mehrere Wagen, mit denen sie den Treck bilden würden, kamen langsam auf sie zu, die Gesichter der Männer blass, ernst.

In der Ortsmitte, drei Werst entfernt, sah Freier im Regen schwarzen Rauch aufsteigen wie von brennendem Öl. Ein Panzer stand auf dem grünen Hang, der hinter der Kirche zum Bahndamm sanft abfiel. Es war ungefähr die Stelle, wo Marga seit acht Jahren lag. Er musste an einen Satz von Pomreinke denken: dass nicht die Lebenden die Toten beweinen sollten, sondern umgekehrt – dass die Toten aus ihren Gräbern mit Mitleid auf die Welt blickten. Wie wahr, dachte er. Hatte ihr alter Prediger einmal recht gehabt.

Aus dem Geschütz, das auf die hohen, hinteren Fenster der Kirche zeigte, sah er eine Stichflamme lecken. Er begann in Gedanken, die Sekunden zu zählen.

Bei neun hörte er die dumpfe Explosion.

„Schaut mal hier, Vater", sagte Heinrich. Er war ebenfalls vom Wagen gesprungen, um ein Tuch für Georgs Nase zu suchen.

Freier drehte sich um. „Was?"

„Da. Seht Ihr das?"

Freier ging an den Wegrand, wo er ein geschwungenes, glattes Stück Holz im flachen, mit trübem Wasser gefüllten Straßengraben liegen sah. „Sehen tu ich's…"

„Was meint Ihr, was das ist?", fragte Heinrich.

„Sieht nicht aus wie ein Baumstumpf. Ein Kolben oder was…? Ein Gewehrkolben vielleicht, glatt wie es ist."

Es war die Fußprothese vom alten Trautmann. Vom Lehmkuhlen-Müller selbst fehlte jede Spur.

„Da sind meine Tauben", stammelte Georg. „Seht ihr sie?"

„Wo?", fragte Heinrich.

„Über dem Ring. Die im Kreis fliegen. Dabei regnet es…"

„Sei froh", sagte Freier. „Solange sie fliegen, frisst sie der Russe nicht."

Als sie in Galatz eintrafen, verstauten sie ihre Kisten und Säcke auf dem Donaukahn, der sie nach Wien bringen sollte. Freier fuhr den Wagen zur Kommission, die am Flusskai ein Kontor mit Ställen für einige hundert Tiere eingerichtet hatte. Mit der Quittung in der Hand striegelte er die Pferde ein letztes Mal und hing die Bürste an einen Haken in der Wand.

Georg blieb auf dem Schiff und zitterte; er hatte Fieber. Sein Nasenrücken hatte sich grün und schwarz verfärbt, die Oberlippe brach immer wieder auf und blutete. Er musste durch den Mund atmen, um Luft zu bekommen. Alle drei wussten, dass seine Nase gebrochen war, doch keiner sprach es aus. Freier und Heinrich tupften Georgs Gesicht alle zwei Stunden mit Schnaps ab. Mehr konnten sie nicht tun. Es würde von alleine wieder zusammenwachsen, was zusammengehörte.

Kapitel 12: Ein Gutes

Daniel Freier horchte auf die Geräusche der Nacht, er konnte nicht wieder einschlafen. Er sah im Dunkeln auf seine Armbanduhr, aber das Ziffernblatt war unlesbar. Vier, halb fünf müsste es sein, dachte er. Um sechs würden sie klingeln, und die Männer würden alle gleichzeitig aufstehen und zum Pinkeln auf die Latrinen gehen und an die Waschbecken zum Rasieren und Waschen, wo es Gedrängel geben würde wie an jedem Morgen. Sie schliefen wie arme Leute, im Mief, auf vier Pritschen übereinander, die ein wackelndes Metallgestell zusammenhielt, in einem Saal, der vor dem Krieg eine Brauereihalle gewesen war und immer noch nach Hopfen roch. Ein Sudkessel aus stumpf gewordenem Kupfer, groß wie ein Erntewagen, füllte eine Ecke. Freiers Matratze lag unter Lobgotts, darüber schlief Jakob, ganz oben Arthur. Georg und Heinrich waren am Eingang untergebracht, wo auch Prudöhl, der junge Trautmann und Pleskows lagen. Freier hatte Georg und seinen Schwiegersohn bei sich haben wollen, aber niemand war darauf eingegangen. Was er denn wollte, hatten die Männer von der VoMi gesagt, sie wären doch alle in einem Zimmer. Extra-Würste wären schon lange aus. Freier machte das Warten mürbe. Sie mussten den Schlafsaal mit vier- oder fünfhundert Umsiedlern teilen, fast alle aus Südbessarabien, aus der Gegend um Leipzig, Kulm und Anschakrak. Insgesamt hatte die VoMi drei Hallen hergerichtet, A wie Auensee, B wie Biberach und C, die größte, wie Cecilienhof. In Saal C waren die Männer untergekommen – von *wohnen* mochten sie nicht sprechen, es war nur ein Lager, in dem sie auf ihre Zukunft warteten –, während sich die Frauen die beiden kleineren Schlafsäle A und B teilten. Strikt nach Geschlecht ging es bei der VoMi; es war für alle besser so, dachte Freier. Nur die Säuglinge durften bei ihren Müttern bleiben, weil sie noch gestillt wurden, und es wäre den Frauen peinlich gewesen mit ihren prallen Brüsten und dem Dreck, den ihre Brut machte. Als sie in Gutewerk eingewiesen wurden und ihre Schlafstellen bezogen, hatte es unter den kleinen Jungen, die bei ihren Vätern,

Großvätern oder Brüdern schlafen mussten, Tränen gegeben; so waren die Kinder, zumal die jüngsten. Er war froh, dass Arthur mit seinen acht Jahren aus dem Gröbsten raus war.
Freier drehte sich auf den Rücken, die Augen nach oben auf die Unterseite von Lobgotts grauer Matratze gerichtet, die sich durch das wabenförmige Drahtgitter presste. Er dachte an den jungen Trautmann und musste im Dunkeln schmunzeln. „So eng soll's bei euch in Großdeutschland sein!?", hatte Reinhold gerufen, als ihnen die Quartiere zugewiesen wurden, der freche, vorlaute Kerl – aber es war gut, dass er wenigstens noch lachen konnte, wo sein Vater es nicht bis ins Reich geschafft hatte und seine Mutter Emmi teilnahmslos geworden war, es war die Melancholie. Der VoMi-Wart hatte Reinhold mitgenommen, und als er zurückgekommen war, war ihm der Ausgang gestrichen worden, und er hatte seine Handgelenke gerieben. So ging es einem hier, wenn man an der falschen Stelle das Mundwerk aufriss.
In der Nacht war es unruhig im Schlafsaal. Freier hörte Grunzen, Schnarchen, Röcheln. Irgendwo kratzte sich immer einer oder pupste oder hustete. Sie knirschten mit den Zähnen, andere brabbelten, wenn ihnen ein Alptraum kam, aus Angst vielleicht, weil alles neu war, unbequem, gewöhnungsbedürftig wie ein neuer Sattel. Einige Male hatte er Jakob im Schlaf reden hören; mit den Pferden, so klang es. Den Pferden und Maultieren, die sie nicht mehr hatten – was wohl daheim aus ihnen geworden war? Der Russe und Pferde… na, aus manchem Gaul würden sie sicher schon Wurst gemacht oder ihn zu Tode geschunden haben. Auch Lobgott faselte nachts, nur Kauderwelsch, bis auf das eine Mal, als es geklungen hatte, als würde er Hilli, die lange begraben war, ausschimpfen.
Freier konzentrierte sich und horchte, ob Arthur oben mit seinen beiden Magneten spielte, sie leise klicken ließ – das tat er, wenn er wach war. Aber Freier hörte nichts, der Junge schlief, hoffentlich, er hatte den gesunden Schlaf der Kinder.
Zwei oder drei Betten neben ihm gluckerte ein Bauch. Hier in Sachsen gaben sie ihnen keinen Wein zu trinken, sondern helles,

schäumendes Bier, das ihnen den Leib aufblähte, schlimmer als Kraut und Kohl. Es war ungewohnt für sie, viele verzichteten freiwillig und tranken Wasser aus der Leitung. Immerhin das hatten sie hier: Hähne in jedem Haus, in jeder Küche, auch auf den Toiletten. Schwierigkeiten mit der Verdauung plagten sie trotzdem. Die einen hatten Durchfall, die anderen harten Stuhl, der tagelang festsaß und den Bauch spannte wie eine Trommel, bevor er, begleitet von viel Wind, endlich abging. Es ist, wie es ist, dachte Freier; man konnte nicht erwarten, dass man in der Fremde nur seine Lieblingsspeisen bekäme. Wenn es rumorte, musste es raus. Lieber einen Furz geschissen, als den ganzen Darm gerissen. Das war immer Mathilde Jeschkes große Angst gewesen, schon im Haus ihrer Eltern, als sie ein Mädchen war: dass ihr einmal der Darm platzen könnte.

Er legte sich auf die Seite, zog die braune Wolldecke unter sein Kinn und drückte, wie zur Bestätigung, Luft aus dem Unterleib. Freier erschrak. Für einen Moment fühlte es sich an, als sei es kein Furz gewesen, sondern etwas Flüssiges, aber zum Glück war es nicht so. Er vergewisserte sich, dass untenrum alles trocken war, es hätte einen fürchterlichen Gestank gegeben. Er hätte aufstehen und sich waschen müssen. Vier Spültoiletten hatten sie in Gutewerk für alle zusammen, zwei Badezuber für die Frauen, einen einzigen für die Männer. Sie gingen sich gemeinsam waschen, er, seine drei Söhne, Prudöhl, Lobgott; die Nacktheit war egal.

Freier stopfte sich die Decke wieder unter den Rücken und starrte in die Dunkelheit, hin zum benachbarten Bett, in dem einer aus dem Unterdorf schlief, von dem er nicht einmal den Namen kannte. Der las den ganzen Tag lang – Bücher, Zeitungen, was immer er finden konnte. Wie ein ungebildeter Mann las er, den Zeigefinger auf dem Papier, mit Lippen, die sich bewegten, ohne einen Ton. Was er las, wusste Freier nicht. Es interessierte ihn auch nicht. Es musste jeder die Zeit rumkriegen so gut es eben ging, bis das Leben irgendwann weiterlaufen würde.

Von Leipzig nach Leipzig hatte die VoMi sie geholt – was für ein merkwürdiger Zufall in diesen merkwürdigen Zeiten, Leipzig hier, Leipzig dort. In Amerika sollte es auch einige von der Sorte geben, in Dakota, wohin so viele ausgewandert waren. Was aus denen geworden war, so weit weg…? Aber auch diejenigen, die im Budschak geblieben waren, hatten nun eine weite Reise gemacht. Es mussten an die zweitausend Werst sein, die sie zurückgelegt hatten. Ein langer Weg, weiß Gott.

Freier sorgte sich um ihr Gepäck, das sie in einer Fabrikhalle einlagern mussten, einen Fußweg von zehn Minuten entfernt. Nachts würden Gendarmen danach sehen, hatte der Diensthabende von der Mittelstelle erklärt, aber es kam Hausrat weg, immer wieder, bei vielen fehlte etwas. Freier trug seine wichtigen Papiere – die Landurkunden, das Geld, den Familienausweis – in einer Brieftasche, die Alma ihm auf die Innenseite seines Hemdes genäht hatte.

Sein Bauch knurrte. Die Blähungen hielten ihn wach, und er drehte sich um, von der linken auf die rechte Seite. Das Bett über ihm pendelte hin und her. Er hörte, wie sich seine Jungen im Schlaf bewegten ohne aufzuwachen.

In den Warthegau würde es mit ihnen gehen, hatten sie gesagt, eine Sippschaft nach der anderen, und jede Familie hatte mindestens einen Alleinstehenden aufzunehmen, jedenfalls für die ersten Monate der Ansiedlung.

Er wusste nicht viel über das Wartheland. Der Boden sollte fett dort sein, der Regen ausreichend, das ganze Jahr hindurch, auch im Sommer, genug für Weizen, Hafer und Gerste. Wo er Saat, Pferde, Wagen, Geräte finden würde, war eine andere Frage. Sie wurden vertröstet. Die VoMi-Leute waren aus den Städten, aus Schlesien und Lausitz, die verstanden nichts von Landwirtschaft. Er wünschte, sie wären schon dort, auf dem neuen Hof, auf dem sie zu tun hätten und morgens früh aufstehen könnten, um ein Tagwerk zu schaffen. Abwarten und Nichtstun waren nicht gut für den Geist, es machte einen schwach und ließ die Gedanken im Kreis gehen, und für Imkreisgehen war der Mensch nicht gemacht.

Tagsüber hatten sie ihre Routinen in Gutewerk, nach dem Wecken mit der Klingel das Zurechtmachen und Putzen und

Desinfizieren der Betten und Säle, das Essenkochen, Tischdecken und Abräumen. Aber es war doch nichts Richtiges, wenn Arbeit fehlte. Die jungen Männer hatten gleich nach der Ankunft in Sachsen das Kartenspielen begonnen – ihnen war langweilig. Dass es von da nicht mehr weit war bis Tanz und Teufel… es ging eben nicht anders. Aber sie verlotterten. Lebten schon wie Landstreicher. Kaum einer, der keine Flöhe hatte, sie konnten noch so viel pulen und sprühen, es störte die Viecher nicht. Manche Männer wurden irre und bösartig, weil sie so lange von ihren Frauen getrennt waren, vor allem die älteren. (In den Sälen der Frauen ging es, so weit er es sagen konnte, heiterer zu. Zwischen den Pritschen hingen Leinen mit gewaschener Wäsche, und alle Weiber und Mädchen schienen gleichzeitig das Stricken angefangen zu haben.)
Niemand wusste, wie lange sie in Gutewerk bleiben würden. Ein paar Wochen, hatte es geheißen, für einige ein paar Monate – je nachdem, wann ihre neuen Höfe und Häuser fertig wurden. Im Osten wurde fleißig gebaut und vorbereitet, sagten sie, das Feinste vom Feinen bekämen sie, im Warthegau sollte jede Bauernstelle ein Treibhaus haben für Feigen, Apfelsinen und die herrlichsten Früchte, alles aus Glas, geheizt mit Sonnenkraft. Das Herrichten ginge nicht schneller, sagten die VoMis, man wäre nicht die Wohlfahrt, und Kraft durch Freude gäbe es nicht mehr, die laxen Zeiten wären vorbei. Wo käme das Reich hin, wenn alle in die Ferien führen?
Freier ärgerte das: als hätten die Umsiedler irgendjemanden angebettelt.
Die Fliegende Kommission hatte es dagegen gar nicht abwarten können. Nach zwei Tagen hatte sie alle Neuankömmlinge aus Bessarabien an großen Tischen in der Eingangshalle eingebürgert und Ausweise verteilt. Ihre rumänischen Papiere hatten sie abgegeben.
Am Vortag war Freier mit Georg, Heinrich und Alma in die Stadt gegangen, in den dicksten Sachen. Sie hatten eigenes Geld, Lei und Rubel, aber sie hatten noch immer keine Reichsmark ausgehändigt bekommen, und die Wechsler nahmen keine

Währungen aus dem Osten. Also waren sie zu Fuß gegangen. Leipzig war eine hell erleuchtete Stadt mit Autos, Straßenbahnen, Menschen, noch größer als Odessa, dachte Freier, und die Leute in den Straßen waren elegant gekleidet wie auf den Fotografien in den Zeitungen. Freier hätte seine Kinder gerne in ein Lokal ausgeführt, jetzt, wo sie in Deutschland waren. Aber er hätte nicht einmal eine Tasse Tee bezahlen können, also sahen sie nur in die Geschäfte und Schaufenster. Am Hauptbahnhof studierten sie die Fahrpläne der Züge: Dresden, Görlitz, Breslau, Berlin, Hamburg, Rostock, Frankfurt Oder. Alle paar Minuten schien eine Eisenbahn in eine andere Stadt abzufahren. Georg wäre am liebsten in einen der teuren Waggons gestiegen, in dem Passagiere auf weichen, grünen Polsterbänken saßen und Zeitung lasen, um selbst das neue Land zu sehen. Auch dafür hatten sie kein Geld, der Junge wusste es natürlich. Sie machten keine Lustreise wie die Gieses, die nach Burnas gefahren und aus Spaß an der Freude halbnackt ins Meer getaucht waren; sie siedelten um. Am Nachmittag gingen sie eine Stunde lang zurück nach Gutewerk, durch Schneematsch auf den Bürgersteigen.
Der Ausflug machte ihnen Mut. Alles schien neu und modern zu sein, obwohl Krieg herrschte. Selbst Alma, der Oma Mathildes Tod nahe gegangen war, hatte geredet und gesponnen: Was sie in Deutschland alles tun und sehen müssten. Übermütig gelacht hatte sie in der Bahnhofshalle von Leipzig, als sie gelesen hatte, wie nah sie Berlin gekommen waren, keine zwei Stunden entfernt. Sie war wirklich ein schönes Mädchen, dachte Freier, trotz allem, eine schöne Frau, und ihr Heinrich… – es war gut, wie es war. Heinrich war ruhig und überlegt. Er hatte geholfen, wo er konnte, auf der langen Fahrt die Donau hinauf, mit Georg im Fieber. Sie hätte es schlechter treffen können.
Vielleicht war es ein Segen, dass Oma Mathilde ihnen nicht mehr zur Last fiel. Bis ins Lager nach Leipzig hatte sie es geschafft, in ein neues Bett, aus dem sie nicht mehr aufgestanden war. An einem Morgen, als die Frauen die Säle Auensee und Biberach gründlich mit kochendem Wasser und Essig putzten, lag sie mit offenen Augen im Bett, in ihrem schwarzen Kleid. Ihr Gesicht

und ihre knotigen Finger schienen geschrumpft zu sein, eingetrocknet. Es war das Alter, hatte der deutsche Arzt gesagt, ein Dr. Schröder, der einmal täglich im Lager vorbeischaute und den Hustenden auf die Brust klopfte. „Das Alter, Fräulein", hatte er zu Alma gesagt. „Es war nichts mit ihrer Großmutter. Nur das Alter."

Prudöhl gab dem Zucker die Schuld, als Schröder weitergegangen war. „Es geht nicht lange gut mit den Menschen, wenn der Zucker kommt. Es waren immerhin schon Jahre, in denen sie immer schwächer geworden war. In der Heimat schon."

Sieben Tage lang hatten sie Oma Mathilde in einer Kammer im Rückgebäude liegen lassen, neben einem Mann mit vollem Bart aus Kulm, noch keine fünfzig konnte der gewesen sein, einfach umgefallen beim Essenholen mit dem vollen Teller Erbsensuppe. Eine Schande für ein Reich wie das deutsche, eine Weltmacht, dachte Freier, wenn die Toten nicht zu ihrer Zeit unter die Erde kamen. Es hieß, dass es in ganz Leipzig keine Särge gäbe, oder jedenfalls nicht genug für alle, es war eine große Stadt, in der an jedem Tag Menschen geboren wurden und starben, ein ewiges Kommen und Gehen. Schröder hatte ihn beiseite genommen und ihm geraten, Oma Mathilde der Einfachheit halber einäschern zu lassen. Aber das wollte er nicht unterschreiben, *konnte* er nicht. Sie wurde schließlich auf einem Friedhof im Süden der Stadt beigesetzt, Connewitz hieß das Viertel. Vierzehn Leute waren sie an der Grube gewesen. Freier rechnete es Heinrichs Eltern, den alten Krafts, hoch an, dass sie in der Winterkälte – auch sie zu Fuß – den langen Weg hin und zurück auf sich genommen hatten. Er war sich nicht sicher, ob er noch einmal die Grabstelle finden würde. Sie hatten nur ein Holzkreuz im Schneematsch aufgestellt. Es ging nicht anders.

Connewitz. Er musste sich den Namen merken, für die Kinder.

Wieviel Uhr es wohl war? Fünf schon durch, hoffentlich. Vielleicht sollte er aufstehen und vor allen anderen auf die Latrinen gehen, bevor sie zu besudelt waren? Es stank dort wie in einer Jauchegrube. Wurde es am Fenster hell?

Nein. Noch nicht.

Geduld, Freier, sagte er sich. Er würde noch auf das Anschalten der elektrischen Laternen im Hof warten, es konnte nicht mehr lange dauern. Dann würde er aufstehen, ein neuer Tag. Vielleicht würden sie endlich Nachricht bekommen, dass ihr neuer Hof fertig war. Er würde Emil Giese fragen.

Der Bescheid kam mehrere Wochen später, in der ersten warmen Frühlingswoche. Nach Liebfelde würden sie ziehen, hieß es auf dem Umsiedlungsbefehl, den ihm ein VoMi-Offizier an einem Montagmorgen brachte. Liebfelde, Kreis Kosten, Warthegau, am Donnerstag ginge es los, man möge alles packen und für die Abfahrt bereithalten, Heil Hitler mit Ausrufezeichen.

Daniel Freier ging sofort zur Landkarte, die mit roten Fähnchen in der Halle hing, und sah nach, wo ihr neuer Hof lag: nicht allzu weit jenseits der Oder, näher an Schlesien als an Hinterpommern. Die Fahrt würde acht oder zehn Stunden dauern, schätzte er. Er war zufrieden; ein Hof weiter im Osten, im Generalgouvernement, wäre ihm weniger recht gewesen. Liebfelde also. Noch ein Ort mit L.

Freier ging die Bestandsliste durch, die ihm die VoMi ausgehändigt hatte, rechnete Morgen in Dessjatinen um, las, dass er zwei Pferde, vier Säue und Geflügel übernehmen würde. Das ist doch ein Anfang, dachte er. Er würde weniger Land haben als im Budschak, viel weniger, aber die Erde im Norden sollte dunkler und fruchtbarer sein. Ein Stall, eine Scheune, das Haus – es müsste gehen. Sie würden sich irgendwie einrichten. Ein Kalb und weitere Pferde oder Mulis würde er schon irgendwo auftreiben.

Es wurde Zeit. In Leipzig hatte das warme Wetter die Bäume auf den Straßen sprießen lassen. Die Kronen der Kastanien und Linden leuchteten im Hellgrün der Triebe. Der Frühling war schön anzusehen, aber er machte ihn unruhig. Freier war froh, dass die Warterei in Gutewerk ein Ende hatte, dass Saat noch rechtzeitig auf die Felder kommen würde. Die Schlafsäle hatten sich in den zurückliegenden Wochen bereits geleert. Die Hälfte der Pritschen blieb inzwischen unbenutzt, so dass sie, da mehr

Platz für alle war, nach und nach ihr Hab und Gut aus den Lagerschuppen geholt hatten. Beil, Besteck und die guten Messer fehlten, sonst war, soweit er es sagen konnte, noch alles beisammen.

Am Donnerstagmorgen standen sechs Lastwagen im Hof von Gutewerk. Vom Fluss war in der Nacht Nebel aufgezogen. Auf dem Feld hinter dem Lager ragten die Baumspitzen aus der milchigen, feuchten Luft. Die Stämme blieben unsichtbar.

Freiers, Heinrich, Prudöhl und Lobgott schafften Koffer und Hausrat aus den Sälen und verstauten alles auf den Ladeflächen. Ihre Fahrer waren SS-Männer aus der Neumark, die schon mehrfach in den Warthegau und wieder zurück gependelt waren – so oft, dass sie sich nicht die Mühe machten, sich mit Namen vorzustellen. Sie kannten sich untereinander, waren bestens gelaunt, lachten viel. Gut und zuverlässig sahen sie aus, fand Freier, in ihren sauberen, frisch gebügelten Uniformen. Er war froh, dass sie beim Verladen mit anpackten, ohne dass er sie bitten musste.

Gemeinsam mit Lobgott suchte er den VoMi-Beauftragten, um sich abzumelden. Sie fanden ihn in der Halle, wo er im Stehen eine Tasse Kaffee trank und ein Stück Graubrot aß, ohne Butter oder Aufstrich. Freier wusste, dass Lobgott sich gut auszudrücken wusste; er ließ ihn reden. *Dank im Namen der bessarabischen Leipziger... der VoMi Dank... den jungen Männern Dank... dem Führer... Hilfe... Reich... Partei... Deutsche... ohne wäre nicht... Zukunft... Anfang... Land... Lebensraum...* – er verstand kaum die Hälfte von dem, was Lobgott ehrenrührig faselte, hörte nicht hin.

„Meinetwegen", sagte der VoMi-Mann. „Nun quatschen Sie nicht lange hier rum, Alter, sondern fahren Sie. Sind Sie mal Pastor gewesen?" Er hielt entschuldigend seine Tasse und das Brötchen hoch: Er könnte ihnen nicht die Hand reichen. „Und was die Polen angeht, lassen Sie sich nur nicht ins Bockshorn jagen. Undankbares Pack, einer wie der andere. Greifen Sie hart durch."

„Welche Polen meint er?", fragte Freier Lobgott, als sie in den Hof zu den Wagen gingen.

Lobgott wusste es nicht.

„Das versteh einer. Vielleicht hat es da noch ein paar Verschlagene aus dem Gouvernement... Obwohl – es ist ja die Mitte des Reiches. Das Herz, wenn man so will. Wir sind jetzt in der Mitte. Gibt es da Polen?"
Emil und Walburga Giese winkten ihnen zum Abschied nach. Giese war Verbindungsmann der VoMi und hatte dafür gesorgt, dass Freiers und Krafts zusammen fahren und im Wartheland nah beieinander wohnen würden. Lobgott, der niemanden hatte, gehörte nun auf dem Papier zur Familie. Auch Prudöhl hatte Daniel Freier auf seinem Umsiedlungsausweis unter *Adoptierte & Sonstige Sippenangehörige* eintragen lassen. Er war zwar ein Esser mehr, aber es konnte nicht schaden, dachte er, einen Arzt bei sich zu haben – einen studierten noch dazu, der in Odessa die Universität besucht hatte, nicht irgendeine Krauthexe wie die Zedel in der Heimat. Prudöhl war klug und praktisch veranlagt. Der würde sich nützlich machen können auf die eine oder andere Art.
Giese schenkte Freier zum Abschied einen Beutel Pfeifentabak, wo immer er ihn herhatte. „Wir haben eure Anschrift im Kosten-Kreis, Freier. Wenn wir wissen, wo wir selbst abgeblieben sind, schreibt meine Frau euch ein paar Zeilen, meine Walburga. Und du tu mir einen Gefallen: Schreib alles auf, was du von den anderen in Erfahrung bringst. Die Höfe, die Orte, wie sie zu finden sind, wer bei wem untergekommen ist, wie es wem ergeht. Dass wir uns nicht verlieren. Oder bitte deine Mädchen, dass sie das aufschreiben. Einer muss es nur machen, sonst wird es nichts. Auf ein baldiges Wiedersehen, vielleicht noch in diesem Jahr, wer weiß es nun – werden wir dann sehen, wie es uns allen widerfahren ist und ob die Ernte rechtzeitig in die Scheune gekommen ist. Gott befohlen, Daniel, ja, Gott beholfen! Pass auf deine Kinder auf, dass die alle auf einen grünen Zweig kommen, hörst? Und noch was", flüsterte er. „Gib den Fahrern bloß kein Geld. Die bezahlt die VoMi und nicht schlecht. Die betteln immer, wenn sie euch abgesetzt und alles erledigt haben, und lügen tun sie wie die Türken – dass sie bezahlt werden müssten, und ich weiß nicht, was sie noch alles erzählen und erfinden. Das

sind Lumpen, die euch ausnutzen wollen. Du darfst überhaupt nicht hinhören. Auch nicht auf den SS-Mann von der Mittelstelle – den vom Hauptamt, weißt? Der fährt mit euch mit. Von der Partei geschickt. Gericke heißt eurer, ein Junger, Mitte Ende zwanzig. Er macht einen anständigen Eindruck, aber gut stellen solltest du dich schon mit ihm, solange ihr noch nicht angekommen seid und die Stube geheizt habt. Danach ist es egal. Habe ich aber nie gesagt, weißt du Bescheid?"

Gericke stieg als letzter mit einer Brieftasche ein und nahm vorn, im ersten Lastwagen, neben dem Fahrer Platz. Sie fuhren sofort los, nach Osten, in Richtung Elbe, Oder, Warthe.
Alma fror, als sie aus den Leipziger Vororten herausfuhren. Heinrich saß ihr gegenüber und hielt mehrere Taschen und Bündel fest, die neben ihm aufgestapelt waren. Sie lächelte ihn an, aber er sah nach vorne auf die Straße und bemerkte es nicht. Alma nahm Lillis Hand, die neben ihr saß und einen kleinen Koffer auf dem Schoß festhielt, in dem ihre Kleider, die alte Puppe, Stifte und Papier waren.
Als sie die Elbe erreichten und auf einer Bogenbrücke aus Metall überquerten, klarte der Himmel auf. Die Sonne wärmte ihre Haut, und Alma zog ihre Fausthandschuhe aus, die sie in Gutewerk aus ungefärbter, öliger Wolle gestrickt hatte. Sie war froh, das Lager hinter sich zu lassen. Die Enge dort, das sächsische Essen, kaum ein Moment der Ruhe, in dem sie mit Heinrich allein sein konnte, wie es für junge Ehepaare normal war. Die deutschen Deutschen – es gab viele nette. Aber andere waren so… befehlend, ganz anders als die daheim. Sie knallten ihre Stiefelhacken aneinander, dass selbst Emil Giese vor ihnen Respekt hatte. Und was für Stiefel das waren. Hoch bis unter die Knie, schwarz und glänzend wie lackiert.
Sie fragte sich, wie ihr neuer Hof sein würde. Seit Wochen hatten sie von wenig anderem geredet. In Polen lag ihr Land, hieß es – oder eigentlich in Deutschland, aber nach dem Großen Krieg hatten die Polen es sich genommen, obwohl es immer deutsch gewesen war, seit Jahrhunderten. Jetzt, mit Hitler, war es wieder

im Reich, wo es hingehörte. Alma verstand nicht genau, wie es sich zugetragen hatte. Aber schließlich war auch Bessarabien erst türkisch gewesen, dann russisch, dann rumänisch – jetzt wieder russisch. Warum sollte es hier anders sein? Das Hin und Her schien in der Ordnung der Welt dazuzugehören. Es war nicht von Bedeutung, solange sie ihr Auskommen haben würden.

Sie freute sich darauf, mit Heinrich eine Bauernstelle zu bewirtschaften. Es war das erste Mal, dass sie ihr eigenes Land haben würden, als Verheiratete, der Vater hatte es versprochen. Zwei Nächte noch, höchstens, und ihr neues Leben begann. Wie es mit Heinrichs Eltern und Justine gehen würde, mussten sie sehen. Sie hatten im Wartheland keinen eigenen Hof haben wollen, sondern nur ein Haus mit Gemüsegarten. Vater Kraft wollte sich Arbeit in einem Betrieb suchen, sagte er, die Landwirtschaft war nichts mehr für ihn.

Dass ihr Vater bei ihnen war, war ein Segen; es konnte vieles misslingen. Jeder Boden hatte seine eigene Natur… – ach, was sollte sie sich sorgen? Es war immer gegangen, irgendwie. Es würde auch diesmal gehen. Die Gott liebte, denen gab er im Schlaf, solange man nur Zuversicht bewahrte, nach vorne sah und nie aufgab. Wie gut, dass Gutewerk endlich hinter ihnen lag, dass ihnen wieder frische Luft um die Nase wehte.

Am Abend waren sie im Kreis Kosten – früher, als Alma erwartet hatte. Sie mussten nur einmal übernachten, in einer Nissenhütte, die die Mittelstelle auf eine Wiese gestellt hatte. Keiner von ihnen wusste, wo genau sie waren. „Zwölf Kilometer von Liebfelde, südliche Richtung“, sagte Gericke knapp, als er mit seiner ledernen Tasche in die Hütte ging und eine Gaslampe anzündete, deren rotes Licht aus dem Türrahmen auf die Lastwagen fiel. „Nehmen Sie Ihre Sachen mit“, rief er Alma und den anderen zu, die zwischen Truhen und Koffern auf den Wagen saßen. „Hier im Scheiß-Osten ist es nachts immer kalt. Der Ofen zieht nicht so, wie er müsste. Ist auch viel zu klein, das Ding. Mäntel, Decken – bringen Sie alles, was Sie an Warmem haben. Sonst ist morgen was abgefroren. Was gucken Sie so!? Nun mal los, alle Mann, aufwachen, wir sind da. Ran, ran… Und noch eins: Vierundzwanzig Pritschen haben wir. Müssen Sie sehen, wie Sie ihre Kinder verteilen. Am besten zwei oder drei nebeneinander in ein Bett, sonst reicht es nicht. Ist auch viel wärmer."

Am nächsten Morgen fuhren sie in aller Frühe weiter, nachdem sie aus Thermoskannen lauwarmen Hagebuttentee mit Zucker getrunken und nichts gegessen hatten. Das könnten Sie zur Mittagszeit nachholen, sagte Gericke, in ihren neuen Küchen.

Sie teilten sich auf. Gericke gab den Fahrern Papiere und Karten mit, auf denen er die Route mit einem Bleistift eingezeichnet hatte. Die Krafts, Justine und ein zweites, altes Ehepaar brachte einer der Wagen nach Liebfelde. Drei weitere Lkws fuhren wenige Minuten später ab, die ihre Leute zu den Bauernstellen weiter im Osten bringen würden. Daniel Freier und seine Kinder, Alma und Heinrich, Lobgott und Prudöhl fuhren als letzte. Sie verteilten sich nun mit ihrem Gepäck auf zwei Laster. Gericke, der trotz der einfachen Unterkunft gut gelaunt war und vor der Abfahrt, den Hintern auf der Stoßstange eines Lkws, eine Zigarette rauchte, setzte sich nicht nach vorne zum Fahrer, sondern hinten zu Daniel Freier und Lobgott.

„Herrlicher Tag heute. Warten Sie ab, eine Stunde noch, dann brennt Ihnen die Sonne auf den Pelz."

Lobgott lachte höflich. „Eine Wonne", sagte er.

„Wo kommen Sie eigentlich her mit ihrer Großsippschaft?", fragte Gericke Freier.

„Leipzig in Bessarabien."

„Ah, auch vom Balkan! Grässlich. Das tut mir leid."

Freier sah ihn an. „Warum sagen Sie das? Grässlich ist es nicht."

„Nicht? Ich dachte, da unten muss sich noch immer das Slawenpack herumtreiben. Hat Sie nicht gestört?"

„Eigentlich nicht." Alma spürte, wie ihr Vater, der neben ihr auf der Bank saß, unsicher wurde. „Gut, es waren einfache Leute dabei…"

„Jedem das Seine, sage ich immer."

„So ist es wohl."

Gericke lachte. „Mann, sind Sie gut Freund mit denen, oder was? Seien Sie froh, dass Sie raus sind. Ist doch kein Leben, wenn man in der Wildnis hausen muss. Sie dürfen sich glücklich schätzen, dass das Reich sich um Sie kümmert. Sollte mir mal einer Land schenken und ein Haus mit allem Drum und Dran. Meinen Sie nicht, Fräulein?" Er sah Alma an. Sie schien ihm zu gefallen.
Sie wusste nicht, was sie antworten sollte.
„Ich weiß nicht", sagte sie schließlich. „Es ging uns gut dort."
„Ha! Als nächstes erzählen Sie mir noch, dass Sie gar nicht weg wollten. Dass Sie wahrscheinlich zurückwollen! Mensch, Leute, ihr müsst euch mal klarmachen, was wir hier für euch tun. Dankbarkeit kann man nicht erzwingen – aber wisst ihr, euren Trotz, den könnt ihr euch sonst wohin stecken. Neulich hatte ich einen aus der Walachei oder aus dem Buchenland – oder was weiß ich, wo der her war... Voll-ge-schwärmt hat der mich." Er verstellte seine Stimme. „Wie schön sie es gehabt hätten mitten unter den Dreckslawen, nur getanzt und gefeiert und jeden Tag Wein getrunken. Nein, nein. Dankbarkeit – gut, dann eben nicht. Aber den Trotz, diesen Stolz, den ihr alle in eurem Wesen habt... Das ist schon unanständig."
„Von wo kommen Sie?", fragte Freier.
Gericke öffnete die Lippen, als wollte er antworten, besann sich dann aber eines Besseren.
„Stettin", sagte er nach einer Minute, als alle schon wieder ihren Gedanken nachhingen und nicht mehr mit einer Erwiderung gerechnet hatten. „Kennen Sie?"
„Wir waren noch nicht dort", sagte Freier. „Es liegt an der See, nicht?"
„So ungefähr." Gericke lachte frech. „Müssen Sie mal auf der Landkarte nachschauen. Können Sie lesen und schreiben?"
Lobgott puffte mit den Lippen und zog pikiert die Nase hoch.
„Sehen Sie da hinten", sagte Gericke. „Sehen Sie die Allee, die von der Straße wegführt? Die Linden?"
Sie folgten seinem Blick.
„Fabelhaftes Haus. Altes preußisches Rittergut, echter Junkeradel. Jetzt natürlich runtergekommen. Hat niemand mehr

in Schuss gehalten. War dem Pollacken kein Anliegen."
„Ich sehe es nicht", rief Arthur. „Wo?"
„Hinter den letzten Bäumen. Man sieht nur etwas weiße Farbe. War mal gelb angestrichen, aber der Putz ist längst ab. Völlig marode. Sogar das Dach hat der Pole abgetragen."
„Warum das?", fragte Alma. „Sind die Leute weggegangen?"
„*Weggegangen*. Sie haben aber Lücken in deutscher Volksgeschichte – *rausgeworfen* hat Polen sie. Und keine zwei Jahre hat es gedauert, dann ging hier alles drunter und drüber. Nach dem Krieg. Jetzt wird Gott sei Dank alles wieder aufgebaut." Er klopfte von hinten an das Fahrerhaus. „Halt mal an, Schmitz! Heh! Anhalten sollst du, taube Nuss!"
Der Wagen fuhr rumpelnd an den Straßenrand und kam zum Stehen. Gericke sprang ab und erklärte dem Fahrer auf der Karte, welche Abzweigung er nehmen sollte.
„Gleich sind wir da. Drei Kilometer noch." Er sah erwartungsvoll in die Runde. „Aufgeregt?"
Keiner sagte etwas.
„Also, dafür, dass heute Ihr Glückstag ist, scheinen Sie mir ziemlich mürrisch zu sein." Er zog seine Zigaretten aus einer Uniformtasche und bot Freier und Lobgott eine an.
„Danke", sagte Freier. Er suchte nach Streichhölzern, aber Gericke kam ihm zuvor und hielt ihm ein brennendes Sturmfeuerzeug hin.
Sie mussten sich festhalten. Der Lkw fuhr langsam über einen holprigen Feldweg.
„Vorne müsste es sein", sagte Gericke. Er stand auf, hielt sich mit einer Hand am Dach des Fahrerhauses fest und suchte mit der Zigarette im Mund den Weg ab.
Daniel Freier stellte sich neben ihn. „Ach du…", begann er und starrte geradeaus auf ein Haus, das halb verdeckt hinter alten Obstbäumen lag. Alma folgte, Arthurs Hand drückend, im Sitzen seinem Blick und sah zwischen den Ästen und jungen Blättern ein Dach aus Stroh, das im Laufe der Zeit modrig schwarz geworden war.
„Hätten wir es geschafft", rief Gericke. Der Wagen bog vom Weg

ab, scheuchte einige Hühner und Enten auf und kam zwischen zwei Gebäuden, dem Hofhaus und einem Stall, zum Stehen.
„Dann mal alle runter. Wir bleiben noch eine halbe Stunde hier, dass die Fahrer Luft schnappen können und ich Ihnen die Papiere gebe. Dann sind wir weg, Schmitz und ich und der andere Lkw. Wenn sonst etwas ist, müssen Sie sich schriftlich an die VoMi wenden. Nehmen Sie gleich Ihr Zeug mit, dass wir wieder wegkönnen, ohne auf Sie warten zu müssen."
Alma half Arthur von der Ladefläche, während Lobgott und Freier begannen, ihr Gepäck abzuladen und vor das Haus zu stellen. Der zweite Laster mit Prudöhl, Heinrich und den übrigen Geschwistern bog um die Ecke.
„Das Dach ist faulig", sagte Alma, mehr zu sich selbst als zu ihrem Vater.
Gericke hörte es.
„Mund halten", rief er. „Ihr ewiges Gemecker will ich nicht hören. Es gibt für alles Grenzen – auch für meine Geduld. Fassen Sie lieber mit an, statt hier Reden zu schwingen. Das ist kein serbischer Männerpuff hier."
Aus den Augenwinkeln inspizierte Alma beim Abladen das Haus. Das Strohdach hing tief herunter bis an ihre Köpfe. An mehreren Stellen hatte sich der Draht gelöst, der es in Form gehalten hatte, und einzelne Halmbüschel hingen zerrupft nach unten, als hätten Pferde oder Kühe daran gefressen. Die Wände waren aus Fachwerk, das mit Stroh und Lehm aufgefüllt worden war. Unter dem Dachüberstand, wo Regen und Schnee nicht hinkamen, schien es heller zu sein, fast weiß. Weiter unten war die Farbe von einer braunen Schmutzschicht bedeckt.
„Gehen Sie ruhig rein", rief Gericke ihr vom Wagen zu. „Ist niemand zuhause." Er lachte. „Sehen Sie mal nach, ob die Schweine noch leben. Bei denen erlebt man immer wieder Überraschungen. Krepieren schnell und fangen an zu gammeln. Irgendwo muss ein Pferch sein. Vier Stück sind hier aufgeführt, alles Säue. Die Pferde sind ja wohl im Stall. Hoffentlich jedenfalls."
„Minna, Lilli, kommt ihr mit?", rief Alma. „Lasst uns mal

nachschauen, was für Stuben wir haben und wie wir uns verteilen. Arthur, du auch. Komm her." Sie nahm seine Hand und ging zur Tür. Sie suchte die Klinke, fand keine und drückte stattdessen vorsichtig gegen das Holz. Es war nicht abgeschlossen.
„Mir ist kalt", sagte Arthur.
Sie nahm ihren Schal ab und wickelte ihn Arthur um den Hals. „Das liegt in einer Senke hier – wie im Winter fühlt es sich an."
„Die Mauern müssen noch von der Sonne durchgewärmt werden", sagte Georg, der hinter ihr stand. „Das dauert nicht mehr lange. Irgendwas zum Heizen wird es sicher geben. Zwei Tage, und das Haus ist warm."
Die Tür öffnete sich nicht auf eine Diele, sondern in eine große Küche, die zugleich als Stube zu dienen schien und von der Vorder- bis an die Rückwand des Hauses reichte. Links und rechts gingen kleine Türen ab, die Alma bis zur Brust reichten.
„Deswegen ist es so kalt hier. Siehst du das, Georg? Die Fenster hinten sind kaputt. Da haben sie… sieht aus wie Papier. Mit Zeitung hat das einer dicht gemacht. Das kann nicht gutgehen. Hier ist der Ofen. Wenigstens Holz gibt es."
„Lehmboden", sagte Minna. „Gestampfter Lehm wie in einem Stall. Sieh mal da… Da steht Essen auf dem Tisch." Sie ging einige Schritte vor. „Brot, Zwiebeln… nanu…" Sie nahm den Deckel vom Tontopf, der in der Mitte stand. „Suppe. Sieht aus wie Graupensuppe. Ganz grau und quadellig. Mensch…"
„Was?"
„Hier, fass mal die Terrine an."
Alma legte ihre Finger an den Topf. „Oh", sagte sie.
Minna ging zum Kessel, der auf dem Ofen stand. „Der ist auch noch warm." Sie kniete sich hin und öffnete die Brennkammer. Mit einem Holzscheit stocherte sie in der Asche. Sie stand auf und sah Alma an. „Da ist noch ein Rest Glut", sagte sie.
„Das kann doch nicht sein", sagte Alma.
„Hier lebt jemand."
„Wer denn?", fragte Arthur neugierig. „Wo sind die Leute?"
Es klopfte an der Tür. Gericke trat, ohne eine Antwort abzuwarten, in die Stube und sah sie erwartungsvoll an. „Und?

Gefällt Ihnen Ihr neues Schloss? Schon eine Ecke besser als was sie bei den Slawen hatten, hmm?"
„Hier wohnt noch jemand", sagte Minna.
„Hier? Was redest du, Mädchen? Hier lebt niemand. Es mag ein bisschen aussehen wie in der Judenschule, aber…"
„Hier – der Kessel ist noch warm, und die Suppe steht auf dem Tisch und das angebrochene Brot da…"
„I wo, Fräulein. Die Polen sind alle weg."
„Wann?"
„*Da* fragen Sie mich jetzt was…"
„Und wo sind die hingegangen?"
„Hierhin, dahin… Die meisten sind ins Generalgouvernement gezogen – die wollten unter ihresgleichen sein. Oder weiter nach Osten, in die Ukraine, zu den Bolschewiken einige auch. Die haben es mit der deutschen Kultur nicht mehr ausgehalten."
„Aber es steht noch Essen auf dem Tisch", sagte Alma. „Hier, der Ofen warm – der ist das letzte Mal heute morgen befeuert worden."
„*Ich* weiß es nicht", sagte Gericke. „Wegelagerer vielleicht. Asoziale. Wer soll sich da auskennen? Ich habe Befehl, sie hierher zu bringen. Das ist der Hof, der Ihnen von der VoMi zugewiesen worden ist. Persönliches Geschenk des Führers. Also. Mit anderen Angaben kann ich nicht dienen."
„Ich möchte hier nicht bleiben", sagte Minna. „Mir ist das unheimlich."
„Ha, du machst mir Spaß, Mädchen. Nach möchten geht das nicht. Wirst schon sehen, das wird dir hier gefallen und deinen Kinderlein auch." Er marschierte in langen Schritten durch die Stube, als wollte er sie ausmessen. „Aha, und was haben wir hier? Links und rechts gibt es noch weitere Zimmer. Nord- und Südflügel, sieh einer an. Da kann man nicht meckern, oder, Durchlaucht?" Er grinste Minna an und trat mit der Spitze seines Stiefels gegen die Tür auf der linken Seite. Im Nebenzimmer gackerten Hühner.
Georg ging zur anderen Tür, beugte sich vor und drückte sie mit der Hand auf. „Hier geht es. Hier haben sie Betten."

Alma und Minna duckten sich und gingen zu Georg in die Kammer. Eine gerahmte Landkarte hing über einem der beiden Betten. Die großen Städte waren rot koloriert, Berlin am linken Rand, Minsk am rechten. Dazwischen lag Polen mit vielen roten Flecken.
„Wo finde ich das Land?", fragte Daniel Freier Gericke in der Stube. „Unser Ackerland?"
„Das ist auf der Karte eingezeichnet. Sie müssen einmal nach Liebfelde aufs Amtskommissariat gehen und unterschreiben. Da zeigt man Ihnen auch, wo sie Saat bekommen. Dafür kriegen Sie ein Darlehen – das sagen Ihnen die Verwaltungsbeamten, die machen das nicht zum ersten Mal. Kostet nicht mal Zinsen."
„Gut. Eines der Pferde im Stall ist tot. Erschossen."
„Und?"
„Hier steht, dass ich…"
„Maul halten. Wenn es krepiert ist, müssen Sie sich ein neues machen. Oder wissen Sie nicht mehr, wie das geht?"
„Mir…"
„Maul halten, habe ich gesagt. Irgendwo müssen Sie Ihre Brut ja her haben, oder sind die alle gekauft? Wo ist eigentlich Ihre Frau? Wollte ich Sie schon die ganze Zeit fragen."
Freier schwieg.
„Ach, hol sie alle der Teufel."
Vom Hof hörten sie Bellen. Georg und Minna liefen gleichzeitig nach draußen. Sie sahen einen Schäferhund, der die Fahrer anbellte. Sie saßen mit hochgelegten Füßen nebeneinander in der Kabine eines der beiden Lkws und beachteten den Hund nicht. Als er Georg und Minna sah, lief er drohend auf sie zu, senkte unsicher den Kopf und schnupperte an ihren Beinen und an der Hand, die Georg ihm hinstreckte.
„Und du? Wer bist du?" Der Hund sah Georg an. Dann verbiss er sich in seine mit Erde verklebten Pfoten, als hätte er dort Flöhe.
„Das Ungeziefer mach ich euch noch weg, damit ihr eure Ruhe haben", sagte Gericke. „Man will ja kein Unmensch sein." Er knöpfte den Pistolenhalter an seinem Gürtel auf.
„Nein, nicht!", rief Minna. „Wir hatten zuhause auch immer einen

Hund, die Rosie. Man braucht doch einen Hund, Herr Gericke."
Er sah sie skeptisch an. „Bitte sehr, Fräulein, meinetwegen. Wenn sie den mit Kraut und Rüben satt kriegen."
„Ein Rüde", sagte Georg.
„Ah, sehr schlau, der junge Mann. Hat gleich erkannt, was Sache ist. Dann sollten Sie ihn besser Otto nennen. Otto wie Bismarck, das wäre doch ein guter, deutscher Name."
„Otto? Warum?"
„Nur ein Vorschlag meinerseits. Wenn Ihnen nichts Besseres einfallen sollte… Meinetwegen nennen Sie ihn Iwan."

Als die Lkws abgefahren waren, teilten sie sich auf. Die Mädchen kochten mit dem, was sie im Haus fanden, die erste Mahlzeit: Graupensuppe und Pellkartoffeln, dazu mehlige, gelbe Äpfel, aus denen sie die faulen Stellen schnitten. Daniel Freier und Georg versorgten die Tiere, so gut es ging. Heinrich, Prudöhl und Lobgott erhielten den Auftrag, Betten und Lager herzurichten – in den Kammern im Haus, im Stall, wo immer es sich in den ersten Nächten schlafen lassen würde. Jakob und Arthur schickte Freier auf Erkundung. Sie sollten nach Holz und Brennmaterial suchen, und wenn sie irgendwo Essbares oder Futter entdeckten, sollten sie sofort zu ihm kommen. „Den Hund nehmt mit", sagte Freier, „diesen durchgedrehten Otto. Dann kann er sich gleich an euch gewöhnen. Wollen wir hoffen, dass der richtig im Kopf ist, sonst muss er weg. Einen verrückten Hund können wir nicht gebrauchen. Den will ich nicht um mich haben. Führt zu nichts Gutem."
Hinter dem Haus lag eine Wiese, auf der Löwenzahnköpfe leuchteten, dahinter ein Waldstück mit Kiefern, Birken und einzelnen Buchen. Im Schatten der ersten Bäume schlug Otto an und kratzte den weichen Boden auf.
„Ksch!", rief Jakob, der mit Arthur im Gras kniete, abgebrochene Äste in handliche Stücke brach und bündelte.
Otto kümmerte sich nicht um die Jungen. Er drehte sich im Kreis, schnappte nach seinem Schwanz, bellte, jaulte, kratzte. Mit den Zähnen ging er wieder an seine Zehen und Krallen, als juckte

es ihn dort.
„Was hat er denn?“, sagte Jakob zu sich selbst. Er stand auf und ging zu dem Hund. „Komm her, Otto. Komm zu mir. Es ist alles gut. Wir tun dir nichts.“
Arthur sah ihm nach und klaubte weiter Äste und Zweige zusammen.
Otto lief in den Wald und bellte.
„Komm doch her, du“, rief Jakob. „Was soll das Theater? Du musst mich schon an dich ran lassen, wenn wir Freunde werden wollen.“ Er ging ihm nach.
Jakob sah blaue Fingernägel, die aus dem Waldboden ragten, halb bedeckt mit Kiefernadeln, verfaulten Blättern und Erde. Es waren kleine Finger, an einer kleinen Hand, an einem kleinen Arm. Dahinter lag ein Haufen trockenen Gestrüpps, das Jakob bis an die Hüften reichte. Otto sprang zwischen den Bäumen umher, unter denen er mehrere Löcher gegraben hatte.

Sie aßen erst spät am Abend in der Stube.
„Ein Gutes…“, sagte Daniel Freier in die Stille. Er hielt einen viel zu großen Holzkochlöffel in der Hand, mit dem er seine Graupensuppe aß.
Niemand reagierte. Nur Lobgott sah auf, blickte ihn erwartungsvoll an. Christian Prudöhl war noch immer fahl im Gesicht.
„Die Erde ist gut“, sagte Freier. Er rieb sich mit dem Handrücken die Augen. „Die Erde ist hier gut, glaube ich. Locker und fruchtbar.“

Kapitel 13: Wartheland

Freier hatte Recht. Der Boden war fett, und es regnete genug, selbst im Hochsommer. Doch bis zur ersten Ernte hatten sie fast ein halbes Jahr zu überbrücken, in dem sie irgendwie satt werden mussten.

Sie brachten die Saat aus, alles, was sie finden oder bei Nachbarn eintauschen konnten. Freier ließ sich den Kalender der Kartoffeln und Rüben erklären, die die Bauern in ihrer Gegend anbauten. Mit Georg und Heinrich zimmerte er einen Pflug, dessen Schar sie mit rostigen Blechteilen verkleideten und abschliffen. In der ersten Woche schlachteten sie eines der Schweine, drei Wochen später das zweite. Im Stall hatten sie kurz nach ihrer Ankunft in einem Verschlag Säcke mit einem Aufdruck in einer Sprache gefunden, die Lobgott als „irgendetwas Baltisches" deutete: fünf oder sechs Doppelzentner Hafer. Die Pferde ließ Freier dennoch auf der Wiese zwischen Haus und Wald weiden; man musste haushalten, sagte er, der Hafer wäre im Sommer zu schade; im nächsten Jahr, so Gott wollte, hätten sie mehr, für sich und auch für die Tiere. Lobgott stellte am Waldrand zwei Bienenstöcke auf. Die Apfel- und Pflaumenbäume waren gesund, Mitte April standen sie in Blüte und versprachen eine gute Ernte. Ihre ersten Eier aßen sie im Juni, nachdem das Geflügel gebrütet hatte und Dutzende Hühner-, Enten- und Gänseküken durch den Hof liefen. In den Wäldern der Umgebung jagte Georg mit der kurzen Schrotflinte, die sein Vater aus Bessarabien mitgebracht hatte, Kaninchen, Fasanen und Schnepfen. Einmal brachte er ein junges Wildschwein mit, eineinhalb Pud Fleisch.

Im Haus war nicht genug Platz für alle. Daniel Freier und seine Söhne schliefen in der schlechten Kammer, in der bei ihrer Ankunft die Hühner gescharrt hatten, in den ersten Wochen auf dem Boden, dann auf Matratzen, die sie sich aus Säcken und Stroh nähten. Minna und Lilli richteten sich im guten Zimmer gegenüber ein, in dem die beiden Betten standen. Alma und Heinrich bewohnten einen winzigen, dunklen Raum mit gemauerten, feuchten Wänden im Stall, der einmal eine

Werkstatt gewesen war. Für Lobgott und Prudöhl bauten sie nebenan einen Holzverschlag mit zwei Pritschen, die übereinander an der Wand hingen. Selbst Ende Mai froren sie in der Nacht, im Haus wie im Stall, und wenn es länger regnete, sickerte Wasser durch das faulende Dachstroh, tropfte auf den Boden, weichte ihn auf und machte ihn schlüpfrig. Alma brauchte einige Tage, bis sie sich an das Schlafen im Stall gewöhnt hatte. Marder und Ratten tippelten im Dunkeln durchs Gebälk und ließen Staub durch die Deckenritzen auf ihr Kissen und ihre Augen rieseln. Wenn sie genau hinhörte, konnte sie die hungrige Rattenbrut fiepsen hören, irgendwo in einem verborgenen Winkel des Dachstuhls.

„Wir haben noch einiges zu tun, bevor der Winter kommt", sagte Freier. „Weiß Gott, wie viel Schnee sie im Norden haben, wenn es schlimm kommt. Ihr braucht einen Ofen im Stall, Heinrich, den musst du irgendwo auftreiben. Oder bauen meinetwegen, vielleicht aus Ziegelsteinen. Du hast ja geschickte Hände. Die Wände und Dächer sind nicht dicht, und wo wir dicke Decken hernehmen sollen... Das Federvieh macht sich gut, aber es wird nicht reichen können für zehn, selbst wenn Georg alle Wälder Preußens leerschießt."

Freier tröstete sich damit, dass der Sommeranfang noch bevorstand, dass mehrere Monate bis zu den ersten kalten Herbsttagen blieben und einige weitere Wochen bis zum Frost. Es schien ihm nutzlos, sich vor der Zeit zu sorgen, solange sie taten, was sie konnten. Die ersten Wochen in Liebfelde mochten schwierig sein, aber Daniel Freier blühte auf. Sie hatten wieder ein Dach über dem Kopf, wenngleich eines, das für schönes Wetter gemacht war, aber vor allem hatten sie zu tun. Kein Warten mehr, kein Brüten wie in Gutewerk, kein Wachliegen in der Nacht. Er arbeitete, und seine Kinder wurden von Tag zu Tag tüchtiger, selbst die kleinen. Es war gut, dachte er, dass sie Heinrich hatten.

Im Juni ritt Georg nach Liebfelde, um Kaninchen zu verkaufen und sich auf dem Amt nach Neuigkeiten umzuhören: Es hieß, dass

Aussiedler im Wartheland von der VoMi Weizensaat, Mehl und Butter erhalten sollten. Er wollte auf dem Markt die Preise für Lämmer herausfinden und von dem Geld, dass Prudöhl ihm gegeben hatte, Palerbsen kaufen.

Als er am späten Nachmittag zurückkehrte, suchte er ohne abzusteigen seinen Vater. Er sah ihn mit Lobgott, einen Spaten in der Hand, bei den Bienenstöcken stehen und galoppierte über die Wiese zu ihnen.

„Der linke ist innendrin nass geworden", sagte Lobgott, als Georg vom Pferd sprang, das er ohne Sattel ritt, mit einer Decke auf dem Rücken. „Nicht gut, nicht gut." Er rieb sich den Schnurrbart, den er sich hatte wachsen lassen, mit den Fingern. „Nass ist so gut wie tot. Das mögen die Tierchen nicht."

„Wir haben Russland angegriffen", rief Georg.

„Hmm!?", machte Lobgott und drehte sich neugierig zu ihm um.

„Sagen sie auf dem Amt. Vorgestern. Die Deutschen marschieren nach Osten."

„Nun das noch", sagte Freier. „Hatten sich die Welt doch erst zurechtgelegt…"

„Hat nicht lange gehalten, die Freundschaft", sagte Georg. „Und deswegen der ganze Zirkus – weg aus Leipzig. Alles wegen der Russen."

Lobgott hob vorsichtig den Holzdeckel des feuchten Bienenkorbs ab. „Dann kann der Deutsche es endlich dem Russen zeigen", sagte er ohne aufzusehen. „Zeit wird es. Die geraten außer Rand und Band sonst."

„Aber im Westen ist auch Krieg", sagte Freier. „Bei den Franzosen."

„Ist wohl ruhiger da geworden", sagte Georg. „Die Beamten sind fröhlich. Ein Jahr, meinen sie, dann soll das erste Land dort verteilt werden."

„Wo sollen die Deutschen sonst auch alle leben?", sagte Lobgott. „So viele, wie hin und her ziehen. Unser Volk braucht Land. Gutes, fruchtbares Land."

„Russland ist ein *riesiges* Land", sagte Freier. „Denk daran, wie es dem Schweden und dem Franzosen ergangen ist, als sie rein sind.

Zurückkriechen mussten sie – die paar Hanseln, die am Schluss übrig waren. Mit Russland ist nicht zu spaßen."
„Hast doch die Jungen gesehen, wie sie in den Budschak gekommen sind. Achtzehnjährige, Neunzehnjährige. Das soll eine Armee sein, vor der sich das Reich fürchten müsste? Ich glaube nicht. Spähpanzer und Halbwüchsige, die grün sind hinter den Ohren. Das kann nichts werden. Soll mir niemand erzählen, die Bolschewisten seien ein hartes Volk. Kinder sind das. Wirre Kinder. – Autsch…!! Nun hat sie mich erwischt, das Viech…"
„Gehen wir dann zurück nach Bessarabien?", fragte Georg. Er sah seinen Vater an.
„Ich weiß es nicht", sagte Freier. „Sicher nicht vor Winterende."

Die beiden Briefe kamen am gleichen Tag, kurz nach Neujahr. Heinrich und Georg erhielten Befehl, mit dem Zug nach Posen zu fahren und sich von dort zum Truppenübungsplatz Warthelager zu begeben.
„*Dienst für das Vaterland… Verteidigung des Reiches… gezeichnet…* Punkt… ba ba ba…" Heinrich blickte auf. Alma, die in der Stube auf einem Stuhl neben dem Ofen saß und alte, vom Lagern weich und schrumpelig gewordene Kartoffeln schälte, sah ihn an. Eine Spirale, halb braun, halb gelb, klebte zwischen ihren Fingern.
„Scheiße", sagte Heinrich leise.
„Rede nicht so. Bitte nicht."
„Der andere hier ist für *Herrn Georg Freier, geboren 1924, 3. April, in Leipzig, Bessarabien.*"
„Oh nein. Soll er etwa auch? Georg ist doch noch ein Kind. Der ist nicht mal achtzehn Jahre."
„Sieht so aus. Vielleicht haben sie etwas Besonderes mit ihm vor. Geht wohl nicht gleich an die Front, sondern in dieses Warthelager."
„Mitten im Winter."
„Hier: Ein Gepäckstück dürfen wir mitnehmen. *Einberufung… unwiderruflich…* Die wollen uns in den Osten schicken, das sage ich dir. Zu den Russen."
„Es muss jeder an dem Ort dienen, wo er hingehört", sagte

Lobgott in der Haustür. Er zog seine Handschuhe aus, nass von geschmolzenem Schnee, und legte sie zum Trocknen auf den Ofen.

„Sie reden wieder, Lobgott…“, sagte Heinrich. „Reden, reden, reden… Und wenn es mal um etwas Richtiges geht – um große Dinge –, dann können Sie nur kluge Sprüche klopfen. Ich habe es so satt.“

„Du tust mir Unrecht, Junge. Wer soll das Land verteidigen wenn nicht die Jugend? Soll denn der Russe hier auch einmarschieren, wie er in Leipzig einmarschiert ist?“

„Sie reden einen Blödsinn. Wer ist denn bei wem einmarschiert? Hitler ist nach Russland gezogen, nicht umgekehrt. Wir stehen vor Leningrad.“

„Hätte er es nicht getan, wäre der Russe gekommen, fürchte ich. Angriff ist die beste Verteidigung. Du hättest deinen Clausewitz lesen sollen.“

„Unsinn. Alles Unsinn. Sie und Ihre ganze… Rechtfertigung und das alles. Als wären *Sie* schon einmal in den Krieg gezogen.“

„Dieser Kelch ging zum Glück an mir vorüber. Nun ist es wohl zu spät. Mit sechsundfünfzig Jahren, weißt du… Da ist alle gute Absicht vergebens.“

„Pfhh“, machte Heinrich verächtlich.

„Dem Herrn sei es gedankt.“

„*Mut mit h und Gott mit Lob* – ich kann es nicht mehr hören. *Den* Tag möchte ich sehen, an dem Sie mutig werden. Keine Kinder haben Sie – nicht mal eine Frau. Immer nur mutig dem Namen nach…“

„Na, na… werd nicht defätistisch, Jungchen. Ihr habt auch keine Kinder. Und vergiss bitte nicht, wer dir Lesen und Schreiben beigebracht hat.“

Heinrich sah ihn wütend an. „Komm, Alma, lass uns rausgehen. Hier können wir nicht reden mit diesem…“

Sie stellte die Schüssel mit Kartoffeln auf den Tisch und warf sich den Mantel über die Schulter.

„Da“, sagte sie zu Lobgott und zeigte auf den Tisch. „Die Kartoffeln wollen geschält werden.“

Lobgott schüttelte den Kopf. „Ich habe zu tun, liebes Kind."
Alma seufzte. „Natürlich", rief sie spöttisch.
„Am 19.", sagte Heinrich. Er saß in der Stallkammer auf der Kante des Bettrahmens, den er mit Prudöhl und Georg gezimmert hatte. „Zwei Wochen noch."
„Und Georg?", fragte Alma.
„Weiß ich nicht."
„Gib mir mal den Brief."
Er reichte ihn ihr. Sie riss den Umschlag auf, zog das Schreiben heraus und las es.
„2. Februar", sagte sie traurig. „Dein Geburtstag. Was sollen wir machen, wenn ihr zwei weggeht?"
„Es muss irgendwie gehen. Dann müsst ihr im Frühjahr zusammen die Saat ausbringen. Immerhin habt ihr auch zwei Esser weniger. Komm, lass uns mit deinem Vater sprechen."
„Wo ist Georg?", fragte Alma. „Hast du ihn gesehen."
„Im Wald wahrscheinlich", sagte Heinrich. „Schießen."

Zwei Stunden vor Sonnenaufgang machten sich Alma und Heinrich am 19. Januar zu Fuß auf den Weg zum Bahnhof Kosten. In der Nacht hatte es mehrere Stunden geschneit, dann klarte der Himmel auf, und sie konnten, als sie in ihren wärmsten Sachen vom Hof aufbrachen, Sterne sehen, die zwischen den schnell vorüberziehenden Wolken kurz leuchteten, bevor sie wieder verdeckt wurden. Ihre Schritte knirschten im Schnee. Beide sagten lange nichts.
In der Nacht hatte Alma, Heinrichs Arm auf ihrer Brust, geweint. Sie war immer wieder aufgewacht. Die Furcht, den Mann, den sie liebte, zu verlieren, ließ ihre Gefühle stärker werden, als sie es bis dahin gekannt hatte. Sie hatte seinen Arm festgehalten, die Haare gestreichelt, die Handfläche und die Finger gedrückt und geküsst.
Als sie aufwachte und sich umdrehte, war Heinrich bereits aufgestanden. Er kniete in Unterhemd und Hose auf dem Boden der kalten Stallkammer und packte den Koffer, den er ins Truppenlager mitnehmen wollte. Es war derselbe, mit dem er

aus Bessarabien gekommen war.
„Noch eine Stunde, dann sind wir da“, sagte Alma, aber sie war sich nicht sicher, ob Heinrich sie verstanden hatte, weil sie ihren Schal über den Mund gebunden hatte.
„Vorne wird es hell.“ Heinrich suchte im Osten den Himmel ab, hielt den Kopf gerade und versuchte zu lächeln. Er hatte sich vorgenommen, den Abschied nicht unnötig in die Länge zu ziehen. Dass seine Frau mit ihm nach Kosten gehen würde, hatte er ihr nicht ausreden können. Aber es brachte nichts, fand er, in solchen Momenten den Gefühlen zu viel Raum zu geben. Stoisch, hatte der Doktor es genannt – wenn man seinen Weg mit Gleichmut ging, egal was kam. Er hatte nur die Hälfte verstanden, aber es leuchtete ihm ein. Die Furcht war halb besiegt, wenn man sie ignorierte.
„Ach Heinrich…“, seufzte Alma. „Was soll…“
„Wir sind gleich da“, sagte er schnell.
„Ich habe nicht einmal mein Taschentuch eingesteckt, ich Dumme…“
„Du brauchst kein Tuch. Alles ist gut.“
Sie zog die Nase hoch. „Nein. Ist es nicht.“
„Wir haben es doch besprochen.“
„Ich weiß. Und den Tod werde ich mir holen, wenn die Kälte nicht bald nachlässt.“
„Mut, Alma. Was sich nicht ändern lässt, kann man nun einmal nicht ändern. Das muss man im Kopf aushalten. Du wirst sehen, es dauert nicht lange, dann kommt das Frühjahr, und ich bin zurück. Es ist ja etwas dran, dass der Russe nicht vor Kraft strotzt. Deren Armee. Auch wenn Lobgott es gesagt hat.“
„Ich mache mir Sorgen. Wenn dir etwas… zustößt. Was soll mit uns werden?“
„Mir stößt nichts zu. Glaub mir doch einfach.“
„Ich lieb dich so, Heinrich.“
„Ich dich auch, Frau.“
Er nahm ihre Hand.
„Und wenn doch…“ – er blieb stehen und sah sie an. „Dann machst du dir ein schönes Leben. Ohne deinen dumpfen

Heinrich."
„Was du redest. Du bist nicht dumpf. Du bist mein Bräutigam. Mein Mann."
„Der nicht mal richtig reiten kann…"
„Das ist mir gleich. Solange Georg es kann. Mit dem kommt sowieso keiner mit."
„Wollen wir hoffen, dass ich nicht zu den Pferden muss im Osten."
„Wenn sie überhaupt Pferde an der Front haben. Es geht doch alles mit Maschinen heute. Panzer, Wagen, Flugzeuge und so…"
„Ein paar haben sie noch, glaube ich. In den Pripjetsümpfen, für die Verpflegung. Den Nachschub. Lobgott hat so etwas gesagt. Im Morast kommst du mit Panzern nicht weit. Die gehen unter wie Steine. Blubb, und weg sind sie."
„Da hältst du dich besser fern von den Sümpfen."
„Werde ich tun. Das mute ich den Pferden nicht zu."
Alma lächelte. „Schau… jetzt wird es langsam Tag. Der Schnee ist hell, man sieht besser." Sie blieb auf der Straße stehen. „Man erkennt schon etwas. Sieh mal hinten – bei der Eiche. Hasen."
„Die würde ich gerne essen. Wie groß die sind."
„Ja."
„Du musst Georg hierhin schicken mit seinem Gewehr. Dann habt ihr Hasenpfeffer."
Alma zog die Nase hoch. „Georg geht ja auch", sagte sie. „Ein paar Tage nur noch…"
„Und was, Kindchen? Bleib ruhig. Ich bestelle uns gleich Tee, wenn schon eine Gaststätte auf hat. Wird Zeit, dass wir etwas Heißes in den Magen kriegen." Er sah auf seine Uhr. „Es müsste alles gutgehen. Wenn der Zug überhaupt pünktlich fährt. Weiß man vorher nicht. Komm, reich mir deine Hände."
„Warum?"
„Lass uns einmal tanzen. Den flotten Krakowiak. Hier im Schnee, bevor die Leute uns sehen können."
Alma zog die Nase hoch und kicherte.

Als sie die ersten Häuser von Kosten erreichten, fühlte sie sich besser, zuversichtlicher. Alma holte ein halbes Brot für Heinrich aus einer Bäckerei, aus deren offener Ladentür warmer Dampf auf die Straße zog.

„Sie hatten noch nicht auf", sagte sie und riss Heinrich mit den Fingern ein Stück ab. „Die Frau hat ein Auge zugekniffen und es mir verkauft."

„Gut."

„Sie sprach schlechtes Deutsch. Aber neugierig aus dem Fenster gesehen hat sie und gefragt, ob du mein Geliebter bist."

„Geliebter?"

Alma kaute und nickte. „So hat sie gesagt."

„Und was hast du geantwortet?"

„Mein…" – sie schluckte – „Bräutigam, habe ich gesagt. Gatte, Mann – das klingt steif. Und dann redete die Bäckersfrau was von *junger Liebe*. Richtig lustig war sie."

„So jung auch wieder nicht. Wir sind keine Brautleute mehr." Heinrich kaute. „Komm, lass uns langsam weitergehen, dass wir den Bahnhof rechtzeitig finden."

„Sind wir nicht mehr – Brautleute, meine ich. Aber es macht keinen Unterschied. Nimmst du deinen Koffer, oder soll ich tragen? Hier ist noch Brot."

„Es geht schon. Iss du, dass du etwas im Bauch hast bei der Kälte. Du musst noch zurücklaufen."

Zehn Minuten später standen sie vor dem Kostener Bahnhof, einem Bau aus der Kaiserzeit.

„Hier ist was los", sagte Alma. „Zwei Züge stehen schon da. Ist sicher der nach Posen dabei."

„Gehen wir rein. Drinnen können wir uns aufwärmen. Wir haben noch mehr als eine halbe Stunde."

Sie verabschiedeten sich auf dem Bahnsteig. Alma nahm seine Hand; sie umarmte ihn. „Stell den Koffer noch einmal hin", flüsterte sie.

Sie konnte den Kloß, der sich in ihrem Hals bildete, nicht hinunterschlucken. „Komm, küss mich noch einmal. Noch einmal."

Heinrich tat es. Sie schüttelte sich und weinte leise.

„Hier", sagte Heinrich schließlich. „Nimm den Handschuh. Wisch dir den Rotz von der Nase."

„Pass auf dich auf."

„Und du auf dich. Auf deinen Vater und die Kleinen auch."

Sie nickte „Und auf Lobgott und Prudöhl."

„Meinetwegen auch auf die."

Heinrich stieg ein. Sie sah ihn den Gang entlanggehen, sich beim Vorbeigehen an anderen Passagieren dünn machen. Er öffnete eine Abteiltür und verstaute den Koffer auf der Gepäckablage. Dann kam er in den Gang zurück, schob das Fenster herunter und steckte den Kopf heraus.

„Bete für mich, Alma", sagte er.

„Jeden Morgen und jeden Abend."

„Und mach keine Dummheiten, Frau. Du musst auf mich warten, hörst du?"

„Ja", sagte sie leise. „Ich werde warten, bis du wiederkommst. Bis… wir wieder zusammen sind."

Sie sah zu Heinrich hoch, der sie anlächelte – anzulächeln versuchte. Dann entglitt ihm sein Gesicht zu einer Grimasse. Er ließ den Kopf zur Seite sinken, unter die Scheibe, und hielt eine Hand vor die Augen.

„Heinrich!", rief Alma. „Was ist mit dir?"

Ein Pfiff.

Alma stand starr auf dem Bahnsteig. Sie hörte das laute Klappern der sich schließenden Waggontüren nicht. Der Zug setzte sich ächzend in Bewegung.

Heinrich blickte auf, fand aber nicht die Kraft, ihr zuzulächeln.

Sie winkte mit beiden Armen, mit den Wollhandschuhen, mit ihrer Mütze und der Brottüte, biss sich, ohne es zu merken, auf die Lippe.

Der Zug fuhr aus dem Bahnhof, wurde kleiner und kleiner.

Ein grauer Fleck.

Rauch am Horizont.

Und dann nur: Stille.

Liebfelde, Kr. Kosten, 27. März 1942

Mein Heinrich,

wann ist dieser Krieg nur gewonnen? Sie haben gesagt, der Endsieg ist bald erreicht, wir sind stark, haben sie gesagt. Er lässt länger auf sich warten, als wir gedacht haben. – Komm <u>*bitte*</u> *bald zurück zu mir. Ich zähle die Tage, jeden Tag. Ich hätte gedacht, dass es besser werden würde, aber Du fehlst mir sehr. Nun weiß ich, was es mit der Liebe auf sich hat. Viel besser weiß ich es als damals in Leipzig. Das Gefühl wächst in einem, so kommt es mir vor. Es legt sich nicht zur Ruhe.*
Vater, Minna, die Geschwister vermissen dich auch. Dass Du es weißt. Von Georg haben wir nichts gehört. Aber solange nichts kommt – kein Schreiben von den offiziellen Stellen –, solange müssen wir uns nicht sorgen, sagt Vater.
Ich schreibe Dir, auch wenn ich noch nicht weiß, wo Du bist, wo ich meine Briefe hinschicken kann. Vom Amt haben wir nichts erhalten. Ich werde schreiben und alles zur Feldpost bringen, wenn ich Nachricht habe. Dann wirst Du mehrere Briefe auf einmal erhalten, es lässt sich nicht ändern. Besser so als gar nichts.
Ich sitze auf dem Bett in der Kammer. Das Wetter ist milder geworden. Die Hühner marschieren durch den Hof und picken, was sie finden können. Eben habe ich an Deinem Hemd gerochen. Ich habe es nicht gewaschen, nachdem Du gefahren bist. Es ist nur ein Hauch von Dir, aber das ist doch etwas, das Wenige, was ich in diesen Wochen von Dir habe. Die Decke, mit der ich schlafe, hat Deinen Geruch.
Ich fühle mich immer noch wie in der Fremde hier. Die Polen, die hier sind, würden uns ins Gesicht spucken, wenn sie dürften. Man kann Ihnen… Aber Du weißt, wie es ist. Ich weiß nicht, was ich Dir alles schreiben soll oder kann. Lobgott sagt, ich muss mich beim Schreiben besinnen. Weil Krieg ist, sagt er. Du verstehst mich sicher.
Ich habe solches Heimweh. So nennt man es wohl, wenn einem die Heimat fehlt. Dem Vater geht es nicht anders, vielleicht ist es mit ihm noch ärger. Er spricht nicht viel – hat nie viel gesprochen, Du kennst ihn ja. Aber er brütet manchmal und zählt die Saatsäcke und rechnet und sorgt sich. Eine Heimat haben wir verloren, nun haben wir eine neue gefunden. Aber die

Gefühle brauchen immer etwas länger, bis sie sich neu eingerichtet haben. Vater geht viel übers Land. Die Äcker, die wir haben, sind nicht alle gut. Er sagt, die hin zur Obra liegen in einem Tal und sind zu feucht, wegen des Flusses. Da ist zu viel Wasser und wohl auch Salz, er weiß es selbst nicht genau. Popscha wächst sogar auf dem guten Land nicht, wir haben es versucht, es fault; auch Saubohnen nicht, Sudangras nicht, es ist viel zu kalt. Mir fehlen unsere guten Padlaschana – und Knoblauch und Kraut und Pfeffer... Sogar die Kerpsen, die sie hier haben, sind anders. Es gibt nur wenige, und sie sind blass und schmecken nach nichts. Die Kühe machen sich auch nichts aus ihnen, die fressen Gras und Heu. Alles ist anders. Neulich haben Minna und ich eine Gier bekommen, und dann haben wir beim Krämer in Liebfelde nach Mohn gefragt. Den kannten sie überhaupt nicht! In die Apotheke wollten sie uns schicken, stell es dir einmal vor. Komisch angesehen haben sie uns, als wären wir irre.

Sie pflanzen Gerste und Roggen. Kartoffeln natürlich. Das werden wir ausbringen, meint der Vater, wenn wir genug Saat kriegen, genug gute Saat. Wir haben kaum Geld, und die Saat, die sie im letzten Jahr verteilt haben, war großteils alt, und sie ging nicht auf, nur wenige Triebe. Vater kennt sich auch nicht recht aus damit. Ich sage natürlich nichts, aber er kommt von der Bauernstelle in der Steppe. Hier ist es anders.

Lobgott ist so ungeschickt in allem. Es wird sich nicht mehr ändern. Wegschicken können wir ihn nicht. Er versteht nur die Musik, sonst versteht er nichts, und Musik machen sie hier nur in den Städten. Das Musizieren fehlt ihm. Er arbeitet auf dem Feld mit, aber es ist fast nichts nütze. Er versteht es nicht und versucht doch, in alles eine Ordnung hineinzubringen, die dort nicht hingehört. So macht er allen das Leben schwer. Aber man möchte ihn auch nicht immer ermahnen, er meint es gut. Vorgestern hat er versucht, unseren Morgen durcheinander zu bringen. Wer in der Früh das Geflügel füttert und nach den Eiern sieht (wenn unsere störrischen Hühner denn ein Einsehen hatten und eines oder zwei im Stall gelegt haben, ohne es anschließend selbst zu zerdrücken), wer das Feuer anfacht, den Hafer rührt, den Tisch deckt. Lächerlich ist es gewesen. Er hat wohl bis jetzt nicht verstanden, warum keiner etwas zu seinem Unsinn gesagt hat. Unser Lobgott. Wenn er so weitermacht, wird er noch ein richtiger Tollpatsch. Er braucht etwas zu tun. Aber hier hat er nichts, was er machen kann. Nur Arbeit macht er.

Prudöhl reitet von Hof zu Hof und in die Dörfer. Er ist ein kluger Mann und er hilft, wo er kann, bei den Geburten und den Kranken, die sie hier haben, und wenn einer im Sterben liegt. Bezahlen können ihn nicht alle, aber er bringt doch vieles mit – Saat und Vorräte, eine braune Glucke in der vergangenen Woche sogar, die schon ein Ei gelegt hat! Er ist eine große Hilfe. Am Abend liest er bei Kerzenlicht die Bibel und was er hier finden kann. Aber er ist immer bei guter Laune. Er gefällt mir. Er hat das Praktische in sich.

Arthur hat ein paar Freunde auf den anderen Höfen gefunden. Er ist viel draußen und spielt und fischt. Gerade bastelt er sich zwei Angelruten, dass er im Mai wieder an den See gehen kann. Eine Schule für die Umsiedler haben sie hier, am anderen Ende von Liebfelde. Er geht zu Fuß dorthin, eine halbe Stunde hin, eine halbe zurück. Wir wollen ihm ein Rad suchen, aber wir haben noch keines gefunden (jedenfalls keines, das wir bezahlen könnten). Er singt viel. Seine Stimme ist noch hoch und schön. Nur sein Lied macht mich traurig: Maikäfer flieg, singen sie hier, dein Vater ist im Krieg – und wie das Pommernland abgebrannt ist. Ein betrübtes Lied, aber die Kinder und die Frauen kennen es alle und singen es oft. Bei den Pimpfen ist er auch seit kurzem und mächtig stolz. Wie ein Großer fühlt er sich.

Lilli ist ein tüchtiges Mädchen – still, aber zuversichtlich. Sie hat ein Heftchen angefangen, in dem sie alle unsere Leipziger einträgt, wenn sie etwas erfährt. Wer jetzt wo lebt und wie es ihnen ergangen ist. Damit wir, wenn wir uns wiedersehen, nichts vergessen haben. Irma Schilling ist gar nicht weit weg untergekommen, Daljewo heißt es, ein Dorf wohl. Ich habe sie noch nicht getroffen, aber sie hat einige Zeilen geschrieben, als sie von uns erfuhr. Der Russe ist gar nicht mehr in Leipzig, sagt sie, schon lange nicht mehr. Es ist alles wieder bei den Rumänen. Aber es soll viel zu Schaden gekommen sein, als sie abgezogen sind. Häuser hätten gebrannt. Und nun ist es doch wieder rumänisch. Sie haben auch einen Führer, den Conducator. Keinen Adolf, einen Anton. Ich verstehe es nicht, dieses Hin und Her. Oft denke ich an unseren schönen Hof an der Kälber Drift.

Ja, Heinrich, so ist es. Es geht auf den Abend, und ich gehe nun in die Küche.

Eines noch – ich weiß nicht, was damit wird: Meine Regel ist nicht gekommen. Wenn es denn das ist, was es sein kann, wie würde ich mich

freuen! Aber dem Vater habe ich nichts gesagt. Er würde sich nur sorgen. Wie ich ein Kindchen hier durchbringen würde, weiß ich nicht. Es fehlt an allem.
So denk an mich, Heinrich, so wie ich an Dich denke. Ich denke immer an Dich.
Deine Alma

Kapitel 14: Glück

Georg setzte sich auf einen umgestürzten, schneebedeckten Baumstamm, an dessen Unterseite gelbe Flechten klebten. Die Winterluft war kalt, aber ihm war warm vom Laufen. Seit seinem Aufbruch am Morgen war er eine Stunde lang zügig durch den Wald gestapft und fühlte sich in seinem gefütterten Mantel wohl. Er griff mit dem Handschuh in den Puderschnee, den er mit den Lippen in den Mund schaufelte, und zündete sich eine Zigarette an. Die Luft am Vormittag war ungewöhnlich klar, so dass er alle Formen und Farben unter den dicht stehenden Fichten erkennen konnte. Er sog den Rauch tief in seine Brust, lehnte den Kopf zurück, atmete aus. Über den Wipfeln der Bäume zogen einzelne Wolken durch das Blau des Himmels. Es könnte schlimmer sein, dachte er.

Er wusste nicht, wo er war; irgendwo zwischen Windau und Riga – seinem Gefühl nach eher zur Rigaer Bucht hin als zur Westküste. Er konnte seine Position nur schätzen. Die Landschaft, die zugefrorenen Seen, Birken, Fichten, Kiefern: Alles sah gleich aus. Er hatte seit seinem Aufbruch keinen Menschen gesehen.

Er hätte längst auf seine Kameraden treffen und den Umschlag mit den Befehlen übergeben sollen, auf der Lichtung, die Götze ihm beschrieben hatte. Aber dort war niemand mehr. Die Kompanie war aufgebrochen; er wusste nicht, wohin – nicht einmal die Richtung konnte er erkennen. Sie waren kreuz und quer gefahren, und ein kniehoher Teppich aus Neuschnee hatte alle Spuren zugedeckt. Ein Motorrad mit gerissener Kette lehnte auf der Lichtung an einem Kieferstamm, halb eingeschneit, zurückgelassen. Georg prüfte, ob Treibstoff im Tank war. Sie hatten das Benzin abgepumpt.

Dreck, dachte er. Götze hätte ihn nicht schicken sollen. Er wusste alles besser, der Idiot. Viel zu spät hatte er ihn geschickt.

Er zog zwei Haselnüsse aus seiner Manteltasche und brach die Schalen zwischen den Handflächen auf. Er kaute widerwillig. Die Nüsse schmeckten alt und bitter.

Georg hatte keine Ahnung, wo die anderen waren. Sollte er die Kompanie suchen? Oder unverrichteter Dinge zurückgehen, auf die Gefahr hin, von Götze – wenn es Götze noch gab und er ihn finden konnte – angebrüllt zu werden?
Ein Dreck, dachte er und spuckte aus.
Er stand auf und schlug sich den losen Schnee vom Mantel. Er ging nach Südosten weiter, wo er die Front und die Kompanie vermutete, Richtung Riga. Es kam aufs Gleiche hinaus, sagte er sich, und er hatte keine Lust, den unfähigen Götze allzu bald wiederzusehen. *Die* Schikane konnte er sich sparen.

Liebfelde, Kr. Kosten, 14. Juni 1942

Geliebter Heinrich,

Du bist wieder gefahren, an die Ostfront. Ich sehe Dich noch vor mir, wie Du in den Waggon stiegst, Dein trauriges Lachen, Deine grinsenden Kameraden. Der eine Freche, mit den lustigen Augen – hieß er Ludwig oder Leopold oder so ähnlich? Ein schmucker Kerl, er hat mir gefallen, und so launig, weißt? Du kennst ihn inzwischen sicher besser. Ich würde sagen: Halte dich an ihn. Man braucht immer etwas Leichtsinn, etwas Lustigsein, auch in einem Krieg, gerade dann. Wenn man gar nicht mehr zu lachen vermag, ist das Ende nicht mehr weit. Ein guter, gut gelaunter Freund ist Goldes wert in diesen Zeiten.

Ob Dich meine letzten Briefe an der Front erreicht haben? Ich fürchte, Sie sind verloren gegangen oder noch immer unterwegs. Ich weiß selbst nicht, wo genau die Front heute verläuft. Wir wissen alle nicht viel hier. Nur dass wir endlich siegen. Wenn ich mich in einigem nun wiederhole, so sieh es mir bitte nach. Ich habe eine Karte von Dir hier, von irgendwo an der Ostfront, ich konnte den Ort nicht lesen (Wilna in Litauen?). Nun hoffe ich, dass dieser Brief Dich findet, wo immer Du bist – bevor Du mit den Kameraden weiterziehst.

20. Juni 1942

Lieber Heinrich,

nun ist es passiert, um zwei Wochen zu früh zwar, aber es ist doch gut, wie es ist. Wir sind Eltern geworden, Du und ich! Ich konnte den angefangenen Brief, schon vor einer Woche fing ich ihn an, nicht mehr zuende bringen. Wir haben eine kleine Tochter, Heinrich, Du bist Vater! Ich wünschte, ich könnte Dich in meine Arme schließen, so freue ich mich, und so stolz bin ich, und Dir das Kind entgegenhalten. Das Mädchen ist ganz gesund. Die kleinen Fingerchen und Zehchen, weißt, alle zehn, oben wie unten ganz klein, und sie hat schöne hellblaue Augen, wenngleich noch die Haare fehlen, wie es ist bei den Neugeborenen. Sie ist ein schönes Kind und wird einmal eine schöne Frau werden, das spüre ich.

Ich bin glücklich, nicht mehr so erschöpft wie gestern und vorgestern, aber es war schwer. Du weißt, wie es uns Frauen geht, wir sollen nicht klagen, hat Irma Schilling immer gesagt, wenn sie wieder ins Haus gerufen wurde – nicht klagen, weil man doch nichts ändern kann. Aber wie ich lag – es fing am frühen Abend an, als ich schrieb und gleich den Tisch decken wollte –, es hat mir den Leib zerrissen, und mir sind die Schreie aus dem Mund geflutscht, auch wenn ich mir fest vorgenommen hatte, nicht zu schreien. Es geht anderen Frauen nicht besser. Ich erinnere mich noch, wie die Mutter mit Arthur niederkam und schrie und schrie – und richtig schlimm wurde es, als sie überhaupt nicht mehr schrie, weil sie schon gestorben war, und nur der Junge schrie, unser kleiner Bruder.

Ich war mir sicher, dass bei mir auch etwas nicht stimmte, dass ich im Kindbett heimgerufen würde wie meine Mutter vor zehn Jahren. Aber ich war wohl unnötig ängstlich, weil ich nicht wusste, wie das Gebären ist. Dass mir das letzte Stündlein geschlagen hatte, dachte ich, so weh tat es untenrum, bevor die Kleine endlich das Köpfchen zeigte und ans Licht kam. An manches erinnere ich mich überhaupt nicht. Christian Prudöhl war da, die ganze Zeit, aber ich glaube, ich lag zwischendurch in einer Ohnmacht, eben weil ich keine Erinnerung daran habe. Es soll schnell gegangen sein, sagt er, kurz nach Mitternacht war sie auf der Welt. Da sah ich Minna lächeln, und das nasse Kindchen lag auf meinem Bauch. Faltig war sie. Wie eine frisch abgezogene Schweinehaut sah sie aus.

Nun weiß ich nicht, wie ich sie nennen soll? Es ist eine so persönliche Sache, da muss man sich austauschen und gründlich abwägen. Es ist kein Siegfried geworden, sondern nur ein Mädchen. Sollte ich sie dann Bringfriede nennen, habe ich überlegt? Es klingt aber doch zu komisch, wie im Mittelalter auf einer Burg. Nun möchte ich Dir schreiben, was ich meine: Ich finde, dass Ilse ein schöner Name ist, schmuck und doch schlicht, ohne Eitelkeit. Ilse, Ilsechen.

Was denkst Du darüber, Heinrich? Wenn Du an der Front etwas Zeit hast, dann denke beim Schießen und Marschieren in Russland darüber nach. Ich warte auf Nachricht, bevor ich das Kind auf die Kirche bringe. Aber lass es mich bitte bald wissen, ein Kind braucht einen richtigen Namen, auch wenn es noch so klein ist, dass die Äuglein kaum aufgehen. Man weiß nie, was kommt. Als Taufpaten, habe ich gedacht, könnten wir Minna und Hellmuth Lobgott nehmen? (Dr. Prudöhl würde mir viel besser gefallen, aber er sagt selbst, dass er es mit Gott nicht so genau nimmt. Ich glaube, er hat überhaupt keinen Glauben in sich. Lobgott wiederum ist ja ein ganz und gar unpraktischer Mensch, aber er hat ein Gespür für alles Schöne, für die Musik, er hat doch auch mich unterrichtet, ist gläubig und ein guter Freund des Vaters. Da meine ich, es kann nicht falsch sein?)

Ich weiß nicht, wann wir uns wieder sehen und in die Arme schließen, mein lieber Mann. Ich bete, dass es bald ist, dass Du wieder zu mir kommen darfst, und dass die Russen immer vorbei schießen mögen, wenn sie Dich aufs Korn nehmen. Jeder Krieg reißt Wunden, man hört von so vielen, die im Osten, in Russland sind. Ach, wir dürfen nicht – auf den Nuschnik gehen, verstehst du mich?

Bevor Ilse kam, war ich oft melancholisch und habe gegrübelt. Ich will doch nicht, dass aus meinem Herzen eine Höllengrube wird.

Nun sind wir schon eineinviertel Jahr in Liebfelde. Es sind noch viel mehr gekommen, seit Du das letzte Mal hier warst, auch aus den Hügeln im Bessarabischen, weit nördlich von Kischinjew und aus Rumänien.

Ich versuche, mit unseren Leipzigern in Verbindung zu stehen und auch mit denen aus Kulm und aus den anderen Dörfern, mit denen wir zu tun hatten. Man will doch wissen, was aus ihnen geworden ist. Viele sind in den Warthegau gekommen. Aber aller Anfang ist schwer. Einige antworten nicht einmal, wohl weil sie zu tun haben auf den Feldern und mit dem Vieh. Vielleicht erhalten sie meine Briefe nicht?

Nun soll es genug sein, lieber Heinrich. Das Kind will Milch (ich habe genug). Ich denke an Dich und bete für Dich. Gott befohlen, Deine Alma

Die Flugzeuge kamen öfter und zogen hoch über den Wolken zu den Städten.
„Machen Sie sich keine Sorgen, die werden nur gefährlich, wenn sie tief fliegen“, sagte ein Markthändler in Liebfelde zu Alma und Lilli, als er für sie gelbe Rüben abwog. „Dann schießen sie – und nur dann. Sonst nicht, Fräuleins. Bomben werden nicht aufs flache Land geworfen... Viel zu teuer. Man muss auch mal Glück haben, was? Hier in unser Kosten kommt keiner hin. *Will* ja keiner hin.“
„Aber...“ Lilli stutzte und sah Alma an, als wollte sie um Erlaubnis bitten, sprechen zu dürfen.
„Was?“, fragte der Markthändler.
„Wenn die hier übers Land fliegen... – wo verläuft eigentlich die Front? Ich dachte, die Soldaten sind alle im Osten... und in Frankreich? Bis an die Kaspische See sollen sie doch durchmarschiert sein.“
„Sind sie auch. Da können Sie Gift darauf nehmen. Die deutsche Truppe hält keiner auf. Schon gar kein Russenpack.“
„Warum tut denn keiner etwas gegen die Flugzeuge? Die fliegen hier einfach übers Reich...“
„Tun sie ja was gegen. Die Luftabwehr. Aber wenn es zu viele sind und wenn sie zu hoch fliegen, kriegen sie die nicht runter. Kann man nichts machen. Genauso gut könnte man auf Insekten schießen.“
„Was wollen die hier?“
„Na du machst mir Spaß, Mädchen. Hat man doch gehört, was Sache ist. Lübeck ist nicht mehr, da soll kein Stein auf dem anderen geblieben sein. Eine schöne Stadt war das. Ist Schluss mit Marzipantorte. Und woanders soll es nicht besser sein, oben in Kiel und in Essen und Duisburg. Aber darf man nicht sagen, so etwas – wissen Sie ja... Krieg ist Krieg. Nun kriegen Sie mal keine Angst, Fräulein. Solange sie nur rumfliegen, marschieren sie hier wenigstens nicht ein.“
„Einmarschieren? Wer?“
„Sie können Fragen stellen – da muss man erst drauf kommen.“
„Die Russen“, sagte Alma leise.

„*Hier* einmarschieren? Wir haben doch die Wehrmacht – da stehen doch unsere Soldaten, Heinrich und Georg und die alle…"
Der Händler zog die Augenbrauen hoch. „Ihre Männer?"
„Ich weiß auch nicht", flüsterte Alma. „Komm, lass uns weitergehen, Lilli." Ihr Blick sagte: Wir müssen hier nicht den Mund aufreißen auf dem Markt. Weiß keiner, wer alles rumsteht und die Ohren aufsperrt.
„Na, nichts für ungut", sagte der Händler. „Hier ist das Gemüse."
Sie bezahlten, erledigten ihre restlichen Besorgungen in Liebfelde und machten sich zu Fuß auf den Rückweg.
„Es ist gut, dass wir ein Schloss an die Haustür gemacht haben", sagte Alma.
„Schaden tut es nicht mit den ganzen Polen. Warum geben die keine Ruhe?"
„Ich weiß es nicht – aber kann man es ihnen verdenken? Du weißt doch, wie es aussah im Wäldchen hinten, als wir hierher kamen."
„Sie hatten es ganz anders gesagt, zuhause in Leipzig. Nicht dass sie die armen Leute vertreiben würden und umbringen. Es war sicher nicht jeder Pole schlecht?"
„Es lässt sich nicht ändern. Du musst nur aufpassen, dass du den Partisanen nicht in die Hände fällst. Den polnischen."
„Wie soll das gehen? Wenn sie kommen, kommen sie. Was soll ich dann machen?"
„Hmm. Sperr halt immer zu, bevor du mit Minna schlafen gehst, wie wir es besprochen haben. Hinten im Stall die Riegel. Ob sie was bringen, wenn es so weit sein sollte, weiß der liebe Gott. Aber besser so als gar nichts."
„Sie sollen gemein sein. Richtig gewalttätig."
„Wer sagt das?"
„Ach, alle… irgendwie wissen es alle. Die Leute in Liebfelde, in Kosten, überall. Die haben ja den Rundfunk, nicht wie wir draußen, wo wir gar nicht mitkriegen, was sich tut im Reich. Aber keiner spricht richtig darüber, als hätten sie Angst."
„Haben sie auch."
„Ich habe auch Angst, Alma."
„Ich weiß. Ich auch."

„Vor allem nachts, wenn es still ist im Haus."
„Ja. Ich auch. Aber man kann nichts tun. Nur sein Tagwerk tun kann man. Mit der Politik und dem Krieg – da haben wir nichts mit zu schaffen. Wie denn auch? Der Vater wird ein Auge auf uns haben. Wir haben drei Männer im Haus und Jakob."
„Hoffentlich nützt das etwas. Vater wird die Tage immer seltsamer. Er spricht kaum noch, brummelt vor sich hin... Was dem durch den Kopf geht, verstehe ich nicht. Er sagt ja nichts."
„Nein, tut er wirklich nicht. Keinen Satz zu viel sagt er. Er ist alt geworden, seit wir weg sind."
„Das stimmt. Fast wie Lobgott, nur mit mehr Haaren auf dem Kopf. Aber Lobgott ist noch rege, wenn er auch verbohrt geworden ist."
Alma seufzte. „So ist der Lauf der Zeit. Hier – fass bei dem Korb mit an, er drückt mir in die Finger."

„Nun ist es soweit", sagte Daniel Freier einige Wochen später, als er ins Haus kam. „Der Russe ist ins Reich einmarschiert."
Prudöhl, Lobgott und die Kinder saßen am Abend in der Küche am Tisch. Sie sahen ihn an, plötzlich stumm. Ilse lag in einer Decke in Lillis Armen und schlief.
„Wo hast du das her?", fragte Lobgott. „Sind sie über die Grenze? Das glaube ich nicht. Das wäre das erste Mal, dass sie sich ins Land trauen."
„Die Leute im Ort haben es gesagt – der eine dem anderen. Aufgeregt wie Hühner. Aber aus der Nase ziehen musste man es ihnen. Wenn die einen nicht kennen, sagen sie nichts. Da ist sich jeder selbst der Nächste."
„Wo sollen sie stehen?"
„Irgendwo im Osten, in Memelland und in Ostpreußen. Aber sie stehen nicht. Sie marschieren flott voran. Da draußen sollen sie jedenfalls gewütet haben wie die Hunnen, in einem Dorf gleich an der Grenze. Jemensdorf oder was, irgend so ein Name. Reinmarschiert sind sie, und massakriert haben sie die Leute..."
Er sah in die Runde und biss sich auf die Zunge, als Lilli und Arthur ihn entsetzt ansahen.

„Umgebracht?", fragte Lilli.
Freier hing Fellmütze und Jacke auf. „Lasst uns mal allein, Kinder. Das ist nichts für euch. Geht rüber nach nebenan oder nach hinten."
Lilli und Arthur gehorchten, während Jakob auf seinem Hocker sitzen blieb und selbstbewusst in die Runde blickte. „Ich will es auch wissen, Vater", sagte er. „Wenn ich arbeiten kann wie ein Erwachsener, kann ich auch zuhören."
„Wo ist dieses... Jemersdorf?", fragte Prudöhl.
„Mir unbekannt. Kennst du das, Lobgott?"
„Sagt mir nichts. Muss was Kleines sein. Warte, ich hol die Karte von drüben, vielleicht lernen wir noch was." Lobgott stand auf und ging ins Nebenzimmer.
„*Gewütet* haben sollen sie", wiederholte Freier leise. „Die Rote Armee. Im Rundfunk haben sie es gesagt. Warum sollen sie da Lügen erzählen, die keiner hören möchte?"
„Geh...", stöhnte Prudöhl. „Im deutschen Rundfunk?"
„Bilder soll es auch geben – in dieser Wochenschau, die sie in den Lichtspielen machen. Mit Toten und allem Drum und Dran. Da gibt es kein Herumreden. Überall Tote... und... Frauen auch. Das ist echt. Das kann man nicht nachmachen. Man sieht es im Film."
„Nemmersdorf vielleicht?", rief Lobgott aus dem Nebenzimmer, in dem Minna und Lilli ihre Betten hatten.
„Könnte es gewesen sein", rief Freier zurück. „Liegt das bei den Ostpreußen?"
„An der Grenze. Dann sind sie nun wirklich im Reich."
„Die Menschen sollen schon alle auf der Flucht sein und die Straßen verstopfen. Mitten im Winter."
Minna hielt sich die Schürze vor den Mund.
„Und im Rundfunk kein Wort. Da palavern sie von eisernem Willen, und ich weiß nicht, von was noch. *Ein menschliches Bollwerk bilden... die Bolschewiken...* Entweder sie wissen es wirklich nicht besser, oder die sind verrückt geworden. Die Rote Armee spaziert in Deutschland herum, und die verbieten den Leutchen, aus dem Haus zu gehen."

Lobgott stand im Türrahmen, die Arme in hochgekrempelten Hemdsärmeln ineinander verschränkt. „Wie viele sollen auf den Straßen sein?“

„Ich weiß es nicht. Tausende sicherlich. Wie viele leben da im Osten – hunderttausend? Zweihunderttausend?“

„Viel mehr“, sagte Jakob. „Millionen. Allein in Königsberg sind es ein paar hunderttausend.“

„Stimmt das, Lobgott?“, fragte Freier.

„Der Junge hat recht. Ja. Nur glaube ich nicht, dass alle vor ein paar Russen ausbüchsen. Die werden sie zurückschlagen in ihre Sümpfe.“

„Wollen wir es hoffen. Aber bis jetzt schlagen sie sie jedenfalls *nicht* zurück, auch nicht ins Moor. Frauen, Kinder… Was meinst du, wer noch da ist in den Dörfern? Die Männer sind alle sonstwo. Sollen die Weiber denn Panzer fahren? Und welche Panzer auch?“

„Freier, du weißt genauso gut wie ich, dass es verboten ist zu flüchten.“

„Geh mir ab, Lobgott. Das können sie so viel verbieten, wie sie wollen. Meinst du, das hält irgendjemanden ab, sein Leben zu retten?“

„Wer flieht, wird erschossen. Aufwiegler, die Feigen, die Defätisten-Brut. Wird kurzer Prozess gemacht, ratzfatz. Geht erst der Mut flöten, ist das Reich verloren.“

„Und was sollen die Leute deiner Meinung nach machen? Warten, bis die Russen sie kriegen? Weil es so viel schöner ist, von den Russen gemeuchelt zu werden?“

„Kämpfen sollen sie. Sich dem Bolschewisten in den Weg stellen. Die Flucht ist doch keine reelle Möglichkeit.“

„Keine was?“

„Das darf man überhaupt nicht in Betracht ziehen, so ein dummes Zeugs, so reden nur Memmen, Angsthasen. Man muss die Scholle, auf die man gestellt wird, verteidigen. Hitler hat ganz Recht, wenn er das Volk in den Sturm ruft.“

Freier sah stumm in die Runde seiner Kinder. Prudöhl hob eine Augenbraue, als Lobgott ihm den Rücken zuwandte, als wollte er

sagen: der nun wieder.
„Wir müssen ein Vorbild sein für alle anderen“, sagte Lobgott, „für die junge Generation. Für die, die nach uns kommen. Sollen die uns für Feiglinge halten – für zu feige, dem Feind gegenüberzutreten, Aug in Auge? Nein, nicht mit mir. Es gibt Pflichten im Leben. Pflichten, Freier!“

Von diesem Tag an dachten sie ununterbrochen an die Russen, an die Vorbereitungen der Flucht, ans Packen der Taschen mit dem Wichtigsten, die sie mitnehmen würden. Alma hatte seit mehr als acht Wochen nichts von Heinrich gehört. Sie schrieb ihm Briefe in zwei Ausführungen. Die eine schickte sie mit der letzten Feldpostnummer an seine Kompanie an der Front, die andere versteckte sie in ihrer Kammer im Stall in einem Hohlraum hinter einem Wandbalken, von dem er wusste. Sie versuchte, sich ihre Furcht in den hastig, an fast jedem Abend geschriebenen Zeilen nicht anmerken zu lassen, aber sie war sich nicht sicher, ob es ihr gelang. Sie hatte Angst: vor den Russen, die im Osten, irgendwo, standen und vielleicht gerade schon – sie wussten es nicht – ins Wartheland einmarschierten; um Ilse, die viel zu klein war für die Winterkälte draußen, die sie auf dem Hof schon kaum ernähren konnte, für die sie einen Kinderwagen und Decken aus Flaum und Federn brauchte für einen Marsch; dass Heinrich sie, wenn sie den Hof verließen, nicht mehr finden könnte, sie getrennt bleiben würden.
Sie bereitete sich vor, so gut es ging. Vor dem Einschlafen ging sie in Gedanken durch, was sie mitnehmen und auf dem Weg gebrauchen könnten. Sie packte einen kleinen Koffer und nähte gemeinsam mit Lilli einen festen, mit einem Schaffell gepolsterten Ledergurt, mit dem sie Ilse auf Rücken oder Bauch tragen konnte. Sie befestigte drei winzige Goldmünzen, die ihnen von Heinrichs Eltern geblieben waren, im Futter ihres Mantels, jedes Stück einzeln, damit sie sich nicht berührten und klimperten.
„Aber wenn es verboten ist zu fliehen…“, sagte Minna an einem Abend. Sie hatte sich erkältet und hustete beim Kochen in ihre

Schürze. „Wo sollen wir denn hinfliehen? Wir haben doch hier unser Zuhause."

„Nach dem Westen", sagte Jakob knapp. „Wo willst du sonst hin? Nach Moskau?"

„Die Russen tun uns doch nichts", rief Minna. „Wir haben mit denen immer friedlich im Budschak gelebt, mit Mischka und Wladi und den ganzen anderen. Hundert Jahre lang und mehr. Die tun nichts."

„Was sollen wir denn deiner Meinung nach tun?", fragte Jakob. „Warten, bis sie hier an die Tür klopfen und höflich nach einer Tasse Schwarztee fragen?"

Minna zuckte die Achseln. „Das ist jedenfalls besser, als mitten im Winter zur Oder zu spazieren."

„Du bist echt eine…", sagte Jakob. „Du hast doch genau wie wir gehört, was sie im Osten anstellen. Die bringen die Leute um. Und Schlimmeres."

„Das glaube ich nicht – und was sollte wohl noch schlimmer sein…? Außerdem war das in Ostpreußen, wo sie gewütet haben sollen. Nicht hier. Das ist weit weg."

„Und was die Leute sagen? Dass sie schon im Kulmerland sein sollen? Das sind keine hundert Werst von hier."

„Es ist *ver-bo-ten*."

„Es ist auch verboten, sein Leben wegzuwerfen", sagte Jakob. „Sogar den Großdeutschen. Wir sind auch Deutsche, weißt du?

„Hast du nicht gelesen, was die Nationalen auf ihren Anschlägen schreiben? Wenn einer zu fliehen versucht, wird er abgeholt. Da hast du's."

„Das kannst du doch nicht… lass gut sein, ich gebe es auf. Mach, was du willst. Ich bin lieber vorbereitet. Wenn wir hierbleiben und abwarten – das ist Selbstmord, Minna."

„Du redest…"

„Und du erst!"

„Lass die Russen einfach kommen. Die fahren durch, und das war es."

Georg warf sein Sturmgewehr in den kniehohen Schnee zwischen

den Birken, in dem es versank. Als er durch einen Fluss gewatet war, war die 44 ins Wasser gefallen und unbrauchbar geworden. Auch sein Tornister – mit Brot, alter Schokolade, seiner Decke und dem versiegelten Umschlag von Götze – war durchnässt. Er wusste nicht, ob die Befehle nach dem Öffnen noch lesbar sein würden. Er würde sich, sollte er auf feindliche Truppen stoßen, nur mit einem Messer und einer Pferdepeitsche verteidigen müssen. Oder ergeben.
Es wurde dunkel, die Kälte kroch unter seinen Mantel. Es schneite nicht mehr, aber unter den hohen Kiefern und Fichten lag schwerer, angeschmolzener Schnee, der das Gehen erschwerte. Georg wusste nicht, wo er sich befand. Er war fünfzehn Stunden auf den Beinen und gab den Versuch auf, seine Kompanie wiederzufinden. Die Heeresgruppe Kurland war offenbar gesprengt worden, verstreut. Mit jeder Stunde, die verstrich, sank die Wahrscheinlichkeit, dass er sie treffen würde. Er fror und ging weiter – zwang sich zu gehen, nicht stehen zu bleiben. Er hatte keinen Kompass dabei, aber er war sich sicher, nach Südwesten zu gelangen, dem letzten Licht der untergegangenen Sonne entgegen. Dort musste die Ostsee liegen, fünfzig oder hundert oder zweihundert Werst entfernt, oder das Haff, von dem Götze gesprochen hatte. Er kannte dieses Meer nur von den Karten, die er im Lager studiert hatte. Dort würde es eine Stadt geben oder jedenfalls einen Ort, wo er sich für ein oder zwei Tage ausruhen konnte, bevor er sich wieder auf den Weg machen würde. Sicher würde er irgendwo Truppen und einen Kommandanten finden, dem er, so unangenehm es sein mochte, Meldung machen konnte. Er schämte sich, sich verirrt zu haben. Er!
Georg hielt nach einem dicht von Bäumen und Gestrüpp umstandenen, windgeschützten Waldstück Ausschau, wo er ein Feuer machen und einige Stunden schlafen konnte. Bevor er eine geeignete Stelle gefunden hatte, wurde er in der Abenddämmerung auf ein Leuchten aufmerksam: Es musste eine Scheune oder ein verlassener Hof sein, am anderen Ende eines kleinen, schneebedeckten Ackers. Im Schutz der Dunkelheit

bewegte er sich am Feldrand langsam darauf zu und sah, dass dort ein altes, flaches Bauernhaus mit geschlossenen Fensterläden brannte. Die Flammen hatten auf das Holz des Dachgebälks übergegriffen. Vielleicht würde er Vorräte und einen Stall finden, dachte er, oder ein Heulager, in dem er schlafen konnte.
Als er näher kam, sah er auf dem Hof einen Geländewagen stehen. Er konnte das Kennzeichen nicht lesen, war sich aber sicher, dass es kein Auto der Wehrmacht war. Er stellte seinen Tornister auf einen Baumstumpf, nahm die aufgerollte Peitsche in die Hand und schlich langsam auf das Haus zu. Als er sich dem Wagen auf fünfzehn Schritte genähert hatte, sah er einen Mann am Steuer sitzen. Georg blieb stehen und blickte vorsichtig um sich. Er hörte nur die Flammen, die Holz und Schindeln knacken ließen.
„Rauskommen!“, rief er auf Russisch. „Hände über den Kopf!“
Nichts geschah.
Er ging langsam auf den Wagen zu und spähte durch die hinteren Fenster. Der Kopf des Mannes lag auf dem Lenkrad.
Georg ging mit der Peitsche in der Hand vor und öffnete die Fahrertür. Der Mann fiel ihm vor die Füße, in den Schnee, stöhnend. Er trug die Uniform der Roten Armee.
„Was ist los?“, schrie Georg nervös. „Wer bist du? Beweg dich nicht, Genosse, sonst bist du tot!“
Der Mann, ein Russe, sah zu ihm hoch. Er hatte Blutspuren auf der Stirn, in den Haaren und an der Schulter. Georg trat zwei Schritte zurück und sah ein Bajonett in der Hand des Russen.
Er traf ihn mit dem ersten Peitschenschlag im Gesicht, ein doppelter, sofort blutender Streifen, der vom Auge nach hinten in die klebrigen Haare lief. Georg schlug noch einmal zu, zielte auf Mund und Nase. Er riss dem schreienden Mann das Bajonett aus der Hand und stieß es ihm in die Brust, wo es auf eine Rippe stieß und abrutschte. Beim zweiten Mal sank die Klinge ein.
Georg atmete schnell. Er hatte Angst. Er sah um sich, tastete hastig die Uniform des Russen ab, nahm seine Papiere. *Pjotr Grigorijewitsch Kusnjetz*, las er. Neunzehn Jahre.
Für einen Moment zögerte er; er wusste nicht, was er tun sollte.

Er durchsuchte den Wagen, in dem er einen schmutzigen Metallbecher, Rauchtee, eine russische Pistole und einen Schraubenschlüssel fand. Er überlegte, ob er dem Mann eine Kugel in den Kopf schießen sollte, entschied sich aber dagegen. Er wollte keinen Lärm machen und die Aufmerksamkeit anderer Rotarmisten, die in der Nähe sein konnten, auf sich lenken. Er sicherte die Pistole und steckte sie in seine Manteltasche. Ein Dachbalken des Hauses brach hinter ihm ein und schickte tanzende Funken in den Nachthimmel.

Georg lief zu seinem Tornister, stopfte Becher, Tee und Schraubenschlüssel hinein und ging hinter den Bäumen in Deckung. Er sah auf seine Uhr und zwang sich, eine Viertelstunde lang regungslos auf den Knien abzuwarten.

Als niemand kam, fühlte er sich sicherer. Sein Herz schlug langsamer, er atmete wieder normal. Er stand auf und entfernte sich langsam, ohne das brennende Haus aus den Augen zu lassen. Nach wenigen Schritten war er von völliger Dunkelheit umgeben. Er war unerträglich müde.

Liebfelde, Kr. Kosten, 19. Dezember 1944

Geliebter Heinrich,

die Feldpost hat mir die letzten beiden Briefe zurückgeschickt. Zuerst war ich wie benommen – ich dachte, nun ist es so weit, nun schreiben sie mir… Gefallen für Großdeutschland, steht auf den Briefen, die zurückkommen. Aber es stand nicht auf meinen Briefen, also wurde ich wieder ruhiger. Du lebst, glaube ich, hoffe ich. Ich meine es zu spüren.

Du bist inzwischen sicher weit vom Dnjeper und vom Don entfernt? Wo Du bist – ich weiß es nicht, ich <u>kann</u> es doch nicht wissen. Nun hoffe ich, dass Du wenigstens im Zug fahren kannst, und nicht die weiten Wege zu Fuß machen musst. Auch das ist nicht sicher. Die Leute sagen, dass manche Züge in der Weite Russlands verlorengegangen sein sollen. Wie, bitte, geht ein ganzer Zug verloren? Ich verstehe vieles nicht. Es wird so sein, wie sie sagen.

Klein-Ilse gibt mir Halt. Wir haben in diesem Winter nicht viel hier, sie hatte immer wieder leichtes Fieber. Nun geht es besser. Dr. Prudöhl ist eine große Hilfe und Lilli und Minna auch. Es ist viel wärmer als vor einem Jahr, wir können dem Herrn danken. Wir haben gutes Holz, und im vergangenen Sommer haben wir das Haus und unseren Stall hinten so weit abgedichtet, dass der Wind nicht mehr durch jede Ritze zieht.

Ich bete für Dich, mein lieber Mann, wie an jedem Tag, seitdem ich Dich an jenem kalten Morgen zum Bahnhof begleitet habe. Jeden Nachmittag warte ich auf den Postboten. Er hat nur ein Bein, im ersten Krieg hat er das andere gelassen, mit Anfang zwanzig, aber er hat sich daran gewöhnt und geht wie ein Normaler, nicht wie ein Krüppel. Am Anfang, als er kam, war er noch fröhlich. Nun hat er so viele Schreiben von den offiziellen Stellen gebracht, dass er stumm wie ein Fisch geworden ist und nichts mehr sagt. Aber ich hoffe immer, dass er mir etwas von Dir bringt. Eine Feldpostkarte vielleicht – selbst wenn Du dort nur angekreuzt hast, dass Du am Leben bist und Dich gern an mich erinnerst. <u>Jeden Tag</u> hoffe ich. Wenn er (Noack heißt er, der Briefträger) nichts hat für mich, stelle ich mir vor, wie Du zu mir zurückkehrst. Ich sehe Dich den Weg zum Haus hochkommen, in den grauen Wehrmachtsmantel gehüllt, den Du jetzt sicher trägst. Dann stelle ich mir Dein Gesicht vor. Dünner wirst Du

sein. Ich stelle mir vor, wie Du lächelst, wenn Du kommst. Es macht mich froh, das zu denken.
Ilse freut sich so sehr darauf, ihren Vater endlich zu sehen.
Deine Dich liebende Frau Alma

Der Morgen des 20. Januar 1945 war kalt und klar; es würde ein schöner Tag werden, sobald die Sonne sich gegen acht Uhr über den Horizont schob. Ilse weinte beim Frühstück. Sie wollte den mit Wasser gekochten Hafer- und Leinsamenschleim nicht schlucken und spuckte ihn aus. Ihre Stirn fühlte sich heiß an, dachte Alma, sie hatte noch immer erhöhte Temperatur und schwitzte. Am Vorabend hatte sie ihr eine halbe Aspirin-Tablette aus Prudöhls Tasche zerrieben und ihr mit heißem Kamillentee und Honig gegeben, löffelweise. Die Medizin schien kaum zu helfen, aber es war alles, was sie tun konnte. Sie wünschte, sie hätte mehr Milch.

Ihr Vater und Lobgott waren gereizt, als sie schweigend in der Küchenstube aßen und das Kind nicht aufhörte zu schreien. Sie standen so schnell wie möglich vom Tisch auf und machten sich, wie sie es einmal wöchentlich taten, zu Fuß auf den Weg nach Liebfelde.

Sie waren binnen einer Stunde zurück und liefen das letzte Stück des Feldwegs, das auf den Hof führte, durch den nassen, überfrierenden Schnee. In Liebfelde hätten alle ihre Wagen gepackt, rief der Vater Prudöhl und den Kindern zu; viele seien längst auf dem Weg zur Oder, und die anderen, die Letzten, Langsamsten, stünden zur Abfahrt bereit. Der Russe würde in Kürze bei ihnen sein, heute noch, morgen vielleicht, hoffentlich erst morgen, niemand wusste es genau, aber es wäre auch egal: Sie müssten weg, jetzt, sofort.

„Alma! Minna, Jakob! Nun steht nicht rum wie die Orgelpfeifen in der Kirche. In spätestens drei Stunden ziehen wir hier ab."

„Aber…", sagte Minna.

„Kein aber", rief Freier. „Red jetzt nicht rum, Mädchen, sondern gehorch endlich einmal. Keine Widerrede, hörst du mich? Geh und pack deine Tasche!"

„Aber was ist denn überhaupt? Es geht nicht einmal die Sirene…"

„Halt den Mund, Minna, und mach, was ich dir sage! Für die Sirene hat keiner Zeit."

„Was ist mit den Tieren?", fragte Jakob.

„Die müssen sehen, wo sie bleiben. Es hilft nichts. Stell ihnen

einfach alles hin, was da ist. Holt eure Taschen – Alma, du nimmst deine Ilse, und du hilfst Alma, Lilli! Hopp, hopp, hopp! Holt aus der Küche, wofür wir Platz haben. Lobgott, der Karren, der aus Holz der… such den und zieh ihn in den Hof vor die Tür und mach ihn fertig, da können wir das Nötigste rauftun. Es zieht sich einfacher als es sich trägt, auch wenn Schnee liegt. Und dann nimmst du die Leiter und steigst aufs Dach und stülpst einen Eimer auf den Schornstein, dass uns drinnen nicht alles feucht ist und voller Ungeziefer, wenn wir zurückkommen."
„Was ist mit dem Pferd?", rief Jakob. „Nehmen wir nicht den Erntewagen?"
„Das bringt nichts, Junge. Ein offener Wagen, bei dem Wetter… und man kann nicht drauf sitzen. Das Tier – nein, wir haben nicht genug für alle, und es ist so alt, da ist es hinüber, bevor wir in Schmiegel ankommen, und wir müssen den Wagen zurücklassen. Hörst ja, wie es schnaubt und rasselt, ganz ohne dass es Gewicht ziehen muss. – Und Prudöhl… was macht der…? Lauf zu ihm, Jakob, und sag ihm er soll alles mitnehmen, was er hat."
„All sein Zeug?"
„Die Medizin. Seine braune Tasche mit dem Ärztekrempel, das kann nicht schaden, wer weiß, was kommt…? Lauf los, steh nicht rum… Und wofür kein Platz ist, das bringen wir rasch hinten ins Wäldchen und legen Geäst darauf – die guten Sachen nur. Dass uns keiner ausplündert."
Alma lief in die Küche, wo sie zusammen mit Lilli Lebensmittel in Tücher wickelte und einpackte: Speck, Brot und Schmalz, Nüsse, Bucheckern, getrocknete Pilze, allen Zucker und Tee, den sie im Haus hatten.
„Den Ziegenlederbeutel lass hier, Lilli", sagte Alma. „An Wasser wird es nicht fehlen, so lange Schnee liegt. Oder – nimm den Beutel und füll den Zucker rein. Da ist er trocken und verdirbt uns nicht."
Sie ging in die gute Kammer, in der Minna ihren Koffer auf dem Bett zu schließen versuchte.
„Willst du das alles tragen?", fragte Alma.
„Wenn es mir zu schwer wird, tu ich es eben weg. Besser, als es

hier zu lassen. Ich lege den Koffer auf den Karren."
Alma hörte ihr kaum zu. Sie stieg, ohne die Stiefel auszuziehen, auf Lillis Bett, nahm die große Landkarte von der Wand und riss mit den Fingern das Packpapier auf dem Rücken des Rahmens auf. Das Glas zersprang und fiel in langen, spitzen Scherben klirrend auf Lillis Decke.
„Was machst du, Alma?", rief Minna. „Du hast es kaputt gemacht! Das schöne Bett!"
„Na und? Siehst doch, dass ich die Karte raushole. Oder kennst du den Weg?"
„Wohin?"
Alma schloss die Augen. „Pack deine Sachen, und dann zieh dich warm an – den Schal, deine Wollmütze und die dicken Handschuhe, dass dir unterwegs nichts abfriert."
Sie faltete die Karte und steckte sie in ihre Manteltasche.
Ilse schrie nebenan in der Küche. Niemand kümmerte sich um sie.
Alma lief durch den Hof in den Stall. Sie öffnete die Truhe in ihrer Schlafkammer und sah Heinrichs Sachen – Hemden, Schuhe, Socken, seinen schimmeligen Sommerhut – und zwang sich, sie liegen zu lassen, sich abzuwenden. Wenn er wiederkäme, hoffte sie, würde er sich darum kümmern. Es ging nicht anders. Sie vergewisserte sich, dass ihre Briefe an ihn in der staubigen Nische hinter dem Holzbalken steckten, ging vor die Tür und schloss die Kammer ab. Sie steckte den Schlüssel ein. Wie lange sie wegbleiben würden, wusste sie nicht. Ein paar Wochen, zwei Monate vielleicht. Bis dieser Krieg vorbei war oder wenigstens die Rote Armee wieder weg. Sie durfte nicht vergessen, den Vater zu erinnern: Er musste alles gut abschließen und das große Schlüsselbund mitnehmen.

In Schmiegel, zwei Stunden Fußmarsch entfernt, herrschte Panik: Der gesamte Ort war in den Abendstunden auf den Beinen, bereitete in größter Eile die Abfahrt vor. Vor den Häusern luden Frauen und Kinder Möbel, Koffer und Bettzeug auf Wagen. Pferde und Maultiere standen eingezäumt auf den Straßen und

wieherten, weil sie müde waren und zu dieser Zeit gewöhnlich in ihren Ställen standen.
Die Mädchen waren durchgefroren und erschöpft, so dass Daniel Freier entschied, dass sie nur noch eine Stunde weitergehen würden und sich westlich von Schmiegel ein Dach über dem Kopf suchen und dort einige Stunden schlafen würden.
„Hör mal, Alma", sagte er, als sie nach elf in einem Kuhstall im Obrabruch mit fünfzig oder sechzig anderen zusammensaßen und Tee tranken, müde und doch nicht in der Lage zu schlafen. „Wir gehen noch mit euch mit bis an die Oder... bis nach Kolzig vielleicht oder bis Grünberg, müssen wir sehen, wie gut es geht bis dahin bei dem Wetter. Dann seid ihr sicher, und wir... Lobgott, Prudöhl und ich, meine ich... dann melden wir uns."
„Die Heimat verteidigen", sagte Lobgott stolz.
„Welche Heimat?", fragte Minna und hustete. Sie fröstelte und wärmte ihre Hände an einem ihrer beiden Teebecher.
„*Welche Heimat*, fragt sie – unsere natürlich!", sagte Lobgott. „Unser Reich. Wir graben Gräben und bauen die Schanze... – was weiß ich!? Dafür ist der Volkssturm da. Um den Russen aufzuhalten. Wir gehen ins Aufgebot, wir alte, erfahrene Hasen."
„Du liebe Güte, Herr Lobgott", sagte Alma. „Ihr seid... – wie alt sind Sie jetzt? Mitte fünfzig? Und Vater auch fast. Dem pfeift seit Wochen die Lunge. Was wollt ihr in der Armee? Die haben gerade auf euch gewartet."
„Das mag so sein, meine liebe Alma. Aber in der Not frisst der Teufel Fliegen. Man kann denen... diesen Hunnen doch nicht das gute Land einfach überlassen. Verbrennen würden sie es nur... – alles anzünden, eine neue Wüste machen, wie in ihren Sümpfen, das Bolschewikenpack. Aufs Alter darf man in so einer Lage keine Rücksicht nehmen, nein, nein. Werden wir sehen, wo unser Aufgebot hinzieht. Vielleicht schlagen wir uns nach Schlesien durch, ins schöne Breslau, oder auf die Schneekoppe. Jaha, über die Felder, durch den Wald. In Breslau ist der Russe noch lange nicht, das ist die Trutz der Schlesier. Da wird alles zusammengezogen, zur Verteidigung."
„Vater, Ihr könnt uns nicht alleine lassen", sagte Alma. „Wo

sollen wir denn hin?"

„Ich tu es nicht gern", sagte Freier. „Aber wenn Krieg ist und der Russe kommt… Für lange wird es nicht sein. Nur bis der Russe zurückgeschlagen ist. Jakob geht mit euch mit und passt auf. Er ist alt genug und vernünftig geworden, wir haben darüber gesprochen. Vielleicht steht es um Grünberg und Guben besser. Geht ruhig zu den Behörden dort. Die werden euch helfen."

„Küsterlehrer Lobgott hat in seinem ganzen Leben noch kein Gewehr in der Hand gehabt", sagte Minna.

Jakob lachte.

„Pah!", rief Lobgott. „Dann werden wir das Schießen eben lernen müssen. Es ist nie zu spät zum Lernen. Wir können den Russen doch nicht einfach wüten lassen wie eine Bestie. Nicht mit mir. Solange ich lebe, werde ich *das* nicht zulassen. Wartet ihr mal ab, Mädchen, eine Woche noch, und dann sind wir, so der Allmächtige will, vereidigt. Waffen werden sie uns geben und die Uniform, und dann geht es los, ran – an – den – Feind, mitten rein ins Getümmel. Es war nicht umsonst, dass meine Mutter ihren einzigen Sohn Hellmuth genannt hat. Mut mit h und Gott mit Lob, ha! Ran an den Feind, sage ich!"

„Ich lasse euch die Medikamente da", sagte Prudöhl. „Wir haben noch einiges… – Schmerzmittel und Verbandszeug, falls es gebraucht wird. Das Morphin gebe ich euch auch zur Hälfte, drei oder vier Spritzen. Aber damit müsst ihr vorsichtig sein. Das ist nur für wirkliche Notfälle."

Er zeigte Alma zwei Ampullen aus braunem Glas.

„Wofür ist das gut?", fragte sie. „Das ist giftig – hier, das ist ein Totenkopf."

Prudöhl nickte. „Das stimmt. Gift, ja. Sehr giftiges Gift. Blausäure."

„Das will ich nicht. Was sollen wir damit?"

„Nimm es, Kind. Keiner weiß, was kommt. Weißt du, wie man damit umgeht?"

Sie schüttelte den Kopf.

„Die legst du dir… ich meine, die legt man sich in den Mund, wenn es so weit gekommen ist mit einem. Zwischen die Zähne.

Und dann schlägst du einmal fest von unten aufs Kinn, dass das Glas zerbricht."
„Und dann?"
„Dann dauert es nicht lange. Man stirbt sofort. Ein Mensch, ein Pferd auch – alles, was kreucht und fleucht. Nimm es einfach und stell keine Fragen. Gebe Gott, dass es niemand auf Erden braucht. Nur gut verstecken musst du die Fläschchen, dass sie dir keiner nehmen kann und sie nicht in die falschen Hände geraten und Schaden anrichten. Tu sie hin, wo nur du sie findest. Am besten, du trägst sie immer bei dir, in deinen Sachen. Aber gut eingewickelt – nicht dass es Dir zerbricht und auf die Haut kommt."
Er legte Alma zwei Ampullen auf die Hand und schloss ihre Finger darüber.
„Du bist die Älteste", sagte er.

Je näher sie der Oder kamen, desto mehr froren sie. Der Wind fegte über das flache Land östlich des Flusses, schlug ihnen in die Gesichter und stahl die Wärme aus den Kleidern.
In Wollstein bemerkte Prudöhl hinter einem Planwagen eine rundliche, vornüber in den Wind gebeugte Frau. Sie hatte ihre Haare unter ein straff gespanntes Tuch gesteckt, einen dicken Schal um Kopf und Hals gebunden und den Blick auf den Boden vor sich gerichtet. Sie wankte beim Gehen mit den Hüften langsam von links nach rechts und wieder zurück, ein Lied mehr brummend als singend.
Zuerst war Prudöhl sich nicht sicher, beim zweiten Hinsehen erkannte er sie jedoch: die widerspenstige Hebamme Irma Schilling.
Sie war mit einer Nachbarin eine Woche zuvor aus ihrem Wartheländer Dorf aufgebrochen. Mohnhagen hieß das Kaff, erzählte sie, und hatte kaum dreißig Höfe, und nicht ein einziger so schön wie ihr altes Haus im Leipziger Unterdorf, in dem sie mit ihrem Jungen gelebt hatte. Nein, ob sie noch einmal zurückginge in dieses Polendorf, das könnte sie nicht sagen. Es kamen überall mehr Kinder auf die Welt als in Mohnhagen, und

was sollte sie anderes machen? Sie konnte nur das eine – Kindchen auf die Welt ziehen. Sie schien nicht im Geringsten erstaunt zu sein, Prudöhl auf der Landstraße zu treffen.
Gott, was das Weib gleich wieder reden muss, dachte er. Der läuft noch bei diesem Sauwetter das Herz über.
Die Freiers fielen Frau Schilling um den Hals. Minna heulte vor Überraschung und Freude. Selbst Jakob, der sich als junger Mann keine Gefühle anmerken lassen wollte, umarmte sie, und sein Vater zündete sich seine drittletzte Zigarette an, aus der in der Jackentasche der halbe Tabak herausgerieselt war.
Die Nachbarin stand hinter Irma Schilling am Straßenrand und verfolgte die Umarmungen mit höflichem, abwartendem Lächeln.
„Nun lasst es gut sein, Mädchen…“, sagte Frau Schilling, „gut jetzt, es ist ja gut! Lilli! Du ziehst mir das Tuch… Ich werd' dir…!“
Lilli kicherte und nickte der Nachbarin zu, die sie freundlich ansah.
„Hier“, sagte Frau Schilling, „schaut einmal, das ist meine Freundin Hilde. Hilde Glück. Eigentlich nur eine… Reisebekanntschaft, möchte ich sagen, denn im Ort kannten wir uns noch nicht richtig, nur vom Sehen eigentlich, auf dem kleinen Markt, den sie da haben. Aber wenn man so ein weites Stück Weg gegangen ist wie wir, immer brav nebeneinander wie die Stuten beim Wagenziehen, und zusammen eine so schöne Flucht hinlegt, dann darf man sich wohl auch Freundin nennen – oder wie siehst du das, Hildchen? Sind wir nun Freundinnen geworden?“
Frau Glück achtete nicht auf sie, sondern lächelte nur breit, gab jedem zur Begrüßung die Hand und versuchte, sich die vielen neuen Namen zu merken, die durcheinander gerufen wurden.
“Na, nun gucken Sie mal nicht so”, sagte sie zu Lobgott, als sie sich vorgestellt hatte. „Stört Sie was an mir?“
„Aber nein, liebe Frau“, sagte Lobgott. „Was soll mich denn…“
„Kann sich keiner seinen Namen aussuchen, wenn Gott ihn in die Welt setzt. So hieß mein Erwin eben… gibt wohl Schlimmeres als Glück zu heißen, meinen sie nicht? Will doch wirklich keiner

Pech heißen, wenn man einmal darüber nachdenkt. Da kann man von Glück sagen, wenn man so heißen darf, sage ich immer, ha, ha, ha… und wie war noch Ihrer? Ihr Name?"

„Lobgott. Ja. Hellmuth Lobgott."

„Aha. Sehr schön. *Sehr* gottesfürchtig."

„Mut mit h und Gott mit Lob."

Sie gluckste. „Meinetwegen auch das. Sie sind ein Spaßvögelchen, scheint mir…?"

„Und wo ist Ihr… dieser Erwin?", fragte Lobgott.

„Tot ist der!", rief Frau Schilling. „Mensch, was du gleich wieder Fragen stellen musst, Lobgott, wo du die gute Frau keine fünf Minuten kennst. Tot ist er – nun weißt du's! Willst du ihr gleich einen Antrag machen, oder wartest du noch auf bessere Zeiten?"

„Och, ich wollte nicht… Ich hoffe…"

„Nein, nein", sagte Hildchen Glück, „es geht schon. Er ist schon vor acht Jahren gestorben, mein Mann, bei uns daheim in Schlesien, nicht erst im Krieg. Einen Täschner-Laden hatten wir in Liegnitz, Lederwaren und Tücher – und die Bomben verkauften wir natürlich auch, die Liegnitzer, aber die gibt es ja bei jedem Händler im schlesischen Land, das war unsere Spezialität. Bomben und Himmelreich. Hatte es an der Lunge, mein Erwin."

„Die Schwindsucht", sagte Frau Schilling.

„Eben die, ja, so sagte der Arzt. Dann bin ich weg aus Liegnitz und nach Posen, wo ich Familie habe. Beziehungsweise hatte. Sind sicher auch alle längst weg, und kein Mensch weiß, wo sie gerade durchs Land marschieren. Wie's ist in diesem Krieg. Die Posener bei uns aus dem Viertel – die hatte ich schon verloren, da hatte ich noch den Duft der Warthe im Nasenkolben. Die konnten nach einer halben Stunde nicht mehr und wollten Pause machen und sich was zwischen die Zähne schieben… Aber es waren alte Leutchen dabei, man muss Rücksicht nehmen als anständiger Mensch. Da bin ich schon einmal vorausgegangen, auf Erkundung, sagt der Pfadfinder, und ein Stück zu weit nach Süden geraten. Nach Frankfurt wollte ich eigentlich."

„Irgendwo hast du die falsche Straße genommen, Liebchen", sagte

Frau Schilling.
„Ja, so war es. Und irgendwo habe ich dann diese Person nach dem Weg gefragt.“
Prudöhl, der neben den Frauen stand, während Pferdewagen und Karren an ihnen vorbeizogen, musste grinsen. Die Welt geht vor die Hunde, dachte er, und dieses Hildchen Glück zetert und erzählt so lustig – so… herzensfroh, den Schalk im Nacken… unerschütterlich klang sie, dass es eine Wohltat war in der Kälte. Die hatte einen Ofen in ihren Leib eingebaut – so viel Kraft, wie die hatte.
Er sah ihr ins Gesicht, das nur aus Zähnen und Augen zu bestehen schien. Hilde Glück erzählte weiter, ab und zu unterbrochen von Frau Schilling. Sie hatte viele Falten um den Mund. Nur ihre hellgrauen Augen wirkten etwas kalt auf Prudöhl, abwägend.
Sie kramte in einer ihrer Taschen. „Ich möchte meinen“, sagte sie, „dass wir hier einmal anstoßen sollten, bevor es weitergeht. Macht ja nichts, dass wir mitten auf dem Land sind – wo sind wir eigentlich, Irmchen? Immer noch im Warthestand? Ha, ha… – ein Scherzchen… Aber darauf, dass wir uns kennengelernt haben, und dass Sie sich alle wiedergefunden haben, alte Bekannte, die Sie sind…“
„Der Kleine hier, Hildchen, das ist der Alma ihr Bruder – wie heißt du noch einmal? Ah so, Arthur – Arthur heißt er – den habe ich auch auf die Welt geholt, und ein Wunder war's, dass er sich holen ließ, quer wie er lag, das weiß ich noch. Ohne einen Schutzengel hätte er es nie in die Welt geschafft – mit den Füßen zuerst musste er, das war was… Na, nun guck mal nicht so betreten, Arthur. Du bist ja ein großer Mann geworden. Der Doktor hatte auch seine Hände im Spiel.“
„Und womit wollen sie *hier* anstoßen?“, fragte Freier.
„Man muss nehmen, was man hat“, sagte Frau Glück. „Hier. Endlich. Hier habe ich es. Hier ist das Ding…“ Sie hielt eine Dose Kondensmilch in der Hand. „Irmchen, wir brauchen einen Dosenöffner oder irgendetwas Spitzes… Die Herren vielleicht…?“
Jakob zog sein Messer aus der Hosentasche.

„Dann kommen Sie mal ruhig mit uns mit, Frau Schilling", sagte Freier. „Und Ihre Freundin – die so gut fürs leibliche Wohl zu sorgen weiß –, die nehmen wir auch mit, was?"
„Ja, sicher", sagte Irma Schilling zögernd; der Gedanke war ihr nicht gekommen, dass sie die Reise *nicht* zusammen fortsetzen würden. „Das ist eine gute Sache, Herr Freier. Wir alten Leipziger müssen zusammenhalten, so lange es geht mit uns."
„So machen wir es", rief Hildchen Glück. Sie drückte mit Jakobs Messer zwei Löcher in den Dosendeckel. „Zusammen geht es gleich viel besser. Hier! Wohl bekomm's. Man muss bisschen dran zutschen."
Sie reichte Alma die Dose, die Ilse einige Tropfen in den Mund träufelte.
„Vielleicht bringt uns Ihr lustiger Name ja Glück", sagte Lobgott.
„Das hoffe ich seit Jahren, guter Mann, aber es will einfach nicht klappen. Fragen Sie meinen Mann. Und wo wir hier stehen – kommt mir das nur so vor, oder ziehen vorn schon wieder diese fürchterlichen Schneewolken auf? Eine Kälte ist das, in der möchte man keinen vor die Tür jagen. Einen Pelz bräuchte man!"
Arthur sah sie neugierig an.
„Und du?", gluckste sie. „Spielen wir nachher Auf-Stühlen-nach-Moskau-Fahren?"
„Warum?", fragte Arthur.

Im Obra-Bruch bildete sich ein Treck aus mehreren tausend Flüchtlingen – eine Schlange dunkler Gestalten, die keinen Anfang zu haben schien und kein Ende, aus dem Baltikum, aus Ostpreußen, aus Danzig und Gotenhafen, einige aus dem Generalgouvernement. Es waren so viele, dass die Freiers darauf achten mussten, sich nicht aus den Augen zu verlieren. Immer wieder fiel Schnee, der schmolz, sobald er den Boden berührte. Hunde, die mit ihnen zogen, schlichen geduckt unter den Planwagen, um sich vor dem Wetter zu schützen, hinter den dumpf durch den Schneematsch pflügenden Hufen der Maultiere und Pferde.
„Es ist komisch", sagte Lobgott zu Prudöhl, als sie sich einem

Dorf namens Rakwitz von Süden näherten. „Keiner sagt etwas – keiner schimpft und zetert. Alle sind so sehr mit dem Wegkommen beschäftigt, dass überhaupt keine Zeit für Streiterei bleibt. Ruhig ist es wie auf dem Friedhof, wenn man mal von den Gespannen absieht."

Prudöhl grunzte. Er hatte keine Lust auf Lobgotts Gerede, das er töricht fand.

„Fast möchte man meinen, dass jedes Elend irgendwo auch eine... wie sagt man das, Doktor...? eine Art *Gemütlichkeit* in sich hat. Das scheint das richtige Wort zu sein, ja. Nun ist es auf einmal egal, wer arm ist und wer reich, wer Land hat und wer nicht, oder jedenfalls hatte, denn wer weiß, was wird, nach diesem Krieg? Die Ersparnisse – alles ist perdu. Wer fromm ist und wer ein Heidenkind, man sieht es nicht mehr, wenn alles auf der Flucht ist..."

„Du redest wieder Stuss, Lobgott", sagte Prudöhl, der sich seit dem Aufbruch in Liebfelde nicht mehr rasiert hatte und einen dichten Bart trug.

Lobgott ließ sich nicht bremsen. „So hat alles sein Gutes. Was einen nicht umbringt, macht einen stark. Kennst du eigentlich Nietzsche, Doktor? Friedrich Nietzsche?"

Prudöhl sah ihn von der Seite an. „Warum fragst du? Kennen schon. Natürlich. Ich bin klüger, als ich aussehe."

„Die Ermüdung ist der kürzeste Weg in die Gleichheit und Brüderlichkeit. So sprach Nietzsche. – Auch wenn man meinen möchte, es sei ein Psalm Davids, so schön und weise, wie es klingt."

„Blödsinn", sagte Prudöhl trocken. „Du solltest dir lieber deine Kraft für später aufsparen, Herr Musikus. Das will wirklich keiner hören hier, was dein Nietzsche sich alles ausgedacht hat auf seiner Chaiselongue vor dem Kaminfeuer im Salon."

„Bitte, bitte", sagte Lobgott, „ich bin schon ruhig. Man will ja keine Perlen vor... Es ist auch egal."

„Siehst doch, wie die Alten ums Leben kämpfen hier. Und die Kinder. Wann war das letzte Mal, dass Du ein Kind hast schreien hören?"

„Jetzt, wo du es sagst… herrlich ruhig ist…“
„Siehst du. Das ist nicht gut. *Gar* nicht gut ist es, wenn die Kindchen nicht mehr jammern. Schau dir mal unsere Ilse näher an. Die Nase blau… Die bekommt schon nichts mehr richtig mit.“
„Weißt“, sagte Lobgott, „eine aus Kalisch, die soll in einem Koffer den verbrannten Körper ihres Sohnes dabeihaben. Schleppt sie mit sich rum.“
Prudöhl sah ihn an.
„Zwei oder drei Jahre soll er gewesen sein, als er starb. Nun schiebt sie eine Karre vor sich her, auf der der Koffer mit ihrem Kind liegt, und wenn ihr einer die Karre nehmen will, um eine Alte drauf zu setzen, die nicht mehr kann und sich hingesetzt hat in den Schnee, dann wehrt sie sich so heftig, dass man sie in Ruhe lässt.“
„Warum erzählst du mir das?“
„Nur so. Weiß ja keiner, ob die Geschichte stimmt. Nur so. Man muss doch etwas reden. Man muss die Zeit totschlagen, sich ablenken – beim Weglaufen mehr als bei irgendetwas anderem, nein? Wer will immer nur an die eigenen Sorgen denken?“
„Gegen was Schönes hätte ich nichts einzuwenden… aber solche Sachen… Halt lieber den Mund. Ich will mit dir nichts reden, hörst du mich?“
So sehr Prudöhl sich bemühte – die Geschichte, die Lobgott ihm erzählt hatte, ging ihm nicht mehr aus dem Kopf: der verbrannte Leib, von dem die Mutter sich nicht trennen mochte, weil sie nichts anderes mehr hatte.

Kapitel 15: Gottes Brünnlein

Vor Kolzig trennten sie sich. Freier brach mit Lobgott und dem Doktor nach Schlesien auf, um sich zu melden. Seine Kinder und die beiden Frauen folgten weiter der Landstraße nach Westen, die nun über kleine Städte führte, Kolzig, Kontopp, Liebenzig.

„Ihr müsst an jedem Morgen nach der Sonne sehen", sagte Freier beim Abschied, „und dann lauft immer von ihr weg. So lange ihr nach dem Westen geht, macht ihr nichts falsch, dann seid ihr irgendwann den Russen los, früher oder später. Wir haben ihn jetzt schon nicht mehr auf den Fersen, meine ich. Fast zwei Wochen ist es her, dass wir die Artillerie gehört haben. Aber geht weiter, bis ihr in der Neumark seid oder in Sachsen, am besten weit weg von den Trecks. Ich traue dem Frieden hier nicht." Sobald der Krieg zuende wäre, sollten sich alle unverzüglich wieder auf den Weg nach Liebfelde machen. „Wollen wir hoffen", sagte er, „dass wir dieses Jahr noch die Ernte pünktlich rauskriegen. Und beten, dass uns keiner verlorengeht."

Von diesem Tag an zogen sie in zwei Reihen weiter: an der Spitze Jakob und Minna, die gemeinsam den Wagen zogen, neben Frau Schilling, dahinter die drei Geschwister mit Hildchen Glück. Alma trug Ilse auf dem Bauch und spürte durch den Mantel die Wärme ihrer Tochter, von der nur die Nase und die Oberlippe zu sehen waren. Sie hätte sie auf den Karren legen können, der nur noch leicht bepackt war, weil sie die Lebensmittel, die sie in Liebfelde mitgenommen hatten, fast aufgebraucht hatten. Aber der Wagen war zu kalt für Ilse. Sie hatte sie lieber bei sich, am Körper.

Sie kamen langsam voran – nicht nur wegen des Winterwetters, sondern weil der Treck anschwoll. An guten Tagen schafften sie zwanzig Kilometer, an schlechten nicht einmal die Hälfte. Viele Pferde und Mulis verendeten, einige mitten auf der Straße, so dass sie sie erst wegzerren und in die Gräben legen mussten, wo sie festfroren. Eine Gruppe von Frauen erschlug einen Wallach mit Knüppeln und einem Hammer, als das Tier auf einem Stoppelfeld neben der Straße lag und schwer atmete, und schnitt ihn auf. Es stank, weil ein Messer in den Darm geriet und Kot herausquoll. Die Menschen stürzten sich auf den dampfenden Körper. Die Leber schnitten sie roh in Stücke und schlangen sie noch warm herunter. Einige, mit Blut an den Fingern, auf Lippen, Kinn und Kleidung, sahen wie Kannibalen aus. Hildchen Glück und Jakob machten sich an einem Vorderlauf zu schaffen – sie schnitt, er hielt ihr den Rücken frei –, und sie lösten schließlich das Bein aus dem Hüftgelenk. Sie brieten es an einem Spieß über einem Feuer, in einem Dorf, dessen Namen sie nicht kannten. Das Fleisch war außen verbrannt und innen roh und blutig.

„Man muss die Feste feiern, wie sie fallen", sagte Hildchen Glück, als sie am Feuer saßen und sich wärmten. Sie zog ihren Salzstreuer aus dem Mantel und reichte ihn herum. „Köstlich", sagte sie, „ganz köstlich. Ohne Salz wär's nur halb so gut."

Sie waren schon morgens erschöpft. Selbst Jakob, der mit langen, federnden Schritten in Kolzig losmarschiert war, wirkte matt. Am meisten Kraft schien ausgerechnet Arthur zu haben, der sich seine Müdigkeit – wenn er sie denn spürte – nicht anmerken ließ. Er hatte sich mit Jakobs Messer einen Wanderstab geschnitzt, mit dem er beim Gehen Figuren in die Luft malte. Manchmal, wenn ihm langweilig wurde, hüpfte er durch den Schnee am Straßenrand.

Sie wussten nicht, wo sie waren. Alma schlug immer wieder ihre Landkarte auf und suchte die Namen der Orte, durch die sie kamen. Aber die Karte war in so großem Maßstab gedruckt, dass nur die wichtigsten Straßen eingezeichnet waren, und das waren die, auf denen die meisten nach dem Westen zogen. Alma wollte auf kleinere Wege ausweichen, um schneller voranzukommen, doch Jakob und Irma Schilling hielten das für eine schlechte Idee. Sie befürchteten, sich zu verlaufen. Also hielten sie sich, wie alle anderen, an die überfüllten Landstraßen.

„Tante Hildchen", rief Arthur. „Schau einmal da drüben. Die Leute, die da liegen."

„O nein", seufzte Frau Glück, als sie die Krähen auf den Leichen

am Feldrand sah. Die Gesichter schienen nur noch aus Augen zu bestehen: schwarzen, klaffenden Höhlen. Die Vögel hatten alles Weiche herausgepickt, die Augäpfel, Lippen, Wangen, Lider. Ein Leib hatte zwischen Hemd und Hose einen offenen Bauch. Ein Wolf, dachte sie, oder ein Fuchs, hoffentlich nur ein Fuchs. Eine fast gerade Linie zeigte weg von der Straße, rosa und schwarz, länger als der Körper, der blutige Darm.
Ein Schuss fiel weit vor ihnen. Hunderte Vögel erhoben sich gleichzeitig, krähten und bildeten eine Wolke.
„Schau nicht hin", sagte Frau Glück und legte Arthur von hinten die Hand auf die Augen. „Geh weiter. Einfach weiter. Das wollen wir uns nicht ansehen... – die plündernden Schnäbel."
„Was ist das denn? Was ist mit den Leuten?"
„Sie sind tot", sagte sie.
„Ich will sie auch sehen."
„Nein. Darfst du aber nicht. Wenn du dich umdrehst, gibt es Senge. Erzähl du mir lieber, was du machen willst, wenn wir alle angekommen sind im herrlichen, grünen Westen... Ist das nun nicht viel besser als die Schule in Liebfelde?"
Um sich von der Kälte und Müdigkeit abzulenken, erzählten sie sich Geschichten. Hildchen Glück redete ununterbrochen, als kämpfte sie mit Worten gegen etwas an – gegen Angst, die Stille, die Erinnerung. Manchmal, fanden die Freier-Kinder, war es wirres Zeugs. Dass sie ein Päckchen mit Rasierklingen in der Manteltasche trug, eingewickelt in Reispapier aus Japan, für alle Fälle, sagte sie, man wüsste nie. Dass sie – an dieser Stelle flüsterte sie – ihren Schmuck noch hätte, und wo sie ihn versteckte – ki! – am Leib natürlich, ihr hingen alle Goldketten um den Hals, unter ihrem alten Schal aus Ziegenhaaren, und die Ringe und Armbänder und zwei paar schwere Ohrhänger mit Klunkern hatte sie in ihren Mantel eingenäht, hinten am Saum, wo es nicht auffiel, wenn der Stoff etwas dicker und schwerer war, und es nicht klöterte... Dann sang sie unvermittelt mit tiefer Stimme, *froh zu sein bedarf es wenig* und *bloe Barje grüne Täla*, wie herrlich das Steckla Erde da wäre und brachte ihnen das Riesengebirgslied bei.

Irma Schilling erzählte von Kindern und Männern und Katzen – wer wo sein sollte und wer noch lebte und wer nicht. Manchmal, wenn der Wind und der Hunger ihr zusetzten, fluchte sie, ein neuer Zug, den sie seit dem Wartheland hatte. Es gab den Freier-Kindern ein gutes Gefühl, dass diese gestandene Frau den Anstand fahren ließ und gegen die Kälte anfluchte. Unkraut verkam nicht, sagte sie, es machte ihnen Mut, auch wenn es keinen Sinn ergab, weil so viele nicht mehr weitergehen konnten, sondern am Straßenrand saßen und stumm warteten und am nächsten Morgen, wenn nicht ein Wunder geschah, erfroren sein würden. Wenn Frau Schilling nichts Neues einfiel, fing sie wieder von vorne an mit ihren Geschichten.

„Arthur, komm, gib mir deine warme Hand", sagte sie. „So lange wir noch reden können, ist alles gut. Da kommt uns kein Wolf holen und auch kein Teufel nicht."

Ende Februar richteten sie sich in Triebel in einem leeren Schweinestall ein, um für einige Tage abzuwarten. Niemand im Ort wusste, wo die Front verlief, aber die Russen wären zurückgeschlagen, sagten die, die aus Oberschlesien in die Lausitz gekommen waren. Es würde nicht mehr lange dauern, bis alle in ihre Häuser zurückkehren könnten. Ihr Führer hätte sie noch einmal gerettet.

Es wurde wieder kalt und fror. Der Wind ließ in der Nacht die Holztüren des Stalls klappern. Zusammen mit einer anderen Familie schliefen sie eng nebeneinander in altem, feuchtem Stroh, ohne Ofen. Arthur lag nachts mit angewinkelten Beinen auf der Seite in einem Trog.

Ilse starb in der dritten Nacht im Mantel ihrer Mutter. Als Alma vor Sonnenaufgang kurz aufwachte, waren die Lippen blau. Die Augen sahen nach oben, zur Stirn, ins Nichts, und ließen sich nicht schließen.

Alma trug ihre Tochter noch einen Tag lang mit sich herum, in einem Tuch auf der Brust. Am frühen Abend, als die Sonne untergegangen war, legte sie sie hinter einer Friedhofsmauer ab und deckte sie mit grünen, harzigen Zweigen zu, die sie mit Irma

Schilling von Tannen riss. Sie schämte sich, weil sie nichts anderes tun konnte, setzte sich auf eine Bank und betete, dass Ilse nicht von einem Tier geholt werden würde. Der Boden war gefroren, hart wie Eis. Die Neiße, das Flüsschen eine Stunde westlich, sollte schon Pferdewagen tragen.
„Gräm dich nicht, Kind", sagte Frau Schilling. „Nun komm, zurück. Beten kannst du auch mit einem Dach über dem Kopf, auch wenn es nur ein Stall ist. Der Heiland ist überall."

Mit den ersten milderen Tagen des Jahres 1945 kamen deutsche Soldaten auf verbeulten Lkws und Lazarettwagen. Keiner verstand, was sie machten, wohin sie fuhren, wessen Befehlen sie folgten. Schließlich zogen Kolonnen aus Panzern, Geschützen und Geländewagen an ihnen vorbei. Die Soldaten redeten nur untereinander, schauten durch die starrenden Flüchtenden hindurch, als wären sie Luft.
Im März, als Alma und ihre Schwestern die ersten sieben warmen Tage abgezählt hatten, zogen sie ihre durchlöcherten Strümpfe aus und warfen das, was von ihnen übrig war, ins Feuer.
„Wo sollen wir hin?", fragte Minna. Die Schwestern saßen mit Irma Schilling und Hildchen Glück auf dicken Scheiben aus Buchenstämmen. „Zurück können wir noch nicht."
„Hier bleiben geht aber auch nicht mehr lange gut", sagte Frau Schilling. „Ihr seht ja, wie sie alle nach uns und den anderen aus dem Osten gucken. Die haben Angst. Das spüre ich. Dass wir ihnen die Kartoffeln wegklauen und ihre Senfgurken."
„Ich sage jetzt was", sagte Frau Glück. „Der Spreewald. Das scheint mir doch… – ja, Irmchen, das ist einmal ein kluger Gedanke von mir, ich weiß. Ich sage: Wir ziehen in den Spreewald."
„Warum?", fragte Alma. „Wo ist der?"
„Ahh… gib mir einmal deine schöne Landkarte. Weit kann es nicht mehr sein, wo wir nun schon in der Lausitz sind. Hier… – da liegt Cottbus, eine große Stadt, so wie Breslau. Und ein Stückchen weiter nördlich, nach Berlin hin… Da spaltet sich die Spree auf. Hier, wo meine Fingerspitze ist."

„Und?“
„Also, *mir* hat eine Nachbarin in Posen erzählt – eine aus Ostpreußen, mein Alter, würde ich sagen, der es einmal gut gegangen sein muss, die hatte noch Schmuck und Geld – viel mehr als ich – und steckte jeden Morgen ihre langen Haare hoch und bedeckte sie mit einem alten Seidentuch. Salomea hieß sie, den Nachnamen habe ich vergessen.“
„Und was ist mit dem Spreewald?“
„Ach ja. Kartoffeln und Rübchen und Wurzeln gibt es dort in Hülle und Fülle, hat diese Salomea erzählt. Jedes Jahr aufs Neue holen sie die Ernte ein fürs ganze Reich – und für den Führer und seine Offiziere in der Reichskanzlei. Kürbis, Rotkohl, Obst. Ein fruchtbares Gebiet. Guter Boden und viel Wasser – weißt ja, was das heißt, du bist vom Lande. Fontane hat darüber geschrieben. Ein Paradies muss es sein.“
Alma dachte an Kürbispfannkuchen mit braun gerösteten Zwiebeln in Butter.
„Und Bäume gibt es natürlich“, sagte Hildchen Glück. „Es ist ein Wald, sagt der Name schon. Das schadet nicht – weiß keiner, wie weit sie es mit ihren Flugzeugen noch treiben. Da sind wir besser aufgehoben als in der Stadt, wo einem der ganze Dreck auf den Kopf fallen kann und die Leutchen sich vor Angst in die Hosen pischern, wenn sie etwas flüchten sehen.“
„Da braucht es aber ein paar mehr Blätter für“, sagte Minna. „Dass man sich verstecken kann im Wald.“
„Na ja, na ja, zwei, drei Wochen noch, schon ist es zugewachsen, dann sind die Baumkronen dicht. Und von dort ist es nicht mehr weit bis nach Berlin. Sogar eine Bahnlinie ist hier…“ – sie klopfte mit dem Zeigefinger auf die Landkarte. „Von Cottbus quer durch den Spreewald nach Berlin, zum Ostbahnhof sicherlich. Aber das wird nichts taugen, Kinderchen, macht euch keine Hoffnung, dass ihr die große Stadt zu sehen bekommt. Die haben die Bomber sicher schon hochgehen lassen, irgendwas müssen sie anfliegen. Aber Rübenfelder? Nein, das kann ich mir *nicht* vorstellen, dass sie die Rübchen im Spreewald angreifen tun.“

Golchow, 25. März 1945

Mein lieber Heinrich,

ich werde Dir dieses Stück Papier nicht schicken können. Ich wüsste nicht einmal, wie ich es adressieren sollte. Sie nehmen noch die grauen Karten für die Feldpost an, nur frage ich mich, was sie dann mit der Post machen? Alles ist in Bewegung hier, die Menschen, ganze Orte. Aber ich möchte dennoch schreiben, für Dich – an Dich – natürlich, mein Mann, aber im gleichen Maße auch für mich. Es hilft mir, diese Viertelstunde, in der ich meine Gedanken aufschreiben und in Ordnung bringen kann, so kommt es mir vor, es ist eine Zeit der Ruhe, wie früher der Gottesdienst.
Was soll nur werden? Es ist wieder kalt geworden – wie lange es so schon geht, kann ich nicht sagen. Den ganzen, langen Winter hindurch Frost und Schnee. Wir sind alle durch die Mangel genommen, wg. der Kälte, und es gibt hier zu essen, aber es ist eine Last für uns, immer suchen, und betteln. Es gibt niemand gern in diesen Zeiten, und weiß Gott haben die meisten nichts, was sie geben könnten. Nur die Bauern haben volle Keller und Scheunen. Sie schachern um jede faulige Kartoffel und um jedes Glas Eingemachtes, egal wie alt, sie wollen Geld und Schmuck und Teppiche dafür. Aber wer schachern will, muss erst einmal etwas haben, und wir und die meisten anderen haben nichts mehr als unsere Haut und unsere Bündel. Es ist schlimm, Heinrich. Auch das von deiner Familie mütterlicherseits, es ist alles verbraucht. Ich hoffe, die Wehrmacht versorgt ihre Männer anständig. Dass ihr es warm habt und noch zu essen. Ich kriege solche Angst, wenn sie Diebe an die Bäume und die Straßenlaternen hängen. Wegen eines Stückchens trocken Brot oder einer halben Wurst wird nun manch einer aufgehängt oder vor eine Wand gestellt und erschossen. Wegen Mundraubs, sagen die Schulzen, da wird nicht viel gefragt, sondern geschossen. – Man kann es ihnen aber doch nicht verdenken. Was soll der Mensch tun, wenn er nichts zu essen hat, und es nicht genug gibt für alle!? Weiß Gott, ich bin auch in Versuchung. Und ich bete, dass Arthur und Lilli keine Dummheiten begehen.
Wir sind jetzt in Golchow und noch immer zusammen: Minna, Lilli, Arthur und ich. Es ist von hier nicht weit bis nach Cottbus (in Brandenburg) und in den Spreewald. Ich mache mir große Sorgen um

Jakob. Er ist vorgestern weggegangen nach Cottbus, nur mit seinem Ranzen, ohne etwas zu sagen, und wir haben seitdem nichts von ihm gehört. Auch von Vater nicht und von Lobgott und Dr. Prudöhl. Ich bete, dass sie wohlbehalten nach Breslau und ins Niederschlesische gekommen sind. Sie halten dort aus, sagen sie, Breslau ist die Festung des Reichs. Die Russen ziehen wohl an Schlesien vorbei. Nach Berlin wollen sie, sagt man.

Die beiden Frauen, von denen ich Dir schon geschrieben hatte, hätte ich fast vergessen – unsere liebe Irma Schilling und ihre Freundin Hilde Glück. Sie sind immer noch mit uns zusammen. Es ist eine Hilfe, sie zu haben. Sie sind viel älter und erfahrener als wir Jüngeren. Es tut mir gut, und ich glaube, Minna und Lilli auch. Arthur hat starken Husten bekommen. Alles rasselt in seiner Brust, er kommt mir heiß und fiebrig vor, und wir geben ihm alles, was wir an Medizin und Kräutern finden können. (Ich habe noch Chinin von Dr. Prudöhl, aber ich geize sehr damit & nehme nur das Nötigste.) Hildchen Glück hat ihm einen Sud aus Brennnesseln und Kamillen gemacht. Damit ging es ihm besser. Aber er ist fröhlich – fröhlicher als wir anderen. Woher er es nimmt, weiß ich nicht. Auch Lilli weint nicht, sondern trägt alles mit Fassung. Sie ist achtzehn Jahre und hübscher denn je mit ihren langen, blonden Zöpfen.

Wir haben unser Lager seit drei Tagen bei Golchow aufgeschlagen. Es gibt hier recht gut zu essen, Kartoffeln, Rüben und Kohl und anderes Gemüse, das sie verteilen, auch wenn es nie genug ist für alle und es eine Ewigkeit her ist, dass wir uns satt gegessen haben. Ich weiß nicht mehr, wann es war. Vielleicht ein oder zwei Mal im Wartheland, selbst wenn es dort kein Paradies war auf dem Polenhof. Doch wenn ich daran denke: Um wie viel besser war es als das, was wir nun erleben? Und wenn ich an unser Leipzig denke, an die alte Heimat… – Wie gut ging es uns in jener Zeit, obgleich wir es alle nicht zu schätzen wussten.

Hier in Golchow steht ein Herrenhaus, ein Schloss mit gelbem Gemäuer, einem grünen Kupfertürmchen und einer Glocke, das die Partei zu einem Hospital für verwundete Soldaten aus dem Osten umgebaut hat. Ich bin gleich hin, um nach Dir zu suchen. Es ist ein schrecklicher Ort mit all den Kranken und Versehrten & es stinkt entsetzlich. Ich glaube, wir stinken jetzt alle, kaum, dass wir die Kleider und uns selbst einmal waschen können. Womit auch? Aber wir sind so beschäftigt, dass wir es nicht

einmal merken. Und wenn alle stinken, was macht es dann? Man gewöhnt sich an alles.
Was richtet dieser Krieg nur an? Wenn ich daran denke, dass alle diese Männer Frauen und Mütter und Kinder haben – und dass Du vielleicht auch in so einem Lazarett liegst und auf mich wartest. Ich ertrage es nicht. Ich zwinge mich dann, an etwas anderes zu denken und mich um die Kleinen zu kümmern, vor allem um Arthur. Sonst würde ich die Angst nicht aushalten.
Ich will nicht nur klagen: Wir haben schöne Tage hier und bald werden wir die dicken, alten Mäntel wieder ausziehen, in denen wir aus dem Wartheland gekommen sind. Man kann sie eigentlich nur noch verbrennen, aber man weiß nie, was einem noch blüht und ob man sie noch einmal zu etwas gebrauchen kann, und wir schlafen unter ihnen, nehmen sie als Decken.
Es gibt hier viele Bäume. An den Ästen und Zweigen haben sich überall Knospen gebildet, die aufbrechen. Die Kastanien, von denen sie hier viele haben, treiben schon Blüten aus, und ich habe die erste Biene gesehen. Es ist doch schön anzusehen: Wie der Frühling in jedem Jahr aufs Neue kommt, ob mit Krieg oder ohne. Die Natur macht einfach, was sie will. Hinter dem Gutshaus mit dem Feldlazarett, wo ich war, plätschert ein kleiner Fluss durch Wiesen, die schon wieder saftig aussehen (aber es gibt kein Vieh – keine Rinder, keine Pferde, es ist alles im Krieg geblieben). Er soll schon in die Spree münden, sagt Frau Glück, nicht mehr in die Oder, und die Spree fließt zur Elbe hin. Wir haben ein weites Stück Wegs zurückgelegt.
Arthur fischt mit Schnur und Rute. Ich wünschte, Du könntest ihm alles zeigen, aber er ist auch so geschickt. Er hat sich rote Stofffetzen in kurze Streifen gerissen, die er auf die Haken bindet, und hat damit schon einen schönen Fisch aus dem See hier geholt. Es war ein Festessen für uns, auch wenn jeder nur ein kleines Stückchen bekam. Am Feuer gerösteter Fisch! Hildchen Glück hatte noch etwas Salz in einer ihrer Taschen, das wir zum Würzen nahmen. Gerade ist Arthur wieder losgegangen, mit seinem Husten. Vielleicht hat

In diesem Moment kam der Russe.
Arthur, der auf dem Weg zum Gutshaus war, hockte gerade

hinter einem Busch und erleichterte sich. Mit den Hosen auf den Knöcheln hörte er Knirschen und Rasseln, Panzerketten, Schüsse, die klangen wie Salven aus Maschinengewehren, trockene Peffpeffs.

Er zog sofort die Hosen hoch, lief los, Angelrute und Schnur mit der Hand umklammert, zum Lager nach Golchow zurück, sah aber, als er um eine Häuserecke bog, dass russische Wagen und schwere Gefechtspanzer bereits auf den Straßen vorrückten. Die Männer, die oben auf den Panzern saßen, trugen runde Haubenhelme. Er dachte, wie komisch das aussah. Arthur lief hinter einen Baumstamm am Wegesrand und machte sich klein. Niemand beachtete ihn.

Im gleichen Augenblick zog Minna ihre Schuhe aus, stellte sich barfuß auf die Erde und schloss ihre Augen.

„Alma“, sagte sie leise, „hör auf zu schreiben, da kommt etwas. Mir kribbeln die Füße.“

Die Schwestern hörten die Russen nicht kommen – keine Schüsse, keine Artillerie; sie spürten sie in ihren nackten, kitzelnden Fußsohlen. Die Erde zitterte.

Alma zog sich ihre Bluse hoch und legte sich neben Minna auf den Bauch.

„Du hast Recht. Das ist was. Etwas Großes, Schweres.“

Alma sah Hildchen Glück vor dem Stall auf ihrem Karren stehen. In der Hand hielt sie ihr Opernglas, mit dem sie die Baumgruppen in Richtung Drebkau absuchte, wo das Herrenhaus lag.

Irgendwo schrie eine Frau – Alma erkannte die Stimme nicht.

Es war der Moment, in dem Angst über sie kam und sie alles andere schlagartig vergaß. Sie erstarrte, sah auf das kleine verdreckte Stallfenster vor sich, die alten, schlaffen Spinnweben, in denen vertrocknete Insektenpanzer hingen. Es waren nur drei Worte gewesen, die sie aufgeschnappt hatte.

„Der Russe kommt!“

Eine ältere Frau hatte geschrien. Ihre Stimme hatte einen eigenartigen Klang – keine Warnung lag darin, kein Schmerz, nur nackte Panik, Irrsinn. Mädchen, Mutter, Alte – sie wussten alle, wie es ging, der Russe nahm alles, nahm jede – abends am Feuer, wenn die Frauen leise redeten, gab es nur ein Thema, seit sie vor achtzehn Tagen am Bober in einem Stromhaus geschlafen und zum ersten Mal die Kanonen der Roten Armee gehört hatten.

Bloß nicht wehren, hieß es, machen lassen.

Die Haare immer fest gebunden tragen, damit sie sie nicht ausreißen konnten.

Immer ein bisschen Schnaps dabei haben für die Risse – nichts besser als Schnaps für die Wunden, für die am Leib, für die an der Seele und fürs Vergessen. Mit ein bisschen Glück tötete der Schnaps auch die Furcht; die Furcht davor, die noch schlimmere danach, wenn das Warten begann, das Zählen der Tage, das Hoffen, das einem nichts kam, nur Blut, keine Frucht, dass nichts sichtbar sein würde für andere.

Der Russe der Russe der Russe alle schrien und ließen fallen, was sie in der Hand hatten, und griffen nach den Kindern, und Alma rief nach Arthur, und wer mehrere Kinder hatte, griff sich zwei, die beiden jüngsten, die anderen mussten mitlaufen, selbst laufen, sehen, wo sie blieben, laufen um ihr Leben, in Löcher kriechen – in die Erde – ach, unter die Erde am besten, in eine Grube, versinken, nur sich zudecken und nichts mehr spüren –, in die Sträucher, in den Kirschgarten, alle liefen, die Maultiere und Pferde zerrten an ihrem Zaumzeug, sie wollten auch weg, verdrehten Augen und Ohren und wieherten laut, nur laufen, wohin laufen… – wohin laufen… – sie waren doch am Laufen gewesen, so lange schon, immer nur laufen und wegwegweg, seit mehr als zwei Monaten… Alma sah, wie Frauen sich mit bloßen Händen Matsch ins Gesicht schmierten und in die Haare, und sie wunderte sich nicht, sie spürte nicht einmal den feuchten Dreck aus einer Pfütze auf ihren Fingern, auf den Wangen, auf der Stirn. Verkohlte Korken und schwarze Schuhschmiere nahm die eine, wie ein Neger sah sie aus, die Augen weiß, der Mund schief und offen und rot. Eine andere – es war Hildchen Glück, mit den hohlen, riesigen Augen – griff in einen alten Kuhfladen, der braun und hart am Wegesrand lag, und schmierte sich den Kot unter ihr Kleid auf die Brust und hatte dabei nur Angst im Gesicht, nicht

Ekel, aber auch der Kuhdreck im Gesicht und auf dem Busen half vielleicht nicht, wer wusste es…
Wo kamen die laufenden Russen alle her, hatte die keiner kommen sehen, keiner sie gewarnt? – nicht schießen, bitte nur nicht schießen, die Hände über… – sah keiner, dass Hildchen eine alte Frau war? – nicht einmal der Dreck schützte sie. Wo sie waren, gab es keinen Wald, keinen Schutz, nur einige Bäume am Gutshof, hinter denen sich ein Kind verstecken konnte, aber keine Mutter, dachte Alma beim Laufen… kaum ein Haus war zu erreichen, nur – was war das…? – eine Holzscheune mit einem eingestürzten Dach und ein paar Mauern, das daneben sah aus wie eine kleine Fabrik – vielleicht eine Gärtnerei oder eine Molkerei – aber die Scheune bot keinen Schutz, sie würden sie womöglich anzünden, wo war der Junge…? Da! – sie kamen, sie kamen, sie wusste, dass sie kamen, gepanzert waren die Wagen, und sie fuhren schnell, laut, rasselnd, hupend, sie hatten es eilig auf der Reise durchs Reich, flogen dahin. Sie sah nach unten, sah ihre nackten, kalten Füße über Sand und Kopfsteine fliegen, nur aus dem Weg, verstecken, wohin? Ihr Herz schlug so und schlug und schlug und schlug, als wollte es platzen, noch im Kopf hörte sie es schlagen… und zittern, ihr ganzer Körper zitterte, die Finger, selbst ihren Rücken konnte sie nicht stillhalten. Sie lief, und sie hörte die Panzer hinter sich, die schweren, alles zermalmenden Panzer mit ihren Stahlketten, die Rosie gefressen hatten, die die Erde aufrissen und alles, was lebte, unter sich begruben.
Wer vom Russen eingeholt wurde, ging nach Sibirien, sagten die Frauen, wenn er nicht auf der Stelle totgeschlagen wurde. Alma blieb kurz an einem Zaun stehen und holte Luft, sah den zersplitterten Metallkopf eines Brunnens, die spitzen Kanten, er musste abgeschossen worden sein, dachte sie, der Pumphebel lag verbogen daneben, aber der Gedanke war so schnell gekommen wie verflogen. Sie lief weiter, sie lief, einen Schritt und noch einen, schnell schnell, vor den anderen her, sie sah die anderen gar nicht mehr – dann fiel sie vornüber, auf die Hände, die Ellenbogen, ein Fuß hing fest, sie wusste nicht, was es war, was sie hielt.

„Minna", schrie sie, sie verstand nicht, wo ihre Schwester herkam, „komm mit mir mit!", rief sie, „da in die Scheune rein!" Minna hing noch der geflochtene Kranz aus schlaff gewordenen Gänseblümchen im Haar. Sie sagte nichts, japste nur laut, sie war vom Laufen außer Atem, Alma konnte es hören, durch das Loch im Kopf, zwischen Nase und Mund, schnappte Minna nach Luft. Minna nehmen, dachte Alma, und wohin wohin? O Gott lieber Gott hilf… hilf! Der Hund. Wo kam dieser Hund jetzt – ach, da lief er schon wieder weg, dem Russen entgegen – was für ein Dummkopf, das Tier. Sie sah, wie ein Soldat eine der Frauen aus ihrem Lager – Käthe Buertenus hieß sie, sie meckerte immer nur, über alles, fast so alt wie die Mutter war sie –, Käthe Buertenus schlug einer mit einem Gewehrkolben das Gesicht ein. Alma hörte die Nase und Knochen brechen und splittern, es knirschte laut, und alles blutete, die Nase, die Augen, die Wangen, die Lippen, und Gott sei Dank schrie Frau Buertenus nicht, sie sagte gar nichts, sie musste beim ersten Stoß das Bewusstsein verloren haben, wie Kreid sah es aus, wie frisch gekochtes Träublekreid, rot und schmierig und klebrig.

Weiter hinten lag Irma Schilling, die hatte ein Gesicht schwarz wie ein Mohr, aber Alma erkannte sie an ihrem Rock und an ihrer Stimme, denn sie schrie – sie schrie aus vollem Hals, und ihre Zunge sah in ihrem dunklen Gesicht zart aus und rosa. Schuhcreme aus Schweinefett und Asche hatte sie sich gemischt für diesen Moment, aber die Schuhcreme half ihr nicht, im Gegenteil, sie sah hässlich und schmutzig aus, aber nun sahen die Soldaten nicht, dass sich hinter dem schwarzen Dreck ein altes Weib versteckte, das seit mehr als zwanzig Jahren mit keinem Mann zu schaffen gehabt hatte, eine Hebamme war sie, zuständig nur für die Unterleiber der anderen Frauen, nicht mehr für ihren eigenen, und sie machten sich über sie her. Sie lag mitten auf dem Weg, die alte Frau… erst dachte Alma, sie wäre in der Eile gestürzt, aber nein, sie lag ja auf dem Rücken, man stürzte nicht auf den Rücken – Hilfe, jetzt sah sie, was mit ihr war, sie starrte… sie starrte in den Himmel aus ihrem schwarzen Gesicht, sie ließ sie machen, sie rührte sich nicht, wehrte sich nicht – und jetzt konnte sie nicht mehr starren, denn einer von ihnen hatte ihr die schmutzigen Röcke über den Kopf gezogen und drückte ihr den Wust ins Gesicht, auf die Nase. Jetzt nahm er ihren Kopf zwischen seine Knie und setzte sich auf ihr Gesicht, während ein anderer zwischen ihren Beinen zugange war und grunzte, und ihre weißen Beine zuckten, und Soldaten standen daneben und sahen zu, zwei oder drei machten die Hosen auf, und sie lachten und warteten, bis sie an die Reihe kamen. Irma Schillings Arme schlugen – hoch und runter, sie schlugen auf den Boden, es erinnerte Alma an die Schleien, die sie aus dem Kogälnik gezogen und ans Flussufer geworfen hatten.

Eine andere Frau, die sie nur flüchtig kannte – vier Kinder hatte sie und zwei davon auf der Flucht verloren – stieß einem Russen ein Messer in den Bauch, rein und raus und rein und raus stieß sie, zweimal, irr sah sie aus im Gesicht. Der rissen sie das Kleid vom Leib und schnitten ihr die eine Brust halb ab, bevor sie sie vergewaltigten, und als sie fertig waren mit ihrer Lust, war sie tot. Der Körper lag auf der Seite, grau und rot, fast nackt, und Alma hörte eine ihrer Töchter heulen, fünf oder sechs, aber sie konnte nicht sehen, wo sie schrie.

Sie lief mit Minna in die Scheune, gestapelte Strohballen, links an der Wand mit Luzerne gefüllte Säcke, rechts Feldsteine groß wie Köpfe, ein Schaf, angebunden an einen Holzpfeiler, das blöd guckte, und sie schubste Minna vorwärts ins Stroh, wo sie sich zudecken und verstecken sollte, und sie selbst wollte gerade springen und eintauchen, als Arme sie ergriffen und nicht mehr losließen, und sie zappelte, wollte vorwärts laufen kriechen fliehen, nur weg, aber sie wurde nach hinten gezogen, und sie spürte, wie ihr links ein Stück der Kopfhaut abriss und sie auf den Rücken fiel, ihr Hinterkopf schlug hart auf, brannte wie Feuer, und ihr wurde schwarz vor Augen, aber nur kurz, dann sah sie die Männer wieder, es waren viele, mehr als sie zählen konnte, zwanzig oder dreißig, in Uniform, die meisten mit Bärten oder hässlichen, harten Stoppeln im Gesicht und mit Waffen in den Händen oder auf dem Rücken. Sie waren laut und schrien, ein paar mochten russisch sein, aber ein paar sahen aus wie… –

Chinesen, dachte sie, oder Mongolen oder – Gott, was wusste sie, Tadschiken oder Kirgisen, irgendein asiatisches Volk. Im Lager an der Oder hatten sie sie Kanonenfutter genannt – die Dumpfen aus dem Osten, die Vorhut der Roten Armee, die als erste fielen, und bevor sie fielen, wollten sie noch etwas haben vom Leben. Auch dies geht vorüber, dachte sie, es wird vorübergehen, wie alles, ihr Vater, ihr Vater, wo war ihr Vater…? Sie hörte Kinder schreien, die standen und schrien, was sollten sie auch anderes tun, es waren doch nur Kinder, unfertige Wesen, Alma hörte sie, und sie hörte sie nicht, und sie hörte das Grunzen vor ihrem Gesicht, ihrem eigenen Gesicht, in ihrem Kopf, sie sah nichts mehr, es stank nur in ihren Gedanken, und es brannte in ihr, unten brannte es, und sie bekam kaum Luft, es war etwas in ihrem Mund, ein Stoff… und die Finger brannten auch, ihre Hände, was war mit ihren Händen…? Sie fühlten sich weit weg an, taub, aber sie brannten, als hätte sie heißes Wasser oder flüssiges Kerzenwachs verschüttet, sie mussten noch da sein, und die Kinder weinten, weg von hier, sie wollte weg, nur weg, versinken, wo war ihre Ilse…? Wo war Arthur? Hatte er sie genommen…? Gott mach, dass er sie genommen hat und sich versteckt, irgendwo, irgendwo. Alma dachte an Heinrich, an die alte Sommerküche in Leipzig und das Schardach, wo die Schwalben im Mai ihr Nest bauten, an ihre sterbende Mutter… – wie merkwürdig, dass ich nun daran denken muss, dachte sie im nächsten Moment, aber sie hatte keine Kontrolle über die Bilder, die ihr einfielen. Alma hielt die Augen geschlossen, sie wollte sie nicht sehen, aber ab und zu sah sie sie doch, ihre Augen – schmal und dunkel und gebogen wie eine Welle die einen, grau und kalt andere, alle hatten tiefe Schatten, dunkle Ringe, die sich auf der Haut über den Wangenknochen absetzten. Ein paar grinsten frech, als sie sie nahmen, einer spuckte sie an, als er fertig war, zischte sie an – sie verstand es nicht –, einer – ein pickeliger – drehte, als er seine Seligkeit spürte, die Augen in den Himmel. Einer zog mit den Daumen ihre Lider hoch, damit sie ihn dabei sah, fast zärtlich tat er es und grinste und stieß sie tief, und Speichel tropfte ihm von der Unterlippe. Es waren Alte und

Junge, da war die ganze Welt, vor ihr, auf ihr, in ihr. Sie konnte ihre Arme nicht bewegen, ihre Hände steckten fest, was war mit ihr... hatte man sie gebunden...? Hinter ihr spürte sie etwas Weiches, Nasses, Kaltes, ein Kopf lag auf ihrer linken Schulter, aber sie lag nicht, sie stand – warum stand sie...? Sie hatte keine Angst mehr, vor nichts, sie hatte nur noch einen Gedanken, der Tod, schnell schnell, nur weg hier, lass es schnell gehen, lieber Gott, und lass dieses entsetzliche Brennen aufhören, und kurz darauf merkte sie, wie erst in ihrem Kopf ein gelber Blitz und dann Übelkeit und Schwarz über sie kamen – endlich, dachte sie, und sie entspannte für den Bruchteil einer Sekunde, bevor sie versank.

Nicht der Tod fand sie, sondern Arthur. Seine älteste Schwester stand mit dem Rücken an einer Kellertür aus Holz, die Hände über den Kopf nach oben gestreckt, die Augen geschlossen. Das Kinn lag auf dem Brustbein, über ihrem nackten, weißen Busen. Die Russen hatten sie angenagelt, vor einen Mann – einen, den sie nicht mehr wollten, der überflüssig war oder Deserteur, er trug die Uniform der Roten Armee. Der Mann war kalt, und seine dunkelgrüne Armeehose hing ihm auf den Knöcheln. Die Spitze der Zunge steckte zwischen seinen Zähnen, und auf der Unterlippe klebte angetrocknetes, braunes Blut. Almas Kleider waren zerrissen, oben und unten, der Stoff hing in Fetzen herunter. Ein Fuß war nackt. Der andere steckte, ohne Strumpf, in einem Männerschuh. Schmutz klebte ihr an den Beinen, bis über die Knie.
Arthur zitterte, als er näher kam. Selbst an den Schultern und in seinen Hinterbacken spürte er es zucken, er verstand nicht, was mit ihm geschah. Es kam ihm vor, als hätte er die Kontrolle über seinen Körper verloren. Seine nassen Kleider klebten an ihm, und seine Zähne klapperten. Eine Scheune brannte. Ein blutendes Muli lag vor einem Tor auf der Seite und wieherte. Es versuchte aufzustehen, aber es gelang ihm nicht. Arthur hustete. Im Vorbeigehen sah er, dass das Tier eine Schusswunde am Rücken hatte. Die anderen Pferde und Mulis in ihrem Lager, die die

Wagen des Trecks gezogen hatten, waren verschwunden. Die Russen mussten sie mitgenommen haben. Sie würden sie braten, dachte er und war für einen Moment hungrig.
Er hatte sich, als sie kamen, in die Hose gemacht, es war einfach aus ihm herausgelaufen, warm und unhaltbar, vorn ins Höschen und das linke Bein hinunter bis auf den Unterschenkel und in die Schuhe, aber niemand merkte es, weil alles andere an ihm auch nass war, sein Hemd, die Jacke, die Strümpfe und Schuhe.
Als er das Schießen und Schreien hörte, war er losgelaufen, hinter dem Schloss an Alleebäumen entlang, dann durch Sträucher und Bäume am Flüsschen zu dem Teich, an dem er hatte angeln wollen. Er sprang in das flache, kalte Wasser am Ufer, tauchte ein, hielt nur den Kopf über Wasser, watete ins Schilf. Wäre ein Russe gekommen, um ihn zu holen oder auf ihn zu schießen, wäre er untergetaucht und hätte die Luft angehalten, so lange, bis ihm die Lungen geplatzt wären. Er suchte sich ein Schilfrohr, durch das er unter Wasser atmen wollte wie durch einen Strohhalm, aber er wusste, dass das schwierig war.
Niemand kam. Erst nach einer Viertelstunde spürte er die Kälte. Ihm war auf einmal so kalt, dass er langsam durch den flachen Teich ans andere Ufer watete, fröstelnd hinter einen umgestürzten Baumstamm kroch und sich mit alten, trockenen Blättern zudeckte, so gut es ging. Er horchte und blieb so still und regungslos liegen, dass ein Entenpaar ans Ufer kam, um ihn herum ging und schnatterte. Arthur schloss die Augen und konzentrierte sich. Er versuchte, die Geräusche zu verstehen, zu deuten, was im Dorf und im Lager geschah. Er hoffte, eine vertraute Stimme aufzuschnappen – Minna, Alma, Frau Schilling, Tante Hildchen. Aber er hörte nur die röhrenden Panzer, Schüsse, das Schlagen von Hufen und Schreie auf Russisch und in einer anderen Sprache, die er nicht kannte.
Schließlich stand er auf und machte sich vorsichtig auf den Rückweg nach Golchow. Als er näher kam, blieb er geduckt hinter einem Wagen stehen, dessen Plane verbrannt war. Es roch süß, nach brennendem Fleisch. Er zitterte überall, aber er merkte es nicht. Fünfzig Schritte vor sich sah er Irma Schilling. Sie kroch

mehr als dass sie ging, auf ihren Knien, und sie war fleckig im Gesicht, rot und schwarz, er hätte sie nicht erkannt, wenn sie nicht ihren Rock getragen hätte, in dem sie aus dem Wartheland gekommen war. Sie kroch zu Alma, sagte nichts, wischte sich nur mit dem Handrücken durchs Gesicht. Sie bewegte sich eigenartig, dachte er, als hätte sie Schmerzen. Er sah, wie sie aufstand – es sah aus, als würde sie an Alma hochklettern wie an einem Seil. Frau Schilling ruckelte herum, zog oben einen Nagel aus dem Holz, einen dicken Stift, wie der, an dem ihr Komm im Eiskeller gehangen hatte, und Almas Arme fielen herunter. Sie kippte vornüber auf Frau Schilling, er hörte einen spitzen Schrei, der nicht von der Hebamme kam, sondern von seiner Schwester.
Arthur war schlecht. Er sah langsam an seinem rechten Arm entlang, sein Ellenbogen, das zerfranste Ende seines nassen, kalten Mantelärmels, die blutigen Abschürfungen auf der Oberseite seiner rechten Hand, die grauen Fingernägel, die Angelrute, die Schnur, an deren Ende noch ein roter, fest verknoteter Faden hing.
Dann drehten sich seine Augen ins Weiße, und er fiel um.

Als Alma zu sich kam, spürte sie den kalten Boden unter sich. Sie lag auf dem Rücken unter einem Dach mit Holzbalken, das sie nie zuvor gesehen hatte, und hatte sich besudelt, hintenrum, es war weich und feucht, es musste das Große gewesen sein, sie lag in ihrem eigenen Dreck. Sicher stank sie, aber sie roch nichts, ihre Nase roch überhaupt nichts. Es war auch egal, sollte es riechen wie die Pestilenz, es machte ihr nichts aus. Ihr Höschen war weg, nanu, dachte sie träge. Sie spürte nichts, keine Schmerzen, keine Freude, sie hörte nichts. Stumpf war sie geworden, es fühlte sich nicht einmal schlecht an, das Stumpf-geworden-sein, wie Geborgenheit kam es ihr vor, wie damals, als sie ein kleines Mädchen gewesen war… – vielleicht ging es so den Kindern im Mutterleib, die sich um nichts kümmern mussten, bis sie ins Licht gedrückt wurden und zu schreien anfingen. Es drang nichts in Almas Ohren, in ihren Kopf. Sie war taub, jenseits aller Empfindung.

Sie legte ihre Handflächen auf den Boden – spürte lehmige Erde und Strohhalme, trockene Halme, sie musste in einem Stall sein oder in einer Scheune, es war kein Zimmer, das Menschen bewohnten, nein, sicher nicht… – und suchte mit den Fingern nach Halt. Sie spürte, wie ihr leerer Bauch einknickte, wie ihr Oberleib, ihre Brust, ihre Schultern, ihr Kopf – wie alles sich langsam hob, weg von der Erde. Ihr war schwindelig.
Sie drehte ihren Kopf langsam zur Seite. Es schmerzte, der Hals war wund und geschwollen. Sie sah sich um. Irma Schilling mit blutigen Lippen und einem blauen Auge, ein Feuer, ein Topf – Frau Schilling kochte… Alma sah an sich herunter und bemerkte, dass sie fast nackt war. Oben lagen ihre Brüste offen. Sie hatte Schorf auf dem Bauch, dort, wo ihre Beckenknochen hart aus dem Leib stachen, auch am linken Arm, unten und oben bis hinauf zur Schulter, Striemen, als wäre sie mit einem Gürtel geschlagen worden oder einer Peitsche…
Sie erinnerte sich nicht. Was war mit ihr geschehen? Sie hob ihre Hand, um mit den Fingern die Schlüsselbeine und ihren ausgetrockneten Hals abzutasten, sie sah ihre Hand, drehte sie hin und her, ungläubig, dass sie ein Teil ihres Körpers sein sollte, verbunden mit ihr, ihren Armen, ihrem Rumpf, ihrem Kopf. Ihre Kette… ihre Kette war weg, der Anhänger mit den Fotografien in schwarz und weiß, die aufeinander lagen, wenn man ihn zuklappte.
Ihr fehlte die Erinnerung, sie hatte das Gefühl für Zeit verloren. Sie suchte nach dem, was geschehen war, ihr Kopf fühlte sich langsam an, träge, wie verklebt. Sie saß mit angelehntem Rücken auf dem Boden – es musste ein Stall sein in diesem Ort, in dem sie zuletzt waren –, ließ ihren Oberleib vor und wieder zurück pendeln, immer wieder, es fühlte sich gut an, die Augen geschlossen, in ihrer Erinnerung suchend. Was war mit ihrer Hand geschehen? Wann hatte sie das Kettchen verloren? Arthur – jetzt kamen die Namen zurück… – wo waren Minna und Arthur und die anderen, die Mulis, ihr Treck, das Lager?
Irma Schilling kniete vor ihr und wischte ihr die Stirn. Sie hatte ein Fläschchen Kölnisch Wasser in der Hand – es war das von

Frau Glück – und tupfte Alma den Leib ab, den Kopf, die Brüste, die Hände, die Scham, alles, was wund war – es brannte zwischen ihren Beinen, aber der Alkohol kühlte auch. Ihre Finger, braun von getrocknetem Blut, spürte sie nicht. Sie sah sie, aber sie nahm sie nicht als Teil ihres Körpers wahr. Sie musste husten.

Oben die Balken. Ein besudelter Taubenschlag unterm Dach, eine dicke, weiße Schicht, aber keine Vögel, alle ausgeflogen, nur Dreck überall, die Kötel... Leute saßen am anderen Ende der Scheune zu beiden Seiten des Tors. Frauen, kleine Kinder, schmutzig alle, die Kleider, die Gesichter, die Fußsohlen schwarz. Ein einziger Mann dabei, soweit sie sehen konnte, ein Greis mit einem Gehstock, zusammengekauert, in eine Decke gehüllt, die Augen zu, nicht mal ihre Nacktheit interessierte ihn.

„... viel schlimmer sein können, Kind", sagte Frau Schilling. Alma fiel die Stimme auf – plötzlich. Sie hatte sie nicht wahrgenommen; es klang, als hätte Irma Schilling schon länger mit ihr gesprochen. „... lebst... dass die Sachen weg sind, nun auch das noch..." Irma Schillings Lippen bebten putzig, dachte Alma. Etwas stimmte nicht mit ihren alten Nerven. „Von Glück sagen kannst, Kind", sagte Irma Schilling. „Das eine Mädchen – die kleine mit den dunklen Augen, aus Danzig die, weißt – kennst du doch, das hübsche Ding mit den braunen Zöpfen...? Die haben sie..." Sie senkte ihre Stimme. „...mit der Zunge auf einen Tisch sollen sie das arme Ding festgenagelt haben, und dann haben sie sie genommen. Mit einem Nagel, wie man sie für Dachbalken nimmt. Stundenlang hat sie da gekniet und konnte sich nicht rühren, bis ihre Schwester, die ältere, sie gefunden hat. Kaum los gekriegt haben sie das Kind, hat ja keiner eine Zange im Gepäck, um Nägel aus altem Holz zu ziehen – woher soll man's nehmen in dieser – gott ver damm ten – Gegend? Ob das mit dem Sprechen nun noch mal was werden wird, muss man sehen. Seitdem hat sie nichts mehr gesagt. Kein Wort."

Als Alma das nächste Mal aufwachte, atmete sie ruhig, ein und aus, ein und aus, sie konzentrierte sich darauf zu atmen. Sie wollte ihre Augen nicht öffnen, in schwarzer Geborgenheit bleiben, für immer. Sie spürte nichts, fühlte nichts, sagte nichts, atmete nur. Die Sachen sollten weg sein, dachte sie – was hatte Frau Schilling erzählt? Von gestohlen und verstreut... Hildchen Glück hatte nur noch das Kleid, das sie trug, ihr Mantel war weg. Woher wusste sie das? Hatte man es ihr gesagt? Sie erinnerte sich nicht. Aber sie wusste, dass Frau Glück nur noch das eine, von Kuhdreck besudelte Kleid hatte, und dass sie sich ein paar Rippen und Finger gebrochen hatte.

Sie hörte Stimmen, weit entfernt, wie aus einer anderen Wirklichkeit. Ihr Magen gurgelte laut. Es musste lange her sein, dass sie gegessen hatte. Sie spürte ein Würgen aufsteigen, beugte sich vornüber, übergab sich, aber es kam nichts heraus, ihr Bauch zog sich zusammen, ein Krampf, und es zeigte sich dennoch nichts, sie hatte nichts gegessen. Frau Schilling gab ihr etwas Heißes zu trinken, Wasser mit einem Kraut. Sie schmeckte nichts.

Eine Stunde saß sie in der Scheune, die Knie in ihren Mantel gewickelt, dann spürte sie, wie der Schmerz kam, die Erinnerung, Durst. Sie fühlte sich, als ob sie sterben müsste, wenn sie nicht sofort kaltes Wasser auf ihre brennenden Lippen bekäme. Sie hörte, wie jemand schrie. Später merkte sie, dass sie selbst es war.

Irma Schilling kroch auf allen vieren zu ihr, langsam und ungelenk, die alte Frau schob mit den Händen einen Eimer vor sich her, es sah komisch aus, wie sie sich anschlich, als wäre sie nicht normal im Kopf wie früher ihr Gustav. Alma setzte den Zinkeimer an ihren Mund und trank Wasser. Ihre Finger sahen aus wie blutige Krallen.

Sie erzählten ihr, dass sie fünf Tage lang stumm geblieben wäre. Arthur sagte es, Irma Schilling nickte. Sie hätten schon mit dem Schlimmsten gerechnet. Dass sie Schaden genommen hätte im Kopf und für immer stumm bleiben würde.

Dann sagte sie doch etwas, am Morgen nach der fünften Nacht, die sie zusammen mit den anderen, die noch bei ihnen waren, in der Scheune geschlafen hatten. Sie wachte auf, auf dem Rücken liegend, ein fleckiges Schaffell auf ihrem Bauch. Sie formte ihre Lippen zu einem Kreis: „Oh."

Sie wusste selbst nicht, was es sollte. Irma Schilling und Minna kamen gleich angelaufen und plapperten ohne Ende auf sie ein, dass es in den Ohren schmerzte. Arthur stand vor ihr; er trug andere Stiefel, die sie nicht kannte. Sie waren ihm viel zu groß. Er lachte laut. Die ganze Zeit schien er zu lachen, wenn er nicht hustete, er schien glücklich zu sein. Sie verstand nicht warum.
Ihre Hände brannten noch immer, wenn Irma Schilling sie mit heißem Wasser begoss. Es fehlte Haut, oben und unten.
Minna erzählte ohne Pause. Was sie unter dem Stroh gemacht hatte – gebetet hatte sie, immer wieder das Vaterunser von Lobgott, Vater unser das Reich und die Kraft und die Herrlichkeit – die Russen mit Gewehren und Bajonetten – wie sie ihre Augen geschlossen hatte und nicht mehr atmete – wie der eine, dessen Gestank sie noch im Stroh riechen konnte, sich umdrehte und wieder aus der Scheune ging und wie sie ihm eine Mistgabel in den Rücken stieß, und es knirschte, als die Spitzen auf die Knochen trafen und der Russe einfach nach vorn kippte, mit der Gabel im Rücken, ein Junge war es, keine zwanzig – die Stimmen, die sie hörte, ihre Angst – wie sie sich vor Angst erst nicht rühren konnte und schließlich gelaufen war, weit weit weg gelaufen.
Alma fasste sich mit der besseren Hand an ihren rechten Zopf, verklebt von hart gewordenem Blut, das sie herauspulte. Sie spürte am Ansatz, wo die Hornspange im Haar steckte, etwas Hartes. Eine der beiden Kapseln war noch da: Prudöhls Geschenk.

Sie blieben drei Wochen in der Scheune. Selbst wenn sie gewollt hätten, hätten sie nicht weiterziehen können. Es machte ohnehin keinen Sinn mehr: Die Front lag jetzt vor, nicht hinter ihnen. Sie konnten noch immer umkommen, aber die Eile, die sie angetrieben hatte in Liebfelde, im Obra-Bruch, an Oder, Bober und Neiße, war überflüssig geworden. Die Rote Armee zog vor ihnen her. Sie konnten nun ihrem Ende entgegen kriechen, wenn sie wollten, oder springen und eilen – es würde nicht den geringsten Unterschied machen. Immerhin hatten sie, wo sie schliefen, Brennstoff: Stroh und altes, nach Jahren des Lagerns grau gewordenes Kirschholz. Minna, Lilli und Irma Schilling suchten auf den Feldern nach vergessenen Kartoffeln und Kraut, während Arthur jeden Tag angelte, mal mit, mal ohne Erfolg

„Ran, Junge! Fackel nicht lange rum, sonst kommst du noch zu spät." Sie hörte Hildchen Glück vor dem Stall rufen und eine Kuh brüllen. „Ran an den Euter, sage ich – oh, oh, oh, du weißt nicht, wie man es machen muss, Arthur. Lass deine große Schwester einmal…"

„So", sagte Lilli. „Siehst du – so musst du die Zitzen zwischen die Finger nehmen und… jetzt kommt etwas raus. Und wie. Immer so strullern."

Arthur sagte etwas, das Alma nicht verstand.

„Schau wie sie guckt, Junge", sagte Frau Glück. „Das gefällt dir, was? Hmm… Und wie viel da kommt. Die ist zwei, drei Tage nicht gemolken worden mit ihrem dicken Euter. Weiß Gott, was aus dem Bauern geworden ist, liegt wahrscheinlich…"

Die Kuh muhte dankbar, als der Druck abfiel von ihr.

„So ist es gut", sagte Hildchen Glück. „Siehst du, der Eimer ist gleich viertel voll, dass einem die Augen überlaufen. Das wird dir und den Schwestern schmecken. Weißt du noch, wie es geht im Heiligen Buch bei den Psalmen, Arthur? Wie? Gottes Brünnlein, heißt es da…?"

„Gottes Brünnlein… – was?"

„Das hat Wasser die Fülle. Verstehst du? Und machmal hat es statt Wasser Milch."

Kapitel 16: Im Spreewald

„Was... Was ist das? – Was – wo sind wir?“ Minna sah sich um und strich sich die Haare aus dem Gesicht.

Alma schloss ihre Augen, anstatt zu antworten.

„Wo sind wir?“, fragte Minna noch einmal.

„In der Lausitz“, sagte Alma ohne aufzusehen. Sie saß an einer Hobelbank, vor sich die verschmutzten Glasscheiben eines Werkstattfensters. „Weißt du das nicht mehr? Vetschau heißt der nächste Ort. Da haben sie einen großen Markt, sagt Frau Schilling. Hier ist Barnsheim oder Barnheim oder Bargheim oder so. Dieser Ortsteil. Die größten Kürbisse im Deutschen Reich soll es in Vetschau geben.“

„Kürbisse... Warum ist es so kalt?“, fragte Minna

„Das nennst du kalt... Geh raus vor die Tür. Ein schöner, warmer Tag ist es, nur das bisschen Wind.“

„Hier drinnen ist es kalt. In diesem... – Stall!“

„Das ist hier drin. Steh auf und geh raus. Was schläfst du überhaupt so lange? Nach neun Uhr ist es.“

Minna setzte sich auf dem Boden auf, wo sie in ihrem Mantel geschlafen hatte.

„Wofür soll ich denn aufstehen? Tu doch nicht so, als ob es...“

Alma grinste. „Die schönsten Mädchen schlafen immer am längsten, was? Los, aufstehen!“

„Mir tut alles weh.“

„Ach – und nun? Soll ich Madame die Beinchen einreiben? Mit warmer Hautcreme?“

Minna tastete die Waden unter ihrem Mantel ab.

„Das kommt vom kalten Boden“, sagte Alma. „Da ziept es in den Knochen wie bei alten Frauen. Was soll ich machen? Die Daunendecken habe ich zuhause vergessen.“

„Geh weg. Lass mich in Ruhe, Schwester... Ist irgendwo Wasser?“

„Draußen. Reichlich.“

„*Warmes* Wasser, meine ich? Oder habt ihr das schon weggeschüttet?“

„Sicher nicht, nein. Warmes Wasser gibt es nicht mehr. Ist aus. Draußen ist nur der Brunnen, und Seife haben wir auch nicht. Da kannst du dich schön machen und dir die Haare kämmen. Wenn du wüsstest, wie du aussiehst…“
Minna stand auf, zog ihren Mantel vor ihrer Brust zusammen und ging mürrisch aus der Tür.
Alma wandte sich wieder ihrem Brief zu, den schiefen Buchstaben und krakeligen Worten, die sie geschrieben hatte, sah aber noch einmal auf und Minna hinterher, die im Mantel zum Brunnen schlenderte und begann, mit einem quietschenden Hebel Wasser zu pumpen.
Alma betrachtete die Innenseiten ihrer Hände und überlegte, was sie Heinrich schreiben sollte, was sie schreiben würde. Schicken konnte sie ihre Briefe nicht mehr; sie wusste nicht wohin. Sie würde sie ihm überreichen, geordnet nach Datum, wenn er heim käme zu ihr – und wenn nicht heim zu ihr, dann doch zu ihr zurück, wo immer sie sein würde.
Sie schrieb vieles auf, was sie dachte, aß, tat, nur das Unaussprechliche nicht. Er sollte sich keine Sorgen um sie machen. Ilse gehörte nicht in ihre Briefe; die Russen auch nicht und die Schande, die sie ihr und den anderen Frauen gemacht hatten; die dunklen Gedanken; das, was sie gesehen hatte – die Menschen, die immer größere Augen bekamen, weil sie kaum zu essen hatten; die Toten; die Angst.
Sie beugte sich vor, der schmutzigen Fensterscheibe zu, und beobachtete Minna draußen. Sie hatte ihren Mantel ausgezogen und schlug mit den Händen klatschend nach Insekten in der Luft. Wenigstens die Kälte hatte ein Ende, dachte Alma, die unerträgliche Kälte dieses unerträglichen Winters. In Vetschau blühten die Bäume. In den Vorgärten standen Osterglocken und die ersten roten Tulpen, an den Feldrändern leuchtete Weißdorn in langen Reihen. Die Luft roch nach warmer, trockener Erde und nach frischem Gras.
Arthur kniete neben dem Brunnen und bog auf einem Holzklotz Draht zu Fischhaken, die er am Ende mit einem Messer anspitzte. Wie dünn er geworden war, dachte Alma. Die Kleider hingen

ihm runter.
Sie stand auf, streckte eine Hand aus und öffnete vorsichtig eine der kleinen Scheiben, aus denen sich das Fenster der Werkstatt zusammensetzte.
„Was ist das Gelbe da hinten?“, hörte sie Arthur fragen. „Minna – nun sieh es dir doch einmal an. Da, hinter der Wiese, siehst du? Das gelbe Feld. Was sind das für Blumen, dass sie ein ganzes Feld damit anbauen? Sonnrosen?“
Minna sah auf, ließ ihr nasses Haar auf den Boden abtropfen, wrang es aus. „Raps“, sagte sie. „Rapsblüten.“
„Warum machen sie das? Kann man die essen?“
„Für Maschinen sind die. Maschinenöl, Werkzeugöl… – ich weiß nicht genau. Essen kann man die nicht. Sie sind bitter und streng, die fressen nicht mal Tiere.“
„Tiere gibt es hier keine.“
„Hat es aber mal gegeben. Ist nicht alle Tage Krieg.“
„Meinst du, die haben hier auch Kühe? Und Kerpsen?“
„Glaube ich nicht. Die Kühe sind sicher alle tot. Kerpsen weiß ich nicht. Sie sagen alle, dass sie die hier anbauen, in diesem Wald. Rübchen und Kerpsen und alles mögliche Kraut.“
„Horch!“ Arthur hielt sich den Finger vor die Lippen.
„Was?“, flüsterte Minna.
„Pscht!“
Minna hörte den Wind, der durch die Baumkronen strich, das Brummen von Fliegen, in der Ferne Kampfgeräusche. Taktaktak.
„Was ist das?“, fragte Arthur.
„Die schießen.“
„Hier?“
„Hörst es ja.“
„Sind das die Russen?“
„Will ich meinen. Die Engländer und die Amerikaner haben im Westen zu tun. Hier hält die nichts. Da schon wieder… – tak tak tak bum. Da sind Geschütze. Artillerie.“
„Von Cottbus?“
„Weiß nicht. Das ist weit weg. Ich glaube nicht, dass man es hören würde. – Aber wer weiß? Ein schönes Remmidemmi.“

„Müssen wir wieder weg von hier?"
„Du fragst Sachen… woher soll ich das wissen? Ich bin gerade erst aufgestanden. Frag Frau Glück oder Frau Schilling. Wo sind die überhaupt?"
„In den Ort gegangen. Heute früh. Nach Lübbenau."
„Und da?"
„Essen suchen. Da soll es einen Markt geben, wo alle Bauern hinfahren. Die aus dem Spreewald. Minna?"
„Hmm?"
„Meinst du, wir sind hier sicher?"
„Pah, das will ich meinen. Heute jedenfalls – und morgen auch noch, wollen wir hoffen. So ein Nest wie hier, interessiert sich keiner für. Solange die uns hier nicht mit Steinen bewerfen und uns verjagen, weil sie ihre Kartoffeln selber verspeisen wollen… Ich habe keine Lust mehr, mir Sorgen zu machen. Ich habe genug. So lange ziehen wir rum, dass ich nicht einmal weiß, wo ich bin, wenn ich aufwache, und was für ein Wochentag ist und wer gerade gegen wen kämpft."
„Heute ist Mittwoch", sagte Arthur. Er schaute sie verwundert an.

19. April 1945

Mein geliebter Heinrich,

es ist fast ein Jahr, dass ich von Dir gehört habe. Ich habe jeden Tag an Dich gedacht und viel geschrieben, immer wieder, aber ich habe nichts schicken können. Du weißt, wie es steht um unser Land. Das Schreiben fällt mir noch immer schwer. Meine Hände habe ich mir zugerichtet, ich ungeschicktes Ding. Auf der Flucht aus Liebfelde ist es passiert, da habe ich geholfen, und die Finger sind mir beim Schieben in ein Wagenrad geraten. Sie heilen mir schwer, wir hatten kein Verbandzeug mehr, keine Salbe, und das scharfe Jod fehlte, wie es an allem fehlt. Hilde Glück – die Schlesierin, die mit Irma Schilling zusammen geht – hat mir eine Salbe gemacht, so gut es eben ging, aus Löwenzahn und Kamillen. Die hat sie mit Honig und Wasser zu einer Pampe gerührt, und es hat tatsächlich geholfen und sich nicht entzündet. Frau Glück sagt, es ist ein Wunder, dass ich keinen einzigen Finger verloren habe. Ich kann jetzt wieder einen Löffel und den Bleistift halten, nur dass alles, wenn ich schreibe, schief und krumm ist, so wie dies hier. Es lässt sich nicht ändern.

Jetzt blüht wieder das erste Schöllkraut in den Gräben, und sie sagt – also Frau Glück –, die Milch aus den Stengeln – ein dicker & bitterer Saft ist in den Stengeln, wie Blut, nur tief gelb – soll ich mir auf die Narben machen, dann würde es besser heilen. Sie versteht sich auf diese Dinge. In Schlesien kennen sich die Frauen alle damit aus, so wie die alte Zedel in unserer Heimat, die Bulgarin, deren Gebrabbel nie einer verstanden hat. So wird dann alles gut abheilen, hoffe ich, aber es braucht Zeit. Jede Wunde braucht Zeit.

Wir sind in einem kleinen Werkschuppen untergekommen (eine alte Schmiede – der Amboss steht noch in einer Ecke, und darüber hängen Zangen, Ketten und Hammer und alte Hufeisen, ganz kleine, schmale) & schlafen auf dem Boden. Arthur hustet immer mehr, ich mache mir Sorgen. Er schläft unruhig, wälzt sich und schwitzt und hustet. Lilli und ich haben ihm aus zwei alten Uniformen eine Decke genäht, nun hat er es wenigstens wärmer. Er sieht nicht gut aus, das Gesicht und die Wangen ganz schmal und kindlich, er hat noch keinen Bartflaum. Du würdest ihn sicher nicht wiedererkennen. Er ist ein gutes Stück gewachsen, seit Du ihn

das letzte Mal gesehen hast, aber er kommt nach Georg und Jakob. Die sind alle erst mit fünfzehn, sechzehn in die Höhe geschossen, ganz plötzlich, und beim Vater soll es nicht anders gewesen sein. (Vom Vater keine Nachricht – noch immer nichts.)
Wir sind alle erschöpft. Der Winter war schrecklich, und es gibt noch immer nicht genug für alle. Es vergeht keine Nacht, dass wir nicht von Essen träumen. Der Körper nimmt sich, was er braucht, notfalls beim Schlafen, in den Gedanken. Ich hamstere uns Essen zusammen, wo immer ich es finde. Lilli, Minna, Irma Schilling, Hildchen Glück – wir alle sind damit beschäftigt. Wie wir das Betteln gelernt haben & wie es mir zuwider ist tief innen drin in der Seele. Ich lasse es mir nicht anmerken, wegen der Geschwister.
Lilli hatte Läuse. Ich habe ihr die Haare abgeschnitten. Die schönen, goldenen Haare, die ihr bis auf den Rücken fielen.
Wie wir herkamen, habe ich russische Gefangene gesehen, ein paar hundert. Junge Männer die meisten, mit Bärten im Gesicht. Ich weiß nicht, wo sie hin sind. Sie marschierten in einer Reihe – oder nein: Sie gingen, an Marschieren mochte man da nicht mehr denken. Sie sahen nicht gesund aus. Nach Calau hin – das ist nicht weit von Vetschau, wo wir jetzt sind – hängen sechs an einem Baum, an den dicken unteren Ästen. Links drei Deutsche – auch junge Männer – und rechts drei Russen, jeder in seiner Uniform, und man weiß nicht, was es damit auf sich hat. Was ist dort passiert, frage ich mich – wer hat wen aufgehängt, und warum nur? Ich hielt mir die Hand vor den Mund und die Nase zu, als ich es sah, und konnte nicht mehr sprechen. Irma meint, sie hätten sich auf und davon machen wollen. (Die Deutschen meint sie.)
Ich schreibe das – ich darf es nicht, wenn die NS es findet, es wäre das Ende. Aber es ist hier alles im Schwinden, in Auflösung, und ich schicke die Briefe nicht, ich bewahre sie für Dich auf, bis Du wieder bei mir bist. Niemand wird sie finden.
Eben kommt Hilde Glück und sagt, hier im Ort – also bei uns in Vetschau – ist heute auch einer erschossen worden. Vierzehn oder fünfzehn Jahre soll er gewesen sein, kaum älter als Arthur, er soll eine Steckrübe genommen haben. Eine Steckrübe! Die schob er sich unters Leibchen und lief damit weg, und dann hat ihn ein Polizist erschossen, auf der Straße, und er fiel vornüber und war tot. Lieber Heinrich, es ist entsetzlich.

„Kein Palast, nein, nein", sagte Hilde Glück aufgeregt, als sie aus Lübbenau zurückkam. „Aber liebe Alma, unbewohnt – muss man sich vorstellen: ein *leeres* Bahnwärterhäuschen, in diesen Zeiten. Gut, die Fenster sind zerschlagen, das wird es wohl sein. Da hat sich noch niemand einquartiert, im Winter ist in so etwas nicht gut hausen gewesen, holte man sich den Tod. Aber wir werden den Teufel tun und zu viele Fragen stellen. Irmchen ist gleich geblieben. Wenn welche kommen und sich einquartieren wollen, vertreibt sie sie."

Alma musste lachen. Sie stellte sich Frau Schilling vor, die armwedelnd ihr Bahnwärterhäuschen verteidigte.

„Nun kommt alle", sagte Frau Glück. „Sie hat gesagt, ich soll euch gleich holen."

Alma war übel, als sie zu Fuß in Lübbenau eintrafen. Sie waren zu fünft. Lilli und Minna zogen den Karren über den Kirchplatz, der sich in einem Oval durch die Ortsmitte zog. Auf dem Platz standen Planwagen mit eingespannten Pferden.

„Aus der Neumark sind die drüben", flüsterte Frau Glück Alma zu. „Da ist der Russe jetzt. Die sind noch nicht lange unterwegs. Zwei, drei Tage erst. Kommt, lasst uns einen Zahn zulegen, dass wir zu den Gleisen kommen. Nicht dass wir Irmchen im Stich lassen und sie wirklich handgreiflich werden muss."

Sie richteten sich in dem Bahnwärterhäuschen ein, so gut es ging. In der Ecke neben einem Brikettofen stand ein alter Ohrensessel, dem sie die Rückenlehne brachen, so dass einer bequem auf dem Polster liegen konnte. Die anderen schliefen auf dem Boden.

„Lilli!", rief Irmchen, als sie sich eingerichtet hatten. „Tu mir eine Liebe. Siehst du vorn neben der Tür die Treppe? Das, was mal eine Treppe war?"

Lilli nickte.

„Du bist doch ein geschicktes Mädchen. Versuch mal, da hochzuklettern und sieh nach, was oben im Haus ist. Auf meine alten Tage... – die Beine würde ich mir brechen, so steil ist die Stiege."

„Oben hängt ein Heiland", sagte Lilli, als sie zurückkam.

„Was sagst du?"

„Ein Jesusbild. Wie die Bulgaren es haben, mit Heiligenschein und großen Löchern in den Händen, wo das Blut rausläuft und tropft. An der Wand."
„Wo kommt das nun her?"
„Ich weiß nicht. Vielleicht hat hier einer aus Siebenbürgen gelebt oder aus Slawonien oder aus dem Banat."
„Und sonst – nichts?"
„Eine tote Maus und Dreck. Und Spinnweben."
„Keine Stühle oder ein Tisch oder ein Schränkchen? Nichts zum Verbrennen?"
Lilli schüttelte den Kopf. „Nur der Heiland."
„Na… Vielleicht können wir mit den zwei Wagen etwas anfangen, die hinter dem Bahnübergang stehen. Auf der anderen Seite der Straße."
„Warum stehen die da?"
„Denen wird das Benzin ausgegangen sein, was meinst du wohl? Lauf schnell rüber und schau, ob du was findest, Kindchen. Papier vielleicht, zum Anzünden."
Lilli ging über die Bahngleise und zu den beiden Autos, die am Wegrand abgestellt waren. Unter den Reifen wuchsen bereits Gras und Brennnesseln; sie mussten lange dort stehen. Sie ging zögernd um die Autos herum. Das vordere war grau und mit Schmutz bespritzt, das andere bis auf die tannengrünen Kotflügel schwarz und gepflegt. Die runden Vorderscheinwerfer waren bei beiden abgeklebt. Lilli sah sich um und versuchte, die Türen zu öffnen. Auf der Hinterbank des grauen Autos lag ein violetter Schal mit Fransen, daneben ein Paar lederne Handschuhe. Sie hätte ein schlechtes Gewissen gehabt, die Sachen mitzunehmen, und ließ sie liegen. Zu ihrer Überraschung war die Hintertür des schwarzen Wagens, eines Opel P4, offen. Sie beugte sich hinein und sah auf dem Boden drei grüne Weinflaschen, von denen eine geplatzt und ausgelaufen war. Auf dem getrockneten Fleck lag eine halbe Seite Bauchfleisch, auf der blaugrüner Schimmel gewuchert war, dick wie ihre Hand.
„Herrje", sagte Lilli, ratlos, was sie tun sollte. Sie lief zurück zu Irma Schilling, die die Sache in die Hand nahm.

„Nun schau dir die Bäume an, Kind“, sagte sie. „Ist das ein Flieder hier. Prachtvoll! Schöner als der, den ihr an der Kälber Drift hattet – diese lange Reihe vorn, herrlich. Duften tut der… – Siehst du die Nesseln? Bück dich einmal und pflück die frischen Pflanzen bei den Reifen ab.“

„Das piekst.“

„Hab dich nicht so. Oder willst du hungrig gehen? Was wir haben, haben wir. Lieber Nesseln im Bauch als nichts, sage ich. Wir leben doch nun lange genug von der Hand in den Mund.“

Am Abend saß Irma Schilling zwei Stunden lang mit ausgestreckten Beinen auf dem Boden und schnitt mit dem Messer sorgfältig den Schimmel vom Schweinebauch. Die anderen sahen ihr im Schein einer Kerze aufmerksam zu und tranken italienischen Rotwein aus der Flasche. Hildchen Glück beschrieb Oppeln und Görlitz. Arthur erklärte ihnen den Unterschied zwischen Schuppenkarpfen und Spiegelkarpfen. Minna gluckste gelegentlich und starrte hungrig auf das geräucherte Fleisch.

In der ersten Nacht im Bahnwärterhaus wurde Alma von einem langsam vorbeifahrenden Zug geweckt. Sie wusste nicht, wie spät es war, aber sie hatte höchstens zwei Stunden geschlafen.

Sie sah zu Irma Schilling hinüber, die ebenfalls wach geworden war. Ihre Blicke trafen sich.

„Hörst du das?“, flüsterte Alma. „Da schreit einer. Ist das aus dem Zug?“

„Verwundete“, flüsterte Frau Schilling zurück. „Soldaten sicherlich. Oder Gefangene.“

„Wo kommen die her?“

„Vom Osten sicher. Denk nicht daran. Versuch zu schlafen, Kindchen.“

„Wo fahren die hin?“

„Da fragst du mich was. Nach Berlin sicher oder nach Leipzig. Wo die Krankenhäuser sind.“

Alma lag lange wach. Sie schloss die Augen, wollte einschlafen, aber es gelang ihr nicht. Sie versuchte, die Bilder zu

verscheuchen, die ihr durch den Kopf gingen.
Die Toten am Wegrand, aufgeblähte Leichen, die umgestülpten Hosen- und Manteltaschen, die Plünderer geleert hatten.
Vielen Körpern fehlten die Stiefel und die Schuhe, manchen die Füße.
Die Leiber der Soldaten, verstümmelt.
Einen nackten Rumpf hatte sie im Vorbeiziehen gesehen, ohne Glieder, ohne Kopf, ein Mann, und die toten Kinder, die kleinen, mageren Mädchen, und Alte, Alte, Alte.
Die Kinder, die mit ihnen zogen, mit den viel zu großen, leeren Rucksäcken – alle trugen etwas mit sich herum, ihre Stofftiere, die Papiere, Fotografien der Eltern und Großeltern, ein paar Pillen und alte Brotkrusten, Tücher für die Wunden, die auf sie warteten.
Sie dachte an die verdrehten Augen der Russen und die Münder schief und feucht vor Lust, und an Ilse, und an Heinrich.
Vielleicht war Heinrich in einem der Güterwaggons, in dem Verwundetentransport, vielleicht war er ganz nah…?
Alma stand auf, stieg leise über ihre schlafenden Geschwister und öffnete die Tür. Sie trat hinaus, drehte sich zur Seite und übergab sich in die Büsche, die an den Hauswänden wuchsen. Ihr Erbrochenes war dunkelgrün, eine dünne Suppe, in der harte Klumpen schwammen, Brennnesselblätter.
Sie sah Irma Schilling mit offenen Haaren in der Tür stehen. „Was ist mit dir, Kind?“, flüsterte sie.
„Mir ist schlecht.“
Frau Schilling sah sie prüfend an. „Ist das unser Festmahl, oder hast du das schon länger?“
Alma biss sich auf die Unterlippe, schüttelte den Kopf.
„Ah.“ Frau Schilling sah betreten auf den Boden. „Das ist nicht gut. Wenn jetzt die Übelkeit kommt, nein o nein…“
Alma fing zu weinen an, hielt sich die Hand vor den Mund, biss hinein.
„Wann hast du die letzte Regel gehabt, Kind?“, fragte Irma Schilling.
Alma antwortete nicht.

„Alma? Nun sag mir, wie es steht. Es lässt sich nicht ändern, so oder so nicht."
„Wie sollte ich auch meine Blutung haben", flüsterte sie mit nassen Augen. „Ich esse nichts – oder nur Fraß – ich laufe und tue und mache – da ist keine Zeit für. Wo sollte ich es hernehmen?"
„Dünn bist du, Kind, das stimmt. Viel zu dünn. Fleisch hast du keines mehr auf den Rippen. Zeig mal her." Sie schob Almas Arme zur Seite und sah ihr auf Hände, Schultern, Brust. „Schau, dein Ring am Finger ist ganz lose geworden. Da passt ein Bleistift zwischen, wenn du mich fragst. Aber obenrum… kann man nicht sagen, dass was fehlen tät."
„Ich habe Angst, Irma", flüsterte sie. „Solche Angst."

Am nächsten Tag wälzte sich Arthur auf den Polstern des alten Sessels. Alma fühlte seine Stirn und wischte mit einem angefeuchteten Tuch den Schweiß ab. Er hatte hohes Fieber.
„Ich bin nicht die Aufpasserin für den Jungen", sagte Frau Schilling. „Aber ich meine, er hat sich seit zwei Tagen nicht mehr entleert. Hast du ihn austreten sehen?"
„Er hat auch nichts gegessen", sagte Alma ohne aufzusehen. Sie blies ihm vorsichtig ins Gesicht, um ihn zu kühlen.
Arthur starrte den Vormittag hindurch teilnahmslos mit offenem Mund an die Decke. Er sagte, alles täte ihm weh – der Bauch, der Kopf. Um die Mittagszeit begann er, laut zu stöhnen und wirr zu reden. Die Frauen verstanden nicht, was er sagte, was er wollte.
„‚Musst dich leicht machen'", sagte Alma. „Weißt du noch, Irma…? Auf dem Weg von Vetschau ist er ein Stück auf einem Wagen mitgefahren – der große Heuwagen, auf dem sie Torfziegel geladen hatten. Da hat Arthur auf dem Kutscherbock sitzen dürfen, weil er nicht mehr gehen wollte, und die Frau, die die Zügel hatte, hatte gesagt ‚musst dich aber leicht machen, junger Mann'. Das ist es, was er sagt."
„Er ist im Fieber. Hier, gib ihm zu trinken." Irma Schilling reichte Alma eine Blechtasse. „Alle Kamille, die ich noch hatte, und Lindenblüten und Weidenrinde. Es ist besser als nichts."

„Was hat er, glaubst du?“
Frau Schilling zog die Mundwinkel nach unten und wackelte abwägend mit dem Kopf. „Die Grippe ist es nicht. Dafür ist es zu spät im Jahr und viel zu warm jetzt. Vielleicht hat ihm das Essen… – aber das wird es nicht sein, ihm ist seit Tagen nicht wohl, und er hatte schon lange dieses Fieber, vor drei oder vier Tagen, auch wenn es da noch nicht schlimm war.“
„Meinst du, er könnt sich die Lungen entzündet haben?“
„Schwer zu sagen. Lass mich einmal ran an ihn.“ Frau Schilling kniete sich neben Arthur und legte ihm die flache Hand auf die Brust. Sie schloss die Augen, konzentrierte sich.
„Das Herz“, sagte sie schließlich, als sie aufstand.
„Was ist damit?“
„Es schlägt langsam und regelmäßig. Und er hat überall diese roten Pusteln. Auf der Brust.“
„Gut. Das ist gut. Dann kann es nicht so schlimm sein“, sagte Alma und tupfte ihm ein weiteres Mal die Stirn und die nackte Brust ab.
Frau Schilling sah sie an. „Wollen wir hoffen.“
„Nicht? Ich dachte, bei schlimmem Fieber schlägt das Herz schneller… dass es rast wie verrückt und durcheinander wäre und flattert.“
„Weißt du, Alma, ich bin kein Arzt und nicht gelehrt, nicht so wie der überstudierte Herr Prudöhl. Aber ich weiß, dass wir hoffen sollen und beten, dass es nicht das ist, was es sein könnte. Und noch etwas… – abwischen kannst du ihn, aber geh nicht so nah an ihn ran, hörst du?“
„Bitte nicht.“ Alma sah Irma Schilling nicht an, sondern starrte auf das Fenster über dem Sessel.
„Es ist, wie es ist.“
„Nein, ich meine nicht… Hörst du – die Sirene?“
„Auch das noch. Was ist nun wieder los?“
„Das ist Fliegeralarm.“
„Herr im Himmel. Kommen sie nun schon am helllichten Tag!? Die kennen keine Scham, diese Leute. Was ist nur mit unserer Abwehr!? Wehrt sich denn keiner in diesem großen Reich? Ach,

es ist zum… zum… Mäusemelken.“
Frau Schilling ging vor das Haus und suchte mit Hilde Glück den Himmel ab.
„Noch nicht drei Uhr“, sagte Frau Glück, die als einzige von ihnen noch eine Uhr hatte. „Nichts zu sehen.“
„Da ist nie etwas zu sehen, wenn die Tiefflieger kommen“, sagte Irma Schilling gereizt. „Wenn du die sehen kannst, ist es zu spät. Dann gute Nacht.“
„Meinst du?“
„Meine ich. Hol die Mädchen, Lilli und Minna, wo immer sie sich rumtreiben. Wir müssen weg.“
„Hier weg? Warum?“
„Was glaubst du, was die machen, wenn sie hier die Autos stehen sehen? Und die schönen, glänzenden Bahngleise…? Auf eine Tasse Tee mit Sahnetorte kommen die nicht vorbei. Hilft nichts. Geh und lauf und hol die Mädchen, und ich kümmere mich um Alma und um den Jungen. Dass wir den nun… ach, Scheißdreck, sage ich. Scheißdreck auch! Wo ist der Karren?“

Sie liefen, so schnell es mit Arthur auf dem Wagen möglich war, zum Kirchplatz.
„Warum bleiben wir nicht in dem Häuschen?“, fragte Minna, die barfuß ging, weil ihre Schuhe nass geworden waren. Sie hatte auf dem steinigen Feldweg Mühe, mit den anderen mitzuhalten.
„Es geht nicht“, sagte Frau Glück knapp. „Viel zu dicht an der Bahn. Fliegen die Bomben als erstes hin, wegen der Züge und Gleise. Kann man vom Himmel aus alles sehen.“
„Geh auf dem Gras, Minna“, rief Alma, die mit Frau Schilling den Wagen zog, während Lilli sich hinten aufstützte und schob. „Nicht auf dem Steinigen. Da tut es nicht so weh. Sonst hältst du uns nur auf.“
In den Häusern am Kirchplatz fanden sie einen Luftschutzraum, indem sie einfach den anderen Frauen und Kindern folgten. Es war der Keller eines dreistöckigen Mietshauses in einer Seitenstraße. Im Vorderhaus lag eine verlassene Bäckerei mit zersplitterten Scheiben, einem leeren Tresen und einigen

Holztischen. In der Ecke des Ladens lag ein Hundehaufen, noch feucht und glänzend.
„Sechse?", fragte ein Junge in Uniform, fünfzehn oder sechzehn, der sie im Hinterhof des Hauses mit dem Zeigefinger zählte. „Den Wagen stellen Sie mal irgendwo gut ab, dass sie den nachher auch noch haben. Beliebtes Gerät heutzutage."
„Ja doch", sagte Frau Schilling ungeduldig. „Sechs. Das siehst du doch."
„Nun nicht so kess, gute Frau."
„Red nicht, Bursche."
„Hallohallo, was für ein Tonfall. Mit Nettigkeit geht's viel besser. Wer sind Sie überhaupt? Sind Sie überhaupt von hier?"
„Was tut das zur Sache?"
„Eine Menge, Großmutter. Welcher Keller ist Ihnen zugewiesen…? Ich mache hier nämlich den Luftschutzwart." Er zeigte wichtig auf seine Armbinde. „Was ist mit dem Jungen da? Hat der die Beulenpest, oder was soll das sein? Wenn er ansteckend ist, muss er oben bleiben. Wir haben unsere Regeln. Wollen doch nicht, dass der ganze Ort krepiert wegen so einem. Ist Befehl. Von ganz oben. Wo haben Sie…"
In diesem Moment war vom Kirchplatz das Knattern mehrerer Motorräder zu hören.
„Bleiben Sie mal schön hier und warten Sie", sagte er und lief in den Durchgang zum Vorderhaus.
„Kommt, runter", flüsterte Frau Glück den Mädchen zu, „die Treppe! Nicht lange Debatten halten." Sie schubste Minna vorwärts, die sich ihre wunden Fußsohlen an den Waden rieb. „Schnell. Nun frag nicht groß… beweg deinen Hintern, Kind! Hier, Lilli, nimm den Koffer und die Wasserflasche vom Wagen mit. Alma, wir tragen den Jungen."
Der Keller lag im Halbdunkeln, der Strom war ausgefallen. Eine Benzinlampe aus Blech hing am Fuß der Treppe und beleuchtete eine in roter Farbe gepinselte Aufschrift auf dem Mauerwerk: *120 P. Anweis. d. Hauswarts ist unbed. Folge zu leisten.*
Zu beiden Seiten gingen Gänge ab, in denen mit Wasser gefüllte Zinkeimer standen. „Geh links rein, Minna", rief Hildchen Glück,

die mit Arthur auf den untersten Stufen der Treppe stand. „Hier drüben, das sieht mir aus wie der Kohlenkeller. Da kriegt man keine Luft, und alles wird dreckig."
Im linken Keller, der unter gemauerten Gewölbedecken lag, hing Schweißgeruch. Es gab noch viel Platz. Einige Mütter saßen mit ihren Kindern an den Wänden, in den besten Kleidern, als ginge es am Sonntag in die Kirche.
Sie tasteten sich langsam voran und nahmen im hinteren Teil des Kellers eine Ecke in Beschlag, wo sie Arthur ein Lager bereiteten.
„Selbst hier unten hört man noch die Sirene", sagte Irma Schilling. „Und wie es… Angst riecht sauer. Soll keiner etwas anderes behaupten."
„Wie lange müssen wir hier bleiben?", fragte Lilli.
„Weiß der Himmel", sagte Hildchen Glück. Sie deckte Arthur vorsichtig mit einem Mantel zu. „So, Jungchen, nun mach mal deine Äuglein auf und lächel die alte Tante Hilde hübsch an…" Sie schlug ihm sanft auf die Wangen. Arthur öffnete die Augen und tat ihr den Gefallen.
„So ist es gut. Brav. Für lange wird es nicht sein. Sobald die Sirene aufhört, bringen wir dich wieder an die frische Luft."
Arthur nickte und schloss die Augen.
„Schlaf, du. Komm, Frau Schilling, dann gehen wir noch einmal schnell nach oben und sehen nach dem Bollerwagen. Da, wo er im Hof steht, können wir ihn nicht lassen. Ein Bömbchen, und der fliegt uns davon. Ist ja nicht wie bei reichen Leuten hier, wo man einfach darauf verzichten könnte."

Die Bomber kamen erst nach Einbruch der Nacht, gegen zehn. Alma stand mit Frau Schilling und Hilde Glück im Hinterhof und betrachtete den Himmel im Südosten, der rot leuchtete. Cottbus brannte. Sie hatten die ersten Maschinen gehört und schließlich auch gesehen, sie flogen tief, unter den Wolken.
Alma stieg wieder in den Keller. Im rechten Teil stöhnte eine junge Frau. Sie lag auf einer Wolldecke, die ihre Mutter auf einem Bett aus Kohlen ausgebreitet hatte, in den Wehen. Alma konnte ihr Gesicht kaum erkennen. Sie musste ungefähr zwanzig

sein.
„Das ist doch keine Zeit, um Kinder zu kriegen", hörte sie jemanden sagen. Sie drehte sich um. Es war ein alter Mann, der sich mit einer Hand auf einen Gehstock stützte und in der anderen sein Gebiss hielt.
Bomben fielen in der Nähe, und die Erde – der Keller – das Gewölbe – bebten. Staub rieselte von der Decke und aus den Brettern der Verschläge, legte sich auf Kleider, Haare, Haut. Die Frauen schützten die Köpfe ihrer Kinder mit ihren Händen, starrten nach oben, fürchteten, dass das Haus über ihnen einstürzen würde. Balken knarrten; waren sie getroffen? – war es das Ende? Sie schwitzten. War es nur die Angst, oder brannte es über ihren Köpfen, wurde die Luft heiß und zum Atmen zu dünn?
Alma saß neben Arthur und strich ihm mit den Fingern durch die nassen Haare. Sie erkannte sein Gesicht in der Dunkelheit kaum. Dünn sah er aus, faltig, der Mund offen, die Lippen trocken und aufgeplatzt, die Zunge weiß belegt. Arthur schwitzte stark, er schob immer wieder, die Augen geschlossen, die Wolldecke von seiner Brust. Lilli kniete hinter ihm auf dem Boden und faltete die Wäsche in ihrem kleinen Koffer neu.
Am anderen Ende des Kellers, nahe am Treppenaufgang, begann eine Frau zu singen, *Der Mond ist aufgegangen*. Ein Kind lag in ihrem Schoß und summte mit. Sie sangen mehr Strophen als Alma kannte. Sie wunderte sich, wie gut das Mädchen den Text im Kopf hatte. Als sie fertig waren, setzte der alte Mann seine Zähne ein. Er hatte keine gute Stimme, konnte die Melodie kaum halten, aber es war ein lustiges Lied, und das konnten sie gebrauchen: Dass es düster sei im Keller, *da brennt kein Licht, da brennt kein Licht, da scheint die liebe Sonne nicht*.

Am frühen Morgen waren Arthurs Wangen bis unter die Augen aufgedunsen. Er hatte Schüttelfrost, schrie einmal laut nach seiner Mutter und weckte die Schlafenden, dann rief er nach Lilli, Alma – nach allen Frauen seines Lebens, seiner Welt. „Die Eisensteine…", flüsterte er.
Alma drehte sich verwirrt zu Irma Schilling um, die vielleicht

verstehen würde, was er meinte, aber sie saß nicht mehr neben ihr; sie wusste nicht, wo sie war; wahrscheinlich ruhte sie irgendwo hinten bei dem schwangeren Mädchen aus, wenn sie bei dem Krach schlafen konnte – vielleicht war das Kind schon gekommen, sie hatte sie lange… nein, sie war immer noch nicht fertig mit der Geburt.
Arthur schien Stimmen zu hören, er redete mit sich selbst, „gar… schöne… Eisensteine."
„Ruhig", flüsterte Alma. „Ich bin hier."
Er starb wenig später, während seine Schwestern ihm mit den Fingern durch die Haare strichen und das Gesicht abtupften. Alma legte sich neben ihn auf den Mantel, um ihn zu wärmen, um die Wärme im Körper zu halten. Minna und Lilli knieten an der Kellerwand und weinten, aber weder Alma noch Arthur hörten es in der Dunkelheit.

Alma trug ihn im Mantel nach oben, ins Licht. Auf der Treppe sah sie, dass sein Mund weit aufgerissen war. Sie drückte ihn zu. Bevor sie aus dem Treppenhaus in den Hof trat, suchte sie den Himmel nach Flugzeugen ab, aber sie sah und hörte nichts. Die Sirenen waren verstummt. Alma erinnerte sich nicht, wann sie das letzte Heulen gehört hatte. Es musste in der Nacht gewesen sein, unten. „Haben sie Entwarnung gegeben?", fragte sie ein Mädchen. Sie bekam keine Antwort.
Es war ein kühler Frühlingsmorgen, aber der Himmel war klar, die Sonne würde die Luft bald erwärmen. Im Osten stand eine graue Dunstwolke am Horizont. Cottbus, sagte jemand. Die Stadt brannte – das, was noch von ihr übrig war.
Hildchen Glück lag mit dem Kopf nach unten in einem Bombenkrater auf dem Kirchplatz. Ein Schuh war ihr davongeflogen, im Strumpf hatte sie ein Loch, aus dem alle fünf Zehen ragten. Ihre Freundin Irma Schilling hing mit dem Karren, auf dem sie Arthur gezogen hatten, auf einem Lieferwagen, auf dessen Rückseite in Schreibschrift *Gummi und Kautschuk kauf ich bei Rauzuk* stand.
Auf der gegenüberliegenden Seite des Kirchplatzes waren

mehrere Häuser eingestürzt: Geblieben war ein langgezogener Berg aus Schutt und grauen Steinen, aus dem Rauch aufstieg. Zur Kirche hin sah sie mehrere Menschen in staubigen Kleidern auf der Straße liegen, aber sie achtete mit Arthur in den Armen nicht darauf. Im Kirchdach, das mit braunen Ziegeln bedeckt war, klaffte ein Loch. Sie kniff ihre Augen zusammen und erkannte im Dachgebälk mehrere Männer, die herumkletterten, winzig wie Schwalben am Sommerhimmel. Dann sah sie, dass das hintere Ende des Kirchenschiffs brannte. Sie löschen wohl, dachte sie langsam.

Sie schüttelte ihren Kopf, um die Fliegen zu verscheuchen. Sie fragte sich, wo Lilli und Minna schon wieder waren.

„Soll ich Ihnen helfen?“, fragte eine Frau mit weißen Haaren, die sie noch nie gesehen hatte. Alma sah auf Arthur, legte ihren Kopf schief, als wollte sie zu einem Urteil kommen.

„Das Fleckfieber ist schlimmer als der ganze Krieg“, sagte die Frau. „Die jungen Leute – die Kinderchen… – hinten bei der Kirche – sehen Sie, dort – da ist Platz. Kommen Sie, lassen Sie uns gemeinsam gehen. Ich muss in die Richtung, nach meiner Schwägerin sehen. Da finden wir etwas. Nun weinen Sie nicht… Man muss sich am noch größeren Elend der anderen aufrichten, das wissen Sie doch sicher. Kommen Sie, kommen Sie…“

Teil IV

Kapitel 17: Hurra

Daniel Freier blieb im Krieg. Sie hängten ihn kurz vor der Kapitulation, das war sicher; nur *wer* ihn hängte, schrieb niemand auf; einer in Uniform sollte es gewesen sein, ein Deutscher, dessen Namen niemand kannte, ein Fremder, der nicht aus Niederschlesien stammte, sondern von irgendwoher, aus dem Keller des Reichs. Einen Jungen hatten sie gerade auf den Hügeln des Katzengebirges aufknüpfen wollen, sechzehn war er, an einer Eiche, gut hundert Jahre alt. Der hatte es mit der Schlotteritis bekommen, als der Russe kam, und war, als er stürmen und drängen sollte, davongelaufen, aus Angst, er wollte leben. Das Seil hatten sie schon um seinen Hals gelegt und festgeknotet, und der Junge hatte sich die Hosen nass gemacht. Man möge den armen Kerl lassen, sagte Freier, zufällig in der Nähe, er wäre doch ein Kind, noch lange nicht erwachsen, ein Bursche mit schwacher Blase, und was der nun dafür könnte, dass es um Deutschland so stünde ums Verrecken? Sie hängten beide auf, den Jungen und Freier daneben, am selben, dicken Ast. Freier wehrte sich, aber sie schlugen ihm mit einem Gewehrkolben über den Kopf, er wurde bewusstlos und stürzte, und als er zu sich kam, für eine einzige, letzte Sekunde, hing er schon zwischen Himmel und Erde, und seine Stiefel fanden keinen Halt, es knirschte in seinem Kopf. Der Junge trug wie vorgeschrieben ein Pappschild um den Hals, Freier nicht.

Jakob blieb im Krieg. Er lag zwischen Cottbus und Guben im Boden, zwischen Spree und Neiße, ordnungsgemäß unter drei Fuß Erde begraben. Er hatte seine Papiere in der Brusttasche dabei, als er starb. Ein Kreuz markierte die Stelle der Beerdigung. Niemand wusste, woran er gestorben war, aber er war gefallen, in *Pflichterfüllung für das Vaterland*, offiziell, mit einem in Guben ausgestellten Totenschein. Mit der Hand, die ihm geblieben war – es musste die linke gewesen sein, denn die Schrift war fast unleserlich –, hatte er an die Evangelische Kirche in Calw geschrieben mit der Bitte, den Brief irgendwie an die Bessarabiendeutschen aus Leipzig/Bessarabeska, Krs. Anschakrak, weiterzuleiten. Eine Kopie des Briefes steckte, mit einer Büroklammer befestigt, an seiner Karteikarte. Es stünde nicht gut um ihn, schrieb Jakob, Gott befohlen.

Arthur blieb im Krieg, es war Typhus, doch die einzige, die das wusste, war Irma Schilling, die ihn dreizehn Jahre zuvor an den Füßen auf die Welt gezogen hatte, und Frau Schilling blieb ebenfalls im Krieg, zusammen mit ihrer letzten Freundin Hildchen Glück, die aus Schlesien und bei allem Tun immer froh war. Auch Frau Schillings Sohn Gustav, wirr im Kopf, und Hilli Turm, taub und stumm, blieben im Krieg – zu einer Zeit, als sie es noch nicht Krieg nannten, sondern Vertrag.

Ilse Kraft blieb im Krieg, erfroren im Winter vierundvierzig, keine zweieinhalb Jahre alt, als hätte sie es eilig gehabt.

Die Eltern Kraft, Gottfried und Pauline geborene Sackmann, blieben im Krieg. Sie verbrannten auf der Flucht in einer Kirche am Ostufer der Oder, wo sie entkräftet Unterschlupf gefunden hatten, nach einem mehrere Tage dauernden Fußmarsch durch überfrorenen Schnee. Justine, Heinrichs Schwester, sollte am Leben geblieben sein, in Süddeutschland, wo sie angeblich einen Mann fand, den Namen wechselte und ein Kind bekam. Das Hilfswerk Rüb hatte keine Anschrift.

Der alte Giese blieb im Krieg. Er setzte sich in den ersten Stunden der Flucht an den Wegrand im Wartheland. Um kurz auszuruhen, sagte er, um das Rasseln in der Brust abzustellen, er käme gleich nach, doch er kam nie. Auch sein Sohn Emil, der letzte Primar von Leipzig, blieb im Krieg. Bevor er starb, zogen russische Soldaten ihm die Hosen herunter und schnitten ihm die Genitalien ab. So ließen sie ihn liegen, und Flüchtlinge zogen an ihm vorbei, Frauen, Kinder, Alte. Keiner sagte ein Wort, und alle starrten auf die Erde vor sich. Was aus Walburga und den Töchtern wurde, wusste niemand.

Von Heinrich Kraft, Georg Freier, Hellmuth Lobgott und Christian Prudöhl fehlte, als der Krieg zuende war, jede Spur. So Gott es wollte, waren sie am Leben, sagten die Schwestern Freier und beteten.

Sie hatten keinen Hof mehr, weder den guten in Leipzig noch den schlechten in Liebfelde im Warthegau, kein Vieh, kein Geflügel, nicht einmal einen Hund.

Minna Freier lebte. Sie fing das Rauchen an mit Zigaretten, die ihr Soldaten für einen heimlichen Kuss gaben.

Lilli lebte, beschwerte sich nie, nähte aus Fetzen Kleider und kämmte an jedem Abend lange ihr blondes Haar, in Gedanken.

Alma lebte, hatte vernarbte Hände und ein wundes, unvernarbtes Herz.

Hurra.

Lgr. Friedland, 16. Dezember 1945

Mein Heinrich,

nun will ich Dir einmal lange schreiben. Es ist viel geschehen, in der Welt und auch bei uns. Wenn ich berichte, so wird vieles durcheinander sein, fürchte ich. Es ist aber doch auch vieles noch durcheinander in meinen Gedanken, trotz des Friedens, der ausgebrochen ist. Ich bitte Dich, sei nachsichtig mit Deinem Frauchen. Man muss sich an all die Veränderungen gewöhnen.

Nun ist der Krieg endlich, endlich aus, ein halbes Jahr schon, auch wenn im Reich noch immer fast alles in Trümmern liegt. Nur die Straßen sind geräumt, und die Brunnen in den Städten sprudeln wieder, damit die Menschen wenigstens Wasser zum Kochen haben.

Es heißt, unsere Besatzer kontrollieren noch immer die Post. Aber natürlich ist es jetzt anders: Wir können schreiben, was wir möchten – nicht wie es unter der NS war. Oder noch anders: Wenn wir früher nichts Schlechtes über die Partei und die Zustände sagen durften, dürfen wir nun nichts <u>Gutes</u> mehr sagen, von wegen der Moral. Alles andere ist egal. Da ist mir aber (und auch Minna – <u>erst recht</u> Minna, Du kennst ihr Mundwerk) eine wirkliche Last von der Seele gefallen, dass man nicht ständig in seinem eigenen Haus auf seine Worte achten muss. Dass man einfach sagen kann, was und wie man denkt. Sie waren ja in einigem richtig verrückt, die Nationalsozialisten. So lange hat es gedauert, bis sie endlich weg sind, und es ist alles zerstört hier im Reich: die Häuser, ganze Städte (die meisten Städte, die größten), alles liegt in Schutt und Asche. Die Menschen sind bitter, aber einige sind auch froh. Gerade die Alten sind froh – die wenigen Alten, die ich hier kenne. Viele sind gestorben von den Älteren; es fehlt schon so lange an so vielem, da geht die Kraft einfach, und sie legen sich hin und stehen nicht mehr auf.

Wir sind wieder in einem Lager, in einem <u>richtigen</u> Lager diesmal (viel größer als das Gutewerk von der VoMi in Sachsen). Es geht uns hier recht <u>gut</u>, Heinrich. Es heißt Friedland und liegt nicht weit vom schönen Göttingen, im hessischen Land. Sie haben es nur für uns Flüchtlinge und für Vertriebene aus den Ostländern eingerichtet, von denen es viele gibt. Eine rechte Völkerwanderung ist es. Aber wir haben Platz, und es geht *höflich zu, ohne Gezanke. Ganz neu ist alles hier, erst ein paar Wochen alt, alle Möbel und das Geschirr noch neu, die Decken, die Betten, alles. Von Berlin haben sie uns – meine beiden Schwestern und mich – mit einem Zug nach Göttingen gefahren. Es war nicht bequem, aber es war doch viel besser, als zu Fuß zu gehen. Das Wetter war warm, der Wind zog durch die Fenster der Wagen, wo wir auf richtigen Sitzen saßen, nicht wie Vieh. Ein paar tausend Leutchen sind hier. Es gibt Blechhütten, Ställe, eine große Halle zum Essen. Es ist alles beheizt, und es gibt saubere Decken und Wäsche und Latrinen. Wir haben gut zu essen. Kartoffeln und Rüben geben sie uns, so viel wir wollen eigentlich, es ist genug von allem. Gutes deutsches Brot haben wir (sie machen es hier dunkel), und es gibt viel Fisch, was Lilli, Minna und mir manchmal auf den Magen schlägt, wenn es besonders salzig gewesen ist. Einen kleinen Fisch bringen sie hier oft an, Hering, den man recht gut braten kann, ohne dass er zerfällt, mit Zwiebeln, und wenn etwas übrig ist, legt man es in Essigwasser. Er schmeckt nicht nach viel, aber er macht satt. Es ist Arme-Leute-Essen. Das sind wir jetzt, arme Leute.*

Ich habe zum ersten Mal seit Monaten gekocht, Heinrich, gemeinsam mit Minna draußen vor unserer Kammer, und wir hatten viel Freude. Eine richtige warme Mahlzeit, stell Dir vor, unsere gebackenen Ölplatz mit einem großen Stück Hühnerrücken und Hals. Es war wunderbar.

Wir liegen nun in der englischen Zone. Die Russen haben hier nichts zu befehlen, nur manchmal kommen einige vorbei in einem Wagen, einem „Jeep", wie man sagt. Aber sie können uns hier nichts. Die Engländer sind ein stolzes Volk, aber sie behandeln uns anständig, und – nun kommt das Schönste – die Amerikaner (die auch lange in diesem Krieg waren und viele Soldaten hier haben) schicken uns Lebensmittel aus ihrer Heimat. Was kommt, hat eine lange, lange Reise hinter sich, schließlich wird es über das atlantische Meer gebracht, das meiste mit großen Flugzeugen, sagen sie. Es reicht noch nicht für alles (sie gebrauchen dort andere Dinge, essen sogar Brot aus gemahlener Popscha, was bei uns für Malig war und für die Tiere) – aber gleich: Sie schicken uns wunderbare Dinge in Paketen, und wir bekamen zuletzt sogar ein Pfund echte Butter, weil es auf Erntedank ging. Das wird auch bei den Amerikanern gefeiert. Sie sind fromme Christenleute dort. Wir haben schon vor zwei Wochen begonnen, ein klein wenig von den guten Sachen für das Weihnachtsfest zurückzulegen, vom Mehl und von der Hefe, da weiß man nie, ob es das in ein paar Tagen noch gibt, wo nun so viele hungern in den Städten. Warm haben wir es auch bei uns in der Kammer. Man würde im Mantel gar nicht schlafen können, weil man schwitzen würde.

19. Dezember 1945

Heinrich, ich habe vergessen zu schreiben, dass ich in Berlin war, als wir aus dem Spreewald weg sind, für mehrere Nächte. Auf der Durchreise, wie man sagt. Es ist nicht schön dort, überhaupt nicht schön, zerstört ist alles, eine Ruinenstadt. Ganz anders, als ich es mir in Bessarabien vorgestellt hatte, wenn Lobgott davon erzählte (Reichshauptstadt u.s.w.). Die hohen Häuser müssen einmal prächtig gewesen sein, mit Säulen, alles ist aus Stein und war einmal angestrichen & modern. Aber es liegt in Trümmern, seit der Russe gekommen ist. Im Tiergarten war ich, aber das ist nun überhaupt kein Garten mehr. Die hohen Bäume, von denen ich so viel gehört hatte, sind gefällt, zum Heizen, sagen sie, damit die Menschen in ihren Kellern und Häusern es warm haben. Aber Tiere gibt es noch. Eine Füchsin, rostrot, trieb sich dort mit zwei tapsigen Jungen herum und zog über die breite Straße in der Mitte. Die ließ sich nicht stören von den Menschen, die dort mit ihren Karren herumliefen, und die Jungen waren putzig. Na ja, es isst keiner Füchse, selbst jetzt nicht, zu diesen Zeiten.

Man fragt sich, wie die Menschen dort leben können – die Frauen, Kinder. Man sieht einige Männer, aber nicht viele, nur ein paar laufen herum. Laufen, sage ich, aber die, die da sind, humpeln, auf einem Bein, auf keinem Bein, mit einem Auge, mit keinem Auge – Heinrich, es gibt hier alles Elend der Welt. Die Menschen sind dünn, Gespenster fast, und wir sind auch noch so dünn, wir alle, die wir hier sind, ausgemergelt im Gesicht. Wenn wieder einer an mir vorbeigeht, ein Mann – sie schauen dann meist genau hin, Du weißt, wie ich das meine –, dann denke ich an Dich und frage mich im Stillen, wie viele Beine, Arme, Augen Du noch hast? Ob es Dir an Leib und Seele gut geht, oder ob Dir ein Teufel das Heil genommen hat. Viele Männer sind gegangen, und die Frauen wirken stumpf. Sie arbeiten und arbeiten, und ich tue es genau so. Was sollte ich anderes machen? Ich arbeite (heute Vormittag in unserer Küche hier – Essen für fünfzehnhundert!), und ich warte, dass ich von Dir höre, geliebter Heinrich. Es ist gut, zu tun zu haben. Dass man nicht auf schwere Gedanken kommt und melancholisch wird.

In Friedland haben sie uns eine Wochenschau gezeigt. Unter freiem Himmel, es kamen vielleicht zwei- oder dreitausend Menschen zusammen, eine große Schar, die meisten hier im Lager, warm angezogen wegen der

Kälte draußen. Es war schrecklich, aber wir mussten hingehen. Sie haben Gestalten gezeigt, wie ich sie noch nicht gesehen habe, in den schlimmsten Wochen des Krieges nicht. Solche wie der Ukrainer, Fjodor oder wie er hieß, und seine Frau und der halbtote Junge – die damals nach Leipzig gekommen waren, beim Lobgott ans Haus, als ich dachte, es wäre der Wolf, und quiekte. Ausgemergelte Menschen, da bin ich rund gegen, und ich sehe doch auch aus wie ein Klapperstorch mit meinen dünnen Beinchen, dass ich Angst habe, sie brechen mir durch, wenn ich mich nicht vorsehe. Es waren Juden in Lagern, sagten sie, in allen Ländern, wo das Reich war, Männer und Frauen und auch kleine Kinder, und sie trugen Häftlingskleidung und den Stern, den sie tragen mussten unter der NS. Heinrich, sie haben alle umgebracht, sagen sie – umgebracht und verbrannt! Ich kann noch jetzt nicht einschlafen, wenn ich an die Bilder denke. Minna hat nicht geglaubt, was sie gesehen hat. Sie ist ja immer eine so Kritische gewesen, und jetzt ist sie noch mehr so wie früher, ständig am Nörgeln und unzufrieden. Den Frauen von den Juden sollen sie ihre Haare abgeschnitten haben, bevor sie sie umbrachten, und daraus machten sie Wolle und Kissen.

Sie haben hier in der Esshalle in Friedland auch ein Radio, nicht wie das alte, klobige von Lobgott, sondern ein neues aus lackiertem Holz, mit dem man bis nach Afrika horchen kann. Sie sagten, es gibt eine Art neue Bombe – anders als alles, was die Welt bis jetzt kannte. In Fernost sollen sie den Japaner damit geschlagen haben. Ich kann es mir nicht vorstellen. Was könnte noch verheerender sein als das, was Berlin und Hamburg und Dresden vernichtet hat? Aber es wird oft davon gesprochen, von dieser Atom-Waffe (so heißt es in den Nachrichten), und die Menschen glauben daran & nehmen es ernst. Es wird etwas daran sein, sonst würden sie es nicht melden, meine ich.

Nun ist es wieder Winterszeit, und es geht auf Weihnachten, Heinrich, wenige Tage sind es nur noch bis dahin. Ich vermisse die Heimat so sehr! Unser Leipzig und die Hügel und das Vieh, den Geruch und den Wind, der im Sommer die reifen Kornähren kämmt & und den Kirschzweig, den wir als Christbaum in der Stube stehen hatten. (Hier nehmen die Leute grüne Tannen und Fichten.) Die Sonne & die Wärme & das Wasser im Kogälnik & die Sterlets, die einem immer plötzlich ums Boot sprangen. Sogar das Heulen von den Raubtieren, wenn der Frost streng ausfiel. Es war doch auch ein Teil von allem. Man sagt, dass die Heimat immer da ist, wo die Erinnerung ist, und da bin ich nun innerlich ganz zerrissen, wie die anderen hier auch. Im Lager sind ja nur die Flüchtlinge, von denen keiner mehr ein Zuhause hat. Die auf Zwischenreise, die ihre Heimat nur noch in sich herumtragen. Von überall her sind sie gekommen.

Meine Erinnerungen sind noch alle im Dorf und bei Dir, mein Mann. Wenn ich nur wüsste, dass es Dir gut geht und wo Du bist, wie froh wäre ich. Du fehlst mir, dass ich manchmal nicht weiter weiß – nach all dieser Zeit immer noch. Die Allmacht Gottes sei mit Dir, mein geliebter Heinrich, wo immer Du bist.

Deine Dich liebende Alma

Weder log Alma, wenn sie Heinrich schrieb, noch sagte sie die Wahrheit; so wichtig wie das, was sie in Worte fasste, waren die Dinge, die sie ihm vorenthielt.

Sie schrieb ihm nicht, dass sie an einem Wintertag glaubte – für einige kostbare Momente –, ihn gefunden zu haben. Sie achtete kaum auf die Männer auf den Wegen von Friedland, die aus der Sowjetunion gekommen waren und die Frauen unverhohlen, hungrig anstarrten; sie waren zurückgekehrt mit Wunden an Leib und Seele, Offiziersgehabe, einem harschen Ton, und vielen fehlten Glieder, und allen fehlte das Weiche. Doch als Alma Mitte Dezember in ihrem alten, in der Eile nicht zugeknöpften Mantel zur Küche lief, glaubte sie, Heinrich zu erkennen. Von hinten sah er so aus: ihr Mann.

Sie rannte ihm nach, rief seinen Namen, immer wieder, immer lauter, bis er anhielt, ohne jede Neugier in den Augen. Er ging an einem Krückstock, die Hose flatterte unter dem Knie. Ihm fehlte ein Unterschenkel – aber was zählte ein Unterschenkel, dachte sie? Er sah sie an, still, kein Muskel seines Gesichts bewegte sich.

„Oh", sagte sie. „Entschuldigen Sie. Ich dachte…"

Er war es nicht, natürlich nicht, der Mann war ein Fremder, und er blieb stumm und ernst. Er hatte eine Narbe am Hals und im Gesicht. Sie war schlecht verheilt und lief vom Hals an der Seite des Kopfes hoch bis ans Auge. Eine Verbrennung; die Haut war hell nachgewachsen; für alle Zeit hell und haarlos. Alma begann zu weinen, als sie ihn sah – als sie sah, dass es nicht der war, den sie erhofft hatte. Er sah Heinrich im Gesicht nicht einmal ähnlich. Trotzdem blickte sie ihn lange an. Er nahm sie vorsichtig in seine Arme, hielt sie fest, und Alma schüttelte sich vor Schmerz, drückte ihre Augen zu, so fest es ging, und er weinte auch, mit offenen, weichen, gütigen Augen, tonlos. Sie entschuldigte sich, zweimal, dreimal. Es war das einzige, was sie sagte. Sie lief fort, in die Küche zu den Kartoffelsäcken, und sprach mit niemandem über die Begegnung.

Und sie verschwieg Theo in ihren Briefen. Als sie mit Minna an einem Eisenofen vor ihrer Baracke stand und Ölkuchen in der Pfanne buk, setzte die erste Wehe ein, und nur wenige Minuten später ging das Wasser ab, das warm an den Innenseiten ihrer Schenkel auf die Erde lief und süß roch. Es war eine leichte Geburt. Sie legte sich auf dem Boden ihrer Kammer auf alte Decken und Laken, um ihr Bett nicht zu beschmutzen, und eine halbe Stunde später war das Kind da. Etwas zu früh, etwas zu klein, aber da.

„Noch ein Maul zum Füttern", sagte die Aufseherin, die für ihren Lagerabschnitt zuständig war. „Nun hat sie das Kind und keinen Mann – was soll es nur werden mit dieser Welt? Erst fällt das Reich, dann fallen die Sitten."

Alma wollte ihn Giovanni nennen. Ein fremder, italienischer Name, der unrussischste, der ihr einfiel. Sie verwarf den Einfall, als sie Minna und Lillis Gesichter sah. Ihre Schwestern lachten sie hämisch aus. Also entschied sie sich für Theo. Theodor, von Gott gegeben, vielleicht auch für Gott; man konnte, fand sie, das Kind trotz allem nicht nach dem Belzebub rufen.

Sie ließ ihn in der Kirche von Friedland taufen, einer neu errichteten, glänzenden Blechhütte, in der ein Altar geweiht worden war. Der Pastor, ein Johannes Mayer mit a y, hatte keine Haare mehr und war zu alt gewesen für die Front. Er hatte den Krieg hindurch in Göttingen getauft, konfirmiert, getraut, beerdigt. Theo schlief, bis Pastor Mayer ihm Wasser auf die Stirn sprenkelte. Dann öffnete er die Augen, sah erwartungsvoll um sich, gab keinen Ton von sich und schlief weiter.

„Was für ein gutmütiges Kind", sagte der Pastor. Er lächelte Alma zufrieden an und segnete alle, die zwischen dem Ofen und dem noch ungeschmückten Christbaum standen, einer krumm gewachsenen Fichte mit zwei Spitzen. Lilli war Theos Taufpatin und schenkte ihrem Neffen einen Stoffhund, den sie aus dem Ärmel einer zerschlissenen Jacke genäht und mit Kieselsteinen gefüllt hatte. Der Hund war grau und zu schwer für ein Baby.

Alma liebte Theo und hasste ihn. In den Adventwochen, die Tage kalt, die Nächte eisig, ließ sie ihn die Winterluft spüren, unauffällig, so dass es niemand merkte. Das Kind hätte vergehen sollen und müssen im Frost, wie Ilse, die liebe Tochter, die in ihren Armen eingeschlafen war, auf der Flucht.

Aber Theo gedieh, von Anfang an, und biss ihr die Brustwarzen blutig. Er war und blieb kerngesund und stark, obwohl er zu früh auf die Welt gekommen war. Sie ließ das Milchpulver weg, dann Zucker und Honig. Er wuchs weiter.
Alma schrieb ihrem Mann nicht die Wahrheit, doch sie log nicht, sie war sparsam mit der Wirklichkeit. Wenn Heinrich tot wäre – entsetzlich. Doch wenn er lebte und nach Hause käme? Wie sollte sie ihm erklären, dass sein Töchterchen nicht mehr lebte, dass ihre Ilse nun ein Theodor war?

Wenkenbek (Stormarn, Holstein), 7. Januar 1946

Lieber Heinrich,

ein Wunder, ein Wunder, ein Wunder!!! Georg ist hier – heute ist er gekommen, ganz plötzlich – wir wussten nicht, wo er abgeblieben war im Krieg, und nun ist er da, bei uns! Heinrich, ich bin so glücklich, wie ich es lange nicht war. Er ist mit uns. Ich weiß gar nicht, wie ich es sagen soll. Mein Bruder! Der einzige, der noch lebt. Ich habe geheult wie eine alte Tante. Es geht schon wieder los, während ich dies hier schreibe, aus Freude. Ich bin so sehr glücklich. Ich hatte nicht mehr daran geglaubt, ihn noch einmal wiederzusehen, und nun ruht er hier im Keller auf meinem Bett aus und ist eingeschlafen, im Sitzen, es ist für sein verletztes Knie besser, sagt er, wenn er das Bein gerade hält und steif. Es steckt noch etwas drin in diesem Bein, Granatensplitter, sagt er, und seine Nase hat einen dicken Hubbel bekommen, oben, zwischen den Augen, er hat sie sich ein zweites Mal gebrochen. Wie ein Ringboxer sieht er aus, wenn man von der Seite schaut. In seinen Kleidern sitzt er keine fünf Schritte vor mir, den Kopf auf eine aufgerollte Hose gelegt, und schläft tief und fest.

Als er kam, grinste er über beide Backen. Alles noch dran, sagte er und begutachtete wie ein kokettes Mädchen seine Arme. An der Memel war er in Gefangenschaft geraten, hat er erzählt, dann hatten sie ihn in ein Lager für Soldaten gebracht, wo er arbeiten musste, in einem Sägewerk und in einer Ziegelei. Dort wäre er fast totgegangen, erfroren, er hat manchmal noch immer einen rasselnden Husten & er kann sein linkes Knie nicht mehr richtig bewegen & von einer Granate hört er schlecht, ist aber zum Glück nicht taub gegangen. Gut sieht er aus, im Großen und Ganzen. Er ist ein kluger Mann geworden, weise & reif, wie ein Alter. Er sagt, die Angst vor dem Tod hätte ihm mehr zu schaffen gemacht als der Tod selbst. Was soll man darauf erwidern, frage ich Dich? Die meiste Zeit ist ihm im Krieg langweilig gewesen, sagt er, zum Verrücktwerden langweilig. Wir fragten ihn, wie das sein könne – wie kann ein Krieg langweilig sein? Aber er wollte nicht darüber reden. Georg hat am Telefon in Friedland angerufen und sich nach uns durchgefragt, bis er Auskunft erhielt, dann hat er sich auf den Weg gemacht hierher, nach Holstein.

Aber lass mich der Reihe nach erzählen: Wir sind selbst (Minna, Lilli und ich) am Neujahrstag mit dem Zug von Göttingen gefahren. Nach Hamburg und von dort weiter in eine kleine Stadt, wo man uns (zusammen mit zwei Dutzend anderen) in einem Laster abgeholt und nach Wenkenbek gebracht hat. Hier sollen wir nun leben und uns einrichten, sagen sie. Es liegt in Holstein, in Stormarn, das ist zwischen Hamburg und Lübeck, aber mehr zum großen Hamburg hin, im Osten der Stadt, wenn Du so willst. Es ist eine hügelige Landschaft, alles braun und grau zu dieser Jahreszeit. Sie haben viele Bäume und viele Teiche und Seen. Es ist alles beackert & es gibt nur kleine Stücke Wald und kein Steppengras.

Es wohnen wenige Leute hier, eigentlich, vor dem Krieg war es ein Dorf – ein paar hundert Seelen, mehr nicht, fast alle auf den Feldern. Aber nun sind viele hier untergebracht, Flüchtlinge wie wir, aus allen Teilen des Reiches. Die meisten aus dem Osten natürlich, aus Ostpreußen, von Danzig und Pommern. Viele auch aus Schlesien. Ein paar Bessarabiendeutsche sind hier, aber sie sind alle von den Bergen im Norden, hin zu den Karpaten, nicht aus dem Budschak. Wir haben uns umgehört, aber wir kannten niemanden.

Der Bürgermeister hier hat sich anfangs um uns gekümmert. Er ist ein anständiger Mann & heißt Freud oder Freudt & ist Witwer, vielleicht ist er deshalb gut zu uns Mädchen. Er macht immer schöne Augen, aber auf eine nette, unaufdringliche Art. Er meint es nicht so derb, wie er tut. Andere Leute sind unfreundlich. Was haben wir nicht alles gehört, seit wir aus Liebfelde weg sind, im Lager und auf den Straßen. Sie mögen die Flüchtlinge nicht – beschimpfen sie, dass es einem graut, als wären wir keine Menschen, keine Deutschen. Pollacken, Asoziale, Rucksackdeutsche, wir haben es alles gehört, viele nennen uns die Russen, stell es Dir einmal vor, und Gesocks und Flüchtlingspack und „Mulatta" (es soll etwas wie Neger bedeuten). In der ersten Nacht haben wir beim Schulz selbst in einem Verschlag im Stall geschlafen, bei den Kaninchen, und am nächsten Tag hat er uns einer alten Bäuerin zugewiesen, auch eine Witwe, ihr Mann ist im ersten Krieg geblieben und einer ihrer Söhne jetzt im zweiten. Erna Kühn heißt sie & sie muss um die sechzig sein. Die tut nicht mehr als sie muss, es ist ja nun Gesetz, dass Flüchtlinge untergebracht werden müssen. Da kommt das Gesindel, sagte sie, als wir zu Fuß auf dem Hof ankamen, erschöpft von der Reise. <u>Gesindel</u>, sagte sie, man mag es kaum glauben, und sie beschwerte sich, dass sie <u>nur drei Frauen</u>

abbekommen hätte. Sie hatte sich, das hörten wir bald von anderen, ein paar starke Männer vom Schulzen gewünscht, die auf dem Hof mit anpacken konnten. Wie unter Hitler die aus Polen und der Ukraine, die sie gehabt hatte. Die waren stark, und sie kosteten kein gutes Geld, auch wenn sie sie natürlich durchfüttern musste, damit sie anpacken konnten. Wie es nun mit Georg wird, müssen wir sehen. Frau Kühn hat gleich gesehen, dass er ein kaputtes Bein hat und ihre Augen verdreht.

– Übrigens: Weißt du, was sie noch sagte? „Flüchtlinge und Dünnschiss kann keiner aufhalten", sagte sie. Minna musste lachen, wie sie das hörte, obwohl sie selbst Flüchtling ist. Vielleicht hatte sie es nicht richtig verstanden. Sie lachte sich doch selbst aus.

Frau Kühn hat eine große Stube, in der ihre guten Möbel stehen, und niemand schläft darinnen. Sie darf es nicht vorhalten, tut es aber doch. Aber wir wollen dankbar sein, dass wir überhaupt ein Dach über dem Kopf haben. Es könnte viel schlimmer sein. Vielen anderen geht es schlechter als uns. Wir haben uns in einer Stubeküche eingerichtet, im Keller im Haus. Es ist etwas feucht & riecht modrig, aber es reicht für den Anfang. Wir kommen durch eine Tür in den Hof, so dass wir nicht immer durch Frau Kühns Zimmer gehen müssen.

Mit dem Essen ist es wieder schlechter geworden. Es sind so viele, die nichts haben. Der Winter ist hart & sehr kalt. Sie sagen, so schlimm sei es noch nie gewesen, und alle laufen rum wie die russischen Babuschkas, mit einer Schicht über der anderen am Leib, alles übereinander. So kalt wie in der Heimat kommt es mir aber nicht vor & es gibt, glaube ich, keine Wölfe hier. Auch keine Bären und andere große Tiere.

Ich habe den Verdacht, dass Frau Kühn irgendwo Kartoffeln eingekellert hat, ich weiß nur nicht wo. Für uns macht sie einmal am Tag Brotsuppe, ohne Salz und mit viel zu viel Wasser. Sie ist überhaupt keine gute Köchin & geizig. Wir hoffen, dass es im Frühling besser geht. Das Land ist fruchtbar hier, gute Weiden und Getreidefelder. Im Moment fehlt es uns an Seife, es gibt keine Bürsten, und an meinem alten Kamm fehlen Zinken. Der letzte Klumpen Seife, den wir aus Friedland mitgebracht hatten, ist aufgebraucht. Wie wir nun die Flecken aus unseren Kleidern kriegen, müssen wir sehen.

Der Schulze sagt, wir könnten auf Gesinde machen und in Tagelohn arbeiten. Wo wir früher selbst Hedwig und Mischka und die Knechte hatten zur Ernte, da ist es befremdlich. Ich schweige dazu, und Lilli fügt sich ja immer in alles, aber unsere Minna tut sich schwer. Sie ist bockig und macht sich damit nicht beliebt bei den Leuten. Ich kann es ihr nicht verdenken, aber es ist nicht klug, meine ich. Am Anfang saß sie nur auf der Bettstatt – „was soll ich nur machen, was soll ich nur machen?", ging es in einem fort. Nein, sie ist keine Hilfe.

Wir haben ein paar Steckrüben und Zuckerrüben von den Feldern geholt, die sie im Herbst vergessen hatten, da hockten wir den ganzen Tag auf den bloßen Knien.

Minna spricht, seit wir hierher gekommen sind, kaum ein Wort. Sie ist fünfundzwanzig und ohne Mann, und sie sieht verwelkt aus vor ihrer Zeit. Ihr zieht das Gesunde, Blühende noch schneller aus dem Leib als den anderen Frauen, die Kinder auf die Welt gebracht haben. Blass ist sie & mit dunklen Ringen um die Augen & und im Schlaf schnarcht sie wie ein Mann, wegen ihres Lochs. Sie grämt sich, glaube ich, weil wir doch etwas Besseres sind als nur Gesinde, und nun soll sie Knollen aus der Erde wühlen mit den bloßen Fingern in der Winterkälte. Sie hat ihren Koffer nur halb ausgepackt, immer bereit zum nächsten Aufbruch nach wer weiß wohin & sie sagt, sie wartet darauf, dass die Politik endlich ein Machtwort spricht. Also dass wir zurück auf den Hof können, ins Wartheland, wo wir hingehören – oder zumindestens gehörten, ich weiß es selbst nicht. Minna fand es da nicht schön, Gott bewahre, aber sie will so schnell wie möglich wieder zurück. Heute Mittag brachte sie ein Hilfspaket aus Hielingsdorf mit, der nächste Ort von hier, nur eine oder zwei Werst entfernt. Da blieb sie ernst, verzog keine Miene und freute sich kein bisschen, obwohl es allen Grund dazu gab. Dafür strahlten Lilli und ich um die Wette, als wir die Schachtel sahen. Die Amerikaner schicken Pakete ins Reich. In God We Trust haben sie in roter Farbe auf die Seiten geschrieben. Es heißt „Wir trauen auf Gott", sie sind gottesfürchtig dort & gute Menschen oder doch nicht alle schlecht, sie waren im Krieg ja auf der anderen Seite und haben auch viele auf dem Gewissen. Wir haben nun für eine Woche lang ein Fest. Zucker ist dabei, Keksgebäck (ganz zerkrümelt, es hat sicher eine lange Reise hinter sich), ein hartes weißes Fett, das ich nicht kenne, Popschamehl und sogar eine kleine Papiertüte mit 54 echten Kaffeebohnen. Wir haben sie gezählt, so sehr haben wir uns gefreut.

Zu Weihnachten habe ich Lilli wieder das Stricken beigebracht. Sie konnte es schon, hatte aber einiges wieder vergessen, und jetzt ist sie am Spinnen und Stricken. Sie hat sich Wollreste zusammengeklaubt von den Bauernstellen. Einen jungen Verehrer hat sie auch gefunden, hier im Ort, einen aus Hinterpommern, der bei Kriegsende in Dänemark im Lazarett war. Sie redet nicht darüber. Wenn sie mit ihm auf der Straße zusammensteht, tänzelt sie von einem Fuß auf den anderen, und sie kämmt sich die Haare, als wäre immer Sonntag. Na, sie ist ein schönes Ding, das muss man ihr lassen.

Der Tag, an dem Alma Konrad Lampe traf, begann und endete mit Tränen. Sie hatte in der Nacht von Heinrich geträumt. Der Gedanke, dass er noch immer verschollen war, ließ sie am Morgen für eine Viertelstunde starr auf dem Rücken liegen, und sie weinte still, bevor sie aufstand.

Sie übergab Theo ihren Schwestern und machte sich auf den Weg nach Hamburg. Sie ging zu Fuß zum Bahnhof, wo sie mehr als zwei Stunden auf den nächsten Zug wartete, der in die Stadt fuhr, nicht auf direktem Weg, sondern in großem Bogen durch den Ostteil, über Billstedt.

Das halbe Dach des Hamburger Hauptbahnhofs fehlte. Auf verbogenen und gerissenen Stahlträgern kletterten Arbeiter mit Schiffstauen um den Bauch herum, die schwarzes Metall auseinanderschweißten. Auf Steintordamm und Kirchenallee standen Nissenhütten in langen Reihen, provisorische Behördenstellen, Notunterkünfte. Auf dem Bahnhofsvorplatz roch es nach brennendem Holz, ein angenehmer Geruch, fand sie. Hinter den glänzenden Wellblechdächern der Hütten ragten die Ruinen mehrerer Hotels in den Himmel wie verfaulte Zähne, geborstene Mauern mit Rissen und Granatenkratern. Wenn sie sich nicht gegenseitig stützen würden, dachte sie, würde der Rest auch noch einstürzen.

Sie ging durch die Menschentrauben auf dem Platz. Fliegende Händler verkauften gebackene Kartoffeln und geröstete Kastanien, einer bot Räucherschinken in kleinen Würfeln feil, „erstklassige Ware, *erstklassige* Ware!" rief er, ohne Luft zu holen, „aus der Lüneburger Heide! *Erstklassige* Ware!" Kinder zogen über den Platz und streckten ihr leere, schmutzige Hände entgegen. Kriegsversehrte saßen auf dem Boden, lehnten sich mit dem Rücken gegen die wenigen Metallpoller, die die Nazis nicht eingeschmolzen und die Bomben nicht zerrissen hatten. Sie trugen Uniformen, aus denen sie die Abzeichen von Dienstgrad und Partei herausgeschnitten hatten.

Über einem Zelt auf dem Bahnhofsplatz hing die Fahne mit dem roten Kreuz. Zu beiden Seiten eines Vorbaus waren weiße Kautschukplanen hochgeklappt. Sie bildeten dreieckige

Öffnungen, die als Eingänge dienten. Alma betrat das Zelt und arbeitete sich langsam mit den Armen und Händen, sich links rechts flüsternd entschuldigend, in die vorderen Reihen durch, um die Anschläge zu sehen. Es fiel ihr schwer. Sie musste die Augen zusammenkneifen, um die Zettel lesen und die kleinen Bilder erkennen zu können. Sie studierte die schwarz-weißen Gesichter, vor allem die Männer – vor allem die in Uniform –, und sie las die Anschläge, in Handschrift die meisten, manche in schlechtem Deutsch, aber alle leserlich geschrieben, in Großbuchstaben. VERMISST. OSTFRONT: WER KENNT. HINTERPOMMERN (B. SCHLACHTE). UNSER SOHN ROBERT KREISSNER. KRIEGSVERSEHRT. ZULETZT GESEHEN BEI KÖNIGSBERG. ADOLF JUNGHUHN 5 J. OBERSCHLESIEN.

Die Anschläge liefen in beide Richtungen fort, mehr als sie würde lesen können. Es mussten Tausende sein, die fehlten – und suchten – und vermissten – und hofften. Neben ihr stand eine Frau im Mantel, Mitte sechzig, der Ansatz eines Buckels, Eiterblasen auf der Unterlippe, die sich stumm und tonlos ihre Augen mit einem Taschentuch trocknete. Sie schien allein zu sein. Eine Tasche mit Wollkleidung hing an ihrer Hand, und sie sah blass aus, farblos, wie ein Gespenst.

Als Alma beim Roten Kreuz fertig war, ging sie zum kirchlichen Suchdienst, der in einer Nissenhütte vor dem Bahnhof untergebracht war. An einem der sechs Tische erklärte sie im Stehen, dass sie ihren Mann suchte, einen Heinrich Kraft, aus dem Warthegau, Jahrgang neunzehn.

„Sie sprechen aber gut deutsch, Fräulein“, sagte die Frau ihr gegenüber, die einen dunklen, zu großen Herrenmantel trug, um sich warm zu halten. Sie hatte die grauen Haare zu einem strengen Lehrerinnendutt gebunden und trug eine schwarze Hornbrille.

„Frau. Ich bin verheiratet. Ich suche meinen… meinen Mann.“

„Frau dann eben… Ihr Deutsch ist gut, auch wenn Sie… komischer Dialekt, den Sie sprechen, aber im Grunde gutes Deutsch. Wo haben Sie gelernt? In Stellung?“

„Ich *bin* deutsch."
„Sie sind doch aus dem Osten. Von den Polen." Sie sah an Almas Kleidern herunter.
„Aus dem Warthegau. Eigentlich aus Bessarabien. Wir sind Umgesiedelte. 1940 kamen wir zurück ins Reich. Wir sind deutsch."
„Ja", lachte die Frau leise. „Sie glauben nicht, wie oft ich das höre. Alle, die hier stehen, sagen das. Keiner aus dem Osten, der nicht plötzlich volksdeutsch sein möchte, damit er was in den Bauch bekommt."
Alma sah sie verwirrt an. „Was meinen Sie? Es *ist* doch so."
„Na, lassen wir das sein – nichts für ungut."
„Ich suche meinen Mann. Ich dachte..."
„Es muss natürlich jeder sehen, wo er bleibt in diesen Zeiten."
Die Frau legte Kohlepapier zwischen zwei weiße Blätter und spannte sie auf die Walze ihrer Schreibmaschine. „Immerhin riechen sie nicht streng", sagte sie ohne aufzusehen. „Sie glauben nicht, wie manche stinken, die hierher kommen. Als wüssten die nicht, dass man sich waschen könnte. Knoblauch, immer nur Knoblauch essen sie. Aber bitte, soll jeder essen, was er will, jeder fressen nach seiner Fasson, wie der alte Preußen-Fritz sagte. Wenn der Knoblauch den Mulattenrassigen nur nicht aus den Zähnen und aus der Haut rauskriechen würde, dass alle Welt es merken würde."
„Den was?"
Sie sah noch einmal zu Alma auf. „Den Mischlingen, liebe Frau. Dem Mischgut, das aus dem Osten kommt."
„Ich verstehe Sie gar nicht. Ich..."
„Sind Sie aus dem Osten oder nicht?"
„Na ja. Doch."
„Sehen Sie. Und glauben Sie mal nicht, dass Sie die einzige wären. Der halbe Kontinent kommt nach Hamburg und überrennt uns, ein Zug nach dem anderen, und belegt die wenigen Wohnungen, die nicht zerstört sind. Polacken und was nicht alles – alle Asozialen, die nicht lesen und nicht schreiben können. Wer das bezahlen soll, ist mir ein Rätsel. Es macht sich keiner von denen

Gedanken darüber."
„Aber... wen meinen Sie denn?"
„Liebes, nun tun Sie nicht so scheinheilig, als wüssten Sie nicht, was Sache ist. Ob die Flüchtlinge wirklich alle Deutsche sind, werden wir noch sehen, wenn hier erst einmal wieder Ordnung herrscht. Arbeiten habe ich die jedenfalls noch nicht gesehen. Immer nur betteln, mehr von diesem, mehr von jenem, als würden wir hier im Schlaraffenland leben. Sind Sie krank?"
„Ich? Ich hoffe nicht. Ich glaube nicht. Warum?"
„Müssen wir nach fragen, so viel Ungeziefer wie die Fremden hierher bringen aus ihren Wäldern. Und Krankheiten. Wir haben schon den Typhus in der Stadt und Diphterie unten in den Hafenbezirken. Es fehlt nicht mehr viel, und die Cholera kommt wieder, wie vor fünfzig Jahren. Was glauben Sie, wie die Bazillen in die Stadt gekommen sind? Von den Engländern etwa? Name?"
„Äh... Alma Kraft. Geborene Freier. Aus Leipzig, Bessarabien."
„Ich denke, Sie sind aus dem Warthegau? Was denn nun, meine Hübsche?"
„Zuletzt, ja. Aber geboren bin ich in Bessarabien."
Die Frau tippte.
„Religion?"
„Was meinen Sie?"
„Erzählen Sie mir bitte nicht, dass Sie nicht an Gott glauben. Wissen Sie, wo Sie sind?"
„Sicher. Sicher glaube ich an Gott."
„Erst seit heute oder schon länger?"
„Ich... ich bin getauft und konfirmiert. Mein ganzes Leben."
„Aha. Katholisch oder evangelisch – oder eine von den osteuropäischen Gruppen? Viele von denen sind ja nicht wirkliche Christen."
„Lutherisch. Das ist dann evangelisch."
„Das weiß ich auch. Wir sind in Hamburg protestantisch, die meisten. Können Sie hoffentlich auch das Vaterunser."
Alma nickte. „Ja. Natürlich."
„Name, den Sie suchen?"
„Heinrich Kraft. Mein Mann... Ich suche meinen Mann. Heinrich

Egon Kraft. Geboren ist Heinrich am 2. Februar 1919."
„Und wo war er, als sie das letzte Mal von ihm gehört haben?"
„Im Osten. An der Front."
„Ein bisschen genauer haben Sie es nicht? So eine Ostfront ist ein ziemlich großes Gerät, wissen Sie."
„Die letzten Briefe, die ich geschickt habe…"
„Na?"
„Nach Wilna habe ich sie geschickt, mit der Feldpost. Wilna in Litauen."
„Mm – mm – mm. Da ist schon lang kein Krieg mehr. Wann war das? Dass Sie Post bekommen haben?"
„Vor… zwei Jahren. Zweieinhalb."
„Ach, liebe Frau… Dann kann Ihr Mann überall sein."
„Ich weiß."
Die Frau nahm Ihre Brille ab. „Hören Sie mal, Kindchen, ich muss Sie das fragen, auch wenn es nicht so schön ist wie der Rest von unserem Plausch. Sind Sie sich sicher, dass Ihr Mann überhaupt noch lebt?"
Alma zögerte. Sie spürte, wie ein Schluchzen in ihrem Hals aufstieg. Sie schüttelte den Kopf.
„Aber Sie haben nie eine Benachrichtigung von den Reichsbehörden bekommen, dass er gefallen ist?"
Sie schüttelte wieder den Kopf.
„Immerhin etwas. Dann wollen wir Ihnen mal die Hoffnung nicht gleich nehmen."
Sie drehte das Formular aus der Schreibmaschine und gab Alma den Durchschlag, auf dem blasse, hellblaue Buchstaben standen.
„Das ist für Sie. Muss alles seine Ordnung haben. Gehen Sie mal nach hinten durch."
Alma folgte ihrem Finger mit den Augen.
„Da, wo die anderen Frauen stehen. In den Blechkästen hinten an der Wand sind die Karteien mit Vermissten. Einem Teil natürlich nur, so viele wie fehlen. Der eine ist Militär, links der, das sind die Front-Vermissten. Die anderen Zivilbevölkerung. Von links oben nach rechts unten müssen Sie gehen, immer im Alphabet. Das können sie ja wohl, bei Ihren Deutsch-Kenntnissen. Die Ks

sind ziemlich in der Mitte."
„Danke", sagte Alma leise und wandte sich ab.
„Warten Sie noch einen Moment. Sagten Sie nicht, Sie kannten sich in Bessarabien aus?"
„Meine Familie hat dort gelebt. Vor dem Krieg. Bis 1940."
„Sagt Ihnen der Name Rüb etwas?"
„Gehört habe ich ihn schon. Da gab es einige Familien Rüb. Aber niemand, den wir kannten."
„Einer von denen hat jetzt ein Hilfswerk aufgemacht. Einer von diesen Bessarabern, hatte ein Unternehmen oder was, mit Feldmaschinen, sagt man. In Stuttgart sitzt der, meine ich, das gibt es noch nicht lange. Gehen Sie schon mal nach hinten durch. Ich schreibe Ihnen die Anschrift auf. An die können Sie sich auch wenden, wenn Ihr Mann von da ist. Schreiben Sie einen Brief. Eine Postkarte meinetwegen. Schaden kann es nicht. Aber dass Sie sich große Hoffnung machen – nein, würde ich Ihnen abraten. Dringend. – Gott, ist das kalt hier – mach mal einer die Planen zu! Hier zieht's!"
„Danke", sagte Alma. „Danke. Das werde ich tun."

Alma stand lange an den Karteikästen. Sie ging zweimal die Einträge mit K durch, von Kaasenau bis Kyrk. Sie fand drei Krafts, zwei aus Neustettin, die Brüder sein mussten, Ferdinand und Hans, fast gleich alt; ein dritter, Friedrich, stammte aus Bromberg. Sie suchte Heinrich in den anderen Schränken, bei der Zivilbevölkerung, bei den Flüchtlingen. Als sie fertig war, blätterte sie die Karten mit F durch, schließlich die Ps und die Ls. Sie fand nichts.
Als sie fertig war, ging sie noch einmal zum Roten Kreuz. Sie hatte Hunger. Sie hielt eine der beiden gekochten, ungeschälten Kartoffeln, die sie in der Manteltasche trug, mit der Hand fest umschlossen und biss vorsichtig ein Stück ab, während sie noch einmal die Anschläge absuchte, an einem Teil der Holzwand, den sie noch nicht gesehen hatte: Soldatengesichter in braun-weiß und schwarz-weiß, mit hohen Schirmmützen und glattrasierten, hohlen Wangen, Rangabzeichen, Hakenkreuzen, Doppel-S. Alma

zerdrückte die Kartoffel zwischen Zunge und Gaumen, spürte die raue Schale, die an der Innenseite ihrer Zähne kleben blieb, und lutschte mehr als sie kaute; sie wollte keinen der Umstehenden neidisch machen.

Jemand stieß ihr von hinten in den Rücken. Die Kartoffel fiel ihr aus der Hand auf den Boden. Sie bückte sich rasch und hob sie auf.

„Entschuldigung! Entschuldigen Sie! Ich bitte um Verzeihung. Ist Ihnen etwas heruntergefallen, Fräulein?"

„Oh. Ja..."

„Zum Glück nur eine Kartoffel."

Alma sah den Mann an. Er hatte eine laute Stimme, trug lederne Handschuhe, Krawatte und einen Hut, unter dem sie graublaue Augen ansahen. Er roch nach Tabak.

„Alles in Ordnung?"

„Sie haben mich... angerempelt." Alma untersuchte die Kartoffel und pustete und wischte den Schmutz von der gelben Farbe, bis ihr auffiel, wie armselig das aussehen musste.

Der Mann sah sie nachdenklich an. „Tut mir leid", sagte er. „Es war keine Absicht. Ich habe Ihnen etwas in den Dreck gestoßen, fürchte ich."

Alma nickte. „Es geht schon. Wird niemand von umkommen."

„Nun essen Sie das bitte nicht mehr. Es lag auf der Erde, wo hier so viele Leute mit nassen Stiefeln herumstapfen... ganz besudelt ist es. Nicht dass Sie sich etwas holen. Geben Sie mir das Gemüse. Ich werfe es weg." Er zog ein sauberes Schnupftuch aus der Hosentasche und hielt es ihr hin.

„Aber nein!"

„Hmm. Bitte. Wie Sie wollen."

„Ich... wir haben im Moment nicht viel. Ich mache sie später sauber."

„Ah... Ich verstehe." Er sah prüfend an ihr hinunter, auf ihren acht Jahre alten Mantel, mit dem sie aus Leipzig und Liebfelde fortgezogen war; auf ihre ausgetretenen, schmutzigen Schuhe; auf die dicken Strickstrümpfe, die sie bis unter den Wollrock gezogen hatte. Als sie merkte, dass er ihre vernarbten Hände gesehen hatte und für einen Augenblick erschrak, wandte sie sich ab.

„Eine Tasse Kaffee, Fräulein?"

Sie drehte sich noch einmal zu ihm um. „Frau", sagte sie.

„Und weiter?"

„Warum? Kraft. Alma Kraft."

„Ein schöner Name."

Alma lächelte. „Finden Sie?"

„Oh ja. Solide." Er knetete mit den Fingern die Haut unter seinem Kinn. „Was machen Sie hier? Wenn ich fragen darf."

„Ich suche meinen Mann. Mein Mann ist noch an der Front."

„Immer noch? Der Krieg ist doch längst vorbei, da ist nichts mehr mit Front. Geschichte schon fast."

„Er ist… noch nicht heimgekehrt."

„Ist er beim Russen in einem Lager?"

„Ich weiß es nicht. Im Osten ist er… war er zuletzt."

Er sah ihr ins Gesicht. „Beim Russen also. Ich kann mir Schöneres denken. Schreiben Sie ihm?"

Alma schüttelte den Kopf. „Ich… weiß nicht, wo er sich aufhält. Und selbst wenn… Ich glaube nicht, dass…"

„Es tut mit leid. – Na, wie wäre es denn nun? Wollen Sie eine heiße Tasse Kaffee? Sie sehen aus, als würde er ihnen gut tun. Und wo ich Ihr schönes Essen besudelt habe…"

„Nein. Lieber nicht. Das ist sehr freundlich, aber ich kann nicht…"

„Nun haben Sie sich doch nicht so. Wann gab's denn bei Ihnen in der Küche den letzten Kaffee?"

Alma musste lachen. „*Richtigen* Kaffee?"

„Mein liebes Fräulein, natürlich nicht *richtigen* Kaffee. Wo denken Sie hin? Der ist reserviert für die Alliierten. Mokka faux natürlich."

„Bitte?"

„Muckefuck. Getreidekaffee. Werden Sie doch kennen?"

„Ach so, ja. Da fällt mir ein, wir haben *doch* Kaffee im Haus. Fünfzig Bohnen."

„Fünfzig Bohnen? Sie haben sie gezählt?"

„Von den Amerikanern."
„Haben Sie ein Glück. Sie haben mir etwas voraus, wie ich sehe. Ich kann Ihnen nur Muckefuck anbieten. Aber es wäre mir eine Freude."
„Ich kenne Sie überhaupt nicht. Ich kann doch nicht… Was denken Sie von mir?"
„Sie haben völlig Recht, meine Dame – wo sind meine Manieren geblieben!? Lampe. Konrad Lampe. Aus Altona."
„Aha. Das ist… angenehm…"
„Wie wäre es also, Frau Kraft? Dann haben Sie wenigstens etwas Warmes im Bauch – statt Ihrer ollen Erdknolle. Wird Ihnen bestimmt gut tun."
Alma sah auf ihre Armbanduhr, erinnerte sich zu spät, dass sie seit langem keine mehr trug, und errötete.
„Kommen Sie", sagte Konrad Lampe. „Nun kommen Sie. Haben Sie keine Angst. Ich beiße nicht. Ich *tu* Ihnen doch nichts. Nur ein bisschen was Gutes. Kennen Sie Hamburg von früher?"
Es war merkwürdig, seine Hand auf ihrem Mantelärmel zu spüren. Sie hielt den Rücken steif und gerade – sie fürchtete, von jemandem gesehen zu werden, ausgelacht zu werden in ihren alten Kleidern, bis ihr einfiel, dass niemand sie in dieser großen, zerstörten Stadt kannte. Es war egal.
„Lassen Sie uns die Mönckebergstraße hinuntergehen, es ist nicht weit. Es steht kaum noch etwas, aber man muss mit dem leben, was man hat. Ich zeige Ihnen mal das, was früher das Klöpperhaus war. Prächtig, sage ich Ihnen. Und das Levantehaus und unsere alte Bücherhalle, wo jetzt gar nichts mehr steht. Alles verbrannt und zerbombt."
Sie verließen das Zelt und gingen langsam los.
„Wo möchten Sie denn mit mir hin?", fragte sie.
„Zum Jungfernstieg natürlich."
„Was ist das… für ein seltsamer Name? Was ist das?"
„Ja, komisch, nicht? An der Binnenalster. Eine Straße hier. Schöner als die meisten, wenn auch da natürlich die Bomben gefallen sind, wie überall, was soll man machen? Am Wasser marschierten früher – unterm Kaiser – die Jungfern auf und ab,

so ungefähr. Die heiratswilligen, die guten Partien, wenn Sie so wollen. Aber auch die alten Schachteln, die keinen abgekriegt hatten und auf ihren Galan hofften."

„Auf wen?"

„Ihren... ah so, das kennen Sie nicht – einen Verehrer, einen Galan, sagt man auch. Einen Bräutigam. Am besten einen richtigen Lord aus England, mit Schloss und Ländereien."

„Eine ganze Straße hat Hamburg dafür?"

„Wissen Sie, die Hoffnung stirbt zuletzt, auch bei alten Damen. Nur weil man alt geworden ist, möchte man ja nicht ohne Liebe sein. Schauen Sie mal vorne, auf der anderen Straßenseite. Das ist das Levantehaus. War."

„Etwas steht noch. Es sieht aus, als wohnt dort jemand. Unten im Parterre und darüber im ersten Stock."

„Ein Waisenhaus. Für die Kriegswaisen. Sehen Sie die Kinder auf den Stufen?"

„Ach, nein..."

„Es platzt aus allen Nähten. Weiß keiner richtig, wie viele Menschen hier gestorben sind, unten in Harburg und Wilhelmsburg vor allem. Wir hatten einen Feuersturm, aus dem gab es kein Entkommen."

„Und Sie? Wo waren Sie?"

„In Altona. Meine Frau hatte ich an die Ostsee gebracht, wo wir ein Haus besitzen, gleich am Meer. Nichts Dolles, eine Hütte nur, aus Holz. Da wurde natürlich nicht gebombt. Hat aber alles nichts genützt. Am Ende – keine drei Wochen war sie wieder in Hamburg – fiel sie unter ein Auto. War sofort tot."

„Oh... Das tut mir leid. Sehr. – Schauen Sie, da bringen sie einen ganzen Wagen mit Tannenzweigen."

„Ja."

„Weihnachten ist doch schon vorbei."

„Es hat mit Weihnachten nichts zu tun."

„Nehmen sie es zum Heizen?"

„Nein. Wegen des Geruchs. Sie versengen die Nadeln, damit es nicht riecht, nur nach Harz und Holz. Hier bringen sie Leichen hin – die Toten."

„Wie?"
„Die Stadt hat keine Leichenhäuser mehr, oder nur noch zwei oder drei, die nicht reichen. Die Krematorien… – das ist alles zerstört. Irgendwo müssen sie die Leiber ja hinbringen. Damit es nicht zu sehr nach Verwesung riecht, zünden sie die Tannennadeln an. – Aber warum erzähle ich Ihnen das überhaupt!? Trübsal, Trübsal… Der Krieg ist jetzt vorbei!"
„Ja, das ist wahr. Gott sei Dank."
„Sehen Sie die braunen Säcke? Alles Tote. Wird noch eine hübsche Weile dauern, bis alles behoben ist. Es weiß keiner, was kommt. Man sollte meinen, die Leute kämen jetzt langsam unter die Erde. Aber nein, es dauert und dauert."
„Die Leute dort, die rauskommen… Schauen Sie, ganz stumm sind sie, wie sie gucken."
„Wir würden auch nicht anders aussehen, Frau Kraft, wenn wir da rauskämen. Kommen Sie, lassen Sie uns weitergehen. Es ist zu trübselig."

Am Jungfernstieg hatten zwischen den Ruinen einige Kaffeehäuser und Restaurants geöffnet. Konrad Lampe führte sie in einen notdürftig hergerichteten Pavillon am Wasser, dessen hintere Fensterscheiben fehlten und mit dickem Segeltuch ersetzt worden waren. Er war überheizt.
„Bitte sehr", sagte Konrad. „Nach Ihnen, Gnädigste."
„Danke. Wie herrlich warm es hier ist." Alma sah sich um. Mehrere Frauen und Männer saßen an Tischen, die Damen mit Hüten, die sie nicht abgenommen hatten. Sie überlegte, ob sie ihr Kopftuch aufbehalten sollte, knotete es aber auf – und fühlte sich sofort nackt.
„Lassen Sie uns in die Ecke gehen, Frau Kraft. Sehen Sie den Tisch hinten? Dort sitze ich immer."
„Sie sind öfters hier?"
„Nicht jeden Tag. Aber öfters, ja. Seit sie wieder auf haben. In der letzten Kriegszeit durften sie nicht. Es gab ja auch nichts in den letzten Monaten der Veranstaltung."
Einige Gäste schauten zu ihnen hinüber, während sie durch die

Tische gingen. Vielleicht kannten sie ihren neuen Bekannten vom Sehen, dachte Alma.
„Wir werden auch heute nicht um Ihr Zichoriengebräu herumkommen, Hermann", sagte Konrad laut zu einem Kellner. „Wann gibt es bei Ihnen endlich wieder richtigen Kaffee?"
„Noch nicht, Herr Lampe, leider. Es ist noch nicht so weit. Aber wir hätten heute – sagen Sie es niemandem, bitte – eine Trinkschokolade. Die Chefin hat gehandelt."
„Wieder nachts unterwegs?"
Hermann lächelte dezent.
„Frau Kraft, eine Schokolade?"
„Och... gerne."
„Aber nicht für mich, Hermann. Ich habe mich an Ihr Teufelszeug gewöhnt. Bringen Sie mir mal den Muckefuck von Ihrer Frau Gärtner. Nehmen Sie ein Stück Butterkuchen, Fräulein – Frau Kraft?"
Alma sah ihn unentschlossen an. Sie hätte nichts lieber gegessen als ein Stück Butterkuchen, aber sie wollte sich keine Blöße geben.
„Na ja, Butterkuchen hat man früher gesagt. *Margarine*kuchen, sehe ich das richtig, Hermann? *Ersatz*kuchen? Ich glaube, das wollen Sie. Klingt nicht gut, ist aber besser als mit Schweineschmalz. Ein anständiges Gebäck."
Der Kellner hob erwartungsvoll die Augenbrauen.
„Zwei Stück Margarinekuchen also. So machen wir das."
„Ist das heiß", sagte Alma, als die Getränke gekommen waren. Sie hatte nach dem ersten Schluck bitteres Kakaopulver auf der Zunge und zwischen den Zähnen.
„Schmeckt es nicht?
„Oh doch! Sehr gut. Und der Kuchen ist... köstlich." Sie kaute genüsslich und verschämt zugleich.
„Fragen Sie mich nicht, wie sie an ihren Kakao kommen. Das geht durch üble Kanäle, fürchte ich. Ganz altes Zeug wahrscheinlich."
„Es schmeckt wunderbar."
„Nun erzählen Sie einmal", sagte Konrad.
„Was soll ich Ihnen erzählen?"

„Wer Sie sind. Was Sie hier machen. Ihr Leben. Alles.“
„Da gibt es nicht viel zu erzählen. Wir sind aus dem Wartheland gekommen. Anfang des Jahres. Oder zuletzt eigentlich nicht aus dem Osten… aus Friedland.“
„Das Lager bei… wo ist das genau?“
„Bei Göttingen.“
„Da waren Sie?“
„Einige Wochen. Wir sind Flüchtlinge. Meine Schwestern und mein Sohn. Mein Bruder ist jetzt wieder bei uns. Einer meiner Brüder. Georg.“
Sie war froh, dass er nicht fragte, wie alt Theo war.
„Und nun sind Sie hier gelandet, im hohen Norden. Eine weite Reise.“
Alma nickte. „Wir haben viel gesehen von der Welt.“
„Sie haben ein schönes Gesicht“, sagte Konrad und schob sich ein großes Stück Kuchen in den Mund. Er kaute lächelnd.
Alma errötete und erwiderte nichts. Es war ihr peinlich. Wenn sie einer sehen könnte, dachte sie, hier, in diesem vornehmen Lokal? Mit Leuten, denen man die Not nicht ansah. Und was für ein selbstbewusster Mann ihr Gastgeber war, mit guten Manieren. Kein Bauer. Sogar der Kellner kannte ihn persönlich.
„Früher war ich ein hübsches Mädchen“, sagte sie. „Vor dem Krieg. Aber jetzt… Sehen Sie mich an. Meine Kleider…“
„Kommen Sie, eine schöne Frau entstellt nichts.“
„Sie machen mir Spaß, Herr Lampe, so leichtsinnig, wie Sie reden. Ich bin verheiratet. Sie machen mich ganz verlegen.“
„Ich weiß, ich weiß. Ich weiß, wie es ist. Ich war auch verheiratet.“
„Und Ihre Frau?“
„Tot. Sagte ich doch. Einen Tag, nachdem der große Führer sich die Kugel gegeben hatte.“
„Oh, ja, entschuldigen Sie, ich war… Wie… genau ist das passiert? Ist es Ihnen unangenehm, darüber zu sprechen?“
„Unfall. Ein Lieferwagen der britischen Armee. Ein junger Mann am Steuer, hatte kaum den Führerschein.“
„Das tut mir leid. Der Krieg ist furchtbar.“

„Na, er hat sich auch keinen Gefallen damit getan. Ist fast verrückt geworden, wie es passiert ist, der Junge. Reden wir nicht davon. Wo bleiben Sie nun? In diesem Dorf, von dem Sie erzählt haben?“

„Wenkenbek? Wir wissen es nicht. Wir sind auf einem Hof fürs Erste. Wir können sicher nicht für immer bleiben.“

Als sie die Schokolade ausgetrunken hatte, entschuldigte sie sich und ging in den Toilettenraum neben dem Kücheneingang. Links und rechts auf einer Anrichte standen zwei chinesische Porzellantöpfe mit rosa Begonien. Alma sah die Blumen lange an, bevor sie sich den Mund ausspülte, und roch daran. Es wurde Zeit, dachte sie; sie musste zum Bahnhof zurück, zu Theo und den Geschwistern.

„Ich habe nachgedacht“, sagte Konrad Lampe, als sie zurückkam. „Trinken Sie noch eine Tasse Schokolade?“

„Nein, nein, nein, ich muss wieder…“

„Schon? Schade.“

„Worüber haben Sie nachgedacht?“

„Ohne Zöpfe wären Sie noch schöner.“

„Sie sind wirklich ein Schelm.“ Sie lachte unfreiwillig.

„Nun haben Sie sich nicht so. Es gibt doch für eine Frau Schlimmeres, als schönes Haar zu haben.“

„Für eine Frau… Ich fühle mich manchmal gar nicht wie eine Frau.“

„Da machen Sie auf mich aber einen anderen Eindruck.“

„Lassen Sie, Herr Lampe. Schmeicheln Sie mir nicht. Besser nicht. Es ist nicht gut. Es ist nicht richtig.“

Sie sah auf seine gepunktete Krawatte, die graue Weste, das feine Jackett. Elegant war er, auch wenn er sicher kein schöner Mann war mit dem schütteren Haar, den Geheimratsecken. Sie fragte sich, wie alt er war.

„Wie heißt Ihr Mann, sagten Sie?“

„Heinrich. Heinrich Kraft.“

„Mmh. Ein häufiger Name, fürchte ich.“

„Man kann sich seinen Namen nicht aussuchen. Er ist mein Mann. Ach so, ja – Egon ist der zweite Vorname. Heinrich Egon Kraft.“

„Gut – von denen gibt es schon weniger. Soll ich Ihnen helfen?"
„Wobei?"
„Soll ich Ihnen helfen, Ihren Mann zu finden? Eine Nachforschung anstellen?"
„Wie wollen Sie das anstellen? Ich war schon bei der Kirchenvermittlung und in den Zelten. Und warum sollten Sie…?"
„Versprechen kann ich Ihnen nichts", unterbrach er sie. „Aber, wissen Sie, ich… Dazu muss ich Ihnen etwas von mir erzählen. Ich bin Kaufmann hier in Hamburg. Wir haben unsere Quellen. Man muss sehen, wo man bleibt. Die Engländer sind ganz vernünftige Leutchen. Immer zugänglich, solange man ihre Sprache spricht."
„Sie sprechen Englisch?"
„Certainly. Wenn Sie im Handel tätig sind, geht es nicht anders. Jedenfalls ging es bis zum Krieg nicht anders, bis der Verrückte uns ins Verderben gestürzt hat."
„Womit handeln Sie?"
„Ah – das ist eine lange Geschichte. Alles, was auf ein Schiff passt, um es kurz zu machen."
„Dann arbeiten Sie im Hafen?"
„Wenn Sie so wollen."
„Das muss sehr anstrengend sein, die viele Arbeit."
„So la la. – Und Ihr Mann? Soll ich… Schreiben Sie einfach mal auf, wie er hieß und wo er war. Geburtsjahr und Frontabschnitt et cetera, soweit Sie es wissen. Ich mache mich kundig. Nein, nun machen Sie – warum denn nicht? Was können Sie verlieren? Hier, nehmen Sie den Stift. Und in ein oder zwei Wochen kommen Sie wieder, und ich erstatte Ihnen Bericht."
Im Zug, der sie zurück aufs Land brachte, dachte sie an Heinrich, Theo, Konrad. Sie saß in einem Abteil ohne Licht, sah draußen die Ruinen von Wandsbek und Straßenfeuer, an denen sich dunkle Gestalten wärmten. Sie wusste selbst nicht, warum ihr zum Heulen zumute war.
Die beiden Mädchen, die sich auf der Sitzbank gegenüber angeregt unterhielten, beachteten sie nicht.

Kapitel 18: Altona

Alma traf ihn regelmäßig in Hamburg, alle zwei oder drei Wochen, immer sonntags, wenn sie bei Erna Kühn nicht arbeiten musste.
Im März aß sie das erste Stück Bienenstich ihres Lebens, und Konrad bat sie, Geld anzunehmen. „Sie haben doch nichts, liebe Alma", sagte er. „Ich war nie in Ihrem Örtchen, Ihrem Wenkenbek. Aber es ist nur eine kleine Wirtschaft, von der Sie erzählen – Frau Kühns Bauernstelle –, und Sie haben überhaupt kein Geld übrig, scheint mir. Da können Sie wenigstens Ihre Fahrkarte lösen oder den Schwestern etwas Kleines kaufen. Oder natürlich Ihrem Theodor. Ein Kind braucht immer etwas – ist es nicht so? Ich bitte Sie, nehmen Sie es. Lassen Sie uns nicht lange darüber reden. Sie würden mir eine Freude machen – mir das schlechte Gewissen nehmen, würden Sie, dass ich Sie immer nach Hamburg locke, wo alles teuer ist. Bitte."
Alma zierte sich, aber nicht lange. Sie fühlte, dass Konrad Recht hatte. Sie hatte sich bereits einmal bei Frau Kühn Geld für den Zug leihen müssen. Es war so erniedrigend gewesen, dass sie sich vorgenommen hatte, sie nie wieder um etwas zu bitten.
„Sie können es mir gerne zurückgeben, wenn Sie es haben, irgendwann einmal", sagte Konrad. „Wenn die Zeiten besser geworden sind."
„Glauben Sie denn, dass sie besser werden?"
„Ja. Aber ja. Wenn es nicht schlechter wird, wird es besser, so ist der Lauf der Zeiten. Schlechter kann es überhaupt nicht werden. Schauen Sie sich um. Es ist alles hin. Alles hin. Und dass der Verrückte weg ist – mausetot –, ist doch für den Anfang eine fabelhafte Sache."
„Wollen wir hoffen, dass Sie recht haben."
„Oder… doch!"
„Es kann doch schlechter werden? Sie machen mir Angst."
„Das meine ich nicht. Mir ist eingefallen, wie Sie die Welt verbessern könnten."
„Oha. Ich? Ich kleine Frau?"

„Die Größe der Menschen rechnet sich nicht in Mark und Pfennig, liebe Alma. Sie könnten mir einen Gefallen tun. Mir und der Menschheit."
„Was denn?"
„Sie sind nicht beleidigt, wenn es Ihnen nicht gefällt?"
„Eine beleidigte Leberwurst werde ich sein. Aber sagen Sie."
„Bitte... lassen Sie mich bitte einmal in Ihr Haar fassen. Nein, nein, ich bin vorsichtig, ich mache Ihnen die Frisur nicht kaputt. So – lassen Sie mich sehen. Ja, das ist richtig so. Viel besser."
„Was denn?"
„Verehrte Alma, ich muss es sagen: Bitte schneiden Sie Ihre Haare ab."
„Mein Zöpfe?"
„Nun schauen Sie entsetzt, als hätte ich Sie um etwas Unanständiges gebeten."
„Aber warum? Ich habe mein ganzes Leben lang Zöpfe. Was ist damit? Gefallen sie Ihnen nicht?"
„Es sieht – so viel besser aus, ohne die Zotteldinger. Moderner."
„Finden Sie?"
„Aber ja."
„Ich weiß nicht."
„Denken Sie darüber nach. Sie sind nun in Hamburg, einer großen Stadt – eine Weltstadt waren wir einst, bevor alles den Bach runter ging. Da mag man doch nicht rumlaufen wie in einem Bauerndorf."
„Sieht es Ihnen... zu ländlich aus? Sehe ich aus wie eine Frau vom Land? So ein Bauerntrampel, oder wie sagt man?"
„Das nicht, nein, missverstehen Sie mich nicht."
„Lassen Sie, Herr Lampe... Danke, dass Sie sagen, was Sie denken. Es ist gut – klare Worte sind immer gut. So soll man es halten."

„Du musst es wissen", sagte Minna, als sie Frau Kühns schwere Schneiderschere nahm und sich hinter Alma stellte, die auf einem Hocker saß. „Deine schönen Haare." Lilli hielt Alma einen Spiegel vors Gesicht und sah auf den Kellerboden, auf dem ihre langen

Haar landeten.
Der Klatschmohn leuchtete rot, als Alma am Morgen danach durch die Felder zum Bahnhof ging, wo sie den Zug nach Hamburg nehmen wollte. Der Raps war bereits verblüht, der Weizen noch grün. Sie hatte von Frau Kühn einen alten Regenschirm geliehen. Das Wetter in Norddeutschland war launisch und wechselhaft, fand sie; man wusste am Morgen nie, was kommen würde.
„Frau Kraft, ja?"
Sie blieb in der Hamburger Bahnhofshalle stehen. Ein Mann in blauer Uniform stand am Westausgang des Hauptbahnhofs vor ihr. „Krause der Name, gnädige Frau. Willi Krause. Herr Lampe schickt mich."
Alma lachte. „Aber... ich bin doch keine gnädige Frau, Herr Krause. Alma Kraft. Ich bin Frau Kraft. Ich bin aus Wenkenbek gekommen."
„Sehr wohl, gnädige Frau. Frau Kraft. Ich bin im Bilde. Der gnädige Herr hat mich geschickt... Unsere Hausdame hat es Sie wohl wissen lassen, dass wir Sie abholen würden?"
„Nein. Hat sie nicht. Aber es wäre auch gar nicht möglich gewesen."
„Ah...?"
„Wir haben keinen Fernsprecher, wo ich lebe."
„Ah so." Herr Krause wurde rot. „Sehr wohl, sehr wohl. Wir haben uns trotzdem gefunden, gut, ja. Man hatte Sie mir... genau beschrieben, hatte man."
„Ich habe fast ein schlechtes Gewissen, dass Sie nur meinetwegen hierher gekommen sind. Es wäre nicht nötig gewesen."
Krause zuckte mit den Schultern. „Bitte folgen Sie mir." Er ging zu einem dunkelgrauen Wagen. Alma kannte das Modell nicht, aber die breiten, geschwungenen Kotflügel erinnerten sie an die frühen dreißiger Jahre in der Heimat, als in Odessa und Kischinjew plötzlich Automobile groß wie Britschken fuhren. Herr Krause stellte sich seitwärts, schlug die Hacken zusammen und hielt die Tür auf.
„Was für ein schönes Auto Sie haben... Sollte ich nicht lieber

vorne bei Ihnen sitzen, Herr Krause?“
„Krause. Krause reicht, gnädige Frau.“ Er hielt eine hintere Tür auf, ohne auf sie einzugehen. „Bitte. Seien Sie vorsichtig mit dem Kopf. Das Einsteigen ist etwas unbequem. Ich habe ein Tuch für Sie bereitgelegt. Zur Erfrischung, wenn es genehm ist. Dort in dem Korb. Dem Körbchen.“
Alma nahm Platz und machte es sich vorsichtig bequem. Sie saß auf weichem Leder von der Farbe des Leinens, aus dem ihre Mutter früher Gardinen genäht hatte. Krause startete den Motor und fuhr langsam an. Jungen in kurzen Hosen, barfuß in Sandalen, liefen ihnen nach.
„Herr Lampe bat mich, Ihnen zu sagen, dass ich Sie heute nach Altona bringen darf?“ Er hob die Stimme am Ende des Satzes, als wollte er sie um ihr Einverständnis bitten.
„Nicht in unser – Kaffeehaus?“
„Mit Verlaub, nein. Nach Altona. In die Palmaille.“
„In Herrn Lampes Haus?“
„So ist es. Das Privathaus. Sie werden zu Tisch erwartet, gnädige Frau.“
„Wie nett. Ich… – sagen Sie, Herr Krause, könnten Sie wohl – meine Füße verbrennen. Hier unten, unter dem Sitz kommt eine Wärme heraus wie aus einem Ofen. Mir werden die Schuhe heiß.“
„Ich bitte um Verzeihung. Wir werden es sofort kühler haben. Gestatten Sie, dass ich mein Fenster vorsichtig öffne?“
Alma lachte. „Herr Krause, nun ist es aber gut mit Ihrem Getue. So jung sind Sie und schon so steif.“
Krause räusperte sich.
„Wie alt sind Sie denn überhaupt?“
„Einundzwanzig.“
„Gerade volljährig… – und fahren schon Auto…?“
„Einundzwanzigeinhalb eigentlich. Mein Vater hatte eine Werkstatt, gnädige Frau. Im Krieg.“
„Aber machen Sie bitte das Fenster auf, in Gottes Namen, dass wir frische Luft bekommen. Lassen Sie das mit diesem ausgesucht Höflichen. Ich bin nicht die Königin von Rumänien.“

„Sehr wohl. Nein, natürlich nicht.“
„Von wo sind Sie, Herr Krause?“
„Meine Wenigkeit?“
„Sie, ja. Wo kommen Sie her? Sind Sie aus Hamburg gebürtig?“
„In der Tat, gnädige Frau. Barmbek.“
„Das sagt mir nichts. Wo ist das?“
„Ein Stadtteil im Osten. Es steht nicht mehr viel.“
„Oh. Entschuldigen Sie. Das tut mir leid. Ich hoffe…“
„Wenn Sie erlauben, gnädige Frau. *Sie* haben die Bomben ja hoffentlich nicht geworfen.“
„Ich? Ach… Sie machen einen Witz, Herr Krause. Nein.“
„Unsere Mietswohnung… –“
„Was ist damit?“
„Entschuldigen Sie, Frau Lampe. Es ist egal. Es ist nicht gut.“
„Nein, erzählen Sie doch. Wir fahren doch wohl ein Stückchen. Was ist mit Ihrer Mietwohnung?“
„Sie ist…“
„Ja?“
Er schwieg.
„Herr Krause, was ist mit Ihnen?“
„Entschuldigen Sie. Entschuldigen Sie bitte. Es ist nichts. Gar nichts. Für einen Moment…“
„Ist etwas mit Ihrer Wohnung nicht in Ordnung?“
„Lassen wir das, bitte.“
„Sie sind ausgebombt, ist es das?“
Krause nickte stumm. „Bitte sagen Sie dem gnädigen Herrn nichts davon.“
„Warum sollte Herr Lampe nicht wissen dürfen, dass Sie Ihre Wohnung verloren haben? Es ist doch keine Schande – ein Unglück wohl, aber sicher keine Schande. Haben Sie ihm nie davon erzählt?“
„Doch. Schon.“
„Also.“
„Das meine ich nicht.“
„Sondern?“
„Bitte sagen Sie ihm nicht, dass ich so… ausfallend geworden bin.

Ich bitte Sie sehr, gnädige Frau."
„Oh."
Krause, die Hände auf dem Lenkrad, suchte im Rückspiegel Blickkontakt. Alma sah seine grauen Augen, für einen jungen Mann erstaunlich dicke Brauen, die blaue, zu große Chauffeursmütze.
„Natürlich nicht", sagte sie leise. „Nein. Natürlich nicht."
„Danke, gnädige Frau."

Als sie am Haus an der Palmaille vorfuhren, hatte Nieselregen eingesetzt. Eine Frau trat aus dem Haus. Sie trug eine schwarze Bluse, einen schwarzen Rock, darüber eine weiße, gestärkte Schürze mit Rüschen und breiten Bändern, die über die Schultern liefen und auf dem Rücken mit einer Schleife verknotet waren. Sie hatte eine hölzerne Kaffeemühle im Arm und blieb unter dem Vorbau am Eingang stehen.
„Unsere Frau Rosina", sagte Krause. „Die Mamsell."
„Was für ein schönes Haus", sagte Alma. „Fast wie ein Palast."
Krause drehte sich zu ihr um. „Es hat schon bessere Zeiten gesehen, Frau Kraft. Aber der gnädige Herr weiß es zu schätzen, so wie es ist. Man muss dankbar sein, noch ein Dach über dem Kopf zu haben."
„Wohnen Sie auch hier – jetzt, wo…"
„Unten im Keller. Ich habe eine Kammer, die mir der Herr freundlicherweise überlassen hat. Fürs Erste."
„Danke, dass Sie mich abgeholt haben, Herr Krause."
„Ich bitte Sie. Warten Sie, ich mache Ihnen die schwere Tür auf."
Er stieg aus und half Alma aus dem Wagen. „Laufen Sie rasch vor, Frau Kraft. Hier, nehmen Sie Ihren Schirm. Warten Sie, ich spanne ihn schnell auf, dass Sie auf den letzten Metern nicht noch nass werden. Kommen Sie – ich begleite Sie."
Sie stiegen nebeneinander die vier Steinstufen empor, die zur Eingangstür des Haus führten.
„Guten Tag, Frau Kraft", sagte die Hausdame.
„Guten Tag."
„Wir haben Sie erwartet."

„Wie schön es hier ist."
„Ja, ja. Nur dass die Leute sich an nichts so schnell gewöhnen wie an die Schönheit. Kommen Sie bitte herein. Ich begleite Sie. Danke, Krause. Das Haus ist aus dem achtzehnten Jahrhundert."
„So alt schon?"
„So alt, jedenfalls ein Teil des Fundaments und des Kellers. Ein alter Kasten, aber durchaus mit einer gewissen Raffinesse. Es hat drei Etagen. Der Keller ist feucht."
„Nur für Herrn Lampe?"
„Wie man's nimmt. Er ist der Besitzer. Geben Sie acht – die Planke dort ist lose. Sie sehen schon, es bleibt einem hier nichts erspart. Wenn man nicht aufpasst, bricht man sich die Knochen."
„Es knarrt und klappert so lustig. Hören Sie!"
„Ja, ja, es lässt sich hier in der Halle nicht ändern, das Klappern. Altes Schiffsholz, wissen Sie, da mag man sich nicht von trennen. Das knarrte schon vor hundert Jahren. Man müsste es rausreißen und verheizen. Man kann sich hier nicht bewegen, ohne einen Heidenlärm zu machen – auf den Dielen nicht und auf den Stufen auch nicht. Werden Sie sich dran gewöhnen müssen."
Alma sah sich um. Über ihr öffnete sich die Hallendecke, zwei Stockwerke hoch. In drei Richtungen gingen rotbraune, glänzend polierte Doppeltüren ab. Rechts führte eine Treppe im Winkel auf eine im Halbdunkel liegende Empore.
„Kommen Sie, hier links, bitte. Wir bleiben im Parterre." Die Hausdame öffnete eine Tür und hielt sie für Alma auf. „Nehmen Sie bitte Platz. Herr Konrad wird gleich bei Ihnen sein. Er zieht sich noch um."
„Danke. Ich warte. Er soll sich nicht beeilen."
„Oh, er beeilt sich nie. Darf ich Ihnen vielleicht etwas zu trinken bringen? Herr Konrad sagt, sie mögen Schokolade? Wir haben guten Kakao bekommen. Tee natürlich, Ceylon, auch Kaffee – Sie sehen ja..." Sie zeigte mit dem Kinn auf die Kaffeemühle in ihren Händen.
„Danke. Gerne, Frau... Frau. Wie heißen Sie mit Nachnamen?"
„Lemke."
„Frau Lemke."

„Rosina ist ausreichend. So halten wir es hier."
„Ich danke Ihnen. Sie sind sehr gut zu mir."
„Sehr wohl."

Alma wartete in einem Saal, der keine Stube war und auch kein Esszimmer. In der Mitte stand ein runder Tisch mit einem schweren, silbernen Aschenbecher und zwei weißen Vasen, bemalt und gefüllt mit gelben Rosen.
„Wie behaglich es hier ist bei Ihnen", rief Alma, als Konrad, in grauem Anzug mit burgunderfarbener Krawatte, zu ihr kam. „Sie haben einen Feuerplatz! Es ist wunderbar!"
„Guten Tag, meine liebe Alma, hallo. Ich freue mich, dass Sie gekommen sind. Sogar sehr freue ich mich."
„Ich freue mich auch – es ist schön bei Ihnen. Was ist dies für ein Zimmer? Eine richtige Wohnstube ist es nicht. Nur die vier Ledersessel und dieser schöne Tisch und die Anrichten dort an der Wand…"
„Oh, es ist eine Art Herrenzimmer, würden wir sagen. Ein Rauchzimmer, wenn Sie so wollen. Für nach dem Essen. Es lässt sich ganz gut warten hier, dafür nehmen wir es auch. Wenn Gäste ins Haus kommen. Gefällt Ihnen das Mobiliar? Man muss mit der Mode gehen, ist es nicht so? Sind Sie gut versorgt worden?"
„Oh ja! Herr Krause hat mich am Bahnhof abgeholt, und Ihre Frau – diese Rosina – hat mir Kakao gebracht." Sie flüsterte – aus Angst, Rosina könnte sie hören. „Er schmeckt vorzüglich."
Konrad lachte. „So soll es sein. Rosina hat sich seit den Morgenstunden ins Zeug gelegt. Ein Rindergulasch steht auf dem Herd, mit schönen neuen Kartoffeln. Zur Feier des Tages. Mit Pilzen auch, aus der Dose natürlich nur. Ein bisschen osteuropäisch, aber… es wird schon schmecken."
„Wunderbar. Ein echtes Gulasch – wie… Ach, ich freue mich."
„Rosina dürfen Sie übrigens nicht so ernst nehmen. Die macht manchen Leute Angst mit ihrer Art. Mit ihrer – nennen wir es mal: Sprödigkeit. Die Wärme ist ihr nicht gegeben, am Anfang, wenn man sie kennenlernt. Aber sie meint es gut, auch wenn man es nicht gleich merkt. Sie kann auch eine richtige Heulsuse sein,

wenn man zu fürsorglich mit ihr ist."
„Sie war reizend zu mir."
„Um so besser. Sie ist manchmal eine Frau Schiddrigkeit. Flüchtling eben. Aber... das sind Sie schließlich auch, liebe Frau Kraft – es hat nichts zu heißen. Gar nichts."
„Wo kommt sie her? Ich kenne ihren Dialekt nicht."
„Ostpreußen. Von der Kurischen Nehrung. Haben Sie schon einmal von Nidden gehört – alter deutscher Ferienort? Da hat sie mit ihrer Familie gelebt. Sie hat im Krieg alles verloren und musste in Stellung gehen. Geht vielen so."
„Das ist bei uns nicht anders."
„Ah, liebe Alma, *Sie* wirken jünger und frischer. Das Leben liegt noch vor Ihnen, da macht es nicht viel, wenn ein Krieg dazwischenkommt."
„Ich gehe auf dreißig. Ihre Frau Lemke wird kaum..."
„Man sieht es Ihnen nicht an! Nur vielleicht an den Händen. Was ist da passiert? ich habe mich nicht getraut zu fragen."
„Oh... das... Ein Unfall."
„Länger her?"
„Als ich... als ich jung war. Ich habe die Hände in die... die Strunkmaschine gekriegt. Zuhause. Beim Popscharebeln. Beim Maisernten, meine ich." Sie lächelte, unsicher.
„Sie kleines, ungeschicktes Ding." Konrad grinste sie an und nahm ihr Hand. „Darf ich?"
„Dürfen Sie was?"
„Ihre Hand küssen?"
„Ach, Sie... ich weiß nicht. Besser nicht. Es könnte..."
„Nun vergessen Sie mal für eine Minute Ihren Mann."
„Ich kann... ach, Herr Lampe!"
„Kommen Sie, ich zeige Ihnen das Haus. Wir haben einen schönen Garten hinten, es blüht schon ganz ordentlich. Schade, dass heute so ein Wetterchen ist."

Konrad und Alma aßen gemeinsam zu Mittag.
„Sie müssen mit dem Vorlieb nehmen, was wir haben", sagte Konrad wie zur Entschuldigung. „Wir haben das meiste Geschirr

verloren. Es war in der Speicherstadt eingelagert und bums, mitten rein. Hätten es doch hierbehalten sollen. Ja, hinterher weiß man immer, wie man es hätte machen sollen. Es ist kaum etwas geblieben. Das Silber war geschmolzen – alles ein Klumpen, mit verbranntem Stroh dazwischen."

„Es kommt schließlich auf das Essen an, nicht auf die Teller."

„Diese Terrine hier – meine Mutter hat sie noch gekauft, vor dem Ersten Weltkrieg, als ich ein kleiner Junge war. Königlich-Preußisch."

„So etwas Feines... Sie haben eine gute Küche."

„Oh ja. Es ist einfache Kost, aber es macht satt."

„Dies ist Blaukraut, richtig?"

„Rotkohl. Wir sagen Rotkohl. Blaukraut sagt man in München."

„Ich habe es noch nie gegessen. Es ist gut."

„Noch nie? Wissen Sie, Sie bereiten mir immer wieder Vergnügen. Gab es das denn nicht bei Ihnen?"

„Nicht in der Heimat, in Bessarabien. Im Wartheland schon. Ich habe die Kohlköpfe auf den Märkten gesehen. Aber wir haben anderes gegessen."

„Rosina, reichen Sie Frau Lampe noch etwas Sauce?"

„Sehr wohl, Herr Konrad. Auf die Kartoffeln, Frau Alma – oder daneben?"

„Darauf bitte. Danke – danke, das reicht! Nicht über die Stränge schlagen."

„Das wäre dann alles, Rosina."

Frau Lemke stellte die Sauciere auf einer Anrichte ab und zog sich zurück.

„Ich will kurz mit Ihnen allein sprechen, Alma. Ich habe Neuigkeiten."

„Ja?"

„Keine guten, fürchte ich."

Almas legte ihre Gabel mit einem Stück Rindfleisch auf den Teller. Sie sah ihn an. „Heinrich?"

„Ach so. – Nein, nicht Heinrich. Es gibt nichts Neues von Ihrem Heinrich."

„Gott sei Dank. Solange..."

„Ihr Vater."
„Ja?"
„Es ist, wie Sie befürchtet hatten. Zedlitz. In Zedlitz. Er ist tot, ja, tatsächlich. Es tut mir leid."
Alma rieb sich mit der Hand den Nacken.
„Es war – nun ja… Man könnte sagen, es war eine Ehrentat. Er ist als ehrenvoller Mann gestorben. So wie Sie ihn mir beschrieben hatten. Er wollte helfen. Es steht alles hier in diesem Brief. Bitte, nehmen Sie ihn. Ich habe ihn im Kontor übersetzen lassen."
„Er war ein guter Mann, ja."
„Hat Ihr Sohn ihn noch gekannt. Ihr kleiner Theo?"
Alma schüttelte den Kopf.
„Es hätte ihn sicher gefreut, Ihren Herrn Vater", sagte Konrad leise. „Ein Enkelkind – das erste, wenn ich es richtig verstanden habe…?"
„Die Zeit hat nicht gereicht."
„Immerhin hat Ihr Heinrich seinen Sohn in den Händen gehalten."
Ihre Augen wanderten über die Anrichte. „Lassen Sie uns nicht davon reden, Herr Lampe", sagte sie schließlich. „Es liegt mir zu nah am Herzen."
„Ich verstehe."
„Er…"
„Ich würde Sie gerne bald wiedersehen, Alma."
Sie nickte, das Kinn gesenkt. „Ich weiß."
„Darf ich? Kommen Sie noch einmal zu mir?"
„Wir kennen uns ja nun eine Zeit, und ich bin heute bei Ihnen – privat, meine ich, nicht im Caféhaus. Ein zweites Mal wird keinen Unterschied machen."
„Das will ich meinen. Es ist eine Freude – eine Ehre –, Sie hier zu haben. Sie zu sehen, mit Ihnen zu speisen. Fast…"
In einem Nebenzimmer klingelte ein Telefon. Kurz darauf klopfte es leise an der Tür zur Halle, und Rosina trat ins Speisezimmer.
„Entschuldigen Sie, Herr Konrad, Frau Alma – es ist der Hafen. Sie sagen, es sei wichtig. Ich habe das Gespräch in die Diele gelegt."
„Wenn Sie mich kurz entschuldigen wollen, Alma. Es dauert

sicher nur eine Minute."
Als Konrad zurückkam, hatte er sich eine Zigarre angezündet.
„Sind Sie satt geworden, meine Liebe?", fragte er. „Das Kontor. Eine Löschung im Hafen – Fracht, verstehen Sie? Ausgerechnet heute. Aber das muss schleunigst runter vom Schiff, Sonntag hin oder her. Stört Sie der Rauch? Nein? Nach dem Essen – ja, mein Laster, Sie lernen mich gleich von der dunkelsten Seite kennen. Ah, Rosina hat schon den Pudding gebracht, sehr gut. Hier, nehmen Sie die Schüssel – füllen Sie sich einfach selbst auf, bitte, wir halten es jetzt unkompliziert und familiär, wenn Sie gestatten. Rosina macht unten in der Küche bereits Tee."
„Wie hat sie… – Ihre Rosina: Wie hat Sie den Pudding so herrlich gelb hinbekommen?"
„Sie fragen mich Sachen… Eier, würde ich sagen. Und Vanille. Diese kleinen Schmutzpünktchen überall. Nehmen Sie reichlich. Ich habe übrigens noch eine Überraschung für Sie."
„Für mich? Der ganze Tag ist schon voller Überraschungen."
„Eine Kleinigkeit. Warten Sie, wo habe ich es vergangene Woche hingetan?" Konrad ging an die Anrichte und öffnete nacheinander mehrere breite Schubfächer, in denen Alma Tischwäsche und Besteck liegen sah.
„Hier haben wir's." Er reichte Alma eine flache Schachtel, eingepackt in grün-rotes Geschenkpapier. „Es ist altes Papier von Weihnachten. Rosina hat nichts anderes gefunden. Der Krieg ist an uns nicht spurlos vorübergegangen."
„Für mich…?"
„Natürlich, natürlich. Packen Sie es aus…"
Es waren weinrote Seidenhandschuhe.
„Wunderschön", sagte Alma leise. „Herrlich, so fein. Aber es wird doch nun Sommer!?" Sie sah ihn an.
Konrad lachte. „Ja und? Die feinen Damen tragen doch nicht nur im Winter Handschuhe."
„Meinen Sie?"
„Aber nein, das gehört zur feinen Art, zum guten Ton, wenn Sie so wollen, in der besseren Gesellschaft."
„Ich bin doch nicht…"

„Halt, halt, meine Liebe! Nicht so schnell! Sie sind immer genau das, was Sie sein wollen. Hier bei mir, im Hause Lampe."
Alma streifte die Handschuhe über. „Schauen Sie, Konrad – sie passen genau."
„Hervorragend. Sie müssen doch nicht jedem zeigen, was Sie für schlimme Hände haben nach Ihrem Missgeschick mit dieser… – wie war das gleich noch mal passiert…? Ach egal, ah… – hier kommt der Tee. *Richtiger* Tee hoffentlich, was, Rosina?"
„Na ja, Herr Konrad, nicht das Beste vom Besten. Aber er ist stark."
„Oh, und Zucker, Alma – hier: feinster Zucker. Den haben wir von den Engländern. Aus Jamaika geschmuggelt. Aber sagen Sie es um Gottes Willen niemandem."
Bei der zweiten Tasse bot Konrad ihr das Du an.

Am frühen Abend fuhr Krause sie in die Stadt zurück, zum Jungfernstieg.
„Wir können noch ein Stück spazieren gehen", sagte Konrad, der sie begleitete. „Das Wetter ist mild. Da, schau einmal aus dem Fenster. Wenn ein bisschen Unkraut auf den Trümmerhaufen gewachsen ist, sieht es gar nicht mehr so scheußlich aus. Als würde sich die Welt zudecken, und aus Grau wird Grün."
„Ja", sagte Alma, „wie ein Verband. Als wollte die Stadt heilen. Aber es muss trotzdem aufgebaut werden. In Brennnesseln kann man nicht wohnen."
„Und nachher bringe ich dich zum Zug. Allzu spät solltest du nicht fahren. Nicht dass sich die Schwestern sorgen draußen auf dem Land."
„Hör einmal", sagte Alma und blieb stehen. Sie hatte sich bei Konrad eingehakt. Nebeneinander gingen sie an Schutthalden vorbei. Sie trug die neuen Handschuhe, mit denen sie sich zugleich lächerlich und elegant fühlte.
„Hörst du das? Die Musik?"
„Mmh, sicher", sagte Konrad. „Aus der Petrikriche, oder irre ich mich? Man sollte denken, dass man da nicht musizieren könnte, wo das Dach fehlt. Die singen selbst noch in Schutt und Asche. In

der Ruine."

„Wir würden es mit dem Dach vielleicht gar nicht hören. Wie herrlich…"

„Was singen sie denn?"

„Ich kenne es nicht. Es klingt wie ein Choral. Komm, Konrad, lass uns vorgehen, bitte! Ich habe so lange keine Musik mehr gehört. Vielleicht ist die Tür auf."

Sie zog ihn weiter über die Mönckebergstraße, zum Portal der Kirche.

„Sind Sie denn musikalisch?", fragte er. „Ich meine du natürlich – hast du es mit der Musik? Da hast du nie etwas von erzählt."

„Ahh – du hast nie gefragt. Aber… nein, ich fürchte nicht. Musikalisch bin ich nicht. Wir haben früher gesungen, bei uns im Dorf. Wir hatten einen Küster, der uns dirigiert hat in der Stunde. Ein putziger Mann, Lobgott hieß er. Er kam mit zu uns, als wir aus Leipzig fortgingen, und auf der Flucht dann. Hellmuth Lobgott. Er sagte immer: Mut mit h und Gott mit Lob."

„Der richtige Ansatz vielleicht."

„Na ja, er war ein… er hatte seine Eigenarten. Früher ist es mir nicht aufgefallen – erst als ich erwachsen wurde. Mit meinem Vater ist er nach Schlesien aufgebrochen, auf der Flucht, und wir haben nie wieder von ihm gehört. Wahrscheinlich ist es ihm so ergangen wie meinem Vater."

„Hmm. Das steht zu befürchten."

„Ich hatte Stunden bei ihm früher. Im Gesang."

„Ach was!? Da musst du mir beim nächsten Mal unbedingt ein Ständchen geben – ich bitte doch sehr darum!"

„Lieber nicht. Ich bin eine schlechte Sängerin. Unser Lobgott ist verzweifelt an mir. Aber meiner Mutter, wie sie noch lebte, hat es gefallen. Wir waren ja einfache Leute. Nur unsere Nachbarn hatten ein Harmonium, die Dressners. Von Hörügel, ein gutes."

„Hier", flüsterte Konrad. „Die Tür ist auf. Schau, die Leute da, es sieht aus wie ein Konzert. Unter freiem Himmel – oder halb freiem Himmel, ein bisschen was ist ja schon gemacht. Zum Glück regnet es nicht. Entschuldigung…" Konrad wandte sich an einen älteren Herren, der vor der Tür stand. „Wer singt hier?

Wissen Sie das?"
„Der Chor der Neffenkirche."
„In Sankt Georg? Die haben einen Chor?"
„Hören Sie doch – es klingt danach. Seit dreiundvierzig haben sie nicht mehr gesungen. Es ist das erste Mal seit… nach den Bombennächten."
„Sieh mal", sagte Alma die vorausgegangen war, „es sind alles Männer. Und Jungen. Es gibt Hoffnung."
„Aber keine Instrumente, keine Kostüme, nichts. Dafür hat es dann doch nicht gereicht. In ihren Lumpen stehen sie da."
„Das gehört so. Es ist ohne Instrumente gedacht. Die Musik ist alt."
„Aha."
„Was singen Sie? Gibt es ein Programm?"
„Oben steht alles", sagte der Fremde. „Auf der Kreidetafel dort unterm Gerüst. Unter den Liednummern. Heinrich Schütz."
„*Verleih uns Frieden*", las Alma. Sie musste ihre Augen zusammenkneifen, um den Chor zu erkennen, der vor einem Ziegelstapel und einem neuen Holzkreuz stand, unter freiem Himmel. Sie sah keinen Altar. Links und rechts von den Sängern flackerten hohe Kerzen in der Zugluft.
„Es ist alte Musik", flüsterte sie. „Christliches. Oh, schau sie dir an, Konrad…"
„Was ist mit ihnen?"
„Der Junge vorne, mit den Krücken."
„Ja. Muss sich was getan haben."
„Und hinten, der… der junge Mann. Mit den geschlossenen Augen…"
„Was ist mit ihm?"
„Er macht sie gar nicht auf."
„Der ist bei der Sache. Das ist gut. Konzentration muss wohl sein, wenn man musiziert."
„Er *ist* ganz bei der Sache. Aber… Es muss etwas mit seinen Augen sein. Vielleicht ist er blind. Guck, jetzt ist es vorbei, und er öffnet sie nicht."
„Es klatscht niemand", flüsterte Konrad zurück. „Ist es nicht gut?"

„Weil es in der Kirche ist."
Konrad brummte.
„Wie die Engel singen sie."
„Wer ist die da jetzt?"
„Ich weiß nicht. Eine Sängerin."
„Die Wilson", sagte der Mann neben ihnen. „Regina Wilson" – er sprach es *Redscheina* aus. „Amerikanerin. Sehr berühmt soll sie drüben sein überm Ozean. Schwägerin von irgendeinem hohen Tier an der Alster. Von Bach singt sie was, aus der Matthäuspassion. Aber macht ja nichts. Feiern wir Ostern eben im Mai, sage ich. Besser als nichts. Ist lange genug her, dass sie hier anständige Musik gemacht haben."
„Von Bach", flüsterte Alma. Sie nahm Konrads Hand. „Komm, lass uns vorgehen. Ich will sie besser hören."
Erbarme dich, mein Gott, sang Regina Wilson, es klang wie Er-bo-horm dick. Eine kleine Standorgel begleitete sie, vorn im Kirchenschiff, an der eine Frau mit hochgestecktem Haar saß und konzentriert spielte.
„Gefällt es dir?", flüsterte Konrad ihr zu.
Sie nickte. „Sehr."
„Wir müssen gleich weiter zum Bahnhof. Vielleicht fährt dein Zug heute pünktlich."
„Es ist wunderwunderschön. Es ist... ich hatte es völlig vergessen."

Kapitel 19: Geliebter

1. November 1947

Geliebter Heinrich,

ich habe eben ein weiteres Mal an das Hilfswerk Rüb in Stuttgart geschrieben, das vierte Mal. Ich tue es alle zwei oder drei Monate. Aber sie haben immer noch nichts gefunden. Ich weiß nicht, ob sie Dich und all die anderen suchen oder nicht, ob es überhaupt Hoffnung für uns gibt. Was soll ich anderes tun? Ich kann doch nicht um Dich trauern. Du bist nicht tot, wenigstens nicht für mich, ich habe Deinen – Leichnam nicht gesehen. Aber Du bist auch kein Teil meines Lebens mehr. Ich will es nicht & wehre mich, so weit es in meiner Kraft steht. – Tut sich ein Graben auf zwischen uns, ein Graben der Zeit?
Ich wünschte, ich könnte weinen um Dich. Aber ich habe Dich nicht beerdigt, ich habe kein Grab, keine Asche, nichts, keinen Teil von Dir. Wenn ich doch nur trauern dürfte wie eine richtige Witwe… Bin ich noch verheiratet – heute, wo Du jetzt fast fünf Jahre weg bist, verschollen irgendwo im Osten? Verloren vielleicht, aber vielleicht doch am Leben, in einem Lager in Sibirien? So viele Tausend sollen dort noch sein. Sie schreiben in den Zeitungen davon. Sie kennen die Namen, die meisten Namen, sagen sie. Aber nirgends, nirgends Deiner. Nirgends ein Heinrich Egon Kraft aus Kosten, mein Heinrich Kraft. Soll ich mich aufführen wie eine verheiratete Frau? Oder wie eine Witwe? Gibt es Dich noch? Bist Du in Sibiren, in Kasachstan, in einem ihrer Gefängnisse in den Pripjet-Sümpfen? Ich wünschte, ich wüsste es – selbst wenn Du tot wärst, es wäre ein Elend, aber ich würde es wissen wollen, ich dürfte dann weinen, meinen Schmerz lindern, um Dich trauern, meine Wunde heilen lassen. Ich habe das Gefühl, dass mein Leben auf ein Wartegleis geschoben wurde. Wie kann ich weiterleben, ohne zu wissen, was mit Dir geschehen ist? Es ist, als ob meine Gefühle für Dich gefroren sind & erstarrt. Mal bin ich voll Hoffnung, morgens nach dem Aufstehen, wenn es Arbeit gibt und etwas zu tun. Dann wieder kommt die Verzweiflung über mich und deckt alles zu, alles zu. Es quält mich, dass Du aus meinem Leben gegangen bist – aber nicht richtig fortgegangen, nicht endgültig. An manchen Tagen hören wir hier von Männern, die aus dem Osten zurückkehren – zu ihren

Frauen und Kindern, wenn sie noch leben. Sie sind alle dünn, ihr Leib ist geschunden und verwandelt & ihr Geist ist es auch. Der Krieg hat ihnen nicht nur die Gesundheit genommen, sondern auch die Freude. Das ist wohl der wahre Fluch des Krieges: dass er nicht nur den Tod bringt, sondern auch denen, die er leben lässt, die Gedanken verändert & die Seele krank macht. Sie kommen zurück, aber es sind nicht die, die gegangen sind. Die Frauen weinen erst vor Glück, und es dauert nicht lange, dann weinen sie, weil alles anders ist, als sie es sich vorgestellt hatten. Ja, die Gott strafen will, denen erfüllt er ihre sehnlichsten Wünsche. Nun müssen sie es sich irgendwie einrichten mit ihren Männern, die krank und nutzlos geworden sind in Russland und die nun ohne Gefühl sind, wie Feldsteine. Ich bin dennoch voll Neid, wenn ich es sehe.

Ich habe viel Angst, Heinrich. Es kommt über mich, am Abend und in der Nacht – Angst vor allem Schlimmen, was noch kommen mag. Ich glaube, wer das Elend dieses Lebens erfahren hat, der rechnet immer damit, dass es plötzlich wiederkehrt. Es gibt keine Ruhe mehr. Frieden mag draußen in der Welt herrschen, aber in den Seelen der Menschen unserer Zeit? Ich habe meinen Frieden noch nicht wiedererlangt. Ich finde keinen Trost, nicht einmal in der Heiligen Schrift bei unserem Gott und seinen himmlischen Heerscharen, auf die ich traue.

Ich habe versucht, mit Minna über meine Gefühle zu sprechen, aber sie versteht es nicht, glaube ich. Sie kann ja manchmal ein rechtes Bauernkind sein auf ihre Art, obwohl sie ein gutes Herz hat. ‚Er ist tot', hat sie gesagt, ‚einfach tot, Alma, Millionen Menschen sind tot, Deutsche, Russen, Polen, Amis.' (Sie nennt die Amerikaner Amis, wie viele junge Leute jetzt.) Das ist der Krieg, sagt sie. Wer im Krieg verlustig geht, ist gestorben, spätestens nach ein paar Monaten. Ich solle es einfach annehmen – weil alles andere doch nichts helfen würde. So spricht sie, und es verletzt mich. Ich weine dann still in meinem Zimmer unten, weil sie es so gar nicht verstehen will, vielleicht nicht kann. Sogar Frau Kühn hat nun manchmal ein Gefühl für mich. Ich denke, weil sie selbst viele Verwandte verloren hat. Sie hat es auch nicht leicht gehabt in ihrem Leben. Wer hat es schon leicht in diesen Zeiten?

Minna arbeitet jetzt auf dem Bau und hat das Autofahren gelernt und einen Führerschein bekommen. Sie isst alles, was sie kriegen kann & ist nicht mehr so hager wie sie gewesen war, obwohl sie hart arbeitet und mehrere Wochen lang Steine geschleppt hat, den ganzen Herbst. Ich hoffe, dass sie auch bald einen Mann findet. Aber für sie ist die Liebe nur ein Spiel, bei dem die meisten verlieren. Die hoffen immer nur, sagt sie, von einem Mal zum anderen – hoffen, dass das Los es gut mit ihnen meint, aber es gewinnen nur wenige, und sie glaubt nicht, dass sie dazugehört. Unsere Minna.

Aber es ist Georg, der mir am meisten Trübsal bereitet. Er sagt, er wird weggehen, nach Nordamerika. Er weiß nur noch nicht, wie er es machen wird, wir haben kaum Geld. Es macht uns alle traurig. Aber er ist nachgekommen nach Holstein, und er arbeitet hier auf einem Hof. Mit den Pferden natürlich, das, was er am besten kann. Du erinnerst es sicher.

20. Februar 1948

Geliebter Heinrich,

nun ist er fortgegangen, unser Georg, mit seinem Krückstock, den er wegen des Beins braucht. Gestern in der Früh. Ich weine immer noch, wenn ich daran denke, und ich denke an nichts anderes. Mein wunderbarer Bruder, mein einziger & mein Freund. Er hat nur einen Schulterbeutel mitgenommen und die wenigen Sachen, die er am Leib hatte, Anzug, Mantel und einen alten Hut und einen gestrickten Schal. Nach Bremerhaven ist er aufgebrochen, an die Küste. Von dort sollen wieder Schiffe nach Amerika fahren, hat er gesagt, obwohl es auf dem Amt heißt, dass keine Deutschen ausreisen können. Er klang zuversichtlich – er würde schon einen Weg finden, sagte er. Die Engländer hätten ihm ein Schreiben gegeben, mit dem er sein Glück im Hafen versuchen wollte.
Er will an einen Ort fahren, der Kentucky heißt (nicht nach Dakota, wo die vielen aus Leipzig sind, die vor dem Krieg gegangen sind). Dort – in diesem Kentucky – sollen sie gute Pferde und Höfe haben, und er hofft, dass er eine Anstellung finden und Geld verdienen kann. Ich weiß nicht, ob ich ihn jemals wiedersehen werde. Ich hoffe, er schreibt uns bald.

Wenkenbek, 16. März 1948

Mein lieber Heinrich,

so weit weg von der Heimat – so viele Jahre sind es nun schon, seit wir von Leipzig nach Galatz aufgebrochen sind – da vermisst man auf einmal Kerpsplatschinten, obwohl man sie eigentlich gar nicht so gerne gemocht hat. Der Kürbis ist für die Kühe, haben wir immer gesagt, für die Kühe und die Knechte, aber jetzt würde ich lieber eine Kerpsplatschinte essen als alles andere. Sie haben in Norddeutschland andere Kürbisse (sie nennen sie Kürbisse, nicht Kerpsen, es klingt komisch). Sie schmecken anders, weniger süß, und sie haben viele Kerne, die man nicht essen kann.
Das ist aber nicht der Grund, warum ich mich wieder an den Tisch setze und Dir schreibe. Es soll doch nicht um die Speise gehen, jetzt, wo wir wieder zu essen haben, nicht viel, aber es geht, es reicht, wir hungern nicht in Wenkenbek bei Erna Kühn. Ich will Dir von einem Mann erzählen, den ich kennengelernt habe. (Ich tue es gern – aber ich weiß nicht, ob ich es tun würde, wenn ich diese Zeilen schicken könnte. Es wäre doch, ich weiß es wohl, ein kleiner Verrat.)
Konrad heißt er. Ich habe ihn einige Male gesehen, und er ist stets höflich & freundlich & behandelt mich wie eine richtige Dame, nicht wie eine einfache Bauersfrau aus dem Osten.
Er ist kein schöner Mann – nein, das wäre gelogen. Nicht hässlich eigentlich mit entstellten Zügen, aber auch nicht wirklich hübsch anzusehen. Man soll nicht vergleichen, aber Du bist doch so viel schmucker, natürlich auch jünger. Konrad ist etwas dicklich. Er hat ein Bäuchlein & isst gut, das beste Fleisch & bayerischen Käse & Schokolade & und manchmal teure Pralinen mit Nüssen. Selbst im Krieg hat er immer gut zu essen gehabt. Er war Hauptmann, ein schneidiger sicher, und seine Leute kommandiert er immer noch, auch wenn der Krieg vorbei ist. Es ist seine Art. Er hat immer Personal gehabt. Er raucht auch gerne Zigarren, aber mit dem Alkohol hält er es in Maßen. Das ist gut. Es ist nichts schlimmer, als wenn ein Mann zum Trinker wird und der Abhängigkeit verfällt.
Konrad ist ein gebildeter Mann. Nicht wie Lobgott, mehr – in der Welt verankert, wenn Du mich verstehst, nicht überstudiert. Er ist praktisch

veranlagt & er weiß immer, was Sache ist, in der Politik und im Wirtschaften. Morgens liest er – früh, vor Sonnenaufgang – die Zeitungen, die ihm ins Haus gebracht werden. Deutsche und auch ausländische, aus Frankreich und England. Ich weiß nicht, wo er sie herbekommt. Es muss alles sehr teuer sein. Er sagt, es ist für seine Arbeit wichtig. Für sein Unternehmen.

Ich war einige Male bei ihm. Er wohnt in einem großen Haus in Altona – in einem sehr großen Haus, ich weiß nicht, wie ich es beschreiben könnte – wie die Häuser in Kischinjew, bevor die Erde bebte, aber auf andere Art. Ein herrschaftliches Haus, würde man sagen, aber es liegt natürlich nicht auf einem Gut, sondern in der Stadt, mit einer Straße und einem langen Park davor (einem öffentlichen). Ich nehme mir manchmal, wenn etwas Zeit ist, auch die Zeitungen vor, die er ausgelesen hat, und die Juden-Geschichte lässt mich nicht los – die Lager, die sie überall hatten, nicht nur für die Juden, auch für andere, die ihnen nicht gefielen, viele aus dem Osten. Es sind die Bilder, von denen ich nicht mehr loskomme. Ach, was für Bilder das sind, Fotografien meine ich. Menschen, Leichen, Körper, geschundene Leiber, so dünn und ausgemergelt, wie trockene Maiszapfen, und wenn sie sie tot gemacht hatten, warfen sie sie auf Haufen wie Abfall und verbrannten sie. Ich muss immerzu an Lea denken und ihre guten Eltern, Boias und Elwira, bei der ich früher gesungen habe. Und an Chaim und seine Wilma am Ring, wer weiß, was aus ihnen geworden ist in der schrecklichen Zeit? Gelähmt werde ich, wenn ich daran denke. Ich kann nicht einmal weinen. Ich bete nur, dass der gute Gott ihnen vergibt, uns allen vergibt, wenn wir schuldig geworden sind an einem. Sie sagen, Hitler habe es persönlich gewusst, er habe alles von langer Hand geplant. Es sollen Millionen sein, die gestorben sind. Millionen, Heinrich! Hildchen Glück, die wir auf der Flucht kennenlernten (die in der gleichen Nacht starb wie Arthur und Irma Schilling) hatte ganz recht. Sie sagte, alle Tyrannen sind Feiglinge, einer wie der andere. Und man kann ihr nachsagen, was man will – sie hatte Haare auf den Zähnen, aber sie hat nie eine Räuberhöhle aus ihrem Herzen gemacht, und sie hat gesagt, was sie dachte. Sie hatte das Herz am rechten Fleck.

Aber ich wollte Dir von Konrad berichten. Wir müssen sehen, was wird.

Ich bin jetzt für zwei Tage in seinem Haus gewesen. Palmaille heißt die Straße. Es ist ein französischer Name, sagt Rosina, seine Haushälterin,

Pall-mall-je sagt man hier. Unten hat er nur die Küche und Wirtschaftsräume & ein großes Zimmer mit fließend Wasser, in dem Rosina wohnt & eine Diele mit einem Empfangszimmer daneben, wie man hier sagt, mit einer Feuerstelle. Sie heizen seit dem Krieg wieder mit Holz, nicht mit Kohle, & es riecht gut, wie auf dem Land. Im Keller wohnt Herr Krause (Willi), der sich um den Wagen und das Haus kümmert, mit seiner Frau. Sie sind beide ausgebombt worden im Krieg. Oben, im ersten Geschoss, hat es gar keine Dachschrägen (die sind weiter oben). Hier gibt es zwei große Stuben – „Salons", sagt Konrad –, ein Kontor und Schlafzimmer mit herrlich großen Badezimmern (zwei!) mit Kacheln auf dem Boden in schwarz und weiß, immer abwechselnd. Im Kontor hat er einen Schreibtisch, Sessel, Bücher bis unter die Decke & einen eingemauerten Tresor, groß wie unser alter Ofen in der Sommerküche. Es ist mir alles fremd, weil es so anders ist als das, was wir kennen. (Und, lieber Heinrich, eines muss ich Dir sagen – fast schäme ich mich dafür: Ich habe einmal, als ich bei Konrad war, ein Bad genommen in einer der großen Wannen, in heißem Wasser mit einer Seifenlauge, die Schaum machte. Sie war so groß, ich hätte ertrinken können. Es war herrlich, ganz herrlich. Herrlich und auch fremd.)

Oben im Haus, unter dem Dach, sind weitere Zimmer mit Betten, die aber meistens nicht genutzt werden oder nur für Gäste. Konrad lebt ja alleine, er braucht nicht viel Platz, sagt er. Von dort oben sieht man, wenn es gerade nicht regnet oder diesig ist, den Garten und die breite Elbe, den Fluss hier. Es ist mehr ein Strom, nicht wie unser Kogälnik, sondern wie der Jester. Man sieht das andere Ufer, aber es ist alles klein, unendlich weit entfernt, mehrere Werst. (Früher lebten in Konrads Haus Kapitäne, und deshalb ist es nicht weit vom Wasser gebaut worden. Sie haben einen großen Hafen hier, und man sieht auf der Elbe Schiffe vorbeiziehen – riesige Schiffe, aus der ganzen Welt. Die großen Pötte, sagen sie, und sie meinen die Schiffe. Sie reden hier ganz anders als in Bessarabien, und auch als im Wartheland und in Friedland.)

Nun muss ich sagen, dass Konrad, soweit ich es sagen kann (denn wir sprechen nicht darüber), geschickt ist mit dem Geld, ein wenig wie der Vater es war. Im Beruf ist er Händler, vor allem mit Tee und Kolonialwaren. Die erste Regel im Leben, sagt er – hat nichts mit Gott zu tun! „Verliere kein Geld", das ist für ihn die erste Regel. Alles andere –

Gott und die Liebe und die Menschen – kommt für ihn erst danach. Er glaubt aber doch an Gott, ein bisschen, tief im Herzen, denn alle Menschen sind sterblich, auch die Hamburger, und die Seefahrer erst recht, die können immer als erstes an die Reihe kommen, wenn Wind und Wellen danach sind. Das Meer ist noch unberechenbarer als das Wetter. Er ist protestantisch, es steht in seinen Papieren, obgleich er nicht in die Kirche geht. Nur zu Weihnachten und auf Beerdigungen hält er Gottesdienst. Es ist nur: Er schaut, meine ich, ein wenig auf meine Schwestern und mich herab. (Dass Minna und ich in die Stunde gehen, das findet er, ich fühle es, lächerlich – als wäre es eine Sache für die Frauen.) Ich musste lachen, als er so offen von Geld redete, ohne Scheu und ohne jede Scham. Er glaubt es wirklich & denkt sich nichts Arges dabei. Aber, wie alles, so hat es auch sein Gutes. Wenn ein Mann Beschäftigung hat und Geld verdient, kommt er nicht auf falsche Gedanken.

Ich sage Geld verdienen, aber es ist in den Zonen nicht einfach. Es gibt viel zu tun, aber es ist doch nicht so, dass die Menschen „arbeiten" täten und ihr Tagwerk tun würden, wie wir es damals in der Heimat taten, von früh bis spät. Zu durcheinander ist alles & zerstört. Konrad fährt in sein Kontor im Hafen, fast jeden Tag, aber ich glaube, er ist auch am Tauschen, wie wir alle. (Minna und Lilli und ich auch, wir tauschen, was wir können, ein: Kartoffeln und Rüben, die Lebensmittel, Seife und Stoff. Es geht nicht anders, schon lange nicht mehr. Die Gutschriften, die sie uns (meinem Vater) in Leipzig und Galatz gegeben hatten, sind wertlos. Sie waren es wohl immer, von Anfang an schon, und nun ist der Krieg verloren. Es ist alles Hab und Gut verloren.)

Konrad ist gut zu uns. Jetzt gab er mir eine weiße Blume – eine Orchidee, so etwas Feines, wie ich noch nie gesehen habe. Vom Äquator soll sie gekommen sein für viel Geld. Unserer Lilli hat er eine alte Nähmaschine besorgt, eine echte G. M. Pfaff aus Kaiserslautern, und sie näht Kleidung und Wäsche so schnell, wie sie Stoff bekommen kann, ticke-ticke-ticke geht es in einer Tour. Nicht für sich selbst – oder nur Weniges. Nein, für andere. Lilli ist ja immer still gewesen, da glaube ich, dass sie mit dem Nähen und Tun und Machen ihre Zuneigung zeigt. Aus alten Bettlaken hat sie uns Schlüpfer genäht und aus einer Gardine mit Blumen zwei Kleider für jeden Tag. Ich könnte es nicht, aber für Lilli ist es alles einfach, sagt sie, mit Nadel und Faden kann sie gut umgehen. (Dafür hat ihr das Kochen und Backen nie liegen wollen.) Die Zeiten sind nicht gut, und doch ist sie schön angezogen, dass die Frauen ihr nachsehen, und sie tun es so neugierig, dass man nichts anderes denken kann, als dass sie auch die Sachen haben möchten, die Lilli am Leib trägt. Den ganzen Tag geht es Ticketti-ticketti-tick mit ihrer Pfaff. Sie sieht glücklich aus, wenn sie dort sitzt, konzentriert, wie Georg mit den Tieren.

In Liebe, stets Deine Dich liebende Alma

Wenkenbek, 16. November 1948

Lieber Heinrich,

manchmal bin ich froh: Einiges Glück ist im Leben umsonst, und es kommt mitunter unerwartet, wenn man am wenigsten damit gerechnet hat. Unverhofft kommt oft, sagt man, und so ist es mir ergangen: Ich singe wieder, Heinrich! Es ist nicht so sehr, weil mir fröhlich ist ums Herz, denn das ist es nicht. Es ist, damit ich wieder froh werde. Es hilft, und es hat mir immer Freude gemacht, auch damals bei Lobgott schon, obwohl mir die Gabe gefehlt hat.

Es war ein Gedanke von Konrad Lampe & ich zweifle inzwischen nicht mehr & glaube, dass es richtig war, auf ihn zu hören. Nun muss ich Dir, damit Du es verstehen kannst, von meiner neuen Freundin erzählen, Regina Wilson. Sie ist amerikanisch (ihr Mann, der im Konsulat arbeitet, auch), und man muss Re-dschei-na sagen, damit es richtig ist. So spricht man es auf Englisch aus. Ich habe nun ein, zwei Sätze gelernt von ihr. Es ist eine eigene Sprache, anders als Rumänisch, Russisch, selbst Türkisch, ohne Ähnlichkeit.

Den Wilsons geht es sehr gut. Sie haben viel Geld, sie werden von den Amerikanern (und auch den Engländern hier) mit allem versorgt, mit Lebensmitteln aus dem Ausland und sogar Wein und Sprudelwasser aus den Bergen. Sie müsste nicht unterrichten, wenn sie es nicht wollte, aber sie ist überhaupt nicht eitel, eine angenehme Frau, um die fünfzig (ich habe sie nicht gefragt), und sie hat zwei erwachsene Kinder, einen Sohn in den Vereinigten Staaten auf der Universität und eine Tochter, die im vorigen Jahr geheiratet hat, in Texas, was einer ihrer Landesteile ist, mit Rindern und guter Landwirtschaft.

Sie ist mit rechter Leidenschaft bei der Sache & und eine begnadete Sängerin, wirklich. (Nur mit den Texten fällt es ihr manchmal schwer, die deutschen Worte, und ich kann ihr ein wenig bei der Aussprache helfen, so haben wir beide etwas davon.) Konrad hat es also arrangiert, dass ich sie in ihrem Musikzimmer treffe. Es ist in einem Haus an der Alster – ein See, viel größer als unser Weiher daheim, vielleicht fünf Werst lang und mit reinem Wasser und sicher auch vielen Fischen. Er hat es so eingerichtet, dass ich am Freitag nach Hamburg komme und in einer seiner Dachkammern übernachte, und am Sonnabend dann bei Regina übe. Ich habe ein schlechtes Gewissen. (Minna habe ich nichts davon erzählt, sie wäre eifersüchtig, fürchte ich.) Aber es macht mir so viel Freude, dass ich auch nicht nein sagen konnte. Bitte sei mir nicht böse deswegen.

Als ich das erste Mal zu Frau Wilson ging, war sie gleich zu spät. Ich wartete, und sie kam irgendwann, in Eile und erhitzt, und es tat ihr leid und sie sagte: ‚Ach, Frau Kraft, wissen Sie, was mein Mann immer sagt? Schöne Menschen brauchen immer etwas länger, bei allem.' Was sie meinte, war, dass sie etwas langsam ist. Sie sagte es so frisch und gerade heraus, dass ich laut lachen musste. Denn sie ist gar nicht eingebildet (und sie ist eigentlich auch nicht schön, die Nase ist doch ein rechter Kolben, dass alles irgendwie durcheinander geraten ist in ihrem Gesicht. Aber wir sollen nicht urteilen. – Ihre Kleider sind nach dem letzten Schrei & und ganz sicher sehr teuer & und sie benutzt viel Kölnisches Wasser wie eine vornehme Dame.)

Sie machte sich dann kurz frisch, setzte sich in einen weichen Sessel mit Häkeldecke und bat mich, einfach etwas zu singen. Wegen der Stimmlage, denn Menschen – also die Frauen wie die Männer – haben unterschiedliche Stimmlagen, und sie wollte es einmal heraushören. Ich sang dann das Bist du bei mir, *das ich mit Lobgott früher geübt hatte, es ist von Bach, ein schönes Stück. Ich sang es zuende, ohne Begleitung, und sie saß nur da und sagte gar nichts, es war mir sehr peinlich & ich wollte davonlaufen. Regina hatte ihren Tee nicht angerührt, als sie zuhörte, nicht einmal die Kekse, mit gutem Fett gebacken. Ich sah nur zu Boden und merkte, wie ich rot wurde. Es war zu schrecklich. Ich sagte dann, dass ich wüsste, was sie nun sagen wollte, und sie wurde ganz forsch. ‚Was?', sagte sie laut, ‚was wissen Sie?'*

Und ich sagte, dass ich einfach keine Gabe habe und dass mein früherer Lehrer, also Lobgott, es auch immer gesagt hatte. Dass ich es nicht gut konnte. – Aber ich will ja auch nicht singen, weil ich es so gut kann, sondern weil es mir Freude macht tief drinnen im Herzen. Weil ich mich dann besser fühle, wie zuhause manchmal.

‚Singen Sie mir etwas anderes', sagte sie und fragte mich, ob ich einen Schumann kennen würde – einen Komponisten. Als ich ihren Mozart auch nicht kannte, nur dem Namen nach, fiel sie aus allen Wolken. ‚Du gute

Güte', sagte sie, ,da sind Sie schon einmal deutsch und kennen nur Bach. Du gute Güte.' Das war komisch – aber das Beste kommt nun, denn dann sagte sie: ,Was haben Sie denn die ganze Zeit nur gemacht mit dieser göttlichen Stimme? Immer nur Kantaten?' Dann lachte sie viel zu laut und fragte, wo genau ich her war, und ich erzählte es ihr.
Es ist nun nicht, dass ich eitel sein will, Heinrich. Bitte sieh es mir nach. Es hat mich nur so gefreut, dass ich die Freude in meine Brust strömen spürte. Es war herrlich, das Schönste seit langem.
Nun haben wir beschlossen, etwas von Mozart zu singen, aus einer richtigen Oper. Wolfgang Amadeus Mozart. Es ist ein drolliges Stück – eine Prinzessin und ein Prinz, eine falsche Königin und ein böser Mohr –, ich habe noch nicht alles durchgelesen. Aber die eine Stelle ist lustig, es singen drei alte Weiber durcheinander. Ich habe lachen müssen, als ich es las, es war zu komisch. Wie unsere alten Frauen beim Schlachten im Hof, wenn sie den Vögeln die Federn und Flaumen aus dem Leib pulten.
Frau Wilson sagt, dass ich wahrscheinlich ein lyrischer Sopran bin. Sie meinte auch, sie wäre nicht die richtige Lehrerin für mich, und ich habe lange reden müssen, dass sie sich mit mir abgibt. Es geht ihr ja nicht um das Geld.
Als ich ging, gab sie mir Kekse mit, und ich aß sie auf der Straße, und ich lachte, es sprudelte nur so aus mir heraus, ich war so glücklich, Heinrich. Mir hüpfte das Herz.

Wenkenbek, 1. Juni 1949

Mein geliebter Heinrich,

ich sage „geliebter", und ich weiß doch nicht, was es heißt und bedeutet, heute und in der Zeit, die sein wird. Ich liebe Dich so sehr, mein Mann, immer noch, nach all der schrecklichen Zeit.

Aber am Morgen war ich auf dem Amt, auf dem Bezirksrathaus in Altona. Es war ein schöner Tag, der Himmel ganz blau, und vor dem Gebäude – ein großes Haus ist es mit fünf oder sechs Stockwerken, alles modern aus Beton – vor dem Eingang, wo auch die Autos halten, haben sie einen Springbrunnen gemacht, in einem runden Becken mit einem einzelnen Strahl in der Mitte, der gerade nach oben sprudelt und lustig plätschert, dass es eine Freude anzusehen ist. Ja, da ging ich dann hinein, in dieses Amtsgebäude, und da habe ich Dich für tot erklärt. Ich habe es allein gemacht – wen hätte ich mitnehmen sollen, selbst wenn ich gewollt hätte? Konrad hätte meine Gefühle nicht verstanden. Und das Kind? Ach, Heinrich, ich hätte es nicht vermocht, wenn ich es bei mir gehabt hätte. Die Kraft hätte mir am Ende gefehlt, den Zettel zu unterschreiben, den sie mir gaben. Es geht doch nicht nur um mich.

Vielleicht bist Du nicht tot. Ich weiß es nicht. Ich hoffe doch – ich hoffe doch noch immer –, dass Du lebst, irgendwo im Osten bei den Russen, dass es Dir gut geht an Leib und Seele, dass Du an mich denkst und mich magst, so wie ich an Dich denke, Tag für Tag, und Dich liebe.

Ich kann ja nicht wissen, wie es um Dich steht, Heinrich, es sind so viele Jahre. Aber ich habe unterschrieben, dass Du tot bist, und das Amt sagt, dass es offiziell ist, wenn man unterschreibt. Dass unsere Ehe nichtig ist. Dass unser großer Gott einen Fehler gemacht hat, als er vergaß, Dich der guten Ordnung halber abzumelden. Ich habe geschrieben, dass es Dich nicht mehr gibt – und selbst wenn es Dich noch gibt: dass es Dich in meinem Leben nicht mehr gibt, oder nur noch als Erinnerung. Ich muss doch weiterleben, irgendwie, ohne Dich.

Ich weinte. Mein Gott, wie ich weinte, als ich ging, Heinrich ... Ich stand wohl im Flur vom Amt. Es roch streng, wie in Lobgotts Schulhaus in Leipzig – erinnerst Du Dich an den Geruch, wenn Frau Ziegelmacher gebohnert hatte? Die Schuhe von den Leutchen, die im Amt zu mir kamen, quietschten auf dem glatten Boden, ich höre es noch in meinem Kopf. Ich weiß nicht, was sie genau wollten, helfen wohl, es sind nicht alle Menschen schlecht – ich konnte kaum aus den Augen schauen. Eine Frau war dabei, eine sehr nette, vielleicht an die sechzig Jahre alt. Sie sagte gar nichts, hielt mich nur in ihren Armen, ich in meinem Mantel mit meinem Tuch um den Kopf, und sie hielt mich, und sie hatte gar nichts Warmes übergezogen, sie muss gefroren haben mit mir auf dem Gang. Ich weinte wohl eine Viertelstunde lang – oder… ich weiß es nicht einmal. Eine Viertelstunde vielleicht, vielleicht kürzer, vielleicht länger. Eine Viertelstunde für ein Leben, es muss so lange gewesen sein – so kurz. Ich erinnere mich nicht genau. Mein Kopf war durcheinander, wie bei einer Krankheit, wenn man im Fieber liegt.

– Ja, am Morgen war ich auf dem Amt. Ich habe sie alle angelogen, und ich habe gesagt: Er ist tot. Es gab keinen Sarg, den die Erde aufnahm, kein Feuer, nichts. Ich bekam nur einen Zettel mit einem Stempel in violetter Tinte ausgehändigt, die streng nach Spiritus roch. Den gaben sie mir, und sie sagten, jetzt könnte ich wieder heiraten. Der junge Mann im Amt – keine zwanzig, würde ich meinen, er war sicher niemals an der Front gewesen – sagte, er freue sich für mich. Er lächelte auf frische, jungenhafte Art, so verletzend in seiner Unbedarftheit, dass mir die Tränen in die Augen schossen, er hätte ja fast mein eigener Junge sein können. Heinrich, was soll nur werden mit uns? Nun weiß ich nicht, ob ich einen großen Fehler begangen habe oder ob es richtig war. Man kann es nicht mehr zurücknehmen, haben sie gesagt, es ist für immer. Tot ist tot. Nur wenn einer doch noch kommt, also (wenn man so will) aufersteht von den Toten, dann nehmen sie es zurück. Aber ich darf es nicht mehr, obwohl ich Deine Frau bin. Oder war. Alma

Hamburg-Altona, 2. Januar 1950

Mein geliebter Heinrich,

Du bist immer bei mir und wirst es immer sein, dessen sei Dir gewiss.
Es ist ein neues Jahr, sogar ein neues Jahrzehnt, und wir wollen hoffen, dass es Gutes bringt nach all dem Schlechten, das vorausgegangen ist.
Gestern habe ich geheiratet, am Neujahrstag. Es ist aber kein Verrat an Dir, Heinrich. Es ist eine ganz andere Sache. Konrad würde mich schimpfen, wenn er dies hier fände und läse. Natürlich weiß er von Dir. Weiß, was man so weiß. Die Liebe, der Krieg, das Kreuz, jeder sein eigenes.
Lieber Heinrich, so bitte ich Dich: Leg Dich schlafen in meinem Herzen. Ich kann doch nicht mit einem Schatten sein, muss irgendwie dieses Leben leben & hinter mich bringen. Es hat mich niemand gefragt, ob ich es so wollte oder nicht.
Er ist ein guter Mann, vielleicht ein sehr guter Mann – ich werde sehen? Aber er hat eines nicht: Er hat nie etwas verloren, etwas Kostbares, Köstliches, an dem sein Herz so hing wie an nichts anderem, auch nicht seine Frau, sie war sehr vornehm, und sie hatten von Anfang an ein kühles Verhältnis. Er ist so erfolgreich, Heinrich, er hat ein richtiges Unternehmen, und er handelt. Herr Krause – das ist sein Chauffeur, er hat jetzt einen Kleingarten in Barmbek, in einer Kolonie, ein Laubenpieper ist er, sagt man – hat mir erzählt, dass Konrad sogar Schiffe im Hafen hat und auf der hohen See. So sagen die Leute. Ob es stimmt, weiß ich nicht. Mit mir spricht er darüber nicht. Ich verstehe solche Angelegenheiten ohnehin nicht, das hat er einmal gesagt, und er hat wohl Recht. Hab und Gut, das soll nicht zwischen uns stehen. Aber ich kenne nun seine Firma, sie heißt H. Lampe & Sohn GmbH & Co. KG. Es steht oben am Eingang in dem rot gemauerten Haus im Hafen, in dem sie arbeiten. Es ist eine Reederei, und deswegen haben sie mit Schiffen zu tun.
Konrad geht es gut, aber er ist im Herzen – niemals würde es das zugeben – eine unschuldige Natur, ohne Wunden, ohne Narben. Heinrich, ich bin jetzt lange über dreißig. Du weißt ja, wie es geht mit uns Frauen. Weißt du noch, was Oma Mathilde immer gesagt hat? „Ein Glühwürmchen im

Bett ist besser als ein Stern am Himmel", hat sie gesagt. Früher verstand ich nie, was sie damit meinte.
Ich schreibe: Du, Heinrich – wie vertraut – und komisch. Und ich möchte und werde Dir immer weiter schreiben, denn Du bist ein großer Teil meines Lebens. Ich bewahre Dich in meinem Herzen, ich verspreche es.

– ‚Werte Alma', sagte Konrad gestern Abend, ‚von welchem Alten Meister würdest du dich malen lassen wollen?' Ich war für einen Moment verwirrt, und beim ersten Gedanken an alte Meister war ich schon bei Bach, und das war dumm, denn er malte ja nicht, sondern komponierte. Mein Mann schlug Caravaggio vor, und Michelangelo. Ich gab mich unentschieden (ich kannte den ersten nicht). Ich habe mir alles aufgeschrieben, um es in der Bibliothek – ich lebe jetzt in einem Haus mit eigener Bibliothek, stell Dir vor, mit mehr Büchern als damals bei Lobgott – um es also in einem Wörterbuch nachzuschlagen.
Ein Haus, sage ich, aber es ist mehr eine Villa, ein Schlösschen. Konrad und ich schlafen getrennt, und wir haben jeder ein eigenes Badezimmer für uns, und zwischen Bad und meinem Schlafzimmer ist eine kleine Kammer nur für meine Kleider und Schuhe und Mäntel. Das Kind ist oben, in einer schönen Stube unter dem Dach, und geht hier zur Schule, in Altona. Es ist eine gute Schule, wo sie die Älteren in Latein und Griechisch unterrichten und natürlich auch in Englisch, was wichtig ist wegen der Amerikaner und der Engländer, die hier sind.
Konrad hat noch ein anderes Zimmer für sich, es liegt neben der Bibliothek, in dem steht ein großer Billardtisch. Ich habe noch nie Billard gespielt, es ist eher ein Männersport. Aber Konrad und seine Geschäftsfreunde spielen dort oft. Dabei trinken sie etwas, Brandy nennen sie es (es ist brauner Schnaps, wie Rum), und spielen mit den Kugeln, die laut aneinanderschlagen.
In der Küche bei Rosina gibt es einen Eisschrank für die Vorräte. Es ist sehr nützlich, so verdirbt wenig, wenngleich er natürlich viel kleiner ist als ein Eiskeller. Den haben sie hier in der Stadt nicht. Sie kennen es gar nicht mehr.
Wir hatten auch eine Hochzeitsfeier in einem Hotel & es wurde eine Fotoaufnahme gemacht. Es war nichts Aufwändiges, mehr ein Umtrunk, eine Party, stand in der Zeitung, denn Konrad ist hier etwas bekannt, und

die Menschen nehmen Anteil an dem, was er macht. Es war eine kleine Feier, aber doch schön und fröhlich, und ich habe viele Leute kennengelernt. Es gab Sekt und ein Büfett, das ist in Hamburg nun das Schickste: Büfetts, bei denen sich jeder das, was er essen möchte, aussucht und auf den Teller holt, aber nicht im Sitzen (was bequem wäre), sondern im Stehen, an einem langen Tisch, hinter dem Leute stehen und die Teller füllen.

Konrad hat mir viele Geschenke gemacht, er ist so aufmerksam. (Und keines davon war ein Pferd – erinnerst Du Dich an das Tier der Dressners, das dann die Russen als erstes holten?) Ich trage nun meinen Ehering, den zweiten, am Finger, so will es Konrad. Unseren trage ich aber auch, an einer Kette, er weiß es nur nicht, muss es auch nicht wissen. Er hat mir Schmuck geschenkt, eine Kette mit blauen Juwelen und zwei schwere Ohrringe, für die ich mir Löcher stechen lassen muss. Was meine Mutter und Oma Mathilde und Frau Schilling sagen würden, wenn sie mich mit Schmuck in den Ohren sehen würden – ich fürchte, sie würden mich ausschimpfen und sagen, wie verkommen und verrucht ich geworden bin. Aber viele Frauen tragen es hier, und ich möchte nicht schon am Anfang schlecht auffallen, nur weil wir es in der Heimat anders gehalten haben. Einen Ring mit einem Stein hat er mir nicht geben wollen, weil es sich nicht lohnt, glaubt er. Meine Hände sind seit dem Unglück lange verheilt, aber ich werde immer die Narben behalten. Ich trage oft Handschuhe aus leichtem Stoff, so fällt es nicht auf.

Und stell Dir vor, er hat mir ein ganzes Haus geschenkt – oder ein Häuschen. Ich habe es noch nicht gesehen, weil es an der Ostsee steht, in einem Dorf, das Brodten heißt, und ich war noch nicht dort. Es soll aus Holz sein, sagt Konrad. Ich fand es eigenartig, wo es Konrad gut geht und hier niemand mit Holz baut. Ich werde sehen. Er hat es früher oft genutzt, mit seiner ersten Frau.

Die schönste Überraschung aber war etwas anderes. Ich habe Konrad viel von der Heimat erzählt – wie wir lebten & wie es uns ging damals. Es interessiert ihn, glaube ich, nicht besonders. Es ist eine fremde Welt für ihn, mit den Tieren und Feldern und Menschen, der vielen Arbeit im Freien. Er ist in seinem Leben weit gereist, aber nie am Schwarzen Meer gewesen, nur einmal bei den Türken, in Smyrna, während einer Schiffsreise. Aber von unseren Leipzigern hatte ich erzählt, und auch von

Christian Prudöhl, von dem ich seit dem Krieg, als er mit dem Vater und mit Lobgott nach Schlesien zog, nie wieder etwas gehört hatte.
Am Abend, als wir mit einigen wenigen Gästen (auch Minna und Lilli) im Haus in Altona waren und zusammensaßen, klingelte es an der Tür, und Rosina – die grinste breit, denn sie war, glaube ich, eingeweiht – führte einen alten Herrn herein. Ich erkannte ihn nicht – mit Krawatte und Hut, einem vollen, grauen Bart und einer Hornbrille und tiefen Falten auf der Stirn. Und doch war es unser Dr. Prudöhl, den Konrad aus Süddeutschland mit der Eisenbahn herbeigeschafft hatte, wo er ihn in den Wochen vor der Hochzeit gesucht und irgendwie gefunden hatte! Er lebt nun in Stuttgart, und er weinte, und auch Minna und Lilli waren gerührt & ich natürlich auch. Es war eine so große Freude. Lobgott ist nicht mehr, das sagte er gleich, und es hat uns nicht überrascht, wo wir doch nicht mehr damit gerechnet hatten, irgendjemanden wiederzusehen. Wir haben so lange geredet, dass wir alle anderen Gäste sicher gelangweilt haben. Sie haben nicht verstanden, was es heißt. Es war zu schön. Prudöhl ist jetzt über sechzig und sieht viel älter aus, er geht gebückt wie ein Greis. Der Krieg ist auch zu ihm nicht gut gewesen. Aber immerhin: Er lebt. Es war das schönste Geschenk.

7. April 1950

Mein lieber Heinrich,

es fällt mir schwer, über diese Dinge zu sprechen – zu schreiben –, aber es ist doch gut, die Gedanken festzuhalten und in Ordnung zu bringen. Niemand liest, was ich aufzeichne, und gerade aus diesem Grund hilft es mir, so hoffe ich.

Es ist manchmal eine Prüfung, mit Konrad zu sein. Wenn wir in der Nacht beieinander liegen, erinnert es mich an so vieles, dass es ein Grauen ist für mich. Böse Gedanken kommen über mich, und ich kann mich nicht öffnen. Ich merke, wie enttäuscht er ist und wie er bitter wird. Du weißt, wie es geht mit den Männern. Er liegt dann auf dem Rücken und raucht stumm. Das Zarte, Liebliche ist ihm nicht gegeben. Wir küssen uns, nun: Wir sind Frau und Mann. Aber es ist eigenartig. Wenn er mich küsst, ist es so nass, dass es mich ekelt, und er riecht schrecklich nach Tabak, und ich muss danach die Lippen mit dem Handrücken abwischen.

Ich weiß, dass Konrad Kinder will. Seine erste Frau konnte ihm keine schenken, und es möchte doch jeder Mann einen Stammhalter in die Welt setzen, es ist die natürlichste Sache. Nun kommt er oft zu mir – viel öfter, als mir lieb ist, fast jede Nacht und in mancher Nacht mehr als einmal. Und wenn er davor getrunken hat, ist es für mich unerträglich. Es tut sehr weh, im Leib und auch, obwohl er mein Mann ist, ein wenig im Herzen. Ich weiß nicht, was ich tun soll & bin so froh, wenigstens meine eigene Kammer zu haben, wo ich sitzen kann, wenn es nicht anders geht. Ich gehe dann ins Badezimmer und schließe die Tür hinter mir ab.

Manchmal wird er bösartig und verletzend. Es ist eigentlich nicht seine Art, aber auch er trägt Sorgen in sich, wie jeder Mensch, da bricht es manchmal heraus aus ihm. Mit vierzig, hat er jetzt gesagt, sind alle Frauen nicht mehr schön. ‚Ist jetzt bald so weit', sagte er, und dass ich mich abfinden müsste und er sich auch. Ich verstand erst gar nicht, was er meinte, und später, als ich es verstand, war ich verletzt. So hatte ich noch nie über Schönheit gedacht. Er ist ja ein weltläufiger Mann & reich & weit gereist. Vielleicht ist es das.

Wir müssen es versuchen. Es gibt kein Zurück.

Lieber Heinrich,

ich habe lange nicht geschrieben. Es gab viel zu tun, wir haben nun ein neues Leben. Denke aber nicht, ich hätte Dich vergessen in meinem Herzen & nicht an Dich gedacht. Es ist nicht so. Du bist immer bei mir.
Das Kind und ich leben nun lange in Hamburg bei Konrad. So ist der Lauf der Dinge, Du weißt es ja. Man heiratet, um zusammen zu sein. Für das Kind haben wir eine Dachstube neu hergerichtet, mit einem Erker, der nach hinten auf den Garten geht. Es ist ein schöner Ort, aber das Kind ist noch zu klein & es hat keinerlei Gespür für diese Dinge, für das Schöne in der Natur. In wenigen Tagen, wenn der Sommer endlich vorbei ist, geht die Schule los. Das Kind kann schon einiges (Buchstaben und seinen Namen). Wir haben Rosina hier und Herrn Krause, und wenn es viel zu tun gibt wie jetzt im Sommer, kommen weitere Leute und helfen im Garten und im Haus.
Im Dorf sagten die Alten – Isidor Giese und unsere Nachbarin, Frau Stelter – immer, dass das Geheimnis einer guten Ehe darin liegt, dass beide viel arbeiten. Ich lachte damals und schmunzelte, als ich es hörte, es klang undankbar, aber heute denke ich anders darüber. Es stimmt wohl, oder ist nicht völlig falsch. Und wenn es stimmt, so hat meine Ehe mit Konrad wenig Geheimnisvolles. Er arbeitet, viel sogar, von morgens um sieben bis abends sieben, aber ich habe kaum etwas zu tun, keine Verantwortung oder Pflicht, und es macht mir das Leben schwer. Wir haben einen Kühlschrank im Haus, ein Fernsehgerät, drei Telefone (eines in der Diele, eines in Konrads Schlafzimmer und eines in seinem Kontor) und sogar einen beweglichen Bottich, den man mit Wäsche, Seifenpulver und warmem Wasser füllt und kreisen lässt, so dass alles von alleine sauber wird – sauberer als mit der Hand! Es geht alles schrecklich schnell, und natürlich ist Rosina zuständig. Sie hat ihre Art und mag es nicht, wenn ich mich selbst kümmere. Sie denkt, ich würde ihr die Arbeit wegnehmen und befürchtet, dass Konrad sie wegschicken könnte. Es ist lächerlich, aber so denkt sie nun einmal.
Ich habe viel Zeit, vor allem vormittags, und habe mir in Konrads Bibliothek einige gute Bücher vorgenommen. Wir haben zu unserer Zeit

bei Lobgott alle nur dürftig gelernt, so kommt es mir vor. Ich lese gerne und viel, es gibt mir zu denken. Nun habe ich mit Tolstoi begonnen – hast Du ihn jemals gelesen? Ich erinnere, dass Lobgott dessen Bücher hatte. Ich lese „Krieg und Frieden", über den Krieg zwischen den Russen und Franzosen, und es ist eine komplizierte Geschichte, so viele Personen, dass es manchmal durcheinander gerät in meinem Kopf. Es ist gut zu sehen, dass die Russen nicht nur gewinnen & wie auch sie leiden.
Ich singe weiterhin viel, mit Frau Wilson und oft auch ohne, und habe das Gefühl, dass meine Stimme erträglicher wird, dass ich sie besser unter Kontrolle halten kann, sogar in den sehr hohen Lagen. Und ich habe das Atmen gelernt. Es muss komisch klingen, ich weiß, wo wir alle ständig atmen, unser ganzes Leben lang. Aber beim Singen ist das richtige Atmen eine Kunst, der Anfang von allem, damit man den Ton nicht verliert & ihn beherrscht. (‚Atmen ist das A und O', sagt Regina immer, ‚das Äi und Ou.') Wir haben ein großes Zimmer unten, wo ein schöner Feuerplatz ist mit Sesseln und einem Sofa und einem Grammofon (ein besseres als Elwira Dressner hatte, neu und unerhört teuer, sagt Lilli). Dort sitze ich lange nach dem Mittagessen und höre Musik, und manchmal schlafe ich dabei ein. Wir haben viele Platten, Du kannst es Dir nicht vorstellen, einen ganzen Schrank voll. Es gibt dort so viel – ich dachte lange, Bach und seine Chöre wären das Größte. Sie sind sicher gut, aber es gibt noch so viel mehr! Nun ist es mir peinlich, wie naiv ich als junges Mädchen war. Ich habe zuletzt Musik von Ludwig van Beethoven gehört, der neun große Sinfonien komponiert hat, und Franz Schubert und natürlich Wolfgang Mozart. Es ist mir eine große innere Freude, und ich singe, wenn niemand im Haus ist, mit.
Georg hat geschrieben. Es geht ihm gut in Kentucky. Er hat einen kleinen Jungen und ist wohl, so schreibt er, hoch angesehen bei den Züchtern. Er reitet wieder, obwohl sein Knie nicht mehr so ist wie früher. Er kann es nicht mehr ganz bewegen. Wird es wohl auch nie mehr können. Georg hat ein Foto von ihrem Haus beigelegt. Groß und schön ist es, aus Holz, mit einer Veranda, die an drei Seiten herumläuft, auf der man auf Schaukelstühlen sitzen und sich ausruhen kann, und sie haben selbst drei Pferde, eine rotbraune Stute, ein Füllen und einen Zuchthengst, der ihm einiges an Geld einbringt.
Lilli und ihr Mann bauen ein Haus in einem Städtchen nördlich von

Hamburg, nach Oldesloe und Lübeck hin, das Bargteheide heißt. Dort gibt es eine neue Flüchtlingssiedlung mit Grundstücken. Es geht langsam voran, aber sie haben einen guten Kredit bekommen mit günstigen Zinsen von der Adenauer-Regierung, und sie packen beide an. Die Banken haben Eingliederungsdarlehen für Flüchtlinge, bei denen man fast keine Zinsen zahlen muss, so habe ich es verstanden. Ich könnte auch eines bekommen, sagt Lilli, aber es besteht ja kein Bedarf & es geht mir gut, wie es ist, weil Konrad ordentlich verdient. Lilli ist immer still und zufrieden, es liegt in ihrer Natur, und ihr Mann ist praktisch veranlagt und arbeitet hart. Ich denke, Lilli wird bald ein Kind bekommen. Der Bauch sieht mir danach aus, und sie ist manchmal blass im Gesicht und stützt sich ab. Ich habe aber noch nichts gesagt und sie auch nicht.

Mit Minna ist es eine andere Sache. Sie wohnt jetzt allein in einer kleinen Wohnung mit Küche und Toilette in Hamburg-Hoheluft in einem Hinterhof. Es ist ein hübsches Haus und sehr bequem, mit einem guten Ofen. Sie ist im ersten Stock, was man hier Beletage nennt, aber sie wohnt natürlich klein, sie ist ja nur eine Person. Sie hat Arbeit in einem Restaurant in der Stadt und ist dort für Vorräte und die Speisekammer zuständig, also sie kauft ein & sieht zu, dass nichts verkommt & gestohlen wird. Es wird wohl auch daran liegen: Minna isst und isst, alles, was sie kriegen kann, und sie ist schon dick und rundlich geworden, weil sie immer umgeben ist von Speise & es kommt mir vor, als wird es von Monat zu Monat schlimmer mit dem Dicksein. Ja, Heinrich, an einem Speiseschrank kann man vieles festmachen, das lässt Schlüsse zu. Sie raucht auch viel, von morgens bis abends, und sie hat jetzt, wo sie arbeitet und alles zählen und abwiegen muss, einen richtig geizigen Zug bekommen. Wir sollen nicht urteilen. Aber es wäre gut, meine ich, wenn sie endlich einen Mann finden würde. Ich habe die Hoffnung fast aufgegeben, dass es ihr noch gelingt. Sie ist dreißig Jahre, fast schon eine alte Jungfer, mürrisch und immer rundlicher, und das Loch im Kopf hat sie auch noch, es geht nicht mehr weg & macht es nicht besser. (Und riechen tut sie manchmal streng und muffig, dass ich mich fast schäme, wenn sie bei uns im Haus ist. Was soll Rosina Lemke denken, die es sicher merkt? Nein, es ist nicht gut, alleine zu leben, man verkommt zu schnell als einsamer Mensch. Ich habe es noch nicht gewagt, sie darauf anzusprechen. Sie kann so jähzornig und verletzend sein.)

Am vorvergangenen Wochenende war Minna bei uns. Wir haben gemeinsam Borscht mit roter Bete und Lamm gekocht, was hier sehr teures Fleisch ist, und einen Mohnkuchen gebacken. Mohn ist in Westdeutschland neu in den Geschäften. Sie kannten es vor dem Krieg nicht, sagen sie, und viele Frauen wissen nicht einmal, wie man ihn mahlt. Unser guter Mohnkuchen ist für die meisten hier eine merkwürdige Sache, weil sie glauben, dass man ihnen den Geist mit Opium vernebeln wollte, stell Dir vor.

Es war wunderbar, den ganzen Sonnabend mit Minna in der Küche zu stehen, wie wir es früher gemacht haben als Mädchen. Nur Konrad wollte es nicht schmecken. Er sagte nichts, als wir zusammen aßen mit Minna und dem Kind und einem seiner Kontoristen, den er aus dem Hafen mitgebracht hatte, und dessen junger Frau. Aber als wir am Abend alleine waren, war es schlimm & er redete von Knoblauchfraß & wie es gestunken hätte & er sagte Ausdrücke, die ich selbst nicht einmal kannte, Koreaner und Buschfrauen. Ich habe nichts gesagt, bin aufgestanden und in die Küche gegangen. Er kam auch nicht und hat sich entschuldigt. Rosina hat mich gesehen, und dann hat sie mich in die Arme genommen und wir haben gesprochen. Es war das erste Mal, dass es richtig persönlich war zwischen uns. Es tat mir gut. Rosina erzählte mir ihre Geschichte und ich ihr meine. So saßen wir bis zwei Uhr in der Früh in der Küche. Bei ihnen zuhause gab es auch Borscht, sagt Rosina, im Memelland, wo der Russe nicht weit war. Das Leben ist nicht großzügig gewesen zu ihr, und der Krieg hat ihr alles genommen. ‚Wenn man einmal so etwas erlebt hat', hat sie gesagt, ‚dann denkt man, es kommt immer wieder. Man geht um die Ecke, und da packt einen wieder das Elend und schüttelt einen durch, und man fällt und fällt, und die Kraft geht einem verloren, immer wieder. Man muss von da an immer kämpfen.'

Gestern kam Rosina am Morgen und brachte mir Tee und einen geflochtenen Weidenkorb ans Bett, mit einer Decke. Es war ein junger Hund darin, und ich war so überrascht und froh, und das Kind und Rosina auch, und wir lachten alle und freuten uns. Es ist ein kleiner Spitz-Welpe, weiß mit großen schwarzen Flecken, zweieinhalb oder drei Monate alt. Wir werden ihn Pharao nennen. Es klingt etwas garstig – wie der König, der das Volk Israel in Knechtschaft hielt und verfolgte. Aber es war Rosinas Vorschlag, und sie war voller Begeisterung, so dass ich es ihr nicht ausreden mochte. Er benimmt sich auch selbstherrlich wie ein richtiger Pharao und hat schon auf einen guten Ledersessel unten im Empfangszimmer gepinkelt, dass wir ordentlich zu tun hatten, damit Konrad es nicht merkte. Er schläft im Haus, oben im Flur, wo er ein altes Kissen aus Hühnerfedern bekommen hat. Damit ich nicht so allein bin, flüsterte mir Rosina zu. Ich wusste zuerst nicht, wovon sie redete. ‚Wieso allein?', sagte ich, ‚ich bin doch verheiratet.' Aber dann verstand ich, was sie meinte. Sie ist eine gute Person, auch wenn sie manchmal auf Leute, die sie nicht kennen, hart und unnachgiebig wirkt.

Kapitel 20: Frau van der Moel ist inkommodiert

Willi Krause fuhr sie zum Dammtor in die Oper, Konrad im Smoking mit Fliege, Alma in einem türkisfarbenen, eng taillierten Kleid. Auf ihren nackten Schultern und Armen lag ein weißer Pelzüberwurf aus Chinchilla, und sie trug Perlen und neue Seidenhandschuhe, ebenfalls weiß, die ihr bis an die Ellenbogen reichten. Sie hatte sich heimlich die Haare unter den Achseln rasiert. In einer Zeitschrift hatte sie gelesen, dass Frauen in Amerika es so machten, dem reichen Land, dem reichsten Land von allen, in dem Georg lebte. Konrad hatte nichts bemerkt – jedenfalls hatte er die fehlenden Haare nicht kommentiert, als sie beieinander lagen in seinem Bett, er auf ihr, sie unter ihm. Es ging ruckzuck, sie war anschließend still, er fluchte und flüchtete.
„Dass du diesen Wahnsinn noch verteidigen willst", sagte Konrad, während er aus dem Seitenfenster sah. „Manchmal glaube ich wirklich, dass du nicht richtig beieinander bist."
Alma und Krauses Blicke trafen sich im Rückspiegel. Es war ihr unangenehm, dass er ihren Streit mitbekam. Ihr Mann war unmöglich, wenn man es sich richtig überlegte.
Sie zupfte die Fingerspitzen ihrer Handschuhe zurecht und schwieg.
„Schau mal, wie herrlich sich das Laub gefärbt hat", sagte sie schließlich. Sie fuhren über den Holstenwall.
„Ich füttere dich doch durch, liebe Alma, und deine Schwester auch oft genug. Und Rosina – und Sie ebenfalls, Krause, ja, gucken Sie nur. Rosina ist schließlich auch von den Polen gekommen, ganz aus dem Osten. Und nun soll ich noch *extra* zahlen? Als wäre der ganze Krieg nicht schlimm genug gewesen?"
„Konrad, lass es sein", sagte Alma. „Lass uns nachher darüber reden. Habe ich dir schon gesagt, dass Lilli schwanger ist?"
„Nein – es ärgert mich aber jetzt! Eine große Ungerechtigkeit ist das – eine riesige sozialistische Sauerei. Wir sind nicht bei den Kommunisten, zum Glück nicht. Das ist nicht die Zone hier, wie drüben beim Ulbricht."
„Konrad…"

„Die Zugewanderten sollen dankbar sein, dass sie hier eine Heimat gefunden haben. Wir sind in Deutschland kein Wohlfahrtsstaat. Alle haben im Krieg gelitten. Alle. Mehr als eine Million habe ich verloren in den Bombennächten. Weit mehr. Ich kann doch kein Geld *drucken*."
„Viele haben alles verloren. Ihre Familie, ihre Häuser, die Höfe..."
„Das bezweifle ich ja nicht. Es kommt nur die Zeit, da muss man die Sache auf sich beruhen lassen. Der Krieg ist aus, seit sieben Jahren. Und dass du das noch verteidigst mit diesem... ihrem Lastenausgleich, das ist eine Schande. Ich schäme mich für dich. Ich hätte mehr Loyalität von dir erwartet."
„Du musst doch sehen, dass... ach, was soll es..."
„Nein, nun sag es. Raus damit!"
„Nimm einmal Minna. Was hat sie denn? Zuhause hätte sie Land gehabt, wenn sie geheiratet hätte – oder jedenfalls genug zum Leben. Es ging uns gut in der Heimat, auch wenn es im Warthegau dann schlimm war, aber wir hatten doch ein Auskommen oder hätten es nach dem Krieg gehabt. Eine Basis, wie du immer sagst. Das ist alles weg, und sie wird nun den Antrag stellen. Es ist richtig so, finde ich."
„Pah. Arbeiten soll sie."
„Tut sie doch. Und ich könnte auch einen Antrag stellen, wenn ich wollte."
„Soweit kommt es noch. Die Schande würde ich nicht ertragen. Frau Lampe zwo geht aufs Amt betteln."
„Ich mache es ja nicht. Ich will den Ausgleich nicht. Es geht uns gut, wir haben mehr als andere. Mehr als die meisten."
„Mit meinem Geld."
„Mit deinem Geld, ja. Du bist mein Ehemann."
„Ich erinnere mich."
„Minna hat keinen Mann."
„Dann soll sie in eine von den Paprikasiedlungen ziehen und sich einen suchen. Oder weiß sie nicht, wie das geht?"
„Konrad – ich bitte dich..."
„Menschenskind, ist doch wahr. Immer warten, dass einem

geholfen wird, anstatt selber die Ärmel hochzukrempeln. Arbeiten gehen soll sie – oder wie sehen Sie das, Krause?"
„Sehr wohl, Herr Lampe, ich..."
„Sie arbeitet", sagte Alma. „Hör mir einmal zu. Mehr als ich arbeitet sie."
„Nun legen Sie mal einen Zahn zu, Krause. Sonst wird das heute nichts mehr mit unserer Kultur."
„Jawohl, Herr Lampe. Wir sind gleich da. Zwei Minuten."
„Fahren Sie vors Haus, wenn man rankommt zur Tür. Kommt man da ran?"
„Es gibt wieder eine Vorfahrt, ja, auch wenn innen drin noch alles ruiniert sein soll. Nur notdürftig hergerichtet."
„Das kann man wohl sagen. Eine provisorische Bühne und die alten harten Stuhlreihen. Wie im Kasperletheater. Ha!"
„Aha?"
„Hilft nichts. Irgendwas muss man machen, um seine Abende rumzukriegen. Drei Stunden soll es ungefähr dauern. Mit Pause."
„Jawohl. Ich hole Sie nach der Vorstellung ab, Rosina hat mir Anweisung gegeben. Darf man fragen, was gespielt wird?"
„Na, Oper eben. Klassische Musik."
„Mozart", sagte Alma. „Die Zauberflöte."
„Ein, äh... gelungenes Stück?", fragte Krause.
„Oh ja, sehr." Alma sah in den Rückspiegel und lächelte ihn dankbar an.
Im Foyer begrüßten sie bis zum zweiten Klingeln Bekannte. Konrad hatte joviale Heiterkeit aufgesetzt, Alma stand einen Schritt hinter ihm, die Hände auf ihrer silbernen Tasche übereinandergelegt. Wenn er „meine Frau" sagte, lächelte sie, streckte den Arm aus und ließ sich ihre Finger küssen.
Auf der Treppe sah sie Regina Wilson stehen und ihr zuwinken. Alma winkte rasch zurück, lächelnd – sie mochte sie, ihre Heiterkeit, die Natürlichkeit. Regina trug ein fantastisches Kleid, dachte sie: rot, mit einer langen Federboa, die ihr bis auf die Fersen fiel, schweren Schmuck im Dekolleté und an den Ohren. Es mussten Rubine sein, dachte Alma. So rot.

Hedi van der Moel, lyrischer Sopran, hatte in der Stadt für einen Skandal gesorgt – nicht weil sie schlecht gesungen hätte, sondern wegen ihres Äußeren. Die Hamburger Abendzeitung, in einem Feuilleton-Bericht von Frau Dr. Johanna Erika Kramer, hatte sie eine „alternde Wuchtbrumme" genannt und öffentlich in Frage gestellt, ob so eine „umfangreiche Gestalt" eine junge Prinzessin mimen könnte, Pamina, der die Ressortleiterin Feuilleton „die mutmaßliche Feingliedrigkeit des Adels" unterstellte. „Eine drollige Besetzung", lautete die Überschrift des Artikels. Von „plump" war dort die Rede.

Die Leser der Zeitung waren geteilter Meinung. Es ginge um die Kunst, mahnten die einen – die Mehrheit – in Briefen, um die Schönheit des Gesangs; eine makellose Stimme sollte, bitteschön, nicht in einer unförmigen Gestalt wohnen, forderten die anderen. Frau van der Moel verteidigte sich nach mehreren Tagen würdevollen Schweigens in einem halbseitigen Interview mit Frau Doktor. Hinter den Kulissen, auch das berichtete die Zeitung, hatte sie getobt. Walter Läufert persönlich, Intendant des Hauses am Dammtor, hatte die Künstlerin in der Halle des Vier Jahreszeiten abfangen müssen. Ihr großes Gepäck war bereits auf dem Weg zum Bahnhof gewesen, der Zug fuhr über Bremen und Utrecht nach Brüssel, der Heimatstadt der van der Moel.

Es war der Einfall des Regisseurs, das Finale der Oper in völliger Dunkelheit zu beginnen. *Bald prangt, den Morgen zu verkünden*, sangen die drei Knaben, und dieses Prangen und Künden wurde begleitet vom langsamen Aufgehen der Sonne, symbolisiert von apfelsinenrotem Scheinwerferlicht im rückwärtigen Teil des Bühnenhauses: Licht vertrieb die Schatten der Nacht, eine billige und zugleich effektvolle Lösung. Es war keine ganz schlechte Idee, schrieb Frau Dr. Kramer.

Aber eine unpraktische.

Alma war müde. Eine halbe Stunde noch, dachte sie, dann konnte sie nach Hause ins Bett. Sie freute sich auf ihren Kamillentee vor dem Schlafengehen. Hoffentlich würden sie nicht lange im Foyer stehen und reden müssen, weil ihr Mann kein Ende fand und noch einen Cognac nach dem anderen trinken wollte. Sie saß in der

ersten Reihe neben Konrad, der hellwach zu sein schien und sich bei jedem Applaus klöternd Pfefferminzpastillen aus einer Blechdose in die Handfläche schüttete. Rechts von ihr saß ein älteres Ehepaar – eine unangenehme Situation: Sie hatte die beiden einige Male in Hamburg gesehen, war ihnen wahrscheinlich auf irgendeiner Veranstaltung vorgestellt worden, aber sie wusste die Namen nicht mehr. Eine Drogeriekette oder Parfümerien, in der Altstadt, vermögende Leute, nicht mehr so wie früher, aber sie sollten immer noch Geld haben. Sie suchte in Gedanken nach dem Namen, zunehmend irritiert, ohne Ergebnis, es ließ sich nicht ändern. Sie schloss ihre Augen im Dunkeln, döste, wartete auf das Knaben-Trio. Herrliche Stimmen, dachte sie, als sie begannen. Schade, dass man kaum etwas sah.
Im Hintergrund schlich Hedi van der Moel in weitem Gewand, ein Messer in der Hand, durch eine Kulisse aus Laubbäumen, während die Knaben den Morgen besangen. *Du also*, hatte sie in selbstmörderischer Stimmung zu singen und die Klinge, wenn sie den vorderen Teil der Bühne erreicht haben würde, an ihren Hals zu setzen, um sich die Kehle durchzuschneiden.
Sie verpatzte ihren Einsatz und ging im Halbdunkel der Morgendämmerung einen Schritt zu weit. Statt *Du also bist* erklang ein spitzer Schrei. Das Messer fiel auf den Bühnenboden, Hedi van der Moel in den Orchestergraben, unter die Hörner und Pauken. Ein Arm blieb im Fell einer Kesseltrommel hängen, ihr Kopf schlug seitlich auf den Metallrand. Pamina verlor sofort das Bewusstsein.
Das Publikum raunte, einer lachte, kurz. Mehrere Violinen, Bratschen und Holzbläser, die im Dunkeln zu spielen begonnen hatten, bemerkten den Unfall spät und spielten weiter. Der Dirigent winkte ab, aber es dauerte mehrere schreckliche Sekunden, bis das Orchester zur Ruhe kam. Der Vorhang fiel, den Knaben vor die Füße.
„Mach doch einer Licht!“, schrie jemand. „Wir brauchen Licht!“
„Ein Arzt. Ist ein Arzt hier…!?“
Das Saallicht ging an. Der Dirigent stand nicht mehr am Pult. Monostatos’ fettig glänzendes Gesicht zeigte sich durch einen

Spalt im Vorhang. Die Königin der Nacht kniete neben Hedi van der Moel und sagte, dass ihr Herz noch schlägt. Als die Ambulanz eintraf, hatte ein Oboist Mund-zu-Mund-Beatmung eingeleitet, die dazu führte, dass die Künstlerin sofort die Augen öffnete und laut stöhnte.
Alma stand mit Konrad und dem Drogisten-Ehepaar auf und sah in den Orchestergraben hinunter.
„Hier kriegt man was geboten für sein Geld", sagte Konrad zu laut. „Der Arm ist garantiert gebrochen, so schief, wie der absteht. Sieht nicht gut aus. Übel."

„Champagner!?", rief Walter Läufert. Er tupfte sich mit einem Taschentuch kaltes Leitungswasser auf Stirn und Schläfen. „Steiner, jetzt spinnen Sie."
„Was dann? Wollen Sie die Leute etwa nach Hause schicken?", sagte Steiner, der Abendspielleiter. Er tippte mit dem Zeigefinger auf das Bühnenbuch. „Nur über meine Leiche. Das trage ich hier nicht ein. Nie, Herr Läufert. Nicht mit mir. Solche Dinge passieren, deswegen wird die Vorstellung nicht beendet. Jedenfalls nicht, solange niemand tot ist. Ist sie offenbar nicht, sie kann ja noch schreien. Was für eine Furie, diese unsägliche Person."
„Aber doch keinen Champagner! Für vierhundertachtzig Leute..."
„Meinetwegen auch Sekt."
„Ach Unsinn, wir haben nicht einmal Bier genug im Haus. Erst recht keinen Sekt." Läufert gestikulierte mit einem Zigarillo, der erloschen war. Er versuchte, ihn mit Streichhölzern wieder anzuzünden, aber die Schachtel war leer, bevor es ihm gelungen war. Er warf den Zigarillo wütend in das Waschbecken in Sarastros Garderobe.
„Wer ist unser Cover?", fragte Läufert. „Wo ist die kleine Brünette? Diese Wargas?"
„In Kopenhagen. Gestern ist sie gefahren."
„Was macht sie *da*? Die hat hier zu sein. Wozu ist sie Cover?"
„Ich... habe es ihr erlaubt, Herr Intendant."
„Sind Sie denn des Teufels, Steiner!?"

„Es...
„Scheiße."
„Ihre Mutter liegt im Sterben."
„So eine Scheiße. Gerade heute? Sechs Gäste habe ich mitgebracht, persönliche Gäste, Steiner, aus Salzburg und Graz, Musiker alle. Was sollen die denken von uns? Ausgerechnet heute muss die Dicke in den Graben plumpsen."
„Ich..."
„Und eine Hitze hier. Stell mal einer die Spiegelstrahler runter. Steiner, helfen Sie mir aus dieser Smoking-Jacke. Wir müssen nachdenken. Schnell am besten."
„Gestern hätten wir Ersatz gehabt."
„Das hilft uns herzlich wenig, Mensch, heute ist heute. Die Wargas ist also weg... Was ist mit den Damen im Chor? Wird doch wohl eine die Pamina singen können? Die paar Takte noch..."
„Unsere Damen hier?"
„Na ja, genau, *unsere Damen*, eben wohl die."
„Das halte ich für völlig ausgeschlossen."
„Ah. Ist nicht weit her mit denen?"
Steiner schüttelte den Kopf. „Undenkbar", murmelte er. „Selbst wenn die wollten, die könnten es nicht. Dann singen Sie besser gleich selbst."
„Wer ist noch in der Stadt? Ist irgendjemand in der Stadt? In den Hotels? Eine vom Theater?"
„Nicht dass ich wüsste."
„Herrje. Herrje. Wer soll nun Paminen singen?"
„Tja. Ein Mädchen oder Weibchen..."
„Steiner, hören Sie auf mit Ihren blöden Witzen. Was machen wir?"
„Maestro!", rief eine Frau. Regina Wilsons Kopf, eingerahmt von ihrer roten Federboa, zeigte sich in der Garderobentür. „Hier sind Sie! Wo ist unser lieber Sarastro?"
„Hinten irgendwo. Hinter der Bühne. – Steiner, das ist Frau Wilson. Sie erinnern sich, vom Konsulat, die Amerikaner... – Ja, sehr unangenehm, diese Sache. Es ist... wir haben..."

Zwei der Knaben sahen neugierig aus dem Gang in die Garderobe. Sie trugen ihre Kostüme – silberne Roben, Engelsflügel – und tranken Milch aus Gläsern.
„Wir haben jetzt wirklich keine Zeit, Frau Wilson."
„Weiß ich doch. Was denken Sie von mir? Sie haben schon Ersatz?"
„Nein. Noch nicht. Eben darum pressiert es."
„Ah. Ich verstehe. Dann... Ich wollte nur sagen: Lassen Sie Frau Lampe singen."
„Was sagen Sie? Wen?"
„Alma Lampe."
„Wer ist das?"
„Die Frau von Konrad Lampe. In der ersten Reihe. Ein grünes Kleid. Grün-türkis."
„Aus dem Publikum?"
„Sicher, ja. Publikum."
„Kenne ich nicht. Wer ist das? Wo hat die gesungen?"
„Nirgends. Noch nirgends. Nur bei mir."
„Frau Wilson, was soll denn das? Wir brauchen eine Sängerin, etwas Richtiges, kein Nachwuchstalent. Das ist hier eine große deutsche Bühne."
„Aber lieber Herr Läufert... Ich würde doch nicht zu Ihnen kommen, wenn nicht..."
„Kennt sie die Rolle?"
„Aber ja. Sie singt sie bei mir seit zwei Jahren. Eine wunderbare Stimme."
„So? Wo ist die Person?"
„Klaus, komm mal rein und stell dein Glas weg." Einer der beiden Knaben sah Mrs. Wilson an. „Hol mir bitte die Frau, mit der ich eben hinten war. Mit den langen weißen Handschuhen die. Weißt du, welche ich meine?"
Klaus nickte. „Mach ich", sagte er. Zwei Minuten später kehrte er zurück, Alma an der Hand hinter sich herziehend.
„Frau Lampe, nun kommen Sie mal hierher", rief Regina. „Lassen Sie gut sein, Darling, kein langes Reden, wir brauchen Sie jetzt. Das hier ist Herr Läufert. Intendant. Herr Steiner."

Sie schüttelten sich die Hände. Läufert wischte sich mit dem Taschentuch durchs Gesicht und sah sie von der Seite an. „Wer sind Sie, Gnädigste? Sie kennen die Partie? Pamina?"
„Ich? Na ja."
„Was nun? Ja oder nein?"
„Ich würde sagen: ja. Aber ich möchte mich nicht aufdrängen. Es ist nur, weil Regina Wilson meinte..."
„Sie kennt sie, und sie kann sie. Und wie sie kann, Herr Direktor. She's terrific."
„Sie sagen das so, Frau Kammersängerin. Einfach mal so... – eine Blamage können wir uns nicht leisten. Schlimm genug, wie es ist mit der van der Moel im Hospital. Lieber lass ich räumen. Sie meinen, die Dame hier...?"
„Meine ich."
„Könnten Sie nicht selbst...?"
„Ich? Ein Alt soll Ihre Pamina singen? Sie scherzen."
„Ha, ha... natürlich, nein. Das geht nicht."
„Ja. Ja... dann... Lampe heißen Sie?"
„Alma Lampe. Aus Altona. Mein Mann kennt Sie."
„Senat – der? Oder woher?"
„Nein. Lampe aus dem Hafen. Er sagt, Sie kennen sich."
„Na, es ist jetzt auch ganz egal. Können Sie denn die Pamina überhaupt singen? So, dass sie uns nicht die Bühne stürmen?"
„Ich..."
„Und ob", sagte Regina. „Und ob Sie das können, Frau Lampe. Ich sage Ihnen: Sie können. Denken Sie überhaupt nicht darüber nach, wo Sie sind. Singen Sie einfach. So, wie Sie bei mir immer singen. Ich setze mich neben Sie, wenn Sie wollen. Wenn Ihnen das hilft. Manchmal muss man..."
„Wieviel Uhr ist es, Steiner?"
„Zehn vor elf."
„Herrje. Uns läuft die Zeit davon."
„Wenn wir abbrechen, müssen wir die Karten ersetzen. Vierhundertachtzig."
„Ja, doch, Steiner. Danke. Was tun? Was tun?"
„Machen Sie es einfach", sagte Regina mit spöttischem Unterton.

„Oder haben Sie viele Alternativen, mein Lieber?"
„Sie geben mir Ihr Ehrenwort, dass Sie mich nicht verschaukeln?"
„Sicher. Mein Ehrenwort. Sie wissen, was das heißt – ich war bei den Girl Scouts. Es sind nur noch drei Nummern mit Pamina. Das schafft sie. Mühelos schafft sie das. Ich gehe davon aus, dass Sie konzertant beenden?"
„Konzertant, ja. Es geht nicht anders. In Kostümen meinetwegen, aber konzertant, auf der Bühne."
„Kommen Sie mit, liebe Alma, ich zeige Ihnen alles."
„So. In Gottes Namen. Steiner, ich gehe jetzt raus – klingeln Sie, ja, klingeln Sie –, und ich erkläre es den Leuten. Konzertant, sagen Sie dem Ensemble. Und – Frau Wilson? Ich bete zu Gott, dass Sie mir keinen Unsinn erzählt haben mit ihrer Muse in türkis. Sie wissen, was auf dem Spiel steht!?"
„Darling, let her do the job."
„Bleiben Sie bei ihr, bitte. Gehen Sie in den Graben. Dicht an die Bühne. Dirigieren Sie meinetwegen mit."
Regina lachte.
„Das machen wir nun. Ich hoffe, sie kann den Part. Ach ja, die Noten. Frau Lampe, Frau Wilson, nehmen Sie den Klavierauszug mit. Hier! Und nun los, weg mit Ihnen, rauf aufs Gestell. Holen Sie mir mal den Merzinger ran, Steiner, dass der weiß, wie er zu dirigieren hat, wenn man so ein unbeschriebenes Blatt überhaupt dirigieren kann… Lampe heißt sie…" Er schüttelte den Kopf. „Und lassen Sie klingeln, Steiner, lassen – Sie – endlich – *klingeln*! Uns läuft die Zeit davon – verdammt… Gott mit uns."

Es war Wahnsinn, dachte sie, völliger Wahnsinn – was ritt sie nur? Sie stand auf der Bühne, in ihrem Abendkleid, die Schultern nackt, die Knaben rechts neben ihr, sie hatten zu singen begonnen. Es war dunkel; der Morgen wurde ein zweites Mal verkündet. Sie sah fast nichts, nur kleine, gelbe Lichter an den Notenständern der Orchesterspieler unter sich. Sie hatte den Klavierauszug aufgeschlagen, aber sie brauchte die Noten nicht, das wenigstens wusste sie. Aber singen? Hier singen? Sie wollte weg. Weglaufen. Im Boden versinken. Warum machte sie solche

Sachen? Ließ sie mit sich machen? Regina war von Sinnen.

Die Sonne ging auf, es wurde langsam hell hinter ihr. Sie sah ihren Schatten, den das Licht nach vorne warf, vor ihre Füße, grau erst, dann dunkler und schwarz, Kopf und Hals am Bühnenrand abgeschnitten. Regina Wilsons ruhige Augen, im Graben, auf sie gerichtet.

Im Publikum wurde gelacht – es lag an den Knaben. Anstatt auf der Stelle stehen zu bleiben, bewegten sie sich auf sie zu. Der älteste, einen halben Kopf größer als die beiden anderen, lachte sie beim Singen an – jetzt zeigte er auf sie – *sie kommt sie kommt lasst uns beiseite gehn*. Jemand klatschte – die Knaben setzten sich auf die Bühnenkante – war es geplant?, fragte Alma sich, oder improvisierten sie? Sie ließen ihre Beine baumeln und sangen im Sitzen weiter. *Damit wir was – sie – mache – sehn…*

Alma sang, schwitzend, mit geschlossenen Augen. Die ersten Töne kamen ihr rau vor, große Intervalle, schwer zu treffen, wenn die Stimme frisch war, kaum eingesungen. *Durch dich vollend ich meinen Gram… Geduld… Bald.*

Wahnsinn tobt ihr im Gehirne, sangen die Knaben vor ihr, sie alberten herum… *Selbstmord steht auf ihrer Stirne.*

„Wer singt da?", fragte Hedi van der Moel hinter der Bühne, wo sie in Unterrock und Garderobenmantel auf einer Bahre im Sitzen auf den Transport ins Krankenhaus wartete. „Das ist keine Sopranistin."

„Doch", sagte Steiner. „Ist es. Und es ist schön."

Frau van der Moel schloss die Augen. „Ja, es ist gut", sagte sie schließlich.

„Eine aus dem Publikum."

„Erstaunlich."

Alma verlor das Gefühl für Zeit. Die Szene war vorüber, kaum dass sie begonnen hatte. Sie öffnete die Augen.

Sie sah, dass das Publikum stand, Konrad vorne, Regina im Graben, den Mund weit offen, sie rief ihr etwas zu, das sie nicht verstand, es war zu laut, das Orchester, die Knaben strahlten, grinsten quer durchs Gesicht.

Sie fragte sich, was sie tun sollte. Von der Bühne gehen? Sich

verbeugen? Sie sah zur Seite, wo Walter Läufert hinter dem Vorhang stand und mit der Hand eine kunstvolle Verneigung andeutete.
Es blitzte mehrere Male vor ihr, grell.
Das Orchester stand, sie hörte Bögen auf Holz schlagen. Läufert hatte ihre eine Hand ergriffen, der große Knabe die andere. Sie verbeugten sich gemeinsam. Es war unerträglich laut – was war das für ein Schreien? –, und ihr Kopf füllte sich mit Freude. Sie ahnte plötzlich... wusste plötzlich... – dass sie – für einen Moment – die schönste Stimme auf der Erde gehabt hatte.
„Nun übertreiben sie aber, diese Hamburger", sagte Hedi van der Moel, als sie von hinten in den Krankenwagen geschoben wurde. „Immer trocken und spröde, bei allem, was sie tun, und plötzlich gibt es kein Halten mehr."

Rosina saß mit der Zeitung auf den Knien im Rauchzimmer in einem Sessel. Der Kaffee auf dem Tisch war kalt geworden.
„Frau Alma, was sind Sie nur für eine mutige Person", sagte sie kopfschüttelnd. „Ich kann es immer noch nicht glauben."
„Ach, Rosina, die Leute sagen alle, ich sei so mutig gewesen. Aber was ist schon Mut? Mut geht immer mit Angst zusammen. Nur wer Angst hat und etwas tut, trotz seiner Angst etwas tut, der ist mutig. Was hatte ich für eine Angst, als ich oben stand, auf der Bühne. Ich fürchte mich immer noch, wenn ich daran denke. Wie leichtsinnig ich war, wie naiv. Wie schief es hätte gehen können. Aber vielleicht war ich auf meine eigene Art tatsächlich mutig. Ich wollte nur singen, dieses schöne Stück."
„Ich bin so stolz auf Sie. Meine Herrschaft und singt in der Oper, noch dazu die von Hamburg, in so einer großen Stadt. Sie können wirklich stolz auf sich sein."
„Meinen Sie?" Alma lächelte.
„Aber ja! Das steht außer Frage."
„Stolz ist nie gut, Rosina. Stolz brachte die Engel zu Fall."
„Du meine Güte, was reden Sie denn? – Schauen Sie, Willi Krause hat die anderen Zeitungen gebracht. Hier ist etwas in der Abendzeitung. Etwas Großes... geh mir ab, ganz vorne auch

noch." Rosina zeigte ihr die erste Seite. „Och, das ist von der Frau Doktor höchstpersönlich. Die muss ganz schwierig sein."
„Welche Frau Doktor?"
„Kramer heißt sie. Das ist deren Schreiberin für das Kulturelle. Hier. Ich lese Ihnen vor. *Frau Lampe tritt ins Rampenlicht*, steht oben drüber. Und... weiter hinten ist noch ein Kommentar von ihr. Von Frau Doktor J O H Punkt Erika Kramer. J O H Punkt ist Johanna, sie kürzt es immer ab, fragen Sie mich nicht, warum. Die muss sehr eigen sein, die Dame. Hier ist ein Foto von Ihnen auf der Bühne. Zwei. Nein, drei. Und hier die van der Moel."

HAZ Selten ereignen sich in unserer notdürftig hergerichteten Oper Sternstunden, oder nie. Die Zeiten, in denen ein Mahler, ein Händel oder ein Telemann den Hamburgern Meisterhaftes darboten, sind in die weite Ferne der Musikgeschichte gerückt. Vorgestern aber durften wir Zeuge eines solchen Moments werden, in dem Alma Lampe, die Ehefrau eines angesehenen Kaufmanns der Hansestadt, debütierte. (Unser Bericht Seiten 1 und 9).
Mozarts Zauberflöte ist bekanntlich eine Allegorie: der Kampf zwischen Gut und Böse als Sinnbild der menschlichen Existenz. In den vergangenen Wochen schien es mitunter, als würde dieser Konflikt auf den Seiten dieser Zeitung ausgetragen. Auch ägyptische Prinzessinnen können und dürfen korpulent sein, sicher; Leser haben uns darauf zu Recht hingewiesen. Doch obgleich Klangkörper und Stimme beim Musiktheater die Hoheit haben sollen, kann corporale Fülle die Agilität empfindlich behindern. Hedi van der Moel, Belgiens Diva, musste dies vorgestern Abend am eigenen Leib erfahren.
Kurt von Fleißingens Inszenierung wird weder als Revolution noch als Revolte in die Musikgeschichte eingehen – zu malerisch und beengt das Bühnenbild, zu herkömmlich altbacken Ensemble und Darstellung. Wäre da nicht der Kampf zwischen Gut und Böse, den v. Fleißingen im Finale als Kampf von Dunkelheit und Licht umdeutet, im wahren Sinne des Wortes. Hedi van der Moel wurde als Pamina Opfer düsterer Mächte und fiel in den Orchestergraben. Die Verletzungen sind ernst, allerdings, so hören wir, vom Gefährlichen oder gar Lebensgefährlichen weit entfernt.
Hedi van der Moels Fehltritt war, siebenundvierzig Minuten später, Alma

Lampes Auftritt. Sie sang außerordentlich, wenngleich keineswegs perfekt, wie uns einige Blätter (deren Reporter, das können wir versichern, nicht anwesend waren) weismachen wollen. Doch es war besser als gut, unter den Umständen. Allein die ersten Töne, die Frau Lampe auf Bühnenbrettern zum Besten gab: Du also bist mein Bräutigam, zu singen „dem Wahnsinn nah, voll Todessehnsucht", wie Schikaneder in einem Brief an Mozarts Stanzerl schrieb. Frau Lampe beging einen Stilbruch: Sie sang den Auftakt des Finales nicht dramatisch, vibririerend, hysterisch, wie die Belgierin und viele andere Künstlerinnen es bislang in bewährter Manier taten, und damit manieriert. Sie sang es eher wie eine Trauerarie, ohne jeden stimmlichen Schmuck. Man darf sagen, dass die Welt so etwas noch nicht gehört hat. Reinheit – das ist das Wort, das als erstes in den Sinn kommt, und welches Attribut würde einer scheinbar verlassenen Pamina, einem tristanesken Liebestod nah, besser stehen als dieses? Im Leben wie in der Kunst liegt das Geheimnis des Erfolgs in dem, was man weglässt, sagte Pablo Picasso jüngst in Warschau. Wie wahr. Das Ergebnis ist schlichte Grazie – eben jene Reinheit, die Alma Lampe am vorgestrigen Abend verkörperte. Dass sie eine schöne Frau ist, reif und in der Blüte ihrer Anmut, kann kein Schaden sein.

Doch nicht nur sie selbst leuchtete, sondern sie verhalf anderen zu einer Metamorphose, die unglaublich schiene, hätten wir sie nicht selbst verfolgt. Die Knaben – Siegfried Pichler, Christian zum Roggen und Klaus Südhansen – wandelten sich nach van der Moels Abstieg in die Unterwelt von gelangweilten Gören zu elegischen Engeln, allen voran der kesse Christian, elf, der improvisierte wie ein – nun, es möge ihm zu Kopfe steigen: ein junger Gott.

Oleg Porschikow als Papageno, ein Exilrusse und bis zum Sturz der flämischen Diva ein farblos-lendenlahmer Narr, in hohen Lagen mitunter anämisch, schaffte mit Frau Lampes Hilfe den glaubhaften Spielbariton. Der Papagena-Freudentaumel ließ ihn plötzlich Mimik und Gestik entdecken und stimmlich ungeahntes Format gewinnen. Eine herrliche Wandlung.

Der anrührendste Moment: wie Alma Lampe am Ende der Szene mit den Knaben auf der Bühne stand – offensichtlich zum ersten Mal in ihrem Leben in derart öffentlicher Rolle und unsicher, wer wäre es in solch einer Situation nicht? Als der Saal völlig zu Recht steifes Hanseatentum vergaß und tobte und von irgendwoher in großem Bogen ein Blumenstrauß geflogen kam. Als der Druck abfiel von ihr, sie zu zittern anfing und von der Bühne gehen musste, aber wieder und wieder gerufen wurde. Ist Bescheidenheit wirklich die schlimmste Form der Eitelkeit, wie La Rochefoucauld mutmaßte? Auch große Geister können irren. Hier weiß eine Sängerin wirklich noch nicht um ihre wahre Größe. Wir werden, das steht fest, mehr von Frau Lampe hören und, so hoffen wir in dieser Stadt, noch Besseres. Doch für die Sternstunde, die sie Hamburg am vorgestrigen Abend beschert hat, müssen wir ihr schon jetzt für immer dankbar sein. Frau van der Moel wünschen wir eine rasche Genesung. Vor Frau Lampe verneigen wir uns.

Walter Läufert schickte am Morgen nach Hedi van der Moels Unfall ein Telegramm nach Kopenhagen, an Frau Wargas. Das Prinzessinnen-Cover kehrte rechtzeitig zur nächsten Aufführung vier Tage später mit dem Zug nach Hamburg zurück. Es war kein Erfolg. Die Wargas hatte einen Silberblick und konnte nicht anders, als ihren Prinzen anschielen, und der Gesang rührte nicht. „Wo ist die Lampe?“, fragte Joh. Erika Kramer. *Schaltet die Lampe ein*, lautete die Überschrift ihres Artikels.
Läufert bekam einen Anruf aus London. Auf der Theater-Seite der *Times* hätte ein kurzer Bericht gestanden, erzählte er Alma am Telefon: *Concert Guest Spontaneously Performs Mozart Aria in Hamburg Theatre.* „Sie wollen ein Interview“, sagte er. „Mit mir und mit Ihnen.“
Als die Briefe der Hamburger Abonnenten sich auf seinem Schreibtisch stapelten, besuchte Läufert sie im Haus an der Palmaille. Er trug einen Strauß roter Nelken im Arm, als er das Kaminzimmer neben der Eingangshalle betrat, und brachte einen Scheck mit, zweihundert Mark, das Honorar. Er bat sie, die Rolle der Pamina noch einmal zu singen. „*Ganz* zu singen“, sagte er. „Nicht nächste Woche natürlich. Aber wir wollen damit an die Presse. Was meinen Sie?“
Am nächsten Tag schickte er ihr eine Karte, handgeschrieben und persönlich überbracht von Regina Wilson.
Verehrte Frau Lampe, las Alma, *könnten Sie morgen wohl um zehn Uhr*

(bitte pünktlich) zu einer Kostümprobe erscheinen und uns ein weiteres Mal mit ihrer Pamina beglücken? Es wäre uns – uns allen hier an der Gänsemarkt-Oper, Sängern, Chor, Orchester und Intendanz – Vergnügen und Ehre. Hochachtungsvoll und mit ergebensten Grüßen, stets Ihr Walter Läufert.

Kapitel 21: Das Graue Haus

„Wir sollten es grau streichen“, sagte Alma. Sie stand auf dem Brodtener Steilufer neben dem Wagen und sah auf die Ostsee, die grün unter ihnen lag. Sie hörte die Wellen ans Ufer schlagen, unwirklich langsam. Willi Krause lud zwei schwere Oleander-Töpfe aus dem Kofferraum und stellte sie auf den Boden. Über ihnen kreischten Lachmöwen, braune Köpfe, weiße Federn, und balancierten ihre dünnen, spitz zulaufenden Flügel im Wind.
„Meinen Sie?“, sagte er schließlich. „Oh, bei diesem hier sind zwei Äste abgebrochen. Schade drum.“
„Mir kommt es so vor, als ob alles, was von Dauer in diesem Leben ist, grau ist.“
„Ist das so?“
„Finden Sie nicht? Steine, Asche, Burgen…“
„Ich weiß es nicht, Frau Lampe. Das ist zu hoch für mich. Zu philosophisch. Aber wir wollen hoffen, dass Sie noch lange Freude an diesem runtergekommenen Hüttchen haben. Eine ganze Ewigkeit von mir aus. Wenn Sie ihr Haus in grau haben wollen, kriegen Sie es in grau. Mir soll es recht sein.“
„Mir gefällt es hier. Es ist ruhig. Nicht wie in der Stadt.“
„Sicher, ja. Das Meer, die Luft… Jetzt, wo Pfingsten vorbei ist und die warmen Tage kommen. Die herrliche Sommerfrische… War mal richtig berühmt, die Gegend hier.“
„Es ist wirklich ein schöner Ort. Die Abende im vergangenen Sommer waren wunderbar. Salzwasser kann nie schaden – die See, Schweiß und Tränen, das ist nie verkehrt. Salzwasser heilt alles.“
„So oder so braucht das Holz frische Farbe. Sehen Sie, wie alles abblättert untenrum, wo im Winter die hohen Wellen rankommen. Man sieht es von hier oben. Fast armselig wirkt die Bude. Ich möchte nicht wissen, was die Leutchen hier reden, wenn sie vorbeikommen.“
„Grau also. Nehmen Sie grau, Herr Krause. Einen hellen Ton – hellgrau, freundlich. Sagen Sie es bitte Rosina, wenn sie kommt. Bis auf die Fenster- und Türrahmen. Für die überlegen wir uns

etwas anderes. Etwas Buntes, Leuchtendes."

„Wenn Sie die Frage gestatten, Frau Lampe... – wie lange wollen Sie hier bleiben, wenn Sie die vielen Möbel bringen lassen?"

„Schauen wir mal. Für einen Sommer, vielleicht für zwei. Es ist ja nicht weit weg von Hamburg und meinem Mann. Ich kann jederzeit auf der Autobahn hinfahren und wieder zurück. Kommen Sie, Herr Krause, lassen Sie die Töpfe hier oben stehen. Sie können sie nachher mit der Sackkarre holen. Die wird keiner klauen, schwer, wie sie sind. Wir gehen erst einmal hinunter und sehen nach, ob alles in Ordnung ist. Mein Mann sagt, dass innen alles leer sein soll. Sauber und leer. Die Handwerker haben schon ausgebessert."

„Wie Sie wünschen."

„Rosina kommt mit dem Lieferwagen und den Möbelpackern nicht vor drei. Wir haben einige Stunden Zeit. Schauen Sie, wie die Hagebutten hier oben blühen. Als würden sie bis ins Meer reichen, so sieht es aus."

„Ein Palast ist es nicht", sagte Rosina. „Frau Minnas Bett passt nicht in ihre Schlafkammer."

„Hmm?" Alma saß auf einem gelben Plüschhocker vor einer beige lackierten Frisierkommode, die die Packer vorübergehend im engen Flur abgestellt hatten, und sah vom Schreiben auf.

„Passen tut es wohl, im Grunde. Aber sie kriegen das Bett nicht durch die Tür. Es ist zu groß, oder die Tür ist zu klein, wie auch immer. Was machen wir nun?"

Mit Brettern befestigte Stufen führten am Steilufer herunter zum Grauen Haus. Sie endeten wenige Schritte vor einem Holzsteg, der Sand, Steine, braunen Tang und schließlich das flache, grün schimmernde Uferwasser überbrückte. Konrad hatte das Geländer bereits ausbessern und ein Holztor montieren lassen. Man wusste nie, meinte er, wie neugierig die Leute sein würden, wenn sie erst einmal erfuhren, wer die alte Seehütte am Meer als Sommerhaus nutzte. Man durfte der Presse keinen Gefallen tun. Zu beiden Seiten des Tors hatte Alma rote Geranien in Kübeln gepflanzt und Wicken, die an den Holzpfosten emporrankten und

blühten, rosa, weiß, rot.
Das Haus stand auf Stelzen. Es knarrte und schwankte, wenn das Meer einen schlechten Tag hatte, und der Kronleuchter mit dem bunten Kristallglas aus Chile, den Krause vom Speicher in Altona geholt hatte, pendelte manchmal, als hinge er auf einem schlingernden Schiff. Getragen wurde das Graue Haus in der Mitte von einem Kamin aus rotem Backstein, auf ein Zementfundament gemauert, das unter den Holzplanken auf den sandigen Meeresboden ragte und dort wie eine Wurzel tief in den Grund ragte. Es war das Rückgrat, das das Graue Haus hielt wie der Stiel einen aufgespannten Sonnenschirm. Im großen Zimmer neben dem Kamin stand ein Schimmel-Klavier aus Wurzelholz. Es war die einzige Stelle, meinte Konrad, die das schwere Instrument halten konnte, ohne dass es irgendwann durch den Boden ins Meer brechen würde. An der Rückseite stapelte Rosina Scheite auf und Treibholz, das sie mit Krause am Strand sammelte, weiß, ausgebleicht von der Sonne, glatt geschmirgelt von Sand und Steinen. Es roch gesund im großen Zimmer, nach Algen und Salz.
Das Haus zog, selbst im Sommer; der Wind hörte nie auf. Auf der Rückseite, dem Meer zugewandt und vom Ufer aus nicht einsehbar, lag eine tiefe Veranda, die Konrads erste Frau verglast hatte, oben mit kleinen, bunten Scheiben, darunter mit hohen, schmalen Fenster, eines neben dem anderen, wie in einem Kirchenschiff.
Grau sollte es sein, und grau wurde es, an einem einzigen Tag. Sonne und Wind trockneten die drei Farbschichten, die eine Malertruppe aus Travemünde unter Willi Krauses Leitung auftrug, in wenigen Stunden. Die Rahmen der Fenster und Türen und die Innenwände strichen sie himmelblau.
Konrads alte Seehütte hatte sechs Zimmer: den großen Verandasalon mit dem Kamin, vier kleine Schlafräume und, im vorderen Teil neben dem Eingang, die Küche und eine Speisekammer. Rosinas Zimmer lag zur Steilküste und war schattig und kühl, hatte aber ein eigenes Bad mit einer Messingbrause. Alma schlief in einem Alkoven, auf drei Seiten

umrahmt von Fenstern. Von ihrem Zimmer, nach Süden gelegen, führte eine breite Flügeltür, vor der Pharaos Schlafmatte lag, auf die Veranda. Minnas Kammer lag auf der anderen Seite, nach Nordosten. Sie teilte eine Wand mit Rosina, so dass sie, wenn sie nachts etwas brauchte, im Liegen mit den Knöcheln an das Holz klopfen konnte. Auf dem Dach stand ein rundes, mit Holz verkleidetes Wasserreservoir, das über Rohre mit Küche und Bädern verbunden war. In der Mitte ragte der Kamin in den Himmel, auf dem ein grüner Kupferablauf wie eine Krone saß. Davor stellte Alma Korbstühle, Liegen und eine Sonnenmarkise auf. Bei Sturm schwankte es hier oben am stärksten, wenn die Wellen gegen Strand, Klippen und die Pfosten, auf denen das Haus ruhte, schlugen. Alma mochte diesen Ort. Sie saß hier bis in den späten Abend mit Windlichtern und Tee, eingewickelt in Strickjacke und eine Alpakadecke, und las, ungestört. Minna wollte die steilen Holzstufen, die von der Veranda an einer Wand des Hauses aufs Dach führten, nicht steigen.

„Was machen wir mit dem Bett, Frau Alma?" fragte Rosina. „Frau Minnas Bett? Sollen die Männer es mit zurück nach Hamburg nehmen?"

„Wo soll meine Schwester dann schlafen, wenn sie kommt?"

„Auf der Couch, fürs erste…?"

„Nein. Das will sie sicher nicht. Haben die Packer Werkzeug hier?"

„Sicher wohl. Hammer, Schraubenzieher, Zangen, was man braucht."

„Wir brauchen eine Säge. Mit einem großen Blatt. Einen Fuchsschwanz. Sagen Sie Herrn Krause, er soll sich darum kümmern. Wir sägen es einfach durch in der Mitte. Und er muss Holzbalken auftreiben. Für eine Art Podest, dass es nicht kippelt. Oder wir befestigen es mit Schrauben an der Wand, wenn wir ein Stückchen abgeschnitten haben."

„Das schöne Bett!"

„Ach, das alte Teil. Ein Bett ist nur ein Bett, Rosina. Sagen Sie Minna gar nichts davon. Ich glaube nicht, dass sie es merkt."

Brodten, 28. Juni 1964

Mein Heinrich,

wir sind an der See, den ganzen schönen Juni hindurch: Sonne, Wellen, es ist ein Paradies. Wir haben uns eingerichtet – eine Ménage à trois, wie der Franzose sagt: Minna, Rosina und ich, dazu unser Pharao natürlich, der jeden Tag am Strand läuft, was ihm sichtlich gut bekommt. Er frisst wieder, und seine Knochen scheinen besser zu sein & fester zu werden. Auch sein Fell wächst wieder, es war zuletzt ganz struppig. Willi Krause kommt jede Woche einmal vorbei. Konrad schickt ihn, er will wissen, was wir machen. Aber Herr Krause ist ein guter Mann, zuverlässig, und ich glaube nicht, dass er viel zu erzählen weiß, wenn er hier alles hergerichtet hat, den Wocheneinkauf gemacht hat und nach Altona zurückfährt. (Sie sind in Hamburg noch immer am Kontor zugange, in der Speicherstadt. Zwei Jahre ist die Flut nun her, und noch immer ist nicht alles gemacht. Schlimm.) Was sollte Krause meinem geschäftigen Mann von unserem einfachen Leben hier erzählen? Sie schwimmen und schlafen viel, so etwa, denke ich. Frau Alma singt, liest und schreibt. Frau Minna grummelt. Konrad kommt nicht hierher. Es ist die Erinnerung an seine erste Frau, glaube ich. Ich kann nicht sagen, dass ich Konrad vermissen würde. Ich denke, Minna und Rosina geht es nicht anders. Soll niemand behaupten, dass unbedingt ein Herr im Haus sein muss. Wir kommen gut zurecht.

Mitte des Monats habe ich Herrn Krause gebeten, Töpfe und Schalen aus Lübeck zu bringen, in allen Größen und Formen, Mutterboden natürlich auch, es gibt hier nur Sand und Steine. Ich habe gepflanzt, schöne Blumen zumeist, und es hat alles gekeimt & es wird, so hoffe ich sehr, gedeihen und blühen. Rosina hat mir geholfen. Sie mag Blumen auch. Immer haben wir Blumen im Haus. Ich glaube, sie kann genauso wenig ohne sein wie ich. Es ist eine einfache Freude, die wir uns machen – uns gönnen. Es sind immer die einfachen Dinge, die uns Menschen das größte Glück verschaffen in diesem Leben.

Nun muss ich etwas Unangenehmes schreiben: von meiner Schwester Minna. Sie ist mit der Zeit ein rechter Griesgram geworden, unwirsch und mürrisch. Sie ist jetzt Mitte vierzig, es ist vielleicht der Lauf der Dinge. Blass sieht sie aus, fast farblos. Sie raucht viele Zigaretten, und ihr

wachsen ein paar dunkle Härchen auf der Oberlippe. Ich habe noch nichts gesagt. Sie muss sie wegmachen. Wegen des Qualmens haben wir schon gestritten. Oft hat sie wohl düstere Gedanken, und ich habe schon gedacht (aber nicht gesagt!), dass sie hätte heiraten sollen, als es noch ging. Aber dann: Welcher Mann hätte es aushalten sollen mit ihr? Immer hat sie ein Wehwehchen, immer leidet sie, und dann redet sie vom Tod, als würde er gleich morgen früh kommen und sie holen. (Rosina und ich machen, obgleich es gemein ist, unsere Scherze damit, Herr Krause auch.) Sie war neulich beim Arzt – was sage ich: bei mehreren Ärzten. Wegen einer Krampfader, die sie hat, und weil ihr Unterleib angeblich ständig schmerzt. Sie hat Tabletten verschrieben bekommen und nimmt abends heiße Bäder mit Melissengeist, das lindert die Schmerzen, sagt sie. Die Krankheit offenbart den wahren Menschen, fürchte ich, und wenn man nicht krank ist, sich aber krank fühlt, zeigt das auch viel.
Aber sie hat auch Gutes an sich, sie ist doch meine liebe Schwester, und Geschwister soll man ehren – mit wem verbringt und teilt man im Leben denn die meiste Zeit? Sie ist manchmal ausfallend und direkt, doch nie nachtragend. Ich glaube, ihr Gedächtnis ist zu zerstreut, um nachtragend zu sein. Sie hat Streit immer gleich danach vergessen.
In der vergangenen Woche saß ich lange mit unserer Rosina zusammen. Es war ein warmer Abend. Wir hatten es uns auf der Glasveranda gemütlich gemacht und beobachteten das Meer unter uns, in dem brauner Tang und Quallen trieben, die Art mit den vier blauen Kreisen im Körper, die nicht giftig ist. Da erzählte sie ohne Anlass, wie es ihr und ihren Lieben im Krieg ergangen war. Ich wusste natürlich, dass sie alles verloren hatte (sie stammt von der Memel). Was genau geschehen war, hatte sie aber immer umschifft, und nun erzählte sie es leise, während sie Kirschen entsteinte. Ihre Schwester, die einzige, war mit der Mutter ins Feuer gegangen. Wie verzaubert sahen sie aus, sagte Rosina. In Wilhelmsburg, wo sie besonders viel bombten, wegen der Industrie und weil es noch im Hafengebiet lag. Rosina wurde von einem Jungen am Kleidchen festgehalten, den sie nur flüchtig vom Sehen kannte. Neun oder zehn Jahre muss er gewesen sein, aus ihrer Nachbarschaft einer, ein Pimpf, wie sie damals sagten. Blond war er gewesen, das erinnerte sie noch genau, und er hatte immer Tiere dabei gehabt, Kröten, Regenwürmer und Mäuse, mit denen tröstete er sich irgendwie. Selbst in den schweren Tagen damals war er immer froh

gewesen, dieser Junge, und der muss ihr dann das Leben gerettet haben. Er hielt sie am Kleid fest, am Rücken, und mit seinem anderen Arm klammerte er sich an einen Laternenpfahl. Sie kennt nicht einmal seinen Namen. Aber die Mutter, also die ältere Frau Lemke, ging ins Feuer mit der Schwester. Es war der große Feuersturm, der zog sie an, saugte sie in sich hinein, man konnte nichts dagegen tun. Wenn der Feuerwind einen gepackt hatte, flog man einfach, sagte sie, wie die Engel. Da hielt einen nichts. Es war die Luft, die einen mitnahm und fort trug. Man flog in die Glut und war nicht mehr. Ihr Vater kam nie zurück. Er war auf einem U-Boot gewesen.

Rosina ist die älteste von uns dreien, eine gute Seele. Ich bin sehr froh, ihr in diesem Leben begegnet zu sein. Gut, ihre Eigenarten hat sie auch, aber die haben wir alle, es gibt, was Menschen angeht, nichts Perfektes. Sie besitzt nur zwei Kostüme. (Es könnten sicher mehr sein. Ich weiß, wie sie bezahlt wird, und sie bekommt zum Geburtstag und zu Weihnachten Geschenke von Konrad und von mir, auch Geld natürlich. Sie will es nicht anders, meine ich.) Diese beiden Kostüme wechselt sie jeden Sonntag. Beide sind hoch geschlossen am Hals, und sie trägt Blusen mit langen Ärmeln und selbst im heißen Sommer dunkle Strumpfhosen, die wir jetzt überall bekommen, auch wenn sie teuer sind. Aus einem künstlichem Stoff sind sie, Nylon (aus Amerika).

Bei der Kleidung ist Rosina einfach, aber dafür sind ihre Frisuren mit der Zeit immer komplizierter geworden. Sie steckt das Haar hoch und weg mit Bändern und Netz und Dutt und ich weiß nicht, was noch allem, denn sie hat sehr langes Haar inzwischen. Manchmal ist es fast unterhaltsam, was sie auf dem Kopf anstellt. Eine Brille trägt sie, breit und geschwungen, wie man sie heute hat, auch die Frauen im Fernsehen.

Was sie an ihren freien Tagen macht, weiß ich nicht. Sie hat eine enge Freundin in Hamburg, die sie mit dem Zug besucht. Für Rosina ist es hier in Brodten „immer ein bisschen wie Urlaub", sagt sie. Sie kocht und macht natürlich, aber ihr kommt es vor, als hätte sie viel Zeit. Im vergangenen Sommer hat sie ein paar Tage lang das Malen angefangen, als es sehr warm war. Blümchen am Strand, Strand mit Blümchen, auch eine Scholle, bevor sie sie am Abend in der Pfanne briet, aber der Fisch gelang ihr mit dem Pinsel nicht gut. Es lag an den rostbraunen Punkten auf der Haut, sagte sie, es war schwierig, die Flecken gut zu treffen.

Wir sprechen selten über die Auftritte. Es ist Rosina etwas peinlich, weil sie nicht viel von Musik und Gesang versteht. Aber sie ist stolz, es ist unverkennbar – stolz, hier im Grauen Haus zu leben, die unermüdliche, treue Weggefährtin von Alma Lampe, das ist ihre Rolle. In den Lübecker Zeitungen haben sie von der Großen Lampe geschrieben. Sie sind stolz (genau wie Rosina), wohl weil unser Haus nicht weit von Lübeck im Wasser steht. Manchmal holt Rosina die Mappe mit den Zeitungsartikeln und Fotos heraus und vertieft sich darin. Da zieht sie Kraft daraus und denkt viel nach, über ihre Rolle, ihre Wichtigkeit. Manchmal frage ich mich, ob sich ihre Gedanken oft abwechseln.

Minna und Rosina schauen gemeinsam viel fern. Wir haben einen Apparat hier, der in der Küche steht. (Ich möchte ihn nicht in der Stube haben, wo er mich stört.) Wenn am Abend noch etwas zu tun ist, lassen sie das Programm nebenher laufen, und Minna trinkt ihren geliebten Caro-Kaffee, der ihr noch immer besser schmeckt als richtiger Bohnenkaffee. Manchmal bügelt sie dabei, aber Rosina sieht es nicht gern. Sie findet, dass die Wäsche zu ihrer Arbeit gehört, und möchte sie sich nicht wegnehmen lassen. Neulich haben sie laut über das Programm gestritten, über eine Sendung, die sie machen. Was bin ich, heißt sie, wo es um die Berufe von fremden Leuten geht, aus ganz West-Deutschland und aus der Schweiz. Dabei gerieten sie aneinander wegen irgendeiner Kleinigkeit, und nun stell dir vor: Minna hat Rosina entlassen. Sie hat wirklich gesagt: „Sie sind entlassen", Rosina hat es mir am nächsten Tag erzählt. Natürlich hat Rosina nur gelacht, auf höhnische Weise, die auch nicht angenehm war. Sie ist ja selbst eine Kesse & hat Haare auf den Zähnen.

Im September, wenn es geregnet hat, wollen wir wieder in die Pilze gehen, haben wir beschlossen. Es ist eine gute Gegend dafür. Wir haben ein Wäldchen hier, zwei oder drei Kilometer entfernt, wir nehmen die Fahrräder und setzen Pharao vorne in einen Korb am Lenker. Auch Marmelade werden wir einkochen, aber nicht viel, es gehört ja kein Obstgarten zum Haus. Krause wird uns die Beeren bringen, die in Altona wachsen, und ein paar Äpfel für Saft und Gelee.

Nun ist es sehr spät geworden, lieber Heinrich. Eines nur noch: unser Däne. Denn eigentlich ist unsere Ménage à trois manchmal eine Ménage à quatre (zu viert). Er war früher Kapitän und hat rote Haut und einen silberweißen Vollbart. Minna meint, dass Männer mit Bart etwas zu *verstecken haben, so ist sie. Wenn Krause nicht gerade da war, kommt unser Kapitän mit einem Bollerwagen vorbei und bringt uns Holz und frische Fische, Dorsche, Schollen, Hornhechte, Heringe, große Taschenkrebse, je nachdem, was er gefangen hat. An sechs Tagen in der Woche fährt er auf die Ostsee, von Montag bis Sonnabend, da fängt er Fisch, und sonntags ruht er aus, wie der liebe Gott es einst hielt. Er hat ein Boot mit einem kleinen Motor, mit dem er rausfährt. Er trägt immer eine alte Fockmütze und zieht sich unseretwegen extra ein wollenes Jackett an, um passabel auszusehen. An den Füßen trägt er aber alte Schuhe, die noch nie geputzt worden sind, so sehen sie aus. Er soll einmal einen zwei Zentner schweren Anker auf dem Rücken die Steilküste hochgeschleppt haben, sagt unsere Bäckersfrau. Ich mag es wohl glauben. Er ist ein starker Mann mit einem breiten Kreuz. Jørgensen – so heißt er – sagt, er findet noch immer mit Sonne, Mond und Sternen seinen Weg, selbst wenn er mit dem Fahrrad übers Land fährt. Ich weiß nicht, ob es stimmt oder ob er nur einen Jux macht mit uns Frauen. Aber ich mag ihn, und ich glaube, er mag uns auch. Er angelt, wie du früher geangelt hast, es bereitet ihm Freude. Im Meer natürlich, denn wir haben keinen Kogälnik.*

Brodten, Sonntag, 5. Juli 1964

Geliebter Heinrich,

es geht uns gut an der See. Der hohe Himmel hier tut etwas mit einem. Er öffnet einem die Augen und setzt die Füße in Bewegung. Man rostet nicht ein, an Leib und Seele nicht. Das tut uns allen gut.

Wir sind zu dritt, Minna, ich und Rosina (und unser kleiner, alter Pharao). Morgen Vormittag kommt wieder unser guter Krause. Ich habe eine Liste gemacht mit allem, was er tun muss.

Ich glaube, Rosina hat den Dänen hier, Kapitän Jørgensen, lieb gewonnen. Ich hatte ihm vor drei oder vier Jahren einmal eine alte Truhe abgekauft, die er kleinhacken und im Ofen verbrennen wollte, so hatten wir uns kennengelernt. (Ich habe sie noch. Sie sieht aus wie die alte Truhe, die Oma Mathilde in ihrem Zimmer stehen hatte. Ich bewahre Wintersachen darin auf, wie wir es damals auch machten.) Rosina steckt sich nun immer die Haare schön, wenn sie denkt, dass Jørgensen kommt, und sie wird scheu und kümmert sich rührend um ihn, backt Kuchen usw. Wenn alte Scheunen brennen, heißt es ja…

Ich singe viel – das hintere Zimmer (wo das Klavier steht) ist geeignet dafür, und es ist befreiend, auf niemanden Rücksicht nehmen zu müssen. Konrad ist manchmal gereizt, wenn ich in Altona probiere. Viel singen, wenig reden, das mag kein schlechtes Rezept für dieses Leben sein. Ich singe ja nicht, weil ich glücklich wäre, sondern um glücklich zu werden.

Hans-Joachim Siedenhans war am Freitag hier & blieb eine Nacht im Hotel & kam zum Frühstück noch einmal. Er ist das, was man einen Agenten nennt. Er kümmert sich um Anfragen, die ab und zu kommen, und regelt das Finanzielle. Er brachte ein herrliches Tonband mit, Lieder von einem Franzosen, Jos. Canteloube. Er stammte vom Land & seine Musik drückt es herrlich aus. Ich saß mit Herrn Siedenhans an unserem Küchentisch, das Tonbandgerät auf unserer alten Tischdecke, und die Musik verwandelte mich. Ich möchte die Lieder singen, aber sie sind in einer unmöglichen Sprache, sagte er. Vielleicht gibt es eine Übersetzung.

Heute früh las ich die Zeitungen, und ich fiel in ein Loch aus Angst. Auf ihrer letzten Seite brachten sie einen Artikel über einen vermissten Soldaten, der erst 1960 zu seiner Familie zurückkehrte, nach Essen. Seine

Frau lebte noch, aber sie war mit einem anderen verheiratet. Es bringt viel Dunkles in mir hoch. Hoffnung auch, aber so große Angst. Ich weiß nicht, ob Du es verstehen kannst. Ich habe überlegt, ob ich noch einmal eine Vermisstenanzeige schalten soll, in Hamburg und in den großen Zeitungen in Deutschland. Aber ich werde es erst wieder zu Deinem Geburtstag tun, kommenden Februar. 46 wirst Du im nächsten Jahr. Wie Du wohl aussiehst? Vielleicht hast Du schon eine Glatze? Manchen Männern geht das Haar früh aus.

6. Juli 1964

Ich habe von Dir geträumt. Sind nicht die Menschen, die im Schlaf unaufgefordert zu uns kommen, ohne dass wir sie wegschicken könnten, die wichtigsten in unserem Leben? In der Nacht spricht das Herz die Wahrheit, glaube ich. Dass die, die uns im Traum begleiten, uns nie wirklich verlassen haben. – Ich träumte also von Dir, Heinrich, und es war wunderbar und die Hölle zugleich, als ich aufwachte. Ich vermisse Dich, ich kann es kaum in Worte fassen, es sprengt mir manchmal immer noch das Herz, wenn ich im Stillen, Dunklen hier sitze.

Konrad rief an. Wir redeten kurz, es gibt wenig zu sagen. Er spricht länger mit Rosina als mit mir, wegen des Haushalts natürlich nur. Ich weiß nicht, ob ich ihn noch liebhabe. Ich glaube nicht. Ich habe nicht mehr die Kraft. Wir haben von Anfang an immer getrennte Schlafzimmer gehabt, aber ab und an ist er da noch in mein Bett gekommen. Wir sind uns seit langem fremd. Man sagt, die Liebe kommt von ganz allein – denk, wie unsere Großmütter und Großväter verheiratet wurden, da ging es ums Land, nicht ums Herz. Aber es ist nicht schön, auch wenn ich nicht verzweifelt bin, mehr gleichgültig. Ich fürchte, unsere Ehe geht in aller Stille in die Brüche, langsam, ohne großen Streit. Tag für Tag stirbt das Gefühl ein klein wenig, bis nichts mehr da ist außer Gewohnheit, Höflichkeit (und auch das nicht immer, Konrad kann rabiat und verletzend sein). Vielleicht ist es, weil ich ihm nie ein Kind geschenkt habe, jedenfalls keines von ihm. Nicht schenken konnte, glaube ich, es ist alles kaputt untenrum, und nun bin ich zu alt. Wir sind so verschieden, er hat keinen Sinn für das, was mir und anderen widerfahren ist. Es dringt nicht in ihn vor, in sein Gefühl.

Aber hat es nicht auch ein Gutes, verloren zu haben? Gibt es nicht eine gewisse Klugheit, die aus dem Verlust erwächst? Nur aus dem Verlust, möchte ich ergänzen. Es ist eine Form der Weisheit, der Reife, die Konrad nicht hat. Er hat nicht verloren, er wird nicht verlieren, er ist ein Gewinner. So glaubt er, und so handelt er, als hätte er das ewige Leben.

– Nun stehen schon wieder Leute auf dem Steg, fremde Leute! Ich sitze hier wie in einem Museum im Haus, und die Menschen tun, als wäre ich ein Stück, das man ausstellen würde. Ich muss mit Herrn Krause darüber sprechen. Das Tor auf dem Steg reicht nicht. Wir müssen vorne am Strand

etwas bauen. So geht es nicht, mit Spaziergängern, die einen angaffen, die Alte Lampe, die Berühmte, Große Lampe. Ich!? Ich Häufchen Elend? Es ist so lächerlich.

Alma lag nach dem Mittagessen mit Pharao auf ihrem Alkovenbett, eine Illustrierte aufgeschlagen vor sich, und hörte, wie Rosina und Minna das Graue Haus gemeinsam verließen, Stimmen, Schritte, das Schlagen der Holztür, Klimpern von Schlüsseln. Sie hatte sie darum gebeten: Sie wollte einige Stunden mit Theo alleine sein.

Es war ein freundlicher Tag im Juli, die Sonne schien. Das Wasser schlug regelmäßig ans Ufer, in flachen, gurgelnden Wellen. Vor dem Mittagessen war sie in Badeanzug und Frotteemantel auf die Veranda gegangen und vorsichtig die Stufen der Aluminiumleiter hinuntergestiegen, die in schultertiefes Wasser führten. Sie war hinausgeschwommen, dem offenen Meer zu, und umgekehrt, als sie sich hundert Meter vom Haus entfernt hatte. Es war fast windstill. Silbermöwen flogen mit ihren gelben Schnäbeln am Ufer entlang, auf der Suche nach Krebsen, Muscheln und Abfall. Die Gummi-Badekappe dämpfte das Kreischen.

Alma zog sich zum Essen ein einfaches Sommerkleid an. Rosina hatte Sandwichs mit Geflügelsalat und Räucherlachs vorbereitet und auf den großen Tisch in der Veranda gestellt. Dicke Wassermelonenscheiben lagen daneben auf einer Porzellanplatte, reif, rot, kalt. Eine versilberte Isolierkanne mit Darjeeling-Tee. Milch. Ein flacher, mit Mürbeteigstreifen gedeckter Apfelkuchen, die Rosina kunstvoll ineinander verwoben hatte.

Alma stand auf und sah sich im Spiegel der Frisierkommode an. Sie öffnete die Cremedose und massierte ihr Gesicht mit den Fingerspitzen. Sie sah auf die Uhr: kurz nach drei. In einer halben Stunde würde Theo in seinem Käfer kommen.

Alma machte frischen Tee, als sie durch das Küchenfenster seine schweren, selbstsicheren Schritte auf dem Steg hörte. Pharao kläffte. Theo hatte den Wagen auf dem Parkplatz des Ausfluglokals stehen gelassen, oben auf den Klippen, und war zu Fuß die Stufen heruntergesprungen.

Sie beobachtete ihn durch die Gardine, ohne dass er sie bemerkte. Er trug seine dunklen Haare jetzt mit Pomade und Seitenscheitel – ein junger Mann, fast erwachsen, vielleicht schon ganz.

„Hast du keine richtige Hose?“, sagte sie lächelnd, als sie die Tür öffnete. Es war freundlich gemeint – heiter, leicht, aber Theo schien es nicht so zu verstehen.

Er sah kurz an sich herunter. „Hallo Mutter.“

„Hallo. Willkommen.“

„Das ist meine Jeans.“

„Das sehe ich. Du hättest doch etwas Richtiges anziehen können.“

„Mutter, komm, hör auf. Das ist was Richtiges. Soll ich so rumlaufen wie du?“

„Lass dich mal anschauen. Du bist dünn. Wie ein Burjanstängel siehst du aus.“

„Ein was, bitte?“

„Ein Burjanstängel. Eine Bohnenstange. Du hast abgenommen.“

„Und du hast überhaupt nichts von deinem Charme eingebüßt. Tante Minna ist nichts gegen dich. Darf ich reinkommen.“

„Natürlich... bitte. Der Tee zieht gerade. Kuchen habe ich auch.“

„Wo sind die anderen? Sind Tante Minna und deine Zugehfrau nicht da?“

„Minna ist mit dem Bus nach Travemünde gefahren, und Rosina hat einen freien Nachmittag.“

„Schade. Dann sehe ich Tante Minna gar nicht?“

„Bleibst du nicht zum Abendessen?“

„Ich glaube nicht. Ich muss heute noch zurück nach Hamburg.“

„Ah...“

„Wir haben doch jetzt ein bisschen Zeit.“

„Rosina wollte Tatar machen. Das isst du so gerne, dachte ich...“

„Mutter – lass mal. Lass einfach gut sein.“

„Ich hole den Tee. Setz dich, wo du willst. Mach es dir bequem.“

„Was machst du so?“, fragte sie, als sie mit dem Tablett zurückkam und Tee einschenkte. „Gibt es etwas Neues? Hast du dich nun entschieden, was du machen willst? Der Wehrdienst ist fast vorbei...“

„Ende August.“

„Und dann? Was willst du dann machen?“

„Ich weiß noch nicht genau.“

„Hast du mit deinem Vater... – mit Konrad darüber gesprochen?“

„Nur kurz."
„Ihr wolltet euch doch aussprechen."
„Hmm."
„Ist es schwierig mit ihm?"
„Wie immer."
„Was interessiert dich denn?"
„Film."
„Was?"
„Filme eben." Theo lachte. „Grace Kelly und Cary Grant – hast du mal Ingrid Bergman gesehen?"
„Persönlich? Nein."
„Nein. In einem Film meine ich. *Casablanca* oder so. *Anastasia*."
„Ich glaube. Ja. Sie ist sehr schön, nicht?"
„Eine große Schauspielerin. Schwedin. So alt wie du. Ein oder zwei Jahre älter vielleicht."
„Aber Film – das ist nichts Richtiges. Da kann man doch kein Geld mit verdienen."
„Oder Musik. Rock 'n' Roll – das ist stark."
„Ach du liebes bisschen."
„Du bist auch in der Musik. So schlecht kann man wohl nicht davon leben, sieh dich um. Außerdem: Ich muss nicht für Geld arbeiten."
„Wer sagt so etwas?"
„Papa."
„So?"
„Er sagt, ich kann machen, was ich will."
„Solange du damit Geld verdienst, ja. *Das* sagt er und nichts anderes. Da waren wir uns einig."
„Lass uns von was anderem reden. Es ödet mich an. Geld, Geld, Geld..."
„Meinetwegen. Aber das löst die Sache nicht."
„Wenn ich durch bin mit der Bundeswehr, will ich nach Russland fahren."
„Ausgerechnet? Warum?"
„Ich will es einfach sehen. Du weißt doch, wie es war, früher in der Schule."

„Ich finde… Das scheint mir eine schlechte Idee zu sein, Theo. Du bist doch kein Kommunist geworden…?"
„Du hast mir immer erzählt, dass mein Vater da gefallen sein soll."
„Ja. Er ist dort im Krieg geblieben."
„Kann man nicht sein Grab besuchen? Ich könnte es suchen. Irgendwo muss es ja sein."
„Da gibt es nichts zu suchen. Er hat kein Grab. Und wenn, dann eines ohne Namen."
„Kannst du… – würdest du mir etwas Geld geben, damit ich es versuchen kann? Du hast doch genug Geld hier, oder?"
„Ich? Du hast Vorstellungen. Hier ist kein Geld. Und selbst wenn."
„Was machst du denn mit deinem ganzen Geld, Mutter?"
„Das geht dich überhaupt nichts an! Was ich mit meinem Geld mache… Was nimmst du dir heraus!?" Sie stand auf, wütend.
„Es kostet nicht viel. Tausend Mark vielleicht."
„Das nennst du nicht viel?"
Theo zuckte mit den Achseln.
Alma sah aus dem Fenster, aufs Meer. Am Horizont stieg Rauch auf: die Schwedenfähre auf dem Weg nach Travemünde zum Skandinavienkai.
„Zeit ist wichtiger als Geld, Theo. Nicht viel, aber wichtiger."
„Das wieder."
„Theo", sagte sie langsam, ohne sich umzudrehen, „wir müssen miteinander sprechen."
„Tun wir doch. Worüber willst du noch sprechen?"
„Noch etwas anderes. Es ist wichtig."
„Ja. Und? Was willst du besprechen."
„Du wirst jetzt bald zwanzig."
„Ja, doch, Mutter. Ich weiß es. Und? Soll ich mir was wünschen?"
„Dein Stiefvater weiß nicht, dass du hier bist – dass wir darüber reden."
„Aber *worüber* denn?"
„Über deinen Vater. Deinen *richtigen* Vater. Den in Russland."
„Ist das so dramatisch? Wir müssen es doch nicht anmelden, wenn

wir uns unterhalten wollen."
„Nein. Das stimmt."
„Also, früher haben wir uns viel mehr in der Wolle gehabt, Papa und ich. Heute sehen wir uns doch kaum."
„Es geht um Heinrich."
„... und den Krieg und die Ostfront. Ja, ja, ja. Was ist mit ihm? Ich weiß alles von ihm – was man wissen kann. Er ist verschollen. Ist ja nicht der einzige gewesen, der verloren gegangen ist."
„Eben darum."
„Was darum?"
„Heinrich... er ist nicht dein Vater. Du hast keinen Vater."
„Aber was redest du denn, Mutter?"
„Wie ich es sage. Du hast keinen Vater. Nicht einen Vater."
„Jeder hat einen Vater."
„Du nicht."
Theo sah sie irritiert an. „Mensch, Mutter, was soll das jetzt? Müssen wir das wieder aufwärmen? Ich wollte nur mal nach Russland fahren. Wenn du mir das Geld nicht geben willst..."
„Du hast viele Väter."
„Zwei. Heinrich und Papa."
„Nein, weder noch."
„Sondern?"
„Es waren acht oder neun."
Theo schien lachen zu wollen, aber sie sprach leise und ernst. Der Ton ihrer Stimme ließ ihn zögern.
„Was meinst du damit?"
„Es war im Krieg. Es war..."
Theo beugte sich vor. Er hörte zu, rieb sich im Sitzen mit den Fingern immer wieder die Nase.
„*Wann* war das?", fragte er schließlich.
„Auf der Flucht. In einem Dorf. Du kannst es dir ausrechnen. Neun Monate."
„Oh Gott", sagte Theo leise. Er ließ seine Stirn auf die Hände sinken. „Willst du damit..."
„Ich weiß selbst nicht, wer dein Vater ist. Aber ich weiß, dass es nicht Heinrich ist. Konrad – Papa – natürlich, er ist dir immer

wie ein Vater gewesen, und er hat für dich gesorgt. Ich rechne es ihm hoch an.“

„Ich… Ich glaube es nicht. Warum hast du nie…“

„Warte. Du wirst dich fragen, warum Heinrich in deiner Geburtsurkunde steht.“

„Die habe ich noch nie gesehen.“

„Ich habe… ich habe ihn dort einsetzen lassen. Es war gleich nach dem Krieg. Damals wurden nicht viele Fragen gestellt. Nicht wegen so etwas. Man schrieb es rein, und damit war die Sache erledigt.“

„Und die ganze Zeit…“

„Ja. Die ganze Zeit. Die ganze, lange Zeit. Es tut mir – leid, Theo, dass ich es nie gesagt habe. Ich hätte es gewollt, aber ich konnte es nicht. Nicht einmal Konrad weiß davon.“

„Der auch nicht?“

„Bitte sage es ihm nicht. Er würde es mir nie verzeihen. Er denkt, du bist Heinrichs Kind. Als wir uns kennenlernten – in Hamburg schon – und als wir dann heirateten, habe ich mir geschworen, mit keinem Menschen darüber zu reden. Mit absolut niemandem. Meine Geschwister… meine Schwestern und mein Bruder mussten mir versprechen…“

„Hah!! Noch nicht einmal mit mir!“

„Ich weiß, was du denkst. Es tut mir leid. Aber es ist auch nicht so, als wäre ich gefragt worden. Ich glaube, es ist gut, dass du es jetzt weißt. Irgendein Russe ist dein Vater. Er hat einen Namen, aber wir kennen ihn nicht. Vielleicht lebt er nicht einmal mehr, der Krieg war noch lange nicht aus damals. Du bist jetzt erwachsen und gehst deine eigenen Wege, hast deine Wohnung, eigenes Geld…“

Theo zündete sich eine Zigarette an.

„Scheiße.“

Sie sah ihn an. „Rede nicht so, Theo“, sagte sie leise.

„Scheiße! Ich scheiß auf deine Regeln!“

„Theo, bitte.“

„Ich…“

„Du siehst auch anders aus. Nicht wie Heinrich, meine ich.

Anders."
Er bedeckte seine Augen mit den Händen.
„Früher in der Schule... – da haben sie mich immer Russenkind gerufen. Weil wir aus dem Osten waren. Ich konnte sagen, was ich wollte – immer Russe, Russe, Russe."
„Ich wollte dich... Als du geboren warst, wollte ich dich Giovanni nennen."
„Giovanni? Warum Giovanni?"
„Es war so..."
„So was?"
„Anders. Italienisch. Nicht russisch."
„Hättest du mal machen sollen. Wer will schon Theo heißen?" Er lächelte seine Mutter vorsichtig an.
„Der Name gefällt dir nicht?"
„Nicht wirklich. Wie ein alter Mann klingt es."
„Es heißt ‚von Gott gegeben'."
„Weiß ich."
„Es hat mir geholfen."
„Mir nicht."
„Komm, komm. Keiner deiner Freunde nennt dich Theo."
„Woher willst du das wissen?"
„Du hast er mir selbst erzählt. Teddy nennen sie dich. Wie den Roosevelt und den jungen Kennedy."
Er nickte.
„Also."
„Lass uns schwimmen gehen", sagte Theo plötzlich und stand auf. „Mir ist das alles zu viel. Kommt Papa nachher noch? Ich meine Konrad?"
„Nein. Wir sind allein mit Minna und Rosina. Bis morgen Abend noch, wenn du so lange bleiben willst. Aber du kennst ja deine Tante. Sie macht, was sie will."
„Gut. Dann ist hoffentlich Ruhe. Hast du irgendwo ein Handtuch?"
„Außerdem schwimmt dein Vater nicht. Ich meine deinen Stief-Papa. Er kann es nicht."
„Ich bin nicht mein Vater."

Kapitel 22: Give Me Your Tired

3. August 1966, Hamburg

Mein lieber Heinrich,

ich habe dieses Notiz-Büchlein gekauft, um Dir von unserer großen Reise zu berichten. Wir brechen übermorgen auf, mit dem Zug nach Cuxhaven, wo auf der TS Hanseatic zwei schöne Kabinen nach New York gebucht sind. Es ist so aufregend – ich möchte die vielen Eindrücke festhalten, für mich und für Dich.

Vor zwei Wochen gab es noch eine große Sorge gesundheitlicher Art. Ich war beim alten Prudöhl, der inzwischen in Köln in einer kleinen Wohnung lebt. Er geht auf die achtzig & praktiziert längst nicht mehr, aber er nahm sich meiner an. Eine merkwürdige Geschichte, ich hatte kein gutes Gefühl dabei, und ich sollte mich nicht täuschen. Es ging um den Unterleib – die Krankheit ohne Namen. Konrad muss es mir vermacht haben, es geht nicht anders. Gefährlich ist es nicht, sagte Dr. Prudöhl, oder nicht mehr gefährlich. Früher sind die Menschen daran gestorben, viele, es wurde ja immer getuschelt. Aber heute geben sie Penicillin, und es heilt danach von alleine ab, mit etwas Fieber. Aber ich war völlig durcheinander, einen ganzen Tag lief ich wie ein Huhn herum & wanderte durch die Stadt, ohne mit jemandem zu sprechen. Ich schrie in meinem Inneren. Als ich am Abend wieder in Hamburg war und nach Hause kam, war ich nass. Ich hatte den Regen nicht bemerkt. Rosina trocknete mich ab & ließ mir ein heißes Bad ein, oben neben meinem Schlafzimmer. Sie war entsetzt, als sie mich sah, und wollte mich abtrocknen wie ein kleines Kind. „Frau Alma", sagte sie immer nur, „Frau Alma", in ihrer betulichen, mütterlichen Art, obwohl sie kaum älter ist als Minna und ich.

Natürlich sagte ich es Konrad, es musste sein, er muss sich ebenfalls untersuchen und behandeln lassen. Wenn ich in Übersee bin, soll er es tun. Es war kein schönes Gespräch mit ihm, er ist so eitel und selbstgerecht. Prudöhl war auch unangenehm berührt. Er pulte sich ständig am Ohr, als wir es besprachen. Was muss er denken von mir?

Aber nun ist es geklärt. Ich hatte vorher etwas Temperatur gehabt, nichts Schlimmes, und die lästigen Wunden sind verheilt. Das Medikament wirkt, und ich kann ohne Sorge reisen. Wir haben alles vorbereitet & die größten Koffer gepackt. Wir werden zu viert sein, Rosina, Minna, und Lillis Erika ist auch dabei. Sie ist jetzt vierzehn & ein schweres Kind. Alle nennen sie „Kali". Es ist ihr Spitzname, ich weiß nicht warum. Sie wird es mir sicher erklären auf der langen Überfahrt. Lilli hat sie nach Hamburg gebracht, sie blieb zwei Tage hier. Meine Schwester sagt nicht viel, alles in Andeutungen, aber ich glaube, ihr Mann trinkt wieder. Früher hat er sie wohl einmal geschlagen. Er ist jähzornig, er dreht durch, wenn ihm irgendeine Kleinigkeit nicht passt. Es ist alles nicht gut. Lilli weiß selbst nicht, was wird, und war froh, das Mädchen für einige Wochen los zu sein. Sie trug eine große Sonnenbrille, wie eine Filmschauspielerin.

6. August 1966, TS Hanseatic

Nun sind wir an Bord, haben schon eine erste Nacht hinter uns gebracht. Man sieht kein Land mehr & die Luft ist herrlich, der Himmel blau, ein paar Wolken nur. Das Schiff zieht durch den Ozean, so mächtig. Es hat zwei Schornsteine, oben rot und unten schwarz, und sehr schöne Einrichtungen.

Krause brachte uns mit dem großen Mercedes nach Cuxhaven, aber es war trotzdem eng im Wagen, und wir mussten einen Gepäckträger auf dem Dach befestigen. Er ist ein lustiger Mann und kümmerte sich reizend um uns Frauen. Graue Schläfen bekommt er, und ihm wachsen dicke Haare aus den Nasenlöchern. Jemand muss es ihm sagen, damit er sie abschneidet, es ist unvorteilhaft. Ein Kinderchor stand im Hafen an der Gangway, mit lustigen Zöpfen links und rechts die Mädchen, die Jungen in kurzen Hosen. „Wenn die bunten Fahnen wehen, geht die Fahrt wohl übers Meer", sangen sie, wie wir damals beim Blodern, wenn wir von der Ferne und von fremden Ländern träumten.

Die Kabinen sind elegant. Minna und ich teilen uns eine (mit getrennten Betten), Rosina und unsere Kali die andere (mit einem Ehebett, aber es macht ihnen beiden nichts aus). Pharao haben wir bei Krauses gelassen. Ich habe lange überlegt, ob wir ihn mitnehmen sollten, aber er ist alt geworden und völlig taub und hat manchmal Durchfall, dass es mir besser schien, ihn in Deutschland zu lassen. Bei Mutter Krause ist er gut aufgehoben.

Wir hätten fliegen können – Konrad sagte, es wäre machbar. Aber ich denke, es war richtig so. Jetzt, wo ich das erste Mal nach Amerika fahre (nach Übersee!), in dieses große Land, möchte ich es mit dem Schiff tun, langsam und gefahrlos. Es ist eine weite Reise, ein anderer Kontinent! Ich bin aufgeregt. In Europa habe ich mit Konrad einiges gesehen – Italien ist sein Lieblingsland, Venedig, Florenz, Rom, die herrliche Insel Capri. Aber es war immer mit dem Zug und einmal mit dem Wagen, ein weiter Weg für Krause.

Als wir während des Ablegens an Deck an der Reling standen, ging ein frischer Wind. Unsere Röcke und Kleider wehten, und zwei junge Burschen auf dem Kai lachten, als sie sahen, was der Wind mit unseren Kleidern machte. Sie sahen vermutlich die Unterröcke, so wie sie sich gerierten. Eine Sirene heulte. Es musste irgendwo brennen, obwohl man nichts sah.

Minna ist toll. Sie bat Rosina, ihr die nackten Füße zu massieren, weil sie wund waren vom Reisen, und ihr die Pediküre zu machen. „So weit kommt es noch“, sagte Rosina und ließ alles stehen und liegen und lief beleidigt in ihre Kabine. Kali und ich haben uns angesehen, und wir mussten beide schrecklich lachen, dass es mir peinlich war. Minna redete den ganzen Abend nicht mit uns. Immerhin entließ sie Rosina nicht.

8. August 1966, TS Hanseatic (Montag)

Auf dem Schiff ist eine alte Dame, siebzig vielleicht. Sie lebt in New York, in dem zentralen Teil (Manhattan), fährt also nach Hause. Sie hat beschlossen, ihr Leben im Sommer zu verbringen – nur im Sommer. Das ganze Jahr hindurch pendelt sie von einer Hälfte der Welt in die andere. Von Mai bis September ist sie in Frankreich und Nordamerika, und im Oktober nimmt sie ein Schiff nach Brasilien. Sie verbringt viel Zeit auf Linienschiffen & und ist hier auf unserem so etwas wie eine Bekanntheit. Die Kellner und Zimmermädchen sind alle ausgesucht nett zu ihr. Sie kennen sie von früheren Reisen. Wir haben über Musik gesprochen. Sie liebt Oper & sie reist immer mit ihrem eigenen Grammofon, ein Stück aus den dreißiger Jahren, das schrecklich kratzt und rauscht. Sie spielt selbst Harfe.

Die Überfahrt dauert sechs Tage. Man isst sehr anspruchsvoll und reichhaltig hier. Wo sie all die Köstlichkeiten hernehmen, weiß ich nicht. Sie müssen große Schränke und Kühlräume haben. Es gibt viel Fleisch & Fisch & jedesmal eine Suppe vor dem Hauptgang. Die Leute hier (wir reisen in der guten Klasse & essen getrennt von den unteren Kabinen) reißen sich um die Störeier, die sie auf gekochten Eiern und auf hellem Brot bringen. Sie nennen sie hier Kaviar, auch Rosina und Konrad. Es klingt merkwürdig, dabei sind es nur einfache Eier vom Sterlet, grau und schleimig. Es ist nicht, dass ich sie nicht mögen würde, sie schmecken mir. Aber die Aufregung, die einige (vor allem die Frauen!) deswegen machen, ist mir ungeheuer. Fischeier sollen sehr teuer geworden sein, während wir sie damals wegwarfen. Für die Schweine, sagte meine Mutter immer. Kali, die das Herz am rechten Fleck hat, war angewidert von ihnen und weigerte sich, sie zu probieren.

Ich habe ein Buch von Theodor Fontane dabei, „Stechlin" der Titel, es ist ein See in Preußen. Oben auf dem Deck sitze ich damit auf einem Liegestuhl, in zwei warme Decken gehüllt wg. des Windes. Es gefällt mir & erinnert mich an die alten Zeiten & es steckt viel Wahres darin. „Große Zeit ist es immer nur, wenn's beinah schief geht, wenn man jeden Augenblick fürchten muss: ‚Jetzt ist alles vorbei.' Da zeigt es sich. Courage ist gut, aber Ausdauer ist besser. Ausdauer, das ist die Hauptsache." Ist das nicht wahr? Die außerordentlichsten Menschen sind

die, die immer auf Messers Schneide leben.
Sie haben einen kleinen Theatersaal auf dem Schiff, für vierzig oder fünfzig Menschen. „Vom Winde verweht" habe ich noch einmal gesehen. Gestern haben sie dort aber einen durch und durch schrecklichen Film gezeigt. Ich ging mit Kali und Minna – und musste mittendrin hinaus. In was für einer Welt leben wir nur? Es war wieder ein amerikanischer Film, mit furchtbarer Musik, schräg und unmelodisch, und widerliche Vögel flogen überall & griffen Menschen an, Frauen und Schulkinder. Kali hat es gefallen. Sie ist ein junges Ding und noch sehr dumm. Wir spielen auch Canasta zu viert, in dem Salon, in dem nach dem Essen geraucht wird, wg. Minna.
In der Nacht ist ein Mann gestorben, ein Passagier, noch keine sechzig, es muss das Herz gewesen sein. Er bekam am Morgen eine Seebestattung & die Frau stand regungslos in einem blauen Kleid daneben. Sie hatte offenbar kein schwarzes eingepackt. Einen Hund hatte sie auch, von einer winzigen Rasse, deren Namen ich vergessen habe. Er stand an einer Leine neben ihr und zitterte erbärmlich im Wind.
Ich vermisse unseren Pharao.

11. August 1966, New York (Donnerstag)

Wie wunderbar es ist, nach New York zu kommen! Unser Schiff fuhr langsam an der Freiheitsstatute vorbei, die hier im Hafen auf einer kleinen Insel steht, grün, mit einer Fackel im Arm & sehr hoch und stolz, höher als unsere Ringkirche. Dann ging es den Hudson noch ein kleines Stück hinauf, was ihr Fluss ist. Dort legten wir an & gingen das erste Mal an Land, wo wir die Stempel in die Pässe bekamen. Es war ein Geschleppe mit dem Gepäck, aber unser Hotel hatte zwei schwarze Männer mit Karren geschickt, für uns und mehrere andere Passagiere, die sich sehr freundlich um alles kümmerten. Ich sah zum ersten Mal das Empire-State-Hochhaus, es ist das höchste der Welt & majestätisch. Es ist höher, als ich Dir beschreiben kann. Als wir uns im Gänsemarsch durch die vielen, vielen Menschen schlängelten und aus dem Hafengebäude kamen, war große Aufregung. Stell Dir vor, dort standen Leute und riefen meinen Vornamen! „Alma! Alma!", so ging es in einem fort, und sie riefen uns einiges auf Englisch zu, das ich nicht verstand, und machten Fotos mit Blitzgeräten. Du lieber Gott, sagte Rosina, und dann wedelte sie mit beiden Händen, als würde sie Spinnweben wegputzen, und meinte wohl, damit sei die Sache erledigt und die Leute würden gehen. Sie kann zu putzig sein. (Sie fragte im Taxi, ob New York noch größer sei als Hamburg – weil sie immer gedacht hatte, dass Hamburg die größte Stadt der Welt wäre. Dabei ist es nur der größte Hafen.)

Regina (Frau Wilson) und Hans-Joachim Siedenhans hatten uns beide das Waldorf-Astoria empfohlen, und es ist sicher eine gute Wahl gewesen. Wir haben wieder mehr Platz als auf dem Schiff, und ich bin froh, nun ohne Minna schlafen zu können, die furchtbar schnarcht. Sie hat ein eigenes Zimmer. Kali und Rosina teilen wieder. Sie mögen sich, und so ist das Kind nicht allein. Wunderbare Orchideen haben sie hier, weiß und gelb, wie Märchenblumen.

Ich fand zwei Briefe vor, einen von einem Mr. Hugh Stevens, einem Verehrer, der sicher nicht weiß, dass ich verheiratet bin. Er ist aus dem Bankgewerbe. Der zweite war von Herrn Dumberton, einem Bekannten von Siedenhans, der schrieb, dass mich wiederum ein anderer Bekannter, ein Dr. Perlman, unbedingt kennenlernen müsste. Dr. Perlman hat ein Musikstudio und will, dass ich eine Plattenaufnahme mache. Ich glaube

nicht, dass ich es tun werde. Wir werden sehen. Übermorgen essen wir alle gemeinsam im Hotel zu Mittag, meine Frauen und die beiden Herren.
Minna ist wieder mürrisch. Sie mag es nicht, wenn sie zurücksteht & ich fürchte, sie neidet mir den Erfolg etwas und die Bekanntheit, die ich habe (selbst hier, in diesem fernen Erdteil). Wie sagt der Prediger Salomon: Das Ohr der Eifersucht hört alles.
Am Nachmittag sind wir zu Fuß zum Empire-State-Hochhaus gegangen und mit dem Fahrstuhl hinaufgefahren. Wir mussten zweimal den „Lift“ wechseln, so hoch war es. Als wir oben standen, war die Welt so klein, wie Gott sie sehen muss.

13. August 1966, New York

Die Begegnung mit Herrn Dumberton und Herrn Dr. Perlman war wunderbar & kurzweilig. Sie sind zwei Gentlemen vom alten Schlag. Dr. Perlman spricht blendend deutsch und übersetzte fließend. Wir aßen Steak und Salat und tranken Rotwein und die Herren auch Whiskey. Dr. Perlman machte ein Angebot. Es ist sehr viel Geld, und es war mir sehr unangenehm, weil doch Rosina, Minna und Kali mit am Tisch saßen und alles hören konnten. Die Menschen sind hier indiskret, was Geld angeht, und haben überhaupt keine Scheu, in aller Öffentlichkeit darüber zu reden, am besten noch, wenn die Kellner und Bediensteten daneben stehen. Beide Herren kamen auch am Abend, als ich das erste Mal sang. Es war in einer Halle in einem prächtigen Stadthaus, vor ungefähr 150 Gästen, die anschließend alle von den Gastgebern, einem Ehepaar Wreston, bewirtet wurden. (Meine Freundin Regina hatte mir einen dicken Briefumschlag mit einigen Empfehlungsschreiben mit auf die Reise gegeben. Sie und ihr Mann sind hier recht bekannt und gern gesehene Gäste, alle fragen nach ihnen, auch Herr Wreston, der sehr freundlich zu mir war. Er stellt Bahnwaggons für den Öltransport her.) Stell Dir einmal vor: 150 Gäste zum Abendessen! Auch die Presse war da, drei oder vier Reporter mit Fotografen. Frau Wreston stellte mich vor und sagte Kammersängerin völlig richtig, auf deutsch, mit guter Aussprache.

Die Wrestons hatten Italienisches von mir gewollt, aber Du weißt, dass das nicht meine Sache ist & ich konnte es Ihnen mit Hilfe von Herrn Perlman und der Pianistin, einer Engländerin aus Cambridge, ausreden. Ich sang zwei von Canteloubes Auvergne-Liedern, dann kamen zwei der Wesendoncks (transponiert), auch wenn ich das meiste von Richard Wagner meide, dieses Schwere, Nie-den-Schluss-Findende; die Wesendonck-Stücke sind aber doch ergreifend. (Wagner hat hier in Amerika einen schweren Stand, weil er als Nazi-Musikus gilt. Ob es so stimmt, kann ich nicht sagen.) Und zum Schluss kamen Adele und Didos Todeslied, das ich auf Englisch sang. Ich bin sicher, der Akzent war gräuslich, aber es sagte niemand etwas. Es ist ein schöner Text: When I am laid in earth / May my wrongs create / No trouble in thy breast / Remember me, but ah! Forget my fate. Regina hat es mir übersetzt. Ganz wunderbar. Wenn Erde mich bedeckt, fängt es an.

Wir sprachen den ganzen Abend über Musik & ich trank ein Glas Wein zu viel. Nun haben wir – auf Anregung von den Wrestons – beschlossen, während unserer Tage hier einmal nach Harlem zu fahren und die berühmten Gospels zu hören. Minna nennt es abfällig Sklavenlieder, aber es gefällt mir ungemein & ist ergreifend. Es gibt ein „Summertime" (Sommerzeit), was hier bekannt ist. Ich habe mir die Noten bestellt & werde es einüben.

19. August 1966, New York

Es ist unglaublich heiß. Wir wechseln mehrmals täglich die Kleider, selbst unsere kleine Kali, die immer leicht angezogen rumläuft, nur mit Rock und Bluse und kurzen Strümpfen. Minna hat sich einen Fächer gekauft und wedelt von früh bis spät & schaut mich dabei vorwurfsvoll an, als würde ich die Hitze machen. –

Ich habe inzwischen mit einigen Reportern von der Presse zu tun gehabt. Sie sind doch, einer wie der andere, Halunken und Schurken. Nun habe ich es an mir, dass ich vor dem Singen – vor den Auftritten, meine ich – das Orchester oder den Pianisten bitte, einmal das Werk durchzuspielen, wobei ich stumm mitsinge, mit offenem Mund, in Gedanken. Als Probe sozusagen. Erst beim zweiten Mal singe ich wirklich; es hilft mir. Darauf müssen sich die Journalisten stürzen, als wäre es eine Nachricht, ein Skandal, und sie behandeln mich wie eine alte Frau, die Schrullen hat und die armen Musiker herablassend behandeln würde. Es ärgert mich, mehr, als ich sagen kann. Eine Kleinigkeit, sagt Rosina, ich soll mich nicht aufregen – die einen rufen hosianna!, die anderen nach dem Kreuz. Aber es lässt mich nicht los. Es ist ungerecht.

Herr Siedenhans hat mehrere Interviews vereinbart (zwei stehen noch aus), die wir im Hotel gemacht haben, in einem kleinen Zimmer, das für solche Zwecke zur Verfügung steht. Sie fragen die tollsten Sachen & immer sind Fotografen dabei und halten die Kamera in mein Gesicht. Man darf um nichts in der Welt unvorbereitet sein: Alles muss stimmen, die Garderobe, das Gesicht. Siedenhans hat Rosina und mir alles aufgeschrieben, was wir beachten müssen. Es ist aberwitzig, aber wir halten uns daran. Rosina hat eine Tasche voll mit Kosmetik & und nimmt sie überall hin mit, sogar mehrere rote Lippenstifte, man macht es nun so.

Gestern kam eine junge Frau, die für eine Zeitung in Kalifornien arbeitet. Sie war extra meinetwegen mit einem Flugzeug angereist. Es muss ein Vermögen gekostet haben, Kalifornien ist weit weg, an der Pazifikküste. Sie war schön, blond, mit herrlich sinnlichen, geschwungenen Lippen und blauen Augen und einer angenehmen Mischung aus Bescheidenheit und Selbstbewusstsein. Vielleicht vier- oder fünfundzwanzig. Ich mochte sie eigentlich sehr. Nur Rosina (die dabei war, allerdings auf der Couch saß und keinen Ton sagte) hatte von Anfang an ihre Zweifel. „Auch ein hübsches Gesicht kann hässliche Sachen sagen", sagte sie, gleich als wir fertig waren. Wie recht sie behalten sollte.

Diese junge Frau – sie heißt Marjorie E. Kingston, E für Emily – beschrieb mich wie eine Bäuerin. Ich hatte an einer Stelle gesagt, dass ich Kartoffeln mag, ganz am Rande nur, und sie schreibt, dass ich nichts als Kartoffeln esse. Dass ich mich gerne an die Zeiten erinnere, in denen es noch keine Telefone gab, als ein Mensch noch ein Mensch war, nicht nur eine Stimme – daraus wurde, dass ich nie telefonieren. Und dann schrieb sie, dass ich eine Rumänin bin, und das ist doch nun die Höhe, „Alma Lampe, Rumäniens silberne Stimme". Ich habe Rosina beauftragt, einen Brief zu schreiben und übersetzen zu lassen. So geht es nicht. Da hilft unserer Marjorie alle Lieblichkeit nicht. Sie ist ein dummes Huhn.

Nicht dass die anderen Schreiberlinge besser wären. Die interessiert mehr, was für ein Kleid ich trage – und von wem die Kette ist – und wo mein Mann ist –, als die Musik. Jedenfalls die meisten. Ich sprach auch mit einem reifen Herrn mit einem schönen braunen Filzhut auf dem Kopf, der kam von einer Zeitung hier in New York (nicht die „Times", eine andere, ich müsste Rosina nach dem Namen fragen). Es ging ums Singen, und er fragte mich, was ich von diesem und von jenem Künstler halte. Ich glaube, er wollte mich mit seiner bedächtigen Art aus der Reserve locken und prüfen, aber ich habe natürlich nichts gesagt. Ich kann keine anderen Sänger vorführen und kritisieren, es singt am Ende jeder mit seiner Seele. Ich wich aus und sagte – allgemein also –, dass ich die Stimmlage der Tenöre nicht besonders mag. Dass sie oft klingen wie krähende Hähne. Das druckten sie dann, dass ich alle Tenöre für krähende Hähne halte. Man sollte überhaupt nicht mehr mit ihnen sprechen, diesen Leuten, die schreiben, was sie wollen, egal was man sagt.

Das andere, was sie druckten, war recht gut & vernünftig. Alle klagen, dass es wenige Aufnahmen gibt und überschlagen sich mit ihren Vorstellungen, was ich als nächstes singen sollte. Einer schrieb (in einer Zeitung im Süden – Virginia?), dass ich die Modernen machen sollte, Bergs Oper (die Marie), aber das wird nichts werden, es liegt mir nicht & ist mir völlig fremd. Es gibt noch genug anderes, das ich tun kann. Man muss singen, so lange man einen Mund hat. Ich bin ja nicht mehr jung. Aber vielleicht ist es gut & am besten, wenn man spät im Leben Erfolg hat. So geht einem das Feuer nicht zu früh aus.

22\. August 1966

Es ist mir sehr peinlich, wie unrecht ich Mr. Hugh Stevens getan habe (dem Bankier mit dem freundlichen Brief, kurz nach unserer Ankunft im Astoria). Er ist ein großer Verehrer von mir, aber glücklich verheiratet mit zwei erwachsenen Töchtern und einem Sohn, und nur an der Musik und an meinem Gesang interessiert. Sie sind sehr vermögend und baten mich, auf einem Fest zu singen (einer „Party"), das sie in ihrer Wohnung ausrichteten. Es ist eine Wohnung – ein Apartment, wie man hier sagt –, aber gewaltig, auf drei Stockwerken & liegt direkt an dem großen und schönen Park. In der untersten Etage haben sie einen Saal, und man sieht von dort das viele Grün und die Kronen der Bäume. Es gab Getränke und eine lange Anrichte mit Essen, und für die Kinder (auch unsere Kali) hatten sie extra Kekse in Tierform gekauft. Sie heißen „Barnum's Animals" (Barnum ist ein Zirkus hier), und es ist wie die Arche Noah – Elefanten, Nashörner, Krokodile, Giraffen, Kängurus, ein ganzer Zoologischer Garten & wunderbar. Eine der Stevens-Töchter – ein liebes, warmherziges Kind – wird mir ein Paket zurechtmachen und nach Brodten schicken. Was werden sich die Kinder im Ort freuen.

Ich sang bei Mr. & Mrs. Stevens, und mein Blick wanderte durchs Publikum, man kann schließlich nicht an die Decke oder aus dem Fenster starren. Dreißig oder vierzig Personen, würde ich sagen, vornehme Herrschaften. (Die Kinder und die drei Hunde hatten die Stevens-Mädchen in ein anderes Zimmer gebracht wg. des Lärms.) Obwohl es so hoch über der Erde war, war der Salon ein richtiger Schlosssaal. Und während ich sang – erkannte ich Lea unter den Gästen! Meine liebe Freundin Lea Dressner, von der Kälber Drift gegenüber! Ich geriet ins Stocken und verpasste einmal meinen Einsatz, und als ich fertig war mit dem Lied (eines von Canteloube), ging ich natürlich vor zu ihr, und alle folgten mir mit den Blicken, und dann fielen wir uns in die Arme, es ging nicht anders. Lea schluchzte laut & schlug sich die Hände vors Gesicht. Ich musste es erklären, den anderen Damen und Herren, was sollten sie sonst denken? Wir hatten eine lange Pause, ich musste mich sammeln, und wieder war ein Fotograf da. Heute ist es schon in der Tageszeitung hier. „Renowned singer rediscovers childhood friend", schreiben sie, und es gibt ein Foto von mir (singend), ein zweites von Lea und ihrem Mann. Er heißt

Moische Avram (A.) Druckman und ist auch jüdisch. Ich weiß inzwischen, dass er von den Deutschen nichts wissen will. Lea hat uns natürlich einander vorgestellt, im Salon der Stevens noch, aber auch dort war er reserviert und sagte kaum ein Wort. Er spricht und versteht aber deutsch, hat Lea mir gesagt. Er stammt aus Rheinhessen. Kennengelernt hat Lea ihn in Israel.

Aber langsam: Wir – Lea und ich – saßen lange zusammen, noch als der Abend bei den Stevens beendet war und die letzten Gäste gingen. Ich schickte Kali in einem Taxi ins Hotel (Minna und Rosina waren schon dort) & setzte mich mit Lea – ohne ihren Mann, es schien ihr besser – in ein Restaurant, das die ganze Nacht hindurch geöffnet hatte. Einen „Diner" nennt man es in Amerika, sie servieren dort Würste und Hackfleisch-Brötchen und Getränke. Lea hat graue Haare bekommen & immer noch die Locken, die sie schon als Mädchen hatte. Sie ist so alt wie Minna, sechsundvierzig oder siebenundvierzig.

Wir saßen wohl bis drei oder halb vier am Morgen mit unseren Tassen auf der Bank und erzählten uns alles, was geschehen ist seit damals, als sie fortging mit ihren Eltern. Fast dreißig Jahre und der Krieg. Die Dressners – Boias, Elwira, Lea – ritten mit ihren besten Tieren nach Galatz an der Donau, wo sie mit Sack und Pack ein Frachtschiff bestiegen, dass den Fluss abwärts nach Sulina fuhr, wo die Donau ins Schwarze Meer mündet. Dort verkauften sie ihre Pferde – für viel Geld, erzählte sie, es waren natürlich feine Araber, Boias Dressner hatte nie etwas Schlechtes im Stall stehen, und in diesem Sulina leben viele reiche Menschen aus allen Ländern, es gibt einen großen Hafen. So hatten sie Geld und nahmen ein Passagierschiff nach Odessa. Eigentlich wollten sie dort nach kurzer Zeit weiter, erst nach Konstantinopel und von dort nach Haifa in Israel. Aber Elwira hatte Schwester und Schwager in der Stadt (auch Juden natürlich, auch der Schwager), und es kam ihnen sicher vor. So viele Juden lebten in Odessa, was sollte ihnen passieren, dachten sie? Es scheint immer einen Schutz in der Menge zu geben, denken wir nicht alle so? Wie auch immer: Elwira wollte gleich weiter in die Türkei und in die Levante, aber Boias stellte sich quer. Sie stritten, sagte Lea, aber sie entschieden, dass sie den einen Winter über in Odessa bleiben würden. Im Oktober 41 kamen dann die Rumänen und die Nazis und besetzten alles: das ganze Land jenseits des Nisters und Odessa und wüteten wie die Teufel. Leas Vater – den lieben Boias – schleppten sie am 23., als die Sonne gerade aufging, auf die Straße und hingen ihn an der Laterne vor dem Haus auf. Elwira schnitten sie einen Finger ab, als sie ihren Mann schützen wollte, und sie schlugen sie & die anderen auch. Alle verbrannten in dem Haus, Elwira, ihre Schwester, der Schwager, dessen Eltern und die ganzen Kinder, die bei ihnen waren, eigene und mehrere von den Nachbarn. Sie standen mit Gewehren vor den Türen und ließen sie nicht hinaus auf die Straße. Nur Lea und ein Nachbarskind überlebten, drei Jahre alt. Sie nahm sich, als sie den Vater hängen sah, das Kind (ein Mädchen), band es auf den Bauch und hängte sich an einem Seil in die Sickergrube hinten. Sie hing dort lange – Stunden –, aber sie weiß selbst nicht, wie lange es genau war. Ihre Arme und Beine waren am Ende völlig taub, dass sie dachte, sie würde nie mehr gehen können. Sie hörte das Brennen und das Schreien der Nachbarn und Schüsse, und es stank wie die Pest, aber sie gewöhnte sich daran und merkte es irgendwann nicht mehr. Ihr halbes Viertel gab es nicht mehr, als sie rausgeklettert kam (das Kind hatte schrecklichen Durst gehabt). Sie sagten, sie hätten die, die sie finden konnten, über den Fluss gebracht, nach Transnistrien, in Lager. Sie sollen alle in die KZs gekommen sein, nach Auschwitz, Majdanek und Treblinka und in die Lager in der Ukraine.

Lea versteckte sich zweieinhalb Jahre. Ihr half eine armenische Familie, Christen, sie schlief gekrümmt, halb im Sitzen in einer winzigen Dachkammer, und konnte nur machen, wenn ganz sicher niemand im Haus war und es riechen konnte. Sie spielte Schach und las alle Bücher, die sie finden konnte, sagt sie, in allen Sprachen. Es ist ganz schrecklich. Dann zogen sie irgendwann ab, Anfang 1944, die Rumänen und die Deutschen, und die Russen kamen wieder. Lea tat so, als wäre sie Russin, und sie schaffte es, sich nach Konstantinopel durchzuschlagen. Von dort fuhr sie nach Israel (was damals noch nicht Israel war, sondern Britisch-Palästina). Sie ging in ein Kibbuz, eine Art großer Bauernhof, der allen gemeinsam gehört, so verstehe ich es. Am See Genezareth. Da traf sie ihren Mann Moische, und in den fünfziger Jahren zogen sie nach Amerika um. Zwei Söhne haben sie, beide fast erwachsen. Es geht ihnen gut, ihr Mann hat eine Flaschenfabrik und ein kleines Geschäft mit koscheren Sachen, und Lea spielt noch immer Schach. Sie sprach kaum davon, aber Frau Stevens erzählte mir später, dass Lea eine Art Schach-Wunder ist

und mit den klügsten Männern spielt und gewinnt. Sie hat mir einen älteren Zeitungsartikel über Lea geschickt, fast eine Seite lang, aber wir haben noch keine Übersetzung hier.
Sie heißt nun natürlich nicht mehr Dressner, sondern Druckman. Lea Druckman. Wir werden uns wiedersehen. Lea hat mich schon zu sich eingeladen, sie haben eine Wohnung in Greenwich Village, nicht weit vom Hudson-Fluss, aber sie wollte noch mit Moische sprechen. Er will mit keinen Deutschen zu tun haben. Wir werden sehen.

– Eben kam ein Umschlag von Mrs. Stevens, eine feine Karte und ein Scheck. Ich habe ihn schon zurückgeschickt. Es wäre so unpassend, wo ich doch für die Freude gesungen habe und meine liebe, liebe Lea wiedergefunden habe. Ich kann es noch immer nicht glauben.

30. August 1966, Shenandoah Hotel, Richmond (Virginia)

Nun haben wir uns auf den Weg gemacht und New York verlassen. Es waren zwei s. anstrengende Tage, furchtbar heiß noch immer & Minna unausstehlich & sie steckt damit Kali an. Ich weiß nicht, wie ich es ohne Rosina schaffen würde. Wir bestiegen den Zug in New York und fuhren nach Süden, in eine große Stadt nach der anderen: Philadelphia, Wilmington, Baltimore und schließlich Washington. Wir blieben dort für eine Nacht, und heute fuhren wir weiter. Es gab Probleme mit dem Zug, wir standen mehr als zwei Stunden neben einem Feld mit Sojabohnen, trocken wie Zunder. Als wir nach Richmond kamen, entschlossen wir uns, über Nacht zu bleiben. Wir hätten es nicht mehr nach Blacksburg geschafft.

Ich bin erschöpft, sitze unter einem Ventilator aus Holz & habe mir Essen auf mein Zimmer bestellt. Es sind Fladen aus Krebsfleisch, goldbraun gebraten. Nur Wein haben sie hier keinen. Sie trinken alle Bier und Coca-Cola, sehr süß, aber sonst eigentlich recht lecker.

1. September 1966, Blacksburg (Virginia)

Es wurden zwei Nächte in Richmond. Minna bekam Schmerzen im Rücken, und wir ließen den Arzt kommen, aber es war nichts Ernstes, weder die Nieren noch die Bandscheiben. Am Abend war es besser, und sie stand auf.

Heute in aller Frühe brachte uns ein Wagen zu einer Art Markt, wo alle Überlandbusse abfahren & anhalten. Geräumige, silberne Busse, die kreuz und quer durchs Land fahren, bis nach Kalifornien, sagen sie. Wir nahmen einen Richtung Nashville, was ganz in Tennessee liegt. Die Fahrscheine waren günstig, ein paar Dollar für jeden, aber wir mussten lange mit Händen und Füßen reden, dass wir all unser Gepäck einladen durften. Den großen Koffer (mit meinen guten Kleidern) banden wir am Ende auf dem Dach fest. Es kostete extra, ein kleines Vermögen (mehr als Kalis Fahrkarte).

Ungefähr sechs Stunden waren wir unterwegs. Eine schöne Landschaft, Hügel und Täler, alles grün, mit Bäumen, anderen Arten als bei uns.

In Blacksburg stiegen wir aus, und es war niemand gekommen, um uns abzuholen. Wir hatten Georg ein Telegramm geschickt, aber er hatte die Nachricht nicht rechtzeitig erhalten. Sie lag auf dem Flurtischchen, als wir schließlich mit dem Taxi bei ihm ankamen.

Es war trotzdem ein schönes Willkommen. Wir haben uns so lange nicht gesehen & wir aßen alle gemeinsam zu Abend. Georgs Frau Trudi ist viel jünger als er, mehr als zehn Jahre. Sie haben drei Söhne bekommen, der älteste ist Ernst (er ist 15), danach kommt Heinz (elf Jahre), der ist am korpulentesten und hat einen Kopf wie eine Kartoffelkiste. Und der kleinste, ein pfiffiger, ist Egbert, sechs oder sieben und niedlich. Ein Nesthäkchen. Sie sind alle gesund, aber Georg ist hart mit ihnen. (Er erinnert mich an unseren Vater, so wie er spricht.) Er ist unzufrieden, weil sie von Pferden nichts verstehen & nichts mit ihnen zu tun haben wollen. Er hatte es mir schon geschrieben, aber es nun zu sehen, ist nicht schön. Georg leidet darunter – die Tiere sind noch immer sein Ein und Alles, und auch der große Garten, den sie haben, mit Bäumen und Sträuchern und Blumen und einer großen Wiese, an deren Ende ein Bach fließt. Hinten steht eine Hütte – oder ein kleines Haus, ganz aus Holzbalken und mit einem Feuerplatz darinnen, sehr schön. Dort wohnen Rosina und Kali (die aufgeregt ist deswegen, sie fühlt sich wie ein „Cowboy" in einem Western). Minna und ich teilen uns ein Zimmer im Haus, unter dem Dach.

4. September 1966, Blacksburg

Jetzt, wo ich sie alle etwas kenne, muss ich sagen, dass Georg nicht ganz unrecht hat mit seinen Söhnen. Sie sind... – ich weiß nicht, wie ich es ausdrücken soll. Unpraktisch, müsste ich sagen. Auch ängstlich. Alle drei haben so viel Furcht, nicht nur vor Pferden, sogar vor Hunden, obwohl sie Jungen sind. Georg sagt, er hat es längst aufgegeben mit ihnen. Er wollte ihnen natürlich früh zeigen, wie es geht, das Reiten beibringen, von Kindesbeinen an. Aber es sollte nicht sein. Sie weinten immer, und er gab es auf. Was soll man tun, wenn Kinder so werden? Und wo kommt es nur her? Ich weiß es nicht. Vielleicht von Trudis Seite.

Der älteste, Ernst, hat schon die Schule verlassen und arbeitet in einer Honigfabrik und auf dem Feld. Er holt Kartoffeln mit einem Trecker aus der Erde. Er ist dumm wie trocken Brot, sagt Minna, und hat Sägespäne im Kopf & nichts Vernünftiges kommt da heraus. Sie kann so böse sein.

Georg übersetzt alles, es geht hin und her. Kali spricht auch schon einiges auf Englisch, und Rosina und ich einige Worte. Hello und thank you very much und you are welcome, was man sagt, wenn sich einer bedankt hat. Die drei Jungen sprechen überhaupt kein Wort deutsch & Trudi nur wenig (ihre Mutter ist aus einer deutschen Familie, aber ihr Vater nicht. Er ist Norweger).

Man muss froh sein, dass wenigstens Georgs Söhne den Namen des Vaters tragen und weitergeben, unseren Namen. Sie heißen alle Freier, und wenn sie einmal heiraten und Kinder kriegen, lebt der Name weiter. Beim Ältesten, Ernst, ist es bald so weit. Er hat eine Freundin, ein Mädchen, das in einem Pfannkuchen-Restaurant ausschenkt. Es wird in Virginia hoffentlich eines Tages viele Freiers geben. So hat alles sein Gutes. Nicht jeder kann zu Großem berufen sein, hat Lobgott immer gesagt.

Geldsorgen haben sie nicht, sagt Georg. Er muss gut verdient haben. Tüchtig ist er ja, auch wenn sein Bein ihm bis heute Schwierigkeiten macht. Er reitet – er könnte ohne die Pferde nicht sein. Aber er hat einen besonderen Steigbügel für sich machen lassen, weil er das Knie nicht gerade bekommt. Sie haben zwei Autos, lange Schlitten.

Seine Trudi kocht für uns. Sie ist lieb & schüchtern & gibt sich viel Mühe. Sie mögen lieber Rind hier als Schweinefleisch. Bif nennen sie es. Trudi kocht natürlich amerikanisch, nicht wie in der Heimat.

Dienstag, 6. September 1966

Lieber Heinrich,

wir sind weitergereist, nach Ohio an den schönen Erie-See, es ist unsere letzte Station in Amerika. Übermorgen geht es wieder zurück nach New York. Rosina hat alles vorbereitet & die Fahrscheine liegen hier, neben meinem Heft auf dem Tisch. Übermorgen nehmen wir den Zug, von Cleveland an die Ostküste. Wir haben ein großes Abteil nur für uns reserviert. Ich muss sagen, es hat gereicht mit den Bussen, die sie hier fahren. Zuletzt war es schrecklich eng, und ich fühlte mich nicht mehr wohl. Stunde um Stunde ging es, und links und rechts von der Straße (immer geradeaus, Kilometer um Kilometer) lagen Felder mit Weizen und Mais. Die größten Felder, die ich je gesehen habe, bis an den Horizont.
Es ist nicht mehr so heiß wie im August, Gott sei Dank. Die Temperaturen sind mild & angenehm, Frühherbst. Einige Blätter an den Bäumen werden schon hell, aber noch nicht viele.
Hier bei Deiner Schwester ist es – nun, es ist eine kleine Enttäuschung. Ich glaube nicht, dass sie mich erkannt hätte, wenn ich an der Busstation nicht auf sie zugegangen wäre. Sie ist noch immer schlank & zierlich & anmutig, wie früher. Aber es kommt mir vor, als ob wir hier nicht hingehören, anders als bei Georg und Trudi. Vielleicht nehmen wir ihre Gastfreundschaft zu sehr in Anspruch, wir sind ja zu viert und haben viel Gepäck. Ich werde mich, sobald wir wieder gefahren sind, natürlich bedanken und etwas schicken. Die Kosten sollen nicht an Justine hängen bleiben, wenn sie nicht viel haben. Aber das geht nur hinterher.
Es gibt viele Landsleute aus Bessarabien in der Gegend hier, sagt Justine, sogar den einen oder anderen, dessen Eltern oder Großeltern aus unserem Leipzig stammen. Aber sie hält keine Verbindung zu ihnen. Sie hat wohl genug zu tun, so wie es ist.
Ich weiß gar nicht, wie ich davon schreiben soll, Heinrich, aber Justine hat Dich fast vergessen. Du bist tot für sie, das spüre ich. Sie erinnert sich kaum noch an Dich. Sie stellt auch keine Fragen & ist ohne jede Neugier.
Gestern Abend hat sie gekocht, einen Truthahn für uns alle, sicher zwölf oder vierzehn Pfund schwer, mit Süßkorn (was hier Popscha ist) und Erbsen und Muskartoffeln mit Röstzwiebeln und brauner Soße. Ihr Mann

heißt Herold und sprach das Tischgebet. Sie sind fromm & beten nicht nur vor der Mahlzeit, sondern danach auch noch einmal, so dass man sich fragt, ob es unserem Herrn nicht vielleicht sogar lästig fallen könnte mit der ganzen Dankbarkeit, so gut sie gemeint ist. Herold schafft in einer Druckerei, so dass er die Farbe nie richtig unter seinen Fingernägeln weggeputzt kriegt. Kali hat eine gute Figur gemacht und alles fast allein übersetzt, den ganzen Abend. Sie ist ein kluges Kind und ist mir ans Herz gewachsen. Herold, Dein Schwager, mag das Technische & er redete nur davon, wie sie in Amerika auf den Mond fahren wollen. Es war so absurd. Ich mochte nichts sagen: Wir sind doch Gäste, da kann man nicht antworten, wie töricht das alles ist, was er redet, obwohl er eigentlich ein gebildeter Mann ist.

Mittendrin, als Justine uns den Nachschlag vom Puter schnitt, blieb der Strom weg, und wir saßen für mehr als eine Stunde im Dunkeln, bei Kerzenlicht. Dann sprangen überall gleichzeitig die Glühbirnen mit einem lauten Klacken an, und um kurz nach zehn war wieder alles aus. Minna und ich gingen mit einer Taschenlampe hoch auf unser Zimmer. Niemand weiß, woran es liegt. Vielleicht ein Blitzschlag weit weg? Justines Mann war es richtig unangenehm, weil er vorher so viel vom Mond erzählt hatte & was sie alles fertig bringen in diesem Land. Aber ohne elektrischen Strom…? – da kommt man wahrscheinlich auch nicht auf den Mond. Es lag mir auf der Zunge, aber ich habe nichts gesagt.

Sonnabend, 10. September 1966, New York

Nun ist es fast geschafft, Heinrich: Wir sind wieder in New York, am Flughafen schon. Wir sind alle aufgeregt, dass wir fliegen müssen. Kali am meisten, aber wir Erwachsenen sind es auch & wir fürchten uns alle drei. Aber es geht nicht anders. Wir haben die Fahrscheine, alles ist bezahlt, und das Gepäck ist bereits aufgegeben. Es wird, so kein Unglück passiert, viel schneller gehen als mit dem Schiff. Wir fliegen nach London und von dort am selben Tag weiter nach Hamburg. Ich bete, dass alles gut geht. Konrad würde mich sicher auslachen, wenn er wüsste, wie ich Angst habe.
Lea ist zum Flughafen gekommen, um mich noch einmal zu sehen & um sich zu verabschieden. (Ohne ihren Mann.) Sie war reizend & warm. Von den Stevens brachte sie ein Päckchen mit & und ich musste ihr versprechen, es erst zu öffnen, wenn sie sich auf den Rückweg in die Stadt gemacht hatte. Es war sicher, weil ich den Scheck zurückgeschickt hatte: Sie wollten mir eine Freude machen. Es ist eine schöne Armbanduhr, aus Silber, dachte ich zuerst, aber Rosina, die für Schmuck ein gutes Auge hat, meint, es ist Platin, so teuer wie Gold. Ich bin sehr beschämt und werde schreiben, sobald ich wieder zuhause bin.
Lea war den Tränen nahe, als wir uns verabschiedeten. Wer weiß nun, was wird, wie lange wir zwei noch am Leben sind?
Von dieser Reise werde ich lange zehren.
Nun klingeln sie, Heinrich, wir müssen gehen.

Kapitel 23: Meiner geliebten Frau

Konrad Lampe saß an seinem Schreibtisch im Haus an der Palmaille und ging Frachtlisten durch. Er hatte die Ärmel seines weißen Hemdes aufgekrempelt und eine Corona im Mund, dick wie sein Daumen. Sie schmeckte ihm nicht. Ihm war nach dem Frühstück übel geworden, ein Würgereiz, als wäre hinten im Hals etwas Samtiges kleben geblieben. Er trug Hosenträger und keine Krawatte. Es war halb elf am Vormittag.

Nebenan in seinem Schlafzimmer hörte er Rosina. Sie schlug mit den Händen die Federkissen aus, ein puffendes Geräusch. Dann strich sie Laken und Bettbezug glatt: schhht, schhht. Sie wusste nicht, dass er über den Büchern saß, und gab sich keine Mühe, leise zu sein.

Er wollte aufstehen, um sie nach unten zu schicken, Ruhe zu haben, als es gelb in seinem Kopf zu leuchten begann, hinter beiden Augen, grell, ein Schmerz hinten, als hätte ihm jemand mit einem Hammer den Schädel eingeschlagen. Er merkte, wie ihm das schwere Buch mit den Kopien des Schiffsregisters aus den Händen glitt und auf den Boden fiel, wo mehrere Seiten zerknickten. Es war nicht gut, er hasste Unordnung, erst recht in Dokumenten. Es kam ihm vor, als wäre seine Zunge eine dicke Wurst, am Gaumen festgeklebt.

Wo war er? Was war mit ihm – was…

Wie komisch, dachte er, er könnte schwören, er hätte die Zimmerdecke vor sich, es musste etwas passiert sein, das war der weiße Stuck, den er nach dem Krieg hatte ausbessern lassen, Seerosen, Lilien, alle Armlang eine Libelle aus Gips. Das Harte musste der Boden sein, unter ihm, im Büro, in seinem Haus. Er sah schlecht, links alles rot, verschwommen, rechts der große Zinnübertopf des Gummibaums, er stand im Weg. Warum konnte er nicht sehen, was er wollte? Wie peinlich, er musste gleichzeitig rülpsen und pupsen, er hatte einen widerlichen, seifigen Geschmack auf der Zunge, wie Waschlauge. Wer machte dieses Geräusch, dieses Geröchel? Nasses kam aus seinem Mund, lief über seine Wange und tropfte auf den Teppich. Konrad

versuchte, die Arme zu heben, aber es gelang ihm nicht, sie waren kalt, wie Wasser. Hinten drückte etwas in seinem Kopf, so was, dachte er, wie es drückte. Wohl der Sturz?
Er hörte Rosinas forsche Schritte beim Arbeiten, spürte das Federn der Holzdielen, sie ging schnell, ums Bett herum, zum Fenster, genug gelüftet, sie schloss es klappernd. Er rief nach ihr. Nein, er wollte sie rufen, aber nichts bewegte sich in seinem Mund, Zunge, Lippen, alles untauglich, da regte sich nichts, redete nichts, kein Wort. Nur die Zähne schlugen aufeinander, aber das kam nicht von ihm, er hatte nichts damit zu tun. Er spürte etwas im Mund, einen dicken Klumpen – wo der nun her war? Nach Blut schmeckte er, war er denn verletzt? Jetzt könnte Rosina mal kommen, vielleicht brauchte er Hilfe. Was machte sie so lange an seinem Bett?
Als sie die Tür öffnete, ein Staubtuch und eine Vase mit frischen Margeriten auf einem Tablett, war Konrad Lampe bereits tot.

„Vorbei ist vorbei", sagte Minna, als sie ankamen, so laut, dass die beiden Vorzimmerdamen es hörten und sich kurz ansahen. Alma, in schwarz, war es unangenehm. Sie tippte ihrer Schwester mit den Fingerspitzen an den Arm.
„Kaffee oder Tee, meine Damen?", fragte der Notar, ein Herr Bauenthin, in seinem Besprechungszimmer. „Haben Sie es gleich gefunden? Die Allee ist ja bekannt bei uns in Altona. Die beiden Herren nehmen sich bitte selbst, seien Sie so gut. Gebäck vielleicht?"
Sie saßen zu fünft an einem langen Biedermeier-Tisch, Bauenthin auf einer Seite, zwei schwarze Mappen und ein rotes Gesetzbuch vor seinen manikürten, weißen Händen, die anderen ihm gegenüber. Er vergewisserte sich, dass sie vollzählig waren, und bat Rosina, Willi Krause und Fleischmann, mehrere Jahre älter als Konrad, um ihre Ausweise. Minna saß im Vorzimmer, wo die Sekretärinnen sie neugierig beobachteten. Die Schwester von der Lampe, sagte der Blick der einen. Hatten die nicht viel Geld, fragten die Augenbrauen der anderen, ein Vermögen? Die Schwester von *der*?

„Ich bin eigentlich immer eine Kaffeetante gewesen", sagte Rosina im Zimmer. „Ein Schüsschen Dosenmilch vielleicht, wenn es keine Umstände macht."
„Gut, alle versorgt, dann können wir wohl?", fragte Bauenthin und sah zugleich erwartungs- und würdevoll in die Runde. Er strahlte Ruhe und Kompetenz aus.
Rosina und Krause bekamen Geld, runde Summen, höhere Beträge, als Alma für möglich gehalten hätte, aber sie ließ sich nichts anmerken. Sie holte ihre Lesebrille aus der Handtasche und putzte sie langsam mit einem Tuch.
„Alles andere geht, wie Sie sicher wissen, an Herrn Lampes Ehefrau, Frau Alma Lampe, verwitwete Kraft, geborene… hier… Freier, geboren am 6. Februar 1918 in Leipzig, Rumänien."
Herr Fleischmann, der im dunklen Anzug auf seinem Stuhl saß, ohne sich anzulehnen, sah zu ihr hin.
„… die Anlagen im Hafen natürlich", sagte Bauenthin, „das Kontor, die Büros, Lager, Herr Fleischmann wird das zu gegebener Zeit mit ihnen… jetzt die Liste der Frachtschiffe, sechs an der Zahl, aber mit Lasten natürlich… zwei Wertpapierdepots, eines bei der Deutschen Bank, das andere bei – einen Moment… – der Hamburger Sparcasse, ist das richtig…? Ja, stimmt, hier sind die Nummern verzeichnet – die alte Sparkasse von 1827. Am Großen Burstah. Dort ist auch ein Schließfach, darum werden wir uns kümmern, wenn Sie wünschen, Frau Lampe, wir haben einen Schlüssel. Ein zweiter müsste in Herrn Lampes Unterlagen zu finden sein. Ich glaube, es liegen Münzen und einige Briefmarken bei der Bank, wenn ich mich richtig erinnere."
„Münzen?", fragte Alma.
„Ja, richtig. Nichts Antikes, also keine Sammlerstücke, die interessierten ihren Mann nicht, Frau Lampe. Ich meine zu erinnern, es ist alles Gold. Alte Vreneli."
„Was ist das?"
„Aus der Schweiz. Schweizer Goldmünzen. Von früher."
„Ah."
„Dann… Herr Fleischmann, das ist jetzt Ihre Angelegenheit.

Können Sie uns bitte einen Überblick über die Situation im Lagerhaus geben? Wieviele Leute haben Sie dort?"
„Ja. Sicher. Einhunderteinunddreißig per heute früh. Ich habe es noch einmal auf den neusten Stand bringen lassen."
„Was machen die?", fragte Alma.
„Unsere Mitarbeiter? Alles, was anfällt. Viele im Lager, die Büros. Auf den Schiffen natürlich, sofern sie bei uns direkt angestellt sind."
„Mehr als hundert…"
„Oh ja. Es waren schon einmal mehr als zweihundert, aber Herr Lampe hat zuletzt einiges verkauft. Das Geschäft war in den vergangenen achtzehn Monaten etwas… nun, beschwerlich. Nicht besorgniserregend natürlich. Aber schwächer, als wir es gerne gesehen hätten."
„Wie werden die alle bezahlt?"
„Das obliegt mir, Frau Lampe", sagte Fleischmann. „Ich bin auch für das Personal unseres Hauses zuständig. Ich habe natürlich Prokura."
„Sie kennen den Begriff?", fragte Bauenthin.
„Eigentlich nicht, nein."
„Eine Art Vollmacht. Herr Fleischmann darf als Prokurist – als jemand, der Prokura hat – im Sinne des Unternehmens handeln. Alleinverantwortlich, wenn Sie so wollen, außer in großen Fragen. Was ist mit den Lagern, Herr Fleischmann?"
„Ja, die Lager. Das ist mein wunder Punkt, ich habe die genauen Zahlen noch nicht. Es müssten gut fünfzig Tonnen sein. Um die sechsundfünfzig, um genau zu sein. Plus minus."
„Tonnen von was?", fragte Alma.
„Oh, Tee. Tee natürlich. Unser wichtigstes Geschäft. Im- und Export. Indien und Ceylon, ein bisschen auch aus Afrika."
„Tonnen", flüsterte Rosina Willi Krause zu.
„Kaffee und Gewürze auch", sagte Fleischmann. „Deutlich weniger, ein paar hundert Sack nur. Die werden in Bremerhaven auf Lager gehalten. Ich schicke Ihnen so bald wie möglich die genauen Zahlen. Wein ebenso, aber das ist nicht Firma. Herr Lampe hatte seine großen Weinvorräte – die teuren Lagen

besonders – in der Speicherstadt untergebracht. Die wollte er nicht bei sich im Keller haben. Es sind doch einige Kisten, Frau Lampe. Also einige hundert Kisten. Sie sollten sich das bei Gelegenheit einmal anschauen. Vieles ist von vor dem Krieg. Die haben irgendwie die Bombennächte durchschlafen, fragen Sie mich nicht. Aus Frankreich das meiste, Burgunder und Bordeaux. Herr Lampe hat immer gekauft. Er hatte Subskriptionen – jedes Jahr wurden Kisten geliefert. Gute Ware. Beste Ware."
„Das Immobilienvermögen ist übersichtlich", sagte Bauenthin. Er blätterte um. „Das Haus an der Palmaille hier in Altona. Sie kennen es?"
„Ich wohne dort, wenn ich in der Stadt bin."
„Ah, umso besser. Ja, dieses also. Ein schönes Kaufmannshaus, wenn ich mich richtig erinnere."
„Ein Kapitänshaus."
„Ah so. Interessant. Dann gibt es wohl so eine Art Sommerhäuschen. An der Ostsee."
„Das kenne ich auch. Es ist eingerichtet. In Brodten." Konrad hatte es ihr schon zur Hochzeit geschenkt, nun erbte sie es. Alma sagte nichts.
„Wunderbar. Ich sehe, wir bereiten Ihnen keine unangenehmen Überraschungen. Dann nur noch die Mietshäuser. Zwei in Altona, vier in Winterhude. Alles Wohngebäude, mit normalen Geschosswohnungen, einige Gewerbeflächen, vermutlich im Parterre, auf der Straße, das Übliche. Ich meine zu erinnern, dass Herr Lampe in den Fünfzigern alles nach und nach sanieren ließ."
„Hu", sagte Alma. Sie trank einen Schluck Kaffee.
„Zwei alte Lebensversicherungen über zusammen… etwas mehr als vierhunderttausend Mark. Etwas Kunst auch – hier ist eine Liste, die Herr Lampe vor acht oder zehn Jahren hat anfertigen lassen. Die Zertifikate sind hinten angehängt. In Kopie natürlich nur. Er hat sie meines Wissens in England anfertigen lassen, bei einer Londoner Firma. Der wichtigste Posten sind vermutlich die zwei Turner, ein Ölgemälde und ein Aquarell. Die hängen aber seit vielen Jahren in der Kunsthalle, hier am Hauptbahnhof. Leihweise natürlich. Das wussten Sie gar nicht? Nun, es sind jetzt

Ihre. Feine Werke. Erstklassig – Museumsware eben. Es gibt übrigens keinerlei Verpflichtung, sie der Stadt länger zur Verfügung zu stellen. Aber solange sie dort hängen, sparen Sie immerhin die laufenden Kosten. Versicherung und so weiter. Dieser Brief hier – von Ihrem Mann – ist für Sie. Im Testament ist vermerkt, dass Sie ihn hier öffnen und lesen sollen. In meinem Beisein. Lesen also, nicht etwa vorlesen. Außer Sie halten das im Nachhinein für richtig. Hier ist ein Briefmesser. Bitte. Lassen Sie sich Zeit."

Gegen Zahlung eines fürstlichen Gehalts, schrieb Konrad ihr, sollte Fleischmann sich nach seinem möglichen Tod mindestens fünf Jahre lang um die Geschäfte kümmern. Erst danach durfte seine Frau, wenn sie es für richtig halten sollte, verkaufen.

Er legte ihr nahe, über das Hauspersonal nach eigenem Gutdünken zu befinden. Alma sah Rosina an, im schwarzen Dienstbotenkleid, konzentriert. Sie lächelten sich vorsichtig zu – gerade so viel, wie man lächeln darf, wenn der Mann zwei Wochen zuvor unerwartet gestorben ist.

„Danke", sagte Alma. „Ich habe es jetzt gelesen." Sie faltete den Brief zusammen und steckte ihn in ihre Handtasche.

Mein geliebter Heinrich,

vielleicht war es kein guter Gedanke, aber ich habe als erstes Minna gebeten, für einige Wochen zu mir zu ziehen, ins Haus an der Palmaille. Ich weiß ja, wie schwierig und launisch sie sein kann. Aber ich möchte nicht alleine sein mit Rosina und Willi Krause. Ich kann nicht, von den Gefühlen her.

Minna brachte ihren alten Koffer mit, und am ersten Abend haben wir gemeinsam gekocht, während Rosina am Küchentisch saß und nichts tun durfte außer zugucken. Es gab Muskartoffeln und Mais, ein schönes Huhn in Tunke dazu – herrlich. Wir aßen nicht im Esszimmer, sondern in der Küche, auf der hellblauen Wachstuchdecke mit den gelben Blumen, die schon ganz ausgeblichen sind. Als wir fertig waren, haben wir Herrn Krause und seine Frau dazugeholt. Wir hatten nicht genug Fleisch, es war ja nur ein Huhn. Aber wir mochten sie doch nicht allein in ihrem Zimmer sitzen lassen. Rosina holte uns eine Flasche Riesling von Konrad, die im Keller lag, und es war ein schönes Mahl. Ernst und heiter zugleich.

Herr Krause fragte hundertmal, ob ich ihn wirklich behalten wollte. Er hat große Angst, die Arbeit zu verlieren. Natürlich behalte ich ihn. Es dauerte, bis er es endlich glaubte, und ich sprach auch mit seiner Frau, die war verständig und beruhigte ihn.

Am nächsten Morgen haben wir alle zusammen geputzt. Das Haus, die Böden, die Fenster, die Steinplatten im Garten geschrubbt. Ich bat Rosina, Konrads Kleidung durchzugehen und zu sehen, was wir weggeben. Es ist noch viel Gutes dabei, ungetragen & teuer. Herr Krause bekam einen schönen Mantel. Er ist zu weit, er muss ihn am Rücken enger machen lassen. Aber die Ärmel passten genau & er freute sich wie ein Kind. Zwei Schals und Handschuhe und Binder gab ich ihm auch.

So vieles ist auf mich hereingestürzt, Fragen über Fragen. Ich hätte nicht gedacht, dass Konrads früher Tod mich so fordern würde. Es liegt nicht am fehlenden Willen. Du weißt, ich bin eine fleißige Frau & scheue mich nicht zu arbeiten. Es sind aber völlig andere Dinge, mit denen er sich sein ganzes Leben lang beschäftigt hat. Kaufmännisches, Schiffe – und ich bin kein Kaufmann, und von Schiffen & Fracht & fremden Ländern verstehe ich nichts. Wo liegt nun überhaupt dieses Bombay, von dem immer die Rede ist…? In Indien, so viel weiß ich nun, es ist eine große Stadt. Ich komme mir dumm vor, nach allem fragen zu müssen. Herr Fleischmann ist wirklich eine Hilfe; ohne ihn würde es nicht gehen. Aber er muss mich bei den großen Entscheidungen fragen, weil das Unternehmen nun einmal mir gehört, bis auf Weiteres. In der vergangenen Woche hatte ich nachts Angstzustände und konnte nicht schlafen. Die Arbeiter in der Firma, das viele Geld. Es ist eine große, eine schreckliche Verantwortung. Niemand kann mir die Entscheidungen abnehmen. Herr Fleischmann berät mich – er würde dieses oder jenes tun. Aber am Ende muss ich entscheiden, was mit einem Schiff oder einer Fracht passiert. Es ist meine Unterschrift, die zählt.

(Eine kleine Sache: Bei Konrads alter Sekretärin, einer Frau Mahler, aber unverheiratet, habe ich in Auftrag gegeben, dass jeder Mitarbeiter zum Geburtstag ein Geschenk bekommt. Nichts Großes, eine Aufmerksamkeit nur – für die Frauen Blumen, für die Herren Schnapspralinen oder eine andere Kleinigkeit. Frau Mahler fand es zuerst unangemessen und schaute mich kritisch an. Konrad hat es nie so gemacht. Aber ich habe schon jetzt zwei liebe Karten, mit denen sich die Leute bedanken. Es war richtig, das zu tun, und es kostet so wenig Geld, in der größeren Ordnung der Dinge.)

Eben klingelte das Telefon hier im Haus, in Konrads altem Büro, wo ich oft am Schreibtisch sitze und die Korrespondenz aus dem Kontor lese. Ein Mann meldete sich, ein Herr Schröder, und fragte, ob er „mit Frau Alma Lampe persönlich" spreche. Er war von der Commerzbank, und er sagte, sie würden unseren Kontokorrent von sich aus ausweiten, um fünf Millionen Mark. Es ist eine Art Darlehen auf Vorrat, das man nur benutzt, wenn man es wirklich brauchen sollte. Mir wurde schwindelig. Ich sagte aber nichts – nur, dass ich ihn in der kommenden Woche noch einmal anrufe. Ich denke, es schadet nicht, so einen Kontokorrent zu haben? Das Geld ist ja nicht ausgegeben, nicht weg, solange man es nicht benutzt?

War es ein Fehler – nicht mehr zu singen? Sie sagen, ich wäre selbstverliebt & eitel. Es tut mir weh & ist ungerecht. Aber ich habe Zweifel und denke seit einer Woche – seit dem letzten Konzert hier in der Musikhalle – an nichts anderes.

Was war das für eine Aufregung!? Ein Satz nur. – „Meine Damen und Herren, dies war mein letzter Gesang." Ich musste ihn von einem

Zettelchen ablesen, so aufgeregt war ich. Das Singen auf der Bühne macht mir nichts, dabei muss ich mir keine Worte ausdenken, sie sind ja schon da & vorgegeben. Aber das Sprechen… Es fällt mir schrecklich schwer, nach all der Zeit noch.

Obwohl sie vorher kräftig & lange applaudiert hatten, war es dann auf einmal still. Mucksmäuschenstill. Da war kein einziger Ton in der Halle. Man spricht ja von Totenstille, so war es. Ich stand vorne, alleine, und niemand wusste, wie es weitergehen würde. Es stand auch niemand auf. Alle sahen nur zu mir und warteten, was geschehen würde.

Das soll also mein letzter Gesang gewesen sein, jedenfalls vor Menschen, vor einem richtigen Publikum. Es ist nun eine lange, lange Zeit gut gegangen & ich bin über fünfzig. Man muss gehen, wenn es am Schönsten ist, ohne falsche Scheu und ohne zurückzublicken. Es ist so, wie der Führer in den Karwendel-Bergen sagte, der mit Konrad und mir auf die Hohe Warte gekraxelt ist: Der Gipfel ist der Höhepunkt, aber noch lange nicht das Ende. Das Härteste hat man dann noch vor sich: den Abstieg. Auf dem Weg ins Tal ist die Gefahr, einen Unfall zu haben, am größten, sagte er.

Vielleicht sollte ich unterrichten, wie einst die liebe Regina? (Und, wie ist es nur möglich, unser alter Küsterlehrer Hellmuth Lobgott!? Dieser schreckliche und zugleich wohlmeinende Mann. Wie sich die Welt im Kreise dreht, immer und immer wieder herum. Dass ausgerechnet ich… Er würde schnauben vor Heiterkeit und Empörung zugleich, wenn er es sehen könnte. Ruhe er in Frieden.)

– Noch einige Aufnahmen? Sie drängen alle, mehr denn je. Aber es geht doch immer nur um Geld, fürchte ich. Das ist das einzige, an dem es mir nicht fehlt.

„Dies war nun mein letzter Gesang.“ – Ach, ich blöde Gans.

Lieber Heinrich,

es gibt kein Zurück. Ich bin mit Minna und Rosina ins Graue Haus gefahren, mit Sack und Pack. Ich weiß nicht, wie lange wir bleiben. Oder anders: Ich weiß nicht, ob wir nach Hamburg-Altona zurückgehen – und wenn ja, wann. Es ist ein richtiger Umzug. Es gefällt mir in diesem kleinen Haus aus Holz so viel besser als in der Stadt, auch in der kalten Jahreszeit. Ich glaube, Rosina geht es nicht anders, und Minna ist es egal. Willi Krause brachte uns hierher, wie immer. Er wird mindestens einmal in der Woche zu uns kommen und die Handwerkerdinge und Besorgungen übernehmen. In Hamburg bleibt er mit seiner Frau in den beiden Zimmern, damit einer aufpasst und das große Haus nicht verfällt.

Auf der Autobahn sagte er: „Ein Umzug ist wie das Leben umrühren." Das schien mir weise zu sein. Manchmal denke ich, dass ich jetzt, wo Konrad nicht mehr ist, erst mein Leben wiederfinde. Ich darf es niemandem sagen, es klingt furchtbar & undankbar.

Wir werden noch einmal renovieren. Nicht alles, nur das Dringlichste, das aber gründlich. In Rosinas Zimmer und in den Bädern kleben sieben oder acht Schichten Tapeten an den Wänden. Die machen wir weg und kleistern neu. Von den guten Sachen in Altona holen wir einiges hierher – eine schöne Wurzelholz-Anrichte aus dem Flur, die herrlichen Vasen, etwas Geschirr und Besteck. Auch zwei Gemälde, den kleinen Nolde mit den bunten Blumen und eines von Konrad, er war nun mein Mann. (Das kleine Porträt, wo er auf einem Sessel sitzt, Zigarre im Mund und ein schweres Buch auf dem Schoß. Man ahnt seine Gesichtszüge mehr, als dass man sie erkennen würde. Es ist sehr modern, von diesem schrecklich zynischen Maler.) Die Musik haben wir schon mitgebracht, auch wenn die Platten abgenutzt sind und rauschen wie das Meer.

– Ich habe lange nicht geschrieben, mein lieber Freund, länger als zwei Jahre, aber es hat sich wenig verändert. Die Zeit geht anders, seit wir ganz in Brodten sind. Langsamer, eintöniger – und im Rückblick zugleich viel schneller. Kaum hat Rosina ein neues Stück Rosenseife in die Porzellanschale in meinem Badezimmer gelegt, ist es schon wieder aufgebraucht. Sie riecht herrlich, aber der Duft ist nach zwei oder drei Tagen verflogen.

Vielleicht sollte ich mir wieder einen Hund zulegen? Unser Pharao ist schon so lange nicht mehr, und ich trauere ihm nicht mehr nach. Das ist der richtige Zeitpunkt, will ich meinen. Vielleicht sind es auch nur die Sorgen & die dunklen Gedanken. Es ist Februar, alles ist dunkel, schon nachmittags um halb fünf wird es grau und trübe, und ich habe zu kämpfen. Vielleicht sind es noch die Wechseljahre? So spät noch? Manchmal habe ich innere Hitze, und die Finger und die Unterarme kribbeln und schlafen ein. Der Arzt hier in Travemünde (ich kenne ihn nicht gut, und er ist auch sehr jung und forsch) sagt, alle Frauen haben es, es ist nichts. Ich frage mich, ob die anderen auch die dunklen Gedanken haben, aus der Vergangenheit? Ich möchte mit ihm nicht darüber reden. Er ist für die Unterleiber zuständig, nicht für die obere Abteilung.

Erst hat Minna uns ausgelacht, als wir den Rollstuhl für sie holten, und nun steht sie überhaupt nicht mehr daraus auf. Es ist sicher die Bequemlichkeit. Das ist immer ihre Todsünde gewesen: das Träge & Faule. Jetzt kann sie sich kutschieren lassen in ihrem unsauberen Morgenmantel mit Eigelbflecken rauf und runter, den sie jeden Tag trägt, wenn kein Besuch erwartet wird. „Für wen soll ich mich denn anziehen?", fragt sie. „Für Ihre Schwester und für mich", hat Rosina einmal trocken geantwortet, „damit wir es alle ein bisschen schön haben." Da hat Minna aber geguckt. Sie wird eine richtige Matrone. Herr Krause tut immer, als kriegt er es nicht mit, wenn sie wieder spinnt und sich gehen lässt. Er ist sehr höflich.

Mein geliebter Heinrich,

es ist die Woche nach Neujahr. Jørgensen hat Fische gebracht, mit roten, eiskalten Fingern. (Er trägt keine Handschuhe.) Ich weiß nicht, ob Rosina ihn bezahlt hat. Sie sollte es natürlich tun, aber sie haben ihre eigenen Regeln, mit denen ich nichts zu tun habe. In der vergangenen Woche saßen sie in der Gaststube und lachten gemeinsam, laut & derb.

Wie die Zeit vergeht, wenn man dahinlebt. Wer nicht auf die Stunden und die Minuten achtet, dem kommen schnell die Jahre abhanden, und ich habe zuletzt meine Stunden und Minuten vernachlässigt. Es kommt mir vor, als liefe die Zeit immer schneller. Es kann nicht sein; die Zeit ist immer gleich. Aber es scheint doch so. Weißt du, die letzten zehn Jahre… es ist überhaupt nichts passiert. Trott, Routine nur, nichts Neues, die maulende Minna, das Meer. Morgens wache ich manchmal auf und weiß nicht, in welchem Jahr ich bin und an welchem Ort. (Ich überlege dann, wer in Bonn an der Regierung ist, das hilft. Schmidt Schnauze nun. Wir kannten ihn früher, als Konrad noch lebte und Schmidt Abgeordneter war, er ist ja aus Hamburg, aus dem Osten, glaube ich.)

Ich bin müde. Meine Knie tun mir weh, ich mag nicht aufstehen, denn sobald ich aufstehe, beginnen sie obenrum zu schmerzen. Es muss das Gewicht meines Körpers sein, dass in die Beine drückt, dabei bin ich doch leicht und werde mit jedem Tag leichter; aber ich trage wohl zu viel an den Jahren, die hinter mir liegen. Es schmerzt, vor allem morgens, dass mir die Tränen über die Wangen laufen. Ich bleibe dann länger liegen, im Dunkeln mit mir, und überlege, was die Zukunft bringen soll. Mir fällt wenig ein. Meine Sachen sind alle aus der Mode. Noch schlimmer ist es bei Minna und Rosina. Aber Minna ist jenseits aller Ratschläge, Rosina eine einfache Frau; und wie sollte ich kritisieren, wo ich doch selbst ein hoffnungsloser Fall geworden bin hier an der See? Am liebsten ist mir die alte Strickjacke von Konrad mit den Löchern an den Ellenbogen, die Rosina immer wieder gestopft hat.

Ich denke kaum noch an Konrad, obwohl er manchmal schlecht zu mir war. Aber es ist schließlich keine Kunst, die guten Tage einer Ehe auszuhalten. Die schlechten Tage entscheiden. Die schlechten Tage – darauf kommt es an, die muss man ertragen. Da zeigt sich der Charakter. Und wenn ich ehrlich bin, Heinrich: Ich denke auch nicht jeden Tag an

Dich. Es ist eine lange Zeit – aber natürlich nicht vergessen! Du bist mir lieb, immer noch, nach all der Zeit. Der Liebste in diesem Leben. Wir wären nun schon so lange miteinander verheiratet, wenn wir uns nicht unterwegs verloren hätten. Wie die Zeit vergeht, wie die Jahre verrinnen. Nur die Erinnerungen vergehen nicht, und der Schmerz bleibt auch, irgendwo tief innen schläft er, bis er wieder aufwacht. Meine Kindheit – diese Welt, die ich bewohnt habe mit allen anderen, die mir nun so schön vorkommt, wie ein Paradies. Ja, die Sehnsucht ist die Aussteuer der Einsamen. Man ist nie ganz glücklich, alleine nicht, aber auch nicht mit einem Mann. Ich bin manchmal woanders mit meinen Gedanken. Doch wenn ich irgendwann gehen werde, freue ich mich vor allem auf Dich.
Die Vergangenheit kommt wieder hoch, wenn ich nachts im Bett liege und dem Meer zuhöre – Erinnerungen, in Stein gemeißelt, nicht mehr zu ändern. Das ist das Schreckliche am Alter: dass alles feststeht, unberührt von der jüngeren Zeit. Nicht mehr rückgängig zu machen.
In der Nacht und am Morgen bin ich in Gedanken oft in den guten Jahren vor dem Krieg. Lange habe ich mich nicht damit beschäftigt. Aber es kommt von alleine hoch, ich suche nicht danach, und es lässt mich wach liegen. Die Mutter, gestorben bei Arthurs Geburt: Ich erinnere wenig von ihr, nur ihr langes, weiches Haar, das Minna und ich stundenlang kämmten – und diesen schrecklichen Schrei am Ende. Alles verblasst. Manchmal grübele ich, wenn ich mich erinnere, an den Krieg und an all das Elend denke. Oder wenn im Programm ein Film kommt mit Sirenen und Soldaten. Ich kann so etwas nicht sehen, es tut mir nicht gut. Weißt du noch, wie sie in der Heimat immer über die ersten Siedler in Bessarabien redeten? „Die ersten fanden den Tod, die zweiten die Not, die letzten das Brot." Bei mir ist es genau andersherum.
– Wir werden hier noch alle zu Museumsstücken, mit Patina und allem Drum und Dran.
Rosina ist sparsam und bewahrt die alten, gebrauchten Marmelade- und Honiggläser im Regal auf. Um sie beim nächsten Einkochen wieder zu benutzen, sagt sie. Es ist albern. Wozu soll man all das behalten, die alten Dinge? Wir müssen uns lösen, vergessen, und wenn wir vergessen haben, wird sich kein anderer mehr daran erinnern. Die Kinder nicht. Die Russen auch nicht. Ja, vergessen: Das ist die beste Art, Dinge geheim zu halten. Die Wahrheit hat keinem Menschen jemals genützt. Uns geht es

viel besser, wenn wir uns von morgens bis abends anlügen – und warum auch nicht? So lautet das erste Gebot der Nächstenliebe: Seid gut zueinander, indem ihr euch anlügt.
Ja, die Mitte des Lebens war recht groß, vorbei, vorbei. Es ist nicht mehr zu ändern. Wir werden nicht jünger, niemand von uns.

Ich gehe jeden Tag an der Ostsee spazieren, egal wie das Wetter ist. Wenn der Wind eisig vom Meer kommt, muss ich mich zwingen & ich ziehe mich warm an, den feinen Pelzmantel. Es wohnen viele neue Leute hier & Rosina sagt, sie reden über uns wg. des Singens und der Aufnahmen. Sie hat erzählt, manche nennen mich die Gräfin, ein völliger Blödsinn, kannst Du es Dir vorstellen? Irgendwann werden sie nur noch die Verrückte sagen. Ich hoffe, es ist noch etwas hin. Ein paar Jahre.
Minna lässt sich gehen. Sie sitzt nur und wird dicker, obenrum hatte sie ja schon immer viel gehabt. Wie ein Hefekloß sieht sie aus, wenn sie sich nicht zurechtmacht. Wie mehrere Hefeklöße.

Ich wünschte, ich könnte eines Tages still aus dem Leben scheiden. Sanglos, klanglos. Ohne dass es einer merken würde. Ich löse mich einfach auf, werde leichter und leichter, bis ich nur noch ein Nichts bin und fortgetragen werde wie eine Feder von einem Windstoß. Dieses Leben ist so unendlich lang, zu lang dies Da-Sein. Das Leben ist ein Leiden – und man hat noch nicht einmal die Wahl, kann es sich nicht aussuchen, Gott fragt uns Sterbliche nicht um unsere Meinung. Das Leben muss gelebt sein! Ach, je näher man dem Tag kommt, an dem man geht, umso deutlicher erkennt man, dass man alle Jahre seines Lebens vergeudet hat, fast jede Stunde. – Aber dann: Wie hätte ich es anders machen können? Unser Gott ist ein weiser Gott. Er wird richten, und er ist auch ein gütiger Gott.
Ab und zu, wenn die Sonne scheint, kommt noch immer einer von der Presse und macht oben, vom Steilufer aus, Fotos von unserem Haus. Ich weiß nicht, wo sie es veröffentlichen.
Einmal haben sie ein Foto von einer Ausstellung gedruckt, die ich mit Rosina besucht hatte. Die Lampe, eine große Persönlichkeit, schrieben sie. Ich eine große Persönlichkeit? Das junge,. naive Ding aus Leipzig? Was für eine verrückt gewordene Welt, in der ich gelandet bin. Die größte

Persönlichkeit ist die, die am elegantesten durchs Leben kriecht.
Vorhin habe ich mich gefragt, ob ich eigentlich glücklich bin. Ich kann es nicht sagen. Es geht mir gut, sicher. Das Haus, die Kinder, es ist alles da, fehlt nichts, nur Theo kommt zu selten mit seiner neuen Freundin. Aber glücklich? Vielleicht sollte man im Alter nicht mehr hoffen, Glück zu fühlen. Zufriedenheit – die sollte einem genug sein, meine ich. Ich bin also zufrieden. Glück empfinde ich nicht (aber auch kein Unglück). Ist das nicht die Essenz des Lebens: Verlust? Man verliert Menschen – Eltern, Geschwister, Geliebte, Freunde –, und man verliert Orte. Am Ende hat man Geld und sitzt einsam auf der kleinen Scholle Erde, die einem bleibt. Das Leben ist ein Glücksspiel, man gewinnt, oder man verliert, und dann kommt der Tod. Schnell, wenn man Glück hat. Langsam, mit Vorankündigung, wenn nicht.
Was soll eine alternde Frau anderes tun, als sich in Ruhe auf das Sterben vorzubereiten? Das ist das einzige, was bleibt: Vorbereitung, um dann nicht allzu überrascht zu sein.

Teil V

Kapitel 24: T2

„Es ist das, was wir T2 nennen, Frau Lampe“, sagt Hajo Thews.
Er hat wirklich einen lästigen Tick, denkt Alma – ständig dieses Zwinkern und zwanghafte Klimpern mit seinem Auge, dem rechten, irritierende Sache. Kann man offenbar nichts dagegen tun, sonst würde er es behandeln lassen, er ist ja Arzt und kennt sich aus mit Körpern und ihren Krankheiten. Was wohl seine Frau macht, wenn er sie Tag für Tag beim Essen anblinzelt, so zuckend, morgens, mittags, abends…!? Ich würde wahnsinnig werden, wenn ich jeden Tag
„Frau Lampe?“
„Ah, ja…, ja, Dr. Thews. T2, haben Sie gesagt. T2. Entschuldigen Sie, ich war für einen Moment in Gedanken. Was bedeutet das?“
Der Arzt seufzt. „Inoperabel. Wir können das Gewebe nicht wegschneiden. Also das Wachstum. Den Tumor.“
Alma stellt sich das Wegschneiden vor und schließt die Augen halb. Wegschneiden heißt abschneiden, denkt sie. Sie konzentriert sich auf ihren Rücken. Gerade sitzen, denkt sie. Atmen.
„Ist das… gut oder schlecht?“, fragt sie schließlich. „Wenn man es nicht wegschneidet?“ Sie spürt, wie die Angst wieder über sie kommt.
Dr. Thews sieht sie über den Rand seiner Lesebrille an. Er steht auf, sieht aus dem Fenster im ersten Stock. Sie hört einen Bus vorbeifahren, unten auf der Caffamacherreihe, es muss der 117er nach Planten un Blomen und Eppendorf sein.
„Ich fürchte schlecht. Das bedeutet, dass der Tumor – der Primärtumor also, der Haupttumor – recht groß ist. *Sehr* groß, *zu* groß – wie immer man es ausdrücken will.“
Alma denkt an die Mammografie vor drei Wochen. Es wäre wahrscheinlich nichts Schlimmes, sagte er, aber etwas, das sie sich sicherheitshalber in Eppendorf ansehen sollten, wo sie die besten Geräte hätten. Die Maschinen waren so gut, dass sie mehrere Tumore auf einmal fanden. In den Eierstöcken wuchs etwas, das

nicht dort hingehörte, in der Leber und in den Knochen hatte sie Metastasen und vielleicht noch an anderen Stellen. Sie hatten dann aufgehört zu suchen, und Thews sagte nicht mehr, dass es wahrscheinlich nichts Schlimmes war.
„Das ist aber nicht das Entscheidende", sagt er. „Selbst große Krebstumoren kann man operativ entfernen, auch im Brustgewebe, das entlastet den Körper erheblich und erzielt manchmal schöne Ergebnisse. Aber bei Ihnen hat der Tumor – das wissen wir mit diesen Laborbefunden sicher – es ist einfach zu spät dafür. Mit den befallenen Lymphknoten und Tochtergeschwüren. Man kann nicht viel machen. Eigentlich nichts."
„Und was bedeutet das?"
„Tja. Es sieht nicht rosig aus, fürchte ich."
„Ich werde daran sterben?"
„Die Prognose… – ich sage Ihnen ehrlich, wie ich es sehe, Frau Lampe: Die Prognose ist nicht gut, wenn die Metastasenbildung erst einmal begonnen hat und dieses Stadium erreicht hat. Bei Ihnen – hier schauen Sie sich das Bild an… – Pelvis, Femur, hier auf dem anderen die Leber… und dieser kleine Nebel in der Lunge könnte auch etwas sein, hier noch einer… Und das sind nur die, die wir gefunden haben. Die wir sehen können. Es könnte sein, dass es noch andere gibt, im Gehirn vielleicht, da haben wir noch nicht gründlich gesucht."
„Ich verstehe."
„Wenn es Tochtergeschwüre gibt – gerade, wenn es so viele sind –, können wir nicht operieren. Oder… wir könnten wohl, aber es ist nicht Erfolg versprechend."
„Nicht Erfolg versprechend…", wiederholt Alma leise.
Dr. Thews verschränkt die Arme vor seiner Brust. Er steht auf, lehnt sich an die Fensterbank, auf der Grünpflanzen stehen. Er kneift sein rechtes Auge zu, öffnet es wieder.
„Eine Operation ist eine große Belastung für den Körper, gerade in Ihrem Alter."
„Was schlagen Sie vor?", fragt Alma. „Was können wir machen?"
Thews bläst seine Backen auf, lässt die Luft entweichen. „Nicht

viel, Frau Lampe. Es tut mir leid, Ihnen das so sagen zu müssen. Dieser Krebs, den Sie haben – dann die Eierstöcke, die Knochen, eventuell die Lunge –, das sieht für mich nicht gut aus. Sie können nicht viel tun."

„Nicht viel?"

„Nichts eigentlich."

„Das ist nicht viel."

„Das Leben kann unfair sein, Frau Lampe."

„Unfair?"

„Ungerecht."

„Wie kommen Sie darauf?"

„Der eine muss früher gehen, der andere später. Das meine ich."

„Da haben Sie recht."

„Ja, ab und zu…"

„Wenn ich überlege, bin ich ziemlich spät dran – Mitte siebzig ist ein hohes Alter. Ein zu hohes. Aber unfair? Ein *bisschen* unfair vielleicht."

„Nun – andere werden neunzig, hundert… Genießen Sie das Leben, Frau Lampe, so gut es geht."

„Gibt es denn… einen Zeitraum, den Sie mir sagen können? Also, ich meine, wie lange noch… wie lange lebt man mit einem T2?"

„Ich zögere, Ihnen einen genauen Zeitraum zu nennen. Es gibt Erfahrungswerte. Aber jeder Tumor ist anders, jeder Körper reagiert anders auf die Behandlung – wir fangen bei Ihnen ja erst an mit der Bestrahlung, in zehn oder zwölf Tagen. Dem einen Patienten macht das gar nichts, der andere legt sich gleich danach hin – Übelkeit, wissen Sie, Durchfall, manch einer verliert alle seine Haare… Die Lippen und Schleimhäute können austrocknen…"

„Auch bei der Bestrahlung?"

Thews nickt. „Das kann passieren. Es muss nicht, aber es kann."

„Wie hoch ist denn der Anteil derjenigen, denen das wenig ausmacht?"

„Um ehrlich zu sein: nicht sehr hoch. Zehn, fünfzehn Prozent."

Alma sieht ihn an.

„Ist das Ihre Schwester, die draußen wartet, Frau Lampe?"

Alma schüttelt den Kopf. „Rosina Lemke. Meine Hausdame."
„Ah so. Ich dachte nur…, weil Sie wohl ungefähr im selben Alter sind?"
„Ja. Das sind wir. Sie ist fast wie eine Schwester, so lange kennen wir uns."
„Na… Fahren Sie einfach weg mit ihr, Frau Lampe. Verreisen Sie. Es geht Ihnen doch gut – finanziell gut, meine ich. Genießen Sie das Leben noch ein bisschen."
„Sie machen mir Spaß. Wohin soll *ich* denn verreisen? Ich bin eine alte Frau. Und krank bin ich."
„Ich weiß es nicht. Wo fühlen Sie sich denn richtig wohl?"
„Ach…" Sie seufzt. „Jetzt, wo ich so lange allein bin, da…"
„Fahren Sie doch in den Süden. Irgendwohin, wo das Klima angenehm ist. Machen Sie eine Kreuzfahrt. Mittelmeer oder so etwas… Oder in die Berge, in die Alpen."
„Meinen Sie denn, dafür reicht die Zeit?"
„Würde ich sagen. Ja. Solange sie keine Schmerzen haben. Oder kaum…"
„Sind es Jahre, die mir noch bleiben, oder eher Monate?"
Thews blinzelt sie an. Er dreht sich um und sieht mit verschränkten Armen auf die Straße.
„Ich weiß es nicht", sagt er schließlich. „Niemand weiß es. Nehmen Sie einfach jeden Tag und leben Sie aus dem Vollen, so gut es geht."

3. November 1995

Geliebter Heinrich,

die Ärzte sagen, ich muss sterben. Nun bin also ich an der Reihe.
Ich bin nicht glücklich, natürlich nicht. Es ist eine schreckliche Sache, wenn die dunklen Gedanken kommen, die man nicht abschütteln kann, die immer im Kopf sind & unvergesslich. Ich bin eine alte Frau, die ihr Leben mit Gottes Hilfe gelebt hat – und doch kommt diese Angst, diese große, schreckliche Angst von tief innen und ergreift Besitz von einem und vertreibt alle anderen Gedanken, und man besteht innendrin nur noch aus Angst. Es ist nicht alles gut eingerichtet mit unseren Herzen und unseren Gefühlen, das muss ich sagen. Der liebe Gott hätte es an manchen Stellen anders machen sollen. Man sollte fröhlich gehen, mit einem zufriedenen Lächeln, nicht mit dieser Tollheit im Kopf, diesem <u>einzigen</u> Gedanken an Tod und Endlichkeit.
Warum sie es einem überhaupt vorher sagen müssen, es ankündigen, das verstehe ich nicht. Können Ärzte nicht ihren Mund halten? Wem ist damit geholfen, dass ich es weiß und keine Ruhe mehr finde und mein Leben mir aus den Händen genommen wird? Warum suchen sie überhaupt nach einem Krebs, wenn sie ohnehin nichts gegen ihn unternehmen können? Es ist so sinnlos, scheint mir.
Ich habe überlegt, ob ich es den Kindern sagen soll und meinen Geschwistern. Aber ich sehe nicht, dass es nötig ist, jedenfalls <u>noch</u> nicht. Sie werden es früh genug merken, wenn ich nicht mehr bin, oder mir die Haare in Büscheln vom Kopf fallen, und es ist ohnehin alles geregelt, das Geld und die Firma, seit Jahren schon. Aber noch nicht – ich will es noch nicht aussprechen. Rede ich mit einem darüber, muss ich mit allen darüber reden, immer und immer wieder, bis der Tag kommt. Es scheint besser, einfach zu schweigen und noch eine Weile in Ruhe zu leben. Ich habe über so vieles geschwiegen in meinem Leben, es wird mir leicht fallen. Die Zeit, die mir bleibt, möchte ich nicht mit Schwatzen und Sentimentalität verbringen.
Vielleicht hast Du es richtig gemacht, selbst wenn ich nicht weiß, was mit Dir damals im Krieg geschehen ist. Wenige sterben zu früh, viele sterben zu spät, viel zu spät, wenn ihr Leben längst den Höhepunkt überschritten

hat und alles nur noch Verfall ist, Jahre und Jahrzehnte des Niedergangs, der Einsamkeit. Es ist ja auch bei mir so. Mir kommt es vor, als liegt der Gipfel meines Lebens, die Zeit mit Dir, eine Ewigkeit zurück. War es 1939, vor mehr als fünfzig Jahren, damals auf der Leipziger Kanonenkugel, wo Du mich geküsst hast im Sommer? Auch ich hätte vielleicht im Krieg enden sollen, denke ich manchmal. Danach ist nicht mehr viel gekommen, ein bisschen Gesang, die Enkel, viel Traurigkeit. Es wäre mir einiges erspart geblieben, wenn auch ich früh gegangen wäre. Was für ein Verlust wäre es gewesen für diese Welt? Es hätte nicht den geringsten Unterschied gemacht. Ich will nicht undankbar sein. Aber vielleicht bin ich mit meinem Termin zu spät dran, wie ich fürchte? Wenn es auch eigentlich kein Termin ist: Dr. Thews sagt, wir wissen nicht, wie lange es geht, wie der Körper sich schlägt, wenn er kämpft. Ich hoffe, es dauert nicht mehr allzu lange. Es ist doch besser so, als noch jahrelang in einem Heim zu liegen und anzufangen, wirr zu reden, oder Rosina Arbeit zu machen, die auch nicht mehr die Jüngste ist, sondern eigentlich selbst Hilfe braucht und nur noch wenig im Haus macht. Aber ich bin froh, dass sie da ist & lasse sie nicht ziehen. (Wir haben jetzt eine junge Frau neu bekommen, Mitte dreißig, aus Timmendorfer Strand. Eine Heidi, und sie ist – das sagt Rosina, und das will etwas heißen – tüchtig bisher, sie putzt und macht das Grobe. Aber sie war erst drei- oder viermal bei uns. Man muss sehen.) Wir sind alte Trutschen, Rosina und ich, Freundinnen, und mit Minna sind wir drei, aber Minna spricht nicht mehr viel. Sie sitzt auf der Veranda hinten, starrt aufs Meer und raucht. Es ist widerlich und verpestet die Luft, da sind Rosina und ich einer Meinung.
Heute morgen bin ich fast nicht aus dem Bett gekommen. Es ist ungewöhnlich für mich. Ich bin matt, alles tut weh, in den Beinen sticht es und im Becken. Aber vor allem im Kopf bin ich matt & benommen. Wenn Rosina mir nicht den Tee und mein Mohnbrötchen ans Bett gebracht hätte (ich mochte nichts essen, ich habe gar keinen Appetit), würde ich vielleicht immer noch liegen und nichts tun. Ich bin an den Strand gegangen, auf und ab, da wurde es plötzlich wieder besser. Das Meer gibt einem Kraft.
Auch in der Nacht kommen Schmerzen. Nicht im Unterleib oder in der Brust, wo man meinen sollte, dass es als erstes wütet, weil dort der Tumor liegt. Nein. Es schmerzt in der Seite, rechts, da schneidet es, wenn ich im

Bett liege, als hätte ich eine Messerklinge im Leib. Es ist vielleicht die Leber, denke ich. Ich nehme starke Tabletten, und einmal hat Rosina das Rollgestell mit dem Tropf geholt, als es nicht anders ging. Aber es macht mich alles mürbe & ich bin oft gereizt und nicht beieinander. Dann ist es plötzlich wieder vorbei, und ich spüre tagelang überhaupt nichts. Das ist das Beste, wenn der Schmerz nachlässt.

Am Sonntag bin ich in die Abstellkammer gegangen, wo wir die Truhe haben. Sie ist nur halb voll, altes Zeug alles, die wenigen Briefe und Fotos, die ich von ganz früher habe. Auch den schmutzigen Schlüssel von unserem Haus – wenn man es ein Haus nennen konnte – in Liebfelde das, und ich habe noch das braune Gläschen, das Prudöhl mir im Krieg gab. Er sagte, es wirkt sofort. Aber nach langer Zeit wirkt auch Teufelszeug sicher nicht mehr. Wenn ich nicht so ängstlich wäre und wüsste, was genau es damit auf sich hat… Aber so etwas soll ich nicht denken. Darf ich nicht denken. Es gibt doch immer etwas Gutes & Sinnvolles, das man noch tun kann zu seiner Zeit. Dem Leben so viel Fülle wie möglich geben – das ist das Beste. Aber man muss es ihm abringen, fürchte ich, auf dem letzten Abschnitt der Reise.

Brodten, 30. November?, 1995

Mein lieber Heinrich,

ich weiß nicht, welches Datum heute ist. Es müsste Donnerstag sein. Oder schon Freitag?

Ich liege. Vor einer Woche bin ich unglücklich gestürzt, über die Schwelle in der Eingangstür. Sie ist ganz flach, ich kenne sie seit Jahren. Aber nun habe ich sie übersehen und bin aus dem Haus gefallen auf die Steinstufe und den Steg. Ich konnte nicht aufstehen und dachte, ich hätte mir etwas getan – etwas gebrochen oder verstaucht. Mein eines Knie ist dick geworden und grün und blau, aber gebrochen war nichts. Herr Krause fuhr mich noch am gleichen Tag nach Hamburg, er war ganz aufgeregt, und sie haben mich geröntgt. Ich wollte hier bleiben, nicht in Altona & und schon gar nicht in der Klinik. Er fuhr mich zurück und trug mich auf den Armen ins Haus, der gute Mann. Ich bin so leicht geworden inzwischen, wie eine Puppe.

Nun wollen sie mir doch die Haare nehmen und mich die Therapie machen lassen. Dr. Thews redet mir zu, er ruft immer wieder an; ich bin unschlüssig. Er hat mir alles erklärt. Ich soll zweimal in der Woche zu ihm kommen, sechs Wochen lang, in die Praxis in der Caffamacherreihe. Gleich nach Neujahr, am 2. Januar, will er anfangen. Es geht ambulant, man muss dafür nicht einmal ins Krankenhaus, obwohl es eine gefährliche Krankheit ist, und dort beim Dr. Thews lege ich mich dann bequem auf eine Liege, bekomme eine Decke umgewickelt und eine Nadel in den Arm. Man soll es überhaupt nicht merken, wenn dieses Mittel in einen hineintröpfelt. Jedenfalls nicht, solange man dort liegt. Die Übelkeit kommt beim Aufsitzen und Aufstehen und vor allem in der Nacht. Die Kathrin wird es machen. Das ist die Assistentin von Dr. Thews, ein junges Mädchen, vielleicht Mitte zwanzig und dunkelblond und hübsch gebaut, etwas zu schlank fast. Wenn das Haar ausfällt (es ist nicht bei allen so, aber bei vielen), werde ich wohl eine Perücke tragen müssen. Da wünscht man sich, man wäre nie geboren worden, wenn einem so etwas widerfährt.

Vielleicht sage ich auch ab – was soll es, in meinem Alter? Ich hatte mich so daran gewöhnt zu warten – mein ganzes Leben habe ich gewartet, und jetzt, wo es nichts mehr zu warten gibt, spüre ich keine Freude mehr. Das

Gemeine an dieser Krankheit – sicher an jeder schlimmen Krankheit – ist die Enge des Blicks. Es will mir nicht mehr gelingen zu denken, weit in die Zukunft zu denken. Ich möchte manchmal nicht weitermachen. Wenn ich nicht wüsste, dass es eine Sünde vor dem Herrn wäre, ich weiß nicht, was ich tun würde. Aber es steht uns nicht zu.

Eben habe ich gedöst und an unsere Heimat gedacht, die gute Zeit dort. Da geht es zuende, und ich hänge noch immer daran. Ich habe mir mit Rosina die Landkarte angesehen und eine Idee gehabt. Erzählt habe ich bisher niemandem davon, nicht einmal den Kindern. Aber wenn ich es recht überlege – der Gedanke gefällt mir. Die Grenzen sind gefallen. Es ist eine andere Welt, in der wir leben. Schon wieder eine andere.

Zu Weihnachten haben wir die ganze Familie nach Brodten eingeladen. Ich schreibe „wir", wenngleich es Minna egal ist. Rosina hat sie alle angerufen, Lilli und Kali, Theo und Véronique, Georg in den Vereinigten Staaten. Ich habe seine Söhne nur ein einziges Mal gesehen. Ich habe ihm Geld geschickt, dass er es bezahlen kann, aber er wollte es nicht & und wird es zurückschicken. Er hat seinen Stolz. Er war aber nicht beleidigt & kommt, mit den Kindern, ohne seine Frau Trudi und die Schwiegertöchter. Ich weiß nicht, warum sie nicht wollen. Vielleicht ist es, weil sie kein deutsch sprechen, dass sie sich mit uns unwohl fühlen würden. Sie wohnen natürlich nicht bei uns im Haus, es ist zu klein. Aber Rosina hat in Timmendorfer Strand und in Scharbeutz bei den Hotels angefragt und in einem Haus Buchtel reserviert. Es sieht innen und außen recht hübsch aus, aber es macht nicht allzu viel her. Zum Frühstück stellen sie Butter und Marmelade und Käse auf den Tisch, alles in Plastik und Folie verpackt, und den Abfall soll man in einen Mülleimer werfen, der mitten auf dem Tisch steht, mit einem Schwingdeckel, auch aus Kunststoff. Es ist nicht schön, aber es muss nun gehen. Zu den Feiertagen herrscht viel Betrieb. Vierzehn werden wir zu Weihnachten sein, Rosina und Herrn Krause mitgezählt.

Georg und seine drei Söhne kommen als erste, aus Amerika, vier Tage vor Heiligabend. Krause holt sie mit dem großen Wagen in Fuhlsbüttel ab und trägt die beiden schwersten Koffer. Er unterhält sich mit Georg, der neben ihm sitzt, weil die jüngeren Herren auf der Rückbank nur Englisch sprechen, obwohl sie deutsche Namen haben und Rosina ihm erzählt hat, dass sie Deutsch können. Sie lachen laut, und Krause versteht nicht, was sie sagen. Georg übersetzt einiges, aber Krause spürt, dass er gereizt ist, übermüdet. Es kommt ihm vor, als lachen sie über ihn.

„Schön, schön, schön", sind Georgs erste Worte im Grauen Haus. Er steht auf der Veranda über dem Meer, die Hände auf dem Rücken, wippt auf den Hacken. Der kalte Wind macht ihm nichts aus.

„Du hast einen schönen Platz gefunden, Schwester", sagt er leise.

„Frau Alma ist in ihrem Schreibzimmer, Herr Oskar", sagt Rosina. „Herr Freier."

„Ahh, Sie sind es, Frau Lemke. Entschuldigen Sie, ich dachte, Sie wären meine Schwester."

Rosina lächelt ihn an; sie mag diesen alten, kleinen, rundlichen Mann mit der gesunden Farbe im Gesicht. „Dürfen wir mit ihren Söhnen zum Mittagessen rechnen? Frau Alma hat mich gebeten, einen Nackenbraten vorzubereiten. Mit Klößen und Rosenkohl."

„Mit wem müssen wir rechnen?"

„Ihren Söhnen? Wollen die mit uns speisen?"

„Ach die. Denke ich mal. Die essen immer, wenn es was gibt."

„Sie sind sicher müde von der Reise…?"

„Dann sollen sie sich kurz hinlegen, sind ja keine Kinder mehr."

„Nein. Natürlich nicht. Aber ich meinte… Ich werde sie in der Pension anrufen und mich erkundigen."

„Machen Sie das. Das wäre freundlich, ja."

„Wie siehst du denn aus!?", sagt Minna zur Begrüßung. Sie hat ihren Bruder seit sieben Jahren nicht mehr gesehen. Minna steht nicht aus dem Rollstuhl aus.

„Und du erst", sagt Georg. „Ich hatte dich größer in Erinnerung. Du reichst mir kaum noch bis an den Bauchnabel."

„Deine Nase ist auch nicht gerader geworden seit dem letzten Mal. Schöner auch nicht."
„Du alte Meckertante…"
Minna muss schließlich grinsen, Georg auch. Er beugt sich vor und küsst sie auf die Wange. „Rasieren musst du dich auch mal wieder", sagt er. „Und wie heißt *du*?", fragt er den Dackel auf ihrem Schoß.
„Petrus."
„Oho. Ein schöner Name, hoch heilig. Und ein schöner Hund. Noch auf der jungen Seite des Lebens, was?"
„Siehst du ja. Nicht ganz zwei Jahre alt."
„Das will ich meinen. Feines Fell hat er. Der fühlt sich wohl bei euch."
„Du trägst deine Uhr verkehrt herum, Georg. Die Zeiger gehören nach oben."
„So?"
„Wenn ich es sage, kannst du es mir ruhig glauben. Du – wie heißen deine Söhne noch einmal, Georg?", flüstert sie. „Ich kann mir die Namen nie merken."
„Ernst ist der älteste, Heinz der mittlere und Egbert unser jüngster. Der mit den dunklen Haaren."
„Aha."
„Und deine Frau wollte nicht?"
Georg winkt ab. „Lassen wir das. Sie mag weites Reisen nicht. Das Fliegen erst recht nicht. Hat sie Angst vor. Meine Schwiegertöchter sind Weihnachten bei ihr. Das ist besser für alle."
„Kostet auch alles Geld."
Georg sieht sie prüfend an. „Wir leiden keinen Hunger in Amerika."
„Wir auch nicht in Deutschland."
„Bestens. Wir haben es alle gut getroffen, Schwester."
„Rosina hat gekocht. Braten. Wie damals."
„Ja. Wie damals."

Am Nachmittag des 23. klingeln Lilli und Kali an der Haustür, als

Georg im Flur die Fahrräder putzt. Er hat sie umgedreht und nebeneinander auf die Sattel gestellt. Auf die helle Klöppeldecke der Garderobe hat er schmierige Schraubschlüssel gelegt, ohne die Flecken zu bemerken.

Lilli trägt einen braunen Hosenanzug unter dem Wollmantel und lächelt viel; sie hat im Herbst neue Zähne bekommen, große, weiße Zähne. Auf dem Steilufer macht sie vor dem Abendessen einen Spaziergang mit Alma und Minna, die sie abwechselnd im Rollstuhl schieben.

„Oben und unten?“, fragt Minna.

„Alles“, sagt Lilli, „alles wie neu. Ich kann es jedem nur empfehlen. Gespürt habe ich gar nichts. Es ging mit Vollnarkose, wie bei einer Operation.“

„M-m-m“, macht Minna.

Lilli erzählt vom Bessarabientreffen, im November in Stuttgart, „es war schön“, sagt sie.

„Ich kann das nicht“, sagt Alma.

„Es macht Freude“, sagt Lilli. „Es wurde gesungen. Ich habe Reinhold Trautmann getroffen. Er wohnt jetzt bei Bremen in einem Haus und ist noch gut beieinander. Verwitwet, die Frau ist zehn Jahre tot. Einer von den Pleskows war auch da. Der einzige, der noch lebt. Die anderen sind im Krieg geblieben.“

„Was macht eigentlich deine Tochter, Lilli?“, fragt Minna. „Arbeitet sie?“

„Oh ja, und wie, ein tüchtiges Mädchen. Sie ist Krankenschwester bei uns in der Äskulap-Klinik. Intensivstation.“

„Das ist gut. Da kann sie sich um dich kümmern.“

„Warum um mich?“

„Wie alt bist du jetzt?“

„Das weißt du doch, Minna“, sagt Alma. „Frag nicht so.“

„Im nächsten Jahr siebzig“, sagt Lilli.

„Hat deine Kali denn schon einen Mann?“

„Musst du sie mal fragen.“

„Was soll denn die Geheimniskrämerei? Wir sind doch eine Familie…“

„Das ist ihre Sache. Sie ist eigen. In allem, was sie tut. – Ach,

Alma, das wollte ich dir noch sagen…"
„Ja?"
„Kali isst kein Fleisch."
„Nanu."
„Eine Vegetarierin", sagt Minna.
„Veganerin", sagt Lilli.
„Wie?"
„Veganerin. Sie trinkt auch keine Milch und isst keine Eier und keinen Käse. Überhaupt nichts von Tieren."
„Und wovon lebt sie? Das soll gesund sein?"
„Das arme Kind", sagt Minna. „Was, Petrus? So ganz ohne Fleisch?"
„Sie hat es mit den Tieren. Sie macht in einer Gruppe mit, wo sie Tiere schützen. Tiere in Fabriken, Hühner und Schweine."
„Gibt es Federvieh jetzt schon in Fabriken?"
„Sie sagt ja."
„Deswegen ist sie auch blass", sagt Minna.
„Was will sie morgen Abend denn zu essen haben?", fragt Alma.
„Och, Kartoffeln und Gemüse mache ich immer für sie, aus dem Glas. Oder Nudeln mit Soja überbacken. Sie stellt sich nicht an."
„Rosina macht gemischten Braten. Mit Rotkohl, Rosenkohl und Klößen."
„Das stört Kali nicht. Sie ist es nicht anders gewohnt. Ihre Patienten im Krankenhaus essen auch alles, und sie muss es ihnen bringen."
„Vielleicht Pilze?", fragt Minna.
„Pilze geht auch", sagt Lilli. „Ja, Pilze ist gut."

Herr Krause hat am Morgen den Baum im großen Zimmer aufgestellt, eine Blautanne, die fast an die Decke reicht. Die Schwestern, Kali und Rosina packen die Kugeln und hölzerne, bemalte Dekorationsteile aus und beginnen mit dem Schmücken.
„Ein herrlicher Christbaum", sagt Lilli.
„Vom Hartmann in Altona", sagt Rosina stolz. „Herr Krause hat ihn heute in aller Frühe abgeholt. Aus Dithmarschen ist er, nicht importiert. Darf man niemandem sagen, was der gekostet hat.

Fast hundert Mark.“
„Wunderbar. So gleichmäßig gewachsen. Der Baum hier in der warmen Stube – der Kamin – das Meer… ganz, ganz wunderbar. Ach, ich freue mich. So schön.“
„Wo ist eigentlich Georg hin?“, fragt Minna. Sie schneidet im Sitzen mit einer Schere Lametta-Packungen auf und reicht sie Kali.
„Nach Lübeck sind sie gefahren“, sagt Alma. „Mit Herrn Krause. Georg will seinen Jungen das Holstentor zeigen. Die kennen Deutschland ja gar nicht, nur von den Geldscheinen – das erste Mal, dass sie hier sind. Herr Krause fährt sie ein bisschen herum und zeigt ihnen alles.“
„Sie müssen auch noch Geschenke kaufen“, sagt Lilli. „Immer auf den letzten Drücker, die Männer. Einer wie der andere.“
„Gestern war er in Hochform“, sagt Minna. „Unser Georg. Fast eine ganze Flasche Wein hat er getrunken. Er alleine.“
„Lass ihn doch“, sagt Alma.
„Ich lass ihn ja. Wenn er es braucht…“
„In seinem Alter“, sagt Rosina, „darf man das.“
„Er hat gemuffelt“, sagt Minna. „Nach Alkohol. Aus dem Mund und aus den Poren. Bei Trinkern kann man es immer riechen.“
„Minna, ich glaube, es reicht jetzt“, sagt Alma ruhig. „Hör auf, uns allen Vorschriften zu machen.“
„Meinetwegen, meinetwegen. Wenn ich an seiner Stelle wäre, würde ich mich auch betrinken.“
„Minna, jetzt gib Ruhe, ich bitte dich! Du verdirbst uns alles.“
„Ich meine ja nur. Man kann sich seine Kinder nicht aussuchen.“
„Wisst ihr was – mir reicht es jetzt mit euch“, sagt Kali ruhig. „Schmückt ihr mal weiter, ich setze mich nach nebenan und lese eine Stunde. Man braucht nicht fünf Leute für einen Baum. Sortiert ihr Alten euch mal in Ruhe aus.“
„Ja, ja. Viele Köche verderben den Brei“, sagt Minna.
„Was liest du denn, Kali?“, fragt Alma.
„Kennst du bestimmt nicht, Tante. *Die Zauberfrau*.“
„Nie gehört.“
Kali nickt. „Ein Roman. Sehr lustig.“

„So? – Wir müssen gleich noch die bunten Teller fertigmachen“, sagt Alma.
„Ich habe in der Küche schon alles rausgelegt“, sagt Rosina.
„Ist es auch genug?“
„Oh ja. Wir haben so viel, das wir auch für alle Erwachsenen einen machen können.“
„Nicht für mich“, sagt Minna. „Ich habe Zucker.“
„Dann kriegst du einen nur mit Klementinen und Nüssen. Und Teewurst.“
„Wir haben doch auch Diabetiker-Marzipan“, sagt Rosina leise. „Und extra Pralinen für Zuckerkranke. Frau Alma hat an alles gedacht. Von Niederegger, nur für Sie. Die ganz süßen Sachen können wir für die Kinder nehmen. – Ach, wir dürfen nachher den Eimer Wasser nicht vergessen. Sonst geschieht noch ein Unglück mit den offenen Flammen in den Zweigen.“
„Rosina…“, sagt Alma, „nehmen Sie mal die Kugel hier. Ich glaube… es ist gleich wieder so weit.“
„Oh, ich gehe schon, Frau Lampe, ich gehe…“
„Könnten Sie…?“
„Aber ja, aber ja. Ich hole gleich die Kapseln und ein Glas Wasser.“
„Nein, lassen Sie. Ich komme mit in die Küche. Ich muss mich für eine Minute hinsetzen.“
„Kommen Sie, Frau Alma. Hier nehmen Sie meinen Arm.“
„Was hat sie denn?“, fragt Kali.
„Vielleicht sollten wir Musik anmachen“, sagt Alma in der Tür.
„… auch die Braten begießen“, sagt Rosina.
„Habt ihr Süßstoff im Haus?“, fragt Lilli.

Theo und Véronique bringen Anna, fünf, Tobias, sieben, und einen Kofferraum mit kompliziert eingepackten Geschenken mit. Véronique trägt eine weiße, an den Schultern fast durchsichtige Bluse, Theo einen dunkelgrauen Anzug mit einem weißen, am Hals offenen Hemd. Theo hilft Herrn Krause beim Verlängern des Tisches: sechs Personen links, sechs rechts, Alma an einer Spitze, Theo an der anderen.

Sie fahren mit drei Wagen zur Scharbeutzer Strandkirche, ohne Rosina und Lilli, die gemeinsam das Abendessen vorbereiten und Kamin und Kerzen anzünden. Rosina hat das Radio in der Küche angestellt, eine Übertragung aus dem Regensburger Dom, Glockengeläut, Weihnachtsgeschichte, Domspatzen.

„Ist unsere Schwester immer so?", fragt Lilli. „So mürrisch?"

Rosina schmeckt die braune Soße mit dem Kochlöffel ab und zieht die Schultern hoch. „Man kann die Menschen nicht ändern. Nicht in dem Alter."

„Da haben Sie recht. Aber Minna macht es Ihnen sicher nicht leicht."

„Sie wird ein klein wenig tüddelig, denke ich manchmal. Wenn ich das so sagen darf..."

„Ich bitte Sie. Wir sind doch unter uns."

„Frau Minna hat in letzter Zeit ein bisschen abgebaut. Sie vergisst dieses, sie vergisst jenes, morgens beim Anziehen."

„Ja?"

„Ich glaube nicht, dass sie die Namen von Herrn Freiers Söhnen behalten hat. Seit zwei Wochen sprechen wir davon, Frau Alma und ich, und Ihre Schwester Minna ist natürlich auch dabei, sie wohnt ja die meiste Zeit hier. Aber sie hat die Namen nicht behalten. ‚Georgs Söhne', sagt sie immer. Als hätten sie keine eigenen Namen. Reichen Sie mir die Sahne aus dem Kühlschrank bitte? Dem großen. Links der, in der Tür steht eine angefangene Packung."

„Wie gut das Fleisch riecht. Sie sind eine sagenhafte Köchin, Rosina."

„Ich?" Sie lacht. „Na ja. Sonst kann ich nicht viel. Küche und Haushalt, zu mehr hat es nicht gereicht in diesem Leben. Nicht wie bei Ihrer Frau Schwester."

„Singt sie denn noch?"

„Lange nicht mehr. Ab und zu summt sie. Aber sie hat abgeschlossen damit, glaube ich. Natürlich hören wir Musik. Die Platten. Sie setzt oft einen Kopfhörer auf. Mit geschlossenen Augen liegt sie dann da."

„Ist der Wein hier für heute?" Lilli steht am Kühlschrank. „Die

ganzen Flaschen?"
„Sicher. Ein lieblicher Mosel."
„Du liebes bisschen..." Lilli zieht eine Flasche aus dem Fach. „Der ist von 1955."
„Ein Riesling Kabinett. Von der Mosel. Der ist noch von Herrn Konrad. Er hatte einen ganzen Keller voll. Das war seine Leidenschaft, der Wein. Eine von seinen Leidenschaften."
„Den kann man noch trinken? Der schmeckt bestimmt wie Essig."
„Je älter, umso besser, sagt man doch. Probieren geht über studieren."
Lilli sieht sie prüfend an. Vierzig Jahre, denkt sie.

Der Korken schlüpft kraftlos heraus, als würde er sich schämen.
„In einem Stück", sagt Willi Krause. „Das muss man erst mal..."
„...ganz etwas Gutes", sagt Rosina. Auf dem Couchtisch neben dem Weihnachtsbaum stehen Schüsseln mit Salzstangen und Oliven.
„Ich will Cola, Mama!", ruft Tobias.
Véronique erklärt Kali, welche Allergien ihr Sohn hat. „Anna – gar nichts", sagt sie, „und bei ihm... Non! Tobias, es gibt keine Cola 'ier. Wasser – du trinkst 'eute Wasser oder Saft. De l'eau, das ist am besten!"
„Ich hole dir gleich was", sagt Rosina. „Mag er Apfelsaft?"
„Herr Krause, hilf mir mal", ruft Kali aus der Küche. „Das Ding ist so heiß und schwer!"
„Mit Essen spielt man nicht", sagt Theo.
„Und dass die nun allen ihr Gebiss zeigen muss, als wollte sie's verkaufen", sagt Minna.
„Du bist ungerecht", sagt Alma. „Nein, Anna, nun geh mir nicht auf die Nerven – wir sind doch nicht im Kindergarten! Bevor es Geschenke von Oma gibt, wird gegessen. Punkt. Tante Rosina steht schon den ganzen Tag in der Küche und tut und macht."
Véronique sieht ihren Mann an.
„Wo sind meine...?", fragt Minna.
„Die raucht sich noch mal tot", sagt Egbert Freier auf Englisch.
„Jesus", antwortet Heinz leise.

„Nun seid doch einmal ruhig, Kinder", sagt Alma. „Wenn so ein Lärm ist, kann man überhaupt nichts verstehen."
„Den kannst du nur noch wegschütten", sagt Georg.

Anna, Tobias und Kali bewerfen sich mit zerknülltem Geschenkpapier „Wumm!", ruft Tobias, als er Kalis Brille trifft.
„Du kleiner… – warte, Dir zeig ich's…! Rabauke!"
Tobias springt auf und rennt kreischend in die Küche.
„Das ist für dich, Mutter", sagt Theo. „Von uns."
„Von Braun", sagt Véronique. „Du trinkst doch gerne Filterkaffee."
„Ach", sagt Alma. „Danke… das wäre aber nicht… ihr sollt mir doch nichts schenken. Ich habe doch alles."
„Eine neue Kaffeemaschine kann man immer gebrauchen", sagt Lilli.
„Aber ich habe doch Rosina."
Lilli seufzt. „Auch deine Rosina gießt den Filterkaffee nicht mehr von Hand auf, Schwester. Die Zeiten sind lange vorbei."
„Wir stellen sie dir gleich auf", sagt Theo, „dann können wir sie nachher ausprobieren. Ein kleiner Aufwecker wird uns allen gut tun nach dem vielen Essen. Dem *fantastischen* Essen von Frau Lemke. Ein Hoch auf die Köchin!"
„Und Frau Lilli auch", sagt Rosina verschämt, „sie hat tüchtig mit angepackt." Sie hat sich einen langen, roten Paisleyschal mit geflochtenen Fransen um den Hals gebunden, den Alma ihr geschenkt hat. „Kommen Sie, Herr Theo, nehmen Sie gleich das Gerät, und wir gehen in die Küche. Ich bringe dann die bunten Teller mit den Süßigkeiten."
„Nein, noch nicht…", sagt Alma auf der Couch. „Noch nicht, Rosina. Die Bescherung ist noch nicht vorbei."
„Nicht? Sind irgendwo etwa *noch* mehr Geschenke? Man kann schon jetzt nicht mehr laufen hier."
„Wir sammeln das Papier ein", sagt Kali. „Come on, you guys, let's get the paper out of here. Sonst fliegt es noch in den Kamin."
„Nein, warte, Kali", sagt Alma. „Noch nicht."
„Was ist denn?"

„Ich habe… noch ein Geschenk."
„Für mich? Noch eins? Sag mal…"
„Nein. Ja und nein. Für dich und für die anderen auch."
„Wo hast du es versteckt? Wir haben doch alle Päckchen ausgepackt…"
„Ja, sicher. Es ist kein Päckchen." Alma sieht auf ihre Hände. Sie fühlt sich plötzlich, obwohl sie alles durchdacht hat, unsicher.
„Da bin ich aber gespannt. Ruhe – seid doch mal ruhig, alle! Tante Alma hat noch ein Geschenk. Ein Ge-sche-henk!"
„Oh, another one", sagt Egbert aufgeregt. „Ya-hoo."
„Für euch alle. Es ist so eine Sache… ja, ich weiß nun überhaupt nicht, wie ich anfangen soll."
„Sag's einfach", sagt Kali. „Was druckst du auf einmal so rum? Raus damit! Jetzt ist Bescherung."
„Also… ich habe mir überlegt, wir sind ja nicht mehr die Jüngsten, meine Geschwister und ich, meine ich, und wir werden auch nicht jünger…"
Minna sieht von ihrem Kreuzworträtsel auf. „Und was?"
„Ja, wir werden nicht jünger. Auch du nicht, Minna. Und Georg und Lilli auch nicht. Jakob und Arthur sind ja lange nicht mehr."
Alma wagt nicht, sie anzusehen. Sie hat einen Kloß im Hals.
„Und da… ich habe mir gedacht, wir müssen noch einmal hinfahren."
„Wohin fahren?", fragen Kali und Lilli gleichzeitig.
„In unsere Heimat. Nach Leipzig. Ich habe mir überlegt… – ja, ich möchte euch *einladen*. Euch alle, dass wir gemeinsam hinfahren und es uns ansehen. Es geht nun wieder, sagen sie, seit die Mauer weg ist und sie den Osten geöffnet haben. Im Frühling vielleicht, habe ich gedacht. Es ist dann immer besonders schön auf den Hügeln und am Fluss."
Stille.
Tobias kommt aus der Küche zurückgerannt, spürt, dass etwas nicht stimmt, sieht in die Runde. Véronique hat ihren Zeigefinger auf den Lippen.
„Gott im Himmel, jetzt das noch", sagt Rosina.
„Ich brauche einen Schnaps", sagt Georg zu Herrn Krause.

„Bruder, wo ist... – Sie kennen sich doch hier aus in dieser Frauenwirtschaft."
„Ja. Ja. Sicher", sagt Willi Krause.
„Aber...", sagt Kali, entsetzt. „Da *kann* man nicht hinfahren. Wegen Tschernobyl. Da ist alles verseucht."
„Blödsinn", sagt Lilli. „Jetzt, wo die Mauer nicht mehr ist... Da wohnen Leute, Kali. Was meinst du, was mit denen ist? Dass die alle totgegangen sind von den Strahlen? Dass die drei Arme haben?"
"Ach, papperlapapp! Als wüsstest *du*, wie's da heute aussieht, Mutti."
„What is she saying?", sagt Heinz. „She wants to go where...? Ha ha ha."
„She's quite a character, good old auntie", sagt Ernst.
„Nonsense", sagt Heinz. „Mai-na Hai-mat is Bläcksbörg." Er ist stolz, einen deutschen Satz sagen zu können.
„Ohne mich", sagt Minna. „Da ist der Russe. Es ist doch nichts mehr, wie es war."
„Liebe Minna...", sagt Lilli.
„Ich bin eine schwerkranke Frau. Schwerstkrank."
„Also weißt du", sagt Kali. „Manchmal spinnst du wirklich, Tante Minna. Der eine Fuß, da müssen andere Leute ganz andere Dinge ertragen."
„Ich bin sterbenskrank, liebe Nichte", sagt Minna.
„Und bequem auch", sagt Kali, „vielleicht."
„Du stirbst doch schon seit dreißig Jahren", sagt Lilli, schlenkert eine Hand und lacht. „Immer wieder stirbst du. Wenn du so krank bist, dann geh ins Heim. Und wenn du nicht ins Heim gehst, dann kommst du eben mit. Ich find's herrlich, Alma. Ganz herrlich. Was für ein Abenteuer auf unsere alten Tage – mir schlägt richtig das Herz im Körper!"
Kali sieht sie von der Seite an.
„Es muss ja keiner mit, der nicht mit will", sagt Alma. „Man kann niemanden zwingen."
„Oh doch", sagt Georg. „Da werde ich für sorgen, dass alle antanzen. Pünktlich und in voller Montur, die ganze Mischpoke,

meine jedenfalls. Alma, du bist ein… – wunderbar. Ich weiß gar nicht… Das ist das schönste…“
„What's Dad saying?“, stottert Heinz in Ernsts Ohr, „what's he saying?“ Er hat verstanden, es geht um Geld: das Erbe.

Kurz nach Neujahr bringt Rosina ihr das Päckchen, per Einschreiben. Alma liest das Begleitschreiben, zweimal, legt es auf ihren Sekretär im Grauen Haus.
Sie nimmt die Uhr aus der Plastikfolie. Sie erkennt sie gleich, obwohl das Metall rostig ist, die Kette abgerissen, das Zifferblatt dunkelgelb mit braunen Schmutzringen, wo es durchgefault ist. Die Ziffern 4 und 5 und eine 1 der 12 sind abgeblättert und liegen lose unten neben der 6, alle übereinander. Es sieht aus, als ob die Zeit durcheinandergeraten ist. Sie versucht, die Uhr aufzuziehen, aber die Krone ist eingerostet und klemmt.
Sie liest den Brief noch einmal. Eine Frau Lücke hat ihn geschrieben, auf einer Maschine. Sie hat keinen Vornamen und sitzt in Zimmer 216 der Behörde in Berlin. *Deutsche Dienststelle für die Benachrichtigung der nächsten Angehörigen von Gefallenen der ehemaligen deutschen Wehrmacht*, steht im Briefkopf.

Sehr geehrte Frau Lampe,

Ihre Anschrift habe ich von der Einwohnermeldebehörde der Freien und Hansestadt Hamburg erhalten.

In der Anlage übersende ich Ihnen

eine Taschenuhr – verrottet –,
eine Brieftasche – Leder, verrottet –,
zwei Briefe – Abs. unleserlich –,

die Ihrem gefallenen Ehemann Heinrich Kraft, geb. am 02.02.1919 in Leipzig, Bessarabien, gehörten.

Die Taschenuhr wurde anlässlich der Umbettung sterblicher Überreste

Ihres Ehemannes vom VDK Kassel e.V. sichergestellt und unserer Dienststelle zuständigkeitshalber zur Weiterleitung an die Angehörigen übersandt.

Die jetzt gültige Grabanlage lautet:

Deutscher Soldatenfriedhof Sebesh / Russland
Block 4, Reihe 11, Abschnitt A, Grab 3488.

Da nach unserer Kenntnis der Friedhof noch nicht fertiggestellt ist, bitte ich Sie, vorläufig auf einen Grabbesuch zu verzichten.

Die Verzögerung in der Übersendung der Hinterlassenschaft Ihres Ehemannes bitte ich zu entschuldigen. Unsere Suchanfragen im Rahmen der Hinterbliebenenforschung der Deutschen Dienstelle gingen irrtümlich davon aus, dass Sie noch den Familiennamen Ihres ersten Ehemannes, Kraft, führen.

Mit freundlichen Grüßen
Im Auftrag

Lücke

Alma erkennt die Schrift, die beiden Briefe sind von ihr, kaum noch lesbar, einzelne Worte nur. *Ganz gesund… Kind will Milch (ich habe genug).*
Sie weint, als Rosina eine Bonsaischale bringt und auf den Schreibtisch stellt, neben die Uhr, ohne etwas zu sagen. Rosina will nach dem Abendessen fragen, aber sie spürt, dass es nicht der richtige Zeitpunkt ist.
Theo hilft ihr, den Ort in einem schweren Atlas zu finden, in dem die Sowjetunion noch existiert. Sebesh, an der Grenze zu Lettland. Eine kleine Stadt. Vielleicht nur ein Dorf.
Ihre Hand zittert. Sie sieht die Finger, die den Brief festhalten, ihre Krallen.

Kapitel 25: Serpnewoje

Die Herren in der Business Class sind irritiert. Acht Reihen à vier auf dem Flug von Frankfurt Rhein-Main nach Kiew-Borispol, und überall sitzen alte Frauen, Kinder und Bekloppte in Saunalatschen. An Entspannung ist nicht zu denken, es ist zu unruhig, auch nicht an Arbeiten am Laptop.
Minna hat ihren Dackel Petrus dabei. Er fliegt zum ersten Mal und hat Angst. Sie merkt nicht, dass er in seine Reisetasche pinkelt. Die Valium, die sie genommen hat, zeigt Wirkung.
Alma sitzt neben Rosina in der ersten Reihe, Platz 1 D und Platz 1 F, sie hat Schmerzen im Becken, auf der linken Seite. Kali trägt ein rosa T-Shirt, weit geschnitten, bequem. Es trägt in schnörkeliger Lack-Schreibschrift mit Glitzer den Aufdruck GRAVITY SUCKS. Man kann es gut lesen, weil Kali im Gang steht und sich laut mit ihren Verwandten in den ersten sechs Reihen unterhält.
In Frankfurt haben sie Georg und seine Kinder auf dem Flughafen getroffen, alle pünktlich, alle müde vom Transatlantikflug aus Washington-Dulles. Ernst und Heinz haben ihre Frauen dabei, eine Meg und eine Kathy. Sie stellen sich vor, bemüht, einen guten Eindruck zu machen. Kali, Theo und Georg übersetzen.
Meg und Kathy tragen neu gekaufte, olivgrüne Safarihüte mit Kinnbändern und bedanken sich in langen, auswendig gelernt klingenden Sätzen bei Alma für die Einladung, *wonderfully kind* und *inspiring* und *familiy heritage* und *never thought we'd make it to Romania*, und nun sei es gut, sagt Georg, er müsse sich irgendwo hinsetzen. Minna hat die Namen ihrer angeheirateten Nichten gleich wieder vergessen und lässt sich von Rosina zu einer Toilette schieben, Petrus an der Leine, seine Tasche auf dem Schoß.
Zwei Stunden später steigen sie in das Flugzeug nach Kiew. Zum Mittagessen haben Kali und Lilli Sandwiches und Getränke für alle spendiert.
Die Stewardess hat Tobias und Anna Malzeug und Tüten mit Gummibärchen gegeben. Tobias fragt Minna, wo das höchste

Gebäude der Welt steht.
„Hamburg“, sagt sie mit geschlossenen Augen.
„New York“, sagt Georg. „Bei uns in Amerika.“
„Nee“, sagt Tobias. „Kuala Lumpur.“
„Hört sich an wie ein Tier“, sagt Minna. „Ein Beuteltier.“
„Mir ist schlecht“, sagt Tobias nach kurzem Nachdenken.
„Es riecht irgendwoher nach Eingelegtem“, sagt Kali. „Saure Gurken, Senfgurken oder so was.“
„Das kommt von hinten“, sagt Lilli. „Die Leute haben sich etwas mitgebracht. Proviant.“ Sie strickt zwei ineinander steckende Strümpfe gleichzeitig und unterhält sich einige Minuten mit ihrem schlichten Neffen Egbert, ohne zu merken, dass er Stöpsel in den Ohren hat. Egbert ist Polizist, Mitte dreißig, unverheiratet, Fitness-Fan. Er trägt im Flugzeug Badeschlappen: blau und grau, mit der argentinischen Flagge auf dem Spann, Streifen und Sonne. Lilli hat ihn gefragt, wo er gelernt hat.
Egbert reagiert nicht und wippt, die Augen auf dem Monitor, mit dem Kopf.
„Der Junge ist krank“, sagt Lilli leise zu Kali.
„Der hört Musik, Mutti.“
„Wo?“
„Im Ohr. Er hat Stöpsel im Ohr. Von seinem Discman.“
„So?“ Lilli ist skeptisch.
„Ich habe auch so einen, Mutti“, sagt Kali. „Hast du doch schon mal gesehen. Ein kleiner silberner Kasten, wo man CDs reintut.“
Lilli räuspert sich und strickt schneller. Sie sieht zur anderen Seite. Georg schläft in einem hellen Stoffsacko, den Kopf nach hinten gelehnt, mit offenem Mund.
„Ungarischer Tanz“, sagt Véronique abwesend.
„Wie?“, fragt Rosina über den Gang.
„Brahms. Ein Ungarischer Tanz von Brahms.“
„Ah.“
„Kennen Sie das? Die Musik?“
Rosina schüttelt den Kopf und beginnt in ihrer Handtasche zu wühlen, wo sie jedoch nichts findet.
„Fun people“, sagt Meg, Reihe fünf, leise zu ihrem Mann, Ernst.

„Ach schau mal, Kali“, sagt Lilli. „Nun bringen sie was Schönes zu essen.“
„Ich habe keinen Hunger“, sagt Kali.
„Geht es, Mutter?“ Theo, Reihe zwei, beugt sich vor und spricht leise.
„Es muss.“
„Willst du eine Tablette?“
„Ich habe schon eine genommen.“
„Ich hoffe, du hast dir nicht zu viel zugemutet mit dieser Geschichte.“
Rosina sieht ihn dankbar an, schweigt. Natürlich hat sie, denkt sie.
„Lass, Theo. Es geht irgendwie.“
„Sonst musst du es sagen.“
„Ich habe die Reise schon einmal gemacht, in die entgegengesetzte Richtung. Nicht im komfortablen Flugzeug. Mit Lastwagen, Schiff und Bahn.“
„Ich weiß, Mutter. Es waren andere Zeiten.“
„Ganz anders. Ja.“
„Mund halten!“, ruft Minna hinten, genervt von Kali und diesen Söhnen aus Amerika. Petrus kläfft einmal in seiner Tasche wie zur Bestätigung.
Zwei Herren in Schlips und Anzug, Reihe acht, gleich vor Economy, sehen sich an. Das wäre ziemlich gut, denkt einer. Der andere grinst schief und kratzt sich an der Schläfe. Komischer Flug; unverständlich, was vor sich geht. Aber sie mögen nicht fragen. Wen auch?

Sie sind sechzehn und haben insgesamt einundzwanzig Gepäckstücke, den Dackel und einen blauen Klapprollstuhl für Minna. Rosina hat alles gezählt. Sie fühlt sich zuständig, ebenso wie Willi Krause und Theo.
In Odessa müssen sie drei Stunden am Flughafen warten, bis sie alles haben – jedenfalls fast alles, denn eine Reisetasche bleibt verschwunden. Es ist Rosinas, und sie verliert für einen Moment die Fassung, als sie mit Lilli und Kali zusammensteht. „Ich habe

immer gewusst, dass nichts Gutes daraus wird", zischt sie, innerlich kochend, wütend. „So eine Spinnerei, hierhin zu fahren. Alles Diebe."
„Wir geben Ihnen von unseren Sachen ab", sagt Lilli, um sie zu beruhigen. Kali nickt. „Wahrscheinlich finden sie die Tasche wieder. Und was noch fehlt, kaufen wir."
„Hier?"
„Na ja, natürlich hier. Anzuziehen und Läden werden sie wohl haben. Mit dem Nötigsten."
„Nörgeln", sagt Georg. „Immer nur nörgeln."
Rosina ist beleidigt.
„Egbert", sagt Georg. „Nimm mal deine Tante. Der Hund jault. Der muss vor die Tür." Er zeigt von hinten auf Minna, die im Rollstuhl mit einer Dose Hustenbonbons kämpft.
„Schieben, Menschenskinder nochmal!", sagt Georg.
„Warten Sie", sagt Rosina und läuft herbei. „Ich nehme sie."
„Nein, nicht Sie, Rosina", sagt Georg. „Lassen Sie den jungen Mann mal was tun für sein Geld."
„It's alright", sagt Egbert zu Rosina.
„Will jemand einen Lutscher?", fragt Minna und streckt den Arm mit den Pastillen aus.
„Thank you", sagen Meg und Kathy gleichzeitig.
„Die Autos stehen auf dem Parkplatz", sagt Theo. „Da vorne durch, unter dem gelben Schild."
„Zum 'otel ist es nicht so weit", sagt Véronique, Anna an der Hand, mit ihrer weichen Stimme zu Alma. „Nur eine paar Kilometer. 'otel Londonskaya."

Sie haben einen schwarzen Mercedes (Alma und Minna hinten, Krause und Kali vorn); einen roten Opel Omega (Theo und Familie); einen blauen Toyota Land Cruiser (Lilli, Georg, Rosina, Egbert am Steuer) und einen weißen (Ernst, Heinz und Frauen).
„Vielleicht hätten wir doch…", sagt Alma, als sie in Odessa aufbrechen.
„Was?", fragt Kali und setzt ihre Sonnenbrille auf.
„Einen Fahrer mitnehmen sollen. Einen von hier. Wer weiß, wie

die Wege sind?“
„Hilft nun nichts“, sagt Georg, der zwei Koffer aus der Hotelhalle zu den Wagen trägt. „Hätten wir vorher daran denken müssen, Schwester. So mir nichts, dir nichts können wir keinen herzaubern. Schilder werden sie sicher haben – und wenn es die alten von früher sind.“
„Hoffentlich“, sagt Alma.
„Das Hotel ist doch anständig gewesen“, sagt Georg. „Hoch anständig. Sollte man nicht meinen.“
„Bis auf die Drachen auf der Etage“, sagt Kali. „Fürchterliche Weiber, wie unter den Sowjets. Die gaffen nur, und wenn sie was tun sollen, sind sie weg.“
„Aber das Essen ist gut“, sagt Georg. „Dieses Steak Rossini gestern… Nicht von schlechten Eltern. Und die kalte Zunge.“
„Brrr“, macht Kali. „Schrecklich. Wie man das essen kann…“
„Die Madame Butterfly war wunderbar“, sagt Lilli. „Wun-der-bar. Und das Opernhaus… – Damals sind wir nie gegangen, Odessa war zu weit weg, und es gab auch keine Autos. Nur Alma ist mit dem Vater einmal gefahren, zum Einkaufen, weil sie die Älteste war. Dass ich das noch erlebe…“
„Sehr schön, ja“, sagt Georg. „Aber nun ist es auch gut. Dieser ganze… Luxus.“
„Komm, komm, Onkel Georg. Die vier Mark, die die Oper gekostet hat.“

Willi Krause hat im Mercedes das Kommando und fährt, als das Gepäck verstaut ist, voraus, an der Spitze der Kolonne. Kali hat eine Landkarte auf ihrem Schoß.
„Wir müssen erst nach Westen“, sagt sie, „zum Liman und über den Dnjester.“
„Ach der Nister…“, sagt Minna von hinten. Petrus liegt neben ihr, den Kopf auf ihrem Bein.
Herr Krause nickt. „Sagen Sie einfach, wie ich fahren muss, Frau Monika.“
„Ich werde es versuchen.“
Krause lächelt, ohne sie anzusehen. „Mehr als versuchen kann

man nicht. Was haben die für Straßen hier… du liebe Güte. Sehen Sie die Schlaglöcher? Wie im Krieg."
„Und wenn wir über den Fluss sind", sagt Kali, „dann Richtung Süden, nach Sarata. Tante Alma – hier, sieh mal bitte, was ist das hier für ein Buchstabe auf der Karte? Büyl-no… wie?"
„Bjelgorod. Bjelgorod-Dnjeststrowskij. Das alte Akkerman. Eine schöne Burg haben die, wenn sie noch steht. Da waren unsere Eltern früher. Aber da kommen wir nicht durch…?"
„Nicht auf dem Hinweg. Aber wenn Zeit ist und Onkel Georg hin will… Weit weg ist es nicht. Hier links ist euer Dorf, ja? Bei dem roten Kreuz."
Alma nickt. „Richtig. Serpnewoje. Unser Leipzig."
„Wie hat Rosina eigentlich das Hotel gefunden?"
„Gar nicht. Theo und ich haben es gemacht. Rosina spricht kein Rumänisch, und Russisch will sie nicht mehr sprechen. Aber es ist kein richtiges Hotel. Nicht so wie das heute in Odessa. Das war ja ordentlich."
„Wo schlafen wir denn?"
„Es ist eine Art Gasthof, glaube ich, oder eine Pension, ganz klein. Ich war selbst auch noch nicht dort. Eine Familie Draguschek macht die Wirtschaft. Nette Leute, jedenfalls vom Telefon her. Einfache Leute sicher. Aber der Mann spricht etwas deutsch."
„Nun schaut euch die Felder an!", ruft Kali. „Und die Bäume – alle grün! Vorne verkaufen sie Blumen an der Straße. Rote Tulpen!"
„Und Honig", sagt Alma.

Auf der Landstraße kurz vor Sarata überholen zwei Polizisten auf Motorrädern den blauen Land Cruiser, der am Ende der Kolonne fährt, und halten ihn an. Egbert stellt die CD leiser – die Communards singen, *Don't Slip Away*, die alten Herrschaften stört es nicht. „Er will deinen Führerschein", sagt Georg, der vorne neben seinem Sohn sitzt, auf Englisch. „Und die Wagenpapiere."
Die Polizisten gehen die Dokumente umständlich durch und unterhalten sich leise.

„Nicht gültig“, sagt einer, erst auf Ukrainisch, dann auf Russisch. Er nimmt seine Sonnenbrille nicht ab. „Big problem.“
„Wie – nicht gültig?“, sagt Egbert zu seinem Vater. „Fünfzehn Jahre unfallfrei bin ich gefahren. Was meint er damit – nicht gültig? Ich bin Amerikaner. Amerikaner!“ Er schlägt sich mit der flachen Hand auf die Brust. „Amerikanski! Kapisch?“
Sie lassen sich Egberts Pass geben. „Big problem.“
„Halt den Mund“, sagt Georg. Er seufzt, steigt langsam aus dem Wagen. „Bleib hier sitzen“, sagt er zu Egbert, „Nicht aussteigen, Mund halten. Sag bitte nichts, du großer Amerikaner, du.“
Lilli und Rosina, die hinten sitzen, blicken ihn unsicher an.
„Was ist denn, Herr Freier?“, fragt Rosina. „Gibt es ein Problem?“
„Alles in Ordnung, alles in Ordnung. Es wird keiner verhaftet. Der normale Lauf der Dinge.“
Georg geht mit den Polizisten einige Schritte vor das Auto. Sie hören ihn schimpfen, auf Russisch, er kann es noch gut. Egbert sieht nervös auf die Rückbank.
„Was sagt er?“, fragt Egbert.
Lilli lacht leise in sich hinein.
„Das möchtest du nicht wissen. Da… – haben Sie gesehen, Rosina?“
„Was?“
„Eben, der Handschlag. Jetzt hat er die Papiere wieder.“
„Zwanzig“, sagt Georg, als er wieder eingestiegen ist und Egbert den Motor startet. „Zwanzig Dollar.“
„Nein!“, sagt Rosina.
„Aber sicher“, sagt Georg. Er kurbelt das Fenster herunter. „Stört Sie der Zug, Frau Lemke?“
„Das Geld gebe ich Ihnen. Das wäre Ihrer Schwester nicht recht.“
Georg winkt ab. „Nun lassen Sie uns mal zusehen, dass wir vom Fleck kommen.“
„Da vorne sind die anderen“, sagt Lilli. „Sie haben gewartet.“
Rosina wischt sich mit einem Taschentuch Schweiß von Stirn und Schläfen.
Egbert spielt *Don’t Slip Away* noch einmal von vorne. Er schüttelt den Kopf.

„Es kann nicht mehr weit sein", sagt Kali.
Alma reicht ihr von hinten einen Zettel. „Hier, nimm das. Ich habe dir den Namen in Kyrillisch aufgeschrieben. Serp-ne-wo-je. Oben das Wort ist Kulm. Das ist das Nachbardorf. Beim Bessarabien-Verein haben sie mir gesagt, das heißt heute Podgornoje. Pod oder Pad, irgendsowas. Das liegt auf dem Hügel. Von da sieht man Leipzig schon."
„Irgendwo wird hoffentlich ein Wegweiser sein."
„Bestimmt. Minna und ich halten die Augen auf, und Georg und Lilli in den anderen Wagen sicher auch."
„In die Richtung muss es sein", sagt Willi Krause. „Unten im Tal. Ihr Dorf, Frau Lampe."
„Da ist eine Halle", sagt Alma. „Aus Beton."
„Sieht von weitem wie ein Hühnerstall aus. So flach und keine richtigen Fenster."
„Was?"
„Hühner. Eine Hühnerfarm. Die langen, flachen Gebäude da hinten, ohne Fenster. Das sieht aus wie Hühnerhäuser. Für Eier."
„Wo sind wir jetzt genau?", fragt Alma
„Wir… müssten von Süden oder Südwesten kommen. Diese Hügelchen hier, sind das nicht die, von denen du erzählt hast? Die bei Euch am Dorf waren?"
Alma sieht aus dem Fenster. „Es könnte schon sein", sagt sie schließlich. „Da stehen Bäume. Es ist schwer zu sagen. Siehst du die Kirche schon, Kali?"
„Nein. Fahren sie mal weiter, Herr Krause. Das vorne sieht aus wie das Ortszentrum. Wo der Pferdewagen hinfährt. Einfach hinterher. Runter vom Berg."
„Das ist nicht der Weg", sagt Alma. „Bestimmt nicht."
Krause sieht sie im Rückspiegel an.
„Wir haben uns verfahren, Kali. Krause, halten Sie an. Wir sind falsch."
„Sehr wohl, Frau Alma – aber wenn Sie gestatten: Wir kommen jetzt gleich nach Leipzig. Ein paar hundert Meter."
„Unsinn, Herr Krause, das ist nicht Leipzig. Ich habe in dem Dorf

mehr als zwanzig Jahre gewohnt, ich kenne es. Ich habe die Bilder noch im Kopf."

Krause hält auf dem Seitenstreifen.

„Die anderen halten auch", sagt Minna. „Hinter uns. Wer hupt denn da so?"

„Theo", sagt Kali. „Weil wir gleich in Leipzig sind."

„Lass uns mal gemeinsam auf die Karte sehen", sagt Alma.

„Nein, nein", sagt Krause. „Es ist schon richtig. Das ist hier dieses Serpnewoje. Das ist Ihr Ort. Gut, eine Schönheit ist es vielleicht nicht..."

„Herr Krause, reden Sie nicht. Nun fahren Sie noch ein Stückchen vor."

„Das da sieht wie der Hauptplatz aus. Huch, ist das Haus hässlich. Das blaue vorne. Das sind Kacheln außen an der Wand."

„Nein", sagt Alma, „das ist es nicht. Wo das blaue Haus steht, müsste die Kirche sein, und wir haben im Dorf nicht solche Gräben links und rechts. Da ist nur der Breite Weg. Breit und völlig eben."

„Es hat sich wohl etwas verändert, Frau Lampe. Nehme ich an."

„Lassen Sie uns eine kurze Pause machen, wenn wir schon hier sind. Dass wir uns die Beine vertreten."

„Das *ist* der Breite Weg", sagt Minna. „Da."

„Ach, Minna..."

„Doch. Glaub mir doch. Da wo die Bäume stehen. Linden. Die Akazien sind wohl nicht mehr. Müssen sie weggemacht haben."

„Das ist *nicht* der Breite Weg. Das sind Gräben mit einem Trampelpfad dazwischen."

„Wo der Bauer runterfährt. Ja. Schau, bei jeder Hofeinfahrt haben sie eine Brücke gebaut. Jedem seine eigene. Den ganzen Weg runter. Und die Gänse und Küken..."

„Das Wasser sieht widerlich aus." Kali öffnet die Tür, springt aus dem Wagen und streckt die Arme aus. „Hll. Da schwimmt was Totes drin. Sieht aus wie ein Frosch oder eine Kröte."

„Warten Sie, ich helfe Ihnen, Frau Lampe", sagt Krause. Er stellt den Motor ab und steigt aus. Alma kurbelt das Fenster herunter.

„Nun schaut euch das an", ruft Georg von hinten. Er kommt mit

seinem Gehstock vor zu Alma und Minna. „Man glaubt es nicht. Das ist unser Ring."
„Wo?", fragt Alma.
„Hier vorn. Wir stehen fast drauf. Hier war… – wart einmal, hier war… nein… das muss etwas hinterm Chaim gewesen sein hier."
Alma steigt aus.
„Na, Mutter?", sagt Theo freundlich. „Aufgeregt?"
„Oh Gott."
„Wahrscheinlich kaum wiederzuerkennen, hmm?"
„Wo ist die Kirche? Da ist keine Kirche. Die Kirche fehlt."
„Na ja. Wo soll sie sein?"
„Und da, wo unsere Schule war…"
„Das da? Das rote Gebäude?"
„Die müssen sie neu gebaut haben", sagt Georg. „Nach dem Krieg. – Die Kirche ist weg. Kul-tur-zen-trum", liest er. „Oben im Giebel steht es. Sollte man nicht meinen, dass sie in so etwas Kultur haben. Blaue Kacheln wie in der Waschküche… Sieht mehr aus wie eine Werkstatt. Dass sie die ganzen Rostlauben einfach davor liegenlassen… Die kann man doch wegräumen. *Dirty Dancing*. Aha. Machen sie das nun auch noch da? Wie steht es um die Menschheit."
„Das ist ein Film", sagt Kali. „*Dirty Dancing*. Aus Amerika."
„Ah so. Kenne ich gar nicht."
„Mehr für junge Leute. Ist auch nicht neu."
„Uralt"; sagt Theo. „Etwas für Teenies. Na kommt, dann gehen wir einfach hier den Weg hoch. Das ist…"
„Steil ist es", sagt Kali. „Wo kommt man da hin?"
„Da hinten ist der Bahndamm", sagt Georg.
„Lenin", sagt Kali.
„Was?", fragt Alma.
„Auf dem Sockel dort, am Ende der Straße", sagt Georg. „Das war wohl ein Denkmal. Halt, ich korrigiere: *ist* ein Denkmal. Und diese Wiese, das muss der Friedhof sein, wo unsere Mutter begraben liegt. Bei den Birken."
„Wo sind denn die Grabsteine?", fragt Kali. „Wenn hier Leute

begraben sind?“
„Das weiß ich auch nicht. Werden sie weggemacht haben. Mit Raupen.“
„So was.“
„Hier liegt irgendwo deine Großmutter, Kali. Christine Freier.“
„Ach. Hinten hat vielleicht Lobgott gewohnt“, sagt Alma, als sie zum Ring zurückkommt. „An der Stelle. Neben der Schule. Da habe ich immer gesungen früher.“
„Sollen wir die Kinder wecken, Mutter? Wenn wir eine Weile hier bleiben…?“
„Nein, nein… oder doch. Warte noch.“
„… ist Dachpappe“, sagt Georg. Warum die keine vernünftigen Ziegeln nehmen, weiß der Himmel. Dachpappe! So kann man in der Hitze nicht leben…“
„… Fenster sind schön blau…“, sagt Kali. „Wie in Griechenland.“
„So?“
„Sind das Schnaken?“, fragt Theo. „Was sind das für Viecher, die hier rumfliegen?“
„Sieht so aus.“
„Sind die riesig.“
„Was machen wir, Schwester?“, fragt Georg.
Alma sieht auf ihre Armbanduhr.
„Kurz nach zwei“, sagt Theo.
„Holt mich mal einer aus dem Auto!?“, ruft Minna.
„Und wo ist euer ‘aus gewesen?“, fragt Véronique, die plötzlich neben ihr steht.
„Da runter“, sagt Georg. „Immer den Weg entlang, also den, hah…! Graben. Zwei Kilometer ungefähr. Dann kommst du an die Kälber Drift.“
„Oh, so weit noch?“
„Dieses Hotel, Mutter – sag noch mal, wo das sein soll.“
„Zur Grenze hin. Zum Bahnhof.“
„Gibt es hier denn einen?“
„Die andere Richtung. Bessarabeska. Wo der Grenzposten nach Moldawien sein soll. Und kurz davor ist der Gasthof von Familie Draguschek. Eure Pension muss dicht dabei sein, drei oder vier

Häuser weiter. Da habt ihr zwei Zimmer, eins für euch und eins für die Kinder."
„Dann alle wieder einsteigen", singsangt Kali, „es geht wei-ter!"
„Aber erwarte nicht zu viel. Wir sind nicht in Odessa."

„Hinter dem Hof das Land, das ist alles eine Kolchose", sagt Georg, als er mit Lilli, Kali und Rosina vor einem Lebensmittelladen sitzt und Tee trinkt. „Fünfhundert Milchkühe und zweitausend Schafe sollen sie haben. Aber am schlimmsten finde ich das mit dem Friedhof. Nichts nach, alles eine grüne Wiese. Kein einziger Grabstein steht mehr. Selbst an den Toten haben sie sich gerächt."
Lilli seufzt. „Da ruht unsere liebe Mutter."
„Ist das eine Hitze", sagt Rosina. „Im Mai."
„Anna hat geweint", sagt Kali und bildet mit Daumen und Zeigefinger einen Kreis. „So eine Beule hat sie an der Wade."
„Wahrscheinlich eine Bremse", sagt Lilli. „Das heilt schon wieder."
„Ich habe dem Draguschek gesagt, erstmal für drei Nächte", sagt Georg. „Danach müssen wir sehen. Ist ein vernünftiger Mann, dieser Draguschek. Der hat das ganze Haus für uns umgeräumt, glaube ich."
„Unten ist eine kleine Gaststube", sagt Lilli. „Drei Tische und Plastikstühle. Da kochen sie auch. Seine Frau und die eine Tochter. Und Wodka haben sie."
„Die Männer tragen hier alle Trainingsanzüge", sagt Kali.
„Aber hast du gesehen? – nur die Männer", sagt Georg. „Die Frauen dürfen nicht. Ist nicht wie in Amerika. Die tragen alle noch ihre Bauernröcke und Kopflappen."

Alma, Lilli, Minna und Georg machen sich auf die Suche: ihr altes Haus an der Kälber Drift.
„Lasst erst mal nur uns vier gehen", hat Alma gesagt. „Dass wir die Leute nicht erschrecken. Man weiß ja nicht, wie die sich fühlen, wenn plötzlich die Deutschen an der Tür stehen und klingeln. Die denken vielleicht..."

„Ein Wunder, dass es noch steht“, sagt Lilli.
„Ich würde sagen, ein Drittel der Höfe ist nicht mehr“, sagt Georg. „Eher noch mehr.“
Eine Frau Popescu macht ihnen auf. Sie ist erst reserviert, dann, als die Besucher einige Worte Russisch sprechen und Georg ihr Blumen und einen Umschlag gibt, sehr freundlich. Sie bittet sie ins Haus. Minna fängt plötzlich zu weinen an, und Frau Popescu weint mit, keiner weiß so recht, warum.
Das Altenteil riecht streng. Frau Popescu züchtet dort Meerschweinchen in Käfigen, für die Felle, sagt sie, aber sie sagt es geziert. „Wollen wir hoffen, dass sie die nicht essen muss“, sagt Georg zu Lilli, auf Deutsch. Die Sommerküche, die Ställe, die Maiskörbe und die Walnussbäume sind weg. Hintendurch ist es verwildert, mit Sonnenblumen, Kartoffeln und unreifen Fleischtomaten, die von Holzpfählen gehalten werden. Eine Garage aus Betonplatten steht fünfzig Schritte hinter dem Haus, mit einem Tor, das Rost von unten angefressen hat. Minna lässt Petrus von der Leine. „Lauf mal, du“, sagt sie. Der Dackel sieht zu ihr hoch und bewegt sich nicht von der Stelle. „Was willst du? Willst du eine schöne Weintraube?“
Georg geht mit Frau Popescu die Namen durch – Giese, Ziegelmacher, Dressner, Pleskow, Stelter, Lobgott, die Turms, die Trautmanns, die Krafts, die Sackmanns. Sie schüttelt den Kopf.
„Nicht?“, sagt Georg enttäuscht. „Und Zedel? Eine alte Bulgarin, unten am Fluss. Die hatte einen Sohn, Isman hieß er, immer launisch und zänkisch. Der könnte noch leben. Sie war so eine Kräuterfrau. Nicht dumm im Kopf.“
„Nein. Auch nicht“, sagt sie. „Tut mir leid.“
„Mensch, Mensch, Mensch“, sagt Georg zu seinen Schwestern. „Kann man nicht sagen, dass hier jemand auf uns gewartet hätte.“
„Warum sollten sie auch?“, sagt Lilli. „Sie haben ihr Leben, und wir hatten unseres.“
„Aber *keiner*, der einen kennt? Nicht einmal irgendeinen Namen?“
„Als hätte es uns nie gegeben“, sagt Minna. „Georg, sei so gut und schieb mich durch den Hinterhof. Vielleicht stehen die Sträucher

noch. Die Träuble und die Stachelbeeren. Und der alte Bahndamm? Kann man so etwas wegmachen?"

„Wer weiß das? Die Pflanzen sind garantiert tot. Die halten nicht lange. Ein paar Jahre, dann stirbt es."

„Gucken kostet nichts."

„Die Pferde sind alle krank", sagt er, als sie das untere Ende des Hintergartens erreicht haben und zwei Wagen an ihnen vorbeifahren. Die Arbeiter nicken ihnen zu.

„Da hinten kommt dein Sohn angelaufen", sagt Minna. „Einer von denen."

„Du meine… Egbert."

Egbert joggt am Bahndamm in einer weit geschnittenen, kurzen, roten Baumwollhose entlang, den Discman in der Hand, Kopfhörer auf den Ohren, schwarze Haare an den Beinen. Er winkt ihnen mit einer Hand zu, ohne anzuhalten.

„Wie der schwitzt", sagt Minna.

Als er die Pferdewagen überholt, sehen die Arbeiter ihm regungslos nach.

„Hinten steht ein Trecker", sagt Georg. „Ganz verrostet. Wartet mal." Er geht durch hohes Gras, zwischen Obstbäumen hindurch, zu alt, um Früchte zu tragen, aber noch am Leben. Er winkt ihnen zu.

„Das ist der Lanz!", ruft er, eine Hand am Mund. „Vom Giese der Bulldog. Hat einen Baum im Lenkrad. Eine Robinie, schief und krumm, die ist da einfach durchgewachsen. Und die Reifen sind weg. Alle vier."

Am späten Nachmittag des nächsten Tages fahren sie mit zwei Wagen am Fluss entlang. Der Kogälnik, das Wasser gelbbraun, ist ausgehoben und begradigt worden.

„Ich glaube nicht, dass da noch etwas drin lebt", sagt Kali. „Eine Brühe."

„Nach Tarutino hin gibt es eine Anlegestelle", sagt Georg. „Für Schiffe. Also kleine Schiffe. Kähne oder was. Draguschek sagt, sie kommen damit jetzt bis runter ans Meer."

„Sag bloß", sagt Lilli.

„Das Schilf ist alles weg beim Teich", sagt Alma. „Auf der anderen Seite. Wo die Böschung war mit den Fröschen und den Vögeln."
„Störche habe ich aber gesehen", sagt Georg. „Viele. Die haben sie noch – sind wohl nicht totzukriegen. Aber im Winter fliegen sie weg. Nach Afrika."
„Warum haben sie da die ganzen Reifen aufgestapelt?", fragt Kali.
„Du fragst mich Sachen...", sagt Georg.
„*Hier* seid ihr geschwommen?"
„Im Sommer, jeden Sonntag, weiter unten, wo der Teich ist. Bis die Mücken kamen. Aber da war zu unserer Zeit ein bisschen weicher Sand am Ufer. Grauer, weicher Sand. Und das Wasser stand viel höher."
„Und wo ist euer Baschtan? Dieser Gemüsegarten, von dem ihr immer redet?"
„Oben. Oben auf einem der Hügel."
„Fahren wir noch hin?"
„Nicht mehr heute", sagt Alma. „Es war ein langer Tag. Morgen vielleicht, so Gott will."

Am Abend sitzen sie gemeinsam bei Draguschek, der fünf Hühner geschlachtet hat, sehnige Glucken. Kali isst gekochte Kartoffeln und eingelegte Dillgurken, ein halbes Glas. Petrus bekommt geschnittene Würste und einen Hühnerknochen, den er nicht anrührt. Meg und Kathy wischen ihr Besteck unter der Tischplatte mit Desinfektionstüchern ab. Zum Nachtisch gibt es Erdbeereis, das Draguscheks Frau selbst gemacht hat, mit Pfirsichhälften und Ananasscheiben aus der Dose. Tobias und Anna trinken gelbe Brause, die Erwachsenen Bier und moldawischen Rotwein.
Alma geht früh zu Bett. Sie hat ein Zimmer für sich, die Wolldecke über dem weißen Laken kratzt. Sie liegt wach, hört einen Hund auf der Straße bellen, bis in die Nacht, er muss krank im Kopf sein, denkt sie, er bellt immer dasselbe, ohne dass ein anderer antworten würde. Wenn ein Lkw vom Bahnhof kommt, klirren die Fensterscheiben in ihren Rahmen.
Sie ist müde, aber sie kann nicht einschlafen. Sie summt im

Liegen, Lieder von früher. Schließlich macht sie das Licht wieder an, nimmt die Bibel und beginnt zu lesen.
Es wäre gut, denkt sie, wenn es von alleine ginge. Ohne dass man etwas tun müsste.
Auf dem Gang hört sie Georg und Lilli flüstern.

Theo will das Fußball-Länderspiel sehen, Deutschland – Polen, abends um neun. Tagsüber sucht er in einem der Geschäfte am Ring einen Fernseher mit Satellitenanschluss. Er findet einen Lebensmittelladen mit einem Barraum, in dem drei Männer Karten spielen und Schnaps trinken. Über ihnen an der Decke hängt ein Gerät. Der Ton ist ausgestellt.
Sie essen früh zu Abend, wieder bei den Draguscheks, damit Theo es bis zum Anpfiff schafft. Er nimmt Georgs Söhne mit. Sie sollen Europa kennenlernen, sagt er.
Alma hat Wein getrunken, mehr als ihr gut tut, aber er soll ihr an diesem Tag nicht gut tun. Sie fühlt sich zugleich beklemmt und befreit – jetzt, wo ihr Beschluss feststeht und sie sich nicht mehr um die Zukunft sorgen muss, um Schmerzen, Kinder, die mürrische Minna, die Reise.
Sie bittet Herrn Draguschek um eine Packung Salz. Für die Füße, sagt sie. So hat Prudöhl es früher einmal erklärt: Wenn alle Stricke reißen, kann man immer noch Salz schlucken. Sie weiß nicht, ob es stimmt. Sie möchte kein Risiko eingehen.
Als Theo mit seinen Cousins zum Ring aufgebrochen ist, nimmt sie ihre Handtasche. Sie sagt Véronique, dass sie vor dem Zubettgehen etwas frische Luft schnappen möchte, sie sollen ruhig sitzen bleiben, nicht auf sie warten. Nein, alleine. Sie braucht etwas Zeit für sich alleine.
Véronique lächelt sie an und nickt verständnisvoll.
„Wo willst du hin, Oma?“, fragt Tobias.
„Weg“, sagt sie. Sie winkt ihm zu.
Sie geht an den Fluss, am Ufer entlang, an dem Kähne an angerosteten, braunen Metallplatten festgemacht sind, langsam, keine Eile, denkt sie. Es ist noch nicht dunkel, aber die Abenddämmerung hat begonnen, die Sonne leuchtet orange.

Drei Jungen sitzen barfuß auf einem mit Unkraut überwachsenen Krangerüst neben dem Weg. Sie haben dunkle Haut und tief schwarze Haare. Moldowaner, denkt sie. Sie lächelt ihnen zu. Die Jungen lächeln zurück. Für einen Moment befürchtet sie, dass sie aufspringen und ihr die Handtasche rauben könnten, aber es passiert nichts. Sie geht weiter, Schritt für Schritt. Die Jungen bleiben sitzen. Sie unterhalten sich leise und lachen. Vielleicht über sie, die komische Alte.

Der Teich, in dem sie als Kind mit ihren Geschwistern gebadet hat, liegt dunkel vor ihr. Grün sieht er im Halbdunkel aus, fast schwarz. Sie sucht das Wasser ab, sieht keinen Schmutz – keine toten Fische, an denen Vögel gehackt haben, keinen bunten, schlierigen Ölfilm. Auf der anderen Seite treibt ein weißer Fleck, eine Plastiktüte, weit weg.

Alma trägt Sonntagskleidung, ein einfaches, schwarzes Kostüm, ein Kopftuch, auch schwarz, mit roten Rosen und grünen Stielen. Wie Oma Mathilde sehe ich aus, denkt sie. Schau, da sind Libellen über dem Wasser, blaue und grüne.

Sie setzt sich auf das trockene Gras am Ufer, an einen Baum gelehnt, die dünnen Beine ausgestreckt, ihre Handtasche auf dem Schoß. Sie lauscht in den Abend. Der Himmel ist dunkler geworden. Sie kann einzelne Sterne erkennen.

Sie wühlt in ihrer Tasche. Oben liegt das Salz, darunter der Brief von der Dienststelle. Sie nimmt ihn heraus und faltet ihn auseinander. Sie betrachtet ihn, liest ihn. Liest ihn noch einmal.

In der Ferne hört sie einen Güterzug. Ein Auto, das über die Straße fährt, ihren alten Breiten Weg, der nicht mehr breit ist. Sie sieht die Scheinwerfer durch die Kronen der Bäume wandern, die keine Akazien mehr sind. Für einen Moment hört es sich an, als ob jemand ihren Namen ruft: „Tante Alma…" Aber es ist nicht Kali, nur der Wind. Der Gasthof liegt zu weit weg, zwanzig Minuten zu Fuß. Sie hat ihnen nicht gesagt, wohin sie geht.

Sie singt, nur für sich: Bach. Sie denkt an Lobgott, Mut mit h.

Sie nimmt ihre unteren Zähne aus dem Mund und legt sie in die Handtasche, sie möchte nichts Fremdes bei sich haben, in sich.

Sie zieht ihre Schuhe aus, stellt sie nebeneinander, neben ihre

Tasche. Sie schluckt Nembutal, drei alte Tabletten, dann drei weitere und noch eine, sicherheitshalber. Sie steht auf, das Glasfläschchen von Prudöhl mit der Hand umklammernd, und geht ins Wasser. Es ist kalt an ihren Füßen, unter der Strumpfhose. Egal, denkt sie, es ist egal. Einen Augenblick nur noch. Sie geht vor. Bis zu den Knien. Ihr Rock saugt das Wasser von unten auf.
Ein halbes Jahrhundert ist die Ampulle alt, denkt sie. Sie ist sich nicht sicher, ob sie noch wirkt, es wäre zu unangenehm, wenn nicht. Sie will nicht ins Krankenhaus, schon gar nicht hier. Werden ihre Arme müde…? Es muss das Nembutal sein, es ist ein starkes Mittel. Im Stehen bricht sie die Ampulle auf, es geht einfacher, als sie erwartet hat.
Sie sieht um sich, ihre Tasche und die Schuhe am Ufer, der Sandweg, für einen Moment, dann kommt der Schmerz. Es fühlt sich an, als würden ihr Lippen, Zahnfleisch und Zunge aufgerissen.
Ihre Stirn ist nass. Sie muss auf den Rücken gesunken sein, ihr läuft Wasser über Mund und Nase. Da ist einer der Moldowaner-Jungen, sein Arm, sein Finger, sein dunkles Haar, fast blau, so dunkel. Das Letzte, was sie sieht, sind zwei Libellen, über ihr, fast könnte sie sie greifen, sie hängen aneinander mit ihren langen Leibern, wie Finger.
Sie kann ihre Augen nicht mehr bewegen.

Kapitel 26: Du also bist mein Bräutigam

Leipzig (Serpnewoje), Ukr., 13. Mai 1996

Mein geliebter Heinrich,

sie lebt noch. Unsere Kastanie – oben auf der Kanonenkugel – lebt! Sie hat gelitten. Der Stamm ist gespalten und innen morsch und vermodert. Ein Blitz muss irgendwann eingeschlagen sein, vor einer Ewigkeit schon, und vor zwanzig, dreißig Jahren haben sie einmal die Krone einfach abgesägt, quer durch den Stamm. An diesen Stellen sind neue Äste gewachsen, die dick und stark geworden sind nach all der Zeit. Aber sie steht und lebt, das ist das Wichtigste. Es ist sogar ein stattlicher Baum aus ihr geworden, der ein halbes Jahrhundert überdauert hat, als hätte er darauf gewartet, dass ich noch einmal komme. Wie froh ich darüber bin.

Wir sind also in unserem Leipzig. Ich habe noch eine halbe Stunde lang für mich und sitze an einem verrosteten Gartentisch unter einem Pflaumenbaum, an dem Efeu hochgekrochen ist, bevor ich zum Abendessen in die Wirtschaft gehe. Theo und Véronique kümmern sich um alles. Ich habe keine Arbeit, mit überhaupt nichts.

Unser Teich – erinnerst Du Dich? – liegt unten am Ende der Wiese, ich sehe ihn von hier, wo ich sitze, auch wenn es schon leicht dämmrig wird in der Luft, die etwas diesig ist von der Wärme. Es badet kein Kind im Teich, es ist noch zu früh im Jahr, um drei oder vier Wochen. Er sieht nicht mehr so aus, als ob man darin baden möchte. Das Wasser ist braun. Ein paar Vöglein schwimmen herum – einige Stockenten-Paare und einen Haubentaucher habe ich gesehen –, aber nicht viele. Ob sie noch Fische haben, weiß ich nicht. An manchen Stellen treibt Öl oder Sprit auf der Oberfläche.

Die Leutchen, die jetzt hier wohnen, sind Ukrainer und Moldowaner, aber sie sagen alle, sie seien Ukrainer, weil die Moldowaner nicht gut angesehen sind. Frau Draguschek, bei der wir zum Bahnhof hin (wo nun die Grenze nach Moldau verläuft) Zimmer genommen haben – bis auf eine Kammer haben wir ihr ganzes Haus, wir sind viele –, jedenfalls: Diese Frau Draguschek sagt, die Moldowaner klauen. Das sagt sie wie die selbstverständlichste Sache der Welt. Zwischen denen hier, den

Moldowanern und den Ukrainern, ist keine Liebe verloren. Sie sind arm, die einen wie die anderen. Es ist alles noch immer von Staats wegen geplant hier, auch die Armut. Überall haben sie zwischen den paar Bäumen, die stehen, Netze gespannt, damit die Vögel sich darin verfangen. Die Singvögel, stell Dir vor, die Zaunkönige und Amseln und Stare und Nachtigallen. Keiner sagt es – die Menschen haben ihren Stolz –, aber die Not ist groß. Nein, man kann nicht sagen, dass es schöner geworden ist im Tal des Kogälnik. Sie nennen unseren Fluss auch anders. Aber ich habe den heutigen Namen nicht richtig verstanden – es klingt wie „Kundek" oder „Kundik". Es ist mir unangenehm, immer wieder nach allem zu fragen, was ich beim ersten und zweiten Mal nicht verstehe. Es geht noch ganz gut mit dem Rumänischen, wenn auch vieles verschütt gegangen ist in meinem Kopf. Das Russische fällt mir aber schwer. Kaum, dass ich das Kyrillische flüssig lesen kann, und Ukrainisch ist wieder anders. Es ist das Alter – das eine Unglück, das Dir in Deinem Leben erspart geblieben ist. So hat alles auch sein Gutes.

Genug davon. Gestern spät, als die Nacht gekommen war, bin ich bei den Draguscheks in den Hof hinterm Haus gegangen – sie haben noch eine Art Schardach dort wie früher, nur keine hintere Küche mehr –, und dort habe ich die Sterne gezählt. Meine Augen sind nicht mehr gut, Heinrich, es ist etwas, gegen das ich mich nicht mehr wehren mag – egal, egal, es ist nun – endlich einmal – gleichgültig. Wie hinter einem Schleier ist mir die Welt seit vier oder fünf Jahren verschwunden, langsam und stetig – so langsam, dass man es von einem Tag auf den nächsten nicht merkte, nur von einem Monat auf den anderen, und dann war das Licht wieder um ein Stück, unwiederbringlich verloren. Aber ich schweife wieder ab: Ich habe also, so gut es ging, in den Nachthimmel gestarrt und die Sterne gezählt, wie wir es damals, vor all der Zeit, taten, als wir jung waren und uns zum ersten Mal in den Armen lagen, oben auf der Kanonenkugel. Neun habe ich gezählt.

Mir war wohl ums Herz. Es sind die Orte, an denen wir geliebt haben, die uns mehr als alles andere ans Herz wachsen. So lange war ich nicht mehr hier, es ist mehr als ein halbes Jahrhundert her, und trotzdem fühle ich mich noch zuhause, völlig zuhause, obwohl alles nun anders ist und nur für den, der hier einmal lebte, wiederzuerkennen. Wie es auch sei: Selbst der liebe Gott kann die Vergangenheit nicht mehr ändern. Er beschäftigt sich nur mit dem, was sein wird, nicht mit dem, was war. So ist es recht. Das ist die Ordnung der Welt, der Plan. Für mich ist es nun zu spät für solche Gedanken, das Philosophische, mit dem Konrad sich immer beschäftigte – und wofür auch? An einem Morgen war er einfach tot. Es hat alles nichts geholfen, das kluge Denken.

Ich bin von unserem Essen zurück. Herr Draguschek – Ilja heißt er mit Vornamen – und seine älteste Tochter, eine Alja, haben Wurst in dicke Scheiben geschnitten und gebraten. Heinrich, es war scheußlich, selbst für mich, und was den Kindern und den Kleinen durch den Kopf gegangen sein muss bei Tisch... Sie sind alle so verwöhnt und krüsch heute. Aber es war eine widerliche Sache, viel zu fettig und ranzig obendrein, und Kraut reichten sie dazu, das an den Rändern, wo es geschnitten worden war, braun und weich war. Überhaupt: die jungen Leute, denen das Leben bislang nichts als Glück beschert hat. Sind das nicht die, die den Mund aufreißen und sich am lautesten beschweren, wie ungerecht es zugeht? Ich glaube, Ihnen fehlt es an Kraft. Wenn dieses und jenes passieren würde, dann würden sie sich umbringen, erzählen sie stolz – wenn sie zum Beispiel in den Rollstuhl müssten oder eine schlimme Krankheit hätten. Was für ein Blödsinn. Es ist unerträglich. Was wissen sie schon?

Die Draguscheks meinten es sicher gut mit ihrem Essen. Herr Draguschek ist aufgeregt, viele Leute im Haus zu haben, und dann alle von einer einzigen Familie und Deutsche. So etwas hat er noch nie erlebt, sagt er.

Wir hatten damals auch nicht viel, als wir hier lebten, als Kinder. Nur wussten wir nichts von all dem, was uns fehlte, von Autos und Reichtümern, und wir waren doch... kann man das sagen? – mir scheint, wenn ich zurückdenke an die Zeit, dass wir glücklich waren hier. Es waren leuchtende Tage, die wir hatten, Heinrich, oder nicht? Leuchtende Jahre von einer Sorglosigkeit, wie ich sie nie wieder gekannt habe seitdem. Und ich will nicht mehr jammern, dass sie vorüber sind. Es war gut, sie überhaupt erlebt zu haben. So hat Pomreinke es einmal gesagt: Dankbar muss man sein für das, was man hatte – nicht flennen wegen dem, was einem fehlt. Ich erinnere mich noch, ich muss zwölf oder dreizehn gewesen sein, ein junges Mädchen war ich, und es hat sich mir ins Gedächtnis eingebrannt. Pomreinke hat ja manchmal Wirres erzählt damals, aber in dem Punkt hatte er recht: Man muss zufrieden sein mit dem, was einem *gegeben wird. Wer nur an das denkt, was ihm fehlt – was ihm genommen wurde oder vorenthalten –, kann nicht glücklich werden in diesem Leben. Ich habe auch etwas verloren, es war alles, was ich hatte, und trotzdem musste es gehen, irgendwie.*

Die Kinder haben mich hinten und untenrum mit Kissen gepolstert und mich in eine Decke gewickelt, damit ich nicht friere und mir keine Stellen hole. – Nicht friere! (Wer friert, ist Rosina, und sie redet von morgens bis abends von nichts anderem! Wie kalt es sei, wie feucht, wie ihr die Knochen zu schaffen machen – herrje.) Aber die Kinder meinen es gut mit mir. Der frühe Sommer ist hier wie immer: tagsüber Wärme, die einen zu Mittag etwas schläfrig macht an Geist und Körper. Man hält sich dann am Besten für ein oder zwei Stunden im Haus auf. Aber es ist nicht die große Hitze, die wir kennen. Am frühen Abend wird es frisch.

Wenn Theo und Véronique glauben, ich würde in meinen Decken dösen, werfen sie mir einen Blick zu. Ich tue so, als würde ich nicht bemerken, dass sie mich beobachten. Sie wirken betroffen, ihre Gesichter weich. So weich und verletzlich, dass ich sie beschützen möchte – bis ich mich erinnere, dass ich eine alte Frau bin, mit einem Rest von Kraft, aber nicht mehr. Sie sind den Abschied nicht gewohnt, die Glücklichen. Noch nicht. Das Leben wird es sie irgendwann lehren, Abschied nehmen. Vielleicht sehen sie mir meine Last an. Aber ich will sie nicht vor ihrer Zeit alt machen mit meinen dunklen Geschichten. Gesungen habe ich, wann immer ich konnte, mit ganzer Seele, und wo meine Seele nicht singen konnte, habe ich es wenigstens versucht, allein, in meinem Herzen. Vielleicht hat Gott durch mich kleine Frau gesungen und für einen Moment eine Stimme gefunden und triumphiert? Wer weiß es? Es ist jetzt egal.

Ja, das Leben nimmt von einem, Heinrich. Vielleicht nimmt es einem besonders gern das Liebste, damit wir ein wenig länger, ein wenig mehr leiden und uns bewähren können. Glücklich, wer es ziehen lassen kann und unter Tränen lächelnd glauben kann, dass die Liebe nie aufhört. Ich konnte es nicht. Nach Dir kam nichts, Heinrich, kommt nichts – nur Gott.

– Ich frage mich, wie es wohl sein wird – das Sterben, der <u>Moment</u> des Sterbens, dem wir alle Stunde um Stunde entgegengehen? Hören wir einfach auf zu sein, oder gibt es eine Stelle, eine Schwelle gleichsam, bei

der ein Glöckchen klingelt, um zu zeigen: Nun ist es soweit, du, liebe Alma, bist nun mausetot, es ist geschafft, vollbracht? Oder ist es einfach ein tiefer, tiefer Seufzer, wie mir manchmal scheinen will? Das ist meine Hoffnung und mein Wunsch, wenngleich alles in den Händen Gottes liegt. Ist erst einmal die Hürde der grässlichen Angst genommen, ist die Furcht vor dem Gehen verflogen, wird es vielleicht einfach und wunderbar sein. Ein großes Abenteuer, da bin ich mir sicher, und was es alles zu erleben geben wird jenseits dieser Schwelle. Ich fürchte mich, aber ich freue mich auch. Nein – freuen ist nicht das richtige Wort. Ich bin gespannt, so möchte ich es sagen. Neugierig, ja. Es ist wie am Abend vor einer großen Reise, auf der es viel zu sehen geben wird. So kommt es mir vor. Was für einen schrecklichen Plan die Natur hat – dieses lange, elend lange Vergehen, bis es am Ende so weit ist, dass sie uns ziehen lässt. Ist es nicht viel besser, eine Abkürzung zu nehmen? Gott vergebe mir, wenn ich fehl gehe. Aber er sieht, das glaube ich fest, die Absicht des Menschen – das Mögliche tun. Hat, wer das versucht, nicht viel erreicht? Tag für Tag stirbt das Herz doch ein klein wenig, da schabt sich die Hoffnung ab, und am Ende ist es dann leicht, ganz leicht geworden, wenn es stirbt.

Genug davon. Ich muss all dies aufschreiben, Heinrich. Ich habe niemanden, mit dem ich über das Leben und das Sterben sprechen kann. Minna ist so mürrisch geworden; sie hätte auch einen Mann nehmen und Kinder haben sollen, es wäre sicher besser gewesen für sie und für uns alle, die wir noch sind. Jetzt geraten ihr die Gedanken durcheinander. Wir kommen alle – oder wenigstens fast alle – mit dem Kopf zuerst auf diese Welt, und einige von uns müssen sie mit dem Kopf zuerst wieder verlassen. Und Rosina – ja, eine wunderbare Frau, eine Freundin längst. Aber wie sollte ich mit ihr über die letzten Dinge reden, die mich seit vielen Monaten beschäftigen?

Vielleicht – nein: sicher sind auch die Kinder mit mir (und Minna, Georg und Lilli) überfordert, Theo und seine Frau. Wie sollten sie verstehen können, was wir fühlen an diesem Ort? Wo ich jung war – eine schöne Frau war ich, Du weißt es, und Du warst ein schmucker Mann – und nun eine Erinnerung an unsere Jugend wiederfinde? Ich dachte damals, in den herrlichen Wochen nach der Hochzeit, es wäre der Anfang vom Glück. Aber es war Anfang und Ende zugleich.

Der Schmerz ist frisch, viel frischer als in den zurückliegenden Jahren:

eine Narbe, die nach all der Zeit wieder aufgerissen ist. Verlorener, unwiederbringlich verlorener Zeit. Nein, auf dieser Welt gewesen zu sein, in diesem furchtbaren Krieg… Ihn durchwandert zu haben, überlebt zu haben. Wer die Hölle durchquert, hat einen teuflischen Preis zu zahlen. Und wer hätte den lieben Gott gebeten, überhaupt auf diese Erde kommen zu dürfen, dieses Leben leben zu dürfen, zu müssen?

Aber jetzt, wo ich es noch einmal gesehen habe, unser Leipzig, jetzt bin ich bereit. Ich fühle es. So ist doch alles nur Vorbereitung gewesen, eine Übung für das Eine, die große Reise. Nun schulde ich Gott einen Tod.

Ich kenne das Gerede, Heinrich: Es hat sich seit unserer Zeit in diesem Punkt nichts geändert. Die Menschen verachten die, die Hand an sich legen. Die Leute denken, es sind die Schwächsten, die so gehen, die Ängstlichsten und Feigsten. Ich glaube das nicht, habe es nie geglaubt. Sind es nicht vielmehr die Starken, die den Mut dazu finden? Sterben ist kein Versagen, sondern Teil des Lebens.

Nun will auch ich es zuende bringen. Ich hoffe, ich habe die Kraft, das Notwendige zu tun, es endlich hinter mir zu lassen, wo alles längst vorbereitet ist. Es kommt Gott sicher auf ein Jahr mehr oder weniger nicht an – einige Monate nur, sagen sie, vielleicht Wochen. Ich trage den Keim lange in mir.

Ich wünschte, ich wäre hier in der Heimat zusammen mit Dir. Und dann wünsche ich wieder, dass ich schon bei Dir wäre, endlich bei Dir. Warum ist alles bloß so gekommen, Heinrich?

Nein. Genug davon, es ist nichts. Es ist nicht mehr wichtig. Wenn ich gegangen bin, wird es niemanden mehr interessieren.

ENDE

Meinen Großmüttern gewidmet

Christine Kisse, geb. Kraft (1900-1986)
Hedwig Lagies, verw. Jopp, verw. Braun, geb. Brunk (1921-2007)
Adeline Rohde, verw. Sprenger, geb. Kisse (1920-2004)

Glossar

Anschakrak	Tarutino, Kreishauptstadt
Ban, Bani	Rumänische Währungseinheit
Baschtan	Gemüsegarten auf dem offenen Feld
Beluga	Hausen, eine Störart
Blasbalken	Ziehharmonika
Blodern	Entblättern (von Maiskolben)
Bolleneier	Auberginen
Borscht	Osteuropäische Suppe
Breeches	Reithose
Britschk	Federwagen, Kutsche
Budschak	Südlichster Landesteil Bessarabiens
Bühne	Dachboden
Burjan	Unkraut
Cholod	Hunger
Dessjatine	Etwa 1,1 Hektar
Erdhase	Zieselmaus
Gosch(e)	Mund
Gosnak	Sowjetische Zentralbank in Moskau
Gromad	Haufen, Versammlung
Hamantasche	Süßes Gebäckstück
Harbi	Erntewagen
Harbuse	Wassermelone
Hintendurch	Garten hinter den Hofgebäuden
Kaff	Kleiner Ort
Kanonenkugel	Altes Tatarengrab
Käsklieben	Mit Quark gefüllte Teigtaschen
Karakul	Russische Schafart, Persianer
Karnickel	Kaninchen
Kattun	Baumwolle
Kauderwelsch	Unverständliches Gerede
Kerps, Kerpsen	Kürbis, Kürbisse
Kerpsplatschinte	Große Kürbismaultaschen
Klak	Fest, Gemeinschaftsarbeit
Knacksen	Aufbrechen, knabbern

Kogälnik	Fluss in Bessarabien
Komm	Brühtrog
Krakeelen	Lärm machen
Krakowiak	Polnischer Volkstanz
Kraut	Gemüse
Kreid	Marmelade
Kruschke	Birne
Kupscha	Notarieller Kaufvertrag
Leich	Trauerfeier
Leu, Lei	Rumänische Währung
Liman	Mündungssee
Magasin	Dachboden, Lager
Malig	Maisbrei, Polenta
Maulharfe	Mundharmonika
Meschugge	Verrückt
Mischpoke	Familie, Anhang, Gesellschaft
Nemjetz	Deutscher
Nister	Dnjester
Nudeln	Stopfen von Enten und Gänsen
Nuschnik	Plumpsklo im Hof
Ölplatz	In Öl gebackene Hefefladen
Padlaschana	Tomate
Palavern	Endlos reden
Papirossi	Zigaretten
Paschalsta	Bitte
Paska	Süßes Brot
Perron	Bahnsteig
Pfeffer	Paprika
Pfefferkraut	Basilikum
Pikiert	Unangenehm berührt
Placht	Schultertuch zum Tragen von Kindern
Podwoda	Wagen, Gespann
Popscha	Mais
Popschablodern	Mais entblättern
Popschahaus	Maislager
Poschtar	Kutschendienst

Primar	Dorfältester, Bürgermeister
Primaria	Bürgermeisterkanzlei
Pud	Etwa 16,4 Kilogramm
Putza	Abgestreifte Maiskolben zum Heizen
Rebeln	Abstreifen
Schabbeln	Bohnen
Schachern	Verhandeln, feilschen
Schardach	Etwa zwei Meter tiefes Vordach
Schütz	Amtsdiener
Schwecheln	Rote Bete
Sonnrose	Sonnenblume
Starosta	Dorfschulze
Sterlet	Kleine Störart
Sudangras	Sorghumhirse
Tabon	Herde
Träuble	Johannisbeere
Unicum	Ungarischer Magenbitter
Werst	1.067 Meter
Zockerkruschk	Zuckerbirne

Über dieses Buch

Mit Ausnahme einiger historischer Figuren sind die Charaktere dieses Romans erfunden; jede Ähnlichkeit mit lebenden oder verstorbenen Personen ist unbeabsichtigt und zufällig.

Der Autor dankt allen Familienangehörigen und Freunden sehr herzlich, die die Entstehung von Bräutigame *inspiriert und begleitet haben: Jude E. Aidoo, Carlo Selwyn Alexander, Tina Bennett, Henning Ecker, Elisabeth van Gelder, Anja Keil, Bettina Keil, Olga & Edwin Kelm, Frank Ketterer, Bernd Kisse, Emma & Heinrich Kisse, Robert Lehmeier, Ulrich Machold, Jens Müffelmann, Ottilie Neumann, Ramin Parsa-Parsi, Maja Pflüger, Lilli & Waldemar Rehmann, Henner Schmidt, Leonid Skripnik und Valery Skripnik.*

Die Senatskanzlei Berlin – Kultur und die Robert Bosch Stiftung, Stuttgart, haben die Arbeit an diesem Roman finanziell und ideell gefördert.

Der Autor

Der Schriftsteller Michael Braun, Jahrgang 1968, wuchs im holsteinischen Elmenhorst auf. Er studierte Politik, Wirtschaftswissenschaften und Philosophie in Oxford, Bologna und Washington. 1995 schlug er eine journalistische Laufbahn ein und war als Auslandskorrespondent in London und New York sowie als Chefredakteur der Wirtschaftszeitschrift Finanzen *(heute* €uro*) tätig. Braun lebt seit 2003 als Autor in Berlin und hat in verschiedenen Funktionen für mehr als vierzig Publikationen in Deutschland gearbeitet, darunter* Capital, Cosmopolitan, Die Welt, Financial Times Deutschland *und* Vanity Fair. *Seit 2005 ist er Kolumnist der* Freundin.

Veröffentlichungen von Michael Braun

Belletristik

Madame Jakublonskis Monstrositäten-Cabinet, Roman, 2012
UG2, Roman, 2011
Bräutigame, Roman, 2011
Unter die Linden, Erzählung, in *Neues aus der Heimat!*, Fischer Taschenbuch, 2004
Jericho oder Das feine Gesicht des Himmels, Roman, Collection S. Fischer, 1997

Sachbuch

So geht Geld, Goldmann, Random House, 2010
Rundum sicher mit Geld mit Carola Ferstl, Mosaik bei Goldmann, Random House, 2005
Die 100 Antworten zum Euro mit Stephanie Heise, in Christa Randzio-Plath: *Der Euro – mehr als ein Symbol*, Nomos, 1996

Pressestimmen zu Michael Brauns Roman *Jericho oder Das feine Gesicht des Himmels*

Lesenswert, denn die Poesie, die der Darstellung des Alfred innewohnt, findet selten ihresgleichen.

– Annette Dietzler, *Deutsche Welle*

Braun hat Kopf und Stil; er läßt seinen Ben vor der erfrischend lebendig dargestellten Kulisse der Universitätsstadt soviel leben wie lernen. Die kardinale Erkenntnis: Erwachsenwerden bedeutet, Verluste ertragen zu lernen. Alfreds Tod und Ben danach, das rührt unmittelbar an, da gewinnt das Buch seine größte Tiefe, ein Campus-Roman zwischen der lebensfrohen Verrücktheit von Matt Ruffs Fool on the Hill, *den pastoralen Geborgenheiten in Jane Smileys* Moo *und den Melancholien Javier Marias'.*

– Alexander Schmitz, *Welt am Sonntag*

Michael Braun schildert die Wandlung seiner Hauptfigur zu einem anderen, reiferen Menschen mit großem psychologischen Einfühlungsvermögen. In einer feinsinnigen Sprache und mit heiterer Weisheit berichtet der Autor damit vor allem vom Ende der Jugend.

– Detlef Berg, *Handelsblatt*

Thomas Mann würde es nicht glauben können, daß dergleichen in seinem Verlag erscheint.

– *Stadtblatt Osnabrück*

Brauns Roman ist in einer Leichtigkeit geschrieben, die den Leser ansteckt, oft ein Kichern proviziert und am Ende eines jeden Abschnitts die Vorfreude auf den nächsten weckt. Gleichzeitig jedoch verbirgt sich in den ironischen Brechungen der Charaktere die Vorahnung des tragischen Ausgangs. Es ist diese durchgängige Ambivalenz, die dem Roman seinen Wert verleiht, ihn zu einem Buch macht, das einen privilegierten Platz im Regal bekommen sollte.

– Florian Zimniak, *GrauZone*

Wer gern deutsch liest und Romane schätzt, die in Oxford spielen, wird an Michael Brauns Erstlingswerk Jericho oder das feine Gesicht des Himmels *seinen Spaß haben.*

– Barbara Hott, *Oxford Today*

[Brauns] Erstlingsroman ist eine in mehrfacher Hinsicht freudige Überraschung: er ist spannend, intelligent, unaufdringlich humorvoll und eine Lust zu lesen. [. . .] Bis zuletzt ein uneingeschränkt lebendiges Lesevergnügen.

– Axel Schock, *Hinnerk*

Die Komposition des Autors [. . .] ist auf zarte, mit Heiterkeit durchsetzte Töne abgestimmt, die die Lektüre kurzweilig machen. [. . .] Auch dort, wo es um Abschied geht, ist Toleranz das mit einem Lächeln dargebotene Thema. Dem Roman ist als anspruchsvoller Entspannungslektüre ein großer Leserkreis zu wünschen.

– Senta Kapoun, *Österreichisches Bibliotheks-Werk*

Es gibt in der schwulen Literatur hierzulande viele schöne Stimmen, aber dem deutschen Markt hat immer noch eine gefehlt: der Romancier im Stil von Alan Hollinghurst oder Stephen McCauley beispielsweise. [. . .] Der erste Roman des 1968 geborenen Hamburger Journalisten Michael Braun füllt brillant genau diese Lücke: der literarisch anspruchsvolle Lesestoff, der garantiert, daß man ihn nicht mehr aus der Hand legt. [. . .] Brauns Qualität beweist sich in den Beschreibungen von Landschaft und Liebe/Sex/Erotik, die für jeden Schriftsteller mit zum Schwierigsten gehören. Dieses erstaunliche Debüt ist im Witz very british, psychologisch genau und very hip. [. . .] Es ist diese Seltenheit, bei der hohe literarische Qualität sich mit extremem Lesespaß und ja, erstaunlich für einen so jungen Autor, auch Lebensweisheit verbindet.

– Egbert Hörmann, *Männer*

Jericho oder Das feine Gesicht des Himmels *ist kein Buch, das man liest, ganz nett findet und dann beiseite legt. Es beschäftigt, und zwar noch lange.*

– Jan Marco Becker, *Nürnberg Gay Web*

Hanni und Nanni für Schwule.

– Lydia Hebbelmann, *Hamburger Abendblatt*

Mit dieser Figur [Alfred] und mit seiner Fähigkeit, das Leben in Oxford prall zu beschreiben, zeigt Michael Braun, daß man auf seine weitere Entwicklung als Schriftsteller gespannt sein darf.

– Andreas Müller, *Darmstädter Echo*

Michael Braun, der auch als Pampelmusenpflücker in einem israelischen Kibbuz und als Pianist gearbeitet hat, mag ein vielseitiger Mensch sein, zum Schriftsteller taugt er nicht.

– Mario Wirz, *Tagesspiegel*

[Es] steht zu befürchten, daß [...] die Novelle über die Zeit als Pampelmusenpflücker noch aussteht.

– Fritz Müller-Zech, *Am Erker – Zeitschrift für Literatur*